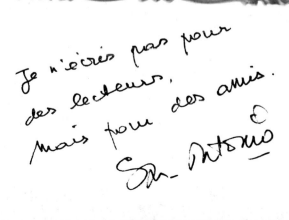

Je n'écris pas pour
des lecteurs,
mais pour des amis.

San-Antonio

Cher lecteur,
le San. Antonio circus
est de passage dans ta vie.

Salami

NE SOLDEZ PAS GRAND-MÈRE, ELLE BROSSE ENCORE

DU MÊME AUTEUR

Hors série :

Œuvres complètes :

Vingt-six tomes parus.

SAN-ANTONIO

NE SOLDEZ PAS GRAND-MÈRE, ELLE BROSSE ENCORE

ROMAN FOUTRAL

FLEUVE NOIR

© 1997 Éditions Fleuve Noir.

ISBN : 2-265-06329-0
ISSN : 0768-1658

*A Claude SERRE
que j'admire et que j'aime.*

San-A.

La plupart des hommes pensent recouvrer leur virginité une fois qu'ils ont remis leur slip après s'être fait sodomiser.

******

Pour un écrivain, changer d'éditeur, c'est comme changer de transat à bord du *Titanic*.

******

On croit que certaines femmes ont des yeux cochons, alors qu'elles ont des yeux de truie.

******

La mort est notre lot de consolation.

******

Donner, compense l'amertume de ne pas recevoir.

******

Je suis, certes ; mais es-tu ?

******

DRÔLES DE BALLONNEMENTS

L'hôtel du *Dragon Couillonné* à Hong Kong.
Dans la salle réservée au karaoké.

Une dizaine de clients, en partie asiates, sinatrisent *Strangers in the night*, ravis de se découvrir une admirable voix. L'interprète qui chante le plus fort est un Japonais gras comme un sumo, aux cheveux oléaginés, dont les yeux doivent être la réplique doublée de son trou du cul. Il est accompagné d'une mignonne entraîneuse au nom poétique de Gling-Gling, ce qui, traduit du mandarin, signifie : « éjaculation matinale sur une feuille de nénuphar ».

Nonobstant ce couple d'un soir, sont également présents : une famille pakistanaise, deux jeunes mariés italiens en voyage de noces, un évêque anglican avec sa tétineuse de membrane, et enfin un Français corpulent (mais moins que le Japonouille), originaire de Normandie, rouge et à l'étroit dans un smoking n'ayant pas suivi les péripéties de sa surcharge pondérale.

L'air fameux emplit la pièce. Des éclairages compliqués ponctuent la musique de diarrhées lumineuses.

Les assistants se divertissent au sein de cette cacophonie à laquelle ils contribuent. Les hommes, tu l'auras peut-être noté, sont toujours disposés à se croire parés de dons. Ceux-là ne se savaient pas *crooners* et c'est un grand sujet de fierté pour eux que de le constater. L'inventeur de cet appareil a fait énormément pour la vanité universelle.

Et voilà qu'au plus poignant de la chanson, il se passe une chose stupéfiante, donc rarissime : au beau milieu d'une strophe, le Japonouille explose.

Je sais, cette déclaration paraît difficilement concevable par un individu comme toi, qui baise sa femme à l'horizontale et prend ses vacances en août. Pourtant elle est incontournable. L'obèse vient bel et salement d'éclater ! Le bruit a été sourd tel un pet sous les draps. Sur l'instant, on pense qu'il s'est pris une bastos explosive dans le baquet. Mais non. La détonation s'est produite *à l'intérieur de son ventre.* Un cratère considérable s'opère dans sa bedaine. Sa limouille au plastron amidonné, sa large ceinture noire, le haut de son futal à bande de soie, déchiquetés, ne contiennent plus ses entrailles fumantes, lesquelles glissent lentement sur le tapis avec un gargouillement « silencieux », semblable à celui que provoque un pénis en éruption dans une chaglatte venant de jouir.

Curieusement, l'homme conserve sa verticalité, probablement parce qu'il n'est point mort. La douleur plisse ses paupières.

Les chanteurs se sont tus. La dame pakistanaise s'évanouit, vu que son sari blanc et or est instantanément couvert de sang et de matières qui couperaient l'appétit à un chacal affamé. L'horreur croît. L'évêque gerbe. La musique imperturbable continue de se dévider.

Le gros Français au smoking trop juste se précipite pour retenir « l'explosé ». Son mouvement brusque fait éclater son bénouze, découvrant à l'assistance prostrée un cul inslipé mais toisonné d'astrakan.

Réaction inévitable : la plupart des clients se sauvent, redoutant probablement une seconde déflagration.

Le Japonais n'en finit pas de clamser. Ces gens-là ont tellement l'habitude de s'harakirier qu'ils parviennent à vivre un certain temps avec la brioche béante.

Sa copine Gling-Gling, de saisissement, fait pipi sur le tapis tout en claquant des ratiches.

Un serveur qui apportait des rafraîchissements laisse choir son plateau à la vue du drame. Le gros Franchouillard pète si fort que le barman se jette à plat ventre, croyant à une détonation d'arme à feu.

Bientôt la Police se pointe et le tohu-bohu se calme.

LES PRÉDICTIONS DE MONSIEUR X

Salami dresse la tête et me regarde. Ses oreilles tombantes se soulèvent légèrement telles les ailes d'un condor se préparant pour l'envol.

— Inquiet ? je lui demande.

Il affirmative du museau.

— A cause de cette détonation ? reprends-je. Un pot d'échappement, mon cher. Vous avez vu la circulation dans cette ville !

Mon explication ne lui suffisant pas, il va à la porte de la chambre, se dresse sur ses antérieures et actionne la béquille de la serrure.

Le voilà parti sans crier gare, dirait-on à la S.N.C.F.

Son attitude me déroute car c'est pas le genre à faire du zèle pour des quetsches. J'hésite à le suivre. Seulement comme je suis nu sous mon peignoir, je reste dans ma luxueuse carrée garnie de satin et de trucs-machins chinoisants qui flanqueraient la chiasse verte à un mouflon. Le temps de compter jusqu'à deux, et le biniou émet un appel plaintif d'agnelet ayant perdu sa mère dans le métro.

Je décapsule.

Organe du Gros, aux langoureuses inflexions de machine à laver :

— Amène ta viande, mec, le bigntz s'est produit !

Impossible de lui en arracher davantage : il a déjà raccroché.

Je soupire et retourne habiter mon pantalon.

La première chose que je vois en sortant de l'ascenseur, c'est un policier chinois en train de savater le fion de Salami. Mon brave clébard pousse un cri de stupeur et de souffrance mêlées, puis se retourne pour défrimer son tortionnaire.

L'homme et l'animal échangent un long regard dont un écrivain médiocre assurerait « qu'il est dépourvu d'aménité ». Toujours, les connards, t'auras remarqué, les formules élimées, ils en raffolent.

Bérurier qui a vu la scène se précipite.

— Non mais, de quoi me permets-je ! vocifère mon Mammouth bien-aimé. Des voix d'portefaix su' la personne d'un chien d'client à deux mille balles la chamb' ! On croive rêver !

J'endigue vite fait ce début d'incident plomatique, faisant valoir à mon solide auxiliaire que nous ne sommes pas venus en Asie pour beurrer de noir les lotos des flics.

Un cordon de perdreaux isole la salle de karaoké. Défense d'approcher.

Dans ce pays singulier, ma position de dirlo de la *french* Rousse n'impressionnerait même pas un coolie postal. Alors j'entraîne le Mastodonte en

direction du bar où il se laisse convoyer avec la
grâce d'un pétrolier géant exécutant une manœuvre
dans le bassin des Tuileries.

— Raconte ! lui enjoins-je.

Il récapitonne :

— J'venais d'viendre dans la salle du cacatoès,
là qu' des moudus égosillent pour s'faire croir' qu'y
z'ont la voix d'Pivotrôti. N'entrôtre monde s'trouvait un gros Jap av'c un' gonzesse décolletée jusqu'à sa cramouill'. Y s'poilait comm' un brie
entamé. Et v'là brusqu'ment soudain qu'il esplose !

— Qu'entends-tu par là ? coupé-je.

Le Gravos violit.

— J'entends c'qu'j'dis, bougonne-t-il. Y d'vait êt'
dynamité d' l'intérerieur, biscotte sa brioche a éclaté.

— Tu penses qu'il a morflé une balle dum-dum
dans le baquet ?

— Putain, j'cause en bon français ! J'te dis qu'il
a esplosé. Tiens, vise : j'ai encore des brimborions
d'merde su' mon r'vers.

— Attends, fils, ne nous excitons pas. Tu pré-
tends en somme *qu'un explosif se trouvait dans son
corps ?*

— Textuel, Grand. Il avait un trou dans l'bide et
des lambeaux d'bidoche lui pendaient. T'as déjà vu
un clebs savant sauter à travers un cerceau tendu
d'papelard ? Si tu t'rappelleras, ça forme des lan-
guettes du côté qu'y r'ssort. Le baquet du mec, c'est
pareil !

— C'est invraisemblable !

— Qu'ma bite m'sure quarante-cinq centimètres
aussi, c't' invraisemblable, et pourtant ça est !

— Il aurait fallu introduire cette bombe dans son organisme.

— P'têt qu'on a profité d'un' opération d'appindixit ? Des fois qu'il traînait c't'outil d'puis lurette, not' magot, va-t'en savoir. Et puis l'moment chosi, on appuille su' un contacteur et c'gros sac éclate.

J'écoute les divagances d'Elephant Man. Pas si connes, après tout !

— Tiens, v'là la péteuse dont avec laquelle il était qui sort. Les draupers hongkongais ont dû l'interrogeger.

J'avise une chouette Asiateuse, au visage de porcclaine, bouche délicatement carminée, de l'ocre aux yeux, et probablement peu de poils au fion, le système fourré des Asiates s'avérant chétif. Elle m'a l'air un peu déconcertée, Fleur-de-Latrines. L'a du mal à se remettre du drame. D'ailleurs, un flot de sang a inondé sa robe. Dans son émotion, s'en est-elle aperçue ?

Galant, je l'aborde en anglais :

— Miss, votre exquise toilette est terriblement tachée. Me permettez-vous de vous reconduire à votre domicile afin que vous vous changiez ?

Je me pointe à un moment de sa vie où la désemparance la réduit à merci ; ma peau blanche et l'exquisité de mes manières lui inspirent confiance.

— Merci, dit-elle.

Et nous sortons sous le regard stupéfait d'Alexandre-Benoît.

Je susurre quelques paroles réconfortantes à un gazier de l'hôtel, les accompagne d'un charmant

billet de banque comportant l'effigie d'un mec pon-
tifiant que je n'ai pas l'heur de connaître. En moins
de temps qu'il n'en fallait à Agamemnon pour
écrire son nom en pissant dans la neige, la tire (une
Rolls) se pointe, pilotée par un gus aussi vert que
sa carrosserie.

Nous prenons place. Elle donne son adresse au
driver. Décarrade mœlleuse. On biche le tunnel
sous-marin.

— C'est affreux, ce qui vous est arrivé, attaqué-
je-t-il. Vous connaissiez la victime ?

La jeune vierge m'apprend qu'elle a rencontré
le gros Japonouille au bar de l'hôtel, à l'heure de
l'apéricube. Elle a accepté de boire un Campari-gin
avec lui, puis de dîner. Après le bouffement, les
tourtereaux se sont amusés à karaoker. Jeu innocent
et particulièrement stupide qui, de ce fait, connaît
un gros succès. Ils braillaient comme des putois
épileptiques, lorsqu'il y a eu une sourde explosion.
Son compagnon s'est retrouvé avec une guirlande
de tripes sur ses godasses vernies.

Elle claque des chailles en évoquant cette abomi-
nation. Manière de la réconforter, je pétris ses jolies
mains safranées.

Rien n'est très loin de n'importe où, à Hong Kong.
Aussi arrivons-nous à destinance rapidement.

Charmant immeuble de moyen standinge. Les
balcons donnent sur la mer. Un ascenseur garni de
laque *(good* laque *to you*, dis-je puis toujours) nous
propulse au dix-huitième étage. A ce niveau, on
voit le Japon et les côtes australiennes[1].

_____

1. Trouvez l'erreur.

L'apparte comporte deux pièces, une cuisine et une salle de bains, ce qui est largement suffisant pour se faire tirer. La *yellow* môme navigue dans son logis, toutes portes ouvertes. Se dessape rapidos, répulsionnée par le raisin souillant ses harnais. La voilà en délicieux costume d'Eve. N'a pas l'air d'avoir froid, ni d'éprouver de la pudeur. On sent que la nudité constitue sa tenue d'intérieur préférée. Débarrassée de ses hardes souillées, elle prend un bain en se gaffant de ne pas mouiller sa chevelure.

Tout se passant à la bonne franquette, je m'enhardis jusqu'à m'asseoir sur le bord de la baignoire de faux marbre pour lui frotter le dos. Elle apprécie mon doigté, surtout lorsque je lui hasarde un *finger in the* babassc. Les petites caresses toutes bêtes font souvent davantage plaisir que les enfourchements cosaques. Je vois des dames pour lesquelles tu te casses le bol lorsqu'il s'agit de leur offrir quelque chose, et c'est toujours avec tes mains, ta bouche et ton paf que tu leur donnes le plus d'agrément. Comparée à une babiole du faubourg Saint-Honoré, une chouette queue veloutée produit un effet magique.

Cela dit, sachant que cette beauté marne dans le pain de miches, je me la joue prudemment, pas écoper du sida. Quand t'as réussi à ramener intact ton beau zobi de campagnes mémorables, tu dois éviter de prendre des risques, hein, Francisque ? Faut exister avec son temps.

En grande pro, elle admet fort bien cette précaution élémentaire, d'autant que mes fantaisies lubrico-lyriques sont nombreuses et variées.

L'heure qui suit est plus capiteuse qu'une confé-rence sur la spongiosité du scaphandre à fermeture Eclair.

Tout en la tirant résolument, la tête dans le gui-don, j'évoque les circonstances qui m'ont amené à Hong Kong.

Ça s'est fait bizarrement. Si tu promets de m'en-voyer un chèque de mille balles pour mes frais de mémoire, je te bonnis la chose. Ça joue ?

*
* *** *

M'agine-toi que je me trouvais au restaurant *Le Jardin* du *Royal Monceau*. J'y traitais Messire le Vieux, dont la santé s'était pleinement rétablie et qui repartait pour un tour de piste.

Participaient à ces agapes, outre le Dabe et moi son brillant successeur : Félicie, Jacques Attali, Philippe Bouvard, Robert Hossein et sa jolie Candice, ainsi qu'Antoine Pinay. Pardon ? Ah ! il est mort, Antoine Pinay ? Alors ce devait être quelqu'un d'autre.

La chère était excellente, aux dires de mes invi-tés, tous gens polis. Les sauces exquises se consom-maient à la cuillère plate, c'est te dire !

Quand voilà soudain un serveur qui se pointe, lesté d'un bigophone portable.

« — C'est pour vous, monsieur le... »

Je le foudroie du regard car je déteste qu'on me donne mon titre en présence d'Achille, lequel le porta si longtemps et si haut.

M'excusis, me levis et m'éloignassa de la table d'une bonne encablure. Ensuite je jetis dans l'appareil ces quatre syllabes qui se suffisent à elles-mêmes (et à moi aussi) :

« — San-Antonio ! »

Un organe masculin, noble et beau, déclara :

« — Navré de vous importuner, monsieur le directeur. Mais le temps presse. Après réflexion, j'ai décidé de porter à votre connaissance exclusive certains renseignements particulièrement importants. »

« — Qui êtes-vous ? »

« — Je me serais déjà nommé si j'avais jugé bon de le faire. Une série d'assassinats vont être perpétrés dans les semaines qui viennent. Le premier sera commis demain matin à Londres ; il concernera l'ambassadeur du Danemark Knud Vejle et aura lieu dans Regent Park où Son Excellence aime promener son labrador. Je vous éclairerai au gré de mes informations des opérations suivantes. Bonsoir ! »

Le mystérieux correspondant raccrochit sans brusquerie.

J'haussis les épaules et coupis le contact.

De retour à table, je constatis qu'Hossein tenait l'auditoire sous son charme en stigmatisant la malhonnêteté effarante de l'horrible individu qui, naguère, faisait la manche au profit d'une organisation caritative en enfouillant le plus clair du carbure. Mon pote prédisait la fin du monde pour tout de suite et sans doute avant. Cette prophétie provoquait des hochements de tête point trop paniqués chez des personnes davantage gagnées à ses spectacles qu'à ses prédictions.

PRÉLUDES À UNE RÉPÉTITION

Miss Gling-Gling jouit sans crier gare.

D'ailleurs, elle ne crie pas du tout. Ces Jaunes ont le panard sur coussin d'air. Tu ne sais jamais, quand tu leur bricoles « La bouche d'ombre » chère à Hugo, si elles sont satisfaites ou en panne des sens. Mais je n'ignore pas que beaucoup de frangines bruyantes en rajoutent, histoire de faire plus gai et de fournir des apaisements à ta conscience coïtale.

Je reste dans l'expectative, dirait un éboueur mauritanien.

A-t-elle eu sa part de fade ou bien ne prend-elle son *foot* qu'avec des partenaires précis et dans des circonstances particulières ? Les pros du fion parcimonisent du sensoriel. A vivre horizontalement, à taster des chibraques toutes catégories, une blasance les empare, ces pauvrettes. Je ne pousse pas la fatuité jusqu'à lui demander si « elle a senti quelque chose », elle serait cap' de me répondre : « Oui, le caoutchouc brûlé », comme dans la fameuse blague du petit Lulu.

Tout ce que je me contente c'est de rester allongé près d'elle, les mains croisées sous la tronche en guise d'oreiller.

Les yeux perdus dans le plafond tendu de soie noire, je continue mon évocation de « l'affaire »...

**

Le lendemain de ce dîner pris avec des êtres qui me sont chers, j'avais occulté le coup de turlu facétieux (que je croyais). Mon équipe de mousquetaires se colletait avec des braqueurs spécialisés dans le convoyeurs de fonds. De drôles d'épées, ces mecs. Du genre sanguinaire. Ils tiraient d'abord, disaient bonjour ensuite. De temps en temps, on touche des « tout fous » ultra-branques de ce style. Sortes de desperados pour qui l'existence (la leur y compris) n'a pas davantage d'importance qu'un carré de papelard froissé sur un colombin champêtre.

Donc, ça chauffait à la Grande Taule. Nos armes sentaient la poudre et le sang. Une vraie guerre !

Je suivais les opérations depuis ma calèche, attendant que les hostilités se déclenchent. Mon poste de radio m'aidait à tromper la tante, comme disait mon oncle. Parfois, je baissais le niveau pour capter des nouvelles de mes guérilleros, puis je revenais aux infos officielles.

Je me rappellerai longtemps la manière que la peau de mes roustons s'est plissée lorsqu'un chevalier des ondes a annoncé l'assassinat, à London, de l'ambassadeur du Danemark ! Je te jure que « ça m'a fait drôle ».

« Nous venons d'apprendre que Son Excellence Knud Vejle, représentant du Danemark en Grande-Bretagne, a été tué dans Regent Park alors qu'il y promenait son chien. »

Sans charre, je te jure que mes baskets se sont mises à me serrer aux chevilles. Me suis senti infiniment con, avec, je te répète, des aumônières moins soyeuses que de la peau de crocodile.

Le julot du poste narrait le drame en termes concis, sans luxuriance de style. Pile-poil, il expliquait que le diplomate déambulait lentement dans les allées du parc quand, soudain, une sourde détonation avait retenti et qu'il s'était abattu, le ventre déchiqueté. Aux premières constatations, la Police de la Mère Majesté pensait que Knud Vejle possédait sur soi une grenade défensive, laquelle avait probablement explosé à la suite d'un faux mouvement.

Après quoi, douze jours se sont écoulés, parmi lesquels deux fériés. Je me souviens, on mangeait des artichauts dans la cuistance, Féloche et moi. J'en raffole. Je sais qu'ils sont générateurs de flatulences, mais t'as rien sans rien.

J'y allais aux incisives pour racler « le charnu » lorsque le bigophone...

T'as déjà compris, l'artiste ? Oui, il s'agissait du « monsieur à la voix grave » du *Royal Monceau*. Il en savait aussi long que la queue-de-cheval d'Attila sur mes faits et gestes.

« — Bonsoir ! m'a-t-il lancé. Je voulais simplement vous informer que le numéro 2 de la série sera trucidé après-demain à l'hôtel du *Dragon Couillonné* de Hong Kong. C'est loin, non ? »

Et il a raccroché sans que j'aie le temps de lui en casser une.

Dès lors (les Anglais disent : des lords), j'ai pris le tuyau au sérieux. Huit heures plus tard, nous étions dans le vol de Hong Kong, Bibendum et moi. J'eusse préféré le concours de M. Blanc, mais il séjournait à Garches avec une guitare dans le plâtre à la suite d'un accident de la circulance.

Je ne voulais pas emmener Salami, mon cador prodige. « Tu le soigneras bien ! » ai-je recommandé à m'man. Et puis, comme je sortais ma tire du garage, il a sauté à l'arrière. Pas mèche de l'en faire descendre. J'allais pas l'évacuer à coups de latte dans le prose. C'est un seigneur, ce clebs ! Un aristo de la gent canine. Il te coule des regards qui te remuent le sous-couilles. C'est commak qu'il aura connu Hong Kong, le brave basset.

Voyage sans incident. Alexandre-Benoît a éclusé pendant le vol en *first* (aux frais du contribuable) sept bouteilles de pommard, plus une de vodka (y avait du caviar). C'est dire qu'il a beaucoup ronflé.

Assis devant nous, un couple de Scandinaves en voyage de noces. L'homme aussi a dormi. Sa jeune femme blonde embrassait bien et se laissait trifouiller la chattoune sans chiquer les bégueules. L'avion étant presque vide dans le compartiment des premières, nous avons pu nous isoler complètement.

Les fauteuils s'allongeaient pour la nuit et on disposait de plaids. Tirer une crampette mignonne dans de telles conditions ne relevait pas de l'exploit. Je l'ai fourrée princesse, ce qui l'a ravie. Elle n'a ni crié ni gémi, mais voulait de pleins chariots de zobs. Le jeune marié, lorsqu'il l'entreprendrait à son tour, entrerait l'arme à la bretelle, sans efforts superflus. Je suis un gars serviable, dans mon genre, qui aime faciliter le confort de ses semblables.

Je venais de lui aligner le coup de grâce quand une hôtesse s'est pointée pour s'enquérir de nos besoins.

« — D'un bidet », j'ai fait, en récupérant mon braque qui se trouvait encore dans tous ses états.

La môme, une Jaune impassible, a sourcillé en découvrant Mister Popaul déguisé en champion de bouillave, l'air de se demander à quoi un mandrin de ce calibre pouvait servir, sorti de son contexte. Les stewards niaques qu'elle épongeait possédaient des cure-dents en guise de bistougnette. Qu'aurait-elle pensé du formide chibre de Bérurier ?

La Suédoise est allée se défricher l'escarguinche comme elle a pu dans les tartisses. Elle a murmuré, avant de me quitter, avec un merveilleux accent d'emballeuse de harengs fumés :

« — Je ne prends plus la pilule depuis mes fiançailles et je suis fécondable... »

« — Et moi, fécondeur ! ai-je parachevé. Je vous souhaite une *honey moon* de rêve, ma chérie ; maintenant, l'avenir est à vous ! »

Ensuite de quoi, j'ai regagné ma place et piqué le somme réparateur.

Le marié de frais roupillait toujours, insoucieux des cornes qui, doucement, sans bruit, lui poussaient...

A la livraison des bagages, sa gentille épousée s'est approchée de moi et m'a dit, avec une simplicité de bon aloi :

« — C'était réellement magnifique, je ne vous oublierai jamais. »

Tu vois bien que la vie vaut d'être vécue, même si on doit en chier pour la quitter.

NOUVELLES D'AILLEURS

Le *Dragon Couillonné* se trouve sur la terrasse du quarantième étage, d'où tu jouis d'une vue faramineuse sur la baie de Hong Kong illuminée. La nuit, savourée de ce point exceptionnel, est, tu sais quoi, Lola ? Enchanteresse ! Ça te ferait chier si je te disais encore que le ciel est « clouté d'étoiles », comme dans les beaux romans à la couverture tellement sobre qu'on est obligé de l'habiller d'une jaquette illustrée pour pouvoir en vendre quelques-uns.

Eh bien, oui ! il est clouté d'étoiles aux scintillements étranges venus d'ailleurs.

Y a des lieux commak, dans le monde, dont la beauté force l'admiration.

J'écluse un *long drink* dont je n'ai pas pigé le nom. Il y a de l'alcool de riz naturellement, et puis d'autres substances d'apparence foutreuse. C'est doux et agréable. Je dilectionne pour les trucs sucrés, tout en ayant vaguement honte de ce côté loukoum de mon personnage.

Béru s'est fait déponer une bouteille de vin chinois, dont l'étiquette rouge, verte et dorée flanquerait des cauchemars à mes nobles amis d'Yquem. Il la vide en multipliant ses moues critiques.

Entre nous, Salami feint de rêvasser ; en réalité, il scrute sous les jupes d'une dame dodue qui, du fait de son embonpointement, conserve les jambes écartées. Quelle trouble félicité peut lui apporter un tel spectacle ? C'est là un mystère que je tente d'éclaircir.

— Vous éprouvez quelque agrément à contempler cet entrejambe de matrone ? l'interrogé-je.

Il me regarde de son œil blasé, puis jappouille à sa manière, entre ses fortes canines, usant d'un code que nous établîmes pour correspondre.

— Cette personne, me signifie-t-il, m'inspire tout à la fois dégoût et curiosité. Je lui suppose un sexe malmené par sa déjà longue existence, qui a dû guerroyer sur tous les champs de bataille de l'amour au point de n'être plus qu'un conglomérat de chairs informes et sans doute inutiles. Voyez-vous, mon cher soi-disant maître, l'autre soir je visionnais un film hard pendant que vous faisiez du courrier sur l'abattant de votre secrétaire. Il montrait les mornes ébats filmés d'une fille besognée par deux mâles stupides, aux sexes plantureux. L'un des gaillards se donnait à traire, cependant que l'autre la prenait par-derrière. Je mis un temps à réaliser que le second, en fait, la sodomisait, ce que l'énormité de son phallus et la minceur de la partenaire n'induisaient pas à penser. Ce qui me frappa, c'était l'impassibilité de la jeune femme sous les assauts brutaux de ce triste sodomite. Elle encaissait la charge stoïquement, non plus avec agrément, mais par inadvertance, comme s'il eût été normal qu'une issue, à l'origine étroite, pût recevoir un tel « rebrousse-chemin ». J'en fus profondément (si j'ose dire) choqué ; attristé, aussi, car des manigances pareillement dépravées portent atteinte à toute la classe des mammifères à laquelle j'appartiens au même titre que vous.

Il se tut, la prunelle incertaine. Puis revint à sa contemplation initiale.

— San-Antonio, m'interpella-t-il au bout d'un temps d'incertitude, sauriez-vous me ménager une entrevue privée avec la personne dont je guigne l'entrejambe ?

— *Why not ?* répondis-je, dérouté par cette surprenante requête.

Joignant le geste à la promesse, je me levai et m'approchai de la vieille peau convoitée par mon chien.

Elle leva sur moi un regard serti de rides semblables aux rayons d'un miroir-soleil Louis le Quatorzième. Me sourit car, comme infiniment de douairières, elle me trouva beau et me supposa un membre que toutes les braguettes n'ont pas le privilège d'héberger.

Je me présentai civilement. En pressant ma puissante dextre, elle déclara se prénommer Ruth, prénom qui correspond assez à l'état dominant de ma sexualité. Son accent me fit pressentir qu'elle avait à voir avec l'Autriche.

Elle y était née.

Nous devînmes rapidement amis...

Lorsqu'un courant de sympathie fut créé, je lui présentai Salami et lui confiai qu'il s'agissait d'un animal phénomène, doté d'intelligence, et que ce dernier espérait composer un traité sur les sentiments pouvant se développer entre une femme et un basset-hound.

Je suis infoutu de retracer ici les arguments de mon propos, toujours fut-il qu'une heure plus tard elle se rendit dans son appartement, accompagnée de mon fidèle compagnon.

Bérurier cuvait dans son fauteuil, sous la Voie lactée immense et radieuse.

Je m'abstins de l'éveiller et gagnai ma chambre.

En y pénétrant, j'avisai le signal lumineux du téléphone chargé de me prévenir qu'un message m'attendait au standard. Je l'appelai aussitôt. Une préposée à la voix de souris trempée dans l'huile me le lut.

Il était ainsi libellé :

Ne quittez pas encore Hong Kong. Vous appellerai demain à midi. Votre ami.

Je décidai illico d'obéir à cette injonction ! Ou à cette adjuration, si injonction te semble un peu trop rude.

J'avais le ventre plein, les burnes vides, et m'endormis d'un sommeil affable [1].

Le lendemain fut un autre jour. Un ouragan s'était déclenché pendant la nuit, décoiffant les

---

1. Selon Florian.

mouettes et agitant avec vigueur les gratte-ciel. Il s'accompagnait de rafales de flotte qui n'étaient pas de la pluie, mais bien des vagues arrachées à l'élément liquide, comme disait mon très ancien prof d'histoire-géo.

Nous fûmes donc consignés dans le palace, Béru et moi. J'y empletta tous les quotidiens de « King Kong » (selon Alexandre-Benoît) et branchis la téloche.

Le meurtre du Japonouille se taillait la part du lion. Cet homme opulent et corpulent travaillait dans la pétrochimie. Il possédait des succursales un peu partout dans le monde et sa fortune restait inchiffrable, ce qui m'a toujours semblé inquiétant. Il était marié à une femme alliée à la famille impériale. Ses enfants fréquentaient l'université d'Oxford, à l'exception de l'aîné qui le secondait dans les affaires. Ce gros tas de fric se nommait Tupu Duku, tels la plupart des Japonais dans mes livres. Il bossait énormément, voyageait sans relâche, tout en sacrifiant beaucoup à Vénus. Il possédait des « correspondantes » dans tous ses points de chute, qu'il comblait de libéralités, sans trop les fatiguer, son zizi ne dépassant pas les dimensions d'une chenille processionnaire retour de Compostelle.

Son meurtre fait grand bruit (tu parles : il a explosé) tant par son importance sociale que par son étrangeté.

Selon les premières informations en provenance de Tokyo, ce paquet de lard avait subi une intervention relativement bénigne puisqu'il s'agissait d'une hernie même pas étranglée, opérée dans une clinique suisse sur les bords du lac Ladoga. Pardon ? Le lac Ladoga n'est pas en Suisse, dis-tu ? Et tu crois que je vais me formaliser pour un détail aussi mince ? Disons le lac du Bourget et n'en parlons plus !

Cet acte chirurgical fut réalisé par le professeur Kulmaniess (Jean), praticien de grand renom qui réussit avec brio, jadis, la double amputation de la Vénus de Milo, sauvant cette dernière de la gangrène.

Appelé par téléphone, le chirurgien a mal pris les doutes exprimés par l'Agence Omicron et parle d'engager un procès en divagation. Bref : c'est le grand bouzin. Le Mikado actuel, dont personne, pas même lui, ne se rappelle le nom, a exprimé ses regrets, précisant qu'ils sont attristés. Hong est sur le pied de guerre, Kong également. Le gouvernement jap de mes deux réclame le rapatriement du corps de toute urgerie.

Tu mords le climat ? Comme disait l'autre jour le Pommier sinistre britannique aux Communes : ça chie des bulles carrées !

Je lis toute ma documentation, ne rate pas un flash à la téloche.

Le dynamité me sort par les yeux. La plupart des baveux passent la même photo de lui : elle le représente en pyjama brodé (à moins qu'il s'agisse de sa tenue de samouraï honoraire). Impossible de distinguer ses prunelles. Son sourire impénétrable renforce l'énigme du personnage.

Je coupe la tévé, jette mes canards dans la corbeille à fafs, et regarde la gigue des éléments déchaînés. Des trucs hétéroclites voltigent, soufflés par la monstrueuse bourrasque : imprimés, bonzillons, préservatifs usagés, vêtements de toute sorte...

J'ignore quels comptes le Seigneur est en train de régler, mais je peux t'assurer qu'Il n'est pas content !

A travers les déferlances, j'entends un grattement à la porte. Salami qui rejoint sa base.

— Alors, expérience concluante, Messire ? lui demandé-je.

Il se couche sans répondre et s'endort, la truffe dans l'oigne.

DES QUESTIONS À L'APPEL

Les journaux du lendemain ayant eu le temps de « piocher l'affaire », d'interviewer des gens, ils établissent un lien entre « l'explosé » jap et « l'explosé » danois. Londres et Hong Kong se sont mis en rapport. Les polices, européenne et asiatique, travaillent en relation. Etant établi que les victimes ont eu une fin de même nature, on recherche, de part et d'autre, à quel moment de leur existence il aurait été possible de leur bricoler ces bombes « internes ». Si le Japonouille a subi l'intervention chirurgicale évoquée plus haut, le Danois, lui, possédait un abdomen vierge de toute cicatrice. L'Excellence, contrairement à l'homme d'affaires, menait une vie rangée. On ne lui connaissait aucune liaison.

Nous dormîmes très convenablement. A travers le mur séparant nos chambres, j'entendais les ronflements inhumains du natif de Saint-Locdu-le-Vieux. De toutes les scories de la vie quotidienne, cette musique de nuit est la moins supportable.

Sur le matin, Salami se rendit aux toilettes. Il savait se servir des gogues pour humains, allant jusqu'à utiliser la chasse quand celle-ci ne s'actionnait pas au moyen d'une chaînette située hors de sa portée.

Comme je me trouvais réveillé, nous parlâmes.

Guéri de son mutisme de la veille au soir, il ne fit aucune façon pour me révéler que la « dame » lui avait prodigué caresses et gourmandises à satiété, t'avait même embrassé sur la gueule. Salami s'était complu à lécher sa chatte, manière de « se reconnaître », disent les bonnes gens. Elle sembla apprécier une telle délicatesse ; lui, déplorait qu'elle eût la foufoune par trop salée. Je portis à sa connaissance que ce genre d'inconvénient apparaît chez les femmes d'un âge certain et l'engagis à se mettre en quête de partenaires plus jeunes. Se montrant fin psychologue, le hound fit valoir que les expériences contre nature sont essentiellement le fait de vieilles délaissées par l'amour. Il parlait juste. La principale cruauté du destin étant de transformer les hommes en carcasses obsolètes, histoire de leur apprendre à mourir.

A bout de philosophie matinale, nous commandâmes deux breakfasts de belle composition, celui de Salami ne différant du mien que par l'absence de jus d'orange, car il détestait les fruits.

Tout en grignotant ses rôties beurrées, il aborda « l'affaire » nous ayant amenés en Chine.

— Que pensez-vous, dit-il brusquement, de ce correspondant qui vous signale des meurtres avant qu'ils ne se produisent ?

Je haussis mes robustes épaules et lui annoncis que mon mystérieux interlocuteur devait entrer de nouveau en contact avec moi aux environs de midi.

— Prendrez-vous des dispositions, à ce propos ?

— Naturellement, ripostai-je. Je vais prier le standard de rechercher l'origine de l'appel lorsqu'il se produira. En admettant bien entendu que la chose fût possible.

— Quoi d'autre, encore ? fit le clébard, dont les interrogations sentencieuses commençaient à m'irriter la peau des testicules (principalement du droit, plus développé que son camarade).

— Je vais acheter un magnéto pour enregistrer notre communication.

Il approuva et ses longues oreilles balayèrent les miettes de notre brique-faste.

Puis il réfléchit et déclara :

— Notez que « l'homme » se doute parfaitement que vous agirez ainsi.

— Il n'empêche que je dois le faire ! laissai-je tomber en passant dans la salle de bains.

A partir de midi, me voici sur le pied de guerre.

Mon petit matériel est en place et j'ai rendu visite aux polyglottes préposées de la téléphonie du *Dragon Couillonné*.

Demoiselles charmantes, plutôt belles et imbégueules. Les ai arrosées généreusement, tellement qu'elles en gloussaient pintades. Une qui m'avait d'emblée à la chouette, c'était la petite Ko-Hit, une adorable gosse qui s'était fait décolorer les cheveux en blond-Ophélie. Tentative risquée, mais le résultat lui conférait un attrait supplémentaire. Il arrive que l'étrangeté soit payante ; pas forcément, remarque : j'ai connu une frangine qui s'était épilé les

poils pubiens pour se faire tatouer une chaglatte
d'un vert agressif. Ça m'a flanqué la gerbe. Je voulais bouffer une chatte, pas un plat d'épinards !
Mais je te le répète : en ce qui concerne Ko-Hit,
l'expérience est positive. Une Chinago blonde, ça
porte aux sens. Aux miens, toujours est-il.

Bon, alors j'attends.

Bérurier également. Il est brusquement d'un
grand sérieux, l'Obèse, l'air pénétré. Aujourd'hui
est un *day* « avec ». Il n'a même pas de boutanche
à portée de glotte.

Pour ce qui est de Salami, il rêvasse, couché dans
une flaque de soleil.

Pourquoi suis-je tendu, moi d'ordinaire si désinvol-
te ? Je pourrais avoir des doutes. Me dire que le mec
m'a bluffé avec l'annonce de son coup de grelot.

« Crrrreeeeee » fait le ronfleur, à cet instant.

Je décroche.

Ça y est. LA VOIX. *THE VOICE* !

— Bonjour ! elle dit calmement.

Et moi, bonne truffe :

— Bonjour.

— Vous êtes disponible, tantôt ?

— Complètement.

— Prenez la navette de trois heures P.M. pour
Macao.

— Pourquoi ?

— Cela risquera de vous intéresser.

Et il raccroche ! Alors que j'avais tant et tant de
questions à lui poser, dont la principale aurait été :
« Pour quelle raison me prévenez-vous de ces meurtres qui affectent des étrangers, moi qui suis français ? ».

Je sonne le standard téléphonique, tombe sur Ko-Hit.

— Chérie, lui fais-je, ici San-Antonio du 1848, vous sauriez me dire d'où émanait l'appel que je viens de recevoir ?

Tu sais quoi, Benoît ?

Miss Réglisse me déclare spontanément :

— Vous n'avez pas reçu de communication.

— A la minute même ! dis-je-t-il, mon combiné est encore aussi chaud que l'adorable triangle pileux blotti entre vos cuisses !

Un court moment de silence succède, dû à sa concentration cérébrale.

— En ce cas, c'est qu'on vous a appelé de l'hôtel, déclare la Chinoise aux cheveux d'or.

Ça fait « plouf ! » dans ma caberle, kif lorsque tu fais éclater un sac en papier gonflé d'air.

Je l'interroge, en grande piteusité :

— Existe-t-il une possibilité de savoir le numéro de l'appartement d'où on vient de me parler ?

— Non, puisqu'il s'agit du réseau interne...

— Tu l'as dans l'dos, hein ? grommeluche le Roi des Cavons.

— En fait, non. L'homme qui me grelotte est ici, il n'est que de le chercher.

— Autant s'mettre en quête d'un' meule d'aiguilles dans un' botte d'foin ! Il y a combien de chamb', dans ce boui-boui ?

— Plus ! ricané-je. T'as qu'à les visiter, l'une après l'autre, en demandant à chaque locataire si c'est lui qui a bigophoné au plus illustre poulardin de l'Hexagone !

MACAO, L'ENJEU DU FER [1]

L'hydroglisseur hydroglisse sur la mer couleur de jade. Il est à peu près plein, mais pas bondé.

La première fois que je suis venu à Macao, nous étions serrés comme (je me refuse à dire des sardines) les briques composant un mur. Je me rappelle la gentille Chinetoque pressée contre mon abdomen. Elle trémoussait du prose avec une telle frénésie qu'à l'arrivée, ma nature irrépressible avait décoré sa robe d'une chandelle romaine digne d'un taureau camarguais. C'est seulement quand nous fûmes à quai que je pus constater mon erreur fâcheuse : cette aimable Asiate était en réalité un bonze d'art fraîchement coulé. Qu'il lui restât des bavures semblait logique.

Disposant de ma liberté de mouvements, je musarde sur le pont, observant les voyageurs réunis là, cherchant quel d'entre eux est susceptible de se

---

1. Aucune relation, même sexuelle, avec le fameux film *Macao, l'enfer du jeu*.

déguiser, sans crier gare, en feu d'artifice. Franchement, impossible à déterminer dans cette foule,
qu'un plus écrivain que ma pomme qualifierait de
« bigarrée ».

Tandis que j'arpente bâbord, Béru parcourt tri-
bord, et lycée de Versailles. Nous nous croisons,
tantôt à la proue, tantôt à la poupe (que mon gros
connard appelle « la soupe », naturellement).
Salami suit résolument, la truffe au ras de mes
mocassins. Il paraît tout drôle. Quand je me tourne
pour lui jeter un mot amitieux, il lève à peine la
tête. Il y a chez cet ami de l'homme une sorte de
préoccupation déconcertante. Flaire-t-il les prémi-
ces d'une fatale explosion ?

Je poursuis ma ronde.

Soudain, un bref mais impératif jappement me
fait retourner une fois de plus. Le basset a l'air fou
de rage ! Le voilà qui se dresse sur son dargif, que
tu dirais un pichet ancien. De sa pattoune avant
droite, il me gratte le prose.

— Hé ! dites donc, Monseigneur, protesté-je,
qu'est-ce qui vous prend-t-il ?

Loin de me lâcher prise, il me fouit le michier
avec une énergie accrue. A cru !

Furax, je porte la paluche à l'endroit délictueux
et perçois un objet plat et dur fixé à ma ceinture au
moyen de deux petits crochetons.

L'empare.

En une fulgurance non chronométrable, je réalise
qu'il s'agit d'une chose au format d'une pochette
d'allumettes. Elle est en plastique, et comporte une

espèce de cadran moins gros que celui d'une montre de femme.

Réaction éclair de l'Antonio : éloigner ce machin de ma personne. Je le virgule de toutes mes forces en direction du large. Je fais bien ! Des moments, je dois convenir que ma vie est un chef-d'œuvre. A peine ce bidule survole-t-il le flot berceur qu'il éclate. Détonation sèche produisant un bref éclair. Ses menus débris disparaissent dans l'onde d'émeraude.

Alors je me penche sur Salami.

— Je vous dois la vie, une fois de plus, lui fais-je avec une gravité empreinte d'émotion (de censure).

Je n'oublierai jamais son mouvement de tête, ni son expression pleine de pudeur, de satisfaction dominée et aussi, me semble-t-il, de tendresse bourrue. Le côté : « laissons ça là et parlons d'autre chose ».

Survenance du Mastard, radieux.

— Gure-toive qu' j'ai un monstre ticket av'c un' p'tite passagère choucarde comm' tout. Amerloque, elle est. A voiliage av'c un vieux gonzier fané des cannes qu'é pousse dans un' carreriole, t'as dû les perc'voir ?

— En effet. Une jeune mulâtresse ?

— Non, a n'a pas d'tresses, n'au contraire, ses ch'veux sont coupés à la garçonne.

Il exulte.

— Paraît qu'y vont passer quéqu'jours à Macarriole, biscotte l'ancêtre adore flamber dans les salles d'jeu. Y n'lu reste plus qu'ça comm' plaisir, c'pauv' kroum. L'éjacule du pognon n'à la place du foutre. Si on séjournerait là-bas, nous z'aussi, qu'j'aye l'temps d'y mett' un grand coup dans les baguettes ? V'là des éternances qu'j'm' sus pas embourbé une Ricaine. T'sais qu'é sont salingues. Presque z'autant qu'les All'mandes.

Sa vie glandulaire ne m'intéresse pas pour le moment. D'autant que Salami m'adresse des signes d'intelligence afin de me prévenir qu'il souhaite m'entretenir d'urgence.

Je cède à son instance.

— Voyez-vous ce couple accoudé au bastingage ? m'exprime-t-il.

Je mate dans la direction indiquée et avise un homme de race *white* en compagnie d'une Jaunette. Il porte un blazer blanc sur un pantalon marine et une chemise bleu céleste. Il est de taille moyenne et a les cheveux drus et grisonnants bien qu'il n'ait pas franchi les eaux territoriales de la quarantaine. Sa compagne est probablement nue sous sa robe imprimée rouge carmin ; si elle porte un slip, celui-ci ne doit pas dépasser la taille d'un timbre de quittance. J'appellerais ça : un cache-clito.

— Eh bien ? encouragé-je mon ange gardien.

— C'est la femme à la robe rouge qui vous a accroché l'explosif à la ceinture.

— En êtes-vous sûr ?

— Absolument. Essayez de vous souvenir : un marin du bord, transportant un carton de bouteilles, vous a obligé à vous arrêter. L'homme à la veste blanche m'a alors marché sur la queue. J'ai poussé un cri. Vous vous êtes retourné ; à cet instant, tandis

que vous vous teniez dos au large, la fille est passée
derrière vous et a eu un geste auquel j'ai peu pris
garde. Aussitôt après, j'ai découvert l'objet insolite
fixé à votre ceinture alors que le couple se hâtait de
gagner l'autre bord.

— Cher ami, soupiré-je, vous me devenez de
plus en plus irremplaçable ; sans vous, ma mère
aurait perdu son soutien de famille.

* * *

Lorsque nous débarquons à Macao, je calque ma
conduite sur celle des criminels.

L'homme aux cheveux gris et sa Chinagogue frè-
tent un landau pimpant, mené par un cocher enfan-
freluché.

D'en ce qui me concerne, j'opte pour un taxi,
véhicule moins romantique mais beaucoup plus
rapide. Le driveur rechigne à charger mon chien ;
un billet de banque neutralise son hostilité envers
nos amies les bêtes. Béru, à demi défenestré,
adresse des gestes prometteurs à sa noiraude.

Sais-tu que la demoiselle de compagnie est choucarde tout plein ? Vingt-cinq piges, l'air malin, la
douceur angevine, le regard bleu nonobstant la bru-
neur de sa peau. Elle a noté l'adresse de leur hôtel
au dos de son billet de voyage hydroglissé. Il ira la
rejoindre de *notte*. Sa Majesté peut rêver : un avenir
de délices lui appartient déjà.

On circule mollo dans la ville enchevêtrée. Les
tires klaxonnent kif à la Belle Epoque lorsque tes

tympans saignaient en traversant la place de l'Etoile. Devant nous, la carriole chamarrée sonnaille de tous ses grelots.

Cahin-cahotant, on finit par parvenir devant le plus grand casino de la ville où il m'est déjà arrivé de perdre quelques talbins lors d'une enquête asiateuse.

Le couple suivi s'y engouffre. Je conserve mon sapin avec ordre de m'attendre. Sais-tu pourquoi ? Mon admirable cador n'a pas le droit de nous suivre dans l'enfer du jeu et je tiens à ce qu'il patiente dans les meilleures conditions possibles. Une pluie de billets s'étant derechef abattue sur lui, le chauffeur me jure ses grands et petits dieux qu'il attendra le temps qu'il faudra.

Alors on pénètre à son tour en ce lieu frelaté où l'homme se délecte à paumer le carbi qu'il a eu tant de mal à gagner.

Dans cet immense temple du hasard fripon, je raconte enfin à Gradube l'attentat auquel mon cher ange gardien m'a permis d'échapper. Lui désigne discrètement les deux homicidaires. Ces derniers s'approchent d'une table de roulette foireuse. Le beau gusman s'empare d'une place vacante, cependant que sa souris ravageuse se tient debout derrière lui, les mains en appui sur le dossier de sa chaise.

La grande roue cliquette. Le croupier dit des trucs en anglais. Des êtres blêmes, qui doivent s'aérer chaque fois qu'ils soulèvent l'abattant des chiottes, flambent en silence avec des airs pénétrés. Ils ont la certitude de leur crédulité : croient en leur chance. Si elle est absente ce soir, ils reviendront la

courtiser demain. Faites vos jeux, tas de zozos !
Rien ne va plus dans votre caberlot ! Se faire épon-
ger stoïquement avec une foi de croisés ! Espérer
décrocher une timbale dont le contenu serait paumé
dans l'heure qui suit ! Quelle dégénérance !

J'ai des potes comme ça, que j'aime bien pourtant et qui me font de la peine pis que s'ils souf-
fraient d'une grande vacherie organique.

Je les retrouve parfois sur la Côte. On bouffe
ensemble la bouillabaisse vacancière dans les hauts
lieux : *Tétou*, *Bacon*. Au dessert, ils cessent d'être
de bons compagnons de table. Deviennent pleins
d'ailleurs et de manque. Le démon qui les reprend
en charge. Le moment est venu d'aller semer leurs
droits d'auteur sur la pelouse verte des casinos. Je
les quitte en grande mélanco, comme tu laisses
l'aminche allant se faire faire une dialyse.

Embusqués à quelques mètres du couple, nous
attendons. Jusqu'alors, ils ne semblent pas s'être
aperçus de notre intérêt pour eux. L'homme et la
femme paraissent à ce point dégagés que j'en arrive
à me demander si Salami n'aurait pas berluré.
Après tout ce n'est pas le Saint Père, il peut se
gourer.

Une plombe s'écoule.

A la distance à laquelle je me tiens, je ne puis
suivre les péripéties du jeu, aussi ignoré-je si le mec
au blazer blanc gagne ou perd.

A un moment donné, la gonzesse se penche sur
son compagnon pour lui jacter dans les étiquettes.
Bref acquiescement de ce dernier et la voici qui
quitte la table de roulette.

— Continue de t'occuper de lui ! enjoins-je au Gros.

La fille ondule du baquet en se déplaçant. Son petit cul est sympa à filocher. A noter pourtant que je préfère les fourreaux à bites un peu plus larges. Question de confort. J'aime mes aises.

Je l'avais subodoré : la miss se rend aux tartisses. Dans cette usine à engranger le pèze des gogos, ils sont aussi vastes que le Palais des Congrès.

Ma « cliente » disparaît par la porte marquée « Dames » en plusieurs langues, dont certaines sont usuelles.

Je vais me planquer devant des appareils à sous disséminés hors de « l'enfer » histoire de ne pas laisser les clilles se refroidir. J'engage une pièce dans l'une des pompes-à-osier, actionne le bras déclencheur. Un gargouillement métallique s'opère et une pluie de jetons se déverse dans la sébile de cuivre.

Ecœuré, je les laisse.

J'avais risqué ce *nickel* pour le perdre, pas pour décrocher le pactole.

NIQUES

Le temps passe et la môme ne se montre pas.
M'est avis qu'elle se refait une beauté après cette
traversée battue par les brises du large.

Je rongerais volontiers mon frein, mais je ne sais
plus où je l'ai fichu.

Ma Cartier, alerte et inexorable, m'indique à présent vingt-neuf minutes d'attente. Je mets bout à
bout le temps nécessaire à l'accomplissement de
tout ce qu'il est loisible de faire dans des cagoinsses, depuis les fonctions naturelles jusqu'à la bran-
lette de pensionnat, en passant par la recharge de
maquillage et de colin-tampon. Là, ça commence à
devenir *too much*.

Perdant patience, je toque à la lourde des gerces.
Ce à plusieurs reprises et en forçant la dose. Elle
s'entrouvre et une cerbère portant un vague uniforme de salutiste surgit. La dame ressemble à un
dragon sans queue. Je lui accorde en urgence un
sourire de placier en assurances et un billet de banque. Elle réagit plus spontanément au second qu'au
premier.

J'explique à cette catastrophe vivante que mon amie s'est absentée pour venir en ce lieu de recueillement. Je l'attends depuis lurette et elle n'est pas reparue.

La naine des enfers me vote un rictus dont les caries raviraient mon ami Traxel, l'un des meilleurs dentistes de Haute-Savoie. M'explique que les goguemuches comportent deux issues. Cette révélation me précipite dans une piscine emplie d'amertume.

Honteux comme un renard qu'une poule aurait pris, je regagne la salle de jeu où une seconde déconvenue m'attend : notre zigus n'est plus là. Par contre, j'aperçois Sir Béru en train de tourner tel un toton teuton entre les tables.

M'approche de lui :

— Il t'a semé ?

— J' m'aye aperçu d'rien ! avoue le coupable ; c'mec flambait. N'à la roulette d'à côté, y s'est produite un' natercaltion ent' deux niacs qu'a failli s' chicorner, biscotte l'un deuze avait engourdi un' plaque qu'aurait appartiendu à l'aut'. J'm'aye r'tourné, not' gonzier s'était emporté. Et toive, ta fleur d'nénuphar ?

— Evaporée, avoué-je.

Le Gravos murmure :

— On est quittes : zéro-zéro, balle au centre !

Par équitation d'conscience (selon Babar), nous avons parcouru toutes les salles du casino à la recherche de notre couple maudit. Rien ! Ces m'sieurs-dames s'étaient évacués vers des contrées plus calmes. Tu parles qu'ils devaient l'avoir à la caille que leur attentat ait foiré.

De mon côté j'enrageais. Au lieu de les filocher, on aurait dû les griffer illico. Mais où les aurions-nous serrés, ces gueux ? On n'était pas accrédités le moindre pour épingler un malfrat. Ces choses-là ne se produisent que dans les *books* de la collection « Pincemi et Pincemoi ».

J'avais déjà la queue entre les jambes : elle ne pouvait pendre davantage. Ça s'appelait une foirure de force 5 dans le vocabulaire tantonien.

On a quitté le temple du jeton en traînant les panards. Pas heureux dans nos tronches, espère. Chacun se traitait de glandu et en offrait autant à son pote.

Dehors, le *driver-man* patientait stoïquement dans son carrosse transformé en sauna. Ça cigognait dur car il avait coupé son moteur et, du coup, la clime ne fonctionnait plus.

En ouvrant la portière, j'ai eu un haut-le-corps : Salami ne se trouvait plus à l'intérieur.

— Où est mon chien ? j'ai hurlé avec tant d'énergie et de férocité que le Portugais moyenâgeux s'est mis à flouzer dans son bénoche de coutil blanc.

— Il s'est sauvé, *senhor*, a clapoté le mec.

Et d'expliquer en grande piteusité :

— Il faisait tellement chaud à l'intérieur que j'ai baissé une vitre pour lui permettre de respirer. Au début il s'est tenu tranquille, puis, soudain, il a réussi à s'échapper. J'ai essayé de lui courir après, mais il fonçait comme un dard.

— Ça ne m'étonne pas, soupiré-je. Heureusement quand il fugue c'est pour la bonne cause.

— Alors quoi, maugrée Alexandre-Benoît, on s'sucide ou on va s'faire cuir' un' soup' z'aux choux ?

Je le félicite d'avoir usé d'un « x » pour assurer le pluriel de chou, puis, acceptant l'avenir immédiat avec stoïcisme, je lui demande :

— C'est comment, l'hôtel de ta petite garde-malade mâchurée ?

Il me considère d'un œil incrédule. Son regard s'embue. D'une voix enrouée par l'émotion, il déclare :

— C'est beau d'penser à ma bite n'en un pareil moment, mec. Toute ta granderie d'âme est là.

Tel un vassal d'autrefois, il s'incline sur ma dextre suzeraine et en baise le dos avec dévotion.

LA TRUFFE ET L'OIGNON

L'hôtel *Vasco de Gama* (1469-1524) compte parmi les plus modernes de Macao. Des chasseurs en livrée grenat, apparemment et à parements jaunes, fourmillent sur le terre-plein d'accueil, kif des morbacs dans la jungle pileuse de Bérurier.

Nous prenons deux chambres contigüantes. Comme le réceptionniste s'inquiète de nos bagages, nous répondons que, partis de Hong Kong pour la journée, nous avons brusquement décidé d'y prolonger notre séjour. Le mec, mal convaincu, me demande de lui laisser l'empreinte de ma carte de crédit. Ce dont je fais.

Ma pomme, veux-tu que je te dise ? Plein le fion, des hôtels ! Toujours à y louer des nuits, des plumards, des salles de bains. J'aspire à autre chose qui, sans être une vie pantouflarde, me permettrait de souffler. J'ai un peu de blé à gauche, m'man en a également à droite : on pourrait s'acheter un chouette appartement à Paname, dans un quartier eurf : Passy, Auteuil. Ou bien on se chercherait une maison dans le Marais, possédant un jardin romantique. Y a des tas de soluces.

Parfois, au hasard de mes déambulances, je stoppe devant quelque agence immobilière, spécialisée dans les crèches dites « de charme ». Et puis je me dis que ma Féloche est duraille a dépoter. P'pa est mort dans notre maison clodoaldienne. Au fond du garage, il y a encore le vélo dont il se servait pour aller jusqu'au bureau de tabac, acheter ses Gauloises bleues. Après tout, c'est assez classe, Saint-Cloud, on pourrait rebecter notre pavillon. Je suis bien avec la municipalité, elle nous donnerait sûrement l'autorisation de construire une aile en additif. Je connais un architecte génial. Pour décider m'man, je lui laisserais lâchement entendre « qu'il faudra bien que je me marie un jour pour lui confectionner une petite-fille qui porterait son prénom ».

Allez, *go* ! En rentrant, je lui fourre cette idée dans le crâne, ma *mother* tant chérie. Et on se lance illico dans les bioutifoules réalisations. Je suis certain de lui filer le virus de la pierre.

Voilà à quoi je gamberge au huitième étage du *Vasco de Gama*, en admirant la vue sur le Bosphore.

Comment ? Y a pas le Bosphore à Macao ? Ben, mon vieux, ça te regarde. Moi, les cartésiens de ton espèce, je les laisse quimper dans leurs certitudes préfabriquées, point à la ligne.

Tandis que le Kolossal se met en quête de sa bronzée ricaine, je vais faire des emplettes.

Rien de plus fastoche. Des villes comme celles-ci, Singapour ou Hong Kong, sont des bazars à l'échelle planétaire. Tu y trouves tout et n'importe quoi. Tu n'as qu'à marchander pour le plaisir.

En moins de cent mètres de bitume, j'ai acheté ce qu'il me fallait et je reviens au *Marco Polo*. Non, je me goure : au *Vasco de Gama*. Me livre à un numéro de haute transformation tellement réussi que le fameux Frégoli en gerberait son goûter de la veille.

Le bel Antonio, si pétulant, est entré dans la chambre 813[1], l'homme qui la quitte est un vieillard chenu, aux cheveux de neige, dit-on dans les vieux fascicules de *La Veillée des Chaumières*.

Coiffé en brosse, moustache en crocs, la démarche claudicante soutenue par une canne en bambou de Malacca, le front ridé par trop d'hivers vécus, le regard assisté de lunettes à monture de fer, vêtu d'un complet gris austère, le Sana tout joli est devenu inidentifiable. La meilleure des preuves est que, repoussant le bœuf Béru dans le couloir, celui-ci se retourne et m'apostrophe vertement :

— Dites don', l'aïeul, c'est pave biscotte v's'allez fêter vos cent berges qu'y faut faire esprève d'bousculer l'monde. J'parie qu'v's'êtes angliche, pour s'permett' des prévôtés pareilles !

— Ta gueule ! réponds-je sans perdre mon sang-froid (dirait Sancho).

Je poursuis ma route. Le silence qui succède est d'une telle densité que le chapelet de pets lâché par

---

1. Bref hommage à Maurice Leblanc.

Sa Majesté fait l'effet de manœuvres navales dans l'Atlantique Nord.

Une cage d'ascenseur me soustrait à sa stupeur.

*
* *

Ces grandes cités d'Asie ont une odeur particulière. D'épices, de musc, de farine de riz, de vérole inguérissable, de crasse sédimentaire, de culs mal torchés, de patchouli, de poisson qui s'abandonne, d'alcool frelaté, de hardes exténuées, de vapeurs d'essence, de vomissures communes, de coquillages oubliés. Elles puent la mer, l'amer et la merde. C'est le destin des fortes concentrations d'hommes dans les pays de soleil.

Je déambule au hasard des rues, fortifié par une sensation de « protection supérieure ». On a voulu me tuer, je ne suis pas mort ; le reste doit être pris au second degré.

J'erre avec application, si je puis dire. D'autres l'ont déclaré avant moi : l'immobilisme est le pire ennemi de l'humain. Se déplacer est déjà en soi un acte d'indépendance, la manifestation d'une volonté. Exister, c'est bouger.

Je vais, vais, ballotté par le vacarme de Macao, bousculé, agressé à travers tous mes sens.

Brusquement, tu sais quoi ? Je sens qu'on frôle mes meules. Je déteste. Mon cul est ma propriété exclusive. Même les frangines n'en ont pas l'usufruit. Et attends, illico la caresse se mue en inquisition. Voilà qu'on veut me triturer l'oigne ! J'arme ma droite et volte pour la placer dans le portrait du pédogue. Mais mon poing ne rencontre que le vide. Entraîné par mon élan, je titube et pars en avant. M'étale sur le trottoir.

Je te raconte ? Tu me donneras un petit quelque chose pour ma peine ? Bon !

Me relevant, j'avise Salami près de moi. L'air plus navré que jamais.

— Vous ! m'écrié-je.

Il remue du fouet, sa babine se retrousse pour un sourire qui atténue sa maussaderie apparente. Le drame de ces hounds, c'est qu'ils ont toujours l'air de suivre un enterrement.

On parlemente.

Il déclare :

— Pardonnez-moi de vous avoir fourré ma truffe dans le fondement, mais je voulais absolument vous identifier, chose malaisée de par votre accoutrement.

— Qu'étiez-vous devenu ? demandé-je. Ne deviez-vous pas nous attendre dans le taxi ?

— En effet. Mais la Chinoise qui vous avait plastiqué a quitté précipitamment le casino et j'ai cru judicieux de la suivre.

J'allégresse de bas en haut :

— Vous l'avez fait ?

— Bien sûr ! Elle s'est rendue dans un curieux endroit proche d'ici où son compagnon l'a rejointe un peu plus tard.

— Votre efficacité me confond ! Vous voulez m'y conduire maintenant ?

— Naturellement. Mais dites-moi la raison de votre transformation.

— Ce territoire est exigu et je suppose que tout le monde se casse le nez sur des gens qu'il n'est pas toujours sain de rencontrer.

— Je comprends. En tout cas, votre transformation est parfaite.

Nous abandonnons bientôt l'avenue pour pénétrer dans une voie presque aussi populeuse mais beaucoup plus étroite. Nous parcourons quelques centaines de mètres avant que le chien stoppe près d'un établissement pourvu d'un restaurant vitré de culs de bouteilles, ressemblant à une taverne.

— C'est ici ! m'indique Salami.

Un escalier assez bref conduit à une porte basse ornée de hauts-reliefs représentant des sirènes. D'ailleurs l'enseigne est *The Siren*.

LA CATA

Les verres dépolis de la devanture laissent filtrer une lumière glauque d'aquarium dans cette salle basse. Les murs sont blanchis à la chaux et parés de gravures représentant une flotte d'autrefois : caravelles, bricks, goélettes. Les tables massives sont dûment encaustiquées. Un plantureux comptoir (des Indes), hérissé de pompes à bière mieux briquées que des pompes à merde, constitue l'autel de cette chapelle où des convives sont occupés à boire et à manger.

Ayant repéré une place disponible, je m'en empare.

Une Asiate vêtue d'un corsage blanc et d'une jupe noire me saute sur le paletot pour satisfaire mes désirs.

Je lui annonce que je voudrais claper. Aussi sec, elle me désigne la nappe en papier sur laquelle le menu est imprimé et décoré de dessins alléchants.

J'opte pour des rouleaux de porc farcis au gingembre et un canard du jour (en chinois : « fi gâ rô »). Plus une bibine anglaise pour faire la trombe évacuatrice.

Tandis que la serveuse s'emporte, je fais plus ample connaissance avec l'endroit.

I-li-ko mon intérêt se pose sur un individu énorme puisqu'il est obèse, assis seul au milieu du restau. *Very curious* bonhomme en vérité. C'est un monstre de race blanche, vêtu d'un smoking immaculé et d'une chemise de soie noire « enrichie » de broderies dorées. Autant que sa mise à pareille heure et en un tel lieu, la table à laquelle il se tient déconcerte. A première vue j'ai pensé qu'il y prenait un repas. En fait il reste immobile, bras croisés devant un bocal de tomates à l'huile, une vétuste balance d'épicier, dite de Roberval (comme on n'en trouve plus que dans des pays tellement reculés qu'ils sont ailleurs), un plat de maquereaux (ou assimilés) marinés, et une bouteille de vin portugais rosé.

Ses cheveux noirs descendent en frisottant sur ses mâchoires. Une chevalière ornée d'un diamant à peine plus gros qu'une boule d'escalier alourdit sa main gauche. Si ce mec te flanque une tatouille sans débaguer, t'es bon pour passer six mois en réanimation à l'Hôtel-Dieu.

Un tel pachyderme humain me fascine. Je raffole des « personnages » et celui-ci est peu commun.

Quand la barmaid apporte ma commande, je lui demande, presque timidement, qui est ce monsieur. Elle adopte un air de profond recueillement pour m'apprendre qu'il s'agit du maître des lieux.

Si je laissais la bride sur le cou à ma curiosité, je poserais cent autres questions, seulement je me ferais remarquer. Aussi passé-je à l'examen plus général de la clientèle.

Peu à en dire. Elle est à majorité européenne. Par contre, toutes sortes de nationalités s'y côtoient, latines pour l'essentiel.

Je briffe avec appétit les denrées convenables qui me sont servies.

Dehors, mon merveilleux Salami doit tirer une langue plus longue que la traîne de Bokassa lors de son sacre. En voilà un (Salami) qui ne rechigne pas d'être à la peine, malgré qu'il soit si peu à l'honneur ! J'espère qu'il s'est dégauchi un coin d'ombre.

Au moment où la serveuse m'amène le canard enduit d'une sauce brunâtre épaisse, tu sais quoi ?

Oui : t'as deviné ! Le couple du casino entre. Et attends le plus bath : il prend place à une table proche de la mienne.

Je ne bronche pas, entreprends de becter le *duck*. C'est pas du bressan, ce coin-coin. Devait faire de l'anémie-pas-graisseuse. Quand tu as ôté sa peau croustillante de sur ses os, ce qui reste remplirait à peine une dent creuse.

Les charmants aminches du bateau s'installent et se mettent à jacasser en anglais. La préposée vient s'enquérir de leur commande. Je ne prends pas garde à leur menu. Un point d'interrogation aussi gros qu'une crosse épiscopale occupe mon caberluche.

Bon, je les ai retrouvés, mais de quel recours disposé-je ? De quoi puis-je les accuser ? De m'avoir accroché aux basques un explosif que j'ai foutu à la baille et que mon chien seul a aperçu ? Tu le vois témoigner en justice, le hound ? « Levez la patte droite et aboyez *je le jure !* ». S'il y a des dilemmes insolubles, celui-ci en est un !

Là-bas, le patron obèse vient de se retourner et adresse aux arrivants un léger salut. Conclusion, ces gens sont des habitués.

J'achève mon bouffement sans avoir découvert de soluce à mon problo. Seul élément positif : le couple habite l'hôtel. Fort de ce tuyau, tu goupillerais les choses de quelle manière, tézigue pâteux ? Attendre la noye et risquer une visite tardive ? Faut-il encore connaître le numéro de leur carrée...

Oui, c'est dit : on va refondre notre pavillon de Saint-Cloud. Ça contrariera Félicie au début, mais elle sera toute joyce d'avoir une chicarde demeure ; humain, non ? On dispose de quelques vagues parentés qu'on invitera pour les faire chier. Des bêcheurs jaloux qui croient que directeur de la Rousse n'est pas une situasse bien assise, malgré « la retraite qu'est au bout ».

Je sursaille.

Etais parti dans les rêvasseries du promeneur solidaire et glacé. A quelques centimètres de « mes tueurs » ! Faut le faire, non ?

Je demande la douloureuse à la serveuse.

Me l'apporte avec, sur le plateau, une boutanche d'alcool de riz et une petite tasse de porcelaine, au fond de laquelle, tu ne l'ignores pas, une fille montre son frifri lorsque le godet est plein. Me le remplit rasibe. Déclare en se fendant la coucourbe qu'il faut le vider sans en verser.

Ce dont.

Gloup ! Cul sec (je parle de celui de la connasse qui montre le sien au fond du minuscule gobelet).

Allez, bonsoir, *ladies and gentlemen* (si toutefois il y en a ici). Il met les adjas, l'Antonio, emportant dans ses rétines les traits de « ses assassins ».

Salami et le soleil m'attendent dans la venelle, le premier à l'abri du second, grâce à un porche ombragé. Le bon basset se dresse sur ses quatre moignons en m'apercevant.

— Je ne vous ai pas trop fait attendre ? lui demandé-je.

Il me regarde et ses lotos se mettent à pendre de part et d'autre du sabot lui servant de museau.

— Quoi donc ? je lui questionne. Vous en poussez une tête, vieux chien de cirque !

Malgré cette apostrophe, son saisissement perdure.

Je fais trois pas en direction d'une boutique vendeuse de bimbeloterie où se trouve une glace piquetée de taches. M'y contemple. Qu'est-ce qu'elle braille, dans *Faust*, Marguerite ? Ah ! je ris, de me voir si belle en ce miroir. Pétasse !

Tu verrais ma bouille, Gribouille !

Je ne te parle pas de mon grimage ! Ce qui se passe « en dessous » est bien pire. Imagine-toi que je suis « bleu » ! T'entends ? Bleu « noyé ». Mes lèvres le sont également, mes portugaises, mes paluches, ma queue aussi, je gage ?

Mamma mia, que m'arrive-t-il ?

Au secours ! Un empoisonnement ? C'est ces saletés de rouleaux de porc, tu paries ? Ils me semblaient succulents, cependant ! Seulement faut toujours se gaffer du cochon.

Ça me rappelle un jour qu'on était une trentaine
à se vider la boyasse dans un restau de cambrousse,
à même le parquet. Au mariage d'Angèle, une cousine à maman. Elle épousait un charcutier de la
haute société dauphinoise. Le porcelet incriminé
provenait de chez lui ! Il l'avait fait élever spéciale-
ment pour sa noce, mais le pauvre animal avait dû
se choper une sale maladie avant son sacrifice, si
bien que sa chair était devenue vénéneuse pour
l'homme. Ça nous avait bichés comme la foudre,
cette partie de tord-boyaux. Les plus chanceux
avaient eu le temps de gagner les cagoinsses, d'autres s'étaient soulagés dans la cour de l'auberge où
les anciens combattants célébraient les armistices
de 18 et de 45. Mais la grosse majorité de la noce
foirait sur place, dans ses brailles. T'aurais vu s'as-
sombrir la toilette de la mariée ! Pauvre chérie !
Elle était postière à Bourgoin-Jallieu, Angèle, et
avait fait des sacrifices inouïs pour pouvoir se payer
une robe de cette classe. Une chiasse collective
d'une telle ampleur, de mémoire de « magnauds »
ça ne s'était jamais vu. Juste deux personnes
avaient échappé à cette chierie collective : ma Félicie, qui ne bouffe jamais de porc, et le père Mazu-
rier, qui avait cassé son râtelier, la veille, en
mangeant une omelette.

Je te raconte tout ça parce que t'as la chance de
ne pas être bégueule. Mais j'en sais que de pareilles
évocations révulsent, convulsent même ! Qui me
vouent aux gémonies ! Me réputent inlittéraire.
Quelle chance ai-je de pouvoir les sodomiser de
tout mon cœur ! Au figuré, naturellement, parce que

avec la chopine que je traîne, au sens propre ça leur ferait trop plaisir !

Me voilà qui floconne de l'esprit alors qu'il m'arrive une cata sans précédent !

Que faire ? Où porter mon infortune ?

A l'hôpital le plus proche, tu penses ?

Oui, n'est-ce pas. C'est d'ailleurs ce que Salami me suggère.

CE QUI S'APPELLE « GAGNER LE CANARD »

Pour cela, me faut un bateau, non, excuse, un taxi ! Ça s'embroussaille sous ma bigouden.

Je regarde alentour. Ne vois que des gens couleur safran ou vert-bronze.

Tiens ! un pousse-pousse ! Ce mode de locomotion me prêtait à rêver quand j'étais chiare. Je dois lui faire un signe car le léger véhicule à traction humaine s'arrête devant moi.

— *Yes, sir ?* me demande implicitement le coolie express.

J'effortise pour me hisser dans la carriole.

— Hôpital ! proféré-je.

Trois syllabes qui me coûtent beaucoup. Le gus a un regard éloquent sur ma personne. Je ne dois pas lui sembler très faraud et je suis disposé à te parier, chérie, un coup de bite contre un coup de soleil qu'il est en train de se demander si je vais être en état de lui régler la course.

Il décarre en trombe d'Eustache. Moi, j'évanescente de plus en plus, avec une cruelle indifférence. A croire que ce qui m'arrive ne me concerne pas.

Salami trotte de son mieux, la menteuse de plus en plus pendante.

La vie est belle. Non : elle est conne. Enfin, elle...

Et puis merde !

Note que je reste conscient. Mais détaché de tout. Tu me lirais *Le Dormeur du Val* ou bien un traité sur l'hémophilie chez l'escargot de Bourgogne, ce serait du kif. M'en fous.

Le trotteur finit par stopper.

Je m'efforce de porter la main à ma fouille.

— *How much ?* articulé-je.

No réponse.

Quatre mains s'élèvent pour m'emparer... Je me sens extrait du pousse-bis [1] sans ménagement hospitalier. Au reste (peut s'écrire Oreste), mes manipulateurs me laissent choir sur le sol, kif un colombin parvenu à maturité.

Outré par cette brutalité, Salami se met à leur aboyer contre furieusement, prêt à mordre. L'un des pseudo-infirmiers sort une matraque de son bénoche, dont il se sert de godemiché à l'occasion, et lui en porte un coup tellement violent sur l'occiput que le choc produit le son caverneux d'un gong philippin.

Mon ami à quatre pattes tombe raide comme barre.

Je veux injurier ces salauds canicides, seulement c'est le cloaque dans ma gargante, et mes cordes

---

1. Pousse-bis, simplification du mot pousse-pousse.

vocales sont aussi désaccordées que deux vieux époux.

Où suis-je ?

En compagnie de qui est-ce ?

J'essaie de mater. N'aperçois que des frimes asiates. Le pousse-poussier s'éloigne.

Tantonio-de-ses-burnes se dresse mal que bien tant sur un coude. Ce qu'il avise lui semble idiot.

Une étendue boueuse, très vaste, comportant des mares. Prisonniers de cet univers, serrés, cancaneurs, une chiée de canards blancs barbotent avec délectance. Impossible de les dénombrer dans cette grouillance fétide.

Curieux hosto, ne me dis pas le contraire !

Les Chinagos me ramassent par les paturons et me traînent sous un hangar de tôle ondulée.

Une dizaine de mètres, et je suis lâché devant une pyramide de sacs malodorants. Toute proche, il y a une grosse machine antédiluvienne actionnée par un moteur fixé sur un socle de béton. Une large courroie de cuir va de celui-ci à l'appareil. Pour l'instant, l'engin est au repos.

Les « infirmiers » s'asseyent sur le sol, dos aux ballots.

L'un deux se met à fumer une cigarette longue et mince. Son pote se contente de balancer des louises au riz cantonais en me défrimant d'un air infiniment distrait. On pige qu'il s'intéresse moins à mon destin qu'aux fientes des canards concentrationnés.

Le tandem attend.

Qui ?

Je ne vais pas tarder à le savoir, aurait écrit le bon Dumas (ou l'un de ses dix petits nègres).

Au bout d'un certain temps, déclarerait un confrère soucieux de précision, je vois survenir une Jaguar de couleur vert anglais, aux chromes étincelants. Elle est drivée par un chauffeur davantage chinois que finlandais, en livrée également verte ; j'ai remarqué que les gens fortunés du coin assortissent leur personnel navigant à la tire qu'il pilote.

La voiture approche, roulant avec une infinie lenteur dans la fange, puis stoppe à trois mètres quinze de moi. Son conducteur descend de son siège et, marchant sur la pointe des pieds pour ne pas souiller ses tartines briquées à mort, ouvre la porte arrière me faisant face.

Nonobstant la chavirance de mes sens, j'avise, à l'intérieur du véhicule, une femme superbe et singulière. Tu la prendrais pour une héroïne des années *twenties*. Elle porte une robe en voile émeraude, une capeline de paille légère. Ce qu'elle a de particulier, c'est son maquillage presque blafard coupé de deux ronds roses aux joues. Les lèvres sont serties d'un trait rouge sang, les yeux sombres agrandis au crayon noir. Personnage d'un cinéma muet qui nous parviendrait en couleurs. On s'attend à trouver plusieurs rangs de perles en sautoir sur sa poitrine plate, et un long fume-cigarette entre ses doigts.

Elle me regarde longuement, sans se gêner.

Un objet. Voilà ce que j'ai l'impression d'être.

— Pouvez-vous venir jusqu'à moi ? demande-t-elle dans un anglais où perce un accent d'Europe centrale.

Je balbultie :

— Ce serait volontiers, mais je suis incapable de bouger.

La star du muet dit alors quelques mots à son chauffeur, lequel répercute un ordre aux deux Chinois. Ces derniers m'approchent, m'empoignent, et me soutiennent jusqu'à la Jag.

Je vois de tout près la surprenante créature. Elle est plus vioque que je ne l'estimais. La soixantaine, peut-être ? Mais avec davantage que de beaux restes. Cette dadame, si je me trouvais dans mon état normal, je lui ferais volontiers fumer la minouche !

— Nous allons vous faire disparaître, me dit-elle.

Comme je reste privé de toute réaction, elle insiste :

— Vous saisissez ce que je vous dis ?

Brève approbation de l'apostrophé.

— Vous voyez cett_ grosse machine, sous le hangar ?

— Oui.

— C'est une broyeuse. Mes ouvriers vont la mettre en marche et vous introduire dedans, tête première, après vous avoir dévêtu. Vous serez haché menu ; on mélangera le résultat de l'opération à du son et les canards se régaleront.

J'acquiesce pour lui signifier que je comprends.

— Nul ne saura ce qu'il est advenu de votre personne. Vous disparaîtrez to-ta-le-ment, deviendrez fiente. Regardez cette étendue pestilentielle. Croirait-on que beaucoup de gens y sont incorporés ? Non, n'est-ce pas ?

— Intéressant ! parviens-je à articuler.

— Vous n'êtes pas saisi d'effroi ?

— Je ne m'en rends pas compte.

— Vous êtes courageux.

— Dans la bonne moyenne, c'est tout !

— Et vous ne me demandez pas pourquoi nous vous anéantissons ?

— Vous devez avoir vos raisons.

Elle crispe des mâchoires, Mémère ; son regard se durcit dans son masque vaguement funèbre et, assurément, carnavalesque.

— J'ai rarement vu un homme montrer autant de détachement pour son sort.

— Vous oubliez que je suis sous l'emprise de la drogue que vos amis m'ont fait absorber.

— Je n'ai pas d'amis.

— Disons vos complices.

On se défrime un bout. Elle avec intensité, moi d'une prunelle détachée, ce qui semble la mettre hors d'elle. Elle aimerait m'entendre claquer des chailles, cette perverse.

Je lui souris tendre.

— Si nos routes s'étaient croisées dans d'autres circonstances, nous aurions peut-être connu des moments exceptionnels, murmuré-je avec difficulté.

— Vous trouvez que ceux-ci ne le sont pas ?

— Les instants réellement rares sont ceux que l'on consacre à l'amour ; ceci est mon credo.

Elle paraît fugitivement moins « dure », à croire que mes paroles la touchent confusément.

Mais il ne s'agit que d'une brise rapide ; il en souffle parfois, le soir, avant la tombée de la nuit.

Elle crie encore quelque chose à son chauffeur.

Peu après, les laquais des canards [1] branchent leur putain de batteuse. Celle-ci produit un boucan du diable. La large courroie de transmission est distendue ; on a du mal à admettre qu'elle entraîne les rouages de ce tas de rouille.

— Donc, vous choisissez de mourir sans avoir compris pourquoi ? soupire la femme à la Jaguar.

— Je meurs « pour moi », comme tout le monde ! réponds-je, non sans une grandeur d'âme si confondante que le futur roi de Grande-Bretagne et d'Irlande du Nord en bédolerait plein son bénoche.

— Curieux homme ! fait la vamp des années tangoteuses. Eh bien, donc que votre destin s'accomplisse.

Elle adresse un signe aux trois Jaunes.

---

1. Jeu de mots intraduisible en chinois.

Je vais te dire un truc que tu ignores.

On a eu sauvé la vie de gens en train de mourir, simplement en leur parlant. Tu ne vas pas me croire, et pourtant c'est extrêmement vrai. J'ai vécu ce cas. Un gonzier qui marchait devant moi dans une rue de Sofia. Un vieux kroum avec une casquette à visière de cuir. Poum ! Le voilà qui titube et s'écroule. Je me précipite. Il avait les vasistas en partance. Agenouillé près de lui, je l'exhorte de ne pas calancher.

Je ne sais pas le bulgare, malgré mon Francisque qui, les jours de libations, entonnait une chanson faite d'onomatopées après avoir annoncé : « Chanson bulgare ».

Le type dont je te cause, il devait se demander ce que je lui borborygmais. Cela l'empêchait de passer « de mon vit à tes pas », comme dit Bérurier. Il efforçait de piger. De la sorte, il a retenu sa perte de conscience. Les secours sont arrivés et on l'a bricolé d'urgence. A cause du regard qu'il m'a lancé, j'ai grimpé près de lui dans l'ambulance. Parvenu à l'hosto, du temps que j'y étais, j'ai attendu ;

ça ou visiter des églises à bulles, hein ? Ben, il s'en est tiré, Fédor Machinchouette.

C'est pour te dire que la vielle tubéreuse a eu raison de me parler. Jacter a opéré une réac salutaire en moi.

Je me baisse un chouïe pour mirer ma frime dans le rétroviseur extérieur. Pas d'erreur : je débleuis à vue d'œil.

Les deux éleveurs-de-canards-équarrisseurs m'encadrent. Je chique le mec qui tombe en digue-digue et ne peut plus tenir sur ses flûtes. Cela justifie que je les biche chacun par une épaule. Ils me soutiennent pour m'entraîner au supplice.

Un pas, puis deux. Je stoppe, style mec épuisé, au bord extrême de l'anéantissement. Et soudain, bandant mes muscles, je les serre férocement l'un contre l'autre, non sans exécuter un pas en arrière. Leurs théières se choquent violemment. Ils s'effondrent, mous comme les seins de Mme Jeanne Calmant. Je leur file, presque en même temps, un coup de saton dans la gueule. Leurs deux frimes s'aplatissent un peu beaucoup.

Que remarqué-je, au plus intense de l'action ? L'un des deux niaques n'a-t-il pas un revolver fiché dans sa ceinture, contre son dos ? Dans des instants pareils, il est plus agréable de ramasser ce genre de talisman qu'un trèfle à quatre feuilles. C'est pas qu'il me tienne chaud mais je trouve la vie plus confortable avec cet outil dans la pogne. Entre ça et un thermomètre à mercure, y a pas à hésiter.

Lesté du riboustin (il date des 40 jours de Pékin), je me repointe à la Jaguar.

— Je crois qu'il y a contrordre, fais-je à la dame des « jours anciens ». Dites à votre chauffeur de nous ramener en ville !

Ce que je viens de te narrer s'est opéré si vite qu'elle n'a vu que du feu. Son air stupéfait est vachement gratifiant pour ma vanité...

— C'est moi qui commande ! reprends-je en virgulant une bastos dans le pavillon de la guinde qui, de ce fait vandalique, se trouve enrichi d'une prise d'air supplémentaire.

La daronne regarde le ciel par le nouvel orifice.

— Ma voiture ! balbutie-t-elle avec puérilisme.

Pour la consoler, je tire dans le tableau de bord d'acajou. Le poste de radio éclate.

Je fais signe au *driver* de reprendre le volant. Sinon, la troisième balle fera un trou dans sa vareuse.

Résigné, Pô Té O Chou retourne s'asseoir.

— Moteur ! enjoins-je, comme si j'étais réalisateur d'un film d'action.

Le mec démarre. Mais qu'est-ce qui lui prend-il, à ce nœud ? Voilà qu'il appuie secco sur la chanterelle. L'auto rushe ! Ses boudins miaulent. De la gadoue gicle contre les glaces. Et le magot braque tout pour nous jeter dans une mare. Le douze cylindres rugit ! Ça rage sous le capot ! On remue une vase monstre. Dans un premier temps, on enfonce jusqu'à la baguette chromée décorant la carrosserie, biscotte le lourd engin paraît aspiré par des profondeurs turpides. Maintenant on a de la boue jusqu'au niveau des vitres. Plus mèche de déponer les lourdes.

La vieille pétasse a reconquis son self-control. Elle semble n'attacher aucun intérêt à ma pétoire.

— A présent ? me demande-t-elle.

— C'est la question que je m'apprêtais à vous poser, réponds-je.

La peau de garce soupire.

— Quel gâchis ! J'adorais cette voiture.

— Vous en achèterez une autre ; à moins qu'un corbillard ne constitue votre prochain véhicule.

— Depuis sa place, Pô Té O Chou a déclenché un S.O.S. Dans moins de dix minutes, mes gens viendront rétablir la situation.

— Ce qui me laisse le loisir de vous abattre tous les deux !

Elle a cette réponse qui mériterait un grand coup de chapeau si j'en portais un :

— Et alors ?

Je n'éprouve aucune envie de disputer une joute oratoire avec cette vieillerie. Joignant le geste à la décision, je foudroie le conducteur d'un coup de crosse sur la calebasse. Il pique du *nose* sur son beau volant en bois de je ne sais quoi.

Quant à la belle douairière des temps jadis, je lui réserve un crochet au bouc, ce qui est beaucoup plus distingué qu'un vulgaire gnon au sirop de Colt.

Ces affaires courantes expédiées, j'entreprends de m'extraire du véhicule. Par chance, les glaces continuent de fonctionner, bien qu'elles soient électriques donc mises en péril par l'eau.

Sortir de l'auto est fastoche, mais du bourbier beaucoup moins car cette fange infecte joue aux sables mouvants. Impossible d'y prendre pied. Dès que mon poids porte sur l'une de mes guibolles, celle-ci s'enfonce. Je n'ai d'autre ressource que de me jeter à plat

ventre sur la gadoue et d'opérer des mouvements
hybrides de natation et de reptation conjuguées.

Dix broquilles de cet exercice exténuant m'amè-
nent enfin sur un sol meuble. Une assemblée de
canards médusés me regardent sortir de leur mare,
bonhomme d'argile devant ressembler à une statue
animée.

Je mate les alentours. C'est plat. Seul le hangar
dans lequel continue d'ahaner la vieille broyeuse
propose un abri dérisoire. Tout autour, une campa-
gne pelée, piquetée au loin de constructions typi-
ques. L'âcre odeur de fiente et de pourrissement
que je charrie me flanque la gerbe.

Fuir ? Mais mes fringues boueuses pèsent cinquante kilos.

Que fiche ? Que faire ? Que branler ?

Je fais appel à mon « lutin » personnel, forme
inaboutie de ce que les gens de bonne condition
nomment leur « ange gardien ». Certaines de nos
habitudes, parmi les plus courantes, se perdent ou
se mettent en sommeil. Aussi suis-je tout réjoui de
retrouver, à point nommé, cette pratique remontant
à ma jeunesse.

— Camarade, l'apostrophé-je familièrement, si
tu es toujours opérationnel, prouve-le-moi.

Faut tout te dire ?

The miracle, mec !

Véritable.

Ceux de Lourdes, en comparaison, ressemblent
aux tours de cartes d'un prestidigitateur de fête
foraine.

Mes yeux se portent sur l'énorme broyeuse. D'où sort-elle, cette machine des temps enfuis (voire enfouis) ? Elle se compose d'un bloc concasseur de forme cubique, sous lequel se trouve le récipient de récupération. L'ayant tiré, je m'aperçois qu'un charmant garçon de ma corpulence peut s'y lover sans avoir été haché menu au préalable. Cependant, une colle majeure se pose : comment refermer le tiroir, une fois planqué à l'intérieur ?

Me mets à fouinasser sous le hangar. Y déniche une corde de belle longueur. Et après ?

Juste que se pose le point d'interrogation, je vois survenir une Range Rover sur le chemin de la « canarderie ».

Grouille-toi d'être génial, petit homme, ça urge !

Me croirais-tu si je te confiais que l'idée magique me déboule en trombe sous la coiffe ?

Tu sais quoi, Benoît ? La courroie de transmission. Je lance ma corde par-dessus, réunis les deux bouts. M'introduis dans le compartiment, tire à moi. Ne reste plus qu'à m'arc-bouter dans mon logement étroit en halant les extrémités de la ficelle. Ce que j'espérais s'opère : ma traction se répercute sur la sangle et, par brèves saccades, le casier se referme. Quand il ne subsiste plus qu'un espace étroit, je largue l'un des bouts de la corde tout en tractant l'autre, ce qui me permet de récupérer le tout.

Sache, ô illustre lecteur, mon ami, mon frère, mon père nourricier (rien à voir avec l'académicien Goncourt qui paume ses manuscrits), que tout est nickel quand des gonziers se pointent dans le hangar.

A l'oreille, j'estime qu'ils sont deux.

Chose curieusement étrange, ils n'ont pas l'air mobilisés par la Jag immergée. Se causent sur un ton conciliabulaire.

Je comprends qu'ils s'occupent des deux Chinagos estourbis par mon accolade fraternelle. Les raniment, les interrogent.

Leur inempressement à secourir la vieille dans la flotte fangeuse me désempare. Ils devraient effervescer pour arracher Mémère à la gadoue, non ? Tu es bien de mon avis ? Au lieu de ça, ces foies jaunes (de canards) pérorent tels les milliers de volatiles épars sur le terrain.

Du temps s'écoule.

Je me fais vieux dans mon tiroir de morgue empestant la décomposition. Putain, si un jour je retourne claper au *Palais de Jade* ou au *Dragon ailé*, je commanderai du poulet à la citronnelle après mes rouleaux de printemps !

Je patiente, comme seul un véritable flic est capable de le faire.

Les conversations cessent.

Ronflement de leur chignole. Décroissant.

Je n'entends plus que les ricanements des pensionnaires ailés.

Soudain, une paix intégrale s'étend sur Macao-les-Bains.

UN TIROIR, QU'EST-CE ?

Le silence perdurant, sur fond de cancanements, la rassurance me revient.

Elle est de courte durée. Sais-tu pourquoi ? Parce que la question m'arrive de plein fouet, dirait un charretier : comment vais-je sortir de ce putain de tiroir ?

Grâce à mon système de corde, j'ai pu m'y enfermer, mais pour m'en extraire ? Hein, dis ?

T'as une idée à proposer ?

Moi non plus.

Me trouve bouclarès dans ce compartiment tel un macchabée dans son lardeuss sans manches. Je suis coincé absolument, dans l'impossibilité de remuer. Mon Dieu, quel con fus-je. N'avais que le souci de me placarder. Côté planque, parfait ; mais après ?

Beau essayer de cigogner la caisse de fer, je n'obtiens que des « boum-boum » d'instrument à percussion.

Foutu qu'il est, ton sublime Antoine ! S'est auto-piégé. Quand les méchants reviendront, ce qui ne tardera pas, ils n'auront que d'ouvrir le tiroir et m'emparer. Probable qu'ils me le feront réintégrer après m'avoir fait passer par le broyeur.

Bis repetita placent : je lance un nouvel S.O.S à mon lutin salvateur. Ne va-t-il pas se fatiguer de mes implorades ? A trop quémander, on lasse vite.

Eh bien, crois-moi ou va te faire niquer avec un plantoir de jardinier, il répond sans tarder, le charmant ange gardien.

Moins de trois minutes s'écoulent et je perçois un bruit singulier, fait de halètements et de plaintes.

Alors le voile se déchire ! disait-on dans les fascicules hebdomadaires d'autrefois, commis par des gens qui écrivaient aussi vite que ma pomme mais ne disposaient pas de mon talent saugrenu.

« Salami ! »

Ma vie durant, plus les cinquante années qui succéderont, je ferai pénitence pour expier cet oubli passager. Je ne cherche pas d'excuses, mais tu ne m'empêcheras pas de penser que cette amnésie momentanée consécutait des drogues neutralisantes qui me furent administrées. Inconcevable autrement.

Mon cher copain quadrupède, frappé honteusement par ces gredins, m'était sorti de l'esprit ! Tu entends ça ? Occulté ! Extrait de mon existence, ce merveilleux toutou auquel je la dois !

— C'est vous, Salami ? demandé-je-confirmation-t-il.

Le cador d'élite émet un gémissement affirmatif.

— Comment vous expliquer ! attaqué-je dans une envolée en comparaison de laquelle, la veine poétique de Lamartine semblerait moins lyrique que l'annuaire des Chemins de fer.

— Taisez-vous, bougonne-t-il, je ne suis pas en mesure d'écouter vos conneries.

Me le tiens pour dit.

— Je possède une corde, rengracié-je, je vais passer l'une des extrémités par l'interstice. S'il vous est possible de vous en saisir et de tracter, je pense que ce putain de tiroir s'entrouvrirait suffisamment pour que je puisse sortir mes doigts de mon côté.

Eperdué d'espoir, j'agis comme annoncé, réussis à dégager l'un des deux bouts. Salami s'en empare à pleine gueule et entreprend de haler.

Sur l'instant, je pense que je vais l'avoir *in the* bab', car rien ne se passe. Mais un basset-hound est d'une farouchité à toute épreuve. Grognant, gémissant, jappouillant, il s'obstine, tire à mort. Ses griffes raclent le sol. Il se prodigue avec une telle énergie que le casier de fer frémit. S'écarte d'un centimètre. Puis de deux.

— Maintenant, reprenez haleine ! conseillé-je à mon sauveteur. Je vais saisir la corde avec mes dents pour avoir les mains libres et prendre appui sur le cadre.

Nous conjuguons nos efforts (au présent de l'indicatif), et cette fois ça bouge nettement.

P'pa chantait une autre chanson à la gomme narrant un emménagement difficile (connotation égrillarde, turellement). Le refrain c'était : « Encore ! Encore ! Encore un p'tit effort ! »

Ses copains rigolaient. Moi j'étais mi-amusé, migêné. Toute mon enfance, je me suis trouvé un peu en porte-à-faux. Je le respectais vachement, mon dabe, mais par moments j'avais l'impression d'être son grand frère. Dans le fond, la vie n'est faite que de petits trucs comme ça ; c'est pourquoi elle reste indécise.

Une fois détiroiré, je me courbe en deux pour reprendre ma respiration. Seigneur, quel effort ! Mes ongles sont ébréchés et j'ai l'auriculaire gauche profondément entaillé par une aspérité de la tôle.

— Fantastique ! fais-je en soufflant. Vous avez été superbe !

Je me tais à la vue de mon malheureux clébard.

Le coup de goumi balancé lors de notre arrivée a déchiré la peau de son crâne et l'on aperçoit l'os blafard de l'occiput. Comme il a énormément saigné, sa tête et son large poitrail sont uniformément rouges.

— Dans quel état ils vous ont mis ! m'exclamé-je, avec les vibratos de l'émotion dans la voix.

— J'ai cru mourir ! admet Salami.

— Venez, je vais vous laver.

Nous sortons. Paysage asiatique dans tout son dépouillement. Au loin, des maisons aux toits pagodes. Entre elles et nous, les petits étangs où s'ébattent les Donald de Macao.

J'avise une fontaine, légèrement à l'écart. Y conduis mon sauveur et, usant de mon mouchoir, le toilette au mieux des disponibilités.

— Je vous conduirai chez un vétérinaire dès que possible ! promets-je.

Je me tais, pétrifié[1].

_____

1. Superbe fin de chapitre ! Ne rien ajouter avant l'arrêt complet du véhicule.

TEMPS MORT POUR UN VIVANT

Comment t'informer de ce qui s'est passé ?

J'aimerais te l'apprendre avec ménagement.
Tiens, par exemple : suppose que « la dame à la
Jaguar » eût été ta tante, hein ? Eh bien, tu serais
« détanté » au moment où je te parle. Et tu sais
pourquoi ? Oui, t'as deviné ? En ce cas tu viens de
gagner le droit de me faire une pipe, chérie.

Hélas, mes tendres zamilecteurs, la vieille capeli-
née n'est plus, du moins plus autre chose qu'une
personne noyée dans une Jaguar 12 cylindres
embourbée.

Que je t'exprime...

Pour fuir, j'ai baissé la vitre. La guinde s'enfon-
çait doucement ; l'afflux de boue liquide a précipité
le naufrage. N'à présent, elle est *totalement* immergée. Seul le pavillon affleure encore mais, comme
déjà les canards en ont fait une aire de repos, il est
invisible pour qui n'est pas informé de la situation.

— Vous êtes au courant de ce qui est arrivé ?
demandé-je au valeureux basset en lui désignant le
marécage.

— Plus ou moins, répond mon compagnon qui a horreur d'être pris en flagrant délit d'ignorance.

Charitable, je lui raconte.

Immédiatement, il questionne :

— Vous avez relevé le numéro minéralogique de l'automobile ?

— L'opportunité de m'en était pas apparue avant ce naufrage.

— Il nous le faut si nous voulons percer l'identité de votre aventurière, déclare cet animal d'exception.

— Sans doute, mais je ne m'en ressens guère pour aller le vérifier, ce cloaque a déjà failli m'engloutir.

— J'irai donc ! tranche Salami.

On se défrime. Avec son poil rouge de sang, sa déchirure sur la tête, ses yeux de politicien convaincu d'abus de biens sociaux, il génère la compassion.

Un élan m'embrase :

— Allons-y de concert, mon ami, l'un soutenant l'autre.

Action sublime et fraternelle qui crée les légendes et forge les amitiés indéfectibles.

*
*

Notre état dénuementiel est tel qu'une voiture de menues livraisons, à trois roues, stoppe à notre hauteur.

Un gros zigus frisotté, au front taurin et au regard de bon Samaritain, se penche sur notre misère.

— Des problèmes ? me questionne-t-il en portugais, langue que je manœuvre moins parfaitement que l'espanche, mais suffisamment toutefois pour commander un steack aux fraises dans un restau ou une turlute baveuse à une dame compatissante.

J'explique à cet être de bien que nous venons d'avoir un accident d'auto, lequel, à la faveur d'un virage mal négocié, nous a précipités dans une mare. Il s'associe à notre infortune en nous chargeant jusqu'à Macao.

Lorsque nous abordons la banlieue populeuse, je le prie de nous y arrêter.

Il.

Remerciements. Je lui propose un billet de banque qu'il refuse avec hauteur.

Lorsque son étrange véhicule a disparu, j'entraîne Salami en direction d'un marché forain aux éventaires de plein air. Dans cet univers coloré, je fais l'emplette de fringues qui ne feront pas oublier mes fournisseurs de France, mais ont le mérite de me rendre méconnaissable. J'achète un jean, un polo, un blouson et des baskets, plus un bonnet de coton pouvant se rabattre bas sur le front.

Chez un autre marchand, j'emplette un sac Adidas de grande taille à l'intérieur duquel mon basset tient sans avoir à se mettre en pas de vis.

Cette fois, je suis plus à l'aise, paré pour me mesurer à d'autres péripéties que je te promets pas tristes, d'or et d'orgeat.

***

Le *Faro Hotel* est un établissement modeste (qualificatif qui constitue une promotion).

On m'y loue sans encombre une chambre avec vue sur l'Algarve (elle est accrochée au mur) et lavabo marchant en pool avec les chiches.

Le papier de la tapisserie n'a pas été changé depuis la première communion du président Salazar et la pièce sent le fondement de nonagénaire retiré de la circulation.

Pas réjouissant. Mais, dirait Rockefeller : il faut toujours faire contre mauvaise fortune bon cœur.

Je délivre mon cador.

L'est carrément sonné, le brave. Se coule sous le lit de fer, jusqu'au mur, et s'endort déjà, anéanti.

Je m'accroupis pour lui parler :

— Vous n'avez pas faim, cher ami ?

Il grogne que, peut-être, mais préfère roupiller. Le plus simple est de lui foutre la paix. Il a besoin de dormir, moi également, après de pareilles tribulations. Nous essaierons de claper une autre fois.

Dans tous les hôtels, qu'ils fussent le *Waldorf Astoria* ou celui des *Voyageurs* de Saint-Locdu-le-Vieux, c'est toujours la chanson d'un aspirateur qui m'éveille. Le mec qui inventera un bouffe-poussière silencieux fera davantage pour l'humanité en péril que sir Alexander Fleming avec sa pénicilline.

Je bâille, médite, puis vais licebroquer dans les tartisses qui, comme j'ai l'horreur de te le dire, tiennent compagnie au lavabo.

Cette humble fonction satisfaite ou, plus exactement, ayant satisfait à cette humble fonction, je coule un regard inquiet sous le paddock. Le clébard roupille avec un tel abandon que je n'ose supputer la date de son éveil. N'était son souffle régulier, je le craindrais mort. Quand aura-t-il récupéré ? Mystère. En attendant, dors ô mon chien dévoué ! Laisse revenir tes forces, se cicatriser tes blessures !

La femme de chambre aspiratrice toque un coup bref à ma lourde et l'ouvre dans la foulée. C'est une petite brune dont l'origine portugaise se dilue dans du sang jaune. Vingt-cinq ans, mais bien conservée pour son âge. Ses cheveux appartiennent à la partie ibérique de son personnage : ils sont flous et gonflés.

Me constatant nu, elle n'en marque aucune gêne ; au contraire, ses yeux descendent jusqu'à ma chopine matinale en train de battre la mesure à quatre temps. Bien élevée, la fille m'adresse un sourire complimenteux ; je l'en remercie en flattant la bête dodelinante pour attiser son aspect gaillard.

— *Very nice !* elle dit alors, Maria.

Elle a déjà vu le loup péter sur la pierre de bois car, loin d'effaroucher, elle accorde une caresse affectueuse à la bestiole. Laquelle ne se sent plus de joie et dilate en adoptant des teintes tourmalines.

Poliment, je m'informe « d'est-ce qu'une pipe de bon accueil l'intéresserait ? »

La môme décline une offre aussi alléchante (et à lécher), alléguant qu'une telle pratique lui donne mal au cœur. Réponse discourtoise s'il en est.

Je veux répondre à l'affront par l'exemple et m'apprête à lui déguster le bigornuche lorsque je suis stoppé dans ce bénévolat par la mauvaise tenue des lieux. Je sors de cette impasse en lui dévoluant

un bank-note qui lui permettra d'acquérir les acces-
soires indispensables pour faire de son cul douteux
un objet de convoitise.

Elle me remercie et se retire sans avoir « aspiré »
ma chambre, laquelle ne s'en portera pas plus mal,
la poussière, ici, étant sédimentaire.

Saboulé, je descends à la réception, mot pom-
peux en l'eau-cul-rance, mais ne vais pas me crever
le fion à en chercher un autre mieux approprié.

— Puis-je téléphoner en Europe ? demandé-je à
la tenancière moustachue occupée à se tirer les brèmes avec un jeu de tarot si crasseux que les figures
ne seraient discernables qu'en les passant aux
rayons « X ».

Elle mentonne en direction du bigophone et je
vais utiliser icelui dans le minuscule bureau
attenant.

Ne me faut pas trois minutes pour accéder aux
trompes d'Eustache de Pinaud.

Il est tout joyeux en identifiant mon mâle organe.

— Quelle bonne surprise (en anglais *good surprise*) ! s'écrie Baderne-Baderne. Figure-toi que
nous fêtons l'anniversaire de Geneviève-Marthe,
mon épouse. Je voulais vous inviter, Béru et toi,
mais ta mère, qui nous fait la joie d'être des nôtres
m'a expliqué...

Je stoppe sa déferlance en lui racontant mon histoire par le menu.

— Tu as de quoi écrire, l'Ancêtre ? fais-je en
forme de péroraison.

— Bien sûr.

— Alors note ce numéro minéralogique. Il s'agit d'une bagnole immatriculée à Macao, coquette cité qui ne se trouve pas dans le Limousin, mais près de Hong Kong, en Asie. Je veux l'identité et l'adresse de son propriétaire.

Il transcrit en bavochant les lettres et les chiffres dictés.

— Appelle les services compétents !

— C'est pressé ? s'inquiète la Déjection biliaire.

— Mais non, penses-tu, prends tout ton temps : je vais te rappeler dans une heure. Passe-moi maman, si tu veux bien.

Et c'est un instant de bonheur.

Il a de bon, le Vétuste, d'être un homme qui prend la vie au sérieux et à cœur ce qu'on lui demande de faire.

Lorsque je le rappelle, il s'est démerdavé pour m'obtiendre le renseignement. M'man a regagné Saint-Cloud, reconduite par le chauffeur de Pinaud. Il est très tard à Pantruche, s'il est tôt en Asie.

En attendant, je me suis octroyé un bouffement, genre breakfast angliche, extrêmement reconstituant ; aussi est-ce un homme plus paré que Le-Monial[1] qui se lance, inépuisable d'énergie, dirait un littérateur de mes fesses bien connu de sa concierge, sur le dur sentier de la guerre.

---

1. Jeu de mot intraduisible en turc, en letton et en mauritanien.

CHEZ « MADAME »

Marrant, je n'avais pas prévu ça.

Et cependant, le découvrant, je ne pouvais que m'exclamer : « Bon Dieu ! mais c'est bien sûr ! », parodiant ainsi le fameux commissaire Bourrel dans « Le Train sifflera trois fois » de Marguerite Duras et Roux-Combaluzier.

Tu sais ce qu'est la demeure de ma vieille vamp marécagée ? Un bordel, mon chou. Mais attention : pas le boxif infâme pour docker aux pistons entartrés ! Non, le claque tout suprême dans lequel les riches et les puissants (pléonasme) vont se faire souffler dans le gicleur ou détartrer le pot d'échappement au gode d'ivoire vaseliné.

L'immeuble rouge Sienne est construit en forme de pagode avec toit en volutes, gnagnas suspendus un peu partout, lanternes, dragons convulsés en relief sur la façade : une chiasserie qui ferait gerber un crapaud à peau verruqueuse.

La porte est magistreuse, moulurée, laquée et tout. Au-dessus, y a un texte chinois ressemblant à deux escabeaux cassés au cours d'un déménagement. Sous-titré en anglais, on peut lire : *The Yellow Moon* [1], dont tout porte à supposer qu'il s'agit de celle des pensionnaires.

J'hésite à me présenter en ce lieu de délices, ma mise m'apparentant davantage à un trimardeur qu'à un prince de la finance. Vais-je me laisser brimer par un accoutrement ? Que non point. En vertu de quoi, je gravis le perron et actionne le cordon de soie tressée par lequel s'annoncent les visiteurs.

Un Jaune en smoking blanc vient ouvrir.

Tu as déjà vu Lady Di regarder deux chiens qui s'enculent ? Les lotos du cerbère me font songer à cette excellente personne tant vénérée du public. Note qu'il est courant de voir une belle fille affublée d'un glandu, mais je n'en ai jamais rencontré qui provoque à ce point la sympathie apitoyée de ses contemporains. Elle a préféré son bidet au trône d'Angleterre, ce choix lui aura valu l'estime du peuple.

Ainsi donc, pour t'en reviendre, le délourdeur du claque m'examine comme les anciens douaniers soviétiques le touriste se pointant à leur frontière au volant d'une Rolls.

— Vous désirez ? me demande-t-il, à court d'aménité (il n'a pas été livré ce matin).

J'use du seul argument en vigueur dans les cinq parties du monde.

A savoir que je sors à demi de ma fouille une liasse de dollars plus épaisse qu'une tranche de pudding.

---

1. *Moon* = Lune.

— Ce sont des vrais, assuré-je en lui soumettant une coupure à titre d'échantillon.

Et d'ajouter :

— Je suis un journaliste espagnol en reportage à Macao.

Mes façons le rassurent car il m'accorde un sourire, transformant sa frite en pamplemousse qu'on commence d'éplucher.

Je pénètre dans ce temple de la volupté. Elle devait le gérer de première, la sirène des marécages. Tout est riche, opulent : les tentures, les meubles, les œuvres d'art.

Nous quittons le hall pour gravir un escadrin en bois de machinchose (tu te rends compte ?). Une musique soutient des chants casse-couilles, mélopesques et niacouards. Le genre de ragasses sonores qui font grincer des chailles et mettent des lancées dans les roustons.

— Si vous voulez bien entrer dans le cabinet du Choix ! fait le Safrané.

Je m'empresse.

C'est une sorte de salon semi-circulaire dont toute la partie courbe est composée d'écrans de télévision.

Le manager m'explique que chacun correspond à une chambre « de travail ». Un contacteur comporte autant de boutons qu'il existe de taules. En les pressant, tu obtiens la piaule désirée. Tu as loisir, alors, de contempler les pensionnaires. Une fois le circuit accompli, il ne te reste qu'à faire ta sélection. Le poste d'une pièce « en cours d'exercice » ne s'éclaire pas afin de préserver l'anonymat et les ébats du client ; par contre la photo couleur de l'occupante s'y inscrit dans les différentes poses de ses prestations. Le procédé est, si j'ose le prétendre, d'une grande discrétion.

Me voilà donc parti à butiner le boxif de la mère Tatezy.

Il est parfaitement équipé. Tu y trouves toutes les races : Scandinaves, Arabes, Chinoises, Noires, Blanches. On te propose de la Japonouille, de l'Italienne, de l'Anglaise, de l'Indienne. C'est le cul de Babel ! T'en as l'eau à la bouche.

D'en plus, pour les ceux qu'aiment le trognon de chou, sur un second contacteur t'as des gitons, des minets aux yeux de biche, des costauds tout en musculature, des Noirs au zob colossal, des androgynes, des gnards atteints de gibbosité, des...

Dedieu ! Qui reconnais-je, voire reconnaissé-je ? J'en ai l'aorte comme une figue de Smyrne, toutac.

Pauley Franginot !

T'as bien lu ? Hein ? Que dis-tu ? Que ce nom ne te dit rien du tout ? Mais putain, y a pas que des mecs qui s'appellent Pasqua, Zola, Van Gogh ou San-Antonio dans la vie ! J'en sais d'autres, heureusement. Et parmi ceux-ci Franginot Pauley. Pour tout te dire, je le croyais mort, cézigue. J'en reviens pas qu'il soit toujours vivant et prenne encore des betteraves sucrières dans les miches ! Après ce qu'il lui est arrivé, j'aurais parié la ménopause prochaine de Line Renaud contre un abonnement au *Chasseur Français*, que même les asticots consécutifs à son trépas étaient décédés.

Jamais, au cours de ma carrière, je n'ai rencontré un enculé professionnel ayant tant de couilles ! Excepté dans l'oigne !

T'as deux minutes, que je te narre ?

Franginot, il a toujours aimé le travail en lupanar. Lui, la drague dans le bois de Boulogne, c'était pas son *five o'clock tea*. Il s'expliquait dans un clandé où il assumait le rayon « messieurs et garçonnets ». Sa dernière usine s'appelait *Le bouquet d'Auteuil*, une boîte de rendez-vous plutôt chicos.

Il affurait assez gros. Y avait un côté attractif dans ses transports peu communs. Quand les clients ne le « consommaient » pas, ils s'amusaient à lui carrer dans le prose des objets pas croyables, genre balayettes de gogues ou ampoules électriques. Son record : un magnum de champ' millésimé. Faut vraiment avoir l'anus aussi large que les arènes de Nîmes pour s'enquiller un truc de ce volume ! Une autre fois, ç'avait été un melon d'eau à grosses côtes. Cet endoffé n'arrivait plus à l'expulser ; y a fallu le lui décalotter, tel un œuf coque, dans l'intestin, et le vider à la cuillère !

Si je te raconte ces choses inragoûtantes, c'est pour te faire piger de quel individu il retourne.

Un jour, le gros patacaisse se produisit dans sa vie de sodomite ! Il s'est passé du vilain grabuge au *Bouquet d'Auteuil*. T'as entendu parler de Ramona, le fameux truand, surnommé « The King » ? Sa spécialité ? Le braquage de banques. Il raffolait des petites succursales de banlieue. S'y pointait travesti en gonzesse, accompagné d'un gazier sérieux, portant beau. Le couple demandait à parler au dirluche. Ce dernier les recevait en développant le tapis rouge. Les trois s'enfermaient dans son bureau. Ils ressortaient, vingt minutes plus tard, avec le fondé de pouvoir ligoté dans sa partie supérieure, la zézette sortie, une cartouche de dynamite, mèche allumée, scotchée aux roustons. Les alarmes neutralisées, ces messieurs-dames n'avaient plus qu'à se servir. Puis, ils se cassaient dans le calme après avoir serré les mains de l'assistance.

Le sang-froid du *King*, ses trouvailles, en faisaient un héros de légende.

Le vice de Ramona, c'était d'emplâtrer une frangine en levrette pendant qu'une tante, qui n'était pas à héritage, hébergeait entre ses miches une statuette représentant Charles XIV de Suède par Bosio. Pourquoi avoir transformé cette œuvre d'art en godemiché ? Seul le gangster aurait été en mesure de répondre à la question.

Un jour qu'il se prodiguait, assisté de Pauley, une crise homicidaire l'avait conduit à étrangler la gentille Eglantine, mignon tapin de vingt ans, fleuron indiscuté du *Bouquet*. Les proprios du claque s'étaient écrasés à condition que Ramona les débarrasse du côté résiduel de son délit.

Mais la cata les guettait, puisque Franginot s'empressa de mettre le cap sur le Quai des Orfèvres et de tout raconter à nos services. On gaula l'assassin au moment où il emmenait sa victime du côté des Andelys pour la flanquer en Seine lestée d'un bloc de béton. Convaincu de meurtre et d'un tas d'autres forfaits, il avait chopé perpète, bien que son bavard eût plaidé la crise de folie érotique. Pauley chargea copieusement sa carriole aux Assiettes. Mis hors de soi, le tueur lui prédit qu'il ne finirait pas l'année. Le champion du magnum culier disparut effectivement peu après.

Et voilà qu'un concours d'événements me permet de revoir l'ami de Charles XIV. L'univers est bel et bien aussi minuscule que je l'ai cru.

Fasciné par le petit écran révélateur, je le regarde plein châsses. N'a pas changé en cinq ou six ans, Misteur Prends-de-l'oigne. Si, s'est fait teindre en blonde et poser des brillants sur les ailes du pif ainsi qu'aux lobes des baffles. Il porte son costume marin familier, dont la culotte courte révèle ses cannes lisses et potelées de vieux bambin.

En attendant la pratique, il lit le dernier *book* de Didier Van Cauwelaert qui fait un tabac en Francerie.

— Ce garçon est bien ? demandé-je au trouduculteur.

— Nous n'en avons que des compliments.

— Alors, ce sera lui !

Mon mentor me sourit.

— C'est l'un des collaborateurs les plus chers de la maison, assure-t-il.

Comme quoi j'ai eu tort de lui montrer mon matelas de talbins.

— Combien ?

— Mille dollars de l'heure !

— Pour ce prix-là, on devrait se payer la reine d'Angleterre !

Le Jaune hoche la tête :

— Essayez, sir. Si ça ne marche pas, vous pourrez toujours revenir.

En soupirant, j'extrais les billets et en compte dix de cent points. Le gonzier les saisit prestement.

— Si vous voulez bien m'accompagner, sir...

Le « sir » lui file le dur en réfléchissant. Il se dit que l'existence est pleine d'imprévus à ras bord.

Au fond de la pièce « du choix », une porte laquée coulissante à laquelle je n'avais pas pris garde. Elle donne accès à un coquet ascenseur tendu de soie chamarrée.

Mon hôte m'offre un circuit touristique au premier étage. Lorsque l'appareil stoppe, une lampe s'allume dans la cabine.

— Un instant ! s'excuse le cicérone ; il y a quelqu'un dans le couloir.

Un moment passe, la lumière devient verte et la porte s'ouvre. Nous suivons un vestibule moelleux. Les paturons s'enfoncent dans de la moquette plus haute que les foins en mai.

Bref parcours. Des portes dorées s'échelonnent, chacune marquée d'un numéro.

L'officiant s'arrête devant l'une d'elles et presse un timbre.

Le faux blond, mais vrai pédoque, aperçu sur l'écran, nous ouvre.

— Voici Jimmy ! me fait le Chinago en smoking.

Il exécute une courbette et disparaît.

— *Go in !* gazouille mon petit pote au prose en forme de hotte à vendanges.

J'entre !

LA MÉDITATION DE TAÏAU

Bien sûr, il ne me reconnaît pas, ainsi vêtu, et des traces de maquillage accréditent mon personnage de julot-tâte-bites.

— *Hello ! my cat*, susurre la follingue en me plaçant d'emblée une main tombée à la braguette.

— Touche pas à ça, Pauley ! lui lancé-je tout à trac. C'est du produit exclusivement réservé aux dames.

En s'entendant appeler par son blase de jadis, il devient d'un vert bleuté semblable à celui de mon habit d'académicien.

Se recule, comme l'effet.

Son regard pend dans sa gueule, énucléé qu'il est par la stupeur.

Il voudrait jacter, prendre une contenance, mais il a suffi de prononcer son ancien nom pour qu'il disjoncte complètement.

— Tu ne vas pas nous faire une crise cardiaque, Bébé rose ! gouaillé-je.

Tu sais quoi ? Il court s'agenouiller devant son bidet et se met à gerber.

Pendant qu'il appelle Hugues, je m'assieds dans l'unique fauteuil de la pièce à baiser, pose mes pinceaux sur la soie du couvre-lit et chantonne *Roses de Picardie*.

Franginot se bassine le museau à l'eau fraîche ; ça dure.

— Tu as sali ton beau costume marin ! déploré-je. Nettoie-le, sinon tu vas puer comme des chiottes d'autoroute !

Docile, il prend un linge-*clean*-bite, l'humecte, frotte les souillures honteuses.

Quand il se retourne, je suis en train de faire tourner le pistolet fauché au niacouais autour de mon index.

— Non ! implore-t-il. Je vous en supplie !

— Tu connais la nouvelle, Pauley ? Ramona s'est évadé de la Santé, le mois dernier.

En entendant ça, il bédole dans sa culotte de petit garçon.

— Décidément, tu me les auras toutes faites ! ricané-je. Note que tes sphincters ne doivent plus ressembler à grand-chose, avec ce que tu leur infliges !

Ça commence à fouetter mochement chez Messire Toutdansloigne. J'ai idée que je l'ai dévasté complet, le pauvre trognon.

— Je suis venu te proposer une affaire sérieuse, vieux foireur.

Et de ranger le pétard dans mes brailles, ce qui paraît plaire à mon terlocuteur.

— Ta vie en échange de renseignements sur la taulière de ce bouic. Tu trouves ma propose correcte ou irrecevable, chieur d'élite ?

Il donne l'impression de ne pas comprendre. Sais-tu pourquoi ? Parce que, effectivement, il n'entrave que pouic à ce marché. Ça tourbillonne sous sa coiffe surmenée.

— J'ai plusieurs cordes à mon arc, reprends-je, manière d'éclairer un peu son réverbère. Il se trouve que la rubrique « Mère Maquerelle » prime la rubrique *The King*. Qu'elle est ton adresse à Macao ?

Il ne moufte pas.

— Parle plus fort, j'ai pas entendu, fais-je en marchant sur lui.

— Rue de Lisbonne, quatre cent quatre, sixième gauche, chevrote la fiotte.

— Montre-moi tes papiers.

Il va à une penderie de bambou pour les prendre dans le veston qui y est rangé. Me tend un porte-cartes de croco (ici, le croco est moins chérot que, chez nous, la matière plastique).

Je prends connaissance des pièces d'identité qu'il contient.

— Ah ! tu es devenu belge ! ricané-je. Et tu t'appelles Peter Brueghel ? C'est un nom qui fait bien au bas d'un tableau, ça, ma loute. Comment t'es-tu dépatouillé pour obtenir ces fafs bidons ?

— C'est Sa Grâce qui me les a procurés. Elle a le bras long.

— Qui, « Sa Grâce » ?

— Ben... la patronne d'ici.

— Où l'as-tu connue, et quand ?

— A Paris, il y a six ans. Elle était en cheville avec les tauliers de la maison où je m'expliquais. De temps en temps, elle fait une tournée en Europe pour recruter de nouveaux effectifs : Paris, Londres, Amsterdam. Je l'ai intéressée. Sur le moment, j'ai décliné son offre. Et puis j'ai eu cette histoire avec Ramona. J'ai compris qu'il fallait disparaître. Le temps de réunir mes économies, je suis venu ici, en prenant plusieurs lignes d'avions pour brouiller ma piste.

Ça y est. Je l'ai apprivoisé, Dudule. Il a pigé que je ne le buterai pas et, malgré son froc merdeux, reprend goût à l'existence.

— A partir de quelle heure seras-tu chez toi, Peter ?

Que je l'appelle par son blase bidon lui cause un grand plaisir. Il y voit la promesse d'un armistice.

— Pas avant minuit : on finit tard.

— En Asie, les lois sociales sont moins rigoureuses qu'en France, ricané-je.

Je le laisse se démerder. Dans certains cas, l'inconvénient d'une maison close, c'est qu'elle le soit !

Le gonzier au smok me reconduit.

Juste qu'il dépone, j'avise un couple en train de gravir le pet-rond. Mes attenteurs du bateau ! Je me jette en arrière.

— Mon argent ! fais-je en repoussant la porte ! On m'a volé ! Je veux qu'on appelle la Police.

Le gong de l'entrée retentit.

— Venez ici ! fait le réceptionnaire en ouvrant une lourde ; je m'occupe de ça tout de suite.

Moi, ce que je demande, c'est juste de ne pas me casser les naseaux sur les arrivants.

J'entends une voix d'homme dire en anglais :

— Sa Grâce est ici ?

— Non, je l'attends, répond le préposé. Allez au bureau, je vous rejoins dans un instant.

Il réapparaît presque illico. Alors je prends un air penaud en tenant mon pognozof à la main.

— Navré, balbutié-je : je l'avais mis dans une autre poche.

Le Jaune rit blanc, m'assure que c'est sans importance ; après quoi je vide prestement les lieux.

*
* *

De retour dans ma carrée, je trouve Salami en train de bâiller telle la vieille babasse de la reine Mary, quand elle grimpe un escalier.

S'ébrouant, il me déclare qu'il irait volontiers faire du repérage de pissat canin dans les rues agaçantes.

— Un instant ! lui fais-je.

J'appelle le palace où l'empereur des soûlots est censé se morfondre en m'attendant. On me le livre aussitôt. Il ne semble pas s'alarmer de mon absence.

— Ah ! c'est toive ! Qu'est-ce tu branles ?

— Personne, assuré-je.

Ricanement de Frère Béru des Entomeurs :

— J'peuve pas en dire autant. M'agine que j'ai tombé su' la gerce la plus « feu aux miches » d' ma vie sequesuelle. Dedieu, c'volcan ! C'est l'Etromboli à elle tout'seule. Un'troussée attend pas l'aut'. L'a amené son vieux paralytique dans ma piaule pour pas perd' d'temps. Y nous r'garde tringler, pépère ; ça l'distractionne agriab'ment. Mater reste un lot d'consolance pou' un dabe qu'a les pruneaux et le panais en berne !

« Allons bon ! V'là ma Noiraude qui m' met du miel su' la tige avant d'la pomper ! Je vas l'app'ler « P'tite Abeille », c'te greluse. C'qu'é peuve inventer comm' saling'rie est inimaginabe. »

Je raccroche pudiquement, avant que la Ricaine ait transformé son goumi en pâtisserie grecque.

M'a fallu sortir Salami dans mon sac de voyage. La vieille a cru que je décarrais à la cloche de bois. Pour la rassurer, j'ai douillé trois nuits d'avance. Vaut mieux pas ergoter quand on triche.

Mon hound avait tellement besoin de libérer sa vessie que t'aurais cru la source du Yang-Tseu-Kiang. Après quoice, je l'invite à manger dans un restau indien exhibant un gigantesque pain de viande pyramidal qui embaumait. Je suis toujours surpris de voir des gens connus pour leurs famines cuire pareille quantité de bidoche.

La viande, préparée avec des aromates, n'a pas emballé Salami. Il l'a bouffée pourtant parce qu'il mourait de faim, mais d'un air maussade. Lui, ce qu'il raffole, c'est la tortore franchouillarde. Quand je l'emmène claper une entrecôte marchand de vin au *Bistrot Saint-Honoré*, rue Gomboust, il ne peut réprimer de petites giclettes de bonheur. C'est une fine gueule, ce clébard-là !

La becquete expédiée, nous allons traînasser dans les rues grouillantes de Macao. La vie y est d'une

folle intensité et te soûle. Je préférerais me faire
moine dans quelque monastère perdu des Abruzzes
plutôt que de passer le restant de mon existence
dans l'une de ces métropoles échevelées et vacar-
meuses.

Quand on en a quine de dérouler du ruban, on
fait halte en un square où des oiseaux s'installent
en ramageant. Font un vacarme de tous les diables.

Pendant qu'ils se houspillent, je réfléchis, récapi-
tule : l'ambassadeur danois de London, le Japonais
de Hong Kong, et le gars moi-même, bâton de vieil-
lesse de Félicie ! Seulement, à ma pomme, on n'a
pas eu le loisir d'implanter une bombe et, grâce à
mon chien, j'ai pu me défaire à temps de l'engin
agrafé à mon bénoche.

Mon héroïque clébus, toujours lui, suit le couple
dynamiteur jusqu'à l'établissement où il gîte. Je
m'y rends. Nonobstant mon accoutrement, on me
retapisse et me drogue. Envapé, je suis conduit dans
un élevage de canards (pas encore laqués). Une bordelière sortie d'un roman des années 20, arrive afin
de me trucider. Mais tu te farcis pas l'invincible
Antoine comme un pedzouille. Je reprends la
situasse en pogne et m'échappe après que la
« Dame à la Jag » (j'allais dire « à l'Hispano ») se
fut noyée avec son *driver*.

Par Pinuche, j'apprends le nom de la propriétaire
de la bagnole engloutie : une Britiche devenue la
plus éminente taulière d'Asie. C'est elle le Deus ex
machina de cette surprenante histoire. En fait, son
luxueux lupanar lui sert de façade, si je peux me
permettre. Elle avait d'autres activités, beaucoup,

beaucoup plus importantes que le pain de cul, mémère. Généralement, on utilise d'honnêtes maisons pour dissimuler un clandé ; dans son cas, c'est le boui-boui qui assure la bonne apparence de ses affaires secrètes. Un comble, n'est-il pas ?

Tu le savais, toi, que les chiens ont des borgborygmes ?

Moi non plus. Faut que le père Salami accroche les wagons en force pour que je m'en rende compte.

— Je vous prie de m'excuser, me dit-il, mais cette nourriture indienne était ignoble.

Nous devisons une paire d'heures puis, jugeant le moment venu, je pars à la rencontre de mon destin.

PÉRIPÉTIES DANS LA PÉRIPHÉRIE

Or donc (s'écrit également condor), j'arrive à l'immeuble de Franginot, l'homme qui peut remplacer ta femme au cul levé. C'est de la masure pour bourses moyennes, avec des prétentions au standing promis par les promoteurs (à deux temps). Un causophone est situé près de la porte, ainsi qu'un tableau pustulé de boutons correspondant à chaque locataire. J'enfonce celui réservé à Peter Brueghel. Pauley devait guetter mon arrivée car il décroche aussi sec.

Je sens son anxiété dans le « j'écoute ? » qu'il profère. Tu as déjà vu des locomotives entrer en gare ? Un truc commak, fabriqué avec un halètement.

— Un oiseau venu de France, me nommé-je-t-il.

Déclic. Je pousse la lourde vitrée ferforgétisée.

Une odeur asiate me chope aux naseaux. Ça renifle la denrée alimentaire développée sur toute sa chaîne, jusqu'à la partie ultime : un carré de papier oblitéré par un anus.

— Vous montez avec moi ? demandé-je à Salami.

Mais ce foutu clébard n'est plus là. De toute façon, je n'ai pas besoin de lui pour rendre visite à un mecton qui a le fion plus large que l'autoroute du Soleil.

Sixième étage.

La radieuse pédale a déjà entrouvert sa porte. Par habitude, j'y toque avant de la pousser. Son entrée pourrait être celle d'un logement d'Aubervilliers. Une patère, une reproduction d'impressionniste évoquant les bords de Seine, un guéridon supportant un vase de fleurs artificielles.

— Hello ! Pauley ? appelé-je de cette voix niaise qu'on se croit obligé d'adopter en pareil cas.

Rien !

Cet endoffé aurait-il pris peur et se serait-il carapaté par l'escadrin tandis que je frétais l'ascenseur ?

De la lumière brille dans ce que je suppose être le living. M'y rends. Non, il ne s'est pas sauvé, le Franginot. L'est bien là, assis dans un fauteuil, avec la lame d'un poignard enquillée jusqu'au manche dans la poitrine. Il n'est pas tout à fait mort. Il a d'ultimes soubresauts et ses yeux retiennent un peu de vie.

— Pauley ! appelé-je en me penchant sur lui. Tu m'entends ?

Je crois déceler un frémissement sur ses lèvres, mais je me goure probablement.

Ma vaste intelligence se réactive. Un éclair pour piger : après mon départ du boxif, il s'est affalé, l'enfoiré, a tout raconté aux complices de la vieille Anglaise. C'est un délateur, on ne se refait pas !

Alors ils ont préparé une embuscade chez le pédo-que, lui faisant croire qu'ils allaient m'y cueillir et « m'emmener promener au clair de lune ».

Lorsque je me suis annoncé, ils ont supprimé mon compatriote. Peut-être se trouvent-ils encore dans l'apparte ?

Je griffe la vieille pétoire et fonce à la chambre à coucher. La pièce est vide. Un regard dans la petite cuisine par acquit de conscience. Personne ! Elle sent l'oignon, ce qui n'a rien de surprenant ! Ils ont joué leur partition de première, ces salauds !

Je repasse dans l'entrée et pousse une frime cata-clysmique. Ils sont quatre. Trois Chinagos et un Européen. L'un d'eux tient une mitraillette braquée sur moi. Que je te précise : ces mecs appartiennent à la Police et portent des uniformes vert et jaune.

— *Hands up !* m'intime celui qui a des galons.

Je lève les pognes.

— Messieurs, je leur articule, vous êtes, au même titre que moi, victimes d'une machination.

Mais autant fumer une queue de vache rousse en se persuadant que c'est un Davidoff ! Je suis cuit ! Les mâchoires du piège se sont refermées sur mézigue !

C'est pas la fête à Dudule, crois-le. Ce circus, madoué !

Un traquenard de ce calibre me rend fou. Je me dis que c'est une insulte à la conscience humaine. C'est pourquoi, au moment où le Coing en uni-forme va m'assujettir les bracelets, je pique ma crise des grands jours. Faudrait me filmer au ralenti pour concevoir le turbin de Bibi !

Je vais tâcher de reconstituer la scène de mémoire.

Bon, il lève une boucle pour emprisonner mon poignet gauche. Au même instant, je lui saisis les sœurs Ninette de ma main droite et les tords avec une extrême violence. Il bleuit, donc devient vert à cause du mélange des couleurs. Je le bourrade à mort sur son pote à la mitraillette lequel lâche une rafale. L'homme aux bracelets chromés la biche en plein dans le tee-shirt. Effrayés, ses deux compagnons reculent. J'empoigne le vase de fleurs artificielles et le propulse dans la gueule du flingueur, lequel choit. Suivant une vieille coutume dauphinoise, je lui fabrique un suspensoir avec ma chaussure droite, en souvenir de ma jeunesse vouée au rugby.

A moi la sulfateuse ! J'utilise sa crosse pour estourbir le flic blanc qui voulait remonter en ligne. Ne subsiste plus qu'un gars aux pommettes tellement saillantes qu'on pourrait les transformer en portemanteaux.

Il tâtonne pour dégager son pistolet, sans me quitter des yeux. C'est précisément ces deux mirettes que j'astique au beurre noir avec toujours la crosse de l'arme.

Bon, ben : voilà le travail, mesdames-messieurs. Faut-il vous les envelopper, vous allez loin ?

La suite relève de la bonne petite ménagère.

Je les fixe l'un aux autres avec leurs menottes (quel joli nom). Je sais où tous les poulagas du monde placent la clé des cabriolets : dans la vague arrière de leur grimpant. Les en déleste. Me reste plus qu'à virguler les caroubles dans les chiches.

Voilà. Maintenant, faudrait peut-être que je pense à moi, non ? C'est beau l'altruisme, mais ça rapporte quoi ?

Sors.

Que m'arrive-t-il ? Je vais me mettre à écrire en style télégraphique, à l'instar de Marcel Proust-Proust ! A peine franchis-je la porte palière que je découvre mon éminent Salami assis sur le carreau mosaïqué de l'étage.

A ma vue, il se précipite, flamberge au vent. Quoi de nouveau, Pussy Cat ? Du regard, il m'intime de ne pas bruyanter. Je me dirige vers les ascenseurs, mais mon cador s'y oppose.

Nous nous rabattons donc sur l'escadrin. Je commence à descendre : nouvelle résistance de mon ange-chien-gardien. Alors je grimpe à sa suite. On atteint le haut de l'immeuble. Là, un dialogue s'engage, selon naturellement notre code.

— Le bâtiment est cerné, m'apprend mon ami à poils. Il y a des hommes aux aguets à l'étage au-dessous de celui de Pauley. J'ai flairé quelque chose quand nous sommes arrivés tout à l'heure, c'est pourquoi je suis allé vérifier. Bien m'en a pris. J'ai repéré deux voitures de police en stationnement dans les rues avoisinantes. Lorsque vous êtes rentré, ils ont investi la maison ; j'ai profité de ce que la porte restait ouverte pour y pénétrer à mon tour.

Je caresse son crâne blessé.

— Héroïque compagnon !

Conscient de la précarité de ma situation, je regarde autour de moi.

Deux appartements. A la maigre lumière du couloir, je prends connaissance des noms écrits au Dymo. A droite : « Mr. and Mrs. KALMANN » ; à gauche : « Miss LAMB ».

C'est à cette dernière que j'accorde ma préférence.

Avec des précautions infinies, je biche mon inséparable sésame. J'ai pris soin de le récupérer dans mes précédentes hardes.

Passionné, Salami me regarde agir de ses grands yeux qui le feraient ressembler à un chien s'il n'en était un. Je titille en extrême souplesse. Mes doigts de gynécologue toujours sur la brèche (si j'ose parler de la sorte) se font aériens. Un léger « cric », un « crac » plus marqué, la lourde se fait une raison.

Je m'insinue à l'intérieur, suivi de messire hound aux pattes de velours.

Referme.

Ce logement est la réplique de l'autre. Même vestibule, même living et, donc, même chambre.

L'oreille contre le trou de serrure, je perçois une respiration que la plupart des romanciers souffreteux réputeraient régulière. Surtout pas toucher aux lieux communs ! Le souffle d'un dormeur est régulier, comme le membre « turgescent » d'un bandeur. C'est la dure loi de l'écribouillure chez les forçats du pointalalignisme.

Actionne le loquet menu, menu.

Entre bientôt.

La faible clarté qui tombe des étoiles me découvre une rouquinasse quadragénaire, entièrement nue, couchée sur le ventre. Un gros cul à fossettes me sourit. Cette dame sent le fort, kif la plupart des gens à la peau porcine.

« Et maintenant ? me demandé-je sans ambiguïté. Ne serais-je pas un poisson en nasse ? Les draupers vont découvrir leurs camarades morts ou enchaînés, l'hallali se déclenchera. Chasse à l'homme en règle ! Je vais être abattu à vue. O Dieu ! l'étrange sort ! »

Tout en réfléchissant sur le mode déclamatoire, m'approche de la fenêtre, l'ouvre sans bruit. Mate en direction du plume. La rousse sème à tout vent car elle pète en dormant. Si j'en crois les flacons encombrant sa piaule, cette bonne femme doit se prendre des somnifères à 45°.

Retour à la croisée pour étudier la topographie. Illico je m'aperçois que l'enfant se présente bien, puisqu'il existe une sorte de corniche pour marquer le dernier étage. M'est avis qu'un mec de ma trempe doit pouvoir atteindre l'angle de l'immeuble sans trop d'encombre ni, surtout, s'offrir un billet d'orchestre.

— Ecoutez, dis-je à mon camarade d'épopée, je vais vous reconduire au palier et refermer la porte à clé de l'intérieur. Ensuite, je filerai en marchant sur la moulure jusqu'à l'angle du bâtiment. Parvenu là-bas, à la grâce de Dieu, comme disent les bipèdes auxquels j'appartiens : soit j'y trouverai une voie de salut, soit je m'y planquerai pour attendre des jours meilleurs.

Mon interlocuteur baisse sa queue au furet à mesure que je dis.

Inconvaincu par mes paroles, il m'interprète la grande scène de « Mater Dolorosa ». Pourtant, se rendant compte que mon plan est réalisable, il émet un soupir genre freins pneumatiques, et disparaît.

Ayant relourdé, je vote un souvenir intense à m'man, une exhortation plus modulée au Seigneur dans le cas où, et je joue la toux pour l'atout.

Première difficulté : clore la fenêtre derrière moi suffisamment pour qu'elle n'attire pas l'attention, car tout l'immeuble est climatisé. J'y parviens au-delà de mes vœux puisque le claquement annonçant le blocage se produit. Ce qui revient à dire que je suis « enfermé dehors » !

Seconde embûche (de Noël) : me déplacer sur un rebord large d'une vingtaine de centimètres. On a beau savoir braver le vertige, il compte néanmoins parmi les ennemis irréductibles de l'homo sapiens.

Le dos collé à la paroi, je me déplace en me récitant du Lamartine D.Q.S., période lacustre.

Un pas... Deux... Trois... Qua a a a...

La moulure de pierre a cédé sous mon poids.

Dans le cul, Lulu !

UN ASILE DORÉ

Un ami à moi assure : « la paresse est la meilleure façon de se reposer avant d'être fatigué ».

Si je t'avouais que je pense à cette déclaration en chutant. A ça, et à Salami, lequel va se retrouver seulâbre à Macao et, probablement, y finir ses jours. S'il ne retrouve pas Béru, que pourra-t-il faire, le pauvre biquet ?

Fallait bien qu'un jour je fasse une pirouette de trop ! Elle s'y attend, ma douce Félicie. Mais n'est-ce pas l'esprit même de notre condition, ce perpétuel sursis ?

Tout en réfléchissant, je tombe.

Moins rapidement que je ne pense !

Peur ? Effroi ? Je ne sais pas. C'est « autrement ». A vrai dire, l'incrédulité prédomine. Mon refus de cesser est tel que le fait me semble impossible.

Putignace de Diou, dirait un de mes potes, pêcheur d'Islande au large de Mandelieu, vais-je bientôt parvenir à destination, *yes or no* ?

L'inconfortable de ce valdingue, c'est de choir de dos. Ne peux voir que la Voie lactée de la région. Pas mal, d'ailleurs. J'aimerais prendre congé avec l'étoile polaire que mémé m'a fait découvrir autrefois, par une nuit d'été suave où les grillons et les rainettes s'en donnaient à cœur joie. Ne la repère pas dans ce fouillis d'astres et de planètes. Tant pis.

Brusquement, je suis happé par l'attraction (ou la traction) terrestre. Souffle coupé, secousse mortelle. Reins en purée. M'éparpille dans le firmament dont mes châsses étaient pleins.

Mais laissons le temps au temps.

Je dois être dans l'au-delà puisque je perçois une musique un peu gnagna pour violoncelle de Guérande (Maurice Baquet, lui, joue du violoncelle Cérébos). Cela dit, interprète-t-on des slows au Paradis ? Note qu'il est présomptueux d'espérer une place en *first* d'entrée de jeu, avec toutes les idioties que j'ai pu faire !

Un long moment dégouline du sablier.

Suis-je mort ?

Réponse : en toute objectivité, je ne le pense pas.

Seconde question : en ce cas, comment puis-je exister encore ?

Je relève mes stores californiens. L'immeuble d'où j'ai chu est bien là, vertical, écrasant !

Troisième et dernière interrogation : alors ?

Ben alors, mon mec, l'explication est claire : je viens de tomber dans un camion empli de riz en vrac. C'eût été des patates, je ne m'en sortais pas. Je comprends, à présent, ma dilection pour cette céréale ! Une prémonition, probable.

Je patiente, manière de récupérer, de me préparer un avenir d'à la fortune du pot (car, du pot, tu le vois, j'en ai) !

Je distingue des allées et venues. J'entends du remue-ménage. Ça crie dans plusieurs langues vivantes. Moi, *not* con, je repte à l'intérieur du riz. M'en rentre par tous les orifices, y compris l'orifesse. J'ai envie d'éternuer. Reusement, le barouf devient si intense que t'entendrais pas brailler Pavarotti, quand bien même tu serais assis sur ses genoux.

Je n'ai rien de mieux à faire que d'attendre en récitant des actions de grâces pour remercier la Providence.

Ma vessie, malmenée par mon valdingue, devient ingérable. Je la libère en espérant qu'elle préparera le riz aux semailles prochaines.

Bon. Miraculé, certes, encore faut-il continuer d'assumer le spectacle. Car, comme je l'ai lu un jour sur la tombe de M. Moïse Cohen : « Après mon décès la vente continue rue d'Aboukir ».

Je te prille de croire, grand ami lecteur (et trice), que ça remue dans le landerneau ! Des tires, des tires ! Des sirènes ! Je distingue la clarté éblouissante des *floods* de téloche. Charogne, ici on ne pleure pas la main-d'œuvre, non plus que la marchandise.

Et puis, tout ayant une fin, l'animation se calme. Les lumières s'éteignent. La nuit s'avance lentement vers des aubes mauvaises à boire.

Je me déléthargise. Matant par-dessus les ridelles du véhicule, je ne vois personne, ni rien d'inquiétant. Au reste, qu'est-ce qui peut t'inquiéter, en dehors d'un incendie ou d'une inondation, quand l'homme cesse de te harceler ?

Je saute du camion, accompagné d'une pluie de grains blancs. M'ébroue pour en expulser un max.

Putain ! Ce que je me sens endolori (je devrais écrire endoloriz). Quand, levant la tête, j'avise la corniche d'où je suis tombé, je mesure combien le Créateur a joué le jeu avec moi ! *Paris-Match* consacrerait six pages à l'événement.

Tirant la « piote », je m'éloigne. Mais pour aller où ? Au palace du Gros ou à l'hôtel du *Pou Sauteur* ?

A Macao, la vie ne s'arrête jamais ; tout juste si elle ralentit dans la périphérie. Pas besoin d'être sorti de Sorbonne pour piger qu'il m'est désormais impossible de séjourner dans ce putain de bled sans me faire crever vite fait, soit par la maréchaussée, soit par les péones de la bordelière cannée. Quand bien même je me déguiserais en garde pontifical ou en marchand de crevettes grillées, ne parviendrais pas à passer entre les mailles du filet.

Cette évidence se mue en psychose fulgurante. J'en suis littéralement paralysé. Mon ébranlement physique et moral en est la cause. Je rêve d'un trou à rat, d'une bouche d'égout, d'un épouvantail à moineaux. Me cacher ! *Quickly* ! Me radier de la surface de l'Asie !

Me trouve au fond d'un terrain plus ou moins vague où ce coin de la cité meurt. Commence ensuite le *no man's land* qui la sépare de la Chine populaire.

Soudain, j'ai la gerbe morale. Seigneur, que viens-je risquer ma peau et ma liberté dans ces pays pour coolies et touristes kodakeurs ! Vite que je m'arrache à ce cauchemar jaune et rentre chez nous, tirer des plans sur la comète et en faire exécuter pour la refonte de notre pavillon. M'man, je lui aménagerai une chambre princière avec salle de bains en marbre saumon. Pour moi, je te l'ai dit : une petite construction annexe. La bonne prendrait ma piaule actuelle et on engagerait une femme de ménage pour l'aider à briquer tout ça. Elle commence gentiment à avoir du carat, ma Féloche ; je la contraindrais à se la couler chouette. Ne s'occuperait plus que de la cuistance, car elle est irremplaçable dans cette discipline. Lorsque tout serait au point, je tâcherais à me marida avec une frangine pas trop chiante, ni bêcheuse, ni mélomane, qu'appartiendrait à aucune société féministe, voire féminine, qu'aimerait la bonne bouffe et baiser dans une chambre tendue de cretonne d'où l'on voit la montagne, et qui me ferait un joli chiare, un seul, de préférence une fille.

Un bruit me rend lièvre. Je me jette dans l'ombre d'une lignée de bambous.

Un gazier asiate (mais pas trop), sort d'un bungalow entre deux Samsonite. Une jeune femme en peignoir de soie ramageux l'escorte jusqu'à leur garage, y pénètre derrière lui.

Quelle impulsion dingue me pousse ? N'ai jamais été foutu de répondre à pareille question. Toujours est-il (haie-t-il) que j'enjambe la barrière de bois pour foncer à la porte restée ouverte. Une sorte d'instinct me motive. Qui dira suffisamment l'impétuosité de nos réflexes, à nous autres gens d'action ?

J'avais déjà réalisé — et pour cause — l'étroiture de la maisonnette. Mais elle est si coquette et charmante que, tout de suite je la juge adorable. Ce que les vieilles peaux mariant leur fille déclareraient être « un nid d'amour ». Je renifle pour vérifier s'il n'y a pas de marmots dans la crèche. Les chiares, y compris les mieux tenus, génèrent des remugles de lait, de bouillies, de langes souillés. Ici, rien de tel.

On pénètre directo dans une pièce composant tout le rez-de-chaussée : espèce de living avec kitchenette, un coin repas, et surtout un salon où la téloche trône, autel inévitable de l'habitat nouveau.

Au fond, un escalier de bois en pin veiné de roux. Je l'escalade grâce à trois enjambées dont la souplesse humilierait Noureïev. A l'étage, deux chambrettes desservies par une salle de bains. Je te le répète : c'est de la maison de poupée pour jeunes mariés !

Dans la première chambre, je découvre un lit défait sentant le sommeil du couple. Coup d'œil sur la seconde. Elle deviendra celle d'un futur bébé car elle est tapissée en rose praline, mais ne comporte en fait de mobilier qu'un divan-lit et un vieux placard de brocante.

Je pose mes ribouis et m'assoye (Béru dixit) sur le canapé de dépannage.

Ronflement d'une tire en décarrade. Choc de la lourde. Les marches grincent malgré leur état neuf.

Je perçois un cri de frayeur. Une voix mal assurée (ne jamais lésiner sur les assurances) demande :

— Il y a quelqu'un ?

Chiasserie ! Ma présence est déjà éventée !

Comment diantre ?...

Pas dur : je laisse une traînée de riz derrière moi !
Ah ! il est fufute, ton Sana, chérie ! Tu parles que
la gonzesse qui fait son ménage au cordeau a repéré
cette piste de Petit Poucet d'entrée de jeu !

Inutile de laisser croître son début de panique. Je
me montre dans le couloir.

— Hello ! gazouillé-je avec toute l'affabilité
dont je suis capable.

Loin d'être calmée par mon surgissement, la
voilà qu'égosille ! Elle veut fuir. Dans sa précipita-
tion, rate un degré ; et il n'est pas Fahrenheit !
Tombe ! S'entorse du genou. Pleure de souffrance
et de peur.

Je remise ma stupide pétoire pour lui porter aide.

— Pour l'amour du Seigneur, ne craignez rien !
l'exhorté-je. Je ne vous veux pas de mal. Au contraire, ne puis-je m'empêcher d'ajouter en constatant qu'elle est jeune et jolie.

Tu crois réellement que je suis un charmeur, dans
mon genre ? Et pourquoi pas. Elle cesse de glagla-
ter, ne gémit plus que de douleur. Alors, avec des
gestes d'infirmier chevronné, je la soulève et la
porte jusqu'en sa chambre, tout en lui suçotant des
mots rassurants :

— N'ayez aucune crainte, petite fille. Je suis le
contraire du grand méchant loup.

Tu sais quoi ?

Elle demande, sans cesser de grimacer, biscotte
la fâcheuse entorse qui l'immobilise :

— Français ?

— De part et d'autre, avoué-je. Et vous ?

— Luxembourgeoise !

— Vous êtes ma première !

Son français est un peu ébréché car il ne doit plus servir depuis un certain temps. C'est vrai, ce que je lui bonnis : elle est ma première Lux-Bénélux.

Au cours de cet échange mondain, je l'ai allongée sur son pucier. J'examine sa salle de bains, y trouve une pommade évasive ; mais tout ce qu'on attend d'elle c'est des vertus adoucissantes.

Mon massage lent, plein de savoir, la calme.

— Auriez-vous une bande pour envelopper votre rotule ?

— Le tiroir du bas de ma coiffeuse.

En possession du tissu élastique, je me surpasse. Je sais une foule de chosefrères qui se blessent en s'envoyant des coups de pied dans les chevilles. Ils n'ont pas mes mains de magicien pour soigner ces dernières.

Je m'applique tellement, la panse avec une si foutrale délicatesse que la chère enfant me demande si je suis toubib. Je lui réponds que non, mais que j'ai pratiqué du secourisme à mon âge tendre.

Ces urgeries accomplies, je lui crache mon histoire. Le fais sans détours ni fioritures. Lui révèle mon job (carte de police à l'appui) ; cause de mon enquête qui m'a conduit jusqu'à Macao, via Hong Kong ; l'attentat auquel j'ai échappé de justesse ; ma rencontre avec la bordelière anglaise, puis avec le pauvre Pauley.

— Vous le voyez, fais-je, je suis dans la situation du chasseur devenu gibier.

Tu veux que je vais te dire, Casimir ? Mes accents de sincérité la convainquent : elle me croit.

Je pose mon regard en velours potelé sur le sien.

— Maintenant, écoutez-moi, reprends-je. Si vous n'avez pas confiance, je partirai.

Elle ne se tâte pas dix ans, mais dix secondes.

— Mon époux est à Hong Kong pour quatre jours, fait-elle, vous pouvez rester ici pendant son absence.

Au cours de ces tribulations, son peignoir s'est entrouvert, me permettant de considérer sa chatte avec l'intérêt qu'elle mérite.

Elle est blonde !

ÇA BARDE

Salami m'a rejoint un peu plus tard. Avec cézigus, pas à se mouronner : il retrouve toujours son maîmaître. Chez les cadors, l'odorat est le premier de tous les sens, alors qu'il est tellement atrophié en ce qui nous concerne, les hommes. Note que, personnellement, je juge mes semblables trop puants pour souhaiter les renifler davantage.

Donc, mon hound s'est pointé une heure après moi au domicile de Cypria (c'est le blase de mon amie). Elle lui a tout de suite tapé dans l'œil car il raffole des femmes blondes.

Je les ai présentés l'un à l'autre. Echange de caresses effrénées.

— Il est terriblement affectueux, a-t-elle gloussé lorsqu'il lui a filé un coup de langue mouillée sur le tablier de sapeur.

— Il a beaucoup de sentiment pour le beau sexe, ai-je convenu.

Afin de diversionner, j'ai demandé à mon clébard s'il se sentait cap' de dénicher l'hôtel *Vasco de Gama* où loge le Gros, bien qu'il n'y soit jamais allé. A quoi mon auxiliaire à poil rétorque que je le prends pour un demeuré.

Fort de sa suffisance, j'écris un billet que je fixe à son collier. Le texte est bref : « *Suis Salami* ». Je livre mes instructions au brave messager. Il me fait de la peine, avec la peau éclatée de son crâne en sabot.

Il accepte un bol de lait upérisé très frais, et repart, non sans avoir fait les yeux doux à la choucarde hôtesse.

Et toi, mon con, me connaissant tel que je te connais, de penser : « Ça y est, c'est maintenant qu'il va caramboler la jolie Luxembourgeoise ! »

Certes, l'idée et l'envie m'en sont venues ; cependant, je réfrèfrène cette pulsion familière. Non que j'aie décidé de « m'acheter une conduite », comme disent les pipelettes périphériques, mais j'en suis dissuadé par un coup de sonnette péremptoire.

A pareille heure !

Le jour s'est levé tant bien que mal ; dans le ciel, les étoiles se sont éteintes et le soleil a rendez-vous avec le portrait pâlissant de Mao.

— Vous attendez quelqu'un ? demandé-je à ma presque Belge.

— Personne !

M'approche de la fenêtre pour un coup de périscope rapide. Mon sang ne fait pas qu'un tour : il se fige. Sont groupés devant la *puerta* : le gars chicos du bateau, puis du casino, puis du restau ; les deux gaziers de l'élevage de canards ; enfin le maître d'accueil du bordel à Lady Trucmuche.

Je sais comment ils ont fait pour dégauchir ma planque : le riz fatal, naturellement ! Ah ! dis donc, il me la copiera, l'Uncle Ben's.

Ces gentlemen sont armés : deux pistolets-mitrailleurs, leur arme favorite, et deux browninges. De quoi t'envoyer pique-niquer à la morgue !

— C'est la bande de la vieille Angliche, apprends-je à la tendre Cypria. Ils viennent m'abattre. Vous leur direz que je vous menaçais.

Je lui adresse un baiser gazouilleur avant de tenter l'impossible. La piaule voisine, plus exactement sa fenêtre, donne sur cent mètres carrés de pelouse. Pas à tergiverser satanique. Saute, Médor ! Le temps d'ôter mes grolles, je me lance dans un massif de *bourniqués sextuples à floraison polyvalente exacerbée*. Ne produis pas davantage de bruit qu'un lancer de foutre sur un édredon de soie.

De l'autre côté du pavillon, on cigogne carrément la porte. Une voix que je retapisse comme étant celle du bordelier, lance un péremptoire :

— Police, ouvrez !

Presque aussitôt, des coups sourds ébranlent la lourde et mes nerfs.

Mon instinct de préservation me dicte de fuir, mais mon côté profondément chevaleresque me retient. Puis-je abandonner cette jeune femme blessée aux mains de ces truands sanguinaires ? Tu le ferais, toi ? Ben pas moi !

Au lieu de me carapater, je reviens contre la maison.

Sais-tu ce qui joue en ma faveur ? Le soleil levant, mon bébé. Il se met à arroser, créant des ombres. L'une d'elles est mouvante (mais pas émouvante !). Elle s'allonge sur la pelouse, à ma gauche. Je m'accroupis derrière des *quo vadis résurgeants*.

L'un des deux coolies surgit, sa sulfateuse en pogne. Ce qui s'opère ? Trop spontané pour être narrable. J'ai un élan félin. Simultanément, saisis sa machine à arroser les pois de senteur et mets une patate dans la gueule encore tuméfiée du niaque. Il se dérobe plus vite que la femme de ton meilleur ami lorsque tu la pointes dans les gogues de l'hôpital où tu es venu rendre visite à ton pote en réanimation. Pour assurer le coup, je lui biche le menton et propulse sa tronche contre le mur. J'ai mis trop de jus et le craquement qui s'ensuit me laisse mal augurer de son avenir.

Le fracas en provenance de la façade est éloquent : les assaillants défoncent la lourde. Tu parles d'un sans-gêne ! Que faire ? Je n'ai le temps de peser ni le pour ni le contre. Me déplace jusqu'à l'œil-de-buffle percé dans le mur pour éclairer la cuisinette. Il est situé pile en face de la porte d'entrée.

Brrang ! L'huis éclaté à coups d'épaule s'abat. Le deuxième manar, flanqué du gérant de boxon, entre dans la crèche. Alors c'est plus fort que moi : je plante le canon du pistolet-mitrailleur dans la vitre du hublot et virgule une salve salvatrice. Un sec crachotement : les deux entrants culbutent l'un sur l'autre, fauchés à la fleur de l'âge.

Le gazier à cheveux gris ne pige pas et amène son visage de séducteur dans l'ouverture. Bien cadré, qu'il est, le Rudolph Valentino d'Extrême-Orient. Je lui fais cadeau de ce qui restait dans le chargeur, il rejoint ses deux compagnons sur le parquet étincelant.

Elle va avoir du boulot pour le « ravoir », avec la flaque pourpre qui s'élargit, la Cypria : sept litres de raisiné multipliés par trois ; le boudin risque d'être bon marché ! Surtout ne me crois pas cynique. Je dis pour faire de la présence car, si tu veux la vérité, je me sens vachement seul !

Duraille de rentrer dans la coquette maisonnette avec ce tas de macchabées accumoncelés. Suis obligé d'exécuter (le verbe est de circonstance) une grande enjambée pour pouvoir y pénétrer.

Dans sa chambre, l'adorable hôtesse défaille, plus pâle encore que les mecs exsangués. Me virgule un long regard de désespoir.

— Vous ne craignez plus rien, ma chérie, la rassuré-je, j'ai eu raison de ces gangsters. On va venir me chercher. Après mon départ, vous me laisserez un délai de dix minutes, si vous le voulez bien ; après quoi vous préviendrez la police. Vous n'aurez qu'à raconter la vérité, en oubliant toutefois la complaisance que vous m'avez accordée, ça vous évitera des ennuis.

Elle croise ses bras charmants sur sa poitrine bien ferme.

Et sais-tu ce qu'elle balbutie ?

— Je crois que je ne vous oublierai jamais.

Sympa, non ? Ça t'est arrivé, à toi, une jeune femme qui te parle de la sorte après que tu as buté quatre mecs dans son coquet logis ?

Jamais, n'est-il pas ?

S.D.F. = SANS DOMICILE FIXE

J'attends à la porte du jardin. Inutile de laisser pénétrer le Mammouth jusqu'à l'intérieur pour qu'il patauge dans le raisin et distribue ses empreintes comme des prospectus.

L'adorable Cypria guette mon envol depuis sa fenêtre. Je lui virgule des baisers à tout va. Je peux t'assurer qu'elle constitue une grande rencontre dans ma carrière. On s'est séparés en se jurant que c'était du provisoire, et qu'un jour prochain on se retrouverait dans une alcôve ombreuse afin que je lui joue « l'Introduction du Grand Mongol » dans « l'Ouverture de la chaste Suzanne ». A titre d'information, elle a touché ma bite, bien faire comprendre qu'elle peut fantasmer sur de l'authentique. Elle s'est laissé marida par un Asiate de je ne sais plus où, qu'a pas un goumi à casser les noix ! Ils sont puissamment intelligents, les Jaunes, seulement le Seigneur leur a dévolu davantage de cervelle que de chibroque. Or, affirmait la marquise de Rabutin-Chantal : « un bel esprit n'a jamais remplacé un beau paf ».

Un temps modique s'écoule. Je me jette dans le massif bamboulesque qui m'abrita lors de mon arrivée, en voyant surviendre une Rolls. Illico, je songe à une seconde vague lancée par l'organisation de la défunte bordelière.

Cette crainte se renforce quand le noble tas de ferraille ralentit et stoppe au niveau de la maison.

Ma surprise confine à la stupeur lorsqu' en descend, tu sais qui ? La Pine ! Oui, mon amour, elle-même, plus en os qu'en chair, plus chassieux que briqué et plus fripé qu'une feuille de papier Lotus venant de torcher un dysentérique.

— César ! béé-je.

Il s'arrête. Dieu qu'il est glorieux dans le soleil levant (au pays duquel nous sommes). Si vrai ! Si simple et démuni, malgré la Royce.

— Comment as-tu fait pour être déjà là ?

On se gratule, s'irrite la peau des joues à la rugosité de nos barbes poussantes.

— Un concours de circonstances, Antoine. Après notre conversation d'hier, je raccroche, puis demande les renseignements d'Air France. Le vol pour Hong Kong partait une heure plus tard. Alors j'use de notre code prioritaire et fais bloquer deux places.

— Pourquoi deux ? l'interromps-je.

— Marthe a absolument voulu m'accompagner, répond l'homme du Tertiaire.

***

Nous reprenons le chemin du centre-ville. La Vieillasse m'explique qu'à leur arrivée, ils ont loué ce monument à roulettes de style Roycetique pour la simple raison que sa gerce et lui ont contracté l'habitude de ce véhicule dont l'illustricité, bien que s'émoussant, conserve un prestige indéniable.

Ouf ! Fin de la phrase placée dans ce texte à titre d'exercice respiratoire.

César n'a pas trouvé le Gravos au *Vasco de Gama*. Il a pris une suite avec sa rombiasse, laquelle s'est endormie tout de go, sonnée par le décalage horaire. Quelle n'a pas été sa surprise d'entendre gratter à la lourde et de découvrir Salami !

— Ce chien est absolument fabuleux ! affirme le vieux Rémoulade. Il se fait comprendre avec facilité et son intelligence est des plus vives !

En entendant ces louanges, mon brave hound en a la bite suintante.

— A présent, dit le Vétuste, tu vas finir de tout me raconter !

— D'accord, mais remise cette brouette dans un parking car je sais que les quartiers animés me sont néfastes.

Il obtempère.

Nous voici donc à l'abri provisoire d'un bâtiment construit en coquille d'escarguinche, logeant plusieurs milliers de tires. Notre carrosse, noyé dans une extravagante concentration de véhicules, passe rigoureusement inaperçu. Quand bien même ce serait un véritable corbillard, nul ne le remarquerait.

Détendu, sinon relaxe, je reprends pour le plus vénérable de mes collaborateurs un récit détaillé de mes tribulations depuis la mort du diplomate danois jusqu'à l'hécatombe que je viens de perpétrer pour sauver ma peau et, probablement, celle de la Luxembourgeoise.

Lorsque j'en ai terminé avec cette vigoureuse narration, j'attends la réaction de mon vieux complice, lequel est de surcroît un vieux con plissé.

Comme elle tarde à venir, je me tourne vers lui. Terrassé par le côté haletant de mes aventures, la Ganache s'est endormie, produisant un petit bruit chuintant de marmite norvégienne sous pression. Gagné par l'exemplarité, je bascule mon siège et en fais autant.

Nous roupillons un couple d'heures, diraient mes chers amis canadiens. Après quoi, le Bigorneau se met à haleter tels, jadis, les pittoresques tortillards à l'assaut d'une rampe.

Son début d'asphixie le précipite dans la réalité. Il toussote et demande :

— Crois-tu que les buralistes d'ici vendent des Gitanes papier maïs ? Je n'ai pas eu la possibilité d'en acheter une cartouche avant de partir.

— La chose est manifestement douteuse, l'alarmé-je-t-il. En tout cas, si tu n'en déniches pas, profite de l'occasion pour arrêter de pétuner. Tu as l'âge où le cancer du fumeur se met à prospecter.

Il branle du chef.

— Chacun sa vie, chacun sa mort ! déclare mon pote. Bon, il faudrait dresser un plan d'action.

— Comment pourrais-tu m'aider ? Tu dormais comme une chauve-souris en plein midi !

César se rebiffe :

— Ne connais-tu point, depuis le temps que nous travaillons ensemble, ma faculté de pouvoir me reposer sans perdre mon sens auditif ? Je n'ai pas raté un seul mot de ton récit, Antoine. La conjoncture est telle que nous devons te soustraire aux recherches conjuguées de la police et des gredins qui te traquent. L'urgence nous commande de te ramener à Hong Kong au plus vite. Je vais trouver un moyen. En attendant, il faut absolument te cacher.

— Plus facile à décider qu'à faire, marmonné-je (ou, à la rigueur, marmotté-je).

La Pine n'est pas un chenu démoralisable. Manière de tromper son besoin de fumer, il sort une boîte de cachous et la secoue dans le creux de sa main.

— Ils sont terriblement forts, annonce-t-il. Je devrai me rincer la bouche avant de pratiquer un cunnilingus à une personne délicate de la vulve. Je connais certaines jeunes filles que mes doigts imprégnés de nicotine font hurler.

Il interrompt ses confidences et bâille grand comme l'entrée du tunnel sous la Manche.

Puis, dans la foulée :

— Sacredié ! J'ai la solution à ton problème, mon petit.

— Dis toujours !

— Ici !

— Je ne pige pas.

— Cette Rolls ! Grâce à ses vitres teintées, il est impossible de voir à l'intérieur. On va chercher un

coin retiré : un fond de travée si possible. Dans
les périodes d'accalmie tu pourras te dégourdir les
jambes, et même te rendre aux toilettes. Quand tu
y séjourneras, assure le blocage général du coffre
et des portières. Moi, je vais louer une autre automobile et je viendrai t'apporter des vivres. Dès que
j'aurai récupéré Alexandre-Benoît, nous entrepren-
drons quelque chose pour te sortir de ce mauvais
pas.

Sa gentillesse est si totale, sa tendresse si authentique, que je lui saute au cou. Un cou de vieux din-
don à fanons !

Nous dégotons une place de choix, dans un ren-
foncement situé contre les chiches où un seul véhicule (en anglais *vehicle*) peut se loger, fût-il Rolls
par sa mère et Royce par son père.

Après avoir donné libre cours à ma vessie, je
prends possession de mon nouveau domicile.

L'existence, dans de telles conditions, tourne vite à la philosophie monastique. Tu réfléchis au ralenti, c'est-à-dire en profondeur. Quelque chose qui ressemble rapidement à la félicité de l'âme t'investit.

Dans cette Rolls sentant le cuir et le parfum asiatique, je me laisse voguer sur des néants temporaires. Je songe au passé, à la vie, aux gens qui valurent la peine d'être rencontrés. Deux heures plus tard, La Pine se présente dans une Nissan rouge avec un sac de traiteur, probablement réputé à Macao, contenant une boîte de caviar, des toasts, une moitié de canard laqué, des litchis et une boutanche de vodka polonaise.

— Tu feras la dînette, murmure Papa Lapine. J'ai retrouvé Alexandre-Benoît et nous sommes en train de cogiter ferme à ton sujet. Essaie de dormir. Je repasserai demain matin.

Nous nous entretenons un moment encore. Tu sais de quoi ? Oui : de choses et d'autres, tu as deviné. Ensuite, l'Ancêtre se démoule du parking.

Pour ma part (dirait Dufeu), je goinfre ces délicates victuailles avec un appétit de militaire en manœuvre, siffle, sans trop y prendre garde, les deux tiers du flacon ; fais un peu de ménage dans l'habitacle et me prépare pour la nuit.

Le plus commode est de m'allonger à l'arrière de la tire dont les strapontins sont relevés, ainsi cette précaution supplémentaire me soustrait-elle à d'éventuels regards indiscrets.

Passablement schlass, je m'endors honteusement, goret repu, sans être importuné par des rêves trublions.

Du moins le crois-je confusément.

En fait, si ma période d'endormissement ne suscite dans mon subconscient aucune tribulation, je reste informé, de manière ténue, de ce que « j'habite un véhicule ».

Sensation très vague, je te le dis. Et qui me procure une agréable impression de liberté. Et puis, « oblitéré par l'alcool », je m'anéantis com-plè-te-ment.

Il est très difficile de « raconter son absence ». Tu ne le peux faire qu'en puisant dans l'imaginaire, donc en trichant.

Puisqu'il faut en passer par là, sache, lecteur fidèle, que ma reprise de conscience s'opère avec une lenteur colimaçonne.

Pour commencer : des bribes d'éléments dont le plus fort est une notion de clarté.

Que dis-je ! De vive lumière. Si c'est le cas, qu'en est-il du garage ? Seconde déduction, celle d'être « en déplacement ». Pas de doute : la Rolls roule et Royce simultanément.

Dès lors, mes méninges devenant moins poisseu-ses, je me dis que mes potes ont bien œuvré et qu'ils sont venus me chercher. Comme j'étais ivre mort, ils m'ont laissé en concasser tout mon soûl.

On roule, roule...

J'ouvre les bigarreaux en grand. Depuis le plancher de la caisse, je vois défiler les arbres d'une route. Leur espèce m'est inconnue, ce qui n'a qu'une importance fragmentaire.

Ma clape manque de fraîcheur. L'impression d'avoir bouffé, la veille, un édredon cuit à la grande friture.

Le moment est peut-être (en anglais *perhaps*) venu de reprendre contact avec mes aminches.

S'l'ment, dirait Elephant Man, à l'instant précis où je tente de dessouder mes lèvres, ça se met à jacter sur l'avant de la tire. Ça cause chinois, ou un patois du genre. C'est rapide, guttural et ponctué de légers coups de cymbales.

Monumentale perplexité du fameux Sana.

Très vaguement, et sans m'y arrêter plus d'une seconde deux dixièmes, je songe que mes collègues ont un condé pour me faire passer la frontière.

La chose est tellement folle que je la repousse. Il est plus vraisemblable que la Bande Infernale (j'aime assez cette appellation) a retrouvé ma trace et m'embarque vers son repaire.

Là, y a un hic. Tu veux que je te dise ?

Macao, possession portugaise depuis 1557, a une superficie de 15,5 kilomètres carrés ! Donc on ne peut rouler longtemps en bagnole et demeurer sur son territoire !

Do you realise, bouffi ?

Pénétré de cette constatation, je prends le parti de fermer ma grande gueule et me replace en hibernation.

* * *

Je suis disposé à te parier le dernier préservatif de l'ex-président Bourguiba contre le prépuce de Mlle de La Vallière (laquelle boitait mais baisait de première), que la suite des événements risque fort de marquer ma fin.

Aussi invraisemblable que ça peut sembler, les deux mecs de l'avant, des voleurs de voitures, sans aucun doute, n'ont pas l'air de se gaffer de ma présence ; la gonzesse que j'ai vergée la semaine dernière à Romorantin, cherchait à me vexer en prétendant que mes ronflements avaient perturbé son sommeil. Salope !

La pensée qui m' harcèle, Marcel ? « Si je laisse ces gens me mener jusqu'à l'endroit où ils comptent se rendre, je serai en position de faiblesse. » Mon unique atout réside dans l'effet de surprise, comme toujours.

Doucement, et moins encore, je m'agenouille sur le plancher de la caisse. Je tiens en pogne le vieux pistolet du défunt coolie, vide, mais toujours intimidant.

Devant moi : deux nuques maigrichonnes à peau safranée.

Quatre portugaises décollées.

Les passagers portent des vestes de coutil caca d'oie. Moi qui m'habille chez Cerutti, Cardin et Jack Taylor, je ressens une confuse nostalgie pour les hardes plébéiennes. Si je n'en porte pratiquement jamais, c'est uniquement pour donner satisfaction à Félicie parce qu'elle m'adore fringué smart.

Je t'en reviens aux deux gonzmen. Ils devisent tandis que la route dévide son interminable ruban bleu, écrirait un poète assermenté. Dans le rétroviseur, je visionne la frite du conducteur. Pas tibulaire pour un li[1].

Enfin, l'inévitable se produit : le mec m'avise dans son miroir. Ça lui disjoncte le self-control. La Rolls embarde. Ses roues de droite escaladent le talus[2], lequel forme une pente à je-ne-sais-pas-combien-de-degrés-mais-y-en-a ! Il a poussé un cri de kamikaze qui a tatouillé le système de son colyte ! Ce dernier, un con foireux, ouvre sa portière pour s'extraire. L'y parvient. Las, après un début d'escalade, la Royce bascule sur lui, l'aplatissant telle une merde sous la botte d'un scaphandrier.

Tout chavire. Je me trouve vautré sur le pavillon du véhicule, dans la position du crapaud embroquant sa crapaude.

---

1. Qu'est-ce qu'il rouscaille, l'autre pomme, là-bas ? Que le li n'est pas une monnaie, mais une mesure itinéraire ? Tu ne te rends pas compte à quel point je m'en torche l'orifice austral, grand !

2. A propos de talus, t'as lu le Santantonio précédent qui titule : *Grimpe-la en danseuse* ? Presque un chef-d'œuvre !

Pour ce qui est du conduc, excuse, je ne le vois plus. Si ! La pesante brouette y va d'un demi-tour supplémentaire, le faisant réapparaître par magie.

Que lui est-il arrivé ? Il a le cou sectionné par sa ceinture de sécurité. Tu vois, qu'elle n'est pas aussi sécurisante qu'on l'affirme !

M'est avis, mon bon Antoine, que tu devrais te remuer le fion, biscotte des flammes sortent du capot défoncé !

Reptant, suant, poussant, m'arc-boutant, je parviens à me dégager de la légendaire calèche par la portière tournée vers le ciel. Je suis contusionné. J'hémorragise du groin et d'une oreille. Mon genou (qui prendrait un « x » si je parlais des deux) me fait mal.

Peu de circulance sur la route, mais spontanément les gens stoppent. Des péquenots avec leur char à buffles, des vélomotoristes montés à quatre sur le même engin.

Ma présence d'esprit n'a d'égale que mon absence de conformisme. Je récupère le pistolet dans le pêle-mêle de banquettes et, en loucedé, le virgule dans la rizière.

N'ensuite de quoi, je m'écarte de la Rolls, m'allonge sur le sol, chiquant l'évanouissement. Je n'ai pas envie de causer chinois, n'ayant pas le temps matériel de l'apprendre.

Comme dans tous les pays civilisés, les bourdilles finissent par arriver, suivis d'une ambulance, puis d'un véhicule bizarre occupé par des Martiens casqués faisant office de pompiers. Ces derniers noient les décombres de la Rolls. Les flics renoncent à m'interroger. Les ambulanciers m'ambulancent.

Je te raconte pas l'établissement hospitalier où j'échoue. Il tient du marché aux Puces et de la halle aux grains. Des lits de fer alignés dans une pièce aussi confortable que le tender d'une ancienne locomotive à charbon, des infirmiers, aux blouses souillées, s'occupent nonchalamment des malades. Je crois même distinguer un médecin vêtu de bleu de travail dans cet univers de rêve (les cauchemars font partie des rêves).

Le personnage, après des circonvolutions, s'approche de moi. Il me poulstâte, me fait thermométrer, jette un coup d'œil à mes plaies et bosses, hoche la tête et se casse après avoir virgulé quelques consignes à une môme jeunette à qui je boufferais volontiers la case-trésor, même sans baguettes.

Ladite ne tarde pas à m'enduire les blessures de mercurochrome. A ma demande gestuelle, elle se penche sur mon genou tuméfié, décèle un épanchement de si-beau-vit, me pose compresse et pansement.

Comme il semble y avoir un lapin agité dans mon slip, elle marque un temps de surprise. Ayant abouti à une conclusion proche de la vérité, se retire en regrettant que sa peau ne lui permette pas de rougir.

Peu *after*, deux policiers en uniforme se pointent à mon chevet : l'un grand et maigre, l'autre long et ascétique. Ils parlent mal l'anglais à eux deux.

Suffisamment, cependant, pour enregistrer ma déposition. Certains mecs font dans la nuance, moi c'est dans le laconique.

Je leur dis qu'étant venu visiter Macao avec des amis, j'y ai loué une voiture. A peine sortais-je du garage que deux individus sont montés de force dans la Rolls, me contraignant à stopper sur un chantier d'immeuble. Une fois là, ils m'ont assommé et j'ai perdu connaissance. Je n'ai repris conscience que dans cet hôpital, ignorant même où il se trouve.

Les deux fonctionnaires de la Chine popu ont l'amabilité de m'apprendre que je suis à Pu'v Kong, province du Kal Vâ Dôss, situé à moins d'une chiée de lis d'Hong Kong. Mes traumatismes étant sans gravité, ils proposent de m'emmener à la ville voisine. De là, ils me feront reconduire à Victoria, la capitale de « l'ancien territoire » (aiment-ils à préciser), sitôt que l'enquête sera terminée !

Jolie nuance. Toujours attendre les fins de phrase avant de se réjouir.

Tu la vois bien la gueule que je pousse ? Pas besoin que je m'approche de la fenêtre ?

Non ?

Bon !

NUITS DE CHINE, NUITS CÂLINES

Tu sais, les Chinagos, c'est pas dans les restaus de Saint-Germain-des-Prés que tu peux t'en faire une idée précise. Entre rouleaux de printemps et porc au citron, ils sont coopérants, compréhensifs, d'une gentillesse infinie. Je les vois, quand ils te passent une serviette chaude, avant et après le repas, le sourire plein de miséricorde (à nœuds). T'es fondant, prêt à aller effacer les graffitis que des cons touristeurs dessinent sur la Grande Muraille.

Seulement, mon kiki joli, lorsqu'ils t'hébergent dans leurs geôles, ça se passe autrement.

Remarque, ils sont prudents avec moi. Polis. Ça les empêche nullement de me tenir à dispose dans l'aile de leur caserne destinée « aux cas spéciaux », je suppose.

Une chambre avec un lit, chiotte, barreaux aux fenêtres et verrous extérieurs.

Tu sens l'ambiance ?

La bouffe à base de riz et de poissons frits à l'huile de vidange. Promenade dans une cour grillagée telle une volière de zoo. La vie bien comprise, quoi !

Le lendemain de mon arrivée, je suis interrogé par un petit gonzier chauve, à tronche de bouddha encéphalique, dûment galonné.

Avec six vilités, il réclame les raisons de mon voyage à Hong Kong.

— Tourisme ! lui réponds-je.

— Celles de l'« extension » à Macao ?

— Tourisme, répété-je avec la même imperturbabilité.

Paraît se contenter de cette déclaration définitive. Me questionne ensuite à propos de ma profession.

J'explique que je dirige une branche importante de la Police parisienne. Lui demande de téléphoner de ma part au consul de France à Hong Kong, voire à celui de Pékin s'il préfère, affirmant à cet évadé de bocal que n'importe quel diplomate français se portera garant de moi.

Il demeure impaplein [1].

La converse se poursuit dans une espèce de léthargie cafardeuse. Le gnome ne semble intéressé ni par les questions qu'il pose, ni par mes affirmations. Est-ce dans sa nature de perdreau ? Souffret-il de la vésicule biliaire ? A-t-il trouvé sa gerce à califourchon sur la verge de son supérieur ? Autant de suppositions sans réponse.

Une seconde journée va s'écouler, qui n'apportera pas la moindre modification à mon statut de « prévenu ».

_____

1. San-Antonio a commis une erreur : il voulait très probablement écrire « impavide ». (La belle-sœur de son éditeur.)

Ma « chambre » sent le renfermé et le pet asiatique refroidi. Une pluie antédiluvienne s'abat sur la Chine. Il en vase à la lance de pompelard, dirait-on !

Je commence à bourdonner sec. Estime que mon destin joli est à une bifurcation. J'appelle mon « lutin personnel », mais il ne doit pas avoir de succursale en Chine populaire, car il fait la sourde portugaise.

Pas confortable, ma situasse. Mes pinceaux s'enfoncent dans le marécage chinois. Va-t-il m'absorber, comme le fut la Jaguar de la bordelière dans la mare aux canards ?

Non, mon vieux Léon !

Car un gardien se pointe : un vieux ramolli, trop petit pour son uniforme, lequel est en revanche trop grand pour lui.

Me fait signe de l'accompagner.

Allons-y, Riri !

Le crapauteux de l'autre jour est assis sur l'angle de son burlingue, dans l'attitude adoptée par les acteurs dans un rôle de chef.

Deux mecs en civil se tiennent face à lui. Ils jactent tous dans la langue de Confucius. Quand j'étais môme, mes parents m'avaient acheté un minuscule piano produisant des sons à peu près identiques.

— Ces hommes vont vous reconduire à Hong Kong, m'informe le crapaud.

Musique céleste que mon être accueille avec des transports difficiles à contrôler.

J'avise, sur la table, mes papiers engourdis lors de mon arrivée.

— Reprenez votre bien ! jette l'officier avec l'enthousiasme chaleureux qu'il mettrait à dynamiter un furoncle à point sur la fesse de Pol Pot[1].

Me le fais-je dire deux fois ?

Que non point. Avec une prestesse de langue caméléonesque, je renfouille mes fafs.

— Bon voyage ! ajoute le cher homme.

Geste bref de la main aux deux civils, lesquels s'inclinent avant de m'emboîter le pas.

La guinde chargée de me « rapatrier » n'est pas chinoise mais anglaise. Elle évoque un taxi londonien, avec sa caisse carrée.

Mes convoyeurs me font mettre à l'arrière, se réservant l'habitacle avant. Et on décanille.

Le paysage ne laisse pas que d'être monotone, écrirait une personne de la bonne société catéchumène. Des maisons d'humilité, des canarderies, des haies de roseaux...

Mon cœur se gonfle d'allégresse à l'idée de quitter enfin ce merdier.

Arrivé à Hong Kong, je m'offrirai un bain parfumé, un gueuleton à tout casser et, *why not* ? une petite tripoteuse de chibres diplômée. Ensuite je dormirai un max, pour oublier les sales moments que je viens de traverser.

L'auto roule raisonnablement, avec un ronflement de mécanique bien éduquée.

---

1. Dont le vrai nom est « Saloh ».

Une douce somnolence me taquine les méninges ; j'ai dû être piqué par la mouche tsé-tsé ! A quoi bon résister ?

J'ai de nouveau roupillé puisque je m'éveille ! C.Q.F.D.

Nous sommes arrêtés à la lisière d'une immense rizière, dans un chemin (une piste plus exactement) boueux. Un Jaunet actionne une pelleteuse pétaradante, au milieu d'un nuage de mazout mal brûlé. Il a déjà foré pas mal, si j'en juge à l'énorme monticule de terre extraite.

En apercevant mes escorteurs, il cesse de creuser, descend de sa machine et fait quelques pas dans notre direction. Salutations à la manière ampoulée du pays.

D'un seul coup, d'un seul, je pige. Le trajet jusqu'à Hong Kong ? Tiens, zob ! En fait, on m'a amené là pour se débarrasser *complètement* de ma personne.

Tu souhaites une preuve ?

Le gonzman qui se tenait au côté du chauffeur déboutonne sa veste. D'où je suis, je distingue la bride d'un holster.

Ma parole, il dégage l'« ustensile » de son harnais, le Citronné ! Oh ! que je n'aime pas ! Ça pue le grand départ ! Mon « rapatriement » est en réalité un guet-apens. Ces gueux vont me plomber et me virguler dans le trohu. Une tombe profonde de trois mètres est le meilleur gage d'un repos éternel. Onc n'entendra plus parler du Sana joli. Il sera à tout jamais absent de la surface du globe, ton pote tant aimé !

Je plonge par-dessus le dossier de la banquette avant. Le conducteur n'avait pas coupé le moteur, j'enclenche le levier de vitesse sur « drive » et enfonce à mort le bistougnet. Elan rageur de la chignole. Les trois vilains se retournent, mais n'ont pas le temps matériel de réagir. C'est l'embugnage catégorique. Le « tchlaff ! » déterminant. Comme ils étaient groupés, l'avant de ma caisse les fauche simultanément, les précipitant dans « ma » fosse qui, vu leur nombre, n'est pas d'aisance.

Drôle de pêle-mêle, Angèle !

Marche arrière. Saute de la guinde et m'approche du trou. Ya yaïe, ce désastre ! Dans cette nature marécageuse, il est déjà empli d'eau à moitié (donc n'est pas « empli »). Mes glandus barbotent miséreusement dans la gadoue.

Et moi, tu sais quoi ?

Sans perdre un instant (on peut également dire : sans perdre une seconde), je me juche sur le siège de la pelleteuse et engage la marche avant. Puis l'évacue d'un bond léopardien. Le lourd engin dandine en ronflant avant de basculer dans ce qui devait devenir mon tombeau.

J'attends. Perçois des gargouillances de triste augure. Ce que je visionne, c'est pas dans ton feuilleton tévé du dimanche après-midi que tu le verras. La machine a piqué verticalement sur mes postulants tueurs, les plaquant dans la flotte. Je distingue confusément une jambe hors de la baille, un bras, puis un autre. Le moteur de l'appareil continue de vrombir et de loufer son nuage noir.

C'est marrant, nous autres Cancers sommes sous un signe d'eau, on me l'a toujours dit. La lune et l'eau, voilà pourquoi nous poétisons au-dessus de notre cul !

Au bout de quelques minutes, le moteur est noyé et le silence se fait. Les deux bras s'enfoncent dans la bouillasse argileuse.

Bon, ben, que veux-tu, ces trois glandeurs auraient dû rester devant leur tasse de thé, non ?

LES CHINOISERIES CONTINUENT

Je roule au hasard, en songeant que j'aurais dû choisir l'agroalimentaire, c'est mieux que la Police pour faire carrière. Mais enfin, dirait l'autre : « Ni temps passé, ni les amours reviennent ».

Ma position, mise à plat, se révèle catastrophique, pour ne pas employer le mot « cataclysmique » que d'aucuns grinchou'llards trouveraient excessif.

Si tu résumes : je suis recherché pour meurtre à Macao et vais l'être incessamment en Chine populassière où déjà l'on a décidé d'avoir ma peau (en anglais : *my skin*).

Je suis littéralement prisonnier de ce pays d'où il est plus difficile de sortir que d'entrer à l'Académie française où mon cher Bertrand Poirot-Delpech doit vachement sa morfondre avec sa belle moto chromée.

Les rarissimes panneaux indicateurs, rédigés dans la langue de Mao, ne me sont d'aucune utilité. Note que je cherche à m'orienter au soleil, mais d'une manière telle qu'un Indien Comanche en pisserait dans sa culotte à franges.

Dans la vie, deux actions diamétralement opposées me donnent envie de chanter. Oh ! c'est pas en me rasant que je joue les Caruso, j'aurais trop peur de me couper. Non, c'est en conduisant et en jouant aux cartes. La première occupation parce qu'elle me passionne, la seconde parce qu'elle me fait chier.

Voilà pourquoi j'entonne une chanson de papa, lequel la tenait lui-même de son vieux.

Ça dit comme ça :

« *Que ne t'ai-je connue au temps de ma jeunesse* »

« *Dans un rêve brûlant, j'aurais pu t'emporter.* »

Le rêve brûlant tourne à la chiasse jaune. Là-bas, tout au fond de la route d'un vilain bleu ardoise (j'ai toujours été sensible aux couleurs), j'avise un barrage policier. Des bagnoles sans grâce, des uniformes verdouillards. Quelques véhicules sont stoppés pour les besoins d'un contrôle.

Je me dis, non sans urbanité : « Fiston, tu l'as dans le prosibe ! »

Nonobstant, je reste calme. Tout juste que je ralentis, because quand tu roules sur un pont dont il manque une partie, t'es pas pressé d'atteindre l'endroit où il déclare forfait.

Cette manœuvre spontanée me sauve la mise, Elise.

Sais-tu pourquoi ?

Parce qu'un énorme camion exige le passage à coups d'avertisseur rageurs.

Tu veux la place, Chian-Li ? Prends-la, mon mignon !

Le monstre me saute en répandant cette abondante fumée noire que lâchent, dans ce patelin, tous les moteurs à gasoil.

Mégnasse pâteux n'hésite pas. Coup de manivelle à droite ! Très proche, l'est un bosquet de roseaux et bambous aux troncs épais. M'y engage. Merde, l'endroit est marécageux ! Fatal : des bambous ! Me voilà enlisé. M'extrais de la tire après avoir ôté mes ribouis et retroussé mon futal.

Les poulardins ont-ils discerné ma manœuvre ? Pas sûr.

Je patiente. La circulance est fluide. Pendant une accalmie, je coupe des roseaux et les utilise pour composer un paravent destiné à masquer entièrement la voiture enlisée. Tu vois ? Elle est bien planquée, hein ?

Le meilleur, pour ma pomme, c'est de laisser passer du temps. Le barrage finira bien par être levé. D'autant qu'il ne doit être que de routine, mes hauts faits ne pouvant déjà être connus des autorités.

Pour user les minutes superflues, j'inventorie le contenu de la guinde. Y déniche une petite boutanche d'alcool de riz et un paquet de chewing-gum. Tiens, les *States* envahissent la Chine popu ! A charge de revanche !

Me cogne une lampée de gnole parfumée et remets la mâchouillette en place, n'ayant pas vocation de ruminant. Rien ne me déprime davantage que ces tocards mastiquant à vide. Ils s'imaginent pas le combien ils ont l'air débiles à remuer les mâchoires sans but lucratif. Quelle sinistre invention ! Faut-il avoir les méninges poreuses pour se livrer à un tel exercice ! Tu les vois, sur les stades surtout, bovins régurgiteurs, flasques du cerveau, du chibre aussi, probable. Ah ! si tous les cons du monde voulaient bien cracher leur gum !

Le temps s'enfuit, je demeure.

Le soleil a accompli un chouette arc de cercle, changeant les ombres de place.

Je vais risquer un z'œil sur la route : le barrage n'y est plus. Puisqu'il en est ainsi, reprends à pied ta marche errante, homme de bonne volonté, ton destin te réclame.

J'arque et siffle pour me mettre du cœur aux semelles ; je le sais que cette déambulation est stérile, parce que la Chine est une cage.

Des véhicules ralentissent en me doublant. Voyant que je suis un être étrange venu d'ailleurs, ils continuent leur route en accélérant.

Ce que je ressens est encore inconnu du réseau de nerfs qui tissent ma personnalité.

Où vais-je ?

Je l'ignore.

Qu'attends-je ?

Rien.

Nourris-je un espoir de m'en tirer ?

Oui.

Fondé sur quoi ?

Sur mon optimisme inaltérable.

J'avance, un point c'est tout. Tu viens avec moi, Eloi ? Je te ferai des frites en arrivant !

Un grincement de freins. Je m'abstiens de me retourner. Si ce sont des perdreaux, j'aurai tout le temps de les contempler.

Le capot d'une Mercedes me dépasse de quatre-vingts centimètres et s'immobilise.

Je tourne enfin la hure sur le conducteur.

Stupeur ! Il s'agit d'une conductrice, blonde à ne plus savoir qu'en faire.

Elle a une expression étonnée, finit par me proposer un lumineux sourire au centre duquel ses chailles étincellent comme si elle bouffait les steaks avec des diamants.

Des rencontres de ce troisième type, je croyais qu'il ne s'en produisait qu'au cinoche, quand le scénariste s'était fait une entorse en écrivant. Je montre les trente-deux miennes à la chérubine.

— Hello ! qu'elle me fait en britannique.

— Hello ! je lui réponds en français.

— Vous êtes en panne ? enchaîne l'exquise.

Tiens, à la faveur d'une phrase, on se rend compte qu'elle n'est pas native du Royaume-Uni.

— Hélas !

— Où allez-vous ?

— Où vous voudrez m'emmener.

Son sourire fait place à une expression d'anxieu-sité. A toute vibure, la jolie personne se pose à mon propos un maximum de questions.

Je tire mes fafs, les lui montre ; elle les regarde d'un œil brillant d'intérêt.

— Français ! dit-elle d'abord. Et policier ! com-plète-t-elle.

Je rempoche mon bien.

— Montez !

Tu parles si je me grouille d'occuper le siège passager, lequel passe cependant pour être celui du mort.

Décarrade moelleuse.

— Suédoise ? m'enquiers-je-t-il.

— Comment l'avez-vous deviné ? Aux plaques de ma voiture ?

— Je ne les ai pas vues. Seulement il n'y a que les Scandinaves, et en particulier les Suédoises, pour posséder une telle beauté couleur d'or.

Oh ! pardon. J'envoie le bouchon, non ? Mais faut pas lésiner, avec les dames.

Tout humide déjà, je pressens. La manière qu'elle bouge son popotin exquis sur son fauteuil, tu piges qu'elle aimerait se faire mastiquer la fente au sirop de mec.

Je la confesse. Elle est l'épouse du consul de Suède à Guangzhou, c'est-à-dire Canton. Elle vient de visiter la bouddhasserie de Chuchdon Mongkon, datant du XIIIe siècle avant Dupont. Haut lieu de la foi et du pléonasme, on y soigne les gens atteints de catharsis évolutive.

Accepterait-elle de m'emmener jusqu'à Canton ?

Sans hésiter !

Mille mercis !

Y a pas de quoi.

Ma gratitude est si vive que je saisis sa dextre posée sur le volant et la porte à mes lèvres.

Ma deuxième Scandinave de ce polar de luxe, ça s'arrose !

Ayant l'habitude de piloter d'une seule main, elle ne la reprend pas après que je l'ai bisouillée, mais la pose sur ma protubérance de cérémonie.

Elle glousse un rire d'heureuse surprise.

Ma chose et les autres choses étant ce qu'elles sont, nous nous arrêtons, la fellation pouvant entraîner des accidents corporels lorsqu'elle est pratiquée par la conductrice d'un véhicule en mouvement.

Amour ? Peut-être pas.

Orgue ? Non.

Délices ? A coup sûr.

Franchement, elle sait te capter les ondes courtes avec une technique exceptionnelle et une grande économie de moyens.

Je suis pas du genre sucé qui se pâme, pourtant, au moment le plus décisif, je ferme les yeux de « tout *much* c'est trop tout ». Quel enfant de gogoles a fait courir le bruit que les Nordiques ne valaient pas un coup d'aquavit pour le radaduche ? Ah ! les enfoirés ! Je voudrais qu'ils se laissent entonner le clairon vingt secondes par cette gerce, tu les verrais changer d'opinion, Léon !

Et puis, tout à une fin, même les ivresses. Satisfaite, et moi k.-o., nous disjonctons.

La belle Nordique cramponne son tube de rouge dans la petite trousse passée à sa ceinture, pour une recharge expresse.

Pendant qu'elle vermillonne ses lèvres de sirène, je mate d'un œil ahuri les deux zigus coiffés de chapeaux pagode qui nous sourient de l'autre côté de la vitre.

Ils ont d'assez bonnes gueules.

Dommage qu'ils brandissent des pistolets.

PIPE À LA CANTONAISE

Mais qu'est-ce qu'il m'arrive, nom du Seigneur ? Pourquoi cette acharnerie du sort ? Cette constante coalition ? Je ne demande qu'à travailler et à brosser les dames, moi ! Qu'à choyer ma maman chérie !

Ils nous veulent quoive, ces bipèdes ? Ce ne sont pas des flics, guenilleux comme ils sont ! Alors des malandrins ? Ça existe, en Chine ?

Parbleu : partout où il y a des hommes, le crime s'enflamme, tel le papier lorsqu'une loupe est interposée entre le soleil et lui.

La petite chérie, troublée en pleine recharge labiale, cesse son badigeon et regarde.

Voit !

Très maîtresse d'elle-même, et un peu de moi, déjà, de par sa bouffarde salace. Ne bronche pas.

— Que croyez-vous qu'ils veuillent ? m'interroge-t-elle.

— Nous demander l'heure et la montre qui l'indique.

Elle éclate de rire. Puis baisse sa vitre.

— Tsin tsin rô bêr hu ? questionne-t-elle en cantonais moderne.

Epoustouflé il est, l'Antonio vénéré (mais pas vénérien).

Une converse brévo-gutturalesque s'engage.

— Puis-je savoir ? murmuré-je à la faveur d'une infractuosité de leur jacte.

Ma partenaire du Cercle polaire me rancarde :

— Ces hommes viennent de s'évader d'un pénitencier. Ils veulent pénétrer dans le territoire de Hong Kong et exigent que je les conduise à deux kilomètres de la frontière, dans une localité où l'un d'eux a un frère passeur.

Dis voir, Edouard, ce ne serait pas l'embellie dont je rêve sans trop y croire ?

— Votre sentiment ? m'enquiers-je auprès de ma camarade pipeuse.

— Une telle requête, présentée par deux bandits armés, mérite réflexion, ne trouvez-vous pas ?

— Je suis plutôt pour, assuré-je, réprimant mon enthousiasme ; cela me permettrait de profiter du passeur.

Marché conclu. Les convicts, dirait-on dans les *books* traduits de l'amerlock, prennent place à l'arrière. L'un des gus ne se départ pas de son riboustin. Fétichisme ? Prévoyance exacerbée ? Qui peut le dire ?

Le parcours se déroule sans incident.

Ma gente tomobiliste ne se formalise pas de l'aventure. Tout en roulant, elle murmure :

— Soyons très vigilants à l'arrivée. Cela m'étonnerait qu'ils prennent le risque de nous mettre en contact avec un passeur ! Ils vont tenter de nous liquider avant de parvenir à destination.

— Nous sommes sur la même longueur d'onde, ma chérie. Puis-je connaître votre prénom ?

— Selma.

— C'est adorable, approuvé-je. Il faudra que vous veniez me voir à Hong Kong, je vous montrerai mes estampes japonaises.

Soit à la dérobée, soit ouvertement, j'observe nos deux passagers.

Pour l'heure, ils se tiennent peinards, allant jusqu'à ôter leur chapeau de paille. J'apprécie le savoir-vivre car il est un gage d'harmonie.

Parfois, celui qui a remisé son arme fournit des indications concernant le trajet.

Une heure dégouline et l'homme, comme nous longeons des plantations de crachoupèdes frémoises à feuillages sextuples, lesquels constituent un écran particulièrement dense, tapote l'épaule divine de ma défoutrailleuse par voie buccale.

— Chî râc !

Ma sublime ralentit.

— Jû pé ! reprend le vilain.

Docile, Selma tourne à droite en me demandant :

— Et à présent ?

— Faites ce qu'il vous dit. Quand il vous ordonnera de stopper, arrêtez-vous, jetez-vous au sol après avoir actionné la portière en douce.

Et moi, pendant ce temps ? T'es-tu demandé ce que je branlais, moi, pendant ce temps, Bertrand ?

Devine !

Tu donnes ta langue ?

Je préfère celle de ta gerce, à moins qu'elle ait bouffé du munster.

A ma droite, sous le tableau de bord, il y avait tu ne devines pas quoi ? Un extincteur de bagnole. M'en suis emparationné coquinement, l'ai décapsulé, le tiens prêt.

— Jôs pin ! enjoint le niac.

Les deux mecs n'ont pas le temps de piger. La Suédoise a freiné pile, ce qui embarde mes guignolos. Puis a sauté hors de son bolide.

Quant à Messire Mézigue, te leur file le jet moussant en pleine tarte au citron. Ils étouffent ! Crient tant mal que bien, intensifiant leur asphyxie. A travers le nuage blanc je leur distribue des coups du vaporisateur qui me sert désormais de matraque. Bientôt la mousse rougit. Deviendrais-je cruel dans ce foutu patelin ?

Maintenant, sorti de l guinde, j'en évacue nos passagers. Est-il besoin de préciser que je procède sans ménagement ? Non ? T'es certain ? Bon !

Par ici la bonne soupe ! Je ramasse les flingues sur le plancher.

Mes deux évadés sont plutôt lamentables. Je les laisse étancher leur raisin.

— Je ne savais pas que l'on pouvait vivre des aventures aussi passionnantes, m'assure la Suédoise, aux anges.

Et de me bouffer le mufle à en perdre sa laine, dirait Bérurier !

À PLEURER !

Le mec voulait inciser la commissure de mes yeux pour que je fasse chinois ; j'ai refusé tout net. Tu m'imagines, me présentant chez Féloche avec la frite de Mao ? On a transigé en « obliquant » mes paupières à l'encre de Chine. Ça allait mettre du temps à partir, cette saloperie, mais l'essentiel était que ça ne soit pas indélébile.

Ensuite, on m'a rasé de très près ; pas seulement la barbe, mais les favoris et la nuque. Combien de fois me suis-je travesti au cours de ces pages échevelées ?

Y avait une chignole dans la cour du « passeur », me suis longuement miré dans son rétroviseur. Pas laubé ! Européen je suis, Européen je demeure malgré ces bricolages à la gomme.

Me sentais plus désorienté qu'une girouette sans vent. Ces Chinagos me tapaient sur le système.

Selon le programme élaboré, nous devions attendre la nuit et partir à bord d'un barlu pratiquant la pêche au lamparo. Au large, une autre embarcation, immatriculée à Hong Kong, nous prendrait à son bord, pendant que trois de ses marins permuteraient avec nous. Dans le fond, l'astuce semblait benoîte, le passeur étant en cheville avec certains garde-côtes de la Chine populaire qui ne vigilaient que d'un lampion.

J'ai enfilé des hardes marines et me suis mis à attendre en bouffant un bol de riz accompagné de poissecaille séché.

En bâtonnant dans ces immonderies, par simple instinct de conservation, j'évoquais l'adorable Selma. Quelqu'un de bien ! J'espérais très fort la retrouver à H.K. Je rêvais d'une nuit à grand spectacle avec elle, une noye ne cessant pas au chant du coq, ni aux premières infos, mais se prolongeant tout le jour.

Tandis qu'elle me chatoyait dans la pensée, j'ai perçu de drôles de sons à quelques mètres de moi. Cela ressemblait à des appels formulés à voix basse, ce qui n'est pas pratique pour héler. Me suis déplacé en direction du bruit. Ai parcouru une vingtaine de pas et, pour donner le change, souscrit à une miction sans urgence (utile de toute façon).

C'est en remettant mon outil miracle en place que j'ai découvert la source de la manifestation vocale.

En ai été pétrifié !

Entre des touffes de raminagrobis, tu sais qui ?

Je suis ému, mon cœur se serre tel le rectum d'une jeune Anglaise nubile devant le chibre de Bérurier.

Salami !

Voilà, c'est lâché ! Salami, mon basset bien-aimé. Mon plus que fidèle ! Salami ! Le cador de ma vie ! Le surchien[1] de ma carrière.

Comme il a changé ! Comme il est au fin fond des exténuances ! Les pattes en sang. Ses flancs se touchent. Sa truffe est devenue blanche. Sa plaie à la tête suppure.

— Salami ! béé-je. Ô Salami, que t'est-il arrivé ?

— Beaucoup d'avatars, mais ce n'est pas une raison pour me tutoyer.

— Ainsi, vous m'avez retrouvé à travers cette foutue Chine ! C'est davantage qu'un miracle ! Beaucoup plus qu'un prodige !

— En apparence, mais il y a une explication rationnelle à tout, fait le canin.

— Vous me raconterez, mon cher, mon merveilleux ami ?

— Il y a plus urgent. Pour l'instant, vous êtes en grand danger !

— Je sais, mais...

— Non ! Vous ne savez pas ! Nous sommes dans le repaire de dangereux criminels.

— Croyez-vous me l'apprendre ?

— Ils sont pires que vous ne le supposez, mon cher. Ils viennent d'égorger la ravissante jeune femme qui vous a conduit ici !

Je reste saisi. Et pas par la bite, crois-moi ! La nouvelle me tchlague l'âme.

Selma ! L'exquise Suédoise. Selma la courageuse ! Egorgée !

---

1. Surchien dans le sens de « surhomme ».

— Vous êtes sûr ? balbutié-je de mes pauvres lèvres vidées de sang[1].

— Je l'ai vu ! assure-t-il.

Et de narrationner :

— Avant d'arriver, ils ont tenté de vous liquider, mais vous avez immédiatement pris le dessus, comme toujours.

Il remue la queue.

Ah ! Non, pardon : c'est moi !

— Vous les avez contraints à vous guider jusque-là et exigé que le « passeur » décline son identité, vous l'avez communiquée à la dame blonde en la priant de tout raconter aux autorités si elle ne recevait pas de vos nouvelles avant demain midi.

— Comment diable êtes-vous au courant, mon bon ami ?

— Je me trouvais là pendant la conversation. Après cette transaction, la jolie personne est repartie. Seulement un homme que vous n'aviez pas vu s'est glissé à l'intérieur de l'auto.

« Mû par mon instinct, je me suis élancé derrière elle. Ils ne sont pas allés loin. Quand le véhicule a pénétré dans la forêt que vous apercevez sur la gauche, l'homme s'est montré à la conductrice, l'a obligée à s'arrêter et lui a tranché la gorge. Il a retiré son corps de la Mercedes, l'a caché dans les roseaux et s'est installé au volant. Je pense qu'ils l'enterreront dans les parages, car il eût été compromettant de faire de la route avec une passagère égorgée. »

---

1. Bien exprimé, hein ?

Je me mets à sangloter à sec.

Ô Selma, visage entrevu...

— Je la vengerai ! déclaré-je d'une voix corné-
lienne sur les bords.

— En attendant, prenez garde à vous ! fait mon
raisonnable compagnon. Dites-vous bien que si,
ayant supprimé cette femme, ils se sont mis à modi-
fier votre physique, au lieu de vous assassiner également, c'est qu'ils ont un plan.

Ils parle d'or, ce cador, Victor !

NE PAS CONFONDRE
ABORDAGE ET SABORDAGE

A la noye chutante [1], nous appareillons. L'embarcation de bois sent fortement le poisson et le gasoil. Elle mesure une quinzaine de mètres et un vénérable moteur la propulse en produisant le bruit du « Bol d'Or » motocycliste.

Profitant de ce que les pêcheurs vaquaient aux derniers préparatifs, le génial Salami s'est embarqué à la sauvette et placardé sous un amas de filets brillant d'écailles.

Une pluie fine hachure le crépuscule. La mer est calme, presque étale, tu la prendrais pour le lac d'Aiguebelette (Savoie) où se déroulent les compétitions internationales d'aviron.

T'ai-je dit que le « passeur » m'a contraint à rendre les flingues des deux furoncles ? Certes, je n'étais pas chaud, mais il s'est montré tellement intraitable que j'ai cédé. Pas le moment de rompre

---

1. San-Antonio veut sans doute parler de « nuit tombante ».
   Leroy-Merlin

les relations diplomatiques avec ces têtes de bonzes à hépatite variable !

La côte nous fuit. Le bateau dodeline mollement. Bientôt, un mataf allume les lampes fixées à des mâts de misère. Pour un peu, je me croirais à Venise : nuit sur le Grand Canal. Ne manquent que les chants et les accordéons.

On navigue d'un bon pas, assurerait Béru. Tiens ! en voilà un qui, pour cette enquête, m'est aussi utile qu'un trou à ma chaussette. Ses prestations se situent entre rien et pas grand-chose.

Moment de quasi-inaction générale. Excepté le pilote, les hommes n'en branlent pas une datte. Curieuse fresque. Ces visages jaunes et anguleux me filent le bourdon.

Par instants, je caresse, à travers l'étoffe de mon jean, la seule arme dont j'ai pu me munir : une penture de porte rouillée. J'en ai longuement affûté la pointe sur une pierre, de façon à la transformer en hallebarde sans manche. Peut-être me servira-t-elle, le moment venu ? Va-t'en savoir, Edouard.

La lune brille à *mare chiaro*.

On passe entre des barlus en train de pêcher. Ce serait une chouette promenade, en d'autres circonstances. Nous piquons en direction de la pleine mer. Devant nous, sur la gauche, Hong Kong resplendit à s'en faire craquer le compteur électrique.

On vogue encore un bout puis, au large, un projo de couleur rubis émet quelques brefs signaux. Un de nos hommes y répond par des coups de loupiote.

« Eh bien, me dis-je, il semblerait que nous nous préparons à un abordage imminent. »

Fectivement, les deux embarcations se dirigent l'une vers l'autre. Celle qui vient à nous fonce entre deux immenses gerbes d'écume, aussi ne tarde-t-elle pas à nous accoster. Grâce à la vive lumière de nos phares de pêche, je me rends compte qu'il s'agit d'une vedette rapide appartenant à la police de Hong Kong. A son bord, trois Chinois en uniforme. L'un d'eux, galonné, porte des lunettes à monture dorée. Ce dernier parlemente avec le « passeur ». Après quoi, le patron de notre barcasse me fait signe de changer de bateau. J'obéis, pensant que les deux évadés vont me suivre, mais à ma grande surprise, je suis seul à rallier le barlu policier. A nouveau quelques mots gutturaux se perdent dans le grondement de la vedette ; nous piquons vers la cité illuminée.

Je ressens un spasme cardiaque : Salami !

Il est resté avec les forbans !

Quelques minutes passent. Nous fendons le flot à l'allure d'un exocet ; mais cela ne dure pas.

A la suite d'un cri poussé par l'officier, le pilote réduit les gaz, puis les coupe. La vedette se met à incohérer sur l'océan berceur. Rien qui te foute davantage le mal de mer qu'une embarcation sans contrôle, « bouchonnant » au gré des vagues. Le riz rance et le poissecaille daubé que j'ai clapés avant de partir font les cons dans mon estomac.

L'Ouistiti à besicles jette un ordre ; aussitôt, le flic qui n'est pas aux commandes pénètre dans l'habitacle et ramène une sorte de sac carré en caoutchouc ainsi que des palmes qu'il lance à mes pieds.

Son chef m'interpelle en chinois, me prenant pour tel, dirait ta concierge de derrière son fibrome.

Docile, je remplace mes tartines par lesdites (Piaf).

Dans ma tronche, un foisonnement de points d'interrogation aussi gros que des crosses d'évêques. Ces draupers compteraient me faire faire de la plongée sous-marine ? A vingt milles de la côte ?

Maintenant que je suis chaussé de savates aquatiques, ils me chargent le barda sur la poitrine, le bouclant avec une agrafe de sécurité.

Mon ahurissement cède le pas à une trouillasse noire. Vont-ils me jeter à la soupe dans cet accoutrement ? Sans appareil respiratoire ?

Non mais dites, Brigitte, ces vaches m'assassinent tout bonnement !

Là, je comprends plus rien. Un tel salmigondis. Et pourtant, Dieu sait combien je suis génial dans le civil.

Le paquetage est lourd comme s'il contenait du ciment mouillé.

Je m'offre un regard désespéré alentour : le bord acajou de la vedette, le poulardin assis nonchalamment dans le fauteuil pivotant et qui allume une cousue, son collègue occupé à soulever la banquette arrière pour prendre, dans le compartiment servant de coffre, un pistolet-mitrailleur.

L'officier semble indifférent. Tu dirais Michel Rocard avec des lunettes et la jaunisse.

Ma pomme ?

Ben quoi, ma pomme ?

Décide de faire « quelque chose pour moi ». Hésite entre réciter mon acte de construction, me flanquer au jus ou autre chose. C'est pour autre chose que j'opte.

Me penche pour assurer ma palme droite. N'en vérité, et tu l'as déjà compris : je dégage la ferraille adhérée à mon mollet[1].

Au moment que je l'ai en pogne, je perçois le léger bruit du cran de sûreté relevé. Pas d'autre solution que de jouer ta brème à fond la caisse, mon Tonio. Me fends pour une botte secrète qui n'est pas de radis ! Une salve m'étrille la casaque. Ça me brûle le râble. Grâce à ma position inclinée, j'évite de morfler la totalité du chargeur dans le buffet. Des abeilles brûlantes butinent mon dos. Par contre, le mitrailleur feinté s'octroie vingt bons centimètres de penture dans le pylore. S'écroule contre l'officier binoclard, le déséquilibrant ! Le sus-désigné bascule dans la mer de Chine.

Prenez garde à la penture !

Attends, c'est pas fini !

Reste le pilote et il a du réflexe ! Son browning crache déjà. Je prends tout dans le poitrail. Tir groupé impec. Il devait remporter les premiers prix au stand d'entraînement.

Mais, y a un défaut le concernant : le sac que les deux autres m'ont ajusté sur la poitrine ! Il sort de la poudre blanche des six orifices pratiqués par les bastos. J'ai eu la vie sauve à cause d'un étrange

---

1. Bien entendu, un objet n'est pas *adhéré*, j'écris ça pour voir si tu réagis aux impropriétés de termes.

gilet pare-balles composé de vingt kilogrammes d'héroïne ! Pas banal, pour un flic, tu conviens ?

Malgré mon fardeau crevé, je me jette à genoux, ramasse le pistolet du mitrailleur et le vide en direction de l'homme de barre.

Seulement, il n'en subsiste qu'une seule. Comme il se la prend pleine poire, il n'y en a pas besoin de plus.

Une nouvelle corvée : m'occuper de l'officier tombé à la baille. Cet olibrius, dit-on en latin, est un peu perdu car il a paumé ses besicles de Penseur dérodinisé. Il tâtonne pour se hisser à bord. D'un coup de gaffe d'amarrage je lui fais lâcher prise ; mais le harpon entre dans sa gueule suffocante et ressort de l'autre côté du cou.

Moby Dick !

Pas de doute : les flics étaient en cheville avec les passeurs et entendaient me déguiser en mort pour faire croire à leurs supérieurs qu'ils avaient neutralisé un trafiquant de came.

J'ose pas compter les allongés que je sème derrière moi !

*
* *

Je le repère grâce à ses lamparos.

Peu rapide, il bourdonne vaillamment en libérant sa fumée d'apocalypse.

D'un coup de klaxon je lui intime de stopper ; il y consent spontanément. J'ai braqué le projo de la vedette sur le bateau de pêche. Les occupants, aveuglés, mettent les bras devant leurs yeux pour échapper à l'intensité du faisceau.

Devant ce ramassis de gredins, je me retiens de cracher une rafale de mitraillette. J'en ai trouvé quatre à mon bord. Gaz réduits, ma coque heurte la leur. Je m'en tamponne.

— Salami ! crié-je d'une voix si forte, que Neptune s'en cloquerait le trident dans les miches !

Un aboiement fait écho à cet appel. Une forme allongée, blanche et noire, légèrement marquée de fauve, sort du tas de filets. Mon clébard éclopé se pointe en aboyant, à la stupeur des Chinetoques.

Sa queue fouette ses flancs et je constate qu'il rit.

— Sautez !

Tu parles qu'il ne se fait pas prier, l'adorable toutou. Comme mon navire est surélevé par rapport au sien, il manque rater la marche ; mais j'ai prévu la chose et, agenouillé sur l'une des banquettes, l'ai saisi au bon moment.

C'est alors que les « passeurs », m'ayant reconnu, défouraillent.

— Vous l'aurez voulu, bande de vermine ! égosillé-je-t-il en balançant dans leur rafiot la grenade incendiaire que j'avais préparée « à toutes fins utiles ».

Départ en trombe.

Ma radio de bord nasille. On réclame des nouvelles, depuis Hong Kong.

Je laisse le poste crachoter ses questions.

Pleine sauce !

Regard en arrière.

Un brûlot aux flammes pourpres flamboie au loin.

C'est plus la mer Jaune, c'est la mer Rouge !

LE MARCHÉ (FLOTTANT) AUX PUCES

Il est des villes où la vie ne s'éteint jamais. New York, par exemple, ou Hong Kong. C'est à peine si leur rythme trépidant se calme un peu vers quatre heures du mat'. Il ne s'agit même pas d'un assoupissement de ces cités en folie mais seulement d'un changement de rythme. L'équipe de jour commence à se mêler à l'équipe de nuit ; il en résulte la tension prudente des passations de pouvoir.

J'ai moulé la vedette policière dans une zone morte du port marchand avec un max de prudence. Excepté quelques clodos emplis d'alcool dormant dans les renfoncements, je n'ai fait aucune rencontre de mauvais aloi.

J'ai beaucoup arqué. A un certain moment, je suis parvenu dans la partie réservée aux sampans, véritable agglomération flottante où stagnent des familles entières dans des embarcations insalubres. A mon côté, Salami marchait bas, tant ses pattes à vif le faisaient souffrir. Je me suis rendu compte qu'il ne pourrait poursuivre longtemps encore cette déambulation nocturne. Il aurait fallu dégauchir un sapin mais, dans mon accoutrement cataclysmique, quel chauffeur accepterait de me prendre à bord de son rongeur, quand bien même je lui ferais renifler mes talbins ?

Pour couronner le tableau, je me sentais aussi délabré que mon hound. Ça faisait des chiées d'heures que je charriais ma viande sous le ciel d'Extrême-Orient, avec l'estomac presque vide. J'ai eu un coup de vape. Me suis assis sur une grosse bite qui passait par là. Des jonques sortaient une rumeur de vie navrante et des bribes de radios crachouillantes.

En face de moi, de l'autre côté de la baie, se dressait une montagne arrondie faisant songer au « Casque de Néron »[1]. Je fus gagné par une étrange langueur et fermis les yeux. Je vacillais sur mon siège de fer. Au moment où j'allais basculer, un léger bruit me détorpeura. Je discerna alors une vieille Chinoise en train de pisser sur la planche servant de passerelle à son barlu. Elle licebroquait debout kif un homme, mais sa miction profuse indiquait la nature de son sexe.

Elle m'aperçut et me débita une phrase sur un ton aimable, sans marquer la moindre gêne. Je lui répondis d'un geste bienveillant.

Elle termina son pissat et s'avança jusqu'à moi. Ce n'était pas ma personne qui l'intéressait, mais mon brave toutou. Elle se mit à le caresser tout en me parlant. Etonnée de ne pas recevoir de réponse,

---

1. Montagne dominant Grenoble.

elle m'examina et s'aperçut que je n'étais point asiate.

Le fait ne la prit pas au dépourvu. Plus grand-chose ne pouvait surprendre cette femme édentée. Quand elle vit les pattounes à vif de mon cador, et sa plaie au crâne, elle eut un grand élan de pitié et me pria (par gestes) de la suivre sur son paquebot. J'acceptis volontiers.

Le sampan était réellement sans pans.

Je veux parler de pans de chemise.

Une demi-douzaine d'êtres vivaient à son bord, dont les vêtements de nuit se composaient seulement d'un tee-shirt réclame.

Ça fouettait vilain le poisson anciennement pêché, le cul intorché, les menstrues mal contrôlées, l'eau croupie, le riz en sac, le pet en liberté, l'algue, la basane moisie, le benjoin, le piment séché, le rance ranci, le musc, le mauvais parfum éventé, la sodomie à sec, la déjection, la sueur de groupe, le cordage humide, le désespoir consenti, la mer Jaune et, surtout, oui surtout : la misère endémique et définitive.

Une loupiote à acétylène répandait une lumière d'égoutier dans cette demeure flottante dont on avait définitivement oublié qu'elle naviguait autrefois.

A force de m'énucléer pour capter l'endroit, je finis par découvrir un vieux magot semblable à ceux des ivoires « ouvragés », dont la barbe effilée pendait jusqu'à ses testicules, un gros mec plus obèse qu'un lutteur japonouille et trois fillettes s'échelonnant de treize à seize ans. Seule l'aînée était éveillée. Elle me parut mignonne toute pleine, dirait le Mastard. Elle possédait d'exquises pommettes, une bouche comme sur certaines gravures, des seins menus mais drus et une chattoune qu'ombraient légèrement des poils plus fins que ceux d'un pinceau pour miniaturiste.

La vieille femme fit s'allonger mon chien et entreprit de passer je ne sais quel onguent sur ses plaies.

Elle se retourna et me dit quelque chose dans une langue que je ne parlerai sans doute jamais. Voyant mon incompréhension, elle réunit quelques mots d'anglais dévoyé. Je crus saisir que l'excellente personne me proposait sa petite-fille aînée.

Au reste, comme disait le frère d'Electre[1], elle jeta un ordre assez vif à la jouvencelle, laquelle, sans rechigner le moindre, écarta les cuisses et m'adressa un sourire d'accueil.

Egoïstement, je pensai que dans cet antre la vérole devait voler bas et le sida peut-être ? Aussi, fis-je à la petite demoiselle un sourire que, jadis, la Maison Cadum voulait acheter une fortune à Félicie, laquelle refusa. J'acceptai cependant une natte dépenaillée à son côté. M'y couchis et m'endormis avec célérité.

La rumeur portuaire m'arracha au sommeil. Un boucan d'enfer (et je préciserai même d'enfer Rochereau) m'éveilla. Au sein d'un tel brouhaha, je me demandis comment j'avais pu fermer l'œil,

---

1. Plaisante astuce, insaisissable par les incultes.

voire les deux. Le raffut indescriptible ne s'apparentait à aucun autre. Se composait de mille clameurs simultanées, de grincements par millions. Fallait être totalement privé d'ouïe pour subir cette agression.

Je me demande pourquoi le phénomène d'agglutination rassemble les humains avec une pareille frénésie. Ils se haïssent à mort et pourtant éprouvent le besoin de vivre en bancs, comme les poissons ; de s'écraser, de se piétiner en des cités tentaculaires. Merde ! Y a encore des déserts, que je sache ! Des toundras, des steppes, et, sans vouloir chercher si loin, des plaines du Morvan, des plateaux de Millevaches, des Cirque de Gavarnie ! Mais eux autres, c'est des rues saturées, des souks, de la bordèlerie foraine, des métinges et défilés qu'ils ont besoin ! Faut que leurs hostilités se frôlent, se touchent, s'entrepénètrent. Moutons *for ever* en panurgerie irrémédiable.

Mes pensées moroses sont tempérées par des sensations luxurieuses, voire luxuriantes. Je visionne l'intérieur de la jonque. Le gros type et deux des fillettes se sont barrés pour chercher la bouffe quotidienne, probable. Le Chinago à la barbe traînante fume une bouffarde malodorante qui pue le goudron chaud et la chaussette d'été béruréenne. Salami grignote les puces morflées dans cette tanière. Mon cent quatre-vingts degrés s'achevant sur ma personne, je découvre la motivation de mon état languide.

Figure-toive que la grand-mère utilise mon membre pour donner un cours de fellation à sa petite-fille. Tu les verrais s'escrimer, les pauvres chéries !

Un berger pyrénéen en chialerait de pitié ! N'ont pas la clape suffisamment large pour me faire un collier à zob de leurs lèvres minces. La vieille obtient quelques résultats parce qu'elle est édentée, mais l'ado va périr d'étouffement si elle s'obstine. D'en plus, ça me racle le casque suisse, leur commerce.

Sans les brusquer, je leur retire le pain de la bouche. Puis tente de leur expliquer qu'il ne faut pas chahuter avec ces outils de haute précision. A me peler le radis de la sorte, elles vont me mettre en invalidité !

J'extrais à la dérobite un bifton de dix piastres américaines de mon aumônière et le leur présente.

La vioque me griffe dix centimètres de main dans sa hâte de l'emparer.

Bon, c'est pas le tout : j'écluserais bien un café serré, après cette séquence. Tu me comprends ? J'espère que je vais trouver un bar dans les parages.

Alors je prends congé de mes hôtesses. Le barbu fumeur reste impavide. S'est-il seulement aperçu de ma présence sous son taud ?

Ouf ! me voilà à quai, inquiet. Salami devient dingue à force de trucider sa cargaison de puces.

— Venez, nous allons acheter un pucicide puissant, l'encouragé-je.

Et puis je la boucle.

Que voudrais-tu dire, toi, gros malin si, ayant vécu les aventures relatées ci-dessus, tu apercevais une Jaguar verte stoppée devant le sampan, avec la vieille bordelière anglaise accoudée à sa portière dont la vitre est baissée ?

RENCONTRE-SURPRISE

Sur « l'écran noir de mes nuits blanches[1] », y aura sarabande de fantômes, je pressens.

Je suis là, planté près de la Jag, complètement siphonné, bras inertes, testicules fripés, chopine en fil à plomb soudain captivée par le noyau terrestre.

Mémère me visionne de son regard intense, les lèvres crispées. Aujourd'hui, foin de robe verte et de capeline onduleuse, elle porte un tailleur strict bleu marine et blanc.

— Vous n'êtes guère fringant, murmure-t-elle.

Elle a dû prendre froid dans la mare car sa voix est enrouée.

Mon incrédulité perdure. Sacré bordel à cul, je l'y ai vue s'enliser avec sa caisse. De mes yeux vue. Et la vaste mare dont je ne soupçonnais pas la profondeur, l'a happée toute crue. Se remet-on d'un séjour de plusieurs heures dans la vase ?

Par contre, au volant ce n'est pas le même type. Celui-là est un zigus grassouillet, de style indien,

---

1. Nougaro dixit.

dont le crâne est rasé comme le compte en banque d'un petit commerçant après le dernier tiers provisionnel.

— Ne restons pas ici, dit l'Anglaise, montez !

— Pourquoi monterais-je, après les démêlés que nous avons eus ? objecté-je.

— Parce que nous devons « assainir » la situation.

— Je n'ai jamais voulu la polluer, assuré-je. Votre équipe m'a médicamenté, enlevé, conduit dans une « canarderie » afin de m'y réduire en aliment pour volailles et autres joyeusetés du genre. Je trouve l'expérience suffisante. Nous ne sommes plus à Macao. Ici, je dispose d'appuis me permettant d'affronter n'importe quel problème.

Elle soupire :

— Vous voulez bien regarder mon chauffeur ?

— Il me rappelle un orang-outan que j'ai beaucoup aimé.

Tout en dérisionnant, je bigle à nouveau le *driver*. Il a baissé sa vitre, s'y est accoudé. Tiens ! il fume la pipe ? Non, c'est pas une bouffarde mais une petite sarbacane.

Juste le temps de constater, un minuscule dard m'atteint au cou. Vivement, je l'en arrache. Trop tard : il produit déjà son effet.

Je sombre dans une léthargie cousine germaine du néant.

Léthargie ne signifie pas inconscience.
Si, dis-tu ? O.K., je retire.

Je suis dans une torpeur, au fond de laquelle je pige tout, sans pouvoir réagir. Je me rends parfaitement compte que le chauffeur descend de son siège et me fait grimper à son côté. Je réalise également que mon cador ne participe pas à la croisière ; mais je sais qu'il saura me retrouver.

Nous quittons ce port minable et nous dirigeons vers le centre.

Malgré mon état, il me reste suffisamment de lucidité pour me permettre d'admirer cette cité verticale, dont l'ambition semble d'aller à la rencontre des Martiens. Entre mer et montagne, elle s'érige en capitale universelle des affaires, Métropolis du fric et de son corollaire, le crime. La plus forte densité humaine sur notre globe furonculeux.

A l'arrière du véhicule, Madame prend ses aises. Indifférente à l'incident qu'elle vient de créer, elle allume une cigarette noire à bout doré.

Me suis toujours méfié des gens fumant ces sortes de saloperies. Ne sont pas catholiques.

Tétanisé mais observateur, je la contemple dans le rétro. Et voilà qu'à travers mon atonie, je fais une constatation : *cette dame n'est pas celle qui s'est flanquée dans la « boutasse » aux canards !* Je te parie ta bite à couper contre la médaille des Arts et Lettres (à propos : M. Touchose me l'a expédiée par la poste, avant d'aller vendre des moules ; je ne l'en ai pas remercié car il a omis de joindre un timbre pour la réponse) que je suis confronté à un cas particulier. A bien observer, je note des différences : elle porte une cicatrice au menton, en forme de « i grec » et une tache de vin sous l'oreille. En approfondissant l'examen, d'autres dissemblances se révèlent : l'ongle de son petit doigt de la main gauche est très long, ses yeux sont affligés d'un léger strabisme divergent et elle a une mouche sous une pommette. Conclusion : sœur jumelle !

Je regarde les rues populeuses. Nous fendons la foule à l'allure d'un enterrement officiel. Il me serait aisé d'ouvrir la portière et de descendre, malheureusement tout mon être est frappé d'une incommensurable apathie le rendant inapte au moindre effort.

Attendre et voir ! assure un proverbe anglais.

Un gratte ciel plus vertigineux que les autres. Une rampe marbreuse pour les chignoles. Au fond, les ascenseurs. Une famille de dix personnes pourrait se loger dans chacun d'eux. Le *driver* se précipite, ouvre la lourde à Médème, puis vient m'extraire comme si j'étais paraplégique. Me soutient (je devrais dire me coltine) jusqu'à la cage garnie de miroirs et de banquettes de cuir. Un péone est survenu, qui a pris sa place au volant et emmène la guinde dans les profondeurs.

La cabine jaillit vers le ciel, plus rapide que n'importe quelle capsule Apollo.

A quel étage nous propulse-t-elle ? Mystère ! M'en fous ! Univers fastueux. Tous les ingrédients sont réunis : laque blonde, glaces biseautées, peau de Suède, soie sauvage, et j'en oublie.

Déjà prévenu de notre arrivée, un domestique attend au garde-à-vous.

L'aide le chauffeur à m'introduire chez Poupette sœur. Hall féerique, enculade de salons poustouflants. On m'emporte en une chambre très sobre, si on la compare au luxe traversé.

Les convoyeurs m'étendent sur un lit de cuivre, puis se retirent.

Je mate le plafond constellé de caméras mobiles « couvrant » la totalité de la pièce jusqu'en ses moindres recoins. Quelque chose d'autre m'incommode.

Oh ! oui : la chambre ne comporte aucune fenêtre, il n'y a pas de poignée de porte à l'intérieur. Etre contraint vous débarrasse des alternatives, souvent angoissantes. « Repose-toi, fiston de Félicie, et attends confiancieusement. »

Si les hommes comprenaient la puissance du temps qui passe, ils vivraient beaucoup plus vieux. C'est le grand guérisseur d'ici-bas.

Sur ces paroles dont la profondeur me flanque le tournis, je mets ma gamberge en roue libre. Juste je me dis que, de retour à Pantruche, j'achèterai une améthyste à Félicie. C'est une pierre semi-précieuse, relativement modeste, mais dont la couleur épiscopale l'enchante.

Combien de minutes s'écoulent, Raoul ? Aucune idée.

Toujours est-il que mon état se normalise et que mes forces reviennent dans leur écrin d'énergie [1].

---

1. Seul San-Antonio est capable d'écrire avec pareille originalité. Et peut-être également Bernard-Henri Lévy, quand il a pris son Gériavit.

N'à un certain moment, diraient des gens épris de précision, les loupiotes éclairant ma geôle se mettent en veilleuse et un écran mural, de grandes dimensions, s'allume.

Apparaît en G.P. [1] le buste de ma ravisseuse.

— Vous avez recouvré vos moyens ?

— A peu près, semble-t-il.

Elle me sourit ; son système vidéo est agencé de telle sorte que nous avons la possibilité de nous regarder en conversant.

— Nous allons donc pouvoir parler. Pour débuter, j'ai quelques précisions à vous communiquer.

— La première étant que vous n'êtes pas la dame à la Jaguar verte de Hong Kong ?

Elle déglutit, biscotte sa surprise de m'entendre causer ainsi. Mais c'est pas le genre de femme à en faire un frometon.

— Vous vous ressemblez d'une façon stupéfiante, comme beaucoup de vraies jumelles, toutefois certaines différences existent entre vous.

Et de les lui énumérer. Elle me scrute par caméras interposées.

— Vous êtes la dernière personne à avoir vu ma sœur, fait-elle lorsque j'ai terminé ma jacte ; je dois savoir ce qu'elle est devenue !

— L'ultime fois que je l'ai rencontrée, et la seule d'ailleurs, elle quittait l'élevage de canards où ses gens ont voulu me réduire en poudre.

— Pour aller où ?

---

1. G.P. = gros plan.

— Quand elle reviendra vous le lui demanderez. Personnellement, je l'ignore.

— Vous n'avez pas la confidence facile.

— Vous préféreriez que j'invente n'importe quoi ?

— La vérité me suffira.

Son regard est fixe. Il existe quelque chose d'implacable chez cet être. Tu sais qu'avec cette pétroleuse, je ne suis pas au bout de mes peines !

— La vérité, soupiré-je, est-ce que ça existe ?

— Vous avez tort, murmure-t-elle. Ces atermoiements ne déboucheront sur rien et ne vous feront même pas gagner de temps. Car la mort est en vous, monsieur San-Antonio.

— Depuis le jour de ma naissance, je le sais. Il en est de même pour chacun de nous.

— Seulement, l'énorme majorité des hommes ignore l'instant de leur trépas.

Elle prend un objet qui se trouvait hors du champ et l'amène en évidence devant l'objectif.

— Vous voyez ce petit appareil ? C'est un contacteur. Presque en son milieu, vous devez distinguer une touche rouge. Exact ?

— Et alors ?

Elle pose son index sur le bitougnot en question.

— Si j'enfonce ce petit bouton, vous explosez, mon cher, comme ont explosé le Danois et le Japonais. Comme beaucoup d'autres exploseront encore de par le monde.

Hé ! Oh ! Elle me moitise la raie médiane, la guenuche ! Ça veut dire quoi, cette menace ? Elle se fout de ma hure ou bien ? Elle a du fading dans la moelle pépinière ! Elle me chambre ! Me le fait à l'intimiderie !

— Vous êtes sceptique ? enchaîne-t-elle. Vous vous dites « Je n'ai subi aucune intervention chirurgicale depuis des années ! » N'est-ce pas ? Oublieriez-vous que l'incision d'un abcès constitue déjà un geste opératoire ?

Vérole ! Je me liquéfie en entendant ça. C'est exact : le mois passé, j'ai dû me faire ouvrir un mauvais bubon à l'aine préfecture Laon ! Un simple coup de lancette chez un toubib grec d'Athènes où je folâtrais avec une gentille scripte de tévé rêvant du Parthénon.

Qui me l'avait indiqué, ce dévoyé d'Hippocrate ?

Je me concentre : parbleu, la scripte, ou prétendue telle ! Je l'avais levée au cinoche. Elle était venue s'asseoir près de moi, au début du film.

Le con de Tantonio ! Gamin se croyant marle ! Pauvre mec !

Allons, ton self, Grand ! La demoiselle du septième art m'a savamment « pris en mains, en bouche, en fesses » au Studio Florentin, en lisière du bois. Un éblouissement ! Elle semblait posséder douze culs, vingt-quatre chattes et dix mille langues. Cette apothéose ! Sa voracité sexuelle me confondait. Un feu d'artifesses de cette ampleur ? Encore jamais ! Je la quittais le panoche en flammes. Me l'enduisais de vaseline, de retour à la *casa* Félicie, sans parvenir à m'en rassasier. L'amour ? Que non pas. Ce qui m'emportait ? Sa furia ! Aussi quand elle m'a proposé de partager avec elle un séjour en Grèce, gagné soi-disamment dans un concours, j'ai accepté. Déjà, ce vilain furoncle évoqué ci-dessus me chicanait. Avec le recul, je suis convaincu que la miss en question, au cours de ses papouilleries savantes, me l'avait provoqué. Me rappelle une piqûre ressentie à cet endroit, alors qu'elle me chipolatait la mandragore. Elle s'est excusée comme quoi le chaton de sa bague de fiançailles « accrochait ».

Une fois à Athènes, le mal a empiré. C'est elle, toujours, qui m'a conduit chez un toubib, prétendument ami de son père.

Le doc a voulu procéder à une « neurasthénie » partielle, dirait Béru pour anesthésie, et c'est pendant que j'étais vaponé qu'il a effectué cette implantation !

Je glaglate dans mon for intérieur. Pourtant, t'es pas une limace, mec. Flouzer dans tes loques serait contraire à tes principes.

A quoi aurait servi que le maréchal Pétain ait gagné, derrière son burlingue, la bataille de Verdun, si tu te répands en apprenant que tu as un explosif contre ta burne droite, hein ?

Tiens, au fait...

Je palpe le haut de ma cuisse où me vint le maudit abcès. Effectivement, je perçois une induration. Au début, la chose m'inquiétait vaguement. Et puis je m'y suis habitué. Un homme, que fait-il d'autre, sinon accepter toutes les couilleries de l'existence ?

La femelle me défrime par écran interposé. Seigneur, qu'elle a l'expression fumière ! Un outil pareil, c'est bon à équarrir vite fait ! « Un coup de tavasson derrière la tronche », assurait pépé Gégène, qui n'aurait pas fait de mal à une mouche.

— Vous sentez, sous le bout de vos doigts ? demande-t-elle.

Elle brandit son déclencheur si près de l'objectif que son image en est brouillée.

L'index à l'ongle peint caresse le détonateur.

— Je presse, et vous avez un cratère plus large qu'un saladier à la place du bas-ventre.

Je lui adresse un doux sourire fait d'innocence et de pureté.

— Vous aimez détruire, votre cœur et vous. Comme c'est étrange, de la part de femmes belles, faites apparemment pour l'amour.

— Ceci n'empêche pas cela, ricane-t-elle.

Son visage le pétrifie. Je t'épargne les comparaisons de circonstance, ayant trait : au serpent, à l'hyène, au rapace, à la peste bubonique et autres charmanteries du genre.

« Elle va me buter ! me dis-je, intensément. S'amuse de préambules, mais ma mort est programmée et cet entretien *ne s'achèvera pas autrement !* »

LE GRAND BOUM

Me tiens (en hâte) le raisonnement suivant : tant que vous parlerez, elle ne pressera pas le « bouton fatal[1] ». C'est le silence, ton ennemi de l'instant.

Je la devine hésitante ; puis, tout de go, elle me déclare :

— Si je pouvais être sûre que ma sœur soit crevée, je serais soulagée !

Mon signal d'alerte générale vibrionne dans mon cassis. « Gaffe, l'Antoine ! Gaffe bien : elle prend un biais pour t'amener aux aveux ! »

— Ma chère, repartis-je, il ne doit pas être tellement difficile de retrouver quelqu'un sur un territoire à peine plus vaste que la place de la Concorde entouré de Chine comme une écharde l'est de viande !

— On peut le quitter par air ou par mer !

Je cherche un truc quelconque à objecter, ne trouve rien de valable et laisse quimper.

---

1. Ne jamais oublier que t'es dans un *book* à trente balles, mon Antonio, les poncifs doivent rester souverains !

— Je suppose que vous faites le nécessaire pour découvrir sa trace ? finis-je par demander.

D'un ton courroucé elle me lance :

— Cessez d'aller et venir dans votre chambre pendant que nous parlons !

— Je vous prie de m'excuser, chère madame, peut-être comprendrez-vous que je sois sur les nerfs ? Dites-moi, quelque chose m'intrigue en ce qui me concerne. Vous m'obligeriez en éclairant ma lanterne, comme nous disons en France.

Elle me fixe. Son strabisme léger prend de l'importance.

— De quoi parlez-vous ?

— De ceci : votre excellente sœur avait l'intention de me faire trucider et j'ai subi quelques attentats de ses gens auxquels j'ai miraculeusement échappé.

— Eh bien ?

— Elle ignorait donc que ma destruction se trouvait implantée dans ma chair et qu'il suffisait de presser un bouton pour m'anéantir ?

Là, elle cille ; je note également un léger retroussis de sa lèvre supérieure.

— Regardez ! m'ordonne-t-elle en approchant à nouveau le contacteur de l'objectif. Ne perdez pas cette petite touche rouge des yeux car c'est elle qui va déclencher votre mort.

Sadique femelle dont la main ne frémit même pas.

J'emporterai donc, dans l'au-delà, cet index posé sur un bouton, avec, en arrière-plan, des yeux dilatés par une sauvagerie effroyable.

Une sèche détonation retentit, dont les ondes de choc n'en finissent pas de vibrer.

Dans la chambre, San-Antonio s'écroule, ruisselant de sang.

CASTOR FOR EVER

Elle dépose son appareil sur un meuble de verre et se dirige vers le bar du living pour se servir un porto exceptionnel, réservé uniquement à son usage personnel.

Le rare breuvage a été transvasé dans un flacon ingrat pour passer inaperçu. Quand elle a des invités, elle leur sert un scotch de qualité, puis se verse une forte dose de son nectar, laissant entendre à ses hôtes qu'il s'agit d'une vague mixture, presque d'une médication. Elle va jusqu'à réprimer une grimace de dégoût en l'avalant.

Son verre en main, elle revient à sa télé interne.

Une petite fumée, assez faible, inscrit ses volutes dans la geôle.

Elle actionne la touche chargée d'élargir le champ. Plan général de la pièce. L'Anglaise découvre son prisonnier au sol. Il gît, à demi déculotté et baignant dans son sang.

Lors, elle achève son rarissime porto et se rend dans la chambre du meurtre télécommandé.

Odeur d'explosif et de mort.

Elle en raffole. Une griserie l'emporte. Elle regarde la pièce dévastée, confusément surprise par les caprices de l'explosion. Le lit de cuivre déchiqueté en son milieu ; l'homme foudroyé a eu la région du bas-ventre saccagée. Il continue de perdre son sang en abondance.

La Britiche vient jusqu'au cadavre d'un pas glissant. Trouve le spectacle d'une réelle beauté. Ce sexe magnifique, dont les proportions la rendent nerveuse, n'a pas abdiqué et reste dilaté, tendu dans l'agonie. Des spasmes l'agitent. Tableau tragique, féroce ! La meurtrière s'agenouille, trempe le bout de ses doigts dans l'affreux liquide avant de porter la main à sa gorge et d'y tracer des arabesques pourpres. Puis, suce sa dextre shakespearienne en poussant des râles de jouissance.

Elle agit avec une lenteur indicible, de plus en plus proche de la pâmoison.

Après avoir réitéré de nombreuses fois cette répugnante manœuvre, elle prend le phallus dans sa bouche et lui accorde une fellation que les plus suaves courtisanes des XVIIe siècle et arrondissement n'ont même pas soupçonnée.

Qu'en découle-t-il ? si l'auteur libertin peut s'exprimer ainsi.

Le blessé passe de la mort « cruelle » à la mort « voluptueuse ».

Mais oui, messieurs-dames, c'est comme ça.

J'étais commotionné par l'explosion : le cerveau dévissé ; les yeux en billes de grelot ; la notion de tout submergée par la notion de rien ; les feuilles de chou débranchées ; des fourchettes à escarguinche

enfoncées dans les tympans ; la manne liquoreuse
tournée sauce gribiche.

Malgré cela, je me devais la vie sauve.

A moi et à personne d'autre. Sais-tu *porque* ?

Parce qu'à la révélation de la bombinette implantée dans ma cuisse, je n'ai fait ni douze ni treize.
Ai sorti, en douce, mon Opinel, l'ai ouvert, et me
suis livré, sans défaillir, à un charcutage de ma personne. Dur, dur, mon pote, d'enquiller de l'acier
dans sa viande et de s'y découper un morcif
d'homme de trois centimètres de diamètre sur deux
d'épaisseur. Sans me vanter, je connais pas des
masses de gus capables d'une telle automutilation.

La Mémé ne se pose pas de questions. Te me
démoniaque le nougat en fauvissant du tarbouif.
Une lionne en rut !

Cette décapeuse d'aubergines, *mamma mia* ! Elle
dévore, fouissant, rugissant, glapissant, tout en se
barbouillant de mon raisin.

J'ai cru m'évanouir lorsque j'ai eu pratiqué ce
trou dans mon cuissot. Et ce, sans cesser de jacter
pour donner le change, je te le fais remarquer !

Eh bien, ton Sana éblouissant, mon très cher
frère, il emplâtre miss Siamoise avec un tel brio
que la rombiasse pousse des gueulées d'orfraie. Elle
déclare, à s'en fissurer les cordes vocales, les souf-
flets et la gargante, qu'elle n'a jamais joui d'une
manière aussi forte. Mon dard (que j'appelle également « mon gros Frédéric ») est un épieu *incandescent* planté dans sa babasse. Sa moulasse est loin
d'être du produit de tripier. C'est vachement
flexible, brûlant, captateur. Préhensile, tiens, je

cherchais. Kif une main ! Sûr qu'*after* pareille
ramonée, va falloir la mettre en hibernation, Coqui-
nette ! Qu'elle refroidisse un brin après cette traversée de l'enfer. Elle serait en métal, elle fondrait !

L'emplâtrage cosaque la rend si bruyante que ses
larbinuches se pointent, craignant un assassinat.
J'ignore s'ils avaient vu tirer leur patronne aupara-
vant, mais je peux te déclarer sous la foi du serment
et le tiroir de la commode, qu'ils n'en reviennent pas.
Faut dire que l'exercice de Mémé époustouflerait
l'homme-tronc qui a gravi l'Everest l'an dernier !

Vient de se mettre à la califourche sur ma chopine,
la darlinge. Les cuisses ouvertes à l'extrême. Elle a
déchiré le haut de sa robe pour dégager ses bouées de
signalisation marine. Divine surprise : comparés à
ses flotteurs, ceux de Mlle Ferrari auraient l'air de
deux blinis froids. Tu croives que c'est à la violence
de son excitation qu'on doit d'aussi extravagantes
protubérances, Hortense ?

Pardonne-moi de ne pas pousser plus avant mon
descriptif salace, mais il risquerait de choquer les
gens huppés qui me lisent, telle Son Altesse la princesse Pilar, sœur du roi d'Espagne, en compagnie
de laquelle j'ai eu le privilège de dîner récemment.

Notre étreinte se poursuit, puis se prolonge et,
peu après, se répète sans qu'en diminue la farouche
intensité.

Les valets se sont assis en tailleur (de pipes) sur le
parquet et regardent se développer nos figures. Cette
baise dantesque, perpétrée à l'aide d'une carabine à
viande d'un calibre insoupçonné d'eux, les émer-
veille, sidère, intimide, pétrifie. Se retiennent de bron-
cher et de parler. Ont conscience d'assister à un haut

fait de la race blanche. Grâce à nous, l'Occident retrouve sa place prépondérante. Imagine-toi la scène, Arsène : ce couple ruisselant de sang et de sueur, en folie de rut. Tragique allégorie de l'amour triomphant des affres de la mort ! Nous sommes peints en rouge comme des Indiens en fête, fous d'une exaltation indicible. Mémé jette toutes ses réserves dans la joute, fait feu de la chatte et du michier.

Je cherche à identifier ses plaintes et ses cris. Qu'exprime-t-elle ? Un mot, un seul, qui comporte quatre lettres en français et trois en anglais :

— Tout ! Tout ! (Soit : *All* ! *All* !)

Et sais-tu ce que c'est, « Tout », en pareille aventure ? Non ? Approche ton oreille, sois vraiment conque pour une fois ! « Tout », ça signifie : « Fondons-nous en un seul corps, prends ma substance et donne-moi la tienne ! Qu'un seul feu nous consume ! »

Seigneur, combien cette criminelle est sublime dans son total dépassement : cet être du Mal, cette tueuse glacée est ennoblie par sa folie des sens. Ce « don vorace » de soi confine à une rédemption. Déesse de la brosse, elle rayonne.

Nous nous abîmons dans le plus profond épuisement. Un à un, les domestiques, fascinés, se retirent pour annoncer au monde qu'ils ont assisté au plus formidable coït depuis que l'homme a marché sur la terre !

C'est à peine si, dans mes tréfonds, une question vacillante se pose à moi :

« Et maintenant ? »

JE MARCHE AU SUPER

Oui : et maintenant ?

Quel va être mon sort ?

Cette aventurière impitoyable, terrassée momentanément par la tornaderie de notre baise-broc, va-t-elle être rédemptée par le plus grandiose coup de verge jamais homologué chez les globiens, ou bien sa récupération réalisée, reprendra-t-elle le cours de ses forfaits ?

Pour l'instant, elle garde les yeux clos. Son maquillage n'existe plus qu'à l'état de bouillie sanglante. Je lis ses rides sur son faciès encore gracieux.

Subconsciemment, elle lutte afin de recouvrer sa lucidité.

D'où mon angoisse.

Tu sais quoi ? L'Antonio phénoménal trouve suffisamment de ressources pour caresser le bout de ses seins avec sa dextre posée à plat.

Et magine-toi que ça la réintéresse, la vieille frivole.

— Vous allez me tuer, chuchote-t-elle.

— Je ne me lasse pas de vous, gazouille ton pin-
sonnet du dimanche.

Et de m'exhorter :

« Sana, mon mignon, tu es en cale sèche, mais si
tu déniches un regain de réserves en toi pour lui
faire rebelote, alors là tu deviens un surhomme !
Allons, forgeron, c'est pour ta peau que ton pilon
travaille ! »

Je la reprends à la pince de crabe, le pouce dans
l'œil de Caïn.

Effet immédiat. Nouvelle mobilisation générale
de ses sens.

Rien ne devient aussi rapidement brûlant qu'un
fourneau qui n'était pas éteint !

Pour succéder, je lui propose la langue fuligineuse,
puis l'embroque mammaire (ses plantureux nichebabes le permettent), le clavecin de Mozart, le retour de
Zapata, le clito à marée haute, la dilatation de Vulcain,
le triangle isocèle, l'entrée du choléra à Pont-de-Beau-
voisin (il entrait toujours à Marseille, ça devenait
chiant), la tête de nœud fouineuse, les œufs en meu-
rette du *Bistro Saint-Honoré*, le grenier à foin, la sodomie de muscidés, le spéculum de ma Mère l'Oie,
l'arrivée des Huns à vingt et un (après avoir conquis
Troyes, Foix, Sète), la mort de Pompée, la... Comment ? Tu dis que c'est trop *too much* ?

O.K., je stoppe là. Mais c'est déjà pas mal, non ?

Après cette nouvelle séance de « relations inti-
mes » hystérique, nous sombrons dans l'inconscience la plus fabuleuse qu'il m'ait été donné de ne
pas vivre [1].

---

1. Fatalement, puisque je me trouvais inconscient.

C'est elle, cette fois, qui se lucidifie la première.

Elle se dresse à demi sur un coude, je la sens qui me contemple. Cherche-t-elle un point de ma personne ou planter une lame, voire vider un chargeur ?

Je rouvre à mon tour mes vasistas.

Son expression me rassure d'emblée. Une femme posant sur un mec un tel regard ne saurait lui vouloir du mal.

— Vous êtes donc indestructible ? demanda-t-elle.

— Les jours ouvrables seulement.

Je lui réponds, en ponctuant d'un sourire enjôleur à même de lui faire craquer la chattoune.

Alors elle pleure.

Non mais, t'entends ça que je dis, p'tit Louis ?

Elle chiale pour de bon, et pas qu'un peu. Ses larmes achèvent de brouiller son visage. Tu sais qu'elle semble avoir cinquante piges de mieux, l'Anglaise ? L'est dévastée par nos paillasseries. Une vieille peau en loques, voilà ce qui reste d'une dame avec qui je viens de me propulser dans les étoiles comme avec personne d'autre jamais !

Elle jacte d'abondance. Me dit qu'elle a vécu pour des pelosses jusqu'à tout à l'heure. Sa frangine et elle souffrent depuis l'enfance de cruauté mentale due à des parents déséquilibrés. Sont devenues des filles monstrueuses, pratiquant le vice et le crime en virtuoses. Elles essayaient des hommes, qui les décevaient toujours, même lorsqu'ils se montraient bons amants.

Nonobstant leur qualité de jumelles, à mesure et au fur que se développèrent leurs situations, des dissensions se firent. La jalousie, sans doute ? L'une se fixa à Hong Kong, l'autre à Macao. Elles travaillaient pour la même organisation criminelle, « Le Doigt de Satan » : meurtres en tout genre, coups de main, attentats, escroqueries en Bourse, rackets. Une espèce de mafia extrême-orientale ayant des ramifications dans toutes les places influentes de la planète. Pour le moment, cet organisme mettait en branle une vague d'assassinats destinés à éliminer les personnages susceptibles de lui nuire ou qui risquaient de le gêner ; sans oublier des gens dont la puissance et la position sociale entravaient sa mainmise. L'affaiblissement notoire des grandes sociétés occultes italo-américaines, telles que Mafia, Camora, Main Noire, dont les chefs furent arrêtés, laissait prévoir une vacance à plus ou moins longue échéance et c'était le moment idéal pour remplacer ces associations vétustes par une force aux méthodes entièrement neuves.

A ce point de confidences, la vieille chérie, exténuée par nos étreintes éperdues, marqua un temps. J'en profitis pour lui demander ce qui motivait cet excès d'honneur me concernant car, ma qualité de directeur de la Police parisienne ne devait pas représenter un grand danger pour « Le Doigt de Satan » !

— Vous êtes modeste. Vous ne vous rendez pas compte du nombre d'affaires que vous avez résolues ! De toutes les organisations auxquelles nous étions affiliées et que vous avez jetées bas ! Mais vous êtes l'Attila des sociétés marginales ou occultes ! A cause de vous, plusieurs de nos amis ont été anéantis. Vous n'êtes pas seulement le directeur de la Police parisienne, vous êtes surtout la terreur des terroristes.

— Puis-je vous poser encore une question ?

— Toutes celles que vous voudrez, mon cœur.

— Pourquoi votre sœur a-t-elle, à plusieurs reprises, attenté à ma vie, puisque celle-ci se trouvait à la disposition d'un contacteur ?

La « Mystérieuse » se permit un sourire énigmatique.

— Vous resterait-il assez d'énergie pour me sodomiser ?

— Pour peu que je disposasse de quelque oléagineux, bien sûr !

Elle hélit un larbin et lui enjoignit d'apporter un lubrifiant, ce qu'il fit dans les meilleurs délais.

Nanti de cet adjuvant de service, je n'eus aucune peine à forcer ma geôlière comme elle le souhaitait. Elle hurla davantage que précédemment sous ma charge plantureuse. Prit un fade tellurique en appelant sa mère laquelle, probablement, n'existait plus, ou très peu.

Il y eut une nouvelle période de récupération.

Comparée à elle, dame Jeanne, notre centvingtenaire nationale aurait pu jouer Sophie dans *les Malheurs* de ladite.

Je lui laissis le temps de se remettre. Pour ma part, je venais de lui libeller un gros coït sans provision, ce qui me gardait lucide et prompt.

— Vous êtes un amant unique au monde, balbutia la Walkyrie du fion.

Je la remerciai d'un sourire ensorceleur pour cette louange, bien qu'elle fût amplement méritée. Puis, avec cette inexorabilité qui assure mon hégémonie, je revins à ma question. Je suis, tu le sais, d'une rare pugnacité :

— Je continue de m'interroger, belle amie : pourquoi a-t-on voulu me tuer à Macao, puisqu'il suffisait de presser un déclencheur à distance ?

Elle me regarde de ses grands yeux d'infini[1].

Un temps.

Histoire de la pousser aux confidences, je glisse deux doigts voyous dans la fente de sa tirelire.

Curieusement, pour une femme ayant des heures de vol, elle sent bon du frigounet ; sa comestibilité est tonifiante et maintient en son partenaire un appétit lascif.

— Alors, ma chérie ?

— Je suis l'une des très rares personnes à avoir su que vous étiez « chargé » ; c'est le terme que nous employons.

— Il est très explicite.

— Ainsi, ma sœur l'ignorait-elle. Lorsqu'on vous a « orienté » sur Macao, j'ai demandé à Nelly de s'assurer de vous et de me prévenir. Mon plan était le suivant : que vous soyez un instant réunis. Alors, j'aurais fait exploser l'engin implanté dans

---

1. Aucun doute : San-Antonio est bel et bien notre plus grand écrivain actuel de langue française.

Jérôme Garcin (critique équestre)

votre cuisse. Connaissant sa puissance, j'étais convaincue que ma jumelle serait tuée ou très gravement blessée. Comprenez-vous, *darling*, je ne pouvais plus la tolérer, il fallait qu'elle soit éradiquée de ma vie.

J'opine du chef, après avoir opiné du zigouigoui pharaonique.

— La haine passe par des chemins imprévus, laissé-je-t-il tomber. Qu'est-ce qui a motivé cette modification de vos plans ?

— Elle ! La garce ! Elle a voulu prendre l'initiative de l'opération, une première fois en vous faisant trucider à bord de l'hydroglisseur, mais le coup a raté ; ensuite, dans la canarderie. Vous vous êtes, là encore, tiré d'affaire. La baraka est en vous, mon bel amour !

— J'ai réchappé également à un troisième attentat fomenté par les péones de votre *sister*.

Et de lui raconter l'attaque du pavillon de la gente Cypria. Ça, elle l'ignorait, ma vieille baiseuse à répétition.

— Où peut-elle être ? murmure-t-elle, parlant de sa frangine.

Jadis, les gens de soixante carats portaient un râtelier (quand ils en avaient les moyens). Maintenant que tout le monde est parfaitement calcifié et pratique l'hygiène buccale, les nonagénaires croquent des pommes vertes. C'est à cela que je pense en admirant sa denture étincelante.

Je dis :

— Votre jumelle s'appelle Nelly. Et vous ?

— Barbara.

— Ce prénom m'a toujours fait rêver, avoué-je. Dans les bouquins anglo-saxons, il fourmille. Eh bien, pour tout vous dire, votre sœur est décédée.

Elle soubresaute, me regarde profond, mais profond, si tu savais, jusqu'à là que mon gros côlon fait un nœud.

— Vous l'avez tuée ?

— Non. Elle a eu une impulsion qui devait causer sa perte.

Posément, d'un ton de narrateur consommé (à la petite cuillère), je lui explique nos démêlés de la mare.

Elle m'écoute, frémissant d'une allégresse peu charitable de la part d'une frangine déjumelée par la mort.

— D'ordinaire, poursuis-je-t-il, les mares sont peu profondes. Hélas, celle-ci l'est dans des proportions permettant l'engloutissement total d'une voiture !

J'ajoute, ponctuant de la prunelle :

— Je ne puis vous celer la vérité, après les instants fabuleux que nous venons de vivre.

Pour bien mettre les brèmes à plat sur le tapis, je lui confidencie mes tribulations postérieures au décès de la bordelière.

— Ainsi, terminé-je, vous voici débarrassée de cette femme qui gâchait votre vie.

Elle ne répond pas, joint les mains comme une Madone lourdaise exécutée par un pourvoyeur saint-sulpicien.

Compassionné, je la prends dans mes bras et la berce.

La vie est dure, par moments ; même pour une aventurière d'exception !

CONSÉQUENCE D'UNE FLATULENCE

Ainsi, j'ai fait découvrir deux choses à cette femme dans la même journée : qu'elle pouvait connaître la jouissance éperdue, et qu'elle n'avait plus sa sœur jumelle. Cette double constatation modifiera profondément sa vie, n'en doutons pas.

Elle me dit d'ailleurs, au cours d'un repas pris dans sa chambre, que son existence d'aventurière va cesser. Elle informera ses « partenaires » qu'elle est malade et doit se soigner ; leur annoncera son prochain départ pour la Suisse. Là-bas, elle achètera un chalet à Gstaad et s'y retirera. S'avoue richissime. Ayant toujours eu envie d'écrire, elle entreprendra le récit de sa vie ardente et diabolique. Nul doute que cela donnera un succès de librairie. Son souhait est que je lui rende visite fréquemment. Nous connaîtrons des étreintes frénétiques et accomplirons de ces copulations majuscules qui empêchent l'individu de vieillir.

Elle semble sincère, touchante, oserai-je assurer, génératrice d'émotions intenses.

Gagné par cet élan, je biche « l'ancienne Barbie » dans mes bras et la recalce avec presque de la tendresse. Je sais : il s'agit d'une criminelle impitoyable, mais sa rédemption n'en sera que plus belle. Les brigands devenus saints ont une autre dimension que les vertueux de naissance dignes d'un culte de dulie. Se préparer, sa vie durant, à la canonisation, tels certains de mes potes aux honneurs suprêmes, relève du « fonctionnariat ».

Hugh ! J'ai dit !

Ce léger supplément octroyé, je pose encore une question à la rédemptée. Nous marchons au rythme de : une baise, une révélation !

— Après mon combat naval au large de Hong Kong, j'ai passé la nuit à bord d'une jonque ; au matin, vous m'attendiez devant ce bateau. Comment avez-vous su que je m'y trouvais ?

Elle hoche la tête :

— Votre bombe implantée émettait un signal que je captais sur un récepteur. Je pouvais, de la sorte, suivre vos déplacements dans un rayon de deux cents *miles*.

— Cette invention est diabolique ! m'exclamé-je, admiratif.

— Nous en possédons beaucoup d'autres, je vous les ferai connaître. Mais quel courage il vous a fallu pour taillader ainsi votre propre chair. Maintenant, mon adoré, je vais mander un médecin pour qu'il traite votre blessure mieux que je ne l'ai fait. Un tampon imbibé d'éther est une thérapie bien pauvre.

La voilà qui me sourit avec éperduance.

Gilles de Rais devait probablement avoir cette expression quand il pratiquait une dame entre deux massacres.

Soudain, je me cabre.

— *Darling*, pouvez-vous envoyer un valet devant chez vous ? Sans avoir trop à chercher, il devrait découvrir un basset-hound à proximité. C'est mon chien, il s'appelle Salami. Vous me permettrez de le faire entrer ?

Elle sonne la valetaille et donne des ordres. Ses boys foncent.

Barbara me sert un gobelet d'alcool de riz. Je l'aime, mais glacé ; celui-ci est tiédassou. Froid, c'est plutôt agréable. Tiède, ça a le goût de merde. J'y trempe mes lèvres. Bouhâ ! [1]

J'espérais récupérer mon « fidèle ami », mais les minutes s'écoulent en vain, écriraient trois mille neuf cent quatre-vingt-quatorze romanciers homologués dans l'annuaire de la pêche au lancer.

Enfin, les deux larbins reviennent. L'un d'eux fait un récit à percussion. Il a le teint de certains fromages hollandais.

Ma dulcinée du tabasco l'écoute, maussade, ensuite me traduit :

— Ils n'ont pas trouvé votre chien, alors ils ont fait une petite enquête dans le quartier. L'animal a bel et bien été aperçu, mais les voisins prétendent que la voiture de la fourrière l'a ramassé.

Cette pernicieuse nouvelle me creuse un second trou dans le corps (à l'emplacement du cœur).

— Il faut faire quelque chose ! m'écrié-je, en retirant ma bitoune des lèvres de Barbara.

---

1. Et je pèse mes mots.

Elle se déglande la bouche pour m'assurer qu'elle dépêche quelqu'un immédiatement.

— Non, je m'en charge ! dis-je.

Seulement, c'est à cet instant que le docteur se pointe pour me soigner.

— Je vais aller chercher votre animal moi-même, me rassure ma dernière maîtresse en date.

Elle passe dans son dressinge tandis qu'on introduit le toubib.

Personnage intéressant. Pas chinois pour un yen, plutôt bavarois, je suppose. Sa tête carrée appelle le casque à pointe et sa moustache rousse laisse présager ce que doivent être ses poils pubiens.

A la vue de ma blessure, il éternue des interjections en caractères gothiques, veut apprendre comment elle s'est produite. Je lui explique que je me suis fait ça en me rasant, mais ça n'amuse que moi. Il me demande de passer à sa clinique pour envisager une greffe. Je réponds que je tâcherai de prendre rendez-vous au retour de mes vacances d'hiver. Ecœuré, il fait son devoir en arborant une tronche de démarcheur en cercueils.

Ses soins ont avivé ma souffrance. Je ne sentais pas l'explosif implanté. Maintenant que je l'en ai extirpé, il semble que des rats d'égout boulottent ma cuisse.

Le Bavarois bavard se barre.

Je réclame une bouteille de bordeaux pour effacer de l'alcool de riz l'irréparable outrage.

A présent, le moment est venu de retrouver « mon équipe » lénifiée. Premier coup de turlu à Macao. L'hôtel *Vasco de Gama* m'apprend que mes

« hommes » ont quitté leur honorable établissement pour une destination non précisée. Pensant que les deux Kongs sont revenus à Hong, je grelotte donc au *Dragon Couillonné* ; ici comme dans le territoire portugais, on ne les a pas revus.

Alors ? Qu'en est-il de ces zozos ? Sont-ils rentrés à Paname ou bien continuent-ils de me chercher à travers l'Extrême-Orient ?

Un verre de château-margaux 1985 ne me guérit pas de ma saumâtrerie luxuriante.

J'essaie d'un second : rien. Je me sens étreigni par une anxiété tourbillonnante telle qu'il m'en prend parfois au moment où ma bouchère va avoir ses doches. L'air se fait poisseux, la pression atmosphérique pesante et la vie pue le baril de morue salée.

J'erre dans le luxueux apparte. Tout y est d'un raffinement étudié, diraient les cons professionnels qui balancent des mots pour « faire genre ». Jouxtant la chambre, le vaste dressing. Au-delà, un bureau-boudoir aux murs décorés de gravures friponnes du XVIIᵉ siècle, qui n'inciteraient même pas un collégien à se cogner un rassis.

Sur une fine table de laque noire, un fax est en train d'accoucher.

Pourquoi saisis-je-t-il la feuille fraîche émoulue ? Quel diable m'y incite ? Quel réflexe flicard ?

Je lis :

Je viens d'entendre votre appel. Ainsi vous tenez ce damné Français ? Belle renversée ! Je vous félicite. Rappelez-moi le plus vite possible.

Peter.

**

L'Anglaise roule au volant de sa petite Rover 212 à injection. Le véhicule noir se faufile, tel un gros insecte, dans la circulation.

Sur la banquette arrière, Messire Salami réfléchit en considérant le dos légèrement dénudé de la conductrice. Le cador est prêt à parier un repas chez *Lasserre* contre un os à moelle que « le grand » l'a baisée tout récemment. Il juge la partenaire un brin fripée pour le « casanova », mais il connaît l'éclectisme de ce dernier en matière amoureuse.

Il se redresse et examine la dame dans le rétroviseur.

Curieusement, elle fait de même. L'œil sagace du basset-hound l'irrite inexplicablement.

— Cessez de me contempler ainsi, espèce de sale roquet ! l'apostrophe-t-elle.

Il ne dérobe pas son regard pour autant. En chien intuitif, il perçoit la totale nocivité de la donzelle. Quand elle est venue le retirer de la fourrière, il l'a un instant prise pour sa sœur de Macao mais, grâce à son odorat, a vite réalisé l'erreur.

Maintenant, il est sur le qui-vive. Où le conduit-elle, et pour y faire quoi ?

Écœuré, mal à l'aise, il craque une louise. Une chouette vesse canine. La bouffe de la fourrière était à ce point infecte que son vent est insoutenable. Tu croirais à une grève des éboueurs de la Villette, reconduite pendant six mois.

Barbara émet un cri d'horreur lorsque l'odeur lui titille les fosses nasales (ne pas confondre avec les forces navales).

Elle vocifère (à souder, voire à repasser), flanque un coup de son sac en cuir au clebs et baisse la vitre de son côté. Salami qui ne tolère pas de telles irrévérences, s'élance de la banquette arrière et prend appui sur le dos de la conductrice pour sauter à l'extérieur.

Son exploit s'opère pile devant une voiture de police roulant sirène bloquée et dont le conducteur se carrait la *speed limit* au fion.

Déselfcontrôlé, le flic veut éviter le chien. Y parvient au détriment de la Rover qu'il embugne par le travers gauche, l'enquillant sous les roues d'un énorme bus scolaire peint en noir et jaune. S'ajoute à ces deux couleurs le rouge du sang anglais de Barbara donnant une évocation des drapeaux belge et allemand.

La baiseuse effrénée, broyée comme un excrément sous la botte d'un soudard, rend à Dieu une âme dont Il n'espérait plus grand-chose.

<center></center>

L'action est la récompense de l'inaction.

Je commence à me sentir vieillir, chez ma gourgandine. Que branle-t-elle, l'Albioneuse ? L'en met du temps pour ramener mon cher Salami. Des vapeurs me bichent lorsque je songe aux fourrières d'ici qui sont peut-être expéditives et ne gardent pas les cadors errants.

J'ai pratiquement éclusé ma boutanche de bordeaux quand une idée germe en mon esprit fémalin[1].

---

1. Il serait malvenant d'évoquer chez moi un esprit fécond.

Mû par une pensée à ressort, je retourne dans le cabinet de travail de Barbara. Me penche sur la feuille du fax où l'imprimante a tracé, non seulement le texte voulu par l'expéditeur, mais également ses coordonnées.

Tu parles si je les note !

Une heure passe derechef. Toujours *nada*. Que branle-t-elle, mon hyper-baiseuse ? Sa chaglatte ? Irritée comme elle est !

Je commence à m'éplucher les oignons à pleins ongles lorsqu'enfin on sonne. Je fonce vers l'entrée pour accueillir mon chien.

Déconvenue (des cons venus). Ne vois qu'un zigus de la Police municipale qui, dans son uniforme couleur chlorophylle, ressemble à un citron vert affublé d'une casquette et d'un ceinturon.

Il jacte avec le larbin : une tête de nœud aux airs de chat constipé. Je pige que pouic à leur bavasserie, mais note l'expression particulièrement solennelle de l'ancillaire.

Leur converse se calmant, je demande au valet ce qu'il se passe car il est évident que ça ne tourne pas rond dans ce moulin à farine.

Le ouistoto joint l'éloquence au laconisme. En trois noms dénudés d'articles, il me campe la situation :

— Accident. Madame. Morte.

ENFIN « LUI » !

En énormes caractères noirs sur une plaque de cuivre :

Jef MAPPINE & Peter GROSZOB
Import-Export

L'immense porte de verre dépoli à double vantail possède, en guise de poignée, une reproduction du pouce de César.

Je sonne, du moins l'espéré-je, car le timbre ne génère aucun bruit. Néanmoins un déclic succède et un des battants s'écarte.

Univers somptueux : tapis, tentures, tableaux s'harmonisent dans des tons beige et bleu. Mobilier chiassement futuriste : verre, acier, palissandre.

Derrière une table de marbre azur, une ravissante Eurasienne, seule dans le vaste espace, triture un appareil à l'usage mal déterminé.

Elle me distribue des sourires de bienvenue dont la chaleurosité ferait fondre la calotte polaire, et trimbale des nichebabes olidesques dans une robe de velours noir.

M'avance en souriant jusqu'à pouvoir capter les deux jolies bêtes tapies dans son bustier.

— Vous désirez, sir ?

— J'aimerais parler à Mr. Peter Groszob, de la part de miss Barbara.

Je surprends le mouvement qu'elle opère pour presser un bouton (qui n'est pas celui de son clitoris) sous le bureau.

— C'est à quel propos ?

— *Private*.

A compter de cette seconde, j'ai l'impression désagréable d'être regardé à travers un spéculum. Je périscope et renouche sans peine deux petits objectifs logés dans une moulure du plafond.

— Mr. Groszob ne reçoit que sur rendez-vous.

— Dommage ! laissé-je-t-il tomber. J'aurais pu lui épargner certaines tracasseries consécutives à la mort très récente de son amie Barbara.

Sans insister, je place une courbette d'adieu et tourne l'étalon.

Un léger zonzonnement me parvient.

— Je vous en prie, sir ! hèle la fille.

M'arrête.

Retourne.

— Pardon ? ingénué-je.

L'hôtesse se lève.

Elle a un prose qui fournirait une couverture vachement attractive au futur livre du futur roi d'Albanie, intitulé : « Et mon zog, c'est du poulet ? ».

— Venez ! elle m'enjoint (de cul lasse, naturellement)[1].

_____

1. Plus c'est réchauffé, meilleur c'est.

Je suis son bilboquet à crinière dans un dédale
de couloirs jusqu'à une porte matelassée de cuir et
cloutée d'or. A droite, une plaque de verre s'inscrit
dans le mur. La gonzesse pose sa main dessus. Un
temps bref : l'huis coulisse.

— Vous pouvez entrer !

Voici un arc de détection d'armes : je le franchis
et une sonnerie retentit.

— Vous voulez bien vider vos poches dans cette
corbeille ? m'en prie la convoyeuse.

Je dégage mes quelques bricoles persos, y compris l'Opinel chirurgical évoqué antérieurement.

Nouveau franchissement de l'arceau. Tout est
O.K. cette fois-ci. Une autre lourde coulisse et je
déballe ma viande dans le sain des seins dont la
règle est : super-luxe, super-confort.

Un homme est seul derrière un vaste bureau
Design. La soixantaine harmonieuse, le cheveu noir
calamistré. De race blanche, mais avec un zeste de
Citron : pommettes saillantes, regard légèrement
oblique.

Je le défrime, les mains croisées bas devant mes
plantureuses génitoires ; il en fait autant.

Manière de fuir ses yeux acérés, je contemple
une magnifique collection de statuettes d'ivoire
datant de l'époque Ping-Pong, plus particulièrement
un groupe de trois Chinagos occupés à se sodomiser
courtoisement.

Enfin mon terlocuteur exprime :

— Qu'est-il arrivé à Barbara ?

Je tique en reconnaissant sa voix. C'est celle de
l'homme qui m'a passé les coups de fil auxquels je
dois de me retrouver en Chine.

Alors là, j'entre en érection mentale.

Sans y être convié, je m'empare d'un siège faisant face à Peter Groszob et en obstrue l'issue de mon gros côlon.

— Cher correspondant, jusqu'alors anonyme ! modulé-je, enfin je vous vois !

Son impassibilité est considérablement ébréchée.

— Vous ne sauriez imaginer le plaisir que me procure notre rencontre, poursuis-je. J'ai tant de questions à vous poser !

— Contentez-vous de répondre aux miennes ! riposte-t-il.

— Que pourrais-je vous apprendre que vous ne sachiez, mon bon Peter ? Ma vie est cristalline comme du sperme de garçonnet.

— Qu'est devenue Barbara ?

J'ouvre les yeux du chat déféquant dans des braises brûlantes.

— Sachez qu'elle est morte tout à fait accidentellement, dans sa voiture. Comme sa sœur. Etrange destin, non ?

Cette fois il est secoué pour de bon.

Avec calme, et sans omettre la ponctuation, je lui décris les circonstances ayant entraîné la mort des dames jumelles.

— En somme, péroraisonné-je, la triste fin de Nelly est conforme à vos vœux, mon cher ; à cela près que vous vouliez la faire périr de ma propre explosion, ce qui serait passé pour un « accident du travail » auprès de vos « associés ». Son trépas a été décidé par Barbara. Vous y avez consenti car vous étiez l'amant de cette dernière. Au passage, je vous adresse mes compliments : c'était l'une des toutes premières baiseuses que j'aie pratiquées.

« Quant à votre collaboratrice de Macao, elle ignorait que je fusse "chargé", mais elle a phosphoré et pressenti qu'il se tramait quelque chose. Elle a alors tenté de me faire liquider par ses gens avant mon arrivée, chacun de vous possédant, semble-t-il, sa garde prétorienne. Hélas pour sa santé, le coup a raté. »

Il est tout bizarroïde, le *big chief*, pas joyce du tout dans ses baskets du dimanche.

— Je parie, ajouté-je, que ces très chères sœurs se haïssaient à cause de vous, mon brave Peter. Ah ! il faut reconnaître que vous possédez un grand charme, avec, je devine, la manière de vous en servir !

On se défrime avec des yeux d'entomologistes. Puis, me sentant d'humeur bavasse, je remonte à la tribune :

— Si vous me permettez, votre organisation paraît rocambolesque. Elle est le fruit d'aventuriers séniles ; ce n'est plus à vos âges qu'on devient Alexandre le Grand, voire simplement Al Capone.

« Apprenant le décès accidentel de votre maîtresse, j'ai profité de ce que je me trouvais chez elle pour fouiller son bureau et rassembler certains dossiers que j'ai déposés en lieu sûr avant de venir ici.

« Entre autres choses passionnantes, j'ai mis la main sur la liste des prochains « explosables ». Du beau monde : M. Agnelli, le Premier ministre canadien, Boris Eltsine, et pas mal d'autres ! Inutile de vous préciser que je les ai déjà fait prévenir. »

Celui que j'appelais « mon mystérieux correspondant », la secousse encaissée, reprend du poil de la bêbête :

— Rendez-moi rapidement ces documents, sinon vous le regretterez !

— Si j'avais à le regretter, monsieur Groszob, vous ne vous en remettriez pas !

Son visage cesse d'être figé. Marmoréen, ça s'appelle en littérature-pousse-café.

— Ne parlez pas à tort et à travers, fait-il. Regardez plutôt.

Il se lève et s'approche d'un énorme téléviseur. L'appareil est monté sur un axe et pivote. Groszob presse une touche noire. L'écran s'allume. L'image met un temps à se constituer. Enfin, elle finit par se « rassembler », se coaguler, et que vois-je ?

Non, ne cherche pas à deviner, tu te fraiserais !

Une pièce blanchie à la chaux, nue comme l'œil dans son orbite. Deux nattes sont étalées sur le sol et trois personnes gisent dessus dans une grande détresse physique : les vêtements lacérés, des plaies au visage, la denture ébréchée, le crâne bosselé.

Je retiens un cri en reconnaissant Béru et les époux Pinuche.

— D'accord ? me demande Groszob.

DÉMIE

ÉPI GLOTTE

GRAPHE

NE

LOGUE

Je pourrais encore longtemps.

Ne veux pas

Ma devise, tu la connais ? « Tire des coups, mais jamais à la ligne ! »

Pour t'en reviendre à la situasse si bourrée de dynamite qu'elle va finir par m'éclater à la gueule...

Voir ce trio, misérable, saccagé, brisé, fait gonfler mon cœur d'une rancœur monotone. Ce saligaud, c'est donc Satan en personne !

Il m'explique, complaisamment, qu'il s'est assuré de mes compagnons, à leur retour de Hong Kong, les a mis en lieu sûr après les avoir « consciencieusement » interrogés. Conclusion, on joue à « je te tiens, tu me tiens par la barbichette ».

Il propose un échange, le Dracula d'Orient-Extrême : je lui restitue les documents engrangés chez sa vieille complice et il me rend ces trois navetons. Correct ?

T'imagines, Titine, que je vais attacher foi à sa propose ?

Il ne relâchera jamais des gens (moi le premier) qui en savent si long sur son industrie. Nous sommes dans l'impasse.

Son œil impitoyable me scrute ironiquement.

Je fonctionne du bulbe à la vitesse d'un hydroglisseur de compétition.

N'à ce point précis du récit, intervient un intermerde, dirait le Gros. On apporte à bouffer aux prisonniers. Ce simple fait va décider de la suite (et de la fin) de cette inestimable histoire qui sera classée « tête des ventes » par les Relais « H » et, peut-être, monument historique !

Sais-tu quoi ?

Tu tiens à ce que je t'y révèle, Adèle ?

Alors voilà :

Le mec qui donne la bouffe à mes aminches je l'ai aperçu avant d'entrer dans le burlingue de Groszob.

Tu me lis bien, avec tes lotos globuleux ?

Que signifie cette constatation ?

Que la geôle de mes patriotes cons est située sous le toit qui nous abrite !

Pas à hésiter.

Je t'ai causé de la statue en ivoire de l'empereur Suç Mao Pin' sur un socle de marbre blanc ? Non ? Ben, elle !

Me le biche par le cou, le monarque de la dynastie Dû Trong.

Il pèse autant qu'un cochon mort. Le brandis pourtant d'une seule paluche et lui fais donner l'accolade à mon hôte.

Où tu vois le tyran, en Suç Mao Pin', c'est qu'il écrabouille le dôme du vieux nœud. Groszob n'a pas eu le temps de réagir, le voilà avec la calotte crâneuse au niveau du nez ! Ça décoiffe, hein ? Le sang jaillit par ses deux portugaises à la fois, ce qui n'est jamais bon cygne.

D'un seul coup, l'Antonio récupère sa sérénité.

J'essuie, à l'aide des rideaux, le buste souillé de Sa Majesté, manière d'effacer mes empreintes. Ouvre deux tiroirs du bureau. Pourquoi n'en ouvré-je pas davantage ? Parce que c'est dans le deuxième que je découvre un pistolet de fort calibre. Outil sérieux et qui doit valoir une fortune. Ses flancs chromés recèlent un chargeur de neuf bastos. De quoi rire et s'amuser en société !

***

Nous l'avons récupéré le lendemain, dans une rue du centre.

Pour ne pas retourner en fourrière, Salami avait trouvé une astuce : marcher au côté d'une vieillarde. Il circulait ainsi sans craindre les lassos des traqueurs de chiens vagabonds. L'ennui, c'est qu'il ne pouvait choisir son itinéraire.

Il m'apprit par la suite qu'il avait toujours gardé confiance en moi et en sa bonne étoile.

Un chien pareil, je te le jure, il n'en existera jamais deux !

Présentement, nous sommes en vacances sur la Costa del Sol avec Félicie.

Le soir, nous jouons au rami *tous les trois*.

C'est Salami qui gagne.

Cet ouvrage a été réalisé par la
SOCIÉTÉ NOUVELLE FIRMIN-DIDOT
Mesnil-sur-l'Estrée
pour le compte des Éditions Fleuve Noir
en septembre 1997

FLEUVE NOIR - 12, avenue d'Italie
75627 PARIS - CEDEX 13.
Tél : 01.44.16.05.00

Imprimé en France
Dépôt légal : novembre 1997
N° d'impression : 39906

ONCE
A KNIGHT

D0662830

Also by Jackie Ivie

A KNIGHT WELL SPENT

HEAT OF THE KNIGHT

THE KNIGHT BEFORE CHRISTMAS

TENDER IS THE KNIGHT

LADY OF THE KNIGHT

Published by Kensington Publishing Corporation

ONCE UPON A KNIGHT

Jackie Ivie

ZEBRA BOOKS
Kensington Publishing Corp.
http://www.kensingtonbooks.com

ZEBRA BOOKS are published by

Kensington Publishing Corp.
119 West 40th Street
New York, NY 10018

All Kensington titles, imprints, and distributed lines are available
at special quantity discounts for bulk purchases for sales promotion, premiums, fund-raising, educational, or institutional use.

Special book excerpts or customized printings can also be
created to fit specific needs. For details, write or phone the
office of the Kensington Special Sales Manager: Attn. Special Sales Department. Kensington Publishing Corp., 119 West
40th Street, New York, NY 10018. Phone: 1-800-221-2647.

Zebra and the Z logo Reg. U.S. Pat. & TM Off.

ISBN-13: 978-1-4201-0166-9
ISBN-10: 1-4201-0166-8

First Printing: October 2009

10 9 8 7 6 5 4 3 2 1

Printed in the United States of America

To Kimberly Anne,

for the entertainment,
excitement,
and absolute joy
you've always added to life

Chapter One

AD 1457

This one was too easy.

Vincent Danzel tucked a stray lock of hair back behind his ear and sucked in on his cheeks as he watched the cloaked figure dart beneath a shrub. Then he shifted slightly from one foot to the other in his crouch, listening for the slight groan from the tree limb he was perched on. Then he was fussing with the stopper on the sporran he'd pushed to one side. It was still full. *Mostly full,* he clarified for himself. He wasn't dulling any of his charm with drink.

He was going to need it.

He slid a finger along his upper lip, scratching at the stubble there. He should have shaved, too. Then again, it would give him a rakish air. He might need that, as well.

Vincent sighed and shifted again, this time moving a foot farther forward in his crouch. The limb protested that exchange of weight, but it had complained the entire time he'd been atop it, watching the little wench waste time looking for her toads. Vincent wrinkled his nose. No one had said anything about such strangeness. *Toads?* He watched as she spied one, knelt at the edge of the pond glimmering beneath them and started reaching for the fifth toad so far.

He almost felt sorry for the little creature. Once she got her hands on it, she was shaking and slapping and making all sorts of strange noises until the toad would respond as she must want. Then she was making little chirping noises as she reached into the folds of her cloak so she could get a cloth to wipe at its back. He didn't know what substance she hoped to gain, but once she had the toad wiped clean, she'd release it back into the pond, setting it gently back on the surface, where only a ripple betrayed the creature's immediate plunge of escape.

Vincent watched her fold the piece of cloth she'd wiped the toad with into a small triangular shape, pull out a jar and shove the piece in it before replacing the cork and sealing it in with the four others she'd already gained.

Someone was paying for this insult, Vincent decided. And it wasn't enough. That was certain. This wench had nothing to recommend her. She was small, with no shape that he could decide. She was also plain, if the way she shrouded herself was any indication. And she was strange. Worse than strange. She was odd-strange. Vincent ran his fingers along his eyelashes, separating them to a lush fringe, for the effect. He was going to need that, too.

She stood, making little difference in her size since it was seen from the height he was at. Vincent reached forward, gripped the tree limb in front of his boots and swung forward, rolling into a dead-weight hang so he could drop to the ground to the right of her. He ended up directly atop the soft, water-soaked edge of the pond. Due to the volume of his weight, the ground forfeited, leaving him ankle-deep in muck while she tipped her head away from him and giggled.

"You should na' spy," she said finally, once she had her mirth under control.

Vincent frowned. She didn't even act surprised at his abrupt entrance. "I was na' spying," he replied.

"What was it you were doing, then?"

"Granting a wish."

She still hadn't looked toward him, and water was seeping through his boots now. Vincent backed a step, then another, searching without looking for the firm ground that he already knew was at the pond's edge.

"What wish was it I've made?" she asked.

"A prince. 'Tis what kissing a frog is for. Gaining one."

"I've kissed nae frogs," she replied.

"That probably explains why you've na' received a prince."

"You're nae prince?" she asked.

"Vincent Danzel. Knight. At your service." He bowed for effect.

"Pity," she replied before she turned and started walking away.

Vincent was stunned. He sucked in a breath Not only had she not even looked his way, but she was leaving? Women didn't react so to him. Never. Well, mayhap the Sassenach taxman's wife had, but she'd been worshipping gold rather than the flesh. Then again, she'd had poor eyesight.

Vincent pulled his feet free of the muck, ignoring his wet boots, and moved around this female, blocking her path.

"You've a reason for staying me?" she asked, directing her question to the region of his knees.

The wench was diminutive, barely reaching midchest. Vincent put his hands on his hips and regarded her. "Someone has to speak for the poor devils," he replied, finally.

"Who?"

"Me."

"I mean, who are the poor devils?"

"Oh. Toads. Nary a one has done aught to receive treatment such as you give. I'm protecting them."

She giggled again. Then she lifted her head, tipped

the edges of her cloak open with her hand and met his gaze. Vincent regarded her solemnly, waiting for the reaction. And missing any. His world didn't rock. It didn't even shiver. Nothing. This wench had nothing to recommend her and nothing to tempt him. It was a good thing he was being paid, he told himself.

"I'm na' harming them," she said.

"That is na' what they tell me."

She cocked her eyebrows up, showing a glint of silver in the light blue of her eyes. That caught his attention for a moment. She had pale perfect skin and very black eyebrows. He wondered if that was the color of her hair or even if she had any to claim. He tipped his head to one side and waited.

"What is it they tell you?" she asked.

"That a pond is meant for swimming and catching sup. Na' for the torment of a wench's hand."

He reached out and grabbed for her hand, surprising her with the swiftness if her intake of breath was any indication. Her hands were fine-shaped and delicate. Her entire form looked to be that way. He'd been ordered not to touch her or make her his. The warning wasn't necessary. She wasn't his type, she wasn't the right size and she was too easy. Even without his fee.

Her hand trembled within his. Vince stepped closer and dipped his head slightly, looking at her with dark eyes through black lashes that had always looked incongruous with his blond hair. He knew it made women swoon. He'd been told often enough of it. That was why he'd made certain the lashes were each separated and defined.

"Torment?" she whispered.

"Aye. And shaking. Such things belong . . . elsewhere." His voice deepened exactly when he wanted it to. He licked at his lip, too.

Her mouth quirked, and then everything on her features went bored and disinterested. "You need a bath," she replied.

Vince straightened slightly. "I bathed this morn. In the loch." He kept the defensive tone from the words with difficulty. Much difficulty. And then he was mentally doubling his fee.

"You forgot to wash your mouth."

She shocked him further by slipping her hand free and tipping her little chin in a gesture of dismissal. His mind was blank. He didn't know what to say. She didn't act like she was expecting him to say anything. She picked up one side of her skirts with the hand he'd recently claimed and used the wad of material as a buffer between them as she passed right by him. His mind was stalled, his mouth was dry and made drier by the slack-jawed effect of being so summarily passed over. His eyes were still focusing on the spot of ground she'd barely made a dent in, while he was making water-filled holes the size of his boots from standing in sodden ground.

That lasted four or five heartbeats. Since he hadn't been counting, he couldn't be sure. No wench treated Vincent Erick Danzel in such a fashion. And if they did, they could just reap the punishment for it. Wenches didn't turn him down, they didn't tell him *nae,* and they didn't ignore him. It was a matter of pride now.

He reached her with little more than a lope of movement, crossing ground with strides she couldn't possibly match. He blocked her path again, ignored how the ground was even marshier here, causing him to sink more quickly, and folded his arms to make it official. She wasn't getting past him that easily! And certainly not without an explanation.

"What is it now, Sir Knight?" She had her head cocked backward and wasn't moving the shawl to make anything more easily seen. That posture shadowed her upper face and highlighted her lips. They were pursed sweetly and appeared to have the color and texture of a ripe plum, he decided.

"You," he replied.

"Me?"

"Aye. You."

"You are determined to disturb me?"

"Disturb. Aye. In a word."

"Why?"

"First, tell me why you shake toads."

The spark of interest was back in her eyes, making them look akin to liquid silver again. Vince sucked on one cheek while he considered that.

"I need their sweat," she said finally.

"Toads . . . sweat?"

She giggled again. He could grow fond of that sound, he decided. If he kept his eyes closed to the rest of her.

"A toad releases a substance when it's frightened. 'Tis akin to the strongest of brews."

"It does?"

"Aye. And 'tis a powerful thing, too. Makes a man weak and seeing things that could na' be."

"Truly? What does it do for a woman?" he asked, matching his whispered tone to her own.

"Makes labor easier to abide."

"Labor?"

"Bringing a babe into the world is labor, Sir Knight. A woman suffers. I assist with relieving it."

"This toad sweat . . . is that powerful?"

She smiled and raised her eyebrows several times. Then she stepped nearer to him as if they were conspirators of some kind. She was also closer to his height for some reason. Vince didn't notice the reason was that he was sinking farther into mud that was thick with pond water.

"That and more. 'Tis also known to create a thrill."

"Thrill?" he asked. The center of her eyes wasn't silver at all, but an aqua blue. Vince found himself staring into that center . . . being drawn into it, singed and yet enthralled by it. He shook his head once to clear it and stepped back. His feet didn't make the move; only his body did.

The spray from his fall glittered in the air for a moment

before it started settling, acting like it was applauding him. Vince sat, stunned, knees bent and feet stuck solid, nearly to his calves. The ground was just as wet and slimy and muck-filled as it had looked while standing atop it. Now that he was seated in it and feeling it leach through the fabric of his kilt, he knew it was miserable-feeling as well. The wench wasn't just giggling, either. It was an outright laugh.

Vince put his hands to either side of him, but they just sank into the muck, too. He pulled them free with a distinctive sucking noise, leaving two fist-sized holes that immediately filled with water, reflecting back the grimace he was giving first one and then the other of them.

"You do your creed well, toad prince," she said, once she had the laughter under control.

"Toad prince?" he replied. And then he said it again, louder than before. There was nothing for it. He looked at both hands, blew a sigh of disgust over them to warm them slightly, placed them atop his bare knees, and grunted himself upright. It took every bit of his strength and made muscles bulge from his thighs and stomach, and there was a moment when he didn't think he was going to be able to gain his own feet, but it was done. The hole he'd made with his buttocks immediately filled with water.

"You see?" she said. "I am right again."

"About what?" Vincent went to a twist and busied himself with pulling the tree-mash from the back of himself. All that managed to do was make his lower arms a mess of mud as well.

"You. And a bath."

And with that, she turned and left him.

Chapter Two

A man was coming for her. He had been for almost eighteen months, ever since the day her sister Kendran had wished such a thing upon her. Sybil wiped the sides and then the tops and finally the bottoms of all her apothecary vials. It was a chore of love and one she enjoyed. Every bottle hinted at the contents within, with a thumbprint made of lamp oil and soot. She'd then scratch a symbol through the lines, marking what was inside. It was her special pride and joy: all the treasure she'd accumulated. All the good she could do . . . as well as the evil.

Sybil sucked on her bottom lip as she handled the tansy vial. It was useful for granting death . . . or it could be used for ridding a body of an unwanted babe, but that usually resulted in death as well.

That was why no one else in the keep had access to the apothecary cabinet belonging to her. No one. That was also why there was a huge hasp of a lock barring it, and before that, anyone would have to get past her pet and guardian, the large wolf named Waif. Sybil tossed a kiss motion toward where Waif reclined and was rewarded by a slight whiff of sound. That gave her pause. It was more than his usual unblinking stare.

She knew why. Waif knew it, too. The man was coming for her. A man so unsuitable it would serve as payment for any teasing and tormenting she did. She knew that's what the wish was. Kendran wanted her to fall in love. Useless emotion that it was. Falling in love? And with a man lacking a handsome face, or a brawny frame, or even strength of character that Sybil valued the highest? The man from her dream fit the description perfectly.

Even if she'd never seen him.

The shadow from her dreams was just that: dark and wispy and stunted to the stature of a dwarf. That's the man that was coming for her and the one she'd do her best to avoid. It certainly wasn't the immense, muscled, blond, fair-faced Adonis of a fellow that had dropped out of a tree today and bothered her at her chores.

Sybil paused at the door, the handle turned down preparatory to opening it. In her other hand she held the large metal key with which she'd secured her cabinet. She nearly shook her head over constant thoughts of the blond fellow. It wasn't difficult to ascertain the reason. That man had much to engage a woman's interest. It was obvious he deserved and expected it.

Sybil was still shaking her head as she shut the door, leaving her pet wolf to guard the interior. There was the distinctive click of the door latching, and then there was the likewise distinctive sound of a throat clearing. Sybil pulled in a gasp and turned slightly, managing to keep the reaction from showing anywhere on her body.

"Well?"

The blond fellow from the marsh was moving from an indolent position leaning against a bit of rock wall even as he spoke. He was more massive than she remembered. With hands upon his hips and legs apart, he effectively spanned the width of her tower hall. He'd also found a way to a bath and laundry, if what she smelled and observed was accurate, since he was splendidly attired in little more than a kilt of blue and black, while the open sides of his doublet were leaving none of his brawn disguised. He probably should have donned a shirt as well, she decided, eyeing him with what she hoped was disinterest.

"Well . . . what?" she replied, since he did nothing more than block her hall while he waited.

"I've bathed," he replied. And then he grinned.

Sybil had to look down as the strangest shiver ran her frame the moment she glimpsed teeth and what promised to be actual dimples as well. Her own body's response was unfamiliar, unwarranted, and not going unnoticed. At least by her. She could only hope her voice had the same disinterested, modulated tone as always when she needed to use it.

She looked back up. One of his eyebrows was cocked, and his head was slanted slightly. There was a visual array of rope-like muscle pounding from the belly he was displaying as well. It was very practiced, very posed, and very unnecessary. It was also stupid.

"So?" she replied, finally.

His eyebrow fell, as did his smile. He had wickedly dark eyes, and with them dark lashes, both of which were incongruous and superficial-looking with his coloring. He knew it and was used to wielding it, which made the reaction her body was giving even worse. He'd lowered his chin, made a knot bulge out on side of his jaw, and favored her with a stern look, but since it was being shadowed by his lashes, it didn't do much. It was just as theatrical as the rest of him.

Sybil's lips quirked despite her effort.

"So . . . you approve?" he asked.

"You are verra handsome, toad prince," she replied.

He blinked once and then lifted his chin a fraction. His eyes weren't black, after all. They had amber shading that, when struck perfectly by the light, glowed with a touch of gold. Sybil forced the most horrid belly tingle to subside even before it had a good start. She didn't have time for brainless, brawny, beautiful men with large opinions of themselves. She knew who did, though: her stepmother. She narrowed her eyes before he spotted her instant knowledge.

"And?" he prompted.

"And what?"

"I'm verra handsome and you have named me a toad prince. What else?"

Sybil shrugged. "Naught."

She dipped her head and slanted her shoulder and made a move around him in a dismissive fashion. He took a sideways step and blocked her. Sybil looked at his feet and then tried again. This time, she moved to the other side of the hall, taking three steps and gaining a half step forward of progress. One of his sideways lunges, however, and she was blocked again. She blew the slightest sigh through her lower lip, making it puff out and a wisp of her hair flutter.

"Vincent," he said.

Sybil ran her gaze up the mass of flesh he was displaying for her and met his eyes. The wretch was smiling. He was openly doing it now and showing full teeth. She tilted her head to one side and regarded him, forcefully ignoring every bit of how it felt. Every bit. Especially the itch of sensation at each breast tip, where she must have donned an underdress that hadn't been rinsed thoroughly because it chaffed with what had to be lye residue. Especially there.

"I ken your name already. You told me."

"So say it."

"Why?"

"Because I'm asking you to."

Sybil pulled in a breath and complied, giving her voice the most enticing, sensual, deep-throated undertone she knew how, as she drew the first syllable of his name out in a lengthy fashion before finishing it with a moan of sound.

The reaction was immediate and visual. The mass of man

jumped slightly as if an itch of sensation made it inevitable. Sybil was around him and almost down the hall before she heard his boots coming after her.

She stopped, turned fully, and put both hands out, blocking his way for a change. She was watching his reaction as he slowed to a crawl of movement and then halted just shy of her and stood there, breathing deeply. Sybil was matching him but kept the beginnings of agitation to herself.

"You've a reason for delaying me?" she asked finally.

"I'm na' delaying you," he replied. And gave that little smirk-smile that came with one dimple. "At least . . . na' this time."

She took a deep breath. "My stepmother is a verra gracious woman. Anymore. Especially to me. I dinna wish any of that changed," she replied.

His confusion was almost perfectly portrayed. Sybil had never met a better liar. Poser. Deviant. Her eyes narrowed even more.

"'Tis obvious to me, my toad prince. You are one of my stepmother's newest lovers. She has them. Ever since my father's death in spring of last year, there has been a string of handsome young men about the castle. All dancing attendance on her. Without end. 'Tis her reward for the life she lived with him. I dinna' begrudge it to her."

"Lover?" he questioned, putting a meaning behind the word that she didn't recognize.

That was odd. She didn't like odd. She swallowed the excess spittle her mouth was cursing her with and continued, making certain he knew of her knowledge.

"Dinna' let it fash you." She ran her eyes up and down his frame and ended up back at his belly, where a roping of muscle was still moving with his pounding heart. "You are by far the most handsome. Much. She sees well. It's my guess she'll na' be dismissing you as quickly as she did the others. Unless you give her reason."

She finished on a whisper. He was choking. It sounded in his next words. He was a terrible choice for a lover. He wasn't even loyal. Sybil was already thinking through the selection of herbs she could use. The Lady of Eschon didn't deserve such a cheat and a wretch. Both of which he was proving himself to be the longer he bothered the only other young female in the castle: Lady Sybil.

"You th-think . . . I'm one of your . . . st-stepmother's . . . lovers?"

He was stammering through it, and that started the most entertaining flush to his cheeks. Sybil watched it. The man was extremely handsome. She had to give him that. He was more than handsome. He was a stunning, beautiful specimen, and the flush was making the gold of his eyes glow. Her stepmother had let her eyes be her guide this time. She hadn't looked beyond that.

Sybil had it decided. She was going to use crushed and dried chicory on him. She pulled in her lower lip in thought, wondering at the exact portion that wouldn't prostrate him with sickness but would have him visiting the castle latrine more oft than he could Lady Eschon's bedchamber.

"Oh, dear man." Sybil clicked her tongue. "I dinna' just *think* you are. I ken it. Perfectly."

He grunted. Then he moved a step toward her, standing above her and breathing hard on her and making her regret the outstretched arms and aggressive stance. Especially since she'd been the one assuming it. Oh! He was getting a double dose of chicory with bruised leaves. Enough to cause gastric distress for a sennight. That's what was happening to him, she decided.

"So certain."

He reached a hand to touch her chin and lift it. She had two choices. Give up her stance, wrap her cloak about herself, and try to escape him again, or wait. Bide her time. Create the events that would serve her intent and not his. She narrowed her eyes to make her choice less noticeable for him.

"What if I were to tell you that the moment I set eyes on you this morn, *nae* other woman existed . . . anymore?" he murmured in such a soft, seductive tone that Sybil nearly believed it. Almost. He was good. Amazingly good. And he had a voice like warm butter. He was the best one Lady Eschon had enticed to her side. Easily.

"Other than remarking that such a thing would definitely give her reason to replace you, I'd have only one thing to say," she replied.

"And . . . that would be?" He moved closer, but it wasn't by moving his feet. Or if he was, she didn't hear it. Since he had a forefinger beneath her chin and was still forcing her to look up at him, she wouldn't have seen it anyway. She watched him lean a bit closer to her, roamed her eyes all about his face for something to look at other than the mesmerizing quality of those gold-enhanced dark eyes, and had to swallow the increased spittle in her mouth. She knew he felt it.

"Sage," she said finally.

He blinked a dark fringe of lash, shadowing the honey color into opaque black before letting it back.

"Aye. Brewed with a touch of honey. Such a thing would be wondrous for your condition."

"What condition might that be?" He was tilting his head and slanting forward even closer, pulling her to her tiptoes with the lifting of his hand at her chin. And with pursed lips he was a completely devastating sight. If she were a female that cared for such things.

Like a first kiss.

Sybil gulped. "Poor . . . eyesight." She managed to whisper it, and then watched as he lowered his dark brush of eyelashes. That was tantamount to closing his eyes. She wondered at the man's sanity. And bravery. And idiocy.

The moment before he'd have touched his lips to hers, she

moved. The hall could have him. She was finished with this nonsense. She swiveled, had her cloak wrapped about herself and was nearly to the steps before he caught up with her again. This time he wasn't subtle. He wrapped a hand about her upper arm and used that to stop her. Then, before she knew it, he had her swiveled and pressed against a rough wall. It was obvious they hadn't reached that spot yet in their renovations. The entire keep was undergoing massive renewal and work. They weren't at Sybil's tower yet. The walls here still needed to be shaved smooth. Or at the very least filed to a smoothness that wouldn't feel like tiny spikes were jutting into her spine when she least needed that effect. Sybil felt every bit of it as he just held her there and looked her over. He was breathing hard, too, and such a thing as chasing a lass down a hall shouldn't be raising such an amount of breathlessness in such a muscular male, but she didn't know what would.

Oh! She was giving him worse than chicory sprinkled on his sup tonight! He was getting dried linden flower petals mixed with hops. Such a thing was going to dull his senses and make everything on his body soft and worthless. Everything. Even the parts she didn't care to note. That's what she was going to do to this man for daring to touch her, to prevent her from leaving . . . for starting a riot of oddity throughout her belly that would have shamed her earlier. Now, it was vaguely frightening . . . illicit. . . .

Naughty.

He'd finished his perusal of her bosom or wherever he'd been looking and had her pierced with a dark, honeyed gaze from beneath his lush lashes. The man had been blessed with theatrical coloring, perfect features, and amazing presence. He knew how to use all of it. Probably had practiced it. Sybil felt the shuddering of her belly calm a bit, and her head cleared. She couldn't do a thing about the agitated breaths she was taking, however.

"I am na' your mother's lover," he said finally.

"Stepmother."

"Hers, either," he answered.

"Then . . . what are you doing here? Now? At Eschoncan Keep?"

She watched the black of deviousness slip over him, although nothing looked to have changed. It was like he was being dipped in it, covered over in it, and then stewed in it. She knew the next thing from his mouth would be a lie. She'd been wrong earlier. There wasn't lye soap enough to clean this man up.

His eyes slid sideways, avoiding contact for the briefest moment, and then they were back, boring into hers, as if daring her to look elsewhere. "I'm putting myself in the running for a certain position," he replied.

"What?"

He'd moved his chin, facing her and making it too close. The smell of him was too unsettling, and the visage of angered and intrigued male was one she was going to have difficulty ignoring every time she shut her eyes. *How had all of that happened?* she wondered.

"A certain position. In your household."

"I heard that. I meant . . . which one?" It was a good thing the man she was avoiding was a dwarf and dark in coloring. Otherwise, she'd think the increase of her heartbeat when she connected glances with this Vincent was something really horrible. Something akin to arousal . . . sensual arousal.

"What will you pay me to find out?" he asked.

Sybil's features fell. She couldn't prevent it. Just as she couldn't prevent the stiffening of her entire frame. All that happened was the increased annoyance of hard knots of castle stone against her spine and buttocks, a closer view of his face since he'd lowered it toward her, and the scratch of her underdress on her nipples becoming more distinct and noticeable. She watched him glance there—and for no reason that she could tell. She was still swathed with her cloak. It was if he was looking for such a thing as a woman's arousal after putting it into being. It was exactly what he was expecting! Sybil knew it. She watched him put his lips into a perfect kissable position in order to get a certain reaction. Her knees quivered as her body betrayed her and actually gave it to him, too!

Sybil was mortified. Completely and totally, and it put her off balance and made her feel weak and fragile. Inside. Which was where she was determined to keep it buried. Nobody was ever going to ever see it—or suspect it. She didn't need to pay him to learn anything. He was telling her with every prolonged moment in his company. He wasn't her stepmother's lover. Yet. That was obviously the position he was seeking, however. And why not? It was known throughout the rocky fells that the widow of Laird Eschon possessed gold, and a powerful amount of it.

Men had been flooding to the castle for over a year in order to get their hands on it. This man resembling a Norse god was one of them no doubt. A common thief. Worse. He was willing and able to use his physical assets on anyone he needed in order to get whatever he wanted.

She'd known she was right. Again.

Sybil huffed a breath and smiled wickedly up at him, surprising him from contemplation of her lips. Or maybe it was her bosom. Or somewhere else on her body that she didn't want to name. Wherever he'd been looking and trying to wizard a response from, it was ceasing. And it was ceasing now. Her time with Lady Eschon's would-be lover was over.

"If you've finished, I've chores," she said in what she hoped was a normal tone, though it sounded nothing like normal to her ears.

"I dinna' say you had to pay me in coin," he replied.

He could have blown her over with a sweep of a hearth broom with such a statement. Sybil's eyes widened before she could help it and glance down. And worse. He took such a response as his due. She knew it by his chuckle, followed almost immediately by an increase of breath at her nose.

"So . . . what say you? A kiss . . . for a bit of information?"

Actually, he was in danger of receiving a great quantity of linden flowers. Enough to make his head pound with ache for days. No! Sennights of time! Sybil had never met a man more willing to tempt such a fate from her.

Stupid man.

"Dinna' you hear me?" she asked. "I have chores."

"What are they?" he asked.

"The ones no one else will do, of course."

"You're a lady."

Sybil tipped her head to one side. "Of a sort," she replied. "I bear the mark of bastardy and am a poor relation to boot."

"So what is it they make you do? Since you have these horrible things to bear?"

"Why?"

"Because a little wench walked into my life today, stole my senses, and entrapped them in the palm of her hand. And I've yet to even ken her name. Why else?"

"Wenches walk into your life ever, toad prince. Your path is littered with them. You walk on them. What difference does one more make?"

He drew back a fraction, giving her enough space to breathe, and looked at her strangely. "This one is verra odd, though. Verra."

"Why? This one does na' fall at your feet and worship the ground you stand atop?"

He grinned. The dimples came out in full force. Sybil fought the blush of reaction and cursed it at the same time. It was horrible.

"Na' yet, mayhap," he replied.

"Oooh." The word came out before she could prevent it. She watched him glance to the bow shape her mouth made as she said it, and then he moved his gaze back to hers. There was nothing for it. Arrogance such as he was filled with was just asking for a set-down . . . begging for it: putting it right out there for her to do something about it.

Sybil smiled slyly and lifted a shoulder. "Shall we make a challenge of it, my handsome toad prince?" she asked.

She got one dark eyebrow quirked up again in a high arch. That particular ability was uncommon and of little use. Unless one were as overblessed with physical attributes as this man had been. Then it was obviously put to use, whenever he wished, and on any number of unsuspecting females. The unsettled feeling she'd been harboring since meeting him knotted into a ball in her belly and started pounding with the annoyance of it. He was obnoxious and completely unaware of what fate was about to deal him.

"A challenge?"

"Last one standing . . . wins," she told him.

"Nae," he answered. "I have a better challenge."

"There is naught better," she replied in disbelief.

"Then I'll use my words for it. First one on their back . . . loses."

The way he said the last words had an angry tremor traveling from the bottom of her spine, up over her head, across her nose, and flitting from there right to each nipple, making them hard and sensitive and horribly aroused right in front of him. And he knew it! She watched him look there and smile. A slow, seductive smile, so practiced he was probably known by it as well.

Sybil had never felt an emotion so akin to hate, but suspected that what was happening to her was close to it. She'd never felt such anger and malice. She was very near to shaking with it.

"Agreed," she replied.

"What?" He moved his gaze from contemplation of her breasts and met her eyes again.

"I agree to this contest of yours."

"Contest?"

Not only was he a wretch, but he couldn't think, either? "Aye. Contest. Of wits. Now stand aside. I have chores. They will na' get done if I stand in a hall being bothered by you."

"You admit to being bothered, do you?"

She swallowed. "I admit nothing. Here."

He was watching as she pulled a ball of twine from an inner fold of her cloak. She always carried a small ball of it. Such a thing was of many uses when gathering, checking, and securing things. "Help me."

"What is it you're about?" he asked.

"Measuring."

"Measuring," he replied in the same even tone she was using.

"Work is being done on this tower. I have the chore of overseeing it and putting it into place. I need measurements for such a thing. If you waylay me, at least make yourself useful."

"How long am I to hold it?"

"Dinna' fash, toad prince. I'll return when I've made the measure. Can you do this?"

"Hold one end of a ball of string?" he asked in an incredulous tone. This time both of his eyebrows were lifted.

"We'll move to more difficult chores once I see how well you handle this one. So. Can you?"

In answer, he plucked the ball from her hand, pulled the end free, and handed the twine back to her. Sybil held it loosely in her palm, allowing it to unwind as she went down the spiral of stairs, trying very hard not to skip. She didn't look back. She was afraid she'd giggle.

Chapter Three

This wench was going to be the toughest yet. Ever.

No wonder his cousin had offered such a sum of gold to gain her heart—and then do what he did best once he had it. Walk away. He should have expected such a wench when Myles Magnus Donal had broken through the side wall of Lord Shrewsbury's dungeon in order to free Vincent. He really should have suspected such a trick when he got the challenge that came along with his freedom. Find the littlest Eschon lady, make her thrill for love of him, and then make certain she suffered heartburning. He was to leave. They'd pay him all the gold he could carry if he did so. Which was stupid. That's what he always did. Exactly like he always did. And then Myles had made the task even more intriguing with the formidable qualification that Vincent had to do it without physical means.

They wished him to get a wench to fall in love with him without benefit of touch? Good thing Vincent knew exactly the scope of his talents. Any other man would have thanked them for the freedom, turned down the challenge, and walked away. Not him. They'd made it illicit, intriguing, and irresistible.

Now he realized he'd been shammed. Completely. He

should have known Myles hadn't changed. The Donal laird always won at any contest. Vincent should have remembered that.

Vincent ran the entire length of their castle curtain wall twice before he dared face the wench again. There was emotion fueling his frame and filling his chest. He had to get it under control before he met her again. The little wench had stirred his passion, all right. She'd angered him to the point he had to physically work it out. That wasn't supposed to happen.

The run wasn't easy going. Chunks of masonry had fallen or been chiseled off in what looked like continual repair, and the boulders had to be dodged or jumped. Vincent increased his stride rather than take a cautionary pace. Fading light made it difficult, and that required instantaneous reaction. Which was exactly what he needed.

He wasn't angry. Never. Anger was one of the things he made others feel. It gave him the edge he needed. Anyone losing their temper lost. He'd learned that so long ago it was ingrained. Besides, the physical exertion was helping the return of feeling to the arm and shoulder that had grown numb from hours of standing in a hall holding a piece of twine that lifted every so often throughout time that had lengthened into afternoon. He hadn't known until he'd given up and followed the string that she'd tied it to a door in order to give him the impression there was a real body at the other end of it.

He stopped pumping his legs, more for lack of ability to continue than anything else, and took great gulps of rain-laden air. The Eschon castle was a large, rambling structure. They appeared to be renovating it and had a massive amount of work still to do. He could see chinks of light glowing from spots where it wasn't supposed to. If light could get out, then elements could get in. As could any number of other vices, such as an enemy's battering ram, foul weather, the black death . . . vermin.

He was also sending word to the Donal clan that he needed more gold. This particular assignment was going to cost more. A lot more. He'd had a running love bet since he was a cocksure youth and a braggart and found that both of those things created anger in others. It was too late to take it back now . . . any of it. He didn't lament it. It actually kept him employed at times. Besides, it was easy pay. All he had to do was clean up, use a skean on his facial hair, don a *feile-breacan,* and pull back his hair. That, and use the gifts God had given him. It was easy. There wasn't a wench he couldn't charm and win. And then leave.

Vincent was an expert at the challenge of a lass's heart. He also had a perfect win ratio. This particular wench must have annoyed someone to the end of endurance to wish her such ill will, though. He could well imagine what she'd done. But they'd forgotten to add a few things when he'd been offered the bet. Things like how odd she was, how prickly her temperament, how sharp her tongue, how quick her wit . . . and the worse. The wench was sharp, as well.

Vincent blew the sigh out hard, shoving the air back up his nose with the strength of it, and unstrapped the rawhide tie from his upper arm in order to pull his hair back. Such a thing as rock climbing was better done without things like blowing hair and stinging sweat in your eyes. Then he approached the outer wall, found a handhold, and started climbing.

It wasn't for exercise or to create more mass and brawn. He didn't need either. Muscle had been gifted to him from birth, almost. He rarely had to do more than bed a wench or take a run to keep toned and fit. He had enough mass and strength to survive on the list if he was challenged. That's all he needed. He was no great fighter, but if he used his wits he didn't need to be. He used tests of physical endurance because it helped him think, plan, strategize.

Exactly as he was doing now.

There were large, fist-sized outcroppings of masonry sticking out in a haphazard fashion on the outer wall, making it an easy thing to find a toehold, fingerhold, and then another. It was such child's play that when he reached the crenellations, he decided to make it more difficult by ignoring the fact that he had legs. Vincent hauled himself into a crenel with upper-body strength alone and lay in the cusp of it, letting the stone caress where his stomach was pounding blood through his entire body as he felt success at overcoming that particular challenge.

This wench was very smart. They'd forgotten to warn him about that. That was going to cost them.

And then a sword blade chilled the skin of his exposed neck.

Lady Eschon was having another fest. She had them often, and it made her temperament such that everyone benefited. That's what came of surviving a husband who hadn't spared his fists or his anger, but who'd left a large treasury to his spouse after his death. And it came from having a stepdaughter that would oversee it all, without being tasked to it or paid. Sybil was an expert at enhancing their fare, using her herbs to create a mellow mood after the last of the puddings had been carted away and the fresh fruit was being served.

Fruit was best served with a selection of soft and hard cheeses, and wine. Always, Lady Eschon served wines and ales of such a deep, dark color that all in the glen sung their praises. That was also due to Sybil. She'd taken over the brewery as well. She had each keg marked and sealed, and wouldn't allow a single one to be opened until it had reached the proper age. Such things as being the unseen hand behind everything that happened in the keep was granting her a warm bed and a guarantee of a place where she no longer had blood ties. The Lady Eschon didn't realize the reason her bastard stepdaughter was behind the creature comforts of the castle. But she didn't need to. She just enjoyed the benefit.

Sybil directed serfs about their chores, making certain the hot food was served with a bit of steam, the pastries had the perfect browning to their crusts, and the cheeses had the proper bite to them, just as she did every eve after a day of selecting the ingredients, overseeing the cooking of the chosen menu, and the serving of it.

This evening she accompanied more than one dish into the great hall, where floor rushes were scattered, beginning at the fireplace, across the floor in the checkerboard pattern Sybil favored, with dried, yellowed rushes alternating with fresh green ones. It was less wasteful and more colorful as well. She also oversaw the removal of each dish before the next was brought in. That sort of organization created less havoc in the kitchens and less litter and mess after the meal was cleared away and the dancing had begun.

It was the same nearly every night. Eschon Castle was a model of hospitality and warmth and companionship. Tonight the menu was roast boar. It had been turning on a spit throughout the day. Sybil walked behind the servers, listening to the applause as it was presented. That was also her doing. She'd found that if one was focused on food and enjoyment, then one was more ready to loosen one's purse strings to make certain it continued. And having loose purse strings at her control was another good part of life as Lady Eschon's stepdaughter.

The boar, surrounded by a selection of squashes and fruits, was lying in a prone position on a huge wooden platter that required four men to tote it. It was shiny with a cherry-honey glaze of Sybil's own creation, while little buds of sage poked out in a scrollwork pattern that she'd done herself.

She was rather proud of it, and that's why she accompanied it. Not to continually scan the hall for the man that was missing. And to wonder where he'd gone to, since the string of twine was gone, and so was he, when she went to dress for sup and had passed the spot where she'd left him.

That was odd. Sybil glanced about. He wasn't attending the banquet. She checked again just for good measure. It wasn't her issue, anyway. He must have given up. That was good. Lady Eschon was a very pleasant mistress since her husband had suffered an attack and then lingered before his death. She was loose with her purse strings, her praise, and her household. Sybil didn't want anything changing that.

The boar was devoured at a rate that had her moving quickly to get the haggis served, as well as the blood pudding that would accompany it. Sybil was in the kitchens, directing the placement of each grape cluster, when she heard the sound of guardsman's boots and an accompanying drumbeat. Everyone in the kitchen crowded into the hall to see why. Sybil sighed in resignation. The pudding was best served in a solid form, which wouldn't happen if they let it sit too long. She had to follow and find out what was so disruptive, and then she had to get the serfs back to serving, and then she had to get the cheeses sliced. Then everything about her stilled.

It was the blond fellow. She saw the top of his head. The rest of him was hidden by the mass of bodies surrounding him. But from the look of things, he wasn't walking. Sybil pushed through the crowd, making her way to the area in front of Lady Eschon's table, since that's where the guardsmen had stopped and were holding this Vincent fellow, who dangled limply between them. And if they'd damaged one bit of his perfect face, she was going to make sure someone paid!

Sybil clapped a hand to her own mouth at the instant and immediate thought, and wondered where such a horrid impulse had come from.

"What is this?" Lady Eschon asked.

"We caught him, my lady. On the wall."

"Doing what, pray tell?"

"Entering the castle. Sneaking his way in."

"There are easier ways to enter the castle. Was he armed?"

"Nae."

"Lift his head. Let me see."

He wasn't conscious, because he'd been hit. There was a bit of discoloration on his forehead, but little else. She felt her back loosen as she saw the lack of damage to his face, and hadn't even known until then that she'd stiffened.

"For that, you beat him?" Lady Eschon's voice was rising. As was her body. Everyone watched it.

"We had *nae* choice, my lady. He fought us."

Fought them? Sybil doubted that. This man wasn't a fighter. A thief, braggart, and lover, yes. Fighter? Never. She watched as Lady Eschon moved around the table and approached where he was hanging, his size making the woman look even smaller. Sybil held her breath.

"Oh my. My. My. What . . . a man," the lady of the house purred. She reached out to touch, and then run a fingernail down, one of the unconscious man's arms.

The immediate reaction in Sybil's own body was frightening. Her heart thudded once before assuming a rapid pace. She felt a knot form in her throat and a prickling behind her eyes. Sybil hadn't realized she cared so much for the Lady Eschon. She didn't want this man near her stepmother. She had to clasp her hands together to keep from making fists of them. As it was, her fingers clenched together into a great knot in front of her.

"Sybil?"

Lady Eschon had turned and was calling for her. There was nothing for it. Sybil gulped around the lump in her throat, stepped forward, and bowed her head. "My lady?"

"Put this man in your care and make him well. I wish to ken what he's doing here . . . and why. I also wish to see him when he is conscious and I can converse civilly with him. And keep these fellows from harming him further."

What? Sybil was absolutely amazed she hadn't said the word aloud. She didn't want the care of him! She wanted to torment and tease him and give him a very large dose of his own concocting. She didn't want to make him well.

Lady Eschon was walking back to her chair at her dining table, dismissing the entire episode as she giggled with one of the new neighbors. Such a thing happened when crofters were allowed back onto the rocky fells of land that the Lady Eschon watched over. The lady had even allowed land tracts to be fenced in and cultivated, creating tenants to oversee. And flirting, entertaining, and romping with other landowners was the prime reason she'd done it.

"Where are the puddings? Wasn't that next?"

Lady Eschon was back in her place, waving an arm to continue the feast, and Sybil was left to contend with the trouble. Starting with where to place the blond man. He was still being held aloft by three guardsman, none of whom appeared to find it an easy chore.

Sybil reached out a finger, put it beneath his chin, and lifted it. When the weight proved too much, she had to move nearer until she could feel each breath as it left him and lit on her. She also knew he was conscious. Probably had been through the entire exchange.

She hid the knowledge before anyone else saw it, and stepped back. "Take him to the tower," she ordered.

"With the Eschon bed in it?"

Where her half sister Kendran had come to such joy she'd glowed with it? Sybil stood rooted. Never.

She shook her head and was already turning back to the kitchen. "Nae. Take him to my tower."

"But—the pet." One of the guardsman was speaking, but it was clear they all wanted to.

"Leave him at the door. On the floor outside my room. There are clean rushes. Just go." She waved her hand and went back to control the kitchen.

* * *

The floors appeared to have been constructed better than the walls.

Vincent ran his eyes along the fitted stone at his nose as he waited. It also smelled pleasant, with the odor of fresh greens scattered about and something he couldn't put a scent to. Something . . . forbidden and heated. He reached out and traced a line where they'd matched the hall-floor stone slabs together. There wasn't much to recommend the walls, however. If he squinted with one eye he could see tiny pinpricks of starlight coming from chinks in it.

He was probably in luck that it was harvest season and, therefore, warm. Vincent rolled onto his back. The wench was taking an unconscionable amount of time in seeing to him. He already knew where he was and how to get there. That's what came of snooping about the entire keep while any guardsmen had been too drunk to notice. He'd thought them slack. He reached up to touch the slight bump on his forehead. He wouldn't make that mistake again.

They'd put a new roof on recently, it appeared. It looked to be sealed using birdlime from their own dovecote. He could see the streaks of white where it plastered the thin planks of wood together. Older roofs wouldn't have such distinctive streaking, since fire smoke darkened ceiling timbers within a couple of seasons. Maybe sooner.

He saw the shimmer of light touching the beams above him and shut his eyes, modulated his breathing, and listened for her.

"Get up."

Vincent groaned.

"I already ken your sham play. Get up."

He lifted his head slowly and blinked as if to bring her into focus. She had her skirts lifted with one hand, showing a glimpse of well-turned ankle, a candle held high in the other hand, and a slight pout to those raspberry-shaded lips. Vincent blinked away the instant comparison and swallowed.

"What . . . play?" he asked in a feeble tone.

"A blow such as you got could na' have rendered such weakness."

"How would you ken?" he asked.

"Brawny men such as you are na' that weak," she replied.

He grinned, caught it at her instant comprehension, and sobered. "You just called me brawny," he replied.

"Get up," she ordered again.

"What will I get if I do?"

A sigh of exasperation. That's what he got. Vincent kept the amusement inside his belly this time. Deep inside where she wouldn't see it. He sat, put his fists against the floor, and sprang into a semicrouch. He was rewarded with her involuntary stumble backward from him. That was almost as entertaining as her indrawn gasp. He stood, towering over her, and watched the candle flame waver slightly before she had it under control again.

"What do you wish of me now?" he asked when she did nothing save look up at him.

"Your departure," she answered.

"Forgive me, fair maid, but I must decline."

The wench was choking. That was gratifying, but it was against type. He already had her kind plotted out, and for her to show a reaction to him wasn't right. She was a man-hater. He'd met them before. They were sheathed in ice, but they eventually melted. And when they did . . .

He licked his lips at the thought and waited for her next ploy.

"Why?" she asked finally.

"I've na' yet received what I came for."

"Is that why you pretended to an injury?"

"I *am* injured," he replied.

"Na' so much as all that."

He grunted. "True . . . but what woman can resist a wounded man? Especially one looking as I do?" he asked.

She huffed out what sounded like a curse. "Vanity? I have to suffer vanity, too?"

"Too?" he asked.

"Along with misspent charm, illogical reasoning, a lying tongue, and a brawny frame that is constantly being put on display."

He grinned. He couldn't help it. "You called me brawny. Again."

"Do you own a full wardrobe?"

"What's wrong with this one?"

"A shirt. Do you own one?"

"Mayhap," he returned.

"Where is it?"

"Why?"

"So you'll don it, of course."

"Hmm. The lady of the house dinna' seem to mind."

"How would you ken? You had your eyes closed."

She knew that? Vincent felt the satisfaction pump through him with the next three or four heartbeats. He knew exactly what it was. The little wench was warming to him. And here he'd thought she'd be a challenge.

"Ears that are open sometimes ken more than eyes do. And her tone said she found much to her satisfaction," he answered.

"Wondrous. You're a spy as well?"

"I use my senses and you call it spying? Verra well. I spy. What of it?"

"Are you sufficiently recovered then?"

"For what?"

"Seeing the back of your arse as you leave," she answered crossly.

"What will I get if I were to do so, . . . Sybil?"

She sucked for a breath. Vincent watched it as well as heard it.

"What do you want?" she finally managed.

"An introduction will do for a start."

"You're in the keep. My stepmother is bemused and interested. I dinna' ken what else you need."

"The female in you would," he replied.

Her silver-gray eyes flashed up at him, showing the ire she was hiding. He pursed his lips.

"Come along, then. Let's test your wound."

"T'isn't much. As you already ken. But . . . I am at your mercy. Be gentle, fair maid."

She didn't answer, but her movements did it for her. He watched her fumble in her cloak to pull a large, unwieldy-looking key from somewhere in the folds of it, and then she was shoving it into the lock with more force than was necessary. He couldn't help the grin, and then he was gasping with the size of the animal that slammed against his chest and backed him up fully two steps, pinning him against the wall with a paw to each side of his head and a mouth full of hot breath and wicked-looking teeth at his nose.

"Dinna' let him move, Waif." She whispered it so softly he almost didn't catch the wolf's name. And then she shut the door, leaving him with a man-killer in the hall.

Chapter Four

Vincent tried everything in his repertoire that he could think of. Nothing moved the light gold stare of the wolf from contemplation of what a tasty bite he would be. If such an animal had thoughts, it was clear what they were. The only thing it wasn't doing was licking its lips. Waif didn't have to bait or trap his prey. He already had it. Vincent looked to where his boots were being caressed by hot breath from the animal reclining right in the center of the hall, and the animal stared right back.

It was more than he expected.

When she'd first shut the door, Vincent had actually felt a tremor of something resembling fear. He hadn't even a skean on him, and even if he did, he couldn't reach it. The animal wasn't allowing him any movement. Not at first. Not until enough time had passed that his ears had started buzzing with keeping his breathing modulated and his eyes from betraying emotion. The animal had finally dropped onto all fours, prowled a bit in a circular motion, and then sat . . . right in the center of the hall.

The animal gave him an area by the wall roughly equivalent to his body length. It hadn't done more than blink once when Vincent slid onto his haunches to give his legs a rest from their trembling. There was sweat soaking his palms where he rubbed them on his plaide. And his belly rumbled, too, telling of its displeasure at missing the feast he'd barely had time to smell.

He had to do it . . . although he didn't want to. He had to give the little wench this exchange as well. She was rapidly and markedly getting beneath his skin, and that wasn't what he'd bargained for. When he'd bargained. Vincent sat and thought. He'd been offered his freedom from that dungeon and offered good food and employment. He hadn't had much to think over.

Vincent moved away from the wall a bit to scratch at where a stone was rubbing at his lower back. The animal moved its head slightly toward him. Vincent sighed. It was a good thing he hadn't put a time frame on this endeavor.

"I was na' escaping," he said aloud and watched in disbelief as the animal nodded its head. Twice. And looked a tad less attentive.

Vincent studied the wolf. Then he spoke again, using the same tone as he would if addressing another man. "I was just settling myself. Against this cursed rock. 'Tis *nae* much more." He shimmied into a more comfortable position, sliding along the wall until he was reclining on his side. He was studiously ignoring how the movement scraped the skin above his knee and onto his upper thigh as the kilt didn't move with his motion and the slate of the floor beneath the rushes wasn't smoothed.

The wolf made the same motion, only it moved until it was on its front and cooling its belly with the rock.

"Na' much for creature comfort is it?" Vincent asked, still in the same companionable voice but feeling a total fool.

The animal responded with a low whine in its throat.

"And even less for sustenance."

The wolf growled again.

"And the smells. They've cooked a huge banquet below, and what? They let us starve?"

The wolf huffed that time. Vincent had never had a conversation with an animal, but it was better than envisioning the death grip of his throat in those teeth.

"Well? Do we receive a platter? Do you ken?"

Another huff.

"They make you share my punishment? Well, that's hardly fair." He couldn't help it. There's was no one about, and the hint of injured male pride crept into his voice. He probably sounded like he was whining.

The animal eased a bit toward him in response, moving along the shale floor. Vincent held his breath.

"Methinks wenches have had the upper hand for overlong in this keep. This is what I've decided. What say you, Waif, fellow? We agreed?"

The animal got closer, breathed a bit on his leg, and then leapt to its feet, snarling and snapping foam-flecked teeth. Vincent damn near screamed and would have if his heart hadn't been blocking his throat.

It wouldn't have been heard over the huge clatter of a dropped wooden serving platter, followed by the crash of a tankard, with the resultant foaming mess of spilled ale, and the sharp cry of the servant carrying them as he took in the scene.

Vincent moved his eyes to the end of the hall. It was the only part of him he dared move.

"Is—was that my sup?" he asked, stopping after the first word to lower his voice back within the masculine range.

"Aye," the serf whispered.

"And . . . what was it . . . to have been?" Vincent could still feel hot breath against his calves from the wolf, but it wasn't reacting to his words. It was more than he'd counted on—and he stored that information for later use.

"The boar is gone. So I've brought a joint of mutton. Bread.

Gravy. Cabbage. A melon. There was . . . also ale. Freshly drawn. I did it myself."

"Sounds . . . pleasant. Smells . . . better. Did you bring a blade with it?"

"A blade?"

Vincent breathed a sigh hard enough to lift any stray hairs at his forehead if they hadn't been plastered to his skin with sweat.

"To control this beast."

"Nae!"

The lad was horrified. It sounded in his voice.

"Verra well, then. Did you bring me a leg of that mutton?"

"Oh. Aye."

"Good. Toss it here."

"What?"

"I said, toss it."

"It's been in the rushes, Sir! It's na' worth eating."

Vincent's mouth quirked before he could help it. The wolf didn't react. "'Tis na' for me, but a bribe."

"Bribe?"

This time Vincent did look to the roof of their tower hall. Then returned his gaze to the yellow one at eye level to him, since he was still on his backside and the wolf hadn't moved. "For the animal. Do you see anyone else about?"

"Lady Sybil's pet does na' ken bribes, sir."

"Have you ever tried one?"

There was silence except for what was probably his tankard as it found step after step in its descent. Vincent slid his glance to where the serf stood, pondering his words as if they merited such. The entire keep was full of fools, he was rapidly deciding.

"Well?" Vincent continued.

"She has na' used her pet on me afore. I would have nae need."

"Then toss me a joint!"

Waif turned, and they both watched as the servant gingerly

picked up a leg and flung it. A splat of sound accompanied its deflection off the opposing wall before it rolled to a stop near Waif's back leg. The wolf didn't move. Vincent didn't move. Nothing seemed to be moving except the tankard as it re-sounded from the bottom of the stairwell.

"It does na' work," the serf said.

"My thanks, good man. Could you bring me more sup, then?" Vincent asked it with the same modulated tone he'd been using. Waif blinked and turned back to watch Vincent.

"If he does na' take a bribe now, why would he take it later, sir?"

Vincent blew a huge sigh. He could have sworn the wolf did the same, but that was just fanciful, and Vincent had never been one for fancy. Thieving, lying, cheating, womanizing, self-appreciation, and contentment, yes. Fancy—never.

"A new sup for me. Since you have ruined mine."

"Oh." The serf started backing away, the scrape of leather shoe sole loud between Waif's breaths.

"Wait!"

Vincent was as amazed at his daring as the serf was, al-though Waif didn't move. Vincent swallowed the fear down and continued. "If you check the stables at the end stall, you'll find a horse. Wearing blue and black colors. With a bridle of silver. Can you search out this horse for me?"

"Is it yours?"

Nae. 'Tis the wolf's. Vincent almost said the instant retort. He swallowed around the words right on his tongue. He had to. If this lad was the only thing he had for an accomplice, it wouldn't do to alienate him. Yet.

"Aye. All of it, even the sword and shield. There will be a saddle near it. With bags. Two of them. With my initials sewn into the sides. V. E. D. In stained hemp."

Vincent stopped for a moment in fond remembrance of the lass who'd done the stitching and the payment she'd received. If he wasn't mistaken, it looked like Waif appreciated it, too.

Vincent cleared his throat and glanced again at the serf. "Can you find these?"

"I am na' a squire, sir. I dinna ken if I'll be allowed near the stable or na."

"You have to be a squire to attend the stables? What manner of castle is this?"

"'Tis the Lady Sybil's order, sir."

"I suppose I should have kenned that already." It was obvious the Lady Sybil was in charge of everything—and holding her reins with fear. For the first time, Vincent felt himself warm a bit at this assignment. The lass needed a comeuppance. He was the one to give it to her. That was certain.

"What?" the servant replied.

"You look stout enough. I think you can do it."

"Do what, Sir?"

"Hie over to the stables, find the horse I have described, and fetch me one of the bags. His name is Gleason. He answers to that."

"I hardly think so, sir!"

"Why na?" Vincent asked, still in the same patient, modulated tone.

"If I snuck out to the stables to do what you ask, that's one thing. Getting a bag back in and up here to you? I'd be noticed. I'd be caught."

"Why? Am I na' allowed my own bag?"

The serf made an impatient grunt. "Nae. I am na' allowed in the stables. I would be caught. I would be sent to other labors. I've barely made it above status of the latrine, Sir. I'm na' willing to risk it."

Vincent caught the smile. That lad was self-serving, too. That bode well. He understood selfishness best of all. Vincent eased a hand down to his lower leg, fishing for a moment in his sock for a bit of silver and sliding it up his flesh until he could palm it without the wolf noting. It didn't work. It was as if the animal was watching and seeing everything in order to report later to his mistress. Vincent mentally shook off that fancy as well.

"I dinna need the entire bag, my good man. I only need my fipple. Can you fetch that for me? It will be in one bag. The smaller one."

"A what?"

"My reed. 'Tis a long tube that I've notched holes in. For making music. Can you find it and bring it? Perhaps with my next sup?"

"I na' certain. . . ."

The lad's voice trailed off as he saw the coin held between Vincent's two fingers as he moved them slightly so the silver caught what light there was.

"My fipple. And the bag it's in?" Vincent said.

"Done."

The lad was moving for the stairs, although he was backing at first, before turning to run. His steps betrayed either his fear of the animal or his lust for the silver. Either way, he was a man after Vincent's own heart, and that helped right the powers in his world again.

Then Waif moved away, nosed the meat joint, and started eating, delicately tearing pieces with teeth that could take out a man's throat. Vincent watched him for a bit and then eased his feet beneath him. The animal ignored him for the most part. Vincent lifted into a crouch, balancing on the balls of his feet for a moment before attempting to rise. The moment he rose above a certain size, the animal was looking, and with grease shining on its teeth looked more devilish than ever. Vincent eased back onto his haunches, and the wolf went back to eating.

He tried again, slower this time. The moment his height exceeded a certain point on the wall, the wolf was looking. Not threatening, just looking until Vincent went back to a crouch. Again he rose, at the same speed, and to the same point. And got the exact same reaction from the wolf.

Vincent slid a fraction higher, and the wolf reacted, turning so quickly and violently that Vincent's collapse onto his backside wasn't graceful or anything other than exactly what it was: his legs going weak and giving out on him. Vincent had to consciously control the quivering of limbs that he'd worked into a surfeit of muscle and brawn—and adding to that was the queasy reaction in the pit of his belly. He was appalled at his cowardice and lack of luck. Being held prisoner by a wolf? Nobody outside this keep would believe it. And he was beginning to think that no amount of pay was worth this.

It took some time to get his breathing back to normal and his heart to dull from the powerful thud it had been hampering him with. Vincent watched the wolf attack and demolish the joint of meat, until the snap of bone showed the point he'd reached. And each time, Vincent felt an odd leap of his pulse as he realized it could very well be his bones receiving the crushing pressure. This trained pet of hers was a better jailer than any Sassenach brute he'd met.

"Tasty, is it?" Vincent finally asked.

The animal growled slightly and started licking along the edge of its bone.

"You do ken that she'll pay for this?" Vincent asked.

The wolf huffed with what could be amusement. The animal had every right—if it were mortal and had the ability to think. Vincent's threats were idle and a waste of breath. They were doing what he needed them to, though. They seemed to have a calming effect on the animal, and using his voice was giving him a sense of courage. Which was worse than odd. Vincent Erick Danzel had never been accused of being unmanly and frightened.

Until now.

"I was promised gold. As much as I can carry. You ken what for?"

The wolf didn't respond, although it did stop the loud slurp of each tongue lap on the bone and seemed to wait.

"To take her . . . heart. Make her love me."

The wolf growled. Vincent smiled slightly.

"And then to leave her."

The wolf was on its feet and snapping at him from just beyond his tucked-under ankles. Vincent pursed his lips and hoped it hid the way they trembled.

"That's right, Waif, old fellow. I'm to just go. Never look back. Leave her . . . to her heartburnings. All of them. And I'm to make certain she has plenty of them and that they're strong. What say you to that?"

The animal came closer, looming right over his bent knees and breathing hot, mutton-scented breath at Vincent's nose. There was a moment when Vincent wondered if his heart was going to make it to the next beat, and then it decided it would with a thud so strong it pained his throat. Vincent swallowed around the obstruction.

"Ho! I've go it!"

The serf was back. Vincent hadn't heard the lad's approach over the force of his pulse combined with the growl that was emanating from Waif. But he didn't need to hear anything. The wolf's reaction was telling him of it. He realized what it was about now as the beast started snarling and snapping and looking altogether like he was starved and hadn't just eaten a large joint of meat. The animal was acting out his role . . . for the effect.

"Jesu!"

The serf said it for him, and Vincent turned what was probably a sickly smile toward the lad.

"You have my fipple?" he asked without making much sound.

"Aye." The lad held up the flute, and Vincent closed his eyes for a moment. It cleared the sheen of moisture on them, as well as hiding the weakness from everybody, including himself.

"Pitch it at me. Be perfect with the aim, lad."

The serf did an underhanded toss, and it was so well-aimed that it landed in the sling of material made by the kilt between Vincent's knees.

"I—I'm going to need some . . . bread," Vincent managed to say.

"I've nae time for a second platter yet, sir," the serf explained.

"Did you na' bring it with the first?"

"Oh. Aye. Black bread. Baked this morn. Tasty. But dust-covered now."

"Toss it this way."

"There's a pat of butter, as well."

"I will na' need butter."

"'Tis more palatable with butter, sir."

"I'm using it for a blockage, lad. At the end of my reed."

"You block it?"

"Aye. Takes the sound and lowers it a span."

"It does?"

"Aye. And I dinna wish this beast tearing at my throat if he is na' fond of high-pitched sounds. You ken?"

"Bread. On its way!"

The boy's aim wasn't as good this time, and the half loaf of bread glanced off Waif's nose and landed in the gloom beyond them. The wolf reacted, reaching the spot the lad had been in with one powerful spring of its body. The lad's scream would have been amusing if Vincent hadn't been in a full-out lunge after the bread loaf and getting back to his assigned spot before Waif returned. He barely made it, and watched as the wolf assimilated what had occurred and why. Vincent knew that was what was happening, too, as the beast looked at the reed he held in one hand and the loaf of bread in the other.

"Will you be wanting a piece?" Vincent asked.

The wolf sat back on its haunches and tipped its head.

"You can have the crust. I've nae need of it. I've all I need . . . right . . . here."

Vincent was scooping out the soft innards of the loaf and compacting it into a dense plug about the size of his thumb. He eyed it once or twice for measurement purposes and knew the animal was watching him. He was also using the time to work his hands and fingers. He needed them warm and limber, not frozen and stiff with fright.

He was also going to need a bit of moisture in his mouth, or at least enough to wet his lips, but his mouth hadn't been helping with that for some time. It was dry as dust. Vincent sucked some spittle into existence, tongued it along the top of his flute, and began.

Vincent liked to think he was a master of several things, but music had always been his real talent. Very few knew that, and he liked it that way. Such a thing made a man seem weak, easily manipulated, and soulful. None of which he could afford to be. He closed his eyes to whatever the wolf was demonstrating and ran through a series of easy melodies he'd created over the years. Then he launched into the more melodious, difficult ones, moving his fingers with rapidity and stealth all along the series of holes carved in the top and bottom of his fipple flute. The other thing the bread plug was good for was muting his music. He really didn't want an audience. Not yet. His expertise at some things was better kept hidden.

Vincent finished one of his fast, wild songs, and cracked open an eye. Waif was on the opposite side of the hall, had his head down beneath his paws, and was acting for all the world like an assault had just taken place on his ears. Vincent cracked a smile and started again, this time with one of the slow, sad, emotional songs that always started a trill of sensation down his spine. Such a thing was better kept hidden as well.

It wasn't until he was on the second stanza that he realized the wolf was howling along with him in an off-key fashion. Vincent opened his eyes on the creature, this time lifting its throat and letting loose the most mournful notes he'd yet heard. Vincent had a difficult time keeping the tune flowing with the combination of amusement at the wolf's antics and the sorrow the music always created in him.

He was afraid he wasn't successful. He realized it as the last note died away, leaving him sniffing back emotion and the animal looking at him with wet eyes as well. And then he heard the sound of her door closing.

Chapter Five

Sybil fought her increased pulse and the odd constriction in her throat as she leaned on the door, looking at it as if for the first time. That man—the one so annoyingly steeped in his own importance and bounty—had just produced the most amazing, soulful music. She'd been afraid when he stopped that he'd see her openmouthed gape. Nobody saw that much emotion from her and hadn't for years.

It was by her own decree. She'd set that standard for herself when her mother had first dumped her at the keep's doorstep when she was but three. She hadn't known then why.

She knew now. Bastardy was an embarrassment for all concerned.

Sybil sighed, blinked the door back to its normal wood grain, and turned toward the fire and the little pot that was simmering on a hook above it. It smelled delicious. It was supposed to. She'd been brewing a bit of dandelion and boar fat into a gravy to go with his sup, one that would gain him nothing but a loose lower belly and a wish for oblivion. The desire to harm was gone now. He had too much soul, even if he didn't know it. He had to. Anybody who could elicit the warm tones that had felt like an embrace was taking place couldn't be the lowest soulless wretch. Stupid, yes . . . but not soulless.

Sybil took the pot to the oriel window and tipped the vessel, letting gravy run down the haphazard joining of tower stones, just like she'd done with most of her concoctions. When the liquid reached the ground, it would either create more of the dead earth where nothing would grow, or add to the bit of grass that was such a vivid shade of green it had caused more than one onlooker to stop and stare. They didn't know that was how Sybil had discovered the concoction that was dripped into the soil for the best garden yield.

Trial and error.

She paused in her musings. Giving anything harmful to this Vincent fellow fell into the error category now, after his musical demonstration. Sybil would have sighed as she continued pouring, but it would be wasted. Emotions weren't for her. Such things were worthless. She'd seen too much of other's heartburnings to ever wish such a thing for herself. She was unwanted, unloved, and free of worldly goods. It was a good thing she was useful.

Sybil knocked the last bit of stewed dandelion leaves from her pot and wiped it clean.

Her chamber door trembled, alerting her more from the motion of rattling against her door latch than the actual knocking sound.

He knocked? And Waif allowed it? That wasn't good. Sybil put the pot down, wiped both hands down the sides of her skirt, and crossed to her door. She didn't know what was wrong with the man. Any male possessing the brawn, handsomeness, charm, and musical soul of this one had options available to him. He probably had property as well. He was everything that shouldn't be interested in a dowerless, plain, illegitimate woman . . . and yet he still seemed to be. Still. Sybil crossed to her door, lifted the wood dowel, and opened it a slit.

"You are na' following the role-play, my lady," he said from a height she couldn't achieve without standing on a chair. And then the wretch smiled.

From the width of the door and his stature, the effect of white teeth and the mysterious black color of his eyes was enough to make any lass tremble. It wasn't entirely her fault when it happened to her, too. Sybil gulped away the excess moisture in her mouth to answer. "What role-play?" she asked.

"The one assigned us. This eve."

"When?"

"I've been wounded. You've been assigned to heal me. That role-play."

"You dinna look wounded," she replied. He must have known she was shutting the door, for the moment she tried, there was a booted toe in the gap, and then the entire boot. Then he stopped and waited, holding the door open against the pressure of her weight. That didn't last, for next he reached around the wood and gripped a hand at the level of her nose. Sybil toyed with putting her weight against the door and shoving, but that was illogical and would look stupid as well.

"Where is my wolf?" she asked, hoping the breathless tone of her voice wasn't obvious.

That was a vain hope. She knew it as his lips widened into a smile again.

"I girded the fierce dragon in his own den and came out not only unharmed but as the victor. You should laud me."

"Laud . . . you?"

The second word was separated from the first by the quick force of his shove against the door, pushing her back into the room like she was so much wheat chaff, and showing that Waif was happily engrossed in chewing on a large joint of what looked like cooked mutton. The wolf was even making smacking sounds as it licked at the joint.

"Laud. As in glorify, applaud, sing my name in dulcet tones for all posterity. Things such as that."

"I canna' sing," she replied. Or tried to reply. She didn't know what it sounded like. There was the oddest buzzing noise affecting her speech, and her heart was hammering almost enough to cover it over.

He was fully in her chamber now—something no man had ever attempted. Actually, she had to amend the thought, no one was ever in her chamber.

"'Tis a good thing I can, then. I'll make up for your failings, fair wench."

Fair wench? She was afraid of what the surge of heat through her breast signified, and knew it was a blush when heat hit her hairline and started little droplets of moisture there. She should have worn a wimple, she decided as he stood just inside her doorway observing everything.

Then his eyebrows lifted several times. "I thank you for inviting me into your chamber. 'Tis an honor few receive. Am I right?" He moved three steps farther into the room, making it look cluttered and small. Although it was cluttered, since she liked things about her—lots of things—it had never been small.

"I dinna' invite you," she replied and took a step back from him, much to her chagrin. She'd lost control of the situation. She didn't even know how. It was as if this man had the key to her subconscious and was playing with it. Sybil had never felt at such a disadvantage, and Waif was no help. He'd betrayed her the moment he'd heard this man's music.

Just as she'd done.

This Vincent put his hands on his hips, cocked his head up, and sniffed. "Have you been cooking? In here? That is na' fair."

"Na' much is at the moment," she replied.

He smiled, and it effectively stopped her enmity. She couldn't win at any battle of wits if she let emotion in. Emotions swayed the outcome of any situation. They always did. She didn't know what was the matter with her.

All she knew was she didn't like it.

"Smells wondrous. What is it?" he asked.

"Gravy."

"Do you have any left?"

She shook her head.

"That is na' verra generous of you. I'm supposed to be in your care."

"You are na' supposed to be anywhere near me."

He shook his head. Twice. "Na' true. I heard the lady of the manor. You're to make me well. How were you planning on doing this? With gravy?"

Sybil was starting to regret the odd weakness that had made her drain the mixture out the window, but that wasn't any consolation. She didn't know what was, though. This man had too many weapons at his disposal, and male presence was just one of them. As were the almost sensual looks he was giving from dark brown eyes, and the ease with which he put it all on display for her to view. He moved to fold immense, bared arms across his chest as he regarded her, making such a visual image of male perfection that she almost mouthed a sigh.

"You ken your way about a kitchen, do you?"

"What?" Sybil asked, and blinked. Several times. It didn't help.

"You cook?" he continued.

"Oh. Aye. I cook. And I season."

"Season?"

"With spices and herbs. To make the fare more tasty."

"And is it?" he asked.

"I'm responsible for all the dishes served in the castle. Including the meat you have bribed my wolf with." She couldn't help the injured tone.

He grinned again. "Smarts a bit, does it?"

Sybil refused to answer. She hoped the tightening of her lips was the proper way to show that, but she didn't know for certain.

"That's what happens when you play with other's lives and run across a master of it."

"What?"

"You. Setting up things and playing with other's lives and watching things happen. You. And me. Although I am a master at it."

"You're a master?"

"Look about. I am in your bedchamber, and you are na' armed."

"A woman does na' need steel and wood to be armed."

"What does she need?"

He'd prefaced the question with two steps toward her and lowered his voice at the same time. The shivers were horrid, the tightening in her nipples even more so, and the agitated breaths she was taking made it all so much worse.

Sybil realized she should have taken more than one step back, but there wasn't much room left before she'd be banging up against one of the armoires she'd arranged about the room. That would have shown him that she felt threatened, which was sheer stupidity and obstinate besides. It was obvious she was feeling threatened.

She really should be doing more than breathing hard and looking up at him.

"You should na' have unattached males in your chamber."

At her gasp, he continued. "Actually, you should na' have males in your chamber at all, attached or otherwise. 'Tis too much temptation."

"You're blind," Sybil replied automatically.

One side of his mouth lifted. He took another step toward her, entering the space she needed for security, comfort, and protection. Except now. All she could think about now was the arcs of heat that seemed to be leaping from his body directly to hers. If she wanted to, she could swear she'd be able to touch them . . . and what was worse, they didn't have far to travel.

He reached out and lifted a stray strand of hair off her shoulder. Sybil usually had it in two plaits on either side of her head, and then she wrapped those about the crown of her head to get the knee-length tresses out of her way and because it gave her much-needed height. She hadn't had time to redo it this eve, and tendrils had escaped. She watched as he toyed with one, a mere handspan from her face.

"Well, I did take a blow to the head," he said, finally.

Sybil snorted the giggle through her nose and made such a choked noise that he sobered. There was an instant release from the invisible thread keeping her tautly in place, and she slipped to the right of him and was over by her apothecary cabinet before he could react. The large, locked structure gave her a sense of comfort. Sybil put her back to it and faced him again.

He was right behind her and heaving a bit for breath. Which was odd. Such a thing as chasing a wench across a room shouldn't require effort that made every bit of him look tensed and ready to pounce.

"You ken how lovely you are when you're disquieted?"

"I am . . . not . . . disquieted." Her words definitely were sounding like it, though. *Lovely?* Her heart actually lurched forward, startling her with the strength of it.

"Nae?" he replied.

"You are . . . my stepmother's . . . lover. To. Be." Sybil split the words between pants of breath. She tried to sound stern. It failed. She sounded young and breathless and excited, all of which was terrible.

"I am?"

She nodded.

"On whose authority?" he asked.

"Why else would you be here?"

"I came upon a fork in my path. I had a choice. I dinna' ken that you lay in the midst of it, however."

"Is there a truth in there somewhere?" Sybil asked with as much self-confidence as she could muster.

He tipped his chin down slightly and favored her with a half-slit look from his eyes. The instant result within her was frightening. She had to put her hands to her breast to prevent her heart from leaping right out onto her bodice. Her fingers were trembling, and as she clasped them together she realized the tremor went all the way through her.

This man knew the extent of his male potency, and he knew how to use it. She'd never been up against such. She'd never before believed it existed.

"You're verra young," he replied finally.

Sybil gasped for a breath, let it out slowly, and gasped in another. She didn't answer.

"And now that I get a good look at you, without the disfigurement of yon cloak and veiling, I see that I was mistaken earlier."

"About what?" And curse her own tongue for asking it!

"The blow dinna' affect my sight, lady. Dinna' fash on that. I was referring to your beauty. And my failure to spot it this morn."

"You lie," she replied and dropped her eyes.

That made it easy to spot his forefinger as he lifted her chin with it, making her face him. The moment he'd touched her, she'd gone so weak in the knees that she'd had to lock them. Then the warm, weak feeling transferred to her hips, up her back, and into her throat, suffusing her with a warmth and sense of security she'd never known or believed existed.

"You dinna' look in your mirrors oft, do you?" he asked softly.

A bit of her realized he was about to kiss her; a larger bit wondered at the reality of it, while the largest portion was still in shock. It had to be. That's what had her standing so still, holding her breath as she waited, making it easy.

Vincent hovered above her, a slight smile on his handsome

features and his lips pursed in an expression she had now memorized.

The thudding of her heart got louder, deeper, more strident, and then he was lifting his head with a heavy sigh and looking over his shoulder as he released her to answer the knock.

The apothecary cabinet rocked slightly with her weight as she fell against it. Sybil was eternally grateful that he was already answering her door and wouldn't have heard it. Nor would he have seen her legs crumpling beneath her. She'd gained her feet before he opened the door a fraction and peered out and was working on getting her composure in the same state when he turned from contemplation of the hall and closed the door again.

"What is it?"

"A serf. Appears they're requesting you. In the hall."

"I dinna' hear anything."

"You canna' hear anything, because yon serf will na' venture farther than the top of the steps and whispers his orders from there."

"He whispered?"

"He dinna' wish to disturb your dragon at his feast. I'm different. And I have great hearing."

Sybil tilted her head to one side and peered up at him.

"What?" he asked.

"Did he say why?"

"He dinna' say much. He does na' appear fond of your hall. Again." He lifted his shoulders in a shrug of motion. "I canna' fash why. I found it comfortable enough."

"You did?"

"Aye. And warm, once my body heated the stone floor enough."

"Liar."

"Ah, lady. I dinna' lie. Not in truth. I make light of circumstances that I canna' change, and turn to it with humor to make it palatable."

"Why?"

"It beats the other."

"Other?" she asked.

"Dinna' tell me you dinna' do the same. I'll na' believe it."

"You speak riddles."

"Good. Now go. See what they request of you. And then hurry back to me."

"I'm na' leaving you in my chamber!" Her voice rose on the last of her words, making him look at her with one eyebrow cocked high. That look was close to sealing off her throat. He did it on purpose. He knew the effect! The man was becoming a thorn in her side, and that was the last thing she needed.

Sybil required an orderly, structured life where she controlled every moment. That's what she'd always had. This man was already getting past that.

He'd given up the eyebrow-raised look and had pursed his lips again, narrowing his cheeks and making her heart stumble through two beats before she had it covered over. Her thoughts were scrambling, and her pulse was impossible to control, and she even had her hands fisted at her sides. This was horrid. The man was horrid.

It was wondrous, too.

"I dinna' see that you have any option," he finally replied.

"To what?" she asked.

"My continued presence in your rooms."

Sybil blinked several times. She was losing in this confrontation. That never happened. It was inconceivable, impossible. . . . But there it was.

"Remember?" he said in the vast silence that had only the sound of her rapid breathing punctuating it.

Sybil nodded. Better to retreat and regroup. And with his continued smile, she knew the wretch was following her train of thought.

"You're na' to touch anything," she said.

"You intending to send the dragon after me again, are you?"

"Nothing. I'll na' have my possessions touched and handled by a . . ."

His grin widened as her voice stopped. "I've been called every name, my lady. You canna' improve upon them, nor can you inflict harm. As I already mentioned, you are up against a master."

"I'll ken if you touch anything." Sybil scanned the room for the peg she always hung her cloak from. Which was odd. Of course it wouldn't be anywhere else. The fact that she'd worried over it was another strange event in a short evening of them. She crossed the room to where he'd been standing and passed him as he made the exact same move to where she'd just been. Their eyes locked as they did so, but neither of them moved their heads to continue it. She was just reaching for her cloak when he spoke again.

"Do you have a pallet I can stretch out upon?"

Sybil forced the instant reaction away and turned, swirling the cloak about herself as she did so. Imagining him stretched out was going to be imprinted on her mind. She just wished she could overwrite her own imagination with a torture rack to stretch him out the proper amount. And then some.

She had a slight smile on her face that froze when she saw him patting the white coverlet on her own bed. With his bare hands! Sybil sucked in the shock, and then had to deal with what had to be anger.

"This might do . . . although 'tis short." He said it as he stretched full-out on her bed—without even doffing his boots, which was a moot point since the bottom of him was hanging over the end of her mattress. Sybil watched as the slight, carved wood contended with his weight and used the time to wrap her cloak securely about her and tie it with a precision and tautness that was going to have to be loosened the moment she stepped from the chamber. She turned a deaf ear to his chuckle as he watched.

"You'll na' leave me unattended long, will you? I've a horrid injury. I'll need your touch. And I'd like a bit of your gravy, too, I'm thinking."

He was lifting his arms up, showing the tanned size of them as he looped them about pillows covered with white linen she'd embroidered with such care that it was impossible to spot the stitches. And then she had to deal with how that violation felt as well.

"'Twas terribly difficult to recover from my injury in yon hall, Lady Sybil. . . ."

His voice had softened as if he were exhausted, and he'd even lowered it for her name. Sybil's lips tightened as she held back what could be a shriek of rage. But that was impossible. She didn't suffer emotions. She never had. She was an expert at wreaking havoc with others' emotions. The man was up against more than he'd bargained for! And she didn't know why. She wasn't beautiful. She wasn't blessed with a bountiful shape. She wasn't wealthy. She wasn't even legitimate.

The only thing she was, was confused.

Sybil hurried to the main hall, barely glancing at Waif as he gnawed on his bone. She had to get back before that man ensconced himself in her rooms and couldn't be ousted without emotion.

She was still wondering what force was going to be most useful for that objective as she reached the loud gathering in the hall.

Chapter Six

Vincent made quick work of her lock, although the hasp was difficult. He was skilled at picking locks, though, and a perfect twist from the thinnest skean he'd located had the big cabinet of hers open, exposing her treasury of bottles filled with the most obnoxious-smelling potions and ugly colored liquids.

He stoppered the fifth one after wrinkling his nose in distaste.

This is what she treasured? That woman was the strangest creature. Something about her potions was also making his skin itch oddly and his nose twitch. Vincent put the fifth bottle back before being seized with a sneezing fit that had Waif pawing at the door and whining. Then the beast was howling, making a racket that could probably be heard well beyond the tower hall.

The lass probably had arranged the locked cabinet for just such an effect. Vincent wiped at his eyes and strode to the door to let the wolf in before it alerted her to Vincent's perfidy. He'd been told the wench needed a lesson taught to her, that she toyed with others' emotions without end, causing heartburning and pain when it wasn't needed. He'd been told she was smart as well, but he hadn't been told the scope of her intelligence. He'd considered his cousin's words of description of the lass as unlikely and exaggerated. There wasn't a lass born that could outwit Vincent Danzel. At least, he hadn't thought there was.

Until now. Worse yet . . . was the effect her nearness was having on his body, and that was just wrong. Vincent was not attracted to smallish wenches. He was too large. He liked a lass with size and volume to her, so he could play at will and not worry over giving pain and torment instead of pleasure. He also wasn't fond of dark women. He actually found dark women had more hair covering their pleasure sites . . . as well as more unsavory things—like a musk odor about them. All in all, there wasn't any reason the little lass should have him facing a mixture of roaring lust and need. That gave him pause and made him think.

Vincent wasn't used to giving women much thought until now, actually. And that was even more wrong. Women didn't have an effect like this on him. Women weren't made for thinking on. They were made for pleasure, release, and play. This one, though . . . Damn! She was making him alert, taut, and readied with every word out of her mouth and every glint from her light silver eyes.

He didn't know what was the matter with him. His loins were still giving him an annoying throb of wasted preparation and readiness. It was a good thing she hadn't looked at that particular area when he'd gotten close to her. She'd have known and then used his lust as a weapon.

There was no reason for it, and that had even more wrongness about it. What was it about this lass that set his blood boiling and his heart to pounding and his mouth to saying things his mind hadn't tested first? Worse was what she was doing to him—the fact that he was still so taut and readied for her that his loins were pushing against the wool of his kilt and making even his sporran feel erotic and hot and bothersome.

Vincent rearranged himself and grimaced and watched the

wolf prowl about before it pawed at the ground right beside him in a parody of male frustration and need.

"Damn wench." Vincent mouthed the words and headed for another of her cabinets.

Sybil didn't need to ask why she'd been summoned. The moment she reached the bottom step and looked toward the table, she knew. Every pore in her skin alerted her, and every bit of her blood singing through her body was readied and prepared and panicked.

There was a man sitting to the right of Lady Eschon in the position of honored guest. Highlighted. And it was garishly done. Putting on display everything Sybil had already envisioned, feared, and shrunk from.

It was the man from her dream, only worse.

He really was dwarfed, looking to reach just to Lady Eschon's shoulders. He had a tankard in his hand, and the short fat fingers showed the extent of his stunting. It was just as obvious that he was dark. Extremely so. And hairy. Smelly. Rounded. Ugly. Foul.

The newest emotion had to be panic. It was strong enough that it kept Sybil rooted in place, her feet stuck to the lowest stair and her hand gripping the end of the rail. Panic was filling her, and it was so severe it had chased away everything else. Even the heightened awareness and wellspring of heat that the blond man had brought into being. She actually felt faint.

"There you are, Sybil! Come. Closer!"

No. Dear God, no. No. The words weren't leaving her mouth, but her mind was echoing them. There wasn't anything she could do about the opaque mist that seemed to be encasing her ankles other than blink until it turned back into the rush-covered floor. Then her feet were moving as requested, although every other part of her was shrinking away. The closer she got to the head of the table, the more her heart was sinking. But still her feet moved. The man's eyebrows grew together, making one large line etching a black mark across a brow furrowed with a cross-hatching of wrinkles. He was bearded, hiding most of his face. He looked *auld,* but it was difficult to tell for certain. He looked two score or more . . . older even than her father had been. He could be less, however. Dwarfs aged differently. Sybil knew that from something she'd been told.

He had smallish eyes, too, deep-set in folds of flesh. They were an indeterminate color and didn't move from an appraisal of her as she got closer. She knew what he was there for, and every bit of her cringed away from it.

Except her feet.

"I would make a proper introduction. This is Lord Caernavik's sheriff. From the Caern Glen. I ken that they're lowlanders . . . but they're verra powerful. Isn't it exciting? A member of the Caern clan. Here. At my table."

What was unbelievable was that he'd managed to arrive anywhere in the vicinity without Sybil having any awareness or warning of it. And then she was cursing her own stupidity for that thought. She knew why she'd missed such a momentous thing: the man stretched out on her bed. This moment.

The instant thought of him sent warmth surging through her. She ducked her head to hide it. If she suffered such things, she'd say it was a blush. But that was unreasonable and stupid. It was more like anger that Vincent had bested her in a way and lay ensconced in safety on her bed while she faced this. She watched the floor in front of the trencher table until the warmth receded, leaving her feeling weak and ineffectual and small. That wasn't good. She had hell to face, and yet the thought of the blond man in her bed melted through everything.

He was in her bed . . . ?

He'd better not be! Especially not with his boots and plaide still on. Sybil didn't have much, but what she did have, she treasured. The pure linen sheets she'd woven were one of the small luxuries she allowed herself—and if he were abusing them, he'd pay! Her lips lifted slightly. It would be worse if he'd doffed anything and was actually *in* her covers. Much worse . . . and much better. Sybil nearly sighed at the instant image that thought brought. What was happening to her? Sybil swallowed all of it away. She didn't have time for pondering handsome men naked in her bed! She needed her wits for other things.

"Sir Ian Blaine? May I present my . . . daughter? My . . . eligible daughter, Sybil. Sybil!"

The second sounding of her name was hissed, since Sybil hadn't yet looked up. She couldn't. She was reeling with the words. Never had Lady Eschon claimed her. And never would she have suspected it to be with such warmth, and with words that were honeyed and sweet. Sybil dropped a curtsey and lifted her head to watch as the little dark man moved from his chair in order to bow formally from the other side of the table. He was shorter even than she was, and had arms that appeared furred with a thick growth of the same black hair that was bearding his chin.

It didn't seem possible, but he was more hideous than she'd envisioned in her nightmare. It was made worse as he smiled, revealing gaps where teeth had been, while those that were still seated were stained and foul-smelling, even from across the span of the trencher table.

"I've just been telling Sir Ian how it is your hand behind all the comforts in the Eschoncan Keep, Sybil. While he was regaling me with the status of his own holdings. I'm quite overcome, I am."

Her stepmother had hidden a great flair for dramatics all the years she'd been abused and mistreated by her late spouse, Lord Eschon. Now she put every bit of emphasis on the words and the wide sweep of her arms as she opened them wide to Sybil.

"Come, dear. Sir Ian was so longing to meet you. I had you fetched and a plate set for you. Just look."

Sybil's eyes narrowed. She'd never been called such an endearment before, nor had she been invited to the table, both signs of worse things yet to come. How was it possible to have her life upended so thoroughly—and in the span of less than a day's time? Where no man had been in her sphere, now she must deal with two of them?

She swallowed and lifted her skirt with a hand in order to slide into position on the bench. She knew how to right everything and exactly what to do with both of these men. And exactly what potions to use. She looked up and smiled slightly at the dark, ugly, little one . . . watched it returned and ignored how it felt. As usual.

The wench had drawers full of mystery stuff, and not one bit of flimsy, revealing undergarments, which was what he was looking for. Not at first, and not consciously. He hadn't an idea of what he was looking for when he'd first started, but with each drawer he opened he got more determined to find her weakness. There wasn't a wench born that didn't love soft, clingy, sheer underthings caressing her flesh. At least, if there was one, he hadn't met her yet. Vincent was beginning to think he'd found the lone one, as each drawer he rifled held little more than materials, or dirt, and one held such a profusion of dried mushroom-looking things that he'd shoved it shut with a grunt of disgust.

Every wench had a soft, feminine, hidden side. He was going to find hers and use it to torment her and use against her. If she had one. And if he could find it. And with each drawer he rifled he felt nearer to failing.

Waif wasn't helping, but he wasn't hindering, either. In

fact, he was fairly amenable to whatever Vincent did until he'd located the toad-sweat jar. The moment he'd spied it and lifted it, the animal was on its feet and putting a methodical purr of growl into sound. Vincent got the message and put the jar back.

The animal was worse than a jailer—and twice as vigilant.

Vincent went back to checking drawers and cabinets. That activity the wolf didn't mind. In fact, Waif was at the moment lounging across a rug that positioned him directly in front of her unlocked armoire, the one holding her liquids and potions. Waif wasn't threatening; he was actually looking sleepy. That was another oddity. It was as if being granted access and being left in the chamber cleared Vincent from the list of things to be threatened, attacked, and perhaps eaten. Vincent was free to do what he wished, as long as he stayed away from certain possessions of hers that the wolf alerted him to.

Vincent opened one of the last drawers and knew he was getting close. This one contained several folded, light tan-colored sacks that, once unfurled, looked to be dresses. Sack-cloth dresses. He'd known monks to wear such stiff, scratchy cloth, but what would a noblewoman be doing with them? She hadn't been wearing one when he'd met her. She wasn't wearing one now.

He slammed that drawer shut, too, shoved his hair out of his eyes and opened the bottom one, and struck treasure. The lass had garments so sheer they were near invisible, and the stitching was such that it was nigh impossible to spot. He tried. It wasn't until he took one pink-shaded garment closer to the fire and held it in front of his nose that he spotted the incredibly tiny stitches that had pieced the thing together.

And then he knew he was in trouble. The garment he held in his hand would be dangerously short on any wench—even one with the slight build of the one who was to wear it—and there wasn't much to hold it to her body, if the little sleeves were any indication. Vincent held the thing to his chest and attempted to force the desire and ache away. He wasn't to touch her! He wasn't to ken her. He wasn't to do anything his body was primed to do! Again? He was obsessed. His mind was locked on to it—and this time he'd done it to himself?

Nothing worked. Vincent breathed heavily and dropped the garment. He was left with nothing save the obvious.

Escape.

Waif stirred as Vincent walked purposefully to the window, but that was the extent of the animal's movement. It didn't stop Vincent. He had a reddish haze in front of his eyes, coloring everything, and a pounding from his nether regions into each thigh, and from thence to his entire body. He didn't have a choice in the matter. He had to get as far away from her and her things as possible, or he wouldn't be responsible for his actions. And this had never happened to him before.

He didn't bother with options. He knew her rooms were on the third level, or what would be the third level if they'd constructed their castle with an eye to measurement and quality. Vincent saw the odd striping of the grass and dirt below what looked to be a little over a two-story leap, and then he swiveled and scanned upward. The crenellated top of the tower hung out, and there were outcroppings of rocks and jutting wood where they'd put another floor above this one. Up. He was going up.

Vincent grabbed on to one of the awning rocks and swung out, putting himself into a crouch in order to spring upward the moment his boots touched stone again. He didn't hear or feel the rip of his kilt until he was already swinging out and reaching up for a wooden floor joist.

The wolf was in deadly earnest as it leaped up again, snapping with jaws that would have reached the naked flesh of a thigh if Vincent hadn't already caught and hung from a beam. From there it was a matter of using his arms to pull himself up. He wasn't willing to risk any part of his body near her window until he was well above the beam and looking down. He could have sworn the wolf shook its head, too.

It didn't matter. Vincent didn't give her pet another thought. It was survival of the fittest now. Every living thing knew that rule. Vincent slid along the beam, garnishing slivers in the bottom flesh of his thighs and buttocks and wishing it pained more.

The wood he was atop was rough-hewn and weathered, but it was stout and solid. It bore his weight well when he was standing atop it and reaching for a poorly cut stone that was part of the tower floor. It was a small matter then of hand and foot coordination and effort, and then he was lying full-out on the floor of the tower, looking at a darkening sky and heaving for each breath.

It had worked, too. Vincent watched the myriad of stars come out to litter the sky, felt the cool caress of the new night breeze, and started to feel the itch and irritation of wood slivers. All of which was better than the raging lust and desire he hadn't been able to stop.

He wasn't deserving of this torment. He was beginning to wonder if the bargain had been made against him, rather than her. But why? He hadn't done anything to deserve this. Lately, anyway. And just how had they found such a tempting, winsome, exciting, smart lass? And why had they made the bargain the way they had? Get the lass to love him and then leave her? Without taking her? How had they known Vincent would be craving the one thing he wasn't allowed to have?

And why was that becoming the foremost thing in his life and starting to reflect in everything he thought and did?

Denial. That was the problem. He needed a wench. Any wench.

Just not that one.

"Damn." Vincent said it to the night air and lifted onto his knees. He thought his family had a certain fondness for him, and yet look what they'd done to him. They'd done this! They'd caused him to be craven and desperate and aching. Vincent looked down at himself in disbelief as he realized the truth. No irritation of wood slivers or chill caress of night was working. He didn't want just any woman.

He wanted that one.

He rubbed at the aggravation of itching flesh all along the backs of his legs and into his buttocks and knew there was nothing for it. He had to find his way into a burn or the loch. He needed the water to relieve the sting of the slivers, and he needed the cold on his ardor.

No wonder he stayed clear of his entire clan.

Chapter Seven

If Sybil had ever screamed, it would have sounded like the noise she made once she unlocked her door, opened it, and saw her chamber. She had both of her hands clamped to her mouth to stay any more of the screech and waited until her heart finished its tenth pounding beat before moving. Nobody ever heard her scream, or screech, or moan, or anything. And why? Because she was an emotionless shell, and that's exactly how she liked it. She'd groomed it. Studiously maintained it. Lived it. No matter what.

And now, thanks to the violation of her privacy, she'd given him exactly what he took as his due: female reaction. Sybil ran her hands along the opening of her cloak, feeling the velvet, stiff and thick in her palms. And then she was unfastening the garment and hanging it, and scanning the black corners of her room for anything that looked like a large blond wretch in Highland clothing.

The only thing she spotted was Waif slinking along the wall. Sybil clicked her tongue, and the wolf came slowly from behind one of her cabinets, a bit of blue and black plaide held in his teeth. She held out her hand for it and restrained the instant burst of emotion in case there was blood on it.

The piece was just that—a torn bit of plaide. But from

where? The room was dark, and it felt exactly as always—empty. Bereft. Lonely. She shook off the fancy and narrowed her eyes as she reached to where that man had dropped the pink chemise she'd designed, woven, and then stitched into being. How dare he? It was bad enough he was making all of her feel tense, annoyed, and breathless, and then knowing he'd touched this! The outfit she'd made for when her fondest dream came to fruition. And now it had been touched by hands so unclean it was senseless to wash them! She knew the man was unclean, uncouth, and barbaric, and all of that had touched *this?* Sybil wadded the gossamer material into a ball and stopped just shy of tossing it into her firepit.

Waste was waste, however one looked at it. She shook the outfit out with hands that trembled, and folded it automatically into the small square it had been in before. Then she was finding her bottom drawer and replacing it amongst the other garments he'd tossed about.

It was a stupid idea to burn it. She couldn't have burned anything anyway, since the fire was down to mere coals. And if she'd tried, she'd have created a stench worse than when she'd been working on her concoction for creating haze and smoke without using fire.

Sybil refolded and restacked the garments, then rocked back on her heels after closing the drawer. She had to start using her wits again. That's what she prided herself on—wits. And not with any vanity. She was very sharp. The first thing she had to do was find out where that Viking fellow had gone and to get him back. Her plans depended on it.

Vincent shoveled in another bite of the delicious stew he'd missed out on earlier, wiped at his chin, and nodded his head at the two serving wenches who were cavorting before the kitchen fire for his delectation. He knew that's why they did it and grinned again before he swallowed. They were plum-ripe and lusty women, and they were finely arrayed. He only wished their efforts were working.

The little dark, odd wench appeared to have ruined him. Vincent swallowed the bite and shoveled another enormous one in and nodded again at the larger of the two. Both lasses were buxom, with rounded asses and the ripest breasts he'd seen in many a moon. Actually . . .

Vincent swallowed the stew and grabbed for the tankard of ale that the larger one had dipped out for him and gulped until he ran out of breath. He had to amend his own recollection. He'd been without a woman since before his stay as a guest in the dungeon Myles had spirited him away from. And he hadn't even seen these two lasses' breasts, although he had no doubt that at any moment he would. The way they were enhancing every movement as they finished their chores with the pots and kettles showed him as much.

They should have worn thicker skirts, or a layer beneath these. Then he wouldn't be able to glimpse stout legs and nicely turned ankles with the fire's light behind them. They should also have provided some support for the swinging appendages of their voluminous breasts. Vincent put the tankard down, lifted the hollowed-out bread loaf to his lips, then shoveled another huge bite of stew into his mouth.

He chewed as he listened to and watched the lasses. They obviously weren't immune to a man's appreciation, nor did they appear worried over the fact that there were two of them and but one of him. Vincent swallowed and grinned hugely at the lass that turned and hefted both of her bulbous breasts toward where he was, with one leg atop their cutting table as he watched . . . and feasted, and worked at finding desire for what was being offered to him.

Although it didn't seem possible, he didn't feel the vaguest inkling of desire or stirring for either of the lasses right in front of him, offering pleasure for pleasure's sake. He only hoped it didn't show. He nodded his appreciation as the

bolder of the two started swaying, moving her hips from side
to side as she thumbed the pinpricks of her own nipples into
tautness against her blouse.

Vincent bit at the side of his bowl and came away with a
chunk of stew-soaked, thick, bitter crust. He left the crumbs
that accompanied his movement where they landed, atop his
wet plaide. He was still soaked. And worn out. And weakened. That could be it. He'd swam out into their loch until his
arms were cursing him with the use. Then he'd turned over
and floated, breathing deeply of the damp mist that kissed the
water. And then he turned back and used the rest of his
strength to reach shore again. It had taken almost all of it, too.
Vincent knew it had worked at cleansing the desire for Lady
Sybil from his limbs as he'd hauled himself back onto the
rocks with trembling arms and weak legs. The chill had
worked as well.

Perhaps that was the cause of his lack of desire no matter
how much he forced it. The larger one had gotten even bolder,
induced no doubt by his foolish grinning. Vincent took another bite of the bread-crust bowl they'd hollowed out for him
the moment he'd appeared on the step, soaked through and
shivering.

They'd turned into mothering types then and couldn't get
warm victuals into him fast enough. It was the shorter of the
two that had cut the end from a loaf of bread, pulled the
center out, and filled it with stew that had burned, then
warmed, and then filled him.

He'd started shoveling the food in, and they'd started enticing him, even going so far as to use the bellows a bit on their
fire to give them more back light for each movement they
were making in front of it. Or maybe it was to gain more
warmth for him, but he doubted it.

Vincent shifted slightly, making the table groan where he
was using it for support. Their meal-preparation table had
almost the same strength as the trencher in the Great Hall.

But it wasn't shaved and smoothed to a flat surface that was comfortable to sit atop. That was the trouble. He only wished it was what the fat one interpreted it to be—discomfort from his arousal.

He knew from the sly look she gave him that she'd put that value on his movement. Vincent nearly groaned but settled instead for lifting the tankard to his lips and gulping another long, full draught. He knew he was in trouble when he brought the vessel from his lips. The large one had pulled her loose blouse to the tips of her bosom, giving him total access to her ample assets. And she was closer than she ought to be as well.

Vincent did groan then.

There was nothing about the overblown woman in front of him that stirred anything in him except disinterest. And worse. He was disgusted at himself for allowing her to think him interested, and then at her for such a blatant display, at himself again for failing to feel any arousal, and at her again for forcing the issue.

"My thanks, lass. That . . . was . . . uh . . ." He knew just how large and soft her breasts would feel; he didn't need them shoved against his chest for a demonstration. He only wished it was working for something more than showing how damp his shirt still was when it was pushed into contact with his flesh.

She was warm, though. Sweaty warm. He could see rivulets of it glistening between the lush bosom she was offering him, as well as smell the distinct odor wafting upward from where she was pressed to him.

"Are you full and warm now, sir?" she asked, drawing the words out with a low-throated murmur. "Or have you need of more?"

Vincent was pulling back, using the partially eaten bread bowl of stew as a barricade between her chin and his, and was preparing to lunge away from her when a gasp from the doorway stopped everything. The Lady Sybil stood there, with the hood of her cloak parted just enough to show how disgusted she found the sight. And she was looking directly at him.

Vincent was immediately stirred into a semblance of desire. Again. It was severe enough it had him hardening and heating to the point he had to get away from the buxom lass before she noted it and gave it a different meaning. There was nothing for it. He had the bowl on the table with one hand, used the other arm to shove the lass away, and was on his feet before anyone else moved.

"Mary!" Lady Sybil's voice was sharp and angered. "And Isabelle!"

"My lady?"

The smaller one was answering, since the fat one was occupied with covering herself as she backed from him. Vincent wasn't watching them. He knew what was happening from the movement of their feet and the shifting of the shadows in the room as they intersected the firelight. He didn't dare look at Lady Sybil again. Not until he had himself under control.

He didn't know what was the matter with him, and he didn't like it. At all. He'd been warned about her use of sorcery. If this was a demonstration of it, he was in dire need of running. As quickly and as far from her as he could. That's what he was going to do. Just as soon as he could without his cowardice being seen. Myles could keep his gold. All of them could keep it. Vincent knew when to fold his hand. That was the best method of survival in the life he'd chosen.

He had a hand atop the table edge and was bent over, using everything he knew to send the cursed desire away, when she spoke again, making it worse somehow.

"There are ceaseless duties in the morn, you two. You should both be abed. Alone."

There was a bit of giggling from the large, shameless one and then Vincent heard them shuffling out. As least he assumed that's what they were doing. He didn't dare move yet, although it felt like his legs might be of use to him after all. The amount of food he'd consumed and the ale he'd swilled it down with was making his head buzz. Or perhaps it was the blow to his head that was responsible for all of this. And even that was being overridden by the pounding in his loins where he least needed or wanted it.

This wench?

There was no reason why this particular lass was the one to do this to him. None.

"Have you finished?"

She was standing beside the table as she asked it. He didn't have to look; he could see the tips of her slippers peeking beneath her gown. She wasn't wearing a sackcloth gown beneath her cloak. She probably wasn't wearing the rose-colored gossamer thing, either. Vincent cursed beneath his breath as he thought it and gripped tighter to the table edge.

"Well?" she continued.

She was closer, and everything about her smelled sweet and aromatic and fresh. Vincent took a deep breath and raised himself to his full height, settled his sporran fully in front of him, and faced her. She had her face tilted up and shadowed since her back was to the fire. He could still see the hammered silver of her eyes. He swallowed.

"Well . . . what?" he asked.

"I asked if you had finished."

"Depends on which bit of finished you're asking," he replied.

"You seek to play a game of words now?"

"I seek nothing more than my sup and a bit of ale."

"And entertainment?" she added.

"That, too." He smiled.

"Is that why you left my chamber?"

"Well, I—" he started to reply, but she stopped him.

"To fill your belly?"

"In truth, I—" he began again, only to get interrupted again.

"Or was it to escape?"

"More of—"

"Did you truly think you could do so?" This time when she stopped his words it was accompanied by a movement closer, putting her in front of and below him, making him breathe her scent more fully even if he didn't want to. He couldn't escape it. Vincent breathed deeply, let it out slowly, and then pulled another breath in.

"Well?" she asked.

"I was hungry," he replied.

"You ran."

"Actually . . . I climbed," he replied.

She nodded. "Good. I'd hate to discipline Waif for naught."

"He couldn't have stopped me. Although he did try."

"You're wet."

Vincent watched as she looked at the damp hair he'd pulled back and then moved her gaze back to his. He could only hope she didn't spot the instant widening of his eyes as his heart lurched within him. He was afraid he might even be flushing. His smile faded, and he swallowed with a dry throat.

"I—I swam the loch. I mean I almost . . . swam the loch," he amended.

"Across?"

"I said almost. Dinna' fash. I'll try again come daylight."

"Daylight."

She didn't say it as a question, so it wasn't one. It was a statement. It was as if they were saying words but meaning other things entirely. The fire wasn't giving off as many sparks as she was starting to send from her liquid silver eyes, either. And nothing about them looked anything but warm . . . heated . . . inviting. . . .

"'Tis easier . . . to see one's progress in the daylight," he said.

"You dinna' have much trouble in my chamber earlier."

"With what?" Vincent asked.

"Your progress."

He grimaced. "Oh. That."

"You're guilty of trespass."

"I did little."

"You were told na' to go through anything."

"I was left for too long on my own. With myself for company. I got bored."

"You were told na' to go through anything." She repeated it.

"I got bored. Dinna' you hear me?"

"Boredom? Is this your excuse for guilt?"

Vincent sighed. "I doona' need an excuse for guilt, lady."

She was trying hard to be stern. It wasn't working. Especially when she stepped forward again, entering the area right in front of him and putting herself in arm's length of him, if not closer. Vincent's heartbeat picked up in response, and he was very afraid he might be trembling.

"Good thing I stopped them, then."

"Who?" he mouthed.

"Mary. And that Isabelle. Vacant-headed wenches. Good enough for a tumble, I suppose. Is that what you had in mind?"

"I was . . . in need of food and drink. That's what I was doing."

"That's na' what I saw."

Vincent smiled slightly. "You see? I'm ever guilty. Again. Even when I doona' deserve it."

"You claim now that I dinna' see what I saw?" she asked and lifted a delicate hand, pointing one finger toward him.

Vincent gulped and prepared every bit of him to withstand whatever she planned with that little finger of hers. He hadn't long to wait as she touched a crumb that had fallen from his bread crust and flicked it from where it was stuck on his plaide band. She couldn't miss the pulsing movement his body made the moment she did it. It was useless to hide it, so he didn't.

"We have to return now," she whispered.

"Return?"

"To my . . . chamber."

"Nae." He shook his head. "Na' now."

"Why na'?"

Vincent pulled his gaze away from hers and concentrated on the hooks in the firepit for holding kettles of stews. Just like the one he'd feasted on. His mind decided it could work. "I've na' finished," he explained.

"Bring it."

"What?"

"Refill your bowl, dip another tankard of ale, get yourself a bit of cheese."

"Cheese?" Vincent repeated.

"They dinna' give you cheese?" she asked.

Vincent ran his tongue along his lower lip. If she put her mouth into a pout again like she'd just done saying that word, he was not going to be able to prevent himself from doing the very thing he was fighting. She was going to be kissed thoroughly and soundly, and there wasn't much that was going to be able to stop it. Stupid lass! Stupid, untouched, pure lass!

"Nae," he answered finally as she seemed to be waiting.

She wasn't as emotionless and controlled as she appeared, either. She couldn't be, for it was easy to spot the quick panting breaths she was taking with her lips slightly parted, releasing sweet breath all over his chest, where he could have sworn the shirt was dry enough that it shouldn't be alternately chilled and heated just from the soft air of her breathing.

"Pity," she said.

"What?"

"That Mary and Isabelle are such . . . lacking servants."

"Lacking?"

"They dinna' see to your needs verra well. Now, did they?"

Vincent let out the breath with a low groan attached.

"I make the best cheese. You ken?"

He was watching her mouth as she said the words, and then she licked at her bottom lip, brought it into her mouth to suck on it . . . let it back out, where what light there was between them caressed the slickened surface. He wasn't capable of moving his gaze from the spot, and he didn't care to try.

"I oversee the creamery, and I have perfectly aged . . . cheese."

He had her gripped to him and his mouth on hers before anything in him could say no. She tasted even better than he'd imagined. Vincent enfolded her body against his, lifting her fully off the floor as he alternately licked and sucked on flesh that was quivering and giving and not saying anything that felt like denial. Thunder was striking at his chest and lightning was sparking through his head, and then he felt her arms snaking up over his shoulders and those delicate fingers pulling his queue awry as she held him exactly where he was, as if she wanted this, too.

Harsh breath touched his nose, matching each heave for air that he was making and making each of them deeper, stronger, more earnest. There was a moan of sound emanating from them, but it wasn't just from him. The enclosure of their kitchen was resonating with it.

Vincent wasn't just experiencing anymore. He was listening to the largest, strongest, most energetic heart-pounding piece of music yet. The notes were charging through his mind with an intent and a viciousness that was near pain to hear and absorb. And yet he did, shuddering through chord after chord until the crescendo of notes he was composing and putting into being struck all the way through him, making him groan aloud with the volume of it. And that unseated the suction of his lips on hers.

She pulled back first, her silver eyes huge, her lips

enlarged and reddened, and looking very much like they had just been kissed. Or mauled.

Vincent watched her with his eyes barely slit as he worked to endure the music and not follow the passion raging through his body with a more severe act. He forced everything on him to lock in place, modulated his breathing, and held such a rein on himself she had to feel it.

"You . . . kissed me," she whispered.

He had to get it committed to memory before he lost even one note! Vincent licked his lips and cleared his throat and decided he really could speak and continue breathing.

"Aye," he replied finally.

"Why?" Her eyes were clouding over, as were her features as she sobered.

"I'm na' certain I can explain," Vincent replied.

"Why na?"

The notes were still there, humming through his soul and filling his ears with sound. He hadn't fully heard her words, but he'd seen the movement on her lips. "I'm na so certain I can explain that, either," he replied.

He watched her mouth set as she considered his words.

"Do you never speak the truth?" she asked finally.

Vincent sighed and set her back on her feet. It was the truth. He couldn't explain it. Even to himself.

"Go to your chamber," he ordered, stepping farther away from her. "And stay there."

"Where are you going?"

He didn't answer. He was already running, fast enough that she couldn't catch him. The kitchens had access to the yards, and from thence he took to the moor, putting stride after stride between them.

Where was he going? To the furthest reach of her influence that he could run, and then he was going to give the music in his head real sound on his flute. And that would have to be enough.

Chapter Eight

Sybil stayed in her chamber. Alone. She'd sent Waif out to prowl for Vincent. She told herself she didn't care where he was, what he was doing, or who he was doing it with, but she knew she was lying to herself. That's why she'd sent Waif. He'd be her eyes and provide protection that she couldn't.

He had a packet about his neck that the man might find useful. An unguent for the broken skin just beneath the scalp. A bit of dried kelp leaves for a tea if he were so inclined, in order to alleviate the pounding in his head from the blow or from the amount of ale he might have drank. And a bit of yellow-tinted powder, that, when spread on the right area, might keep him from getting the pox . . . if he were where she suspected, with Mary and Isabelle. Those two weren't discriminating with the men they invited between their thighs. They probably carried worse than the pox. This Vincent should have been warned where it wasn't safe to dip his rod . . . before he did so.

Sybil shook her head. She told herself she didn't care and then worked at making it true. That was the only thing left to her. It was a stupid plan she'd had anyway, and one created from the shock of meeting Sir Ian Blaine. Sybil wasn't one to fear any man, but this was different. Her dream had told her so, and the reality made it impossible to overlook. He'd more than hinted at what he wanted. He'd said so. He was searching for a lady wife. One that was pure and possessed favorable looks about her. Pure . . .

And the Lady Eschon had almost agreed to giving him Sybil's hand! Right at the sup!

It had been more than enough to convince Sybil.

She wasn't cowed, even if she was frightened. There was too much to do. She had a plan to thwart Sir Ian and do it so the blame could be put elsewhere. It had seemed easy enough. And wasn't she known throughout the glens as a woman to fear? She wasn't one to trifle with. Ever. It hadn't seemed too far-fetched to get to her chamber, call on and then suffer through the blond's male attentions and then put the blame squarely at his feet. Sir Ian would be angered, but he'd be directing it toward the wretch who'd ravished her. She knew that much about male pride. And she doubted he'd challenge the Viking fellow.

Sybil also knew the Lady Eschon would be angered, but she could be dealt with. Sybil controlled the keep. Lady Eschon wouldn't let her go. Sybil had the perfect dried mushroom powder to add to the Lady Eschon's fare to make her most amenable, vacuous, and easily swayed. She'd forget her anger, given time.

There was still the love act to get through, but that could be endured. Sybil had convinced herself that regardless of how horrid she suspected it to be, it would be worth it to get her freedom back.

And then he'd kissed her.

The firepit blurred into a mass of black and gray touched with slices of red as she watched it. Sybil blinked until it went back to coals again. That man had raised such wonder and anticipation and amazement within her that she hadn't balked when he'd lifted her and shoved his lips against hers. She'd been too shocked, and then she'd been too overcome, and then she'd been searching every experience to find a description for the heaven he'd sent her into.

She could still bring the shiver into being and almost touch the ecstasy again—and that just by the recollection of it! It had been breathtaking, soul-shaking, and given her such awe, she'd vibrated with it. And still could. All she had to do was close her eyes to relive it and the same thing happened. Each time. Rocking her world so that when she opened her eyes she was actually amazed to find everything just as it had been.

But why this man? Why?

She slammed her hands against her temples and tried to hold the experience at bay before thinking it through. Useless. That's what it was. Utterly and completely useless. And stupid. It was easier to fight something when one had complete knowledge of it. The unknown was always more difficult. She'd realized that so long ago, she'd thought it was second nature.

And now he was changing even that? Her own certainty that knowledge was power? No matter where the knowledge came from or how horrid it was?

Sybil lowered her hands and folded another of her dresses and sent her mind searching. There had to be a reason why it was him. A man who—by her own observation—made a sport of women. He probably even had a "notch-post" somewhere on his person in order to keep tally of all the women he'd bedded.

Why him? Sybil was more discriminating than that. She didn't want a man that every other woman could, and probably had, been with.

Why him? She made a growling noise in her throat as she puzzled it.

It was true he was a handsome sort . . . very much so. His dark eyes, lashes, and brows, along with the lengthy, honey-colored hair, was enough to set any lass swooning. And that was before she factored in the lush lips, straight jaw, and perfectly aligned features. It was also true that he was well assembled, solid and healthy everywhere she'd seen. He was heavily endowed physically as well, if what she'd been up against was real when he held her to him. The man was painfully large. Sybil warmed on the recollection and told herself she was being ridiculous. She didn't truly know, but she'd heard how important a man's size supposedly was to a woman. That knowledge came from listening to servant women in the early morn when nobody realized she was about.

And he'd kissed her.

At the repeated thought, Sybil touched her lips with her fingers, shut her eyes, and put the same vibration of ecstasy into play again. She was no longer kneeling on a cold floor with her skirt tucked beneath her while her hands refolded and rearranged her clothing. She was soaring. The room was too small to hold the vastness of space her soul was spanning, growing . . . shuddering with.

She opened her eyes on the reality that was her room in the darkest hours of the night, lit only by a banked fire. That kiss had been so special. It had blindsided her. Nobody had told her a kiss felt like that.

Maybe because they didn't as a normal event.

The man had said he was a master. Sybil sucked in the shock at the instant thought. Maybe he meant a master of this as well! That was too much. Sybil didn't want a man who would take any woman's offerings. She didn't! Vincent Erick Danzel was a soulless wretch. A man who would take his arousal from the promise of lush pleasure with two servants—and use it to kiss her?

Sybil sighed long and loud, and watched the coals in her fireplace. Then she blinked away the film on her eyes. She'd let herself get too tired. Weepy eyes were the result of overuse. She'd suffered that enough when using the night hours to brew and experiment. That was it.

It certainly wasn't due to the wonder and amazement he'd put into being within her and then run from. Never. She wasn't crying! She never cried. It was useless, stupid, and gave one a headache. She especially wouldn't cry for a man that would run from her . . . into two servant wenches' arms.

Sybil replaced and checked for damage everything he might have touched. Then, to expend energy, she rearranged the room, shoving her three armoires with grunts and groans until they crept little by little along the floor, creaking in protest. She had to keep moving. It was better than closing her eyes.

Waif found him easily. Vincent was putting sound to the notes in his head while pacing along the shore at the far end of the loch, making the beat match the solid, steady lap of waves at his feet. It had started drizzling at some point, and he hadn't even felt it. All he was capable of feeling was the music.

And then he heard the wolf, joining him with an off-key howl. Vincent stopped the exquisite melody he'd been playing over and over until it was instilled in every reach of his memory and laughed. Loudly. Fully. And waited for the animal to reach him. This wild emotion he felt wasn't part of the bargain he'd made. He had to do something with it before it turned him into a fool.

He was supposed to be making the lass have this trouble— not him! She was supposed to be burning with unrequited love for him while he rode away and left her to her musings. Not him. Not like this.

It was probably amusing . . . to everyone but him. The little lass had touched his heart, and he hadn't thought he still had one. She damn near had it in her little hands. Which was frightening, exhilarating, and amazing.

And it was never happening again.

As if it knew the train of Vincent's thoughts, the wolf's howl changed. So did the new tune Vincent coaxed from his flute, making it full with sorrow and weighty with loss. It didn't change anything. He had a response to coax from a certain lass, maybe a tear or two to see shed by her, and then he'd be on his way. Or as far as a man walked while carrying as much gold as he could.

Vincent wasn't a fool. He wasn't about to be start being one now. He put the fipple flute aside and sat on the rocks, pulling his feet beneath him. "Come along, Waif, old fellow."

He waved the wolf over and clicked his tongue as he found the pouch attached to the animal's collar. She'd sent it. For him. He swallowed with a throat that needed a bit of ale of a sudden to soothe the dryness. They hadn't told him? His cousin Myles had set him onto a challenge, sweetened it with the largest payment of gold any man could earn, and yet left out the most important part.

The wench was odd . . . but he didn't think she was fey. Vincent had run across too many who were charlatans to believe easily. If she were, no wonder she had him hard and pounding and able to think only of need . . . for her and only her! Damn wench! Damn Myles! Damn wolf! Damn just about everything!

He shivered and set the slight taste of fear aside. He'd taken this assignment for three reasons. One was the gold. The second was his freedom. The last was because Vincent loved a challenge. It was the spark to the kindling of life. That's what it was. This challenge was going to take all his wits, all his strength, and all his fortitude. He knew it. He also knew that this wench was going to be worth besting. And that's exactly what he was going to do.

Vincent had it all decided before he pulled the pouch onto the sling of kilt between his knees. He felt the stir of fear as he checked through the small packets she'd sent. He found the unguent first. He knew what the thick, greasy compound was for and put a dab on the swelling hidden beneath his hair.

He was in luck with the guard's blow. Any lower, or with a wider arc, and he'd be probably be sporting a black eye, not just bluish-purple bruising that was difficult to spot unless he pulled his hair back and made it obvious.

"Hmm," Vincent murmured to himself as he picked open the two stitches holding the small woven bag together. The dried leaves he could fathom easily. If he had his flint, he'd spark a fire and make the tea she'd thought he needed. Mayhap.

And then he found the yellow powder. He'd never seen anything like this.

Vincent rubbed the dry-feeling talc between his thumb and forefinger in thought. Once on, it wouldn't wipe off. He scraped his fingers along ground and sand bits and found that didn't make much difference, either. He put the items aside and crawled to the water's edge and dipped his fingers in it as well. Not only did his flesh stay dry, but the water beaded up and ran off without any kind of effect or absorption. Alchemy? The lass dealt in the dark arts, too? No wonder he'd been in such a haze of lust! This Sybil was barely skirting a charge of witchcraft. That was what was wrong with him! He was being spelled.

The yellow stuff wouldn't come off. No matter what he did. His thumb and two fingers were coated with it. There was no help for it. He'd have to find her and make her take it off. That could wait. Vincent scooted back onto a softer bit of rock-strewn shore and just sat, breathing deeply of the rain-soaked predawn. He opened the tea packet, pulled out a leaf, and sniffed at it. Smelled nice. He wondered how it tasted. He touched it to his tongue. The spot tingled slightly but otherwise remained safe enough from her concoction. He still didn't trust it, though, and held it out for Waif. He watched as the wolf sniffed at it and then licked it into his mouth.

Vincent waited, listening to Waif's slurping noises as he moved the dried leaf about in his mouth. Then, with a shrug, Vincent pulled out another one and put the leaf fully on his tongue. He was sucking on it as he lay back, pillowing his head on his folded arms and looking up into the gray tunnel of rainfall.

That was the last thing he noted.

Sybil wasn't concerned until the midday meal was being cleared and still there was no sign of Vincent or Waif. She wasn't actually worried, because she never allowed herself to feel such an emotion. As she dressed for the supper entertainment, however, she did tell herself there was always a first time.

It had been so stupid to let him leave last night without even giving chase! Now she had to contend with Sir Ian's blatant interest and had no option other than to dose him before he asked for her hand. That would only work if she had access to him and him alone. She wasn't certain she dared sprinkle linden flowers on everyone's fare. The resultant illness would have only one result. Blame. And there was only one they'd lay the blame on. Her.

She had to get to Sir Ian's fare and his alone. Which meant she'd have to be close to him, and him alone. And that she was avoiding that at all costs.

She had some hope, though. Waif. If Waif managed to find the Viking and get him to try the leaves, he'd be like clay in her hands, easy to manipulate and aroused. At least, that was her plan.

And then there wasn't even that.

The summons came as she was finishing tying the bottom of her braid ribbons, preparatory to winding them about her head.

The Lady of Eschon was requesting her presence in the

solar. Prior to sup. Sybil swallowed and told Isabelle she'd be but a moment or two. She then shut the door on the wench's face. She didn't want to see the gloating that was bound to be on it. Of course, Isabelle and Mary had the right to gloat. They had Vincent Erick Danzel probably spirited away in their chamber, while Sybil had a grand, rich, lush future as the wife of a Caern clansman.

Her wimple gave her trouble. She was wearing a high white one, because that was the only one she could find in what had become a confusing existence. Where all had been orderly and easily located and filed and catalogued, now she couldn't locate one headdress that wouldn't bring attention to the one thing she didn't want, her dark hair and flawless complexion? Impossible.

Sybil had never considered herself attractive. Not in the usual sense. She'd have to be touched in the head to think anyone would look twice at her with the two half sisters she'd been raised with. Both older women had golden-red hair that rippled to their waists, and lush frames that drew every man's gaze. Sybil was slighter, her hair a dark sable shade, and had large, worried, silver-toned eyes that were probably her best feature.

She kept them downcast on the slate of her hall as she followed Isabelle to the solar and tried not to look toward and note the spot Vincent had been in when she'd first heard him play his flute. Useless. All of it. She'd been stupidly looking for help with her dilemma and forgotten everything she already knew.

Nobody was ever there to help her.

So . . . since Vincent wasn't here to be her unwilling savior, she'd just do it without him. That was even better. She wouldn't have to endure the physical reality of the love act and would still gain what she needed.

She told herself the twinge that struck through her, making

her stumble a step, was nothing, and then made herself believe it.

Sybil's stepmother was in the solar, looking thin and wan, and sitting beside the warmth of a fire. The windows weren't letting any warmth into the enclosure, and despite the tasty fare Sybil prepared, she couldn't get Lady Eschon to gain much girth about her. Sybil cast her eyes to the sky outside, noted it was still clouded over and raining, and had been all day. Then she looked back. The lady wasn't alone.

She had the dwarfish Sir Ian with her, looking even more ridiculous than usual in a kilt that seemed as deficient in size as he was. The large white ruffles they'd sewn on to his shirt looked near to giving up as a collar since his beard was in the way of most of the fastening ties.

It was ill-fitting, despite how much it probably cost. She supposed if he had a wife, she'd take care of such things as ridiculous-looking attire. He was heavily decorated with medals, too.

The Stewart king was known for settling grand gestures upon his nobles, even if they came with little in recompense. If the amount of decorations were to be believed, this Ian fellow was probably a court favorite. Or maybe they gave medals for being the court jester.

Sybil smiled slightly at her own thoughts and watched as Sir Ian showed the effects of too much ale or lack of manners as he remained seated during her entrance. His wife would be the recipient of such ill manners, too. All of which went through her mind and cemented her resolve to do all in her power to make certain that if he took a lady to wife, it was anyone except her.

He was sitting in one of the heavily tufted and horsehair-packed seats, and she noted his feet were dangling above the floor. Sybil wondered how he'd managed to get up that far without an assist, and looked about for one of his men. She spotted two of them behind the wooden panels that could be used to separate and enclose the room. This would make telling her tale more difficult, but the worst—the absolute worst—that could happen was that she'd be tossed out and left on her own.

So be it.

Sybil raised her head and looked at both of them, and then curtseyed.

"Sybil! I'm so pleased to see you . . . and looking so well." Her stepmother put an emphasis on the words, leaving Sybil in no doubt about how effective the white wimple and light mauve-colored gown were with her coloring. She made it worse as she blushed slightly.

"You asked to see me, my lady?"

"I have the grandest thing to import! Sir Ian Blaine has asked for your hand. In wedlock. Isn't that wondrous?" And then Lady Eschon clapped her hands as if it really were great news.

"I—" Sybil started to answer.

"Of course, you're properly grateful. And modest, as well. You see, Sir Ian? My daughter is overcome at your offer."

"I do see."

Sybil glanced at him in time to see him wipe at his lips with his sleeve as he appraised her, just as she did on occasion, such as when she'd been attempting to decipher the reason behind why a wasp didn't die upon stinging, but a bee did. Exactly like that. Only worse. She'd never survive a wedding night with this man crawling all over her.

Sybil sucked in a breath. "I am overcome with this offer, Stepmother. It just . . . it's a bit late, I'm afeared."

"Late?" They said the word in tandem and with nearly the same inflection.

Sybil swallowed the fear away. "I understood that Sir Ian wished a pure maid to wife. I am sorrowed that I am no longer a maid."

"What?" Lady Eschon was on her feet first, but only

because Sir Ian had to shove himself to the edge of his seat before he could hop down. Then they were both directly in front of her with accusing eyes.

"How is this possible? You see no one."

"But—you sent him, my lady," Sybil stammered, putting the slightest touch of confusion in her voice. "Yestereve."

"I dinna' send any man to your chamber! I would na' . . ." Her voice dribbled to nothingness. Sybil knew why, and smiled slyly as Lady Eschon remembered.

Unfortunately, the dwarf man caught her expression. She watched as he considered it. Sybil made her features go completely blank.

"The blond man? The one the guards spotted? This is who you allowed into your bed? The man you allowed to . . . to . . . !"

"I could na' prevent him, my lady."

"He forced himself on you?" Lady Eschon asked.

Sybil was treading on unsteady ground now. She knew it as the dwarf man glared at her and gripped what was a squire-sized sword at his side. It could still kill, or he wouldn't be wearing it. She had no doubt.

"He . . . is a large man," she whispered. She tried to say it without the inference it was bound to have, but knew she'd failed as Lady Eschon gasped and that was drowned out by the sound of a sword being pulled. Sybil backed out of range, in the event he had a temper. She watched as the blade lowered again.

"This man forced himself on my betrothed?" he asked in a high-pitched, childish-sounding voice.

"I am . . . nae one's betrothed, sir," Sybil replied.

"You are now," he replied, even louder.

"Wait! I am of little value in any event! I am but a bas—"

"Sybil!" Lady Eschon screeched the name, stopping her.

"Words dinna' change what occurred. And I will na' take insult lightly."

"There was nae insult! You canna' say so."

"I do say it. And this man will die. By my hand. I vow it."

"See reason, Sir Ian."

"I have been insulted by this man, and you request reason?"

"'Twas no insult intended! He was sent to my chambers. I was there. He thought I was his for the taking! I swear!" Sybil was losing patience. It sounded in her voice.

"Dinna say another word, my lady. Na' one."

"Wait!"

The sword came up again, this time to the level of her throat. Sybil looked down the gleaming length at that black face and couldn't find one bit of compassion or reason anywhere within it. She couldn't believe she'd evaluated that killing piece of steel as squire-sized. It was capable of taking off her head.

"Escort her to her rooms. See that she stays there. Lady Eschon? Come with me."

Sybil lowered her head so he wouldn't spot the anger she'd barely had time to assimilate. Nothing had gone to plan, and it was her fault. She'd made everything dire and horrid, and he had no right to order her about. None! She heard his path out of the room, with her stepmother trailing.

And then she saw the four boots belonging to her escort.

"My lady?"

Sybil lifted her head and favored each of them in turn with what she hoped was disdain and contempt. "Dinna' touch me or come within arm's length of me, or you will regret it."

Her answer was a shove as one of them reached for her arm to propel her out into the hall. He was going to be the first to receive her poison hyacinth leaf dust. That was what he was getting, she decided.

Chapter Nine

"What is the yellow powder for?"

At the first bit of voice, Sybil yanked back from contemplation of the blue-cast smoke she'd created. Then she was on her feet and facing the man that should have been in the next glen, the next dale, or at least in the next room. He'd spoken even before he finished entering her chamber through what was supposed to be a guarded door. And then he made it nearly impossible to answer as he took up the space right in front of her.

"Well?"

"Where's . . . Waif?" she asked instead.

"Move aside." He was curt, almost angered, although he wasn't saying so. He was also shivering with damp, if the way he dropped beside her fire was any indication. "And stoke this fire. What flames burn blue?"

"Vision-cast ones," she replied automatically.

"Seek visions later. Get this one warm. Now."

"Why dinna' you come in sooner? It's been raining all day."

"Because some wench sent me a packet designed to put me to sleep for the span of a day, and she dinna' seem to care that I'd be outdoors and unable to find a way out of the cursed rain. But thank you for bringing all of that up. Now, stoke the fire. 'Tis cursed cold."

"Keep your voice low, please." Sybil was moving to do his bidding, finding one of her oil-soaked logs because it would burn faster and brighter.

"Why? There's naught to hear me."

"I have guards. Just outside the door." She motioned with her head toward the door.

"You dinna' have anyone. I already checked."

"You checked?"

"In my current state, I dinna' find this way easily. You dinna' have guards. What you have is scratching, moaning bodies, Three of them. At the bottom of the steps. What did you give them?"

"Dried and ground hyacinth leaf," she replied automatically.

He grunted. "Serves them right. You warn them first?"

"Aye."

"Fair enough."

"Wait a moment. How do you ken these things?"

"I had a dream-induced sleep, lady. I learned many things I only suspected afore. Could you put a bit of quickness to the stoking of your fire? I'm still cold and wet, and unless you have another plaide in this room, in a moment I'm going to be naked."

He was already putting deed to word as he unfastened the brooch at his shoulder holding the *feile-breacan* in place.

Sybil's mouth dropped open.

"What? Dinna' tell me you have qualms over nakedness. And expect me to believe it, anyhow," he remarked with a glance at her.

Sybil had to turn away and spent the time rolling the blue-ash–covered log onto its side in order to put her oil-soaked one on. Not only would it burn brighter and warmer, but it lasted longer if she treated it, too. She pretended the whispering sounds behind her weren't clothing being removed, but when she tipped her head sideways to check, she couldn't help gasping.

Vincent Erick Danzel was the most glorious man she'd yet seen, and he was in profile to her, with one thigh bent forward while he rubbed himself with what looked like one of her sack dresses. At her involuntary sound, he looked over, and then winked.

"It seems to me the women of this clan have had the run of the keep for overlong. I am about to change that."

"You . . . are?"

"Of course I am. I dinna' spend an entire day in dream-induced sleep learning naught. Now. Hand over that wimple."

He'd finished rubbing himself and had tied the garment about his hips in a haphazard fashion. It didn't do much to disguise him, especially as he'd left it loose enough that it hung low, barely covering what it was supposed to. He hadn't much hair to mute any of it, either. Sybil was afraid of what expression was on her face, and when he lifted himself to his full height and puffed out his chest, making everything taut, she knew he'd seen whatever it was.

"You doona' just get to stare at me. You ken? I'm here. To give you what you require. What you need."

"Oh dear . . . sweet . . . God."

"I dinna' think He has much to do with what it is you've put into being and have spouted lies in order to bring to fruition. Now, does He?"

"How . . . do you ken all of this?" Her words were being choked through a lump the size of her fist that had possession of her throat.

"A fox told me. How else?"

Sybil shook her head. "Nae."

"Now, what is this accursed yellow powder for?"

He lifted his right hand and showed the stains. Then he was walking toward her, and showing how ineffectively he'd tied her sack dress as a covering since it was meandering to the roping of muscle about his hip. Sybil had to look at something else, anything else, or her tongue wasn't going to work. It felt swollen to double in her mouth, where it was becoming a worse problem than the lump still in her throat.

"And why won't it come off?"

"Oil."

"Nae. 'Tis powder. And a more difficult substance I've yet to come across. What is it for, anyway?"

"Protection," she replied.

"Protection? Oh. You're going to be in need of protecting, lady. You should have had more guards."

She shook her head.

"What? You think me easily fooled?"

"Nae. The yellow powder is for protection."

"What are you supposed to do with it? Pitch it into an enemy's face? I canna' see any use for such."

He was rubbing his stained digits on the side of his wrapping and pushing it further awry each time. Sybil's eyes wouldn't move from the sight and she gave them the order to do so.

"It has to wear off."

"How long does that take?"

"A day. Two." She shrugged. "I dinna' ken for certain. I've na' tested it."

His eyes widened. "You sent it to me untested?"

"Nae. 'Tis tested. I've just na' asked the particulars of the test."

"Riddles. It's always riddles with you. Step aside. That blaze is looking nice and warm. And I'm for feeling it."

Sybil hadn't any control over her body yet. Her eyes were still ignoring the command not to look at him. So he simply picked her up with a hand on each shoulder and put her to one side. The spots tingled, even as she told them not to. And then he was on his haunches with his hands stretched toward her blaze, showing a span of back-flesh that had more muscle than she'd ever seen and was filled with scarring.

Sybil dropped to her knees beside him. "These . . . are whip marks," she whispered.

"So?" he replied. "Whips leave marks. Always did."

The shrug he accompanied the words with lifted his back in front of her and then settled it right back down. Sybil reached out and traced one zigzag path and then another. She had the movement of his flesh as warning before he swiveled his head to look back and down at her.

"Did they send up anything for your sup?" he asked.

"Sup?"

"Sleeping the day away does tend to make one hungry. And wet. And cold. And angered. And did they bring you a sup or na'?"

She nodded.

"Did you save any?"

"Aye."

"What is it?"

She hadn't had an appetite. They'd sent up an entire bread trencher full of venison stew, potatoes, and all sorts of vegetables. It was warm, but barely. She went through the ingredients as she rose to her feet.

"Good. Fetch it. Put a kettle on your fire and roast it again."

"Roast it? Again?"

"Aye. Food that sits out and gets cold is na' only unappetizing, but it sickens more than all else. Besides, a bit of heat might assist with any potions you felt fit to season it with. In the event I managed to get back into your chamber and you wished to send me to sleep again."

"I dinna' touch it."

"And I'm na' that foolish. You'll eat first. Now, fetch it. And get me the remedy for this powder whilst you're up and about."

She was almost to the table to do his bidding before he'd

finished, and his words sent her to the apothecary cabinet instead. The big key was hanging beside it, and within moments she had a palmful of dried mushroom as well as her little vial of savory oil. She had other oils in the cabinet. Massage oils of woodsy smells, and some that were of use to make the bathwater not only silken to the feel but sweet-smelling with crushed lilac, the full-body aroma of the rose, or the heady scent of jasmine.

Savory was something else. It was useful for stirring the muse and creating sensual enhancement. She was almost afraid to use it. She was more afraid of not using it. That was what the mushroom would be for.

He hadn't moved much when she returned, only enough to stretch his legs out and put his toes close to the fire. The man had enormous feet. Sybil blushed as she put what that meant to deed and glanced to where he'd piled the largest swath of cloth: the front of his hips.

"Well?"

Sybil looked up and caught the smile that reached his eyes.

"Will I pass for what you need?"

"I dinna' ken what you refer to," she said in as stiff a tone as possible. And then she turned back to the smaller kettle, tossed the mushroom dust into it and pushed the stew mixture atop that, before hanging it on the fireplace hook.

"Oh, aye. You do. Easily."

He was leaning back, using his bent arms for support of his upper torso and putting such a huge span of male at her feet that he nearly reached where she'd put the first armoire. Sybil cursed herself silently for the whim that had her looking to see what he was doing. And she turned back to stirring the stew mixture, listening for the hiss and spit of liquid as it warmed.

"Dinna forget the bread," he commanded.

"I'll na' add the bread to this. I doona' wish it soaked."

"Put it atop your griddle, then. You can na' tell me you

dinna' possess a griddle. I'll na' believe it. Oh nae. Na' you. There's naught in this little chamber of yours that you dinna' design, put into being, or procure for your use. You have everything you need. Everything."

"I dinna' ken what you speak of."

"Oh aye. You do. Again. You've everything at your finger-tips to make anyone ill, or well, or pained, or ecstatic, or livid. Or chilled, or warmed, or neither. I prefer the ecstatic part. As you did for me last eve. Can you do that at will—or is there a potion to assist?"

Sybil dropped the savory bottle and watched it roll until it stopped against his side. She couldn't move her eyes. Not even as he rotated and turned, moving muscle upon muscle in order to reach the little bottle and lift it. The man was too gifted with male beauty. It wasn't normal. It certainly wasn't fair. He was tipping the bottle this way and that, watching the dark liquid move against the firelight, and then he was look-ing at her.

"And this is?"

"Savory," Sybil answered automatically, with a slight smacking sound. She wasn't in control of her mouth any-more. If she was, she wouldn't be mimicking a kiss with every word that came out of her lips.

"Savory."

He put his mouth in the same pout, and Sybil really did sigh then. Anything else was beyond her.

"And just what does this savory do?"

"Creates . . ." She couldn't say it. She could barely think it and ducked her head before he noted it.

"Hmm . . . What do you do with it?"

"Rub it on your fingers," she replied.

"What is that going to create?"

Sybil shook her head to clear it. It wasn't working. The savory might as well be in the air and permeating everything.

"So now it doesn't create?" he asked, mistaking her motion.

"It's an oil. For your fingers," she explained. "For the yellow powder."

"Ah. I see." He was already unstopping the lid and tipping the bottle to get a drop onto his thumb and forefinger. She watched in a hypnotic fashion as he rubbed the digits together and then wiped his hand on the sackcloth he was semiwearing. And then he was lifting them in front of his face and examining them for the result. "It's one of your potions that does more than one thing."

Sybil's eyes went huge. And then he was sniffing at his fingers and coming away with a perplexed look on his face. "'Tisn't much for scent. So it must have another thing it creates. True?"

She didn't answer. She was on her feet and pulling on the knob that was attached to her flat pan. She had it kept in a slit between the stones of her fireplace directly above and to the side of the opening. That way it was always warm.

"Hmm . . . Bright. You're a bright lass. Verra. Na' much for compassion and seeing to other's needs, but bright."

"You dinna' look to need compassion."

He grinned, and her belly lurched. "I dinna' say I was looking for compassion, lady. I'm speaking of needs. At the moment, you're doing well. You've seen to fresh clothing for those that were ill-used by spending all day in a downpour. Then you saw to the warming of my frame, putting at bay any illness that might have arisen from spending all day in a downpour. Now we'll see what else the evening holds for us, after you've seen to another of our needs."

"O-our . . . n-needs?" She stammered the words.

"Sup. You are warming sup?"

Sybil had the flat pan in her hands still and looked down at it without even seeing it. Then she placed the bread on it before putting it atop the fire where it started giving off the

smell of toasting bread. That combined with the bubbles from
the mushroom-enhanced stew was putting an aromatic feast
in the air. She watched as he raised his chin and sniffed appreciatively, and then was caught looking as he brought his head
back down. The blush was strong enough to make small dots
of perspiration bead her forehead, and he spoke as if he knew.

"It's rather hot in here."

"I thought you wished the heat," she replied.

"I did. Do. I meant for you."

"Me?"

"You wear too much. That is my meaning."

Sybil couldn't answer. Her throat wouldn't make the necessary movement.

"Start with that headdress thing. Take it off. Now."

She had her fingers to the tie before she stopped. "Why
should I?" she asked with a semblance of her usual self-
confidence.

"Because I bid you do so. You wish to argue it?"

He was moving . . . flexing and molding every bit of tanned
and naked skin on every bit of muscle it wrapped, and the
knot at his hip was sliding open at the same time. Sybil had
to swivel from the sight or her fingers weren't going to be
doing anything other than reaching for what he was putting
on display for her.

His slight chuckle followed her. Everything he was doing
should have been grating and angering, but it was neither. She
wondered if he actually thought she was following his orders
because she wanted him, like the other vapid wenches put
there for his pleasure and his alone.

Probably. He knew what he was doing, and he did it well.
He was using his nakedness, and she couldn't stop him. In
truth, she had to have it so. Sybil wasn't the type to lie. That
was for weak, poor souls. Sybil wasn't weak. She was devious
and strong and sharp. All of which pointed toward correcting
the lie by making it a truth. And nakedness was involved at

some point. She hoped it wouldn't be as embarrassing as she suspected it would be. He was right. She'd made it too hot. Worse, her flush was making it unbearably so.

The wimple ties came apart finally and she pulled it from her head with trembling fingers. He didn't need ever know of the lie . . . if the savory worked, or something of a sensual nature worked at making him desire her.

"Now. See to unfastening those disfiguring braids."

"I . . . must see to the . . . stew," she informed the nearest armoire door that was just beyond his head.

He clicked his tongue. "You're still na' taken with following directions, are you? Take out your braids and spread apart your hair—or reap the punishment. I've spent a bit of time designing it, too. You dinna' wish to ken what it is. Trust me. Dinna' fash yourself over our sup. I'll fetch it."

Sybil concentrated on the ties at the ends of each braid and spent as much time as possible working out the weave of each braid. It still seemed too short a span of time. And then she was raking her fingers through each length of hair, splitting and then reforming the wavy locks that were going to be all she had for veiling when he called her for sup. She was going to need it, too.

She didn't dare move from contemplation of the armoire front because moving to fetch a comb might change the strict discipline she was using for concentration. She had to. The sackcloth he'd been wearing was sitting in a puddle where he'd just been. And it wasn't changing form. The indentation of where his buttocks had pressed down on the material was well-defined and easy to see. And note. And memorize. And fantasize about. And a thousand other things.

Especially when his shadow flicked across it from the fire. She nearly moaned and had to bite a knuckle to keep the sound where it belonged. Inside.

Chapter Ten

He was in severe trouble. And getting deeper every moment. She wasn't doing anything she was supposed to, and that made him do things he wasn't supposed to and say things that weren't clear in his head. And worse! She was amenable to absolutely everything he told her! He'd even tried being overly arrogant and aggressive, yet still she complied with grace and dignity. If she didn't say or do something to show her true self, and soon, he was going to be hard put to stay away from her.

That's what she'd earned. Torture. And torment. And he was going to leave her as unfulfilled as he'd been when he'd awakened finally with Waif at his side and need pounding with every beat of his heart and every rain-soaked breath he sucked in. Nearly unbearable need . . . for her? *Damn!*

Vicious wench that she was, she'd probably given him a potion designed to drive a man to the brink of release and just leave him dangling there, longing for something he daren't have. She deserved to be treated to a display of dominance and heathen ways because he was in the mood for a good fight of wits. And then, when he gave her one, she acted like this?

Vincent had his wet, chilled, scratchy plaid about him

before she'd finished taking out her braids and combing through her hair, the motion making a waterfall of shadow. His hands were visibly trembling as he tied the kilt material in a double knot and then yanked on it for good measure. The lass was getting under his skin again, and he didn't trust himself.

The oily substance she'd given him to wipe off the yellow powder had worked for that, but there was something even worse about it. Where the yellow had done naught but stain, this new stuff was making his skin sensitive and heated. He lifted his fingers to his nose and sniffed. There wasn't much odor, and yet the warming sensation had begun there, and it was spreading until it was near to making droplets of sweat break out near his hairline.

There was a heady aroma of roast venison in the air. She'd seasoned it with something he couldn't quite place. Tasty. It smelled delicious. He wasn't waiting. He didn't dare. He had to get his hands busy, and he had to do it quickly. Vincent would start with a good portion of the stew. It was better than the other . . . the envisioning. And fighting himself.

Anything was better.

Vincent had the entire mixture dumped onto the warmed trencher of bread and was shoveling huge bites into his mouth before he heard what could only be a sigh coming from behind him. He ignored her and kept filling his mouth. Chewing. Swallowing. Again.

"Is the sup to your satisfaction?" she asked in a warm voice that searched out and found the base of his back.

He nodded, swallowed, and gulped in another bite. Chewed. Swallowed. Listened to the sound of his own jaw moving, his throat working. He could almost hear the reaction in his belly when the fare reached there. It was decidedly not what he was used to. Vincent cursed himself, put the trencher back on the warming slab, and stood, backing from it. He should have known she'd dose the food, too! Only a fool would have touched it.

Vincent realized the obvious. He was rapidly turning into a fool. He was losing the bargain he'd made, as well.

Myles had warned him. In no uncertain words. And with the punishment of total banishment if he failed. From the clan. Vincent was to get her to fall in love with him. He was to leave her. He shouldn't touch her. He wasn't to take her. He couldn't violate her. He shouldn't—

"You . . . have your plaide back on?" she asked.

"Aye," he answered finally, thankful his mouth worked. He tipped his head just slightly toward where she stood. Damn the wench but with her hair swirling all about her and picking up glints from the fire, his knees reacted, weakening his legs and forcing him to consciously think about stiffening them in order to remain standing. He didn't know what was wrong with him. He gulped.

"But why?" she asked.

"Instinct and self-preservation," he replied without thinking.

She giggled; his heart stumbled in rhythm, and he looked away. Rapidly. Toward the window, where it was safer.

"In . . . stinct and self-preservation?" she replied finally, only she'd strung out the first part of the first word, making almost a caress out of it.

"Aye," he replied. Blinked. The damn window looked like it had moved closer. Then it moved again. Farther away. Then closer again. *How is that possible?* he wondered.

"Why would you need such?"

"What?" he asked.

"What is it you require instinct and self-preservation for?"

"Oh. The fight."

"Fight? Now?"

"Aye. Now."

"Against . . . what?"

Vincent shook his head. The window had a maw of a mouth at the center. He watched as the doors warped and darkened, preparatory to opening and swallowing something large. Like a man.

"You," he answered.

"Me?"

Again, she gave the giggle. Vincent sucked in a breath and held it, using the time it took to temper the lurch his heart had made and the resultant fire that was spearing his groin, making even the wet plaide feel sensual and lush. She'd dosed the stew for certain—and he'd assisted her by gulping it down!

He knew that was what had been done and every hair at the back of his neck whispered to him of it. That was only slightly worse than the whisper her shift was making as the material moved across one thigh, then the other, caressing her belly, her legs, her knees, her hips, and whispering about how it felt.

Vincent groaned slightly as she filled the space in front of him and looked up. His mind wasn't imagining the pinpricks of nipples at the peaks of what appeared to be pert, tasty breasts. They looked like they'd fit nicely in his hands too, if where they were testing the material near his belly was any indication.

"Truly?" she asked.

"Aye." The word was croaked, but it was the best he could do. She'd called him a toad prince, and at the moment he sounded it.

"But . . . why?"

He licked his lips. "You're a lass."

"True."

She lifted a lock of her hair and brushed it behind her, drawing his glance for a moment before he returned it to the window that was now leaning toward him, with the stone top growing in shape and size until it looked near to collapsing the structure. He didn't shift his glance anywhere near her. He couldn't. Her hair-shifting motion put even more definition to her breasts, as if the material were as gossamer as the pink chemise thing she had hidden in her drawer.

"Over here. . . ." He heard a whisper as clear as if the garment actually had a voice and were calling to him with it.

"What of it?"

He shook his head. Not elegantly or with any grace, but with great, large swoops of movement until his neck complained and then his shoulders. It was stupid, and he probably looked worse, but it had worked. For the moment, anyway. The whisper was gone, fading back toward the armoire where it belonged.

It hadn't taken the image of the pink garment caressing her flesh with it, though. He licked his lips again, closed his eyes . . . shook in place. And opened his eyes again.

"What?" he asked.

"I am a lass."

"Oh. Aye. You are."

"I ken as much."

"You're also fetching."

"Fet . . . ching?" she asked, stumbling strangely through the word.

"You see any other fetching lasses about?" he asked.

"Fetching . . . Sweet . . . Tasty . . ." She was whispering the words. Or the chemise was doing it for her.

"Aye. Fetching. And sweet. And tasty," he answered.

"Tasty?" The word was an octave higher than her normal tone and came with a sound approaching a gasp.

The result was a symphonic ringing in one ear. Not unlike a belfry of perfectly pitched rectory bells. Vincent tipped his head the opposite way, lifting the affected ear higher than the other. That didn't do much save send the ringing into his other ear, making it a chorus of ringing for several heartbeats.

She was speaking again. Her mouth was moving, anyway. Vincent narrowed his eyes on her and concentrated and watched to see if he could make out the words. Behind her he watched the window bulge toward him. Vincent sucked in a breath and looked directly at it, willing it to cease.

"What have you given me?" he asked. Or thought he asked.

"Na' . . . much."

"Na' much . . . of what?" He had to turn from the window. That structure wasn't behaving properly, and he'd tired of making sense of it. The wall to one side looked better. Only it contained her bed. With the short, frilled coverlet and the mattress just made for swaying and bouncing and keeping rhythm.

Vincent groaned and swiveled farther, facing the chamber door now. That heavy wooden piece had a stout bar across it, showing how effectively she was barricaded in. With him.

"'Twas but a bit of savory oil. At first. You used it on the powder." She was in front of him again. Bringing the fragrant aroma of her hair, the visual stimulation of her frame, and the depths of silver eyes he daren't look into for any length of time. Vincent moved his glance before being sucked into perdition.

"Savory oil." He repeated. "Why?"

"'Tis a potion for enhancement."

"Enhancement." He repeated the word. Then he was trembling, and it wasn't due to any potion. It was because where the area in front of the door was supposed to be dark, it wasn't. It was being speared with an arc of blue and green-cast light, and in such a vivid color combination, it was breath-stealing. And when he blinked, a bolt of red speared through the light, making it even more beautiful and visual. He couldn't move his eyes and stood trembling and watching it with awe.

And then, with a click such as one experienced before lightning struck near, the light was gone, leaving nothing except a darkened alcove and a barred door. The chemise was snickering at him, too. He heard it and fought the rise of ire that accompanied being laughed at. He was getting angered at a garment's words?

Her potion had definitely enhanced his vision and hearing, as well as his imagination. He only wished it had stopped there. Vincent loosened the hold he had on his thighs, bending his legs slightly so that the desire he couldn't staunch wasn't so evident. He also watched in dismay as the wood slats in the door gapped slightly, showing where the light had gone. Vincent bent forward, balanced himself by putting his hands palms downward and facing each other on either thigh, and tried to send the rush of lust back to where it came from. Before she saw it, assigned meaning to it, or just ran in fear from it. He'd never had such trouble before.

That's when the floor started moving.

Vincent panted for breath and watched the floor slide just enough that he had to stumble to keep his footing, and then the wicked wench moved to the area right beside him, hovering at the exact level of his stooped position. Vincent sucked for moisture enough to speak. Or make sense when he did speak.

"What?" He didn't actually hear her ask it. He watched her lips make the word.

"Your . . . room," he replied, taking a breath between the words.

"What of it?"

He shook his head. Even if he wished to, he couldn't describe it. He'd sound mad. "What was in the sup?" he asked instead.

"Mushrooms. Dried."

"Why?"

"You dinna' find it to your liking?"

"What . . . does this . . . mushroom do?"

"Oh. Flavors the food."

"Na' else?"

"It has been known to make one see things," she explained.

"Things?"

"All kinds of things. With differing degrees. I've heard of lights, movements, voices. Things such as this. I've na' tried it afore, so I've nae experience."

She condemned herself with a pout, and using such a sweet tone! Vincent shuddered more severely as he caught and held on to the absolute craving he had to taste the lips she'd put in such a kissable shape. And then he watched them open and mouth words at him to that effect!

"Kiss me . . . . Taste me . . . ."

"Why . . . would you do this?" He had a voice after all, but it was rasped. It hurt his throat to use it, too.

"I . . . needed to."

"Why?" He asked aloud. And why did everything she say have more puzzle to it? Couldn't the wench say one thing and have it answer what he wanted to know? Vincent's palms were getting damp, just from resting atop his kilt-covered thighs. "And . . . to . . . me?"

She shrugged, and the material she wore whispered of hidden delights at the same time as it defined them for him. She had perfect breasts, too, he decided—firm and tempting and ripe. Vincent almost didn't hear her answer.

"'Twas the best option, of course."

He lifted his gaze from contemplation of her bosom and wrinkled his brow at the same time. He barely avoided contact with her eyes and settled again on the perfect, rose-colored texture of her mouth. And then he had to force himself to endure the sweetness of her breath that testified to how wondrous fair she'd taste. He opened his mouth to tell her to hie herself over to the other side of her room, and then said something completely different.

"To what?" he asked. He was going to berate himself later for making this torment last longer than it needed to. He couldn't now. He wasn't in control. He actually felt more stewed than a full-day drunk.

"The alternative, of course." She was giggling again, and his hands slipped.

Vincent either had to fall forward or move upright and find his grip again. He chose the latter, and knew she'd looked. And evaluated. And had a cunning look about her now. Unfortunately, it didn't detract from her at all. It actually made her more intriguing and seductive. Damn her.

"I'd also heard . . . of that," she whispered.

Or maybe she didn't whisper it. But it was her mouth moving. Vincent narrowed his eyes as the arc of light appeared again. It wasn't quite as vivid, but since she was now standing in the spot where it hovered, she was being treated with the glow of bluish-green around a fragment of red, and there was now yellow. A warm yellow, as hot as the fire as it bathed her features with light.

"What . . . lass?" he asked.

"Sybil," she replied, and then he had to thwart his body's response as she sucked her lower lip into her mouth in such a seductive fashion, he was ready to follow it and show her what a tongue was for. And what that lower lip was better used for, and how primed he was to do all of it to her.

Stopping the motion wasn't easy. Vincent stood in the hunched-forward position, gripped his thighs until he bruised them, panted through breath after breath, and kept his eyes narrowed on the glow of her.

"My name is Sybil. Na' lass."

Vincent nodded. He wasn't trusting his mouth. Not yet. Maybe when the effects of her potions wore off, but not now.

"Say it," she said, and then, blast her, she moved closer, within a hairsbreadth of touching.

Vincent was shaking now, and the floor's rolling movement was assisting him. "Sybil," he managed.

"Oh, sweet knight. I would have it different, but I was left with nae choice. You ken?"

He shook his head. Not in answer to what she was saying,

but to get distance between where those lips were hovering, tempting, pursuing.

"Does it . . . pain?"

"Aye . . . and nae," he replied.

"Bad?"

"Oh. Aye," he replied again.

"Bad enough to do something about it?"

Vincent moved from contemplation of her mouth to her eyes. The world spun, and then he realized it was simply the whirlpool that was her silver and blue–cast eyes, drawing him in . . . closer . . . holding him.

"Something?"

"I dinna' fash what happens. You'll need show me."

"What . . . happens?"

His voice rose, and his body lurched forward of his own volition, putting him fully against the side of her hip. Vincent gave up a hand position on what had become a slick surface of kilt-covered thigh. He had both hands gripping her buttocks, lifting and holding her in place as he worked at controlling the primal urge. He knew his features were contorted as he struggled with himself.

"Lass. Lass." He was crooning it without conscious thought. "You've na' much time."

"Are you going to tupp with me?" she asked.

"Nae." He shook his head.

"Nae?"

Her breath touched his chest. Where no material was protecting. He shook his head. "Definitely nae."

"Why na?" She asked.

"Because if I dinna' let you go this moment . . ." He stopped to let the threat of words settle between them and fought for control over the haze of light that was permeating his tissues and making everything about where they touched glow and hum with intensity and power and strength.

"And?" she asked impatiently.

Vincent flexed his hands on firm mounds of buttocks and started moving her, sliding her lower belly against the raging thrust of maleness she'd tormented into being and then teased into uncontrollable lust. Then he stopped. Lurched. Pushed. Watched as her eyes widened and she trembled for a change.

"And I'm going to make it so you'll na' be able to walk. This is what is going to happen." His voice was guttural and primal and angry. Viciously angry.

"Now?" she asked in a whisper, bowing her mouth into a pout made for sucking on and kissing.

Vincent didn't answer her in words. He was beyond it.

Chapter Eleven

She couldn't breathe at first. The Viking fellow was stealing every exhalation and replacing it with his own, and all the while he was slurping and sucking and plying her lips apart with his own and making a wellspring of desire and lust foment within her until the bubbles threatened to escape.

Then she forgot the need for breath as his hands held to her, holding her in place so he could push at her, rubbing with his groin against hers without end. Creating fire and making her absorb it until everything shattered. Sybil pulled her mouth away to give the cry space and sound, but he was too quick for her, too massive, too strong. He moved one hand to the back of her head, pinioning her with a fistful of her hair, and held her in place for the marauding force of his kisses.

Nothing was working at ending the near torment of suction, licking, and caressing that he managed with his lips, although she tried pounding on him at first. It had the effect of rain against stone, even with aimed fists at the flesh-covered steel that composed his entire frame. Nothing stopped him, nothing contained him, nothing even broke through the rhythmic movement he was putting her body through . . . against his. Over. Again. And then another sensation started . . . built . . . mounted. Swelling to a torrent of rapture that had its core at the place where he was rubbing her. And then the spot burst, spreading flickers of elation throughout every limb and changing the fists that were beating at him into fingers that molded, caressed, and slid along every nuance of that massive chest, hard shoulders, the scarred back, the ropelike tendons of his belly, striations of sinew in his arms . . . all of him she could reach.

And again. He was lifting her and sliding her, pulling her upward along him only to push her back down, turning her loins into a rash of nerve endings that were all screaming. Then she was giving it voice, yanking free of him to send the sound to the rafters. He was right with her, using his lips all along her throat before capturing the space below an ear and using a sucking motion combined with little flickers of his tongue to drive her nearly insane with shivers that just wouldn't cease.

"Ah, but you're a wild one. Na' so fast. We've all eve. All eve. Hmm . . ."

His voice ended in a purr of noise that sent the vibrating quality of his murmur through her entire back, since he'd reached the area at the base of her neck and was tonguing his way from there to the neckline of her shift, and leaving an alternating trail of fire that became ice. Then when he traced over the same area again, made it firelike and heated. And with a slight chuckle of air, made it icy again.

"Did you na' heed my warnings, love?" he asked, filling the area with the heavy depth of voice he possessed and was using with devastating results.

"What?" Sybil managed to mouth.

"Master. Me. At . . . many things . . . but most especially . . ."

With one upward shove, he had her belly over his shoulder and was walking to her bed with odd, slanted steps, as if he were walking on the deck of a ship in storm-tossed seas, making her swing from side to side. The view was extraordinary from his height and from upside down. Sybil shut her eyes on it.

And then she was swung down, into a berth made of his arms and lap, while all of it was atop her bed, which bounced more than once with the motion. Sybil was still struggling for breath, while being held against a wall of flesh. He had a fingertip beneath her chin forcing her face up to his, and there was the most severe yet tender expression on his face.

"What?" she asked.

"Pleasure," he said, taking so long to say the word she nearly hit at him again.

"What?" she repeated, even more mystified this time.

He didn't answer, but with those dark lashes narrowed, her heart tried to stop before deciding it really would continue beating. And once it did, the rhythm was rapid and harsh and strong enough to make panting of her breaths. All of which he watched, running his eyes over every bit of her. And then lowered his head, closing his eyes as he did so, and took her lips again.

Sybil didn't wait. It was her movement upward that connected them, and she used the newly taught motions on him, ravishing and licking and sucking and churning emotion into a tangible affair that grew more heated and more wanton and more grasping and needy with every stroke of her lips.

That was when she felt his fingers on the fastening up her back. Vincent had her propped up, using an upturned knee for support as his fingers unfastened and pulled the rawhide lacing apart and then fully out. Then he was delving through the voluminous openings of her sleeves, wrapping his arms about her from behind and hauling her against his chest and cupping flesh that had never felt what it was feeling now. Sybil's eyes flew wide, and everything on her went stiff. He started chuckling, sending cool streamers of air over the heated tender flesh of her throat.

"So lovely. So fair. So . . . soft." And then he was moving

his hands, massaging her breasts, cupping them and then teasing each nipple into a whorl of excitement and stimulation, turning her entire being into a writhing, moaning creature that she didn't recognize. And still he continued his cadence of words. "So lovely. So fair. So . . . *wild.*"

He moved away, leaving her flesh quivering, her belly tensed, and her most private area a cauldron of want and desire and wickedness. And all he was doing was lifting her arms over her head in order to pull the shift completely from her body, releasing heated skin to the night air.

"It's . . . Oh sweet Lord. It's . . . pink." Everything about the man holding her started to move, shifting and shivering and defined by firelight until he had her slanted onto the mattress, caught in that position by the tendrils of hair he'd made her loosen. Then he held her in place by one arm propping her up, bringing her nipple up to his mouth. Closer . . . with the pink gossamer fabric pulled taut and useless as a covering.

Sybil started kicking, pushing and struggling to get away from what he was about to do. He chuckled again, moving her with the motion, while the arm beneath her and the hand clutching one of her breasts into a peak tightened, holding her firmly, perfectly in position.

And then he was suckling, lapping and licking and tormenting, sending her into a realm she'd been told existed but dismissed as too exquisite to be real. The room was too small to confine such ecstasy, too narrow for such dizzying momentum. She felt him move to her other breast, lavishing the same attention and for the same amount of time, and then he was pulling the pink chemise from her, tearing anywhere it fought him.

Sybil was murmuring her satisfaction before that time, and still he continued, bringing her to the brink again and again and again. Before sending her over and making it such a thing of beauty and perfection and radiance that she might as well be glowing. The pink chemise hadn't been much barrier, but by the time he'd ripped it fully open, it was worthless as anything save a rag.

And everything on her was primed for more. So much more. Vincent had maneuvered her onto the coverlet, in the most wanton position she could have imagined, with her shoulders atop the cool material, her hips and woman-place elevated atop his folded knees, while her heels and feet were just grazing the mattress toward the end of her bed. At first, all he did was look. Then he was breathing more heavily, using his hands to slide all about her, learning her curvature, her inner thighs . . . the back of her knees . . . her ankles. And back up.

She should have been shy. Embarrassed. Cringing from his scrutiny. She was the opposite. She was gyrating snakelike atop his lap, alternately lifting and then swaying from side to side, and touching every time at the man-part of him he was denying her. It was a gratifying moment of time whenever she connected, and she knew it by the immediate cringe his entire body made, while his belly went nearly concave with the effort of keeping that solid, firm, and overly large portion of him from direct contact with her.

"Ah, lass. Sweet lass. Impatient lass."

In reply, Sybil sat up, reaching both arms about his neck with the intention of using her entire weight to bring him back atop her as she lay back down. Nothing of the sort happened, although she was pinioned high atop him for a span, before sliding slowly into the shadowy area he'd made with his bent legs, excess kilt, and what she needed. Craved. Had to have. Now.

"Vincent?" Sybil put sound to the name as she slid, her hair sticking everywhere about them, caressing where she hadn't enough fingers.

"Aye?"

He lifted his head to say it, and the moment his eyes connected with hers, Sybil's entire being reacted. Her heart quit thumping, her pulse ceased singing through her ears, and her mind stopped. Completely. Fully. Irrevocably. Vincent's dark, fathomless, deep eyes locked with hers, gifting her with a breadth of emotion so astonishing, the shock held her immobile for long enough that she had to gasp for the next breath.

And then she knew. Sybil of Eschoncan Keep didn't believe in love, but that didn't stop it. She had to look away before he saw the realization as the horrid emotion hit her. Held her. Owned her. Defined her. Forever.

"Ah . . . lass. Lovely lass. Tasty."

He was suiting deed to word as slashes of wetness trailed from wherever he put his tongue, crossing it about her rib cage, tempting the flesh just below a breast, cleaving a line directly up her center to the bottom of her jaw. And through that, Sybil was existing on a plane of wantonness, feeling burned and then frozen by just that minute touch.

"I'll na' take you rapid, lass. I'll na'. 'Tis worth too much."

He was crooning words as she strained at him, alternately bucking her hips upward and then shoving them down into the well of space he'd made with rock-hard thighs, and feeling everything on him react if she made contact. Up again. Slamming down as far as he'd allow.

"Vincent," she began.

"Your potion has a strange effect, love," he answered.

"Please?"

"It has given me walls that move, mattresses that do the same, and a vividness to every bit of this, that makes it . . . more."

"More?" she asked.

"Much more. Worse. Better." He was speaking against her neck, sucking on the flesh there and causing a riot of shivers to flood through her.

"Vincent!" It was Sybil grasping for his mouth and making him change the direction of his attention.

"Aye, Sybil lass?" he asked.

He had a lopsided grin on his handsome face, and if she hadn't been convinced of her love yet, that expression would have done it.

"I need . . . I want . . . Please?"

"Aye, love. I ken. Exactly. I'm a bit . . . worried."

"What?" she asked, and then said it again in a louder, higher pitch.

"I've done many bad things. Many."

"Vincent!"

"I'm afeared this may be one of the worst."

"Is it . . . that bad?"

He turned his head again and looked her fully in the eyes while she suffered every increased thump of heartbeat in reaction.

"Oh nae, lass. 'Tis that good."

"Truly?"

"Lass. I'm trying . . . for a bit of honor here. And strength."

"Honor? Now?"

"Things . . . are na' as they seem."

"Nae?" Sybil lowered her chin and favored him with a lash-shadowed glance such as he used.

He gulped. Looked away for a moment, and looked back. "I've near gone too far. I'm na' certain that once I . . . we . . . I'm afeared."

"Of what now?"

"Pleasure."

Sybil tried to make sense of that. She tried to get her mind to work. It was useless. She was a liquid ephemeral being, and that liquid was molten fire. Every bit of her was screaming for something, and she didn't even know what.

"Tell me how, then. I'll do it." Sybil was bucking and roving and straining, and he was opening his legs a fraction, letting her touch him more often and with more effect, if the vibrating strength that cleaved her buttocks was any indication. He was also moving. Regardless of his intent, and his words of honor and fear and whatever else he was mouthing, his entire lower torso area was lifting, bringing him closer to her with every plunge she made.

"Now, Vincent! Tell me now!"

"We canna'! I canna'!"

"Blast you, Vincent. Please! Tell me what I need to do. I'll do it! Please? You'll be blameless. You hear?" She was sobbing the words, holding to his neck and using her legs as anchors to slide up and down the ridges of his lower belly, and it wasn't enough. She knew it wasn't enough. If he didn't tell her soon, she was going to come out of her skin with the anxiety and strength of need.

Then hard, strong hands gripped her waist, his thighs slackened their cage of restraint, and the very next moment, he was slamming her down and impaling her fully onto what she'd already known was going to be enormous and rigid and strong. She just hadn't counted on the pain and blood.

"Oh dear God. Dear God. Let me go. Dear God. You hear me? Oh, Vincent. Please?" Sybil felt the tears splashing to her chin more than knew she was weeping them. She'd never cried. It was stupid. She lifted one hand and palmed at the wetness. "Please?"

"'Tis too late, lass. You canna' change . . . this . . . now. Jesu'!"

His answer was garbled and said through clenched teeth. He was shaking, too, until the hands on her waist slipped, but he immediately had them back, holding her in place and not allowing a hint of movement, even if she had wanted to.

"Dinna' move, lass. Nothing. Not a finger. You ken?"

He wasn't moving, either. He wasn't even breathing. Sybil had her gaze locked on the view of Vincent arching backward onto the mattress, holding her firmly latched to him the entire time. The action stretched and pulled and sent more arcing burn to where they were joined. He didn't know the agony he was causing. He couldn't, or he'd not be so ungentle. There was nothing about the love act that was pleasant. Nothing.

"Vincent?" she whispered.

Her answer was a huge intake of breath, making her rise with the volume of it, and then he opened his eyes, connected to hers, and at the first instant, her body pulsed heavily, involuntarily.

It was then he moved, grabbing her to him and rolling, flinging her onto her back on the mattress. The entire time, keeping one hand securely at her back and holding her pinioned in place. For him.

"Damn you! Blast and damn—!"

He cut off his own curse, moved to slam both hands onto the mattress to either side of her, denting it with the mass of weight, and then he lifted himself. Sybil's eyes went huge as she looked and couldn't seem to stop looking. Vincent had every bit of him taut and rigid and perfectly defined. He didn't have to warn her that he wasn't interested in anything gentle.

Then he was pulling out, giving her a moment of respite before filling her again, fully. Totally.

"Put your legs about me," he hissed, and Sybil tried, regardless of the pain. She didn't dare argue.

"Latch your ankles. Now. Do it."

He didn't know what he asked, and the agony radiating through her back told her of it. He didn't wait, either. He had one hand behind him, securing her ankles together at the small of his back, showing the full scope of his brawn and beauty as he held himself aloft with one arm to assist her. The moment she was readied, he dropped back to the angle he'd been in, and then he was pummeling, alternately filling her and releasing. Filling. Releasing. Over and over, and again, and again, breathing deeper and with more stridency and depth, and showing every bit of stamina and strength he'd claimed to be worried over.

His movements grew stronger, faster, more savage, and his breathing kept tempo with all of it. As did Sybil. She wasn't in control of her own limbs any longer. All she knew was a terrific pounding that was taking over her hearing, her vision, her experience. It had sparked into being during his movements, and with each thrust was made stronger, more grasping, more needy, more wild.

She had her legs locked to him, her body driving into his, and just when she thought her heart couldn't make one more beat, it felt like lightning hit, sending shoots of light and ecstasy rocketing through her and making it impossible to hold in the cry. She slammed her eyes shut but couldn't prevent the keening moan that accompanied it.

And still he thrashed into her, sparking more of the ecstasy and fulfillment into being before giving great lunges, followed by a series of small, quick-paced bursts that rocked the mattress beneath her.

"Oh . . . sweet! Lass! Love!"

He was still sending words through gritted teeth, if the sound was any indication. And then he was sobbing a long, drawn-out cry before subsiding into a mass of tremors. Sybil had her arms wrapped tightly about him as shudder after shudder ran through his frame and into hers.

And that's when she knew fully what love was.

Chapter Twelve

He'd heard that Ireland was a good place for a man to start anew, gain a new plaide and allegiance, with nary a question asked. Not that he wanted all of that, but Vincent didn't think he'd survive the thrashing his cousin, Myles, was bound to give him when he found out. Vincent hadn't been allowed to touch her. Sybil Eschon was to lose her heart but nothing else. That was the bet, and it had been filled with warning.

Vincent sighed hugely before reaching forward to pat Gleason's mane. The horse responded with a nod and a whiff of air that simulated his master.

It wasn't all Vincent's fault. He'd been spelled! He hadn't been in control of his faculties or of his lust. He hadn't been in control of anything. He'd never experienced the love act as he had with the little enchantress, and it terrified as much as enthralled him. All of which was no excuse, but he could swear each inhaled breath carried her scent and each step of the horse resounded with a remembered lunge of her body against his. While each movement of the saddle against his loins brought renewed craving to mind. Even the ground mocked him when it turned into a field of bloomed heather, covered with the pale sheen of dawn and looking the exact shade and texture of that pink chemise of hers.

There was nothing for it but to reach Aberdeen with as much speed as possible, find a filling meal, and hop a ship bound for the Emerald Isle. Or find a ship with a good supply of foodstuffs, and fill his belly then. Although the belly was the least of his troubles at the moment.

Vincent adjusted himself atop the saddle once again, sorely aware of the throbbing reaction occurring in his groin. Again. No wench had affected him to the point that everything itched and ached for a repeat. Especially not after the third time he'd taken his pleasure of her body. And that just before dawn. He probably had made walking difficult for the lass today, which was just as he'd promised. She'd be feeling the soreness and the effects of depletion. He'd made sure of it. But he'd never suffered the same things.

Vincent huffed out another breath. The mushroom powder she'd given him wasn't the only reason, and he knew it. He was making excuses for what had been the most fulfilling, amazing experience of his life. He'd done it for the third time because not only was it satisfying to the extreme, but he hadn't been lying when he'd spoken about how much the deed was costing him. Taking that lass had lost him the bet that was all the gold he could carry, and it had made him a Donal clan outcast. It was a hefty price to pay, and he was going to get as much pleasure out of it as possible so it would be worth it.

And strangely enough, he felt that it had been.

The heather thinned beneath Gleason's hooves, and Vincent looked up, blinking as he thought he spied Waif. The dawn had been spreading while he meandered, losing track of the why behind his journey to Aberdeen with the remembrance of that lass. Sybil was gifted in ways no woman should be. Her kisses held the key to passion, and her body gave pleasure with every thrust, every movement, every silken caress and every single contraction she'd made around him, the thought of which gave him more bother and soreness and itch where he least needed it. Vincent reached down to adjust himself atop the saddle and wondered momentarily at the odd feel of little where there should be a fairly large size and substance.

The sun was starting to peek from behind him. That cleaved the cliff line in front of him into a solid line of black. For some reason, that had him thinking of her hair . . . its length, smell, and feel. Like rain-washed silk. And that changed any thought of why he was feeling smaller into why there was an odd pain within his ribs, almost like he'd swallowed too much air along with a tankard of ale. He licked his lips. He could do with a bit of brew. Or a large skillet of fried gruel topped with gravy. Mayhap some sausage crumbled within it, while heavy clotted cream was baked into a golden crust atop the concoction. Vincent sucked on the dry feel of his mouth at the thought of what a breakfast that would be. Such a meal might help a bit to take his mind off why his own body didn't feel like it belonged to him. It might also take his mind off Sybil Eschon.

Gleason stopped, brought to a halt as Vincent pulled on the reins and watched with a touch of awe as the sun dappled the flat span of ground before him. Which was even more odd. Vincent didn't have time to fill his senses with vistas of wonder and great breaths full of dew-kissed air. He had to get to Aberdeen. He had to get to a ship.

He had to get to Ireland. And find enough mead to forget.

Sybil didn't open her eyes for what felt like hours. She didn't want to. She didn't want the experience to be over. It was well past her usual rising time, anyway. If she wasn't under house arrest, her services would have been required long before dawn broke.

She moved her legs and then arms beneath the cool linen of her bed covering, marveling at how wondrously sore everything felt. Everything. Everywhere.

She'd been initiated into womanhood by a master of the art. She hadn't even suspected that talent of his. She should have known after hearing his expertise with a mouth flute. Musicians and artists were rumored to be sensual and giving lovers. Vincent Danzel was every bit of that . . . and more. So much more that Sybil giggled aloud and hugged herself. She hadn't known love felt like this.

"Lady Sybil?"

There was a tap and then a light whisper at her door. Sybil lifted her head and looked in that direction before dropping back to the mattress. She hadn't the strength to move her head? That wasn't good.

"Lady Sybil?" The tapping came again, making a repetitive drumming sound.

"Aye?" Her voice came out a croak. Sybil moved a hand to her throat and massaged the skin. That was another thing she hadn't known. All her silent cries throughout that man's lovemaking had taken a toll. She'd need to make herself a posset to relieve the soreness. When she managed to get up, that is.

"You're requested below."

Sybil huffed out her amusement. Her limbs felt detached. She hadn't opened her eyes yet, she still trembled with remembrance, and they wanted her below? "I'm . . . ill," she replied.

"Ill?" came the answer.

"Aye." And filled with ecstasy, satisfaction, and joy. She probably glowed with it. Nobody had told her of that part of the love act. Especially not her sister Kendran. That woman was by all accounts dizzily in love with her husband, the Donal laird, and well-satisfied with her life. The last person she'd tell of love was her half sister, Sybil, who had tormented and teased her about all of it.

"I'm to escort you to the great hall."

"Ill," Sybil replied again. Louder.

Kendran probably didn't thank Sybil for any of it, although

it was Sybil's influence that had kept sanity in the Eschon household just one Middlemas and half a year ago. Kendran had repaid her with a Christmas wish of an unsuitable man . . . and that was the reason behind everything. Sybil moved her hands away from her torso and trilled them down her arms as she unfolded them, enjoying every shiver the motion engendered in her flesh.

And why? Because that wonderful, blond, Viking, godlike man had made her a woman . . . his woman. Throughout the night. All night.

She should be blaming Kendran for her part in this. She wasn't. Still keeping her eyes shut, she pushed the covers aside, welcomed the chill of air against the tender feeling blanketing all of her, and slid to her knees as her legs folded and refused to hold her. That had her giggling yet again. Sybil's kneeling position was perfect for thanking Kendran for that Christmas wish of an unsuitable love. That was what had brought the little dwarf man into Sybil's sphere. It was also what had given her the idea to ravish Vincent, and the audacity to carry it out.

"I'll go for help." The serf at the door was announcing it, his voice showing his relief at leaving rather than going through with what he'd been assigned. His words were as stupid as his reaction. Lady Sybil was their only healer. There wasn't anyone else to help.

She didn't need a healer anyway. What she needed was solitude and time. Solitude to enjoy every bit of the memory of last eve and the time to store it away. She slit open her eyes, brought the mattress edge into focus in front of her, and tipped her head. It looked a bit dented still where she was looking, the edge smashed by one of his hands as he'd lifted himself, leveraged himself, and driven into her time and again. And again.

Sybil sighed, put a hand where she was looking, and another around the headboard post to brace herself, and pulled herself upright. Then she had to wait, swaying the entire time, as her legs decided they would hold her up, albeit in a shaky fashion. Sybil watched her thighs tremble with the effort of standing. She also noted the myriad of thumb-sized areas darkening in spots about her skin. She instantly recognized the large, hand-sized positioning and what the bluish marks signified. And, as she swiveled to look over the rest of her, she could see the same pattern of light bruising on either buttock, and even about the area below her knees.

It was definitely a blush that happened next, starting a film of moisture to coat her and bringing the smell of their mating back every time she moved. It also made her very aware of the sticky feeling between her legs, where most of the soreness was emanating from. Sybil let go of her hold on the bed and made her way to her privy, holding her arms out for balance and taking small, careful steps until she was secreted behind the screen and staring at her reflection in the mirror. Tangles of black hair puffed about her face, framing it and messily trailing down her back. And her eyes looked enormous. Or maybe it was that her skin looked so white, especially with the pink spotting her cheekbones and spreading down from there to her collarbone. He'd called her wild, winsome, and wanton.

She looked to be all three.

Sybil smiled at herself and dipped her fingers into the water before tossing palms full onto her face. She'd done what she set out to do. She'd given validation to why the dwarf, Sir Ian, needed to withdraw his marriage offer. No one would doubt her now. She definitely looked like she'd received a man. And more than once, too.

Sybil was still giggling at the thought while she changed the linens soiled with the smell of him and the blood smears before she fell back to sleep.

* * *

Blast the wench!

He'd been more than spelled. He'd been cursed. Everywhere he turned, there was a reminder of her. Even the stream where he'd knelt to gain a full belly of cold water had sounded like it was soundlessly crying to him, much as she had done throughout the night. The gurgle of the burn had even sounded like it was crooning of ecstasy and pleasure, exactly as she had, more times than he could count. And more than he wanted to remember.

The ride to Aberdeen had never seemed so long! It would have been shortened if he hadn't stopped constantly in order to look over a hanging bit of moss from a tree branch and compare it to her cloud of hair. Or if he hadn't brought Gleason to a halt while his thoughts plagued him with remembered denial followed by bliss, torment applied to rapture, and affliction covered over with waves of absolute perfection. He didn't know what the lass had done to him, but he was plagued constantly with it.

And harangued by every bit of conscience about how he'd left her, and was still leaving her, sneaking through the landscape like the low thief and ruffian he was. There was more to heap upon her head before the roofs of outlying Aberdeen came into sight. There was the repeated sensation of heat coming from his lower belly, where he was slightly bruised from where he'd pummeled against her pelvis. There was also the pulsating throb of his member each and every time it grazed the saddle with each and every step Gleason took. No amount of movement and readjusting on the hard leather muted or changed it. In fact, it got worse as the day progressed. And to all that was added the heavy feeling about his heart, making each beat have an accompanying pang that got worse the farther he traveled from her. He didn't know what was wrong with him, but he knew what it wasn't. It surely wasn't regret. He didn't spend time on such a useless emotion, and he wasn't about to start now. Vincent never looked back. He'd been taught that lesson years earlier, as a lean youth, when a fire had consumed the Danzel castle, leaving him homeless and friendless and alone. That day he'd grown into a man, and it was as a man that he'd joined up with the Donal clan, earning his position through more than one battle spent at the laird's side. Nobody ever questioned him, and he wouldn't have answered if they did. Never look back. Always look forward. Take what the world offered and move on. That lesson was hard-learned and fully ingrained. Keep looking for women he'd yet to meet and enjoy, wines and ales he'd yet to drink, and songs he'd yet to compose and play.

He had his fipple out near dusk. He had to do something to send the madness that was Lady Sybil's lovemaking away from him. But what came out of his instrument tugged at heartstrings and brought emotion right to his chest and from there into his throat. It caused more than one resident to come out onto their stoop as he passed, slowly moving through the streets that made up neighborhoods peopled with poor crofters.

It was a neighborhood that sinners knew and embraced. Every slum was.

Vincent found a larger building, framed with timber but packed with peat. It was noisier than the rest and light spilled out with the crowd sound. It also drowned out the haunting, lovelorn swell that had imbued his playing, no matter what tempo he attempted. He knew what he needed to banish Lady Sybil completely. He needed a full tankard of heavy mead, a full tureen of soup, and a lusty wench that wouldn't have anything else in mind but his release.

Vincent slid from Gleason's back, looped the rein over a jutting beam of the tavern, and went to the side to relieve himself. That's when he knew the extent of the enchantress's power. Vincent shoved the kilt flap open, reached to aim himself, and realized her full revenge wasn't just the aches and pains and throbbing memories he'd been assaulted with throughout the day. It was worse. The wench had stolen his very manhood!

For several heart-thumping moments, he moved his hand about his groin area, searching for what had been there but finding only a lump of little size and no weight. That realization was accompanied by cold sweat that broke out at his hairline, accompanying the rapid breathing as he put his other hand to his groin and reached well beneath his legs. Nothing. There wasn't anything to find or aim or entice a wench with. Vincent dropped his kilt back into place and stared at the croft wall in horror.

No man deserved this!

He searched for the water trough next and fell headlong into it, feeling the cold sting of water reviving him enough that he could control his heartbeat and get back some semblance of sanity. He'd been spelled. That was it. He was seeing things that couldn't be. No wench had the ability to take a man's member for revenge. At least, no wench without a blade.

He was out of the water and standing beside the trough, trembling. Then he was plastering the hair into place about his head and shoving it back over his shoulders. Then he was smoothing down the sides of his doublet, making certain of the fastening ties, before checking his sporran, his skeans, his belt. And everything but checking for what he most feared.

He went to a squat, jumped back up, did it again, jumped back up. There was no sway of an appendage between his legs, no slap of flesh against his thighs at the action. Vincent knew what he was doing even as he did it. The same he'd taunted lesser men with doing: procrastinating. He didn't have a choice. He wasn't sure he could stomach what he'd find when he looked again, now that he was aware, awake, and alert. He'd have to deal with it. He split his kilt open again and looked. And found nothing except hair.

"Hey, my good man. Can you spare a shilling?"

A drunkard bumped into Vincent, causing him to drop the plaide as the man fell into the trough. Vincent reached down, grabbed a handful of tartan, and hauled the man out. He was rewarded with a spurt of water as the man spit it at him, and then grinned.

"You've had enough," Vincent replied.

The man's smile fell. "I've but fresh started."

"Then you dinna' possess enough coin for a full drunk." Vincent let go his hold on the lad's shirt and watched as he fell onto his buttocks, raising kilt-covered knees and everything else and showing clearly that he still possessed a manhood. Vincent put his hands on his hips, raised his face to the night sky, and howled his anger at the fates.

"Come, friend! I'll buy you a drink for that sorrow."

The man was pulling himself to his feet, using the edge of the trough for leverage, and Vincent looked back down at him. He wasn't but a slip of a lad, barely reaching Vincent's shoulder. Yet he possessed what Vincent had just lost?

"You haven't coin for a drink," he replied.

"I will, if you lend me one." The lad grinned as he said it, showing that not only was he cheeky, but he'd lost most of his front teeth as well. Already. It was obvious that not only couldn't he hold his drink, but he was a poor brawler as well.

"I haven't time for a drink. I have to think." Vincent spun on his heel and started back toward Gleason.

"About what?" the lad asked.

Vincent turned sideways, faced the lad, and split his kilt open. "What do you see?" he snarled.

The lad reeled back as if slapped. "I am na' one for men," he spat.

Vincent reached out and grabbed the lad's shoulder, and with one arm brought the boy to his chin. "I dinna' ask for such a reason, whelp! I ask for my own sanity."

He shoved the boy from him and took a few more steps

before the lad spoke again, showing that he was keeping stride although he had to jog to do so.

"You want to ken what I saw? Is that it? You wish me to grovel?"

Vincent had reached Gleason. He was just about to unfasten the reins, but stopped.

"What?" he turned and glared at the slip of a lad, looking like he was about to receive a whipping. It was no wonder he'd lost his teeth. Vincent had rarely seen anyone so ready to take a beating. It was almost like he was expecting it and preparing himself.

"Verra well. I was wrong. You were just showing off. You're a large, well-sized male. I'm na'. That was it, wasn't it?"

"Showing off?"

"Aye. Showing off. Although I've been told size does na' matter. You must think different. Can I have that coin now?"

"You see that?" Vincent stared at him. The lad looked too inebriated to be lying. Then again, he wanted a coin, and must think it within reach.

The lad nodded. Vincent reached to check. There was still nothing there of any substance and nothing of any size to put in his palm.

"You lie," he hissed.

"Do you wish me to get a woman to say as much? They probably ken more about these things. I'll fetch you one. Will that suffice to earning enough for a drink? Just one drink?"

"Aye. That will."

Vincent turned from Gleason and reached into his purse, bringing out a handful of coins and selecting one. He held it out. "Bring me a wench, and I'll give you this coin."

"If I bring two wenches, will I get two?" the lad asked hopefully.

Vincent considered it. Then shook his head. He was swallowing pride and feeling belittled. He didn't want two women seeing what the lad was obviously too drunk to see correctly.

"Just one. Bring me a woman that is na' too drunk."

The lad tipped his head. "Any particulars?" he asked.

"Aye. Make certain she has breasts."

The lad was chuckling as he stumbled his way back around to the front of the establishment. Vincent sucked in a breath to give himself courage and reached beneath his kilt again to check. The lad was drunk. There wasn't anything there. Even the lump was now gone. He actually felt the flood of emotion that must be the same a woman felt prior to a fit of weeping, before he heard the lad coming back.

He had a crone with him. Ugly. Hefty. Unclean. With rotten-smelling teeth and reeking of stale ale. She was talking a constant stream of complaints into the lad's ear as he pulled her. Vincent's face fell.

The lad pulled her over, making her words easier to hear.

"You tell me you have a great-sized, manly, fine-looking male outside for me, Randolph? This will be the day. The gods haven't been that merciful to me since—" The crone's voice stopped as she saw Vincent. Her mouth fell open, making even more stench come out of it, and then she grinned. Fully.

"See?" the lad she'd called Randolph said.

"Oh my," she replied.

Vincent rolled the coin between his thumb and forefinger, more for the awareness of something real and tangible rather than the obscenity of the young, drunken slip of a lad and the old hag.

"Can I have the coin now?" the lad asked.

"This is na' a woman," Vincent replied.

"This is Lois. She has breasts," the lad explained.

"It's breasts you want? Oh, my fine man, why dinna' you just say so? I've got just the thing for you." Following which, the woman pulled down the front of her loose-hanging shirt and showed what amounted to long, droopy pieces of flesh with nubs of nipples at the bottom. "And there's more where these come from, lover man. I've got just the warmest, wettest spot . . ." She was lifting one of her breasts and offering it toward him like that's what he wanted. Vincent swallowed and flipped the coin at the lad, making certain it was out of range and Randolph would have to leave them to look for it.

He swallowed, but it was more a gulp. "I dinna' wish a thing from you, Lois. Except the truth."

She left her blouse open and moved so close that he almost gagged with the stench of her.

"It's truth you want? I'll tell you a truth. I've been servicing males for nigh on three decades, and I've never once faced the likes of a man such as you. Look at you. All brawn and beauty and strength. Oh my, but the gods have favored me for a certain tonight. I only hope I live through it." She was rubbing her hands along his arm as she talked, and damn if it didn't sound like she was purring as she ran a fingernail along his stomach muscles and felt them move and bunch as they tried to escape the touch as well. Vincent took a huge step back, and then another as she followed him. "You're heaven-sent, laddie. Just look at you. Oh my. My. My."

"You want to look?" he asked and pulled the front of his kilt apart and waited for her cries of disgust and surprise. What he got instead was a sound stained with awe and something more. She really did sound like he was heaven-sent.

"Oh my. Now . . . that's what I call a man. You've been more than blessed, sweetie. You've been overly blessed. I pity the poor lasses that have to take that. And I also envy them. Later. For now, you're mine. All mine. Give it to Lois, lover man. She knows just what you need to get that all swollen and engorged and readied. And I ken just what to do with it, too."

Vincent looked down, saw nothing, and dropped his kilt. The whore was good. She was very good. She had him almost thinking nothing had changed.

"My thanks," he mumbled. "Here."

He flipped a coin at her. She caught it and then stopped. "You're na' interested in a bit of a tumble?"

"I needed to hear what you thought. That's all I needed. That's all I pay for."

"What if I pay you?" she offered, and held out his coin.

Vincent lowered his head, and then shook it. "I've nae time. Forgive me."

He'd paid her for the truth but hadn't received it. He knew it. He saw and felt it. And endured it. He knew exactly what he was going to do about it, as well.

Get back to the enchantress and make her wizard his man-hood back.

Chapter Thirteen

"Sybil? Please open the door. Please?"

It was Lady Eschon making her latest plea. Sybil looked up from the fireplace, where she was finishing the final cooking of her ointment. She'd crushed dried herbs in her palms, dusted them into a few drops of water, and set the mixture atop the fire. Such a paste was good for preventing infection, softening skin, and easing bruises such as Vincent had left dappling her skin. She could see as the day had progressed into dusk and the bruising grew more distinct that the ointment wasn't going to be sufficient at muting them, but it was the best she could manage.

"Sybil? Please? I beg of you. Open the door afore I'm spotted."

Sybil rose, sipping at the last of her tea, making a face at the tepid temperature as well as the slimy texture of the leaves that were at the bottom of her cup. It was the third cup she'd drunk. It had worked at restoring her voice. It hadn't done much for the soreness Vincent had left everywhere else, however. That man hadn't lied.

He really was capable of making it difficult to walk.

She limped over to the door and lifted the bolt. Lady Eschon was in her evening finery with her pale gray-blond hair pulled beneath her wimple, and she was lining her forehead with the strength of her worry, even had the wringing of her hands escaped notice.

"Oh thank God! Quickly! Bar it."

The woman pushed into the room and stood, trembling, in place. Sybil closed the door behind her and dropped the bolt again.

"You should na' be in this portion of the keep, my lady. Or visiting with me. You ken this?" Sybil asked softly.

"I had little choice."

"Everyone has a choice." Sybil limped back across to the fire and moved the hook holding the pan of ointment, so it could cool. The tightly woven sheath she wore as a panacea to heated flesh was cool on her skin and followed every movement she made. She'd also washed, combed, and braided her hair, but not covered it. When she'd finished moving the pan, she turned to face the lady of the house, and knew nothing about her appearance had escaped notice.

"You ail, too?"

"I have said as much with each answer I sent to you," Sybil replied.

"It's na' . . . plague, is it? Sweet heaven! That would be too much to bear!"

Sybil caught the amusement before it became laughter, but she wasn't in time to stop the rest of it. Vincent Danzel's lovemaking . . . a plague? Lady Eschon saw Sybil's smile. She relaxed slightly, and her hands dropped to her sides.

"Good. That is one good thing about this, then."

"What is it you need me to attend, my lady? Does the sup need more seasoning? I sent instruction this morn. Mayhap there is another needed to the table? Can you na' make my apology?"

"It's worse than that. I can't make him see reason. Or sense. He's threatening me. With war. Me. A widow! And what men I have to defend us are useless! I haven't touched a morsel of food today or a drop of drink. I'm too afeared. He's got everyone suffering!"

"Who?"

"That man!"

"What man?" Sybil's heart pulsed, and she ignored it. Better to find out what Vincent was capable of once the mushrooms wore off than have it hovering atop her head and bothering her conscience. She mentally shrugged the regret away. He'd done what she wanted. That was all that mattered.

"That horrid little man!"

"Sir . . . Ian?" Sybil had forgotten the reason behind last eve. And her fear of the dwarf. And that she needed to be aware and ready. That's what came of soreness brought on by pleasure and a day spent in remembrance of it.

"Aye."

"What have we done that he'd war with us over?"

Lady Eschon dropped her eyes and hunched up her shoulders. Sybil had seen that posture throughout her formative years, back when the Laird of Eschon was alive and abusing his wife with every word and every swing of his fist. She'd thought the lady had forgotten, or at least grown past it.

"He will na' change his mind. I've tried. He wants . . . your hand. On the morrow. Or he'll make us pay."

"As his *wife?*" Her distaste filled the title although she tried to cover it.

Lady Eschon nodded. She still wasn't looking Sybil in the eye. And Sybil realized the obvious. It wasn't fear making the lady act so. It was shame.

"But—I already told you both. I'm nae longer a maid."

"He does na' care."

"But—I have nae value."

Lady Eschon looked up then. She had pain in the depths of her blue eyes. Not shame. Sybil was running out of arguments, but she'd never had to use so many of them before.

"You dinna' look in the mirror, Sybil. You've . . . changed. Grown into a woman of great beauty."

Sybil's eyes went huge. "How can you say such with your daughters, Merriam and Kendran, as comparison?"

Lady Eschon smiled, making her look years younger and showing the sweet disposition she'd always had. "When you came to us, I wasn't welcoming, was I? It was . . . difficult for me. You ken? What woman wants her husband's by-blow underfoot? Especially a little lass of three?"

"I already ken all of this."

Lady Eschon continued as if Sybil hadn't said anything. "You were such a frail child, though. Small. With that cloud of dark hair so unlike my own, or my daughters'. You favor your mother too much."

"My mother is dead. Years past."

"True. She is . . . *now,*" Lady Eschon replied. "And her family has wealth and position. At least, this is what Sir Ian tells me."

Shock flooded Sybil then, taking some of her consciousness from the haze of fulfillment the Viking had left her in. It was immediately followed by fear.

"Why are you telling me this now?"

Lady Eschon sighed, her eyes filled with tears. "Because of what I must do. I've grown fond of you, Sybil. Verra fond. Na' just for your running of my household, but because of your generous spirit, your calming presence, and your healing ability. I truly hate to lose you."

"You're giving him my hand?"

"I already said as much. I've nae other choice! He's made us all ail!"

"I'll na' accept. I'll na' say the words."

"And have us suffer more of his potions?"

"What did he do? Exactly. If I ken what he used, I can work a cure."

"Naught that I could see."

"Then how is it you ken it's him behind this illness?"

"My men are moaning and spewing and crawling in agony from pain and illness. But Sir Ian? He's hale and hearty. As are his men. All nine of them, and guarding every entrance. I had to sneak through my own home just to get here!"

Sybil sighed. Lady Eschon was sweet, but not vicious or treacherous. Those were traits of her dead husband, and mayhap Merriam, their eldest daughter. "Did Sir Ian and his men partake from the table this morn?"

Lady Eschon shook her head. "They were busy at the list. Probably making their plans of conquering and suffering. Men. They're rotten creatures."

"Then we have time. You put out spoiled foodstuffs. I should have been there to oversee it, but that is the issue, my lady. Sir Ian does na' have any power to create illness. Wait two days. Your men will be well again."

The woman shook her head. "He does na' give us two days!"

"Then make him," Sybil replied quietly.

"How?"

"Where is the man known as . . . Viking?"

Sybil couldn't help the slight pause before she said the title and knew her stepmother had heard it. The woman's features softened as she looked at her. Sybil had to look away.

"Gone. With his horse. And all his belongings. Gone. None saw his path or heard his departure, or noted . . ."

There was more said. Sybil didn't hear it. Her heartbeat was so loud in her ears it was some time before she heard anything. She knew instantly what it was, too. Breakage. And loss. She'd known the truth. And love . . . was a farce.

She blinked the prickling of tears back and faced Lady Eschon and asked why anyone would ever think Sybil would wed with Sir Ian to save anyone.

"Because he has your wolf. He says so. He'll use him. In pieces."

Sybil's belly went concave with the force of her gasp. Waif? That wretch had him? It wasn't possible. She'd have felt it. Wouldn't she? Sybil tried to convince herself of it, how the closeness she and the wolf had always had would have made it impossible for him to be caught and perhaps tortured without her knowing it, but she hadn't been thinking of him for some time. It was as if the Viking's touch had changed everything.

And there was worse. She'd done it to herself.

"You'll do it?" Lady Eschon asked.

"Leave me now. I have to prepare."

"For what?"

"My wedding. On the morrow." She whispered it and felt the relieved reaction in Lady Eschon. It was palpable all the way to the door and through the unbarring of it and opening of it. Sybil kept the rest of her reply to herself. She had to prepare for her incumbent widowhood, as well.

The ride back to Eschoncan Keep took all night. It should have gone quicker. It wasn't entirely Gleason's fault, although he took the brunt of Vincent's cursing and bad temper. It was because nothing looked the same in the rain-soaked blackness, there wasn't any path, and the horse hadn't had any rest. Vincent didn't dare give Gleason any rest. Each step closer came with a slowness that was made worse as he kept touching himself to feel for any change, and it was happening just as he'd hoped. Everything was returning to what was his normal size. But it was changing at the same pace as his approach. Slowly.

He got lost more than twice in the darkness and didn't realize the extent of it until he felt himself shrinking again. He promised himself that once this whole episode was finished, and the witch had returned to him what was his, he'd put some sort of comedy to how he had to use his own member as a compass for direction. But not now. Now he was soaked through every layer, feeling the worry warring with the relief, and all of that was hampered by a slowness that made the entire journey surreal.

Her wolf joined him sometime in the midst of more sense-less riding when all he had to guide him was the plop of rain hitting everything and the shrinking or enlarging of his own member. No one would believe his tale of this once he composed it. He didn't even believe it. Vincent was just contemplating the torment of continuing on, which was wrapped about the fear that if he stopped for any reason it would be the end of the change that was happening. And all of that was shadowed by his own stupidity for allowing this to happen in the first place. Then through the inky blackness loomed a shape that sent Gleason to rearing.

And Vincent to falling.

The ground he'd decided to test for moisture was saturated to the point of being pondlike and mud-slick. It still felt warmer than the night air had. Vincent lay on his side, absorbing the ache of air missing from his chest and wondering why the gods had decided to curse him with this much punishment. That's when the wolf first licked at him, starting with his palm, and then graduating to his arm, and then all about his face.

That set Vincent to chortling, the wolf to responding, and then before he knew it they were a mass of beast and man rolling about in wet, soaked grass, wrestling, while Gleason watched from a safe distance. It wasn't until they seemed to both be out of breath that it ceased, Vincent unlocked the arms he'd hugged about the beast, and Waif moved away to shake himself and looked even more embarrassed than Vincent.

Two cupped handfuls of water to his face and things felt better, but he probably still looked like the filthy mass of muck he was. It might be a good thing it was a moonless night filled with rain. Such an atmosphere muted things like mud-covered hunks of abused Highland lairds and wolves that looked like they'd rolled about in sewage.

Vincent huffed in a deep breath and watched the wolf do the same. "She sent you, did she?" he asked aloud.

Gleason snorted. The wolf didn't respond at all.

"She had to have sent you. Otherwise, why would you be here?"

There was a slight huff of sound that could be the wolf agreeing. It could also be the wolf's disdain for his inaccuracy.

"You came alone, then? Why?"

The wolf howled a response and ended it with a quick bark. Then another.

"She's na' in trouble . . . is she?"

He told himself it was a stupid question from an equally stupid man. Talking to a wolf was one thing; expecting an answer was worse. And there was the content of his question in the first place. That lass was probably always trouble or in trouble. Especially to an unencumbered male like Vincent Erick Danzel.

He got three quick barks from Waif. Almost like the animal was urging him to speed for some reason. Vincent pulled the tie strip from his doublet. He was going to need it. Something was wrong.

"She is in trouble? Blast and damn the wench!"

The rawhide was useful for keeping his clothing together. It was going to be needed more for keeping his sodden mass of hair back. He wrapped it about his forehead, using the strip as a headband and tying it into a knot at the back. He didn't care that the doublet was gaping open or that his previously white shirt was now stained with mud and stuck to him like a second skin or that his kilt was sodden with rain and mud until it hung past his knees. He was very aware of the slap of flesh and substance where it was supposed to be between his legs, however. Although it wasn't the correct size as yet, it was still there. That was what mattered.

And if the little lass was in trouble before he could get her to change her spell . . .

He didn't waste another moment on cleansing, or checking his pace, or anything other than the heart-pounding need to get back to her.

Chapter Fourteen

Sybil had never dwelt on what her wedding day would look like. Such things were for lasses with wealth and stature and legitimacy. Or those favored few possessing dowers of huge portions of land. Or high status in the king's court. They weren't for a bastard girl-child of a Highland laird. She never dreamt of what her day would be like because she'd never expected to get one.

The rain falling from the skies and turning the landscape outside the castle walls into a mist-imbued wash of green touching endless gray sky would probably be disappointing to a lass that had fixated on her wedding day. Such a day was meant for celebration and rejoicing. Where men slapped each other on the backs and women whispered in jealousy or awe. Weddings certainly weren't meant to be done at the point of torture to something one loved, and not with a guard of two hulking men at the bride's back making certain she kept walking when everything about her wanted to flee in the other direction.

The dawn was gray-cast, rain-filled, and dulled with gloom. Exactly as everything felt inside.

The hall outside her tower room hadn't been swept, and Sybil could tell as she was marched to the chapel that nothing in the keep had been prepared. It hadn't even been given a modicum of cleaning. Lady Eschon must have been telling the truth about the illness of her guards, for Sybil only spotted two or three of the Eschon men, and they looked pale and drawn and queasy. Like a puff of wind would be too much to bear. Lifting a sword to her defense would be an impossible feat, she was sure. In fact, one of them touched his eyes to her before slapping a hand to his mouth and galloping from the corner of the Great Room where he'd been positioned.

Sybil fingered the little bunch of pansies that Lady Eschon had tied together with a lavender-shaded ribbon bow. There were little sprigs of wildflowers scattered throughout the bouquet, while the bow trailed nearly to the floor. It was gentle-looking and wild. Probably a good match to herself, if she thought on it. She didn't.

It was also deadly.

Sybil toyed with the little pouch of powdered tansy leaf that she'd tied right beneath the bow, so none would know. Such a thing was for granting a swift death to those who ingested it.

Perfect.

Just as perfect was the attire that had been aired out for her. Her stepmother had provided it from her own hope chest, brought and stored from her young, carefree, unwed days. The attire Sybil was being wed in was only a trifle large about the waist. There was an underdress of flax linen, aged and mellowed into an off-white shade. It was more for adornment of her nakedness than anything else since it was loosely woven and gossamer enough that it looked like it would shred at a touch. Sybil had some uncomfortable moments when she'd first laced it on using the slender ribbon ties. It made her look beautiful and enticing and womanly—and those were curse words now.

The overdress she'd been given had cap sleeves and was dyed a purple shade. There were long off-white straps sewn into pockets on the underside of the skirt that were used for gathering, creating billows of fabric and making it easier to walk rather than dust the floor with the length. It had been crafted of the thinnest flax threads that had been washed in pansy-tint until they retained varied and mysterious purple hues. Then the threads had been crafted in such a tight weave, it looked like she was gilded in it and wore nothing beneath.

Lady Eschon had brought the bouquet to Sybil just as she'd finished one last tie and dropped the skirts to the floor. She was wearing woolen stockings, but the slippers that were provided were still a trifle large. That couldn't be helped. She was wearing donated attire for a farce of a ceremony.

It was still perfect.

As was her hair. Lady Eschon had stayed and supervised the entire thing as the braid was taken out and every strand brushed into a charcoal wash down her back and to her hips. Then she'd been given a ribbon—the match to her bouquet bow—in order to lace it through her tresses and keep them off her face and behind her. And then she'd been handed a floral circlet, the match to her bouquet, to put atop her head. The entire time she'd been fidgeting with the pansy and wild-flower bouquet, making the serf women and Lady Eschon think she was fretting. That was better than the real reason. She was tying the little packet that contained death, using one of the purloined ties from her skirt to do so. Nobody saw or would know. Or would point the finger.

She was pronounced ready and the obligatory sounds made. They were right. Everything about the outfit was stunning, original, and probably perfect for a wedding ceremony. Until she'd covered it over with a nondescript gray cloak. Lady Eschon hadn't said a word while she did so, either. It was enough that she was being prepared for marriage to that parody of a man, Sir Ian Blaine.

Now, if it was the Viking that was waiting for her . . .

Sybil blinked on a sting of tears before it betrayed anything. Then she nodded to her stepmother and walked past her. That was when she first noticed the slide of material and how sensuously it glided over each thigh as she walked. It was an uncomfortable reminder of how each step was taking her closer to the reason behind her finery.

There weren't but eight people in the chapel that had been built to house multitudes. Sybil took a quick glance about, noted the dullness of the day out the windows, as well as the trail of candles that had been lit on both sides of the aisle she was to walk, leading the eye directly to the man that stood there.

Sir Ian Blaine didn't even reach the height of the altar he was standing beside. Sybil felt disgust the moment she saw him and dropped her eyes hastily before anyone else noted it. One of his guards gripped at her arm, and before she could struggle free, the cloak was pulled from her, catching a bit on her hair and taking some of it from the waterfall arrangement it had been in.

It also put every bit of perfection on display. She'd known how much the dress became her. Every step she took reminded her of it. To her horror, she could almost feel the lust pulsating through the room, and especially from the parody of a man that was to be her husband.

The thought was sending shivers all over her legs, her back, over the crown of her head, and through her cheeks, before falling to the proximity of her lower belly, where it became a stone of such weight it made her physically ill. She stumbled to a momentary halt and watched as Sir Ian moved away from the altar as if about to approach.

Sybil swallowed, and then swallowed again as her mouth refilled with spittle. She knew she was as pale as the underdress. That wasn't something she could afford. She wasn't going to faint. She never fainted, and she wasn't going to now. Sybil fingered the packet of tansy tied into her bouquet, and drew strength from it, just as she had expected to. The faintness passed, her head came back up, and she pasted a blank look over her features before starting to walk up the aisle again.

And then the greatest crash happened behind her as the chapel doors burst open, sending a gust of wind through that extinguished most of the candles, as well as a roar of sound that would have done the same. Sybil spun, clutched the bouquet to her breast, and forgot how to breathe.

Vincent took in the scene at a glance, from the shocked pale face of the enchantress, to the stunted farce of her groom, and it angered him worse than before. She'd been toying with him? Maybe using him to satisfy her curiosity before wedding someone else? And then placing a curse on him that no man should have to bear? He no longer cared about the three men he'd just knocked senseless, or the one Waif was holding at bay near the Great Hall, since Vincent hadn't been able to handle all of them when he'd first slid from Gleason's back and run up the castle stairs.

And then he'd been beset by corridors of silence. Gloom. Emptiness. The only good part about the entire morn had to be that his manhood felt fully back to the correct size and bulk it had always been. And nothing was going to make that change again. Nothing. He was in such a rage of frustration and anxiety that when a guardsman had barred his way into the large double doors of the chapel, Vincent had parried with a fist and given the man a blow that sent him reeling. Then, hefting the man to his shoulders, he'd used him as a battering ram to burst through the doors before dropping him senseless to the ground.

Which had been rather stupid and dramatic since both doors had knocked against pillars, breaking their hinges before bouncing back, slamming Vincent backward. That was when the emotion couldn't be contained another moment. He bellowed all his rage and pain and frustration to the ceiling, which, since it was designed with such acoustics in mind, made a chorus of dark bellowing throb all around them.

Everything went silent. And then the four armed men arranged about the walls moved, stepping into the space between Lady Sybil and him. Vincent narrowed his eyes, filled his chest with huge gulps of air and started swinging, moving with precision through one after the other, using the shield in his left arm to deflect while the sword in his right did as little damage as possible. Even in the midst of the hell she'd sent him to, he wasn't changing into a killer. The only sounds for some time were the strikes of metal to metal, accompanied by grunts and groans, and that was followed by wood splintering as a pew cracked or broke totally when a body fell into or across it.

Vincent took them one at a time, since that was all the width of the aisle permitted, keeping his blows and lunges spaced with every beat of his heart as it filled his entire body and gave him a primeval rhythm only he heard. Until the last man was flung backward over his shoulder and he stood from the crouch such a movement necessitated, sucking in and breathing heavy sweat-soaked essence all over the ethereal goddess that still stood there, clutching a bouquet of purple and white flowers and driving him mindless with just the inhalation of her smell. His arms dropped to his sides, putting the shield along his left side, and the sword tip to the stone floor.

"Just who do you think you are, entering the House of the Lord—!"

Vincent ignored the preacher and took a step closer to her. "What . . . do you ken . . . you're doing?" he asked amid pants of breath.

She lifted her head, arching her neck and showing several bruised spots where he'd been a little more passionate than he'd intended, and met his gaze with wide, silver-hued eyes.

Vincent felt his heart drop into the region of his belly and start pounding from there instead, filling his ears with the sound of singing.

"I am getting wed," she whispered.

"Nae," he answered, taking another step toward her and scraping the blade tip as he did so.

"In full battle gear and without benefit of a bath! Blasphemy!"

The preacher was still orating from his pulpit. Vincent speared a glance that way and noted the man was using the altar more for defense than reverence. Then Vincent looked back down to Lady Sybil, filled his eyes with the sight of her in form-fitting attire, with her hair unbound and everything prepared for . . . a husband? He wondered at the hard pressure within his heart that made him wince, lifting one side of his lip.

"I dinna' truly wish to," she said, as if that explained her actions.

"Why?" He asked in a harsh tone.

"You need ask?"

There was the lightest touch of pink to the tips of her cheeks, making her even more lovely and multiplying the wondrous smell warming the air about him a hundredfold. He shook his head, refusing to acknowledge how badly he was being spelled, and looked over her head toward her bridegroom. Sucked in another chest full of air and looked back down at her.

"I'm asking the why of your wedding. Not the who," he replied, putting the entire sentence out with one breath.

"I had to! He has Waif. He threatened me."

Vincent lifted his head and whistled loudly, and was rewarded by the heavy paw sound of a wolf in full run. And then the sound changed, showing it was definitely Waif as he entered through the broken vestry doors and took leap after leap over the unconscious forms until he was at Vincent's side, heaving with the same expenditure of strength and effort. There was a scream at his entrance from Lady Eschon, but everyone else was silent.

"Waif . . . was with you?" Sybil asked.

"Aye."

"Then . . . he lied?" Her voice was rising as she gestured over her shoulder to the stunted dwarf she'd been about to wed.

"You were wedding to save the beast?"

She nodded.

"Stupid. And wasteful. You're na' wedding him. Na' today. And na' any other day, either." He was close enough to her to see every shadow flutter of every eyelash as she looked down from him, shutting him out. Vincent lifted the sword and shoved it back into its scabbard, making the ring of steel on metal grommets even louder since they were still in a chapel.

"And he finally sheaths his blade. Thank the Lord!"

Vincent ignored the preacher's sputtering coming from behind the altar. "You are verra pretty in your finery. Verra. I shall put your attire to good use. Once I finish with it, that is."

There was a loud gasp, probably coming more from the others about them than from her. He watched as she made it, though. Then the preacher fellow was haranguing him again.

"You dare say such! In a house of God?"

Vincent smiled down at her. "You will na' have need of it again. You're na' wedding with him."

"I'm na'?" she asked.

"Nae."

"Says who?"

It was the little man asking it finally, as if he'd discovered he had a manhood and had better put it to use. Vincent looked over her head and watched as the dwarf jumped down to the stone floor and started up the aisle, waddling in his rush. Vincent had the enchantress gripped to him and brought to his left side beneath his shield, ignoring the instant intake of air she'd made as much as he was trying to ignore how the feel of her in his arms and next to him was affecting everything. His entire body was giving him trouble over the proximity of her as a flush suffused him, bringing sweat that his headband had to divert into his hair, and a trembling that she had to feel, too. He looked back at her, pulled by something beyond his control. Like always.

"What have you done to me?" he whispered and saw her eyes widen.

Then he was swiveling, pulling his sword at the same time and aiming it unerringly at the neck of the dwarf man who had reached them and was stopped just shy of the tip.

He watched as the man eyed the blade hovering within a slice of his death. Then the dwarf gulped. "That woman is promised to me," he said loudly.

"Na' today," Vincent replied easily.

"To me," the man repeated.

Vincent sighed, long and loud. "'Twas a vacant promise, my lord. Made under threat."

"To me!" The man repeated it stubbornly and backed away far enough to pull a sword from one of the men folded over the top of a pew, although he was having trouble wielding it with any grace or strength since it was longer than he was tall. Vincent was hard put not to laugh.

"The woman stays with me. Cease the argument, and we'll all go partake of a wedding feast and great kegs of ale." He felt the reaction all along the woman clutched to his side as she stiffened. And then she went limp, making him work at keeping her attached and away from the little runt.

"I'm wedding this woman. You are na' stopping me!"

"Sir Ian has first right, my lord. And the blessing of the family. You have to listen." It was the preacher fellow again. Bolstering up the dwarf's claim as he stood behind him, looking as fat and ungainly and mild-mannered in his vestments as he sounded.

Vincent sighed again, even louder this time. "I've tired of this argument. The woman is mine. She stays with me."

"Without the blessings of the church?" The preacher was shocked. "You must allow Sir Ian's claim. At least he promises his name."

"I've na' said I haven't." Vincent didn't know where the words came from, but once said there was no taking them back.

"You'll wed this woman in his stead? Is this what you offer?" The preacher fellow asked it, while Vincent could hear a cry of surprise that could have come from anywhere, including the lass at his side.

"The woman is mine!" The little man was still struggling to hold the sword. His bravery wasn't in question, only his sanity as he yelled the words.

"I dinna' stop this farce to gain a bride," Vincent answered.

"Why did you, then?" Lady Eschon asked from a secure position at the far end of her pew. Vincent gave her a minute glance before returning to the duo facing him.

"The lass and I . . . we've unfinished business," he replied.

"You'd allow my grandchild to be brought into the world without blessing of the church?" she asked in a voice so loud it echoed.

"Has the entire world gone mad?" Vincent asked.

"I'll na' allow it!" the preacher announced. "You're to wed with the lass or unhand her back into Sir Ian's keeping. This moment!"

"Or . . . ?" Vincent stretched out the word, leaving his sentence unfinished and threatening-sounding.

"You'll answer to your maker! That's what!" the preacher informed him.

Vincent rolled his head on his shoulders, lifted Sybil a little closer, using his bent arm to cup her form. Then he spent a moment pulling in a noseful of her scent, before looking back down at the preacher, who was fronted by the dwarf. Threats of punishment in the afterlife only worked if one had a conscience. And a soul. Someone should have told the man before this. Vincent opened his mouth to make it a certainty, but the dwarf forestalled him.

"Are you willing to take your claim out onto the list?" The little man waved the sword toward Vincent. He looked like a tot playing with a weapon many times too large for him. Vincent put his head back and roared with laughter.

"Laugh at me, will you?"

There was a pinprick of pain at his knee. Vincent brought his head down to see that the fellow had pricked him on the right leg, just above the knee. The laughter died, anger took over, and without thinking, he bent both knees, going to a crouch in order to land the most punishing blow he could to the man's chin with the sword hilt. He didn't even note that Lady Sybil was glued to him the entire motion. His aim was perfect, and his strength more than the little man could take. Everyone watched as Sir Ian launched backward and landed at the feet of the preacher fellow, who had sidestepped to allow it. They all watched as he lay there, twitching occasionally with one leg or the other.

"Look what you have done now. Oh dearest God!"

It was the Lady Eschon next, sounding like she was near to fainting, and then proving it as she slid into a prone position in her assigned pew.

"And just what is it I've done?" Vincent asked.

"His clan promises war if I dinna' allow her to wed with him. He used her fear of Waif to get her to accept. Now you come and change everything?" Lady Eschon was trembling as she spoke.

"You've naught to fear from him." Vincent gestured down to the dwarf before dropping the sword beside him.

"Who is going to protect us? You?"

"Aye. Me. I'm a clansman of the Donal. You ken?"

The cry of surprise at his words was definitely coming

from the lass at his side, and she wasn't limp anymore. She was tense and agitated, and nearly squirming.

"You'll wed with Lady Sybil in his stead, then? Is that what you offer?"

Vincent tipped his head, lifted a finger on his right hand as if to make a point, and swallowed although it was more a gulp. "I'm na' certain," he replied.

"What?" Both Lady Eschon and the preacher said it at the same time. It almost made him smile.

"I'll be back. Waif?"

He let Sybil loose, whistled for the wolf, turned and walked over all the prone bodies and right out the off-kilter doors. They didn't know it was to check on the potency of Sybil's curse. And he wasn't about to enlighten anyone.

Chapter Fifteen

If he hadn't appeared just in time to save her, she'd have been more angry. Or if he hadn't just rendered Sir Ian's entire force unconscious. Or maybe if he hadn't looked like more man than any woman should have to handle, with his chest heaving, his sword swinging, blood seeping from a cut to his cheek, and his blond hair barely controlled by the thong about his forehead. Well! If any of that hadn't happened, she'd not be sitting in a hard pew, listening to the hushed whispering of Lady Eschon and the preacher, as well as the heavy breathing of all the prone guardsmen, and wondering at the why of everything.

She'd rather be in his arms and clinging to every exposed bit of him.

They'd all trailed Vincent outside and watched as he'd come at full gallop from the stables on a fresh horse, since his stallion was standing, flecked with foam and held by a groomsman. Only Waif managed to accompany him. Once the Viking had gone a certain distance from them, he'd stopped his horse, put it broadside to the keep and slid out of the saddle. Squinting, Sybil watched as he appeared to relieve himself.

She knew that wasn't right, since a moment later he'd leapt

back into the saddle and ridden even farther from them, until it was only possible to spot his passing by the residue of mist lifted from the ground.

Her shoulders had sagged slightly and the stab of tears at her eyes was harder to squelch than usual, but she managed it. It was obvious. To everyone. He didn't want her. And he wasn't wedding her.

Then, several painful heart-pounding moments later, he came back into view, riding hard for the castle with Waif at his side, only to pass the structure by and continue on along the shore of the loch, until he stopped again and turned the steed broadside to them again. Then he slid from its back in the same maneuver as before. It was mystifying and frustrating.

And maddening.

Which was the emotion she'd already arrived at once she'd given up waiting for his next move and gone back inside. She had things to do before he ceased this impulsive horseman-ship performance. He didn't need to show off more. Their jaws were probably still unhinged from dropping open at what he'd done to Sir Ian's men. Sybil quickly took the steps to fetch the concoction of Saint-John's-wort, valerian, and mistletoe powder that she'd created some years earlier. She'd boiled it until crystals formed on the sides of the pan, then scraped the crystals and ground them into the finest powder. It was a concoction guaranteeing sleep. She knew exactly which jar and on which shelf it would be.

She just wished her hands worked better with the key and the huge hasp of a lock, and then on the stopper of her jar as she trailed back through the lower hall, stopping at every fallen man and sprinkling a bit atop his face, so it would be breathed in and none the wiser. No one noted her movements, but they never did. Sybil moved soundlessly and deliberately, and kept to the shadows for that very reason. It was wasted this rain-filled dawn. They all appeared to still be watching whatever that stupid man was exhibiting on his horse . . . and worse! They were breaking into shouts and applause whenever he must have done something really spectacular.

One thing was certain. Her wedding would be talked of for years to come.

If there was a wedding.

She was sitting in a pew with every emotion in check when Lady Eschon came back in, trailed by the family preacher. It was a far cry from the wedding of one Christmas past, when Kendran Eschon had gotten her heart's desire and been given in wedlock to the Donal laird. That was something more to add to Sybil's issue this morn. Vincent Erick Danzel had to send everything into shock with his announcement that he was one of the Donal clan. It wasn't possible. That could only mean that Kendran had sent him. To Sybil? That couldn't be. She'd done nothing to deserve the attention of such a massive, masculine specimen. Unless it was to be left feeling used and emotionally drained.

The more Sybil thought of it, the more certain she became that Vincent was exactly what Kendran would devise as punishment to her little half sister. Exactly.

There was a stir of motion as Vincent stomped back into the chapel, making more noise than one man could or should. That's when Sybil turned her head and saw that he'd managed to gather a quantity of freemen and women of the keep about him. Along with the stable serfs. And he'd spirited a score or more of Eschon guards into being. He still had Waif at his side, as well.

What he hadn't managed to do was gain any amount of respectability to his attire. She watched as the priest looked him over with thinned lips and a wrinkled nose. It wasn't the same with anyone else. Vincent Danzel was as he'd just proven himself to be—a seasoned warrior. And he looked even worse than before. He was rain-wet and cloaked with sweat, and breathing hard. There was fresh mud spattering him, blood smearing one cheek, while a stream of it was finding a pathway down his right calf. His kilt was parting with each stride to show the musculature of his thighs, his open doublet hung in defeat from his shoulders, his shirt was torn, allowing the muscle and sinew to show through there as well, and he was scowling. At anyone and everyone.

"You've made . . . your decision?" the priest asked, although he had to clear his throat midway through the sentence in order to be heard.

"Aye." Vincent walked farther into the church, reaching the pew where Sybil was sitting, and looked down at her with an unreadable expression.

"And . . . ?" The priest prompted.

"I'll wed with her."

There was a sigh happening all about her, as well as Lady Eschon's cry of pleasure. Sybil didn't hear any of it. She couldn't. Vincent was holding a hand out to her, and once she put hers in it, she felt the trembling evident all along his frame. It wasn't pleasure. She knew that from the experience of living at Eschoncan Keep. It was withheld rage. And it was palpable, real, and awe-inspiring. And massive.

He brought her to her feet and drew her with him to the pulpit, stepping around the form of Sir Ian as if it weren't there. And then they were there, beside the one candelabra that hadn't been extinguished when he'd first arrived. The priest started but had to wait for Vincent to offer his full name, which included Robert and William along with Erick, and then there was a moment of consternation when the lack of wedding band was brought to light.

That was when Vincent peeled open what was left of his shirt at the waist and pulled on a slender golden chain until a small bag was brought to light. It took some fumbling to get it open, and made her eyes widen when she saw the ring he had. Crafted of silver and gold that was wrapped together and set with a silvery blue stone in the center, it fit Sybil perfectly. She watched his features as he slid it onto her finger, but there wasn't anything to see, except the bulge of a muscle in his jaw as he clenched his teeth.

And then he met her gaze.

The entire morning shifted, the chapel floor tilted, and everything on her went alert, ready, and pliant. And terrified at the same time. She'd never seen anything as dangerous as the expression he was giving her. It was probably the same he gave men on the battlefield. Her heart kicked into such a rapid beat it threatened to overwhelm her and was so loud in her ears she barely heard her voice and his wedding them for this life, and then the priest admonishing him to kiss his bride.

His upper lip lifted, making a sneer of sorts, and then he had both hands wrapped about her upper arms, making her certain that she should have laced on some sleeves. Then she was lifted against him in a rough, raw manner that had nothing sacred or religious or loving about it.

If her own pulse hadn't been drowning out every other sound, she would have been more aware of the reaction that had to be happening about her. But she heard none of it and felt even less. And then his lips were on hers, his nose breathing warmth all over her features while what had to be a moan surged through the body she was being pressed against. Sybil's heart stopped, skipping more than three rapid-fire beats, and when it restarted, it suffused her entire frame with color and heat.

That had to be better than his reaction. Vincent lifted his head and looked at her with eyes so wide, she could see every bit of the amber color that reflected his shock. It was still there when he glanced down at himself and back to her, only this time he was glaring at her—and, from less than a handspan away, that was completely unnecessary. She was already enthralled and captivated and unable to move. There wasn't anything else he could do.

"What . . . have you done to me?" he asked in a slither of sound that reached out and pricked at the base of her spine

with the unknown intent behind it. Her eyes were probably
the match to his in width as she heard it.

There was noise happening all about them and then
jostling as the crowd reached forward to congratulate them.
Vincent wasn't a normal bridegroom, however, and this
wasn't a normal wedding. He bellowed loudly to the ceiling,
where the sound echoed back, and then hoisted Sybil over his
shoulder.

That's when the argument started.

Vincent didn't know what was the matter with him, although going two nights with little sleep was a start. Especially when there had been so much power behind the love
act with this enchantress the first night, followed by so
much anger and frustration and worry the following one. It
was as if those things had combined with the radiation of
power and bloodlust that had flooded him ever since he'd arrived back and faced the first armed man. The emotion had
overwhelmed his ability to think clearly and do anything
other than act. And then, when he realized the extent of her
power, and that he was fully hooked, caught, and netted—
since the more space he put between them, the smaller his
member shrank—even then, this woman had the ability to
look like a goddess of the mist. He didn't know what else to
compare her with, and that angered him more. Her appearance in that purple-hued gown had set a painful beat into existence right behind his left eye and shaded everything he
looked at with a reddish-purple hue. Which wasn't fair, just,
or right. It just was.

As was the smell of her, once he had her gripped to him.
And then there was the feel of her lips against his. It had been
all he could manage to hold the sensation inside, where none
would know how it felt to lose his freedom because he'd been
too stupid to stay away from a witch! And then . . . with that

one kiss . . . she'd had the ability to change everything and set his entire frame afire. Again? Vincent was in shock. He wasn't disguising it very well, either. He couldn't. He needed some rest, some food, and some more time spent losing himself within the ecstasy of her frame in order to be able to function. Which was more than any man should have to bear.

He hoisted her over his shoulder, did a turn, and started pushing himself through throngs of people he hadn't even noted. And the enchantress he'd just wed started kicking at his belly. Vincent gripped tighter to her legs, stopping that nonsense, and she just moved her frame by using the muscles in her abdomen in order to start hitting at his back with her tiny fists.

Vincent's response had them all backing away as if he'd lost his senses. Which he probably had. He stopped, put his head back, and roared with laughter.

The result should have been expected as the woman in his arms stiffened further, but at least she ceased trying to pummel him. The crowd was laughing with him and parting for him, and he didn't know what he was going to do once he reached the front door, but that didn't stop him. Then some of her words started sinking through the fog surrounding his mind.

"You canna' leave! Na' now! Wait!"

"Wait?" Vincent spun on his heel, swinging her in an arc that dropped her back to his shoulder with the force of it. "For what?"

"My chest."

"Nae needed, lass. I mean, Wife. I've chest enough for you." Vincent puffed it out, and there was general hilarity at the action.

"My potions, you dolt!"

"Did I hear that aright? She just called me a dolt. Her loyal husband! Is that na' excuse enough to take the lass—I mean, the wife—across my lap and take a switch to her?"

"You would na' dare!" Sybil screeched.

"Get me a horse! Nae! Na' mine! He's spent. And na' the one I rode earlier, either. He has the same issue. Get another horse! What care is it who owns it?"

He was answering before anyone had a chance to ask, but he wasn't in control of his mouth, any more than he was in charge of anything since he'd put her weight across his shoulder, her scent in his sphere, and everything on him was tingling and aware of what she was doing to him the longer he was with her. He told himself it was the spell she'd cast on him, and despite the anger he should be feeling, he couldn't deny the pleasant, all-encompassing haze of lust she was making him feel as well. That was being added to by his readiness for the imminent threat from any of the men he'd rendered unconscious, making it even more of an aching issue in his loins. Vincent knew for a certainty he was being driven mad.

He just wished it wasn't as enjoyable as it was.

"We canna' leave the chest! Vincent!"

"She recollects my name! Sing to the heavens with me, lads! Louder!"

Vincent knew he had a great singing voice. It came along with his musical ability. He rarely used it. It was crowd-stopping. Which was what happened the moment he lifted his chin and ran through the first voice of a hymn he'd learned back when he was a lad and supposed to turn out differently. Then it turned into the bawdy rendition of a song he'd put into existence during his ride back here. Featuring a whore with endless breasts that a man could walk on. And the crowd about him reacted with more laughter.

"Damn you, Danzel!" she yelled once his breath ran out.

"She's damning me? Now? Does the woman na' ken when a thing is too late? A man's damned the moment he weds. What is wrong with the lass? I mean—the wife!"

"We canna' leave without my chest! 'Tis too dangerous,"

she commented once the hilarity following his announcement settled a bit.

Vincent sobered slightly at her serious tone. He wasn't drunk. It just felt that way. That was odd. He started down the steps, facing not just one horse that had been brought to him, but two.

"Strange that you should mention danger. 'Tis the thought of that making me hasten away, my love. I mean, lovely . . . bride."

She'd sucked in a breath at his words. At least, that's what he thought happened, since her belly flattened along his shoulder, reminding him that he had her form draped across it . . . her legs in his arms . . . her breasts hovering above him, and that put her essence right in reach of his mouth. . . .

"Vincent!" she cried out before he even had time to put action to the thought. As if she knew what he'd been about to do.

He pulled his head back. Of course she knew. She was an enchantress. And a witch. He shook his head slightly to clear it. That was stupid. All that happened was the yard in front of him rotated and swayed before righting again, showing a multitude of early risers, a dawn that still had rain coming with it, and horses being held ready for him. Nice horses. The dwarf's horses. Which reminded him. "Make haste, lads! We've a bit of ground to put behind us!"

"Nae, Vincent . . . Please? I beg it."

He was about to attempt to mount with her in his arms, but when she turned such a pleading tone on him, he felt like a little lad being chastised by his mother. Vincent sighed heavily and stopped, waited a few heart-thumping moments, and then loosened his arms a bit so she could slide almost to the ground. He didn't let her feet touch, just the tips of her toes. He didn't dare. She might try and run, and he didn't know if he was capable of catching her at the moment. And until she turned back her spell, he wasn't letting her out of his sight. All of which she should already know.

He frowned.

"What kind of an enchantress are you?" he asked once he had her in his arms and facing him. Or facing his upper chest, since that's where her height put her, and she wasn't looking any farther.

She blew amusement through her lips at him. That put a fire into place atop the cool mist covering his bareness. And that transferred to a current that was spreading the fire lower, through his belly and from there . . . to his groin.

"Damn you, Wife! Cease that." He tried to sound stern, but it came across more as a slurred rumble of sound. He wondered how much power she had to make such a thing possible when he hadn't touched a drop of ale, or mead, or anything else with spirits.

"What? This?" She lifted a finger and trailed her nail along the space where she'd just touched with her breath, making the fire start to burn deeper. Internally. Causing him to break into a sweat along the thong on his forehead, and giving her no doubt about the effect on his body, as everything that was full, weighty, and back to normal size due to her nearness got hard and engorged and readied because of the same thing.

And he was surrounded by all kinds of folk! Including her stepmother and a priest of the faith!

Vincent groaned. "We dinna' have time for this!" He bent his head to whisper it. "We have to be gone. Afore any of them . . . wake." He gestured with a tilt of his head back to the castle behind her. It didn't work. It just put his nose against her hair, where it was impossible not to be overwhelmed by the perfumed scent of her. He stood there, felt his grip easing and her body falling the last bit to the ground, as trembling transferred to a weakness along his limbs. Vincent half closed his eyes to make it bearable as he got a dose of her full power.

On him.

She giggled. The huff of breath touched him, pierced almost through him, and made him jump slightly. Before he groaned again. The only good part was that the sound he made was softer this time.

"The men. You ken?" he asked again, once he found his voice.

"They'll na' waken for some time. Mayhap on the morrow."

"I dinna' have that much power to my blows, lass."

She smiled. He watched it happen and thanked his stars that she wasn't breathing on the spot of chest she was speaking to. That area was so aware of her, it was raised in gooseflesh with the experience. He hoped she'd think it due to the cool morning air about them, and not what it really was. That was a forlorn wish. As were most of them since he'd met her.

Then she moved. He was aware of it as she did so, since the part of her he had wrapped his arms about alerted him, but it still sent a roar of sound and vibration through him as she lifted her chin and met his gaze. He'd been wrong about her eyes, too. They weren't silver. They were high-density lightning, and just as energizing and stirring and electrifying. Vincent wondered briefly, with the part of his mind he still controlled, why she continued to set her spell on him when she already had him. It didn't make any sense.

"I've dosed them." Rose red lips whispered it, moving his eyes there.

"What?" Vincent mouthed it.

"They will na' awaken until the morrow. I'm na' certain of Sir Ian, though."

Her mouth was moving still, creating words that took time to filter through his hearing and make sense. It wasn't his fault. Her lips were made for kissing, they looked slightly bruised and enlarged from that already, and they were right below him. Tempting him . . . making him crave them.

"Why?" he asked and tightened one arm about her while

the other one went beneath her buttocks in order to lift her against where he was undisguisedly brazen, and burning hard for her.

"I dinna' ken how much . . . to give . . . such a small . . . frame."

Her answer didn't make much sense to him, either, but the fact that it came in pieces of breath made every bit of the world right. And sane. And gave purpose to the act of marrying her. And the raging desire to bed her. Now. Right now. Without benefit of bed, or walls, or even privacy.

"Help me, lass," he murmured just before taking possession of her lips and stalling everything, even time.

"Help?" She was asking it with the gulp of breath he gave her within the span of space between their lips. Vincent was well on his way to losing sense of everything and didn't know what else he could do.

"My need . . . is too great, lass. You doona' ken!"

There was a swell running through her, resembling giggles but worse. Or perhaps it was better, since it had a gleeful sound to it once she pulled her mouth away enough to give it voice.

"Too great?" she teased.

"'Tis your fault."

"Mine?" He thought that was the word put into play before she made everything immeasurably worse by wrapping both arms about his head, pushing her body fully against his, and slamming her lips to his.

Vincent's knees trembled. He felt it happen and hoped he didn't disgrace himself fully by falling on his buttocks in front of spectators because he couldn't control his lust for his new wife. The only good part would be that if anyone got an eyeful of the Viking at full passion, at least there'd be something to see.

"What have you done to me?" he asked yet again, moving his mouth along her jaw line.

"My chamber." She had her mouth to his ear to hiss it.

"Now?" he asked.

"Aye. Now. Right now."

The power of her own need surged through him, granting him back the ability to think and the strength to make it happen. Vincent lifted his head. They were still amid a crowd, and everyone looked expectantly at him. Which made him blush heavily. With the resultant burst of warmth. Him. Vincent Erick Danzel. The wandering man of many talents and no roots. He cleared his throat.

"I've had a change of heart! I nae longer need horses. Take them back."

"Nae?" someone asked.

Vincent shook his head. "I'm more in need of some time . . . alone. With my bride! Make way!" He had her back over his shoulder and was taking the steps two at a time. He really didn't need to say the last, for not one person got in his way.

Chapter Sixteen

He had her berthed in his arms and was kissing her before they reached her chamber, taking every bit of her senses and sending them spiraling. She didn't know how he managed to reach the right tower, let alone mount the stairs, while his lips were locked to hers, his breath mingled with hers, and every bit of it was sending her reeling. Then she remembered. He was more man than she'd dreamed existed. And much more male than she'd ever prepared for.

And he was all hers.

The pleasure of that thought sent rioting shivers across her entire frame, over and over again, until there wasn't much space between when one ended and the next began. She was tortuously aware that the underdress was gossamer and clinging to every bit of her then.

Exactly as it had been crafted to do.

The door slammed behind him, bringing her mouth fractionally away, and he chased her back down, his lips trying to drink her very essence away. Sybil knew she'd be bruised. Her lips were stinging already, feeling large and engorged and prepared. He stumbled slightly as he made certain of the door shutting. Sybil had her fingers in his hair and her body clamped to his.

He moaned against her lips and sent a flash of tongue into the caverns of her mouth. Sybil couldn't prevent the total slam of her body in reaction as it lurched, putting her closer to him than before and making the act of breathing difficult to accomplish.

"Lass . . ."

He mumbled it as he licked and sucked and probed. Sybil took what he was showing her and used it to her own advantage, feeling every shudder that ran through him.

She heard the slam of the bolt falling, spent a flash of time wondering how he'd managed it with his right arm while keeping her sealed to him with his left, and then let it go. She didn't care. As long as she was sealed in . . . with him.

"Ah, lass . . ." He crooned it, moving his mouth from the caress of hers in order to tongue his way to her ear. "What have you done to me?"

"Naught," she whispered back, although the word was lost as she tongued the skin beneath his jawline, feeling his entire frame throb as she sucked and kept sucking. It was only fair since that was what he was doing to her.

Fingers punished where they gripped, holding her waist as he lowered her, holding her in place as he leaned into her, shoving that massive hard part of himself into her lower belly. And Sybil cooed her satisfaction at the size, tension, and heat of it, lowering her hand to him and wrapping her fingers around what she could.

Vincent went stiff. Solid. Statuelike and still. Sucking in and holding a breath, she knelt beside him, running one hand up his leg while the other was put to use stroking and coaxing and pleasuring him. Her mouth murmured sighs of satisfaction the entire time. Each stroke brought a palpitation of movement to the mass of man in her palm, making him even larger, harder, and more massive, until he burst the size one hand could hold.

His kilt was in the way, and Sybil shoved with both hands

to move it, pushing and pulling until the belt slid open, allowing mounds of mud-splattered, rain-drenched plaide to fall to his ankles, leaving everything on his lower body on display.

She murmured her pleasure at that, and looked up his frame to catch his eyes.

"Witch." He breathed the word and then leaned forward to grasp her upper arms and pull her into his arms.

And then they were at her bed, falling into it with a seamless motion and making it bounce with their combined weight and the method of arrival. The mattress didn't stand a chance of staying in place at the roughness of his motion, and she heard the protest of her frame boards as they collapsed, sending the feather-and-straw-stuffed mattress to the floor. Where the thud was balanced by the feel of it happening while atop him.

It was then she knew that the overdress, while made of luscious, perfectly woven cloth, was too much material, as it hampered his efforts to reach a breast. Sybil nearly sobbed her own frustration as Vincent fumbled with the tics, pulled at the stitching, creasing the fabric in a thousand places before finally putting it between his teeth to tear an opening through the front of it. Then he had a nipple in his mouth, and she was being suckled with punishing precision—brought to the brink of ecstasy and left to dangle there.

She responded with the bucking of her hips, her torso, everything he wasn't controlling, pushing against him with frenzied movements, but nothing worked at stopping him from lavishing attention to first one breast tip before moving to the other, making a trail of fire and sensation everywhere he touched her. He rolled then, and then he was lifting her flesh in both hands, making a conjoined mass of quivering flesh out of her nipples and sending her into fits of delight with too much sensation at one time.

Sybil melded into place, holding him completely and fully

and feeling the passion that she'd only touched on two nights ago as fireworks exploded in her head until they filled the room, her vision, her entire being.

And then he lifted his head.

"Wanton. Wild. Witch." He mouthed the words, barely giving them sound.

"Aye," she replied. And then said his name in a plea.

"Say it again," he commanded against the flesh of her breast tips, which were straining for what he was suddenly unwilling to give. Unless she begged him for it.

"Vincent." She moaned the name and then said it again, in a cadence of sound not unlike the rhythm he'd made with his fipple flute. "Vincent, Vincent. Vincent." She was crooning the name as he left her, and still saying it when she turned her head to see why.

Vincent was pulling his arms out of the doublet, ripping the piece in the process. The shirt had even less of an effect as he simply grabbed the remnants of it with both hands and ripped it completely from him, dropping the pieces of fabric at his feet. Then he stopped, held in place by the expression that had to be on her face. Sybil couldn't help it. Her jaw dropped as the dawn light caressed and made a godlike being of him.

And then he was flushing, putting a rose tint to every exposed piece of him and making her purr with the satisfaction of witnessing such male beauty.

"Vincent." She mouthed the name this time and pursed her lips, preparatory to blowing him a kiss.

"What have you done to me?" he asked yet again, putting both hands to his hips and shoving that portion toward where she was roaming her eyes. She couldn't respond. He was stealing her voice. If he wanted her capable of speech, he was going to have to clothe himself, cover up bounty that any woman would be pleasured to see, touch, and receive.

"Vincent." She mouthed the name again and lay back, putting her spine in an arch as she pulled on the underdress until it was up to her thighs, making a bunch of it at her waist. And it was still stifling her, making her skin tight, restricted, enslaved. She pulled, she twisted, she moaned, and then she was running her hands over her limbs again and again, making sparks of sensation everywhere she touched. And then she was swaying back and forth, pulling the shift higher, gaining the cool air on her nakedness and splicing her legs in order to slide her fingers along her belly, down her thighs, and toward the very essence of her womanhood . . . where he'd driven her insane with anticipation and desire. And then she was touching herself, lifting her hips and cooing and molding her fingers . . .

She watched with barely opened eyes as Vincent leaped the distance between them, slamming himself into the space atop her while reaching down between them in order to guide himself into where she was hungry and moist and frantic. And making everything spin and warp and change.

Sybil screamed, and Vincent responded with a push until his loins fully matched hers. Then he flinched.

The scream wasn't enough of a release. Sybil knew it as the sound faded and was replaced by a sob. Throughout it, Vincent didn't move. He held himself in a slant of provocation, waiting for her to finish and respond. While the only thing that mattered in her world was enshrouded between her legs, slightly twitching and making her beg.

"Vincent, please . . . ?" she whispered.

It was then that he moved, a long, slow movement, pulling himself out to the brink before shoving back to the hilt. And again. Again. Deeper. Stronger. Keeping to a beat only he heard as he filled her. Over and over, deeper and deeper, and then he was sitting in order to move her feet to a position at his shoulders, bending her knees and forcing her to support him so he could get even deeper, harder, thicker, stronger. . . .

Sybil screamed until her voice cracked . . . and still she screamed, although all that came out were whispers of sound—full of joy, ecstasy, and rapture. And still he continued pounding into her, dominating her, damning her . . . loving her. Taking her to the brink of wonder and rapture before toppling her over. And always being there to catch her when she finished, gulping for whatever breath was possible to catch.

And then starting it up again. And all the time he was asking what she'd done to him to make it so. Over and over, and over. Again. She knew the answer, but she wasn't willing to speak on it. Yet.

It was too great a weapon to give him.

Vincent went into a bend of posture, burying himself completely within her and lifting her at the same time to create a circle shape. Pulse after pulse shuddered through his frame, moving her with each of them as he made deep guttural sounds in accompaniment. Sybil reached out and touched, filling her palms with his cheeks and watching the expression of complete fulfillment that suffused and controlled every bit of him. And then he opened his eyes.

Wonder filled his eyes as they met hers, canceling out every ill, every experience, and every pain. Sybil felt the stab of tears, but this time they were impossible to send back. It was too beautiful. And then it was over.

Vincent fell onto her clumsily, his body still twitching as he made her entire existence one of weight and heft, sweat and smell. Sybil kept her arms wrapped about him and gloried in every hard-won breath as her heart seemed to swell until it pained her with the size and weight of its pounding.

He kept asking what she'd done, but it should have been obvious. She loved him. That's what she'd done to him.

Vincent woke from a prone position on his back. Then he was on his feet and in a crouch before anything else on him was awake. Such was the way he woke when he'd overimbibed or lost a fight or consciousness. The mattress he knelt next to wasn't much help, as was the lack of company. Nor was any in sight. Vincent sent his gaze about the room that was cluttered with large cabinets and took in the darkness that was everywhere evident. His gaze flitted to the window, where twilight evidenced the depth of his slumber and the scope of time he'd been unconscious. He scanned the room, looking for any evidence of the enchantress. He put a hand to where his manhood should be and heaved a great sigh of relief.

Then the chamber door opened.

Vincent had the remnants of her bedding wrapped about his waist as Sybil entered, putting a finger to her lips in warning. Vincent raised his brows and tried to keep the flush at bay as he watched her lips quirk at his modesty.

"They're stirring," she informed him finally.

"Who?" he asked.

"Sir Ian and his guards. I've given orders to dose them again. I dinna' ken if it will work or na'."

"Why?"

She shrugged. "I dinna' have much knowledge of size, bulk, and effect."

"Why na?" he asked.

It was her turn to rosy up a shade. Vincent sucked in on his cheeks and waited.

"I'm na' one for spells and such . . . as a normal course," she replied.

"Yet you do it now?"

"If it's earned, aye."

"What of the other?" he asked.

"What other?"

She looked innocent of his meaning. He had to counsel himself not to believe her. "The times when it is na' earned," he replied finally without inflection.

"You speak riddles, and there's nae time. Here." She pitched a length of cloth across to him.

Vincent caught it with one hand while the other made certain to hold the bedding about him. He shook out the material she'd tossed and found his own sett, repaired and freshly laundered. She appeared to be a good seamstress, and she knew her way about a laundry tub. All good things to find in a wife. His lips twisted.

"My shirt?" he asked.

"You need to hurry," she whispered.

"Turn around," he replied. It was instinctive, and it was completely foreign. He knew the flush was spreading to encompass his bared belly.

She giggled, and that was too much feminine amusement for one man to stand. She also didn't turn around rapidly enough to suit him. So Vincent turned his back to her, ignored the embarrassment that was still happening to him to wrap the *feile-brecan* about himself, finishing off with the belt about his hips. She hadn't answered his question about his shirt, but he might have done too much damage to it. That left wool embracing the bare skin of his chest and shoulder and haunches, as well as where it was secured against his hips. He told himself he'd just have to tolerate the itch. He'd been in worse conditions. Many times.

He turned back to the enchantress.

"You'll need to leave. Now," she said.

Vincent crossed his arms about his chest and lowered his jaw. "I am na' leaving anywhere without you," he replied.

The lass put a hand to her mouth to keep him from seeing the extent of her giggling, but she didn't prevent him from hearing it.

"Now what?" he asked.

"You . . . dinna' . . . wish to wed with me," she managed to whisper.

"That does na' enter into it. We're wed. You're coming with me."

"Now?" she asked.

"Are you na' the one preaching haste?" he countered.

"You truly wish me to accompany you?"

He nodded. He didn't say what was on the tip of his tongue; that she'd forced the issue with her spell.

"Why?"

She was breathless-sounding and shy, and that was just wrong. And odd. And strange. And making a tingle filter through his gut, wrap about his innards, and wend upward . . . and down. Vincent gulped. He knew what it was. Already. Her spell.

He had to force the emotion away before it became an unstoppable force again and had her in his arms and beneath him and impaled by him. Over and over, while her lips screamed of her release, which was making him more desirous for just such a thing. Her power was vast. Enormous. His groin was stirring even with the amount of muscle he was clenching to prevent the tingle from moving there. Vincent kept the groan inside, but just barely.

"Well?" She asked it, and then she made that little giggle again. Vincent knew he flushed. There was no stopping it.

"Gather your things. We leave. It's na' open for words." He was approaching her and fighting to keep his body from controlling his mind again. He was speaking in a belligerent fashion, which was the best he could manage when it felt like he was being snickered at for a feral passion he couldn't control. Which was her fault. Then he was at her side, breathing heavily down on her, and wondering why she smelled so sweet, looked so ethereal and innocent, and shaded everything with a rose color that had nothing to do with rage.

And everything to do with lust.

"And if I say nae?" she asked.

Her breath was caressive—sweet, warm, and feminine.

Soft. Lush. Enchanting. Everything about her was. Vincent stood above her, narrowed his eyes to make it harder to see the full scope of woman she'd been keeping hidden, and tried to modulate his breathing into small spaces of air that wouldn't have as much of a sensory assault on him. And failed.

She knew it, too. He could tell by the way she tilted her head ever so slightly, sending the sensation of her breath to another portion of the chest she'd failed to bring him a shirt to protect, as well as the slight quiver of her lips as if they trembled with a withheld smile. Or worse—with the desire for his kiss.

"Will you force it?"

He didn't actually hear her asking it, since his heart was pounding enough it was easy to spot if she glanced at his bared belly. The rush of sound each pulse made was hampering his hearing ability, until all he really heard was each breath. He didn't dare touch her. She should know that much. It was by her own spell he was suffering as he was. Vincent gave up the little bits of air he'd been taking and sucked in huge gusts of sweet-smelling air infused with her scent, and that just made it worse. He stood, trembling with it. He didn't even dare open his mouth.

"You . . . wish that . . . again?" she asked.

At least, that's what he thought her lips were moving enough to say. It could have been anything, and he'd still have heard that. He nodded. Took a step closer, in such near proximity to her sweet flesh, that the rush of shivers that accompanied it was impossible to miss. As was the size and strength of his arousal that was touching. Vincent swiveled his hips slightly, rubbing the tip across what should have been her luscious, warm, soft flesh, and instead was the irritation of wool. And still it was erotic and irresistible.

"We dinna' . . . have . . . time." Her mouth may have been saying it, but the way she'd slanted her head and licked her lips and panted through the words were meaning anything but. The roar of sound in his ears grew until it obliterated everything but the sound of each breath.

Including the moan she made as he gave into what his body was demanding, reached for her arms to haul her up against him, and take what he could of her mouth with his.

Chapter Seventeen

Vincent wasn't coming near her. He wasn't speaking to her. From what she could tell, he wasn't even looking her way. Sybil slanted her glance at where he sat astride his horse more times than she wanted to admit as she puzzled it. He was acting for all the world like she'd done something to incur his displeasure, but she couldn't fathom what it could be.

She'd clung to him for the entire time he'd driven her wild with throes of feeling that shuddered and vibrated through her entire frame again and again. She'd matched every thrust of his with one of her own, until he'd collapsed in a sweat-soaked mass atop her, pulsing and groaning and quivering and making her heart feel like it was doing the exact same things. And then he'd moved from her and hadn't looked at her again. Not once.

Sybil slapped the reins against her horse's back, for no other reason than to remind Vincent that she was still there. It didn't seem to work. Vincent didn't change his stance. He still faced forward, without a glance toward the horse that was hitched to her wagon, even to check that it was still there. Nor did he look the other way toward Waif, who was loping along at Vincent's other side.

It wasn't yet dawn, and they'd traveled through the night.

Without a word. That was probably an odd state for him. He didn't seem the silent type. He had such a glib tongue, he was most likely noted for it. It was far different from Sybil. She was used to going in silence and being ignored. Which was part of the puzzle now. Vincent's attitude shouldn't make emotion prick at her eyelids like it did.

He hadn't said anything after he'd finished sending her to heaven last night—when they should have been traveling instead. He'd turned his head away from her as he'd disentangled himself from her arms and the remnants of her clothing and then strode for the door. Sybil had yet to catch her breath, but she'd hurried after him anyway, tying the front of her bliaut back together as she went. The shift hadn't proved much of an impediment for him. This husband of hers didn't seem to much care what he ripped, or how many stitches it would take to repair it. He simply knew what he wanted and went for it. That wasn't going to bode well for the household she had to create and maintain for him. It was stupid of him, but he didn't seem to care. Poor lairds couldn't afford to destroy what clothing they owned. She knew that from years of penury before Kendran wed with the Donal and brought so much gold that the coffers couldn't contain it.

Vincent hadn't looked to see that she was trailing him as he reached the loch and then broke into a run so he could arc in a perfect dive into the water, still wearing the plaide she'd repaired, washed, and then laboriously waved dry for him. Nor had he looked her way when he'd walked back out and then passed by her to go to the stables.

He hadn't even looked her way when he'd been informed that the wagon was part of his new entourage, although it should have annoyed him. She'd been gearing toward the battle, but he'd said nothing. She'd never before had that experience. Always before if Sybil prepared for a challenge, that was exactly what she received. To get her way without even a whiff of argument was different enough to put her off-kilter more than she already was.

The morning sun was just peeking through the shadow of cloud, tinting everything a warm pink color and making her trill with the shivers at how beautiful it was. Sybil spent some time watching it and breathing deeply and just experiencing a new dawn, a new day . . . a new life. Since the light was coming across the barren plain that was the outskirt of Eschon property, it was especially vivid. Sybil looked toward her new husband and sighed heavily, taking her time to exhale. This new husband of hers was quite a man. She watched as he flinched so slightly that if she hadn't been concentrating on his shoulder, she wouldn't have seen it. Which was even more odd.

"Will we stop to break the fast?" she asked his back.

He shook his head, making the trailing ends of his blond hair brush at his shoulders and catch slightly at the material he had strapped across one shoulder and held in place with a brooch. The bare shoulder didn't have that problem. His long mane of hair slid across the brawn he exhibited, showing the hard-muscled tone. It also revealed several long scratches atop his scars. She noted it and blushed. They looked the type brought on by a woman's fingernails. Then her eyes sharpened. Some of them didn't appear fresh.

Her mouth hardened. Sybil had never thought it through, but now that she had a man other women lusted for, she wanted more. She wanted a man that had not bedded every woman who caught his eye.

"Why na'?" she asked.

"Nae time," he answered the air in front of them, and not her.

"For a bit of food?"

"'Tis unsafe."

"Where?" she asked.

"Everywhere."

"Everywhere." She repeated the word, and it was still senseless. There wasn't a soul within sighting or hearing distance, and until they reached the woods bordering Aberdeen there wasn't much ambushing that could take place without it being spotted. In fact, there wasn't any attack that wouldn't be noted the moment it was started. The entire landscape looked like it was littered with faery lights and mist, and not one bit of iniquity, yet he called it unsafe?

"Vincent?" She tried again but got even less than before as he tightened his thighs on his stallion and made it lope forward, ahead of her wagon. She watched it happen and couldn't prevent the sigh. Again.

He treated her to silence the entire day, even as it turned into sun-strewn heat waves that undulated off the rocks before turning into shadows that lengthened every boulder. He bypassed Aberdeen, as well. She watched that happen about midday. He hadn't asked if she needed to stop, although her hands and arms and shoulders were aching from holding the reins, and her seat had been numbed for so long, she couldn't feel her legs anymore. He simply pushed his mount over to where the other horse was plodding along, took the bridle and turned it away from the settlement.

All of which was mystifying and intriguing, and maddening. Then he changed everything by reaching into his pack, pulling out his mouth flute, and starting to play. Sybil knew then that what she'd heard earlier in the hall at Eschoncan Keep had been but a sampling of his genius. Vincent was a master. He created such soul-touching notes from the instrument that her entire being responded. The world seemed to halt in order to listen.

Sybil forgot every ill, every care. She forgot everything as she listened, following him blindly as he led them toward the fringe of wood and then entered it. He could have been leading her into purgatory and she'd have followed. It was impossible to grasp how, but Vincent was capable of making the instrument in his hands speak in the most heavenly language imaginable.

He finished as the sun was nearly to the horizon if it could be seen through the trees, making everything within the leaf-filled canopy ripe with mystery and legend. Sybil caught her breath, stretched massively as if just awakening from a spell, and then she was applauding.

That was the first time he glanced her way. He caught her gaze and held it long enough to stop her heart. And then he was looking away, halting his horse and hers, which brought the wagon to a stop. Sybil gulped at the extra moisture in her mouth and waited.

"We camp here. For the night."

She nodded, but he didn't see it. He was dismounting, showing a nice amount of sculpted thigh in the process, and then he was hobbling his horse with the band he'd had about his forehead. That sent lanky blond strands to cover his features as he bent down. That was bothersome, since it covered over his handsomeness. Sybil pursed her lips and watched him soundlessly from her perch on the wagon bench seat. That was when he finished with his horse and speared her with a glance from those devil-dark eyes that still looked so incongruous with his coloring. Then he was flushing a nice color that infused every bit of exposed flesh . . . probably at her unblinking regard. She kept the smile inside where he wouldn't spot it before he looked away again, toward the ground.

"Is it safe?' she asked.

"Aye. We're near Donal land. I've sent word."

"You have?"

"With my fipple. 'Tis why I played."

The scope of her disappointment was probably etched onto her features. He wasn't looking, so he didn't note it.

"I doona' play my flute simply for the noise. I send out messages with it as well."

"Oh. I found it . . . lovely," she answered.

He grunted what went for a reply, as if he were too embarrassed to make a proper one. Sybil watched as he moved then to attend to her horse, slipping the reins from its mouth as he patted it down, all the while ignoring her. Or trying to pretend that he was. All of which was even more intriguing.

Sybil stretched, finding all sorts of aches and issues with having sat atop a wagon bench for hours on end without rest. And then she was gathering her skirts and scooting toward the side step. His movements slowed at her motion, but he didn't help. It wasn't until she was firmly on solid ground and moving toward the trees that he spoke again.

"Where is it you're off to?" he asked.

"Finding a spot for my privy," she answered, as if it should be obvious.

"Wait."

"For what?" she asked.

"An escort."

Sybil blew a reply of sorts through her lips. It sounded irritated. It was.

"It'll only be a moment," he said to that.

"I've nae need of an escort. I've been taking care of my needs for many years," she informed him.

"And I'll still be seeing to an escort. These woods are large. Dangerous. Dense. Dark. Many a thing can happen to a tiny wench such as yourself."

Sybil turned to face him, but he still wasn't meeting her eyes. *Tiny wench,* she repeated in her thoughts. "Verra well," she replied finally. "Doona' tarry, then. I've more importance than a horse."

Vincent gave the horse one more pat on the neck and turned toward her, looking somewhere in the vicinity of her waist. "I've na' said different, now have I?" He said it aggressively, as if he were looking for an acidic word of argument or something.

Sybil narrowed her eyes. "You wish me to make camp for us, cook sup, and prepare for rest . . . or do you wish to argue?" she asked.

He rolled his head on his shoulders, as if relaxing out the aches of his own riding before he answered. Then he brought his head down and met her eyes.

"Argue," he said when he finished.

Sybil sucked in a breath, held it, let it out. "Fair enough. Grant me a moment in which to relieve myself, since you have made me suffer through an entire day and night ride without stopping, and I'll have all the words of argue you want. All the words I can find. That will na' be an issue with us, *Husband*." She emphasized the title and turned from him to shove her way through deadfall and branches until she reached the edge of a slow-moving burn. She was hidden enough that privacy wasn't a problem. Through it all she was berating him as an oaf, a thoughtless, rude, arrogant, wasteful mass of man that had more brawn than sense.

It wasn't until she stopped for breath that she heard what had to be his laughter. Although it was softly done, he was too close not to have her hear it. All of which was more than odd. It was mystifying and without sense. Sybil pushed escaped tendrils of hair behind her ears as she walked back to where the horses were standing. He wasn't anywhere in sight. He'd been right about one thing, she decided. The woods were dense and dark.

"I canna' hear you," he taunted from somewhere behind her.

"What do you wish me to say now?" she asked.

"More words of argument."

"More?"

"You have a problem with hearing?" he asked.

"I have a problem with you!" she answered.

"Good."

"I've wed a fellow with cooked oats atween his ears?"

She heard him snort. She couldn't tell if it was with amusement or not.

"Is that the best you can give?" he answered finally.

"Of course na'. But what man wishes a shrew for a wife?" she asked.

"This one," he replied loudly.

"Truly? But . . . why?"

There was a bit of silence after her question, broken only by the sound of the burn, and that was followed by the rustling of dried leaves, branches bending and twisting, and the general sound of footsteps across deadfall. He was moving to another location but staying out of sight. Sybil cocked her head and listened for his exact location but couldn't quite decipher it. There was too much noise, followed by silence, followed by more rustling noises.

"I doona' hear any camp being set up." He said it loudly from an area on the opposite side of where he'd stopped the wagon and hobbled the horses. Sybil looked that way but couldn't spot anything.

"I thought you wanted to argue, na' set up camp," she said to the clearing about her. Silence was her answer. She waited for the sounds of movement but got nothing. Sybil lifted her skirts to climb over the back gate of the wagon and found the long, curved poles that would support their tent top. It was a simple matter to slide the ends into the slots on the wagon's side until she had the framework in place. Then she unfolded the heavy, woven fabric that was the roof of the tent and set about tying it into place on each pole. She was on the last stretch of material when he spoke again.

"I doona' smell anything being cooked," he announced from the trees.

"I am setting up camp. You'll need to wait for that," she replied.

Silence was her answer again. It wasn't difficult to find

words to toss at his head this time although she kept them unspoken. The man was a dolt. It was impossible to argue if there was no reply. She twisted on the balls of her feet and opened the sacks containing her cookpots and utensils. Then she set about finding the iron stand that could be set up atop a fire . . . if they had a fire.

"I'll need a fire started!" She hollered it in the general direction where his last words had come from and got no response. Again. She couldn't see him, she couldn't hear him, and she couldn't sense him. Waif was missing, too. All of which made the woods about her feel large, dark, dangerous, and dense, and a few other descriptions that Sybil forced away from her consciousness. She'd been out at night often enough to know that fear was more destructive than most things one encountered. She tossed items onto the ground and then busied herself with clearing some of the brush and grass until she reached dirt. Then she scooped out a hollow deep enough to hold coals—once she had coals. She had to resort to using the smaller of her pans in order to get the proper depth. She dropped dried deadfall into the firepit, and then she put two sticks side-by-side with a bit of dry grass in the center. There was a thick iron rod for firestarting among her belongs. It took some more time before she had a spark. It was an easy move to part the sticks and let the little bit of ember drop. Then Sybil was on her knees and blowing gently. It was getting darker by the moment, and that husband of hers was no help at all. Sybil wouldn't have any trouble finding words to heap on his head now.

It took three more trips into the wagon and then back to the firepit with her supplies before she had the iron stand in place and her pot atop the fire, and then she had to locate the burn again to get some water to boil.

Through it all, she might as well have been alone, since Vincent hadn't said or done anything for so long she was beginning to doubt he was still there. He was planning on treating her to isolation and solitude? He hadn't noticed that she'd lived her entire life with those conditions? What was wrong with the man that he'd show her that heaven was available within his arms and then leave her be? He wasn't the type to leave his new wife stranded, was he? Could that be the reason behind his argumentative nature? He had to have a reason to leave so he wouldn't feel guilty—therefore he invented one?

What was wrong with the man that he'd think that way? And why was she so ready and willing to believe it of him without one shred of proof or anything other than her own supposition? She was usually right—but not always.

She was just about ready to call out for him when there was a loud rustling coming from directly before her. That was followed by the rush of a body through the woods, holding a live pheasant in front of him as he flailed with it.

"Quick! A skean!" He was wrestling with the bird, and it didn't look easy.

"Why dinna' you kill it first?" Sybil was asking it as she searched for a blade on the ground.

"Nae . . . time!"

"Most hunters bring down their game first," she informed him while standing with a long knife, unsure of where to swing it or even if she should.

"Must you use arguments . . . now?" He panted the words out before gripping the bird's legs with his left hand, swinging it downward while reaching for her knife with his right hand. He had the head lifted off on the return swing of the pheasant upward.

Sybil's mouth dropped open. She'd never seen such dexterity or such a display. She didn't think many had.

"There!" Vincent dropped the bird right beside the firepit, where the flickers of flames glistened on droplets of blood that had showered just about everything, including the bottom of her skirts.

"There?" Sybil countered, moving her gaze from the carcass on the ground beside her feet all the way up his frame to meet his eyes.

He was grinning and making her heart feel like it swooped to the pit of her belly before rising up to her throat to start beating with an intensity that was painful. She couldn't even breathe. She watched as the absolute glee on his face slowly evaporated and changed, leaving him staring at her just as solemnly as she was him. He swallowed, but it looked more like a gulp.

"Sup," he said finally.

"It will be . . . some time yet."

"It will?"

"It'll take a spell to pluck and skewer it. And then it has to roast."

He grunted. "I'll be at the burn."

She nodded.

"Washing."

Sybil looked down at where her skirt was soiled and back up at him. He was looking at her with an indecipherable expression, given the darkness about them and the flickers of fire that were all she had for light.

"You have something to say?" he asked.

She shook her head.

"You're supposed to be arguing," he replied.

"So are you," she whispered back.

He tilted his head to one side, looked down at her, and smiled slightly. "True. All true."

He was acting aggressive again, and his stance changed accordingly. He straightened, put his hands on his hips, and looked like he was preparing himself for the argument he was trying to create. Sybil smiled.

"Go. Wash yourself," she replied.

He sucked in a great breath, making his chest expand with it, the movement showing all the shadows and valleys of his musculature in what firelight there was. Sybil watched and was still looking as he relaxed again with the exhalation. He was too much male and too finely formed to get any words of anger from her, especially, as he had all of it displayed in little more than tartan and sweat.

"What if I say nae?" he asked.

Sybil giggled and watched the resultant inhalation of breath that made everything puffed up and large on his upper chest and well-defined since it put on display all of the ropelike tendons of his belly. That was visual, and stimulating, and causing her legs to tremble a bit as she lowered herself to the bird and started plucking at the feathers.

"Wait a bit, then. I'll join you," she whispered. "It would give me great pleasure to wash you—all of you." Her voice lowered on the words, due mainly to her own embarassment at having said them. When she looked up again, he was gone.

Chapter Eighteen

The thrumming sound of a cloudburst woke him near dawn as heavy raindrops pelted the ground beside him. That was immediately followed by the smell of wet fur from the wolf seeking shelter beneath the wagon beside him, and then Vincent's awakening was completed by the chill of being soaked to the skin by what was quickly becoming a pond as rivulets of water searched out and found where he was lying.

Vincent swore and pushed himself up out of the depression of ground that hadn't seemed accomodating when he'd first decided it would be the best place for him to sleep and felt even less so now. He watched the swirl of water in front of his nose as well as the amount of water that was dripping off him. He'd taken this space on purpose, and he'd vowed to make it work. He couldn't leave her side. Not yet. He didn't dare. No matter how inhospitable it was, or how uncomfortable. But the only other place suitable for sleeping was in the creation of quilts and covers she'd made into a bed atop the floorboards of the wagon, and was probably cacooned in now.

Dry. Warm. Comfortable.

Vincent was holding himself in a slant that his arms were guaranteeing in order to keep his nose out of the water and wondering over the why of everything. It was the best he

could manage with a mind still fogged by the depth of his
sleep and the abruptness of his wakening. Everything felt foreign. That was odd. He wasn't immune to sleeping on the
ground, but he rarely slept on his belly. And he almost never
slept as deeply as he must have. Which was even more odd.
This particular patch of ground had felt too hard for such a
thing, while everything on his body had been aching and
straining and desiring and angered at him for not just finding
the lass and releasing himself in her honeyed depths—so
much so that he didn't even think he'd find sleep.

Vincent shook his head and watched the ends of his hair
trail through what was turning into a quagmire since good
earth absorbed water, and while the ground beneath the
wagon had been dry, it was also very good, dry dirt. He had
to ponder on all the oddity. This sleeping as he had . . . Vincent rarely slept so deeply. He didn't know why. It was ingrained from his time in his mother's womb or something.
Perhaps it was self-preservation, since he never knew what
threat might come at him. That was one reason he woke
as quickly and moved as rapidly once awakened. And he
couldn't do that unless he slept on his back or side—never
this way.

His arms were starting to itch from the chore of holding
him in such a prone position. That must be due to their sleep-
imbued state rather than any weakness. Vincent always kept
himself in perfect physical condition. He'd been in positions
requiring such strength on more than one occasion. There had
even been one time when he'd been almost caught abed with
one of the mighty Douglas wives *and* her daughter in the
ducal chambers at Tantallon Castle. That had required holding himself aloft atop one of the ceiling beams until the
Douglas had decided the innocence of his women and left the
chamber.

"Ugh."

Vincent grunted as he went to his haunches, feeling the

slick wetness of water as it siphoned from his kilt onto his legs, thighs, and even his buttocks from beneath his belt. Memories were senseless, as was his vow to stay away from the woman who had caused all of this, the woman now bearing his name.

She was probably even wearing one of her little pink chemises.

Vincent bent his head and peered out, watching the raindrops continue to hit at the ground beside the wagon, making great splashes with the force of their landing, while Waif snuggled into a small ball of wet fur beside one of the wood chunks Vincent had used to brace the wheels against movement. By every indication of the wagon he was directly beneath, she still slept, too.

After putting him into a state of frustration—she slept? He didn't know how she did it. It couldn't just be her expertise about a cook fire, although she had that. She'd roasted them a sup of perfectly done pheasant that had his mouth watering with the flavorings she'd used. She'd halved the bird before skewering it, halving the roasting time and showing her ingenuity at doing so. It definitely wasn't her musical talent. Throughout the preparation time and the mixing and basting of their sup, she'd been humming. She'd been right about one thing. She couldn't sing, if her tuneless humming was any indication.

He didn't know what it was about this particular woman that made everything in him desire her and only her. The harder he tried to put the woman from his thoughts, the greater the longing grew to press his frame onto hers and make her mouth cry aloud for his caress—and his only. He didn't know why. All he could do was ponder on it.

Nearly the entire time she'd thought him engrossed with his bath at the burn he'd been watching and hovering and wondering over his own cravings. It was true that he'd dipped himself into the stream, washing the leavings from the bird

off him, but he hadn't tarried. He'd come right back to her the
moment he could. It was if she had an invisible circlet about
her, and he was damned to stay within its confines. That was
why he hadn't a skean handy to kill the bird in the first place.
He hadn't been hunting; he'd been watching her. Surreptitiously. Keeping his distance and wondering at his sanity and
the extent of a lust he couldn't kill. He couldn't even mute it.
The pheasant had simply been unlucky enough to move
through the space between Vincent and his bride.

His bride.

Vincent licked at his lips, wiped his hands along his wet,
plaid-covered thighs, and ignored the tremble deep in his
loins at the continued thought of her . . . and what he'd seen
of her just this past eve. After she'd finished putting as much
of her sauce on the bird as it would hold without dripping in
the fire, she'd gone to the burn. She'd been slipping her laces
from their holes and peeling the shift from her frame and
making the tremble start within him just with the watching of
it. She'd even undone her hair, uncoiling each braid and
finger-combing it into a dark mass that slipped over her hips
and grazed the backs of her knees. She was bending and
swaying throughout the combing ritual, too, as if to a silent
tune. Each movement had swept that curtain of hair across her
body, touching it, caressing it. . . . Vincent had leaned back
against a tree then, feeling the hard throb of his arousal scraping against the damp wool of his kilt as he watched her, de
sired her, panted for her, and silently begged her to continue.

And then she'd disappointed him and slipped beneath the
water . . . fully clothed! Fanning her hair out as she did so. He
was beginning to think she did this to him on purpose. He just
didn't know why.

He'd watched her the entire time. He'd tried to convince
himself it was for her safety. That was a lie. They could have
been attacked by hordes of stunted little dark men named Sir

Ian, and Vincent would have been unable to take his eyes from her. He'd had them affixed to her the entire time.

Vincent had barely kept the low, hoarse groan to himself. His entire frame felt primed and ready to pounce and demand and respond to and pleasure that woman. If he let it. But he wasn't going to allow it. Not when she'd used her potions on him like she had! And not when she'd forced his hand to the altar.

Everything about her methods was totally unfair.

He'd vowed to ignore her. No matter how difficult it would be. No matter how much he pondered the course of events. He had to be near her. So be it. He didn't have to like it. Neither did she. He'd added to his vow. He was going to make her regret wedding with him. Forcing his hand like she had.

He hadn't known how bothersome such a plan was going to be. Nor how hard. Senseless. Useless. Forcing an argument with her had failed. Ignoring her was failing. Everything he'd tried was failing. She even denied him the act of watching her at her bath? Vincent was grinding his jaw at how unfair all of it was, and that was when she'd walked out of the water and changed everything. The opacity of her gown as it clung to every portion of her had cursed him then with such raging desire, there wasn't anything shy of an ice storm that could temper it.

Vincent didn't know what was wrong with him. It had taken every bit of his strength to reach the fire before she did and to squat nonchalantly beside the roasting bird on its spit. And keep the puddle of excess tartan in his lap while he did so. He didn't dare look toward her. Not then.

It was useless. He'd done everything to keep his desire from taking over his life, allowing her the win again. And here it was, not yet day. He should have been slumbering still rather then living through all of it again. He was turning into a slave of his own body.

Vincent made up his mind. He was finished with ignoring

her and his own pinings. It wasn't working. Perhaps he'd been going about it wrong. He should have been sating himself. Over and over and again and again, and as many times as it took . . . for as long as it took. Such a thing should prove boring after a time. It always had before. And then she'd lose her power over him.

Vincent crawled out from beneath the wagon and stood, working at his belt with fingers that were clumsy. It wasn't with the cold and wet. It was with the anticipation. The downpour made it hard to draw breath, but it was excellent for sluicing away the muck from lying in a quagmire beneath the wagon. Vincent unwound the soaked plaid from his body, wrung out the worst of the wet from it, and then slapped it into a fold of material that he looped over the bench railing at the front of her wagon.

He felt each drop hitting him with force, pelting him in the head, over the back and shoulders, down his legs. Vincent didn't allow the rain to bruise any of his front side. He kept to a slant as he made his way to the opening in the back of her tent and climbed in. Then he was lifting the bottoms of the cover from the perfection of her legs.

Darkness filled her dream, a cold darkness that spiraled until it was its own being, stirring mist and clouds at the passing of it. There was a mountain peak, just glimpsed. And then there was the stunted fellow at the core of it. The one with dark, smoldering eyes. Penetrating eyes that were watching her . . . memorizing her. Sybil narrowed her eyes on him until her eyelashes shadowed the figure into obscurity. It didn't look to be the dwarf, Sir Ian. But . . . who then could it be?

The fascination with the figure still startled her, as much as did the fingers that were reaching out to her, blessing the dark, dank mist with a hint of light and hope and desire. She stirred, tensed . . . arched.

Fingers touched her at the ankles, both ankles, wrapping the flesh there with frosty cold strangely tempered by such heat that the frost turned to wetness that dripped with little effect. Unless she concentrated. Sybil tensed slightly as the wet-covered fingers filtered through the edge of her dream, feeling exactly like clouds were supposed to feel. Sybil made a low murmuring sound in her throat, demonstrating how pleasurable such things felt, and her appreciation at receiving them. Then the fingers became full hands . . . hands that were sliding up her lower legs . . . to her knees . . . and then farther, plying their way to her apex with a skill that existed only in the realm of dreams.

She tossed her head to the other side, letting low sighs escape as the hands were followed by what felt like a tongue slipping about the tender flesh behind one knee, and farther up her thigh, putting massive heat in place. And then blowing on the spot until it chilled. Doing it again. Higher.

Sybil's hips began rotating, doing gyrations of motion as the hands and mouth explored farther up her legs, nearing her core and making everything taut and readied, and yet soft and aching at the same time. And pulsing with need that every moment prolonged, while every movement of his made everything more excruciating. He wasn't moving closer. He was using the torment of his tongue on the front of a thigh, his fingers raking her sides in order to pin her in place as massive weight moved into place amidst her parted thighs. And he was chuckling. He found it amusing? The dark man she'd so feared and worried over was denying what she wanted? What fairness was there in that? She'd been cursed with finding an unsuitable love . . . one that she couldn't have. This wasn't what it meant. It couldn't be. That would be too cruel.

Sybil became a creature of want and passion and fury. She was lunging and squirming, doing anything to get his attention back to the area he'd brought to such a state of lust that her shift was stuck to her entire body with moisture. Nothing was working. Then she was reaching, unclenching her fingers from the hem of the short shift and filling them with solid handfuls of thick hair. She was close to begging him.

"Na' so fast, Wife," came a growl of voice near her belly, and Sybil's eyes flew open.

"Vincent?" The name was whispered, and her fingers slackened and lost grip.

"You expected another?" he asked, his breath heating the flesh he hovered over.

Sybil absorbed the shock of it. It couldn't be. Vincent Erick Danzel wasn't ugly. He wasn't dark. He wasn't small in stature, and he certainly wasn't insubstantial and vague. He was all-over handsome, and he was all male. There wasn't a bit of him that was weak. He was rock and sinew and muscle and strength. All of which was getting defined and learned and caressed once Sybil's fingers gained flexibility and dexterity back to them as the shock curbed and became certainty. She skimmed her hands over him, every stroke making the satinlike skin–covered muscle vibrate to every touch.

She'd never before questioned her intuition and dreams. She didn't now. It was just such a shock. Vincent Erick Danzel wasn't dwarfed, waifish, or dark—except perhaps with regard to his character. Sybil nearly cooed with the realization of what this meant—and her luck. This handsome blond Viking fellow was the unsuitable man she was destined to fall in love with. She didn't question it. She knew it. She'd been blessed beyond the bounds of any curse.

"You like that?" he murmured against her flesh as he misinterpreted her pleasure.

"Aye. Oh, Vincent." Sybil stumbled over the words, because at last he'd decided to bless her with the feel of his mouth latched onto where he suckled, igniting fires throughout her frame and making everything even more heated and pliable and female.

Heated. Pliable. Fire. Female.

He slid his mouth to her other breast, his hands making certain of her positioning by holding her body to the bedding with the pressure of his fingers about her waist. He had to. Sybil was slithering and sliding and moving the bedding awry with each lapping motion of his tongue.

"You ken who it is now?" he asked in a rough voice.

Her cry was his answer, as the cool touch of his breath iced the flesh he'd just suckled to an exquisite pulse, reminding her that there was more . . . much more.

"Aye. Vincent," she replied, lowering her voice and using his name as a caress. "Vincent. Vincent."

She said it until her breath ran out, while he tongued his way to her throat, kissing flesh as he went, his entire frame thick with need and hard with desire. The hardest, most taut portion of him was probing, slipping between the folds of her flesh and being pulled back out, over and over, until Sybil thought she'd go mad.

"Vin . . . *cent!*"

The last part came with a keening sigh as his lips reached hers, his breath mingled with hers, and, at the same moment, he lifted her hips with one hand in order to fill her completely, totally, perfectly.

"You . . . certain?" The words were guttural and low, ground out with lips still attached to hers.

Sybil arched her back, helping more of him fit. Then she was sucking her way across his jaw to his ear, finding an ear, and mouthing his name against it with a rhythm that matched every lunge and push he made. "Vincent. Vincent. Vincent, Vincent . . ." She crooned his name so many times, she lost count.

Then he was replying, calling her winsome, and lass, and wench, and enchantress, and witch, and so many other titles she couldn't hear them all. Throes of ecstasy blended with the words, making a perfect musical symphony, with a massive man at its core. Over. Again. Continually.

Until she was nearly afraid of the intensity behind each of his heaving breaths. Then he was raising his head, crying in a deep growl that sounded triumphant, and Sybil held to him, through every lurch of his frame. And when he fell atop her, and then rolled, she went, too, staying melded to this massive, handsome Highlander . . . that had been wished into being.

Just for her.

Chapter Nineteen

The wagon was stuck. No matter how many times he tried to rock it, or work with it, or curse at it, and then at her. Nor how many words they exchanged. The wagon was still stuck.

Sybil spun after the fourth time of trying to speak with him this time and nearly joined Waif where he was sitting atop a rock, watching the proceedings without any indication of how entertaining it most likely was. The rain hadn't let up. Sybil was soaked and covered with mud from trying to direct the horses, but that was far shy of Vincent. That man looked like a creature birthed from the muck, and about as intelligent.

She tried telling him again before he got the wheel buried in mud beyond the hubs, but the rained sucked up her voice, or she was starting to lose it—and he turned away anyway. He had to use something aside from the power of man. He had to use leverage or the wagon wasn't going to move. She knew that much. He'd be best served using his rope around a tree and having an animal pull from there, using the beast's strength to best advantage. She told him of it. But he wasn't listening to her.

He hadn't been since she'd made mention that if he hadn't spent nearly the entire day pleasuring her, it wouldn't have come to this event. Perhaps if he hadn't spent so much time in the same pursuit of pleasure, he wouldn't have found the wheels mired so deep, they were going to need more man-power than just him and the two horses. All of those words had made him scowl, showing that even with such a look on his face, he was positively stunning, stirring, immensely mas-culine and virile, and then he'd turned away from her.

Sybil sighed. Reminisced, and sighed again. She took longer the second time. It was due to the contentment. That's what came of spending the morning in that man's arms. Sybil's features softened as she lifted her face again to the rain, letting the free-falling drops coat everything. That wasn't the lone reason, however. She was hoping some of the rain would wash away some of the satisfaction he'll accused her of having on her face the last time he'd looked. Back when he'd had her pulling on his draft horse; before he'd hitched his destrier to the wagon as well.

Sybil considered that. A war-horse such as he owned should be particular about being hitched to a wagon and forced to labor in that fashion. The horse Vincent referred to as Gleason didn't appear to find it laborious at all. He was far removed from his master. Vincent had struggled with a long pole as he strained to get it beneath the most stuck wheel, while he sank lower and lower and got covered with mud until he looked like a massive man-shaped mountain.

That's when he'd yelled at her for enthralling him to the point he hadn't even given a thought to what was happen-ing outside their wagon tent. And that's when he'd told her she could just wipe the look off her features at hearing that, as well.

Sybil laughed aloud, licking at the drops that just wouldn't cease, and when she lowered her head the world had warped. Scores of men had appeared through the mist-imbued trees, looking harsh and weathered and stout. And dangerous. Sybil's heart was involved with stopping, and then it decided to start up again, clogging her throat.

Then Vincent saw them. Aside from a moment of stiffness, which could have been surprise, he didn't look threatened at all. He didn't act threatened. He didn't do anything other than jump off the high end of a log he was trying to maneuver under the wheel and approach them. To all intents, he looked then to be arguing with them, gesturing and doing a large amount of shouting and replying. Then they began acting like men, clasping hands and slapping each other on the back, and then they went back to arguing, but with softer words. Lots of words, followed by Vincent pointing in her direction. Everyone looked. And then they were back to clapping themselves on the backs and speaking loudly again.

Sybil decided it was safer and more prudent to sit beside Waif on the bare boulder beneath a bough. And that's where she went.

The only thing that worked to temper his own reactions and stupidity was work, hard work. Hard enough to feel the pump of blood through his body and his heart hammering until it blocked out the sound of her voice. He just wished it worked at muting the song that filled his soul. That was almost as bad as the sight of her. She was lovelier than she had any right to be, possessed softness in all the right places, just as the rain was showing with every movement she made as she alternated between trying to help him and railing at him when he didn't do as she requested. Nothing tempered it like hard physical labor. And then, even that wasn't working. He still lusted for her. Again. Incessantly. His plan of plying her sweet body with his in order to get her from his system hadn't worked, either. If anything, the lust was hotter and more vibrant than before. Vincent didn't know what was wrong with him. Again. Still.

And then the entire clearing was filling with members of what had to be Danzel clansmen, if there still was such a clan.

Either that, or they were ghosts. Vincent spent a few moments assimilating it. He had no choice but to greet them. Or hide from them.

He approached what appeared to be their leader with none of the trepidation he was feeling. And then he broke into a smile as he recognized the man who had been the mentor from his youth.

It was Sheldon Danzel. The man who'd been at his father's side throughout that short span when Vincent had known one. The man who'd been honor bound to protect the laird of Clan Danzel's life with his own. The man who'd yanked Vincent into manhood.

Before he ran to learn all about it by himself.

"Sheldon! Is it truly you?" Vincent was clasping hands with him.

"Aye! As well as what men I could roust."

"Roust? From where? None survived the fire. I ken. I saw it."

"You dinna' stay for all of the aftermath, my laird."

"Laird?" Vincent blinked, sending the raindrops that had gathered on his lashes coursing down his cheeks.

"You ken your position in life. 'Tis why you left," Sheldon replied solemnly enough.

"I left because I was too late to change anything. Too late to make any difference! I was too—"

He hadn't time to say more as blue, black, and green plaid-clad men surrounded them, greeting him and acting exactly like they didn't think him a base coward who'd run from all his responsibilities. Someone asked what it was he was upon, and why they'd been sent to save him from his predicament, since a stuck wagon didn't appear to be much of a problem for a man who was the laird of the Danzel clan.

Despite everything, Vincent had to ask what fool would send men to rescue him. And why anyone would think there would be a need. He got his reply from a scrawny lad at Sheldon's side.

"The Donal sent us. Me. I'm Beggin. Your new squire. The Donal gave me a message for you. He believes you needing a rescue about now. I donna' ken from what."

"The Donal? Myles Magnus Donal?" Vincent asked. "He thought I needed a rescue? Why?"

Beggin answered since he looked to be quickest; the others looked oddly discomfited. "I doona' ken precisely. He did say to tell you that you've done well. Exactly as expected. He and his wife, the lady Kendran, are pleased with you. Since such was their plan all along. I believe that was the message. I could have misspoke it, though. I'm a squire, na' a messenger."

"Their . . . plan?" Vincent suspected it was anger starting the tingle in the base of his lower back. He squelched it as best he could. *Wedding the sister was their plan?* And then had to work at controlling further anger.

"Oh! He also said to inform you that he's granting you back your keep and the lands surrounding it. I doona' ken what it is you've done to deserve such. I truly dinna'."

"He did . . . what?" Vincent's voice failed him, and the last word squeaked.

"Your keep. Castle Danze. It's been rebuilt. Refurbished. Fortified. Taken to its former glory and then surpassed. The lands, too."

"Lands?" Vincent asked with what voice he could find. The surprise was evident and obliterated even the anger.

Sheldon Danzel spoke up, stopping the barrage of words from Beggin. "Aye. Your lands. They've prospered. All. There are sheep, horses, crops. And what Danzel clan left is still there. Awaiting your return. We just dinna' ken where to locate you afore the Donal pointed us in the right direction."

Vincent shook his head. "The Donal canna' gift me with land he does na' own. The MacHughs won it from me. More than a score ago. I know. I saw it. Remember?" Vincent's voice was bitter. He didn't delve into the why of it. He couldn't. That was the first vow he'd made to himself.

Sheldon grinned, flashing the white of his teeth in the dim of the day. "The MacHughs dinna' keep it. The Donal owns it now. Well . . . he did."

"Truly?" Vincent asked.

"Oh, aye. He does. Did. I have to keep remembering. You own it now. Again. As is right."

"And . . . he dinna' see fit to tell me afore this?" Vincent asked.

"I just told you," Beggin interrupted. "He said you were na' worthy. Until now. I was to make certain you kenned this."

"What the lad says is true. Donal gained your lands back five . . . nae, six years past. Won it in a battle at Clammond Glen that still has sonnets written over it. Then he started correcting the damage the MacHughs had done to it."

"And none told me? You left me to stew?" Vincent stood taller as his back stiffened. He watched as Sheldon looked him over before replying.

"Na' a soul knew where to find you until a sennight past. When the Donal sent this squire. You dinna' leave us much to go by."

Vincent set his jaw, ignored the twinge of what was probably regret mixed with guilt, and set them aside, just as he'd trained himself to do. He didn't let emotions bother him anymore. That was the second vow he'd made.

Sheldon cleared his throat. "The Donal sent this emissary to your sisters. They've the run of your keep and business. Myles wanted Danzel clansmen to his bidding. Quick like. We were na' told why. We dinna' even ken you were still about. Causing trouble. You've been causing trouble, have na' you?"

Vincent didn't think his throat would work. He shrugged.

"We had the general direction to find you and mount a

rescue. And here we are. To rescue you. I doona' ken from what."

"Probably from my wife," Vincent mumbled.

Sheldon laughed. "You've gone and taken a wife? Where?"

Vincent swept an arm in the direction of where Sybil had last been standing without looking that direction. He didn't dare. Her clothing was probably plastered to her, and he was still fighting his own body over it. Then he had to endure the cheers and congratulatory slaps from them as well as ignore his new squire's wide eyes. Vincent didn't want to know why the lad was looking at him with such a look. He could guess.

And then Sheldon was speaking again, and sobering everything. Standing about talking with the clansmen had another effect, as well. The rain was washing the worst of the muck from him with the amount of it.

"Begging pardon, but she does na' look the type."

"For what?" Vincent asked.

"The type a strapping laird such as yourself would need rescue from."

Vincent bit his tongue and looked across at Sheldon. "True," he agreed finally, and then he grinned. "Beware of small packages, my friend. That is all I'm inclined to say about it. Beware. A warned man is a forearmed man. As I was na'. Come. Assist me with yon cart. There's been enough time spent with the rain and mud. I fancy a bit of dry clothing and a warm bed. And na' just for me in yon wagon. For all of us. In two days' time. At Castle Danze."

Sheldon looked at him levelly for several moments before nodding. Vincent knew he was deciding worthiness. It wasn't a good feeling. Then Sheldon lifted his arm, gave a whistle, instructions, and within a few minutes the cart was free and being trundled over to the boulder where Sybil was sitting silently watching the proceedings. Vincent didn't look in her direction when they laced a rope around a tree in order to get the most leverage. He wasn't willing to give her the satisfaction of knowing she'd been right.

Again.

The rain didn't let up the entire day. Not for Vincent Danzel and not for any member of his clan. Never for them. It had been the same series of bad luck and raw circumstances that had been his bane since that night. The night that had destroyed his clan. The night spent in so many emotions, he'd vowed to never recollect any of it.

Elation. There had been plenty of that. At first. The night had been filled with raw elation as Vincent and his two closest companions, Edward and Sinclair, had spent the darkest part of the night reaving, stealing MacHugh clan cattle, and getting the small batch of six heifers across the border. The elation was full and robust and filling every fiber of his being. No Danzel had been as victorious. Not for decades, anyway. Vincent had herded the cattle down a hidden glen with an expertise born of knowledge since infancy of all the nooks and crannies of his own land, and nothing could mute the fullness of his entire heart at how proud his sire was going to be when he found out.

The elation had been perfect. He hadn't known it could feel like that. Deep and poignant enough that his heart tried to hammer a way out of his chest with each beat, and his hands trembled even as he forced them to remain calm. He needed the calm state to make sure the stolen beasts continued to move without sound away from where they'd been bedded down for the night.

That sense of elation had been impossible to imagine and nearly impossible to find since. He knew the reason. The elation had been an encapsulated bit of time that held a hint of magic. It was made so by how quickly it had been followed by all the other emotions. That's what came of being caught.

Fear was first and foremost then. A debilitating sense of fear that was also full and robust and massive. It made him even more aware of his heart and how hard it could pound, and how difficult it was to take the next breath.

It hadn't been his fault. It hadn't been Edward or Sinclair's fault, either. The lack of reason to it was what made it even worse. Every lad found his manhood while reaving. It was almost a right of passage, and Sheldon Danzel had made certain the laird's only son, Vincent, had known of it. He'd been counseled. He'd been taught. He'd been prepared. He'd been told. Pick a moonless night. Pick a night full of weather-inspired demons. Pick an easy target, and do it all quickly. Painlessly. Vincent had prided himself on being an excellent student.

Until that night.

Nothing foretold of it. They hadn't planned it, but the night had seemed perfect. It had started moonless enough, and then drenched all and sundry with the force of a cloudburst. All of it had been so advantageous, they hadn't bothered to scope out an alternate escape route. They'd counted on the velvet texture of the night to cloak and shield them. And then they'd been betrayed. Nature had decided to shut off the torrent of rain and tamp down the mists rising from the grounds. Then it had sent a bright half-moon from behind parting clouds, as well. All of which had shown Vincent clearly how many MacHugh clansmen they faced, how angry they were, and how bent on revenge they were.

All of them.

Vincent wasn't exactly sure if that was when the fear had reached its apex, or if that was when he'd first felt it changing. He wasn't sure when, exactly. He only knew it had. One moment, everything had been crystallized into a perfection of permanency, complete with a paralysis that made the very effort of drawing breath difficult, and the next, every moment was so filled with anger and rage and bloodlust that it had colored everything with a reddish haze he still remembered. When he let his guard down enough.

The red was filled with blood. Still. Forever. And it was hollowed out by despair. That was the emotion that had set in as Edward had started it, lifting his sword with a cry that had rent the night with the shrillness of it. And then Edward had taken a blow meant for the laird's son that had cleaved him almost in two.

Vincent choked back the sob he'd been cursed with as he met Edward's eyes for the last time. Memorizing the moment in time when his friend and companion died right beside him. And then it was followed by the most frenzied action of his life. Vincent hadn't known he possessed the ability to wield a sword with stupefying effect. He hadn't known he had the ability to hack his way through the MacHugh clan like he had the moment Edward Carrick's body had settled into a motionless heap on the grass.

Bloodlust had filled him then. Making him strong and invincible and dangerous as he'd fought the MacHugh clansmen. Fought them and made a path through them and settled the score of Edward's death tenfold. And then he'd taken the blow that had ended it, chopping him down from behind. At the knees. One of the MacHughs had taken an ax and used the blunt end to wreak havoc on Vincent with a hacking blow that felt like it had severed his legs. He'd gone down. Hard.

And that's when the torture had started.

Chapter Twenty

The vibration of the wagon bed woke her. Then the groans, and what almost sounded like sobbing. She'd be better able to tell if her ears weren't covered over with the ends of her shawl and then further muffled with the blanket to cover the whole. It was the only way she'd been able to sleep.

It wasn't enough that she was surrounded by more men than she'd ever seen assembled in one place, nor that her husband kept a certain distance from her the entire eve. No. Those men had to sit about the enormous fire they'd made in order to overcook the venison some of them had hunted for sup, fill their bellies, and finish it off with drinking from little dark oaken kegs of ale that had materialized from the sides and backs of their horses. That hadn't been the worst of it, either. Oh, no. This amount of men, steeped this much in mead, were louder and more boisterous than any fest Eschon-can Keep had hosted. Their voices had gotten progressively bolder, more riotous, and with a celebratory edge she couldn't mistake. They were obviously happy at finding Vincent. He didn't look to return it, but they hadn't seemed to care.

And then they'd started their play that only men seem to find fascinating. Sybil had long since retired to her tent-covered wagon, and Waif with her. He was keeping guard from beneath the wagon. She was safe. Warm. Dry. Sober. She even had dried berries for nibbling on, since their roasted sup had been more upsetting to the belly than filling.

Besides which, she would never have survived the amount of slapping, wrestling, and man-games that they seemed to find amusing. Sybil had no experience with this kind of gathering or this amount of drunken men. She had no tolerance for drunkenness anyway. Life was too short for such idiocy. She wrapped her shawl about her in a cocoon fashion and tried to ignore their man-party. And that was when they'd taken up their singing.

For a man possessing the musical talent of her husband, the noise these men were making should have had him gnashing his teeth. No creature should be allowed to sing with such off-key, drunken voices. And not a melodious one among them. That's how she knew her husband wasn't joining them. In fact, the last time Sybil had peeked through the opening in her tent, she'd seen that not only wasn't he singing, but he didn't look to be celebrating, either.

He was drinking.

Another groan came from the man who was sleeping beside her, although he was so swathed in separate bedding that he might as well have been on another pallet completely. His shuddering intensified to the point the wagon beneath them was rocking with the strength of each tremor. Sybil pushed the shawl from her head, pulled an arm out of the protection of her coverings, and listened. Aside from the sounds of dripping water, alerting her that the storm had likely abated, there wasn't much to hear. Unless she concentrated. That was when she heard the grunts, snores, and general sounds of breathing that would accompany a horde of men who had drunk themselves into deep sleep.

The man beside her whimpered. Sybil did exactly what she always did. She reached to check . . . and touched the clammy sweatiness of his bare shoulder.

Vincent reacted like he'd been slapped.

He was instantly awake and flipped over onto his hands and knees. She could see the menace of him clearly enough in the roof protected fire-enhanced dimness through the tent walls that it started a strange sensation in the pit of her belly.

"Oh," he whispered finally. "'Tis only you."

"You were having a bad dream," she replied in the same whisper.

"I never dream," he replied with an underlying aggressive tone that came across even if the words were still being whispered. Sybil's eyebrows rose.

"You overimbibed, then," she said, taking her tone to a matter-of-fact one.

"I dinna' drink enough," came his defensive-sounding tone.

Sybil shrugged. "Verra well. You are suffering the sickness of eating a badly cooked meal."

"I am na' sick, either."

Sybil continued as if he hadn't spoken. "Your men dinna' ken the proper way to roast a deer. Nor do they add the correct seasonings. 'Twas enough to make many a belly roil."

"I am na' sick," he replied again, strengthening the volume of his voice to a low rumble of sound, as if that would stop the argument.

"You were shaking and covered in a chill sweat. You still are. Tell me this is na' true." She reached out a hand to touch him, but he moved slightly backward to avoid it. She let her hand drop.

"I was na' shaking," he said finally.

Sybil giggled. "Dreaming is na' a sign of weakness, my laird."

"Laird?" he asked.

"'Tis obvious. These are your clan. And you are their laird. Tell me this is na' true, as well."

"This is na' true." He parroted her exact tone, if not the pitch. Sybil's frown deepened.

"You may have allegiance to the Donal, but you are laird of your own clan. This is them. Perhaps na' all of them, but this is them. Clan Danzel."

"This is na' my clan. I doona' have a clan."

"Na only do you have a clan, but we're going to the very heart of it. To your keep. I fancy it is much nicer than you remember. And this bothers you."

His breath was catching slightly at her words. That was the only clue he gave her that she was right.

"Enough to cause fitful dreams."

"I was na' dreaming," he said again in a tense tone that made her shiver.

"I am rather grateful that you have a home, and that 'tis of a large size."

"What?" he asked.

"This gives me hope that there are women there. For only women ken how to make a house a home."

"I have sisters—" He caught his words, and Sybil nearly giggled again at the consternation on his face. "How do you ken all of this?"

"I doona' *ken* anything. I make a guess. I keep embroidering on it. And then I wait for the answers. You are giving them to me. With every spoken word . . . and every unspoken one." She lowered her voice at the end of her sentence and watched him flinch ever so slightly. That gave her the answer.

"Unspoken . . . words?" he asked.

"Everyone gives clues to what they really feel and what they really mean. They do it all the time, Vincent." She had to pause for a moment to suffer a blush at saying his name. It reminded her too vividly of when she'd last been saying it. And why.

He was moving then, pushing himself back into a sitting position with one crooked leg upward. He had his arms looped about the raised knee and was creating a dark well of shadow at his buttocks that drew her eye. Sybil swallowed the excess moisture in her mouth as she glanced there. She wondered if he did it on purpose and then just asked it.

"Did what?" he asked.

"Put yourself on display."

"Display?" he asked.

"Aye." She nodded.

"For what reason? And to what effect?"

Sybil swallowed. "To silence me."

He huffed out what sounded like amusement. Since his back was to the remnants of their bonfire, she couldn't tell the exact nature of his expression. Her mind filled it in for her. He was smiling.

"Naught silences you, Wife. Naught."

Sybil returned the smile and then sobered. "You are entertaining, but you are ever that."

"Entertaining?" he asked.

"Aye. Everywhere you go, there is a spark. You entertain. Easily and without thought. 'Tis like magic. You arrive somewhere, and everything changes. I doona' ken yet what it is or how you do it, but I am intrigued."

"Intrigued?" he asked, and he was lowering his voice exactly like she had and gaining the exact same thing as Sybil pulsed. She was overheated as well, and knew a blush was the cause. She settled for nodding to his question.

"In what way?"

"I doona' play . . . the games . . . men and women . . . play," she told him and couldn't prevent the way her words trembled.

"Games?" he asked.

"You ken what I speak of. You're a master of it . . . as well as the other." Now she knew she was blushing.

She got a flash of teeth as he grinned. "Go on," he said finally.

Sybil cleared her throat. "I canna' see your face," she told him.

"This is important?"

She nodded.

"Why?"

"The words one speaks are always open to question. Sometimes they match the actions. Ofttimes they do not. Do you ken of what I speak?"

He nodded.

"Will you move so I can see your face?"

"Why?"

"So I can use more than what I can hear when I listen to you."

"Is this another trick?" he asked.

"I doona' trick."

He snorted. "Now your words doona' match your actions. You trick others ceaselessly. Endlessly."

She shook her head. "I simply watch and listen, and speak about my knowledge when I need to. Sometimes what I believe changes. Sometimes it does na'."

"You forgot to add the potions you use," he replied.

Sybil had to look aside.

"I ken exactly what you mean about what one hears na' matching what really is," he said.

Sybil rarely had her words turned on her so effectively. She didn't know what to reply. "This is na' fair," she finally said in the silence.

"Fair?"

"You can see all of me. I doona' have the same benefit."

"So?"

"You wish a battle of wits or na'?"

Vincent had to be grinning. It sounded in his voice. "I do," he replied.

"A cheated win is nae win," she told him.

"'Tis still a win."

"Is it?" she asked, and held her breath while she waited.

Vincent cocked his head to one side. "We'll both move. To the side. That way we'll both have the same . . . benefit."

Sybil managed to keep the satisfaction deep. It probably sounded in her exhalation, but he wasn't an expert at reading such yet. He possessed honor and integrity. Deep. They were buried, but still there. She closed her eyes and watched the dwarfish, black shadow-man of her vision enlarge slightly and gain a bit of substance. She didn't even feel the wagon moving as he shifted sideways.

"You are na' moving," he said nearly at her ear.

Sybil slit her eyes open at the same time as her fingers unwrapped the rest of the bedding from about her. Then she was crawling to a spot at the tailgate of the wagon when a hand wrapped about her wrist, stopping her.

"Doona' move so far away," he said.

"Why na'?"

He started sliding his hand up her arms, moving her sleeves as he went.

"Because I dinna' grant you such."

"Grant it, then." It wasn't possible to continue speaking if he insisted on using his thumb and fingers in a caressive fashion.

"Nae."

"Why na'?" Her breath was coming in shorter panting motions.

"Because I want you close."

"Why?" She was still in a crouch, stopped midmovement and waiting breathlessly for what he might say, doing her best to ignore the hypnotic motion of his fingers on the soft flesh of her upper arm.

"Are we using honesty in this battle of wits?" he asked. "Right here and right now?"

"Anything else would be cheating," she whispered.

He nodded slightly. The movement made dark pools out of where his eyes were, and then he blinked. The length of his eyelashes was easily noted on the highlighted eye as he looked back at her. That look sent shivers all over her, until they centered right at her breasts.

"Then I have to admit that I doona' ken why I want you near me. I only know that I do."

Sybil sat, putting her at arm's length to him, since that was the extent he was stretched as he continued to hold to her.

"Right here?" she asked.

He nodded.

"Then let go."

He shook his head.

"Why na'?"

"Because . . . touch has more voice to it than words sometimes."

Sybil smiled in delight. "You ken this? Already?"

"I've practiced much of what you say. I just hadn't given it thought afore. Nor had I considered it a contest. I am doing both of these now."

Sybil scooted a little closer and put out her hands. "Then hold to my hands instead. Gift me the same."

He didn't answer, but he slid his hand back down her arm, leaving a trail of heat, until he had her hand within his. The other hand he held out and allowed Sybil to clasp hers about it, making it equal.

"You will na' be able to hide from me if you do this," she whispered.

"And if you make that motion with your mouth again, you will na' be wasting time on words with it," he replied.

Sybil gasped, and jerked slightly. He grinned at that.

"You will na' be able to hide much, either," he said.

She raised her gaze from the merriment on his features and looked deep into what she could see of his eyes. He'd been so gifted by the fates! To have such Viking-like features, and yet devil-dark eyes? She wondered how many women he'd held enthralled with a look . . . just as he was her.

"My grandmother was a Donal," he said.

"What?"

"The Donal clan is large. It's rich. Has many distinctive features. One of these is dark eyes. Verra dark eyes, the color of damp, dark peat."

"Why are you telling me this?" she asked.

"You were wondering at the why of it."

Sybil's eyes went so wide, they mirrored her mouth.

"Am I right?" he asked.

"Right?"

"I took a guess. Just as you do. You were looking at me with such a strange expression, I decided the why of it could be my coloring. I asked. I got my answer from things you dinna' say. Tell me I'm right."

"You're right," she replied.

He smiled, and it was such a solid smile that Sybil returned it. "Just as I am right about this horde outside being your clansmen."

He stiffened slightly, and his smile started to fade.

"They wear blue and black plaid, as is true of all Clan Donal. Even you. But these men have a wide stripe of green added to their sett. This makes it different. This is the sett of Clan Danzel. Am I right?" she asked.

He nodded.

"And you are their laird."

He didn't move. He didn't even blink. Sybil took a deep breath and told him how she'd come to her conclusion. "These men appeared from out of the woods. By the weariness about them, they'd traveled a great distance. They were looking for something or someone . . . of importance. Their actions told me whom."

"What actions?" he asked with a rasp to his voice.

"Their greeting. The celebrations. This many clansmen would only spend this much effort and celebrate this fully if they had found someone as important as their laird. And that has to be you. True?"

He nodded. He might not be noticing it, but he was starting to tremble. The hands holding hers were vibrating ever so slightly. Sybil didn't remark on it, in the event he managed to control it better. She simply sat quietly and waited for what he would say.

"I have decided the why of our wedding," he said finally, surprising her enough that her back straightened.

"You have?" she asked.

"We are wed . . . because you set it up that way," he remarked and then tilted his head and pursed his lips in a way that caught a bit of light on one side and riveted her eyes.

"I did?" she whispered.

"Oh. Aye. You put it into play the moment you saw me."

"Na' quite." Sybil couldn't help it. Her checks couldn't hold the smile.

"Then it was the moment you saw . . . all of me," he amended.

She couldn't answer *that!* The image he was putting in her mind was too vivid. It was making her heart pick up momentum, and her breathing quicken. It was doing worse things to her throat and mouth, where everything went dry and tight.

"This is the reason you spelled me. You desired me, and only me. You still do."

His voice had an indefinable quality that was searching out all her erotic areas and making a thumping start that was transferring to her limbs and making her hands tremble worse than his. Sybil had to narrow her eyes and focus on her breathing. The man really was a master. He was also a musician to his core. He could bring emotions to bear with just the sound of his voice!

"I wed with you because I dreaded the alternative," she replied finally.

He began running his thumb along the pulse point of her wrist, knowing instantly how her heartbeat had elevated.

"And because you desired *this* alternative," he said.

She couldn't think if he continued the caress! Sybil licked her dry lips with a drier tongue and gained herself nothing to mute the throb of sensation that was centered on the play of his thumb and radiating outward.

"The Danzel clan lost their laird . . . because he ran away," she said finally.

The thumb stopped. Everything on him went to the same statuelike stillness.

"You dinna' wish the responsibility of such a position," she continued.

It was the wrong guess. She knew it as he relaxed so slightly that if she hadn't been holding to him, she'd have missed it. She had to try something different.

"You dinna' wish to wed where they said you must."

It was another wrong guess. She knew it even before he eased out the withheld breath.

"Or . . . you left because you were forced to?"

He lowered his jaw just slightly and regarded her through lashes that were adding to the vacuity of his expression. Sybil's heart was pounding hard enough to choke her, and she knew she was getting close. And getting scared.

"Who would have that much power over you?" She whispered the question.

He swallowed. She watched the reaction in his lower jaw and his throat as he did it. And then he changed everything.

"You dinna' need to spell me," he said finally.

"W-what?" Sybil stuttered the word.

"I was already overcome and hampered at thoughts of you."

She didn't have a reply. She blinked. Nothing changed. He was saying words that didn't match the stonelike look of him. She frowned slightly.

"I was hard put to keep my hands from you. You dinna' need to take my will from me with your potion."

"You . . . were?" She wasn't hiding the astonishment. She was afraid he'd spot it. It was in her voice, and it was in the jerky motion of her entire frame.

"It should na' be that hard to decide. You're a comely wench, and I'm a man who is appreciative of such things."

He'd called her comely. Her entire frame pulsed at that wording. No one had ever thought her comely. Or, if they had, they'd kept it secret. He'd also turned his hands, matching his palms against each of hers. That area was sending off enough sparks it should have eclipsed the fire's efforts from outside their wagon. It should have been doing something other than diverting her, while he didn't seem to have changed. Sybil lifted a brow and regarded him. In this battle of wits, he was definitely a worthy opponent. Where she used instinct and observation, he used sensual emotion and the power of his voice. She cleared her throat.

"You ran from your clan because something happened. Something so vast and so horrid . . . that you buried it. Deep. Inside."

He sucked in a breath and held it. Sybil kept talking despite the heavy sound of her own pulse through her ears. There was no description for the look he was giving her.

"Perhaps you made a vow. This is why you will na' answer."

He flipped onto his back, rolled, and then he was shoving his feet out the opening at the end of their tent, making the wood supports bow further with the strength he was using on the fabric. Then he was on the ground and regarding her through the tent opening. Sybil hadn't had time to take another breath at the speed with which he moved. She'd never seen anything like it. With such ability, he'd be amazing in any fight, on any turf.

"This battle . . . is over."

He said it from between clenched teeth, if the sound of it was any indication, and then he spun and strode from her. Sybil watched as stepped around sleeping forms until he reached the forest edge. Then he was pushing the low-hanging branches from his path with an arm showing the emotion he'd tried to keep from her. She knew exactly what it was, too.

Pain.

Chapter Twenty-One

Anger was the most destructive force in the world. Followed by revenge. Vincent had learned that years earlier. Vengeance was powerful, but it could be ignored. Not anger. Anger had to be tempered and managed. Daily. Vincent forced the anger out of his body with every step he pounded into the sod beneath him, denting some of it as he went although it was too dim to see it clearly. He didn't dare stay in the vicinity. She'd know too well how she'd won.

He knew the best way to lose at anything—especially a battle of wits—was to let emotion take over. Any emotion. That's why he'd been using his sexual expertise. But she'd won. Again. The fact it was his own fault made it even more chaffing.

He knew better than to let anger get the best of him, and yet the enchantress he'd wed managed to bring him to that emotion so easily, it was appalling. That brought more anger to the surface. Anger at himself. Anger at circumstances. Anger at what had happened eleven years ago, and anger that it wasn't staying buried.

Vincent broke into a jog when he got to the moors, setting a pace that had him dancing over the more visible holes. His mind was elsewhere the entire time. He didn't notice the distance, the chill, or the wolf running at his right flank. When he reached the dark span of beach circling the loch, he broke into a run. He was an expert at controlling situations. He was an expert at emotions. That's how he survived. One could only survive in the world he lived in by being one step ahead and keeping one's head.

He'd just never run across someone like Sybil.

That woman seemed immune to the sensual emotions he was trying to arouse, immune to his presence. Most women shivered when near him; he was used to creating breathlessness over eye contact. He didn't know what had gone wrong. He was the breathless one. And worst of all, this Sybil was even immune to the vibrations he'd suffered. This was not happening. It couldn't be. Vincent was the master at keeping his emotions in check, and yet she'd won.

Again.

The anger intensified, turning into a heated thing of heft and weight in the pit of his belly and making him even angrier over that. Vincent ran fully and didn't stop until his chest burned with the volume of air he was sucking in and breathing out. Waif looked winded but stayed just within sight.

That was bothersome.

"Why are . . . you here?" Vincent yelled it in the wolf's direction, pausing for breath midway. "She still worries over an escape? There's nae need. She already has me—"

That's when it hit him. He wasn't near her, and he hadn't gotten her to break the spell she'd cast on him yet. He didn't bother checking for the status, size or weight or any difference. It would waste time. He broke back into a run before he reached the moor.

The sound of splashing drew her. Sybil snuck a little closer, going to her knees in order to peer beneath the lowest-hanging bits of forest fringe. She knew it was going to be

Vincent. He'd looked to be needing a cold dousing when he'd bolted from her.

That bore thinking on. The man had something so horrid in his past that he'd call off a battle of wits? Especially one where he'd been tempting and tormenting and teasing her to a point of victory? He hadn't known how close he'd been, or he'd never have run from her.

She knew it would be Vincent at the burn but still wasn't prepared for the sight of him. Sybil caught her breath and held it. She wondered if it would always be this way between them and wondered, too, why she'd held this love emotion in such ridicule her entire life. There was nothing as wondrous as love, nothing as precious, fulfilling, satisfying. . . .

Something didn't feel quite right, though. She was certain it was Vincent, yet his frame didn't look as large as usual. Sybil considered that for a bit as she watched him. She didn't know enough about watching a man bathe to tell if looking smaller was usual or not.

Sybil narrowed her eyes next, trying to see more clearly through the light fingers of mist hovering over the water. That was a mistake, but it was a godsend at the same time. Her heartbeat quickened each time he materialized, and it was worse when she tried to blink him into further focus.

He was nude, barely shielded by the water as it lapped at his waist every time he moved. He was also shorter in stature, less muscled, and much less defined. There was the opacity of mist about him, and he was still a fair piece away. She wondered if that were the reason.

And then a bit of vapor parted, letting what light there was define and delineate a severely lash-scarred span of back flesh. That was all the proof she needed. It was Vincent. It had to be.

Sybil reached beneath her chin and slipped the tie from its knot with a hand that trembled. She knew why, too: excitement. It was exactly what he'd been forcing into existence in their wagon earlier. And it had grown a hundred times more poignant the longer she lay in her bedding and tried to sleep. Vincent was a force to be reckoned with. He had too many weapons to use, too much masculine presence, too much sensual aura. She didn't even think he was aware of the extent of his ability, nor how enticing and intriguing he was—although he had a very good idea. If she hadn't touched on such a raw thing as what he was hiding from his past, she wouldn't be out here, suffering tremors of excitement and waxing mentally on the ecstasy she'd be experiencing. She wouldn't have to. She'd have been in his arms long before this.

The cloak was followed by her bliaut. Sybil pulled it over her head and folded it into a small roll of cloth. She was wearing one of the coarsely woven ones. They were better for traveling. Especially when she didn't know how far between washings it would be. She didn't stop to wonder if he wanted her hair loose or in the braids she always kept it in. She already knew he liked it free and sleek down her back. Every time he'd run his hands through it and wrapped hanks of hair about his hands as he'd pleasured her, he'd been telling her.

It had quit raining, but the air was still heavy with moisture, making a mist from each breath she exhaled and putting little beads of moisture on the skin she was revealing. It was also making long, curling tendrils out of her hair. That couldn't be helped. She hadn't brought a brush, so she finger-combed it into a thigh-grazing length. Then she was pulling the laces from the shift and lifting it over her head. The only thing left was her chemise. She was wearing a light pink one. She knew how fond of them he was. Sybil smiled as she fingered the hem of it above her knee, just as he liked it. She could go to him as naked as he was, but she sensed he'd rather remove the pink one himself.

The smile was still on her face when she stepped from behind the curtain of forest ferns and started walking toward where Vincent had last been. She hadn't heard splashing in some time; the sound of removing her own clothing had muted it, but she knew where he was. She also suspected he was still in the water, maybe even beneath it as he saturated his blond hair. She didn't need to see it with her eyes.

Her mind saw it for her.

Sybil had her eyes nearly closed as she neared the water and was so caught up in the image she'd conjured into being that when the man loomed out of the dimness toward her, she had to blink twice before she actually believed what she was seeing.

"I doona' ken why you're out and about without the laird at night, but I'm appreciative of it, lass."

Sybil's gasp was swallowed up by the heavy thud of her own heartbeat in her ears. It wasn't Vincent. Not only wasn't it Vincent, but he wasn't dressed, either. Worse, he had his feet planted firmly apart his hands on his hips and seemed to be posing. She could only guess why, and knew she was right. The man standing there was far shy of Vincent in size and in height, as well as other areas. Sybil had to duck her head before he gave reason to the instant amusement that was probably on her face.

She also started backing to reach the shrubbery where her clothing was hidden. It didn't help that he was with her the entire time. And talking. And making everything worse.

"I dinna' ken you were a wandering-eye sort. But I should have."

"Wh—at?" Sybil broke the word into two syllables, partially due to her shyness but more due to tripping slightly, since she wasn't watching where she was walking. She caught her stumble before it became a fall without looking then, either. She didn't dare move her eyes from the dark recesses that hid his eyes. She also didn't want to see much more of him. Nor what her presence seemed to be doing to him.

"I said the wandering sort. With your eyes. They wander. I'd na' thought that possible of a bride to the Danzel, but his is probably worse. Are you looking to pay him back for inattention? Is that it, lass? Revenge?"

Sybil shook her head.

"Nae?" He'd stopped and cocked his head to one side as he considered her words. Or she suspected that was what he was doing. She couldn't tell by the expression on his face. It was too dim. She was actually grateful for the darkness. Especially over toward the shrubbery she was nearing. He was still moving with her, but he couldn't see as much.

The prick of a branch against her thigh stopped her, and she shimmied sideways to clear it. The man sidestepped with her.

"You needing a tumble?" he asked.

Sybil shook her head vehemently.

"Then why is it you watch me at my bath? And wear so little?"

"I was na' watching anything. I thought you were my lord Vincent."

He smiled, if the shadowed dimples were any indication. "I would hazard you've suffered an injury to the head to say such. I doona' look like Vincent."

"True," Sybil replied. Her voice sounded breathless. She hoped he wouldn't spot it and give it an entirely different meaning.

"But I am still man enough."

"I'm afeared you're far too much man for me," Sybil replied.

He grinned. The glint of his teeth showed the extent of it. "Why do you run from me then?"

"I already told you. I made a mistake. I thought you were my husband."

"You mistook me for Vincent Erick Danzel. He'd na' believe you so blind."

"I was na' looking closely. But you have his scars."

He quit moving. "Scars?" he said finally, but the word sounded choked.

"Does every clansman have such marks?" she asked.

"Nae. Just the laird . . . and me."

"Why?" Sybil had to keep him talking. It kept his focus on things other than her dishabille. It also salved her curiosity.

"None others were with us."

"When?" Sybil stopped moving. His reply was going to be interesting and informative and most likely of use when Vincent again wished a battle of wits. She wasn't stupid enough to forego hearing it.

"What will you give me if I tell you?"

Sybil ground her teeth and held the sigh from sounding. *Men.* She should have known it would come down to a bargain. That's about all men were good for. That and fighting. They should find a better use for their strength.

"Na' much," she replied finally. She was fanning her hands back and forth behind her as she spoke, searching for the fringe of ferns she'd hidden behind, and that held her clothing. He didn't spot it. He wasn't paying attention.

"Why na'?" he asked.

"Because I can ask my husband as easily as I ask you."

"We got them together. We were caught together. Reaving. From the MacHughs. They're an unforgiving clan. And sneak thieves. They dinna' fight fair. The laird was caught with me. That night. This is why we share the same markings. Almost identical, since we took the same lashing."

Sybil's fingers touched the scratch of branches with such relief her heart stumbled. It probably sounded in her voice, but he wasn't listening to such nuances. "They do look alike. This is why I mistook you. 'Tis plain you are na' Vincent . . . so I'll just be leaving. If you doona' mind."

"And if I say I do mind?" he replied.

Sybil ducked beneath a shrub, scrambled on all fours to the opposite side, and then went even farther. She wasn't certain of the spot she'd left her clothing, but it couldn't be far. And she didn't dare return to the camp in what she was wearing. The foliage about her was telling of his passage. It wasn't doing the same with hers. Sybil was lighter, she was quicker, and she was the prey. All of which made her stealthy and quiet.

"I dinna' ken the comeliness of the laird's bride. I wonder if many have. He's bright to keep it hidden. Verra bright. Especially as he leaves it unguarded."

She hoped he'd quiet before they reached the clearing where the rest of the clansmen were still sleeping. There wasn't much imagination needed to decide what he was speaking of. Sybil spread her hands faster and farther each time, covering more ground as she fished for her clothing pile and upsetting it when she found it. There wasn't time to dress, and she wasn't that foolish. She gathered it quickly and was nearly to the spot where all the Danzel clan was still camped before stopping to toss all of it on again. She didn't bother with ties or fastenings. She didn't waste time rebraiding her hair. The other man wasn't making enough sound to locate him, and she really didn't want to.

And then Vincent was looming right out of the predawn, silhouetted by the fire until he looked immense and frightening and nothing like anyone would ever mistake for anyone else.

He felt even more so as he reached out, grabbed her by the upper arms, and jerked her to him.

"And where . . . is it . . . you've been?"

He broke the question into three parts due to the way he was sucking for air, and he was sweaty.

"A-attempting a bath," she replied.

"You take a bath at dark? Alone?" His voice was harsh-sounding and he was still panting, and moving her with every breath.

"Would you rather I bathed in the daylight? With no cover of darkness? Amid so many of your clansmen?"

He was considering it. He could also be listening, since

he'd sucked in a breath and was holding it. Sybil hoped the scarred clansman didn't stumble out of the woods behind them. That would be hard to explain.

"You are na' wet," he said finally. That observation was made with a whiff of breath. The motion sent shivers all over her frame. She might as well have been bathing, and wet, and cold.

"The burn . . . was occupied," she replied finally in a whisper.

"Come with me then," he replied with a rumble of sound that vibrated through where she was being held to him. "We'll both make use of the water."

There wasn't a sign of the scarred man or any other clansman when they reached the pool. Sybil expected to be set down and given time to dress. She wasn't. Vincent walked right into the pool, slipping a bit on the slick rocks making up the sides of it, and then he was firmly in the center, belly-deep in water, setting her on her feet and turning her to face him. Water was at his waist, but it was shoulder height on her. The effect should have been icy cold and breathtaking. It was neither. The chill was contrasting with the heat coming from where they were almost touching, and the cold hadn't much power against it. That was odd. She knew the water was from ice melt. Sybil wondered if the warmth pulsing between them could be in response to his nearness. She was afraid to delve into it. She already suspected that this love emotion could change prior experience and knowledge and meld it into something else. It could even change the effect of the elements.

"If I ask you to undo a spell, would you?" he asked.

Sybil cocked her head. "A spell?" she asked.

Vincent looked heavenward. What light was percolating through the mist highlighted and defined every feature as he did so. Sybil's heart pulsed within her breast, twisting into a mass of pounding pressure that was filling her being with every beat and sending such heat all about her that the water felt more like a boiling mass than the temperature that it had to be. If he weren't so breathtakingly handsome, she'd be able to think clearer and answer better. She wondered if he knew.

"Aye." He looked down finally, shadowing his face as he said it.

"You wish to ken if I undo spells?" He was talking of spells when everything about him was wreathed with mist, shadowed with night, and every description of spellbinding. Sybil nearly smiled.

He nodded.

"Nae," she replied.

"You will na' undo a spell?"

His voice sounded choked. She shook her head. He moved into the space directly in front of her, sending the water to her neck before it lapped away. She watched him glance to where the sodden shift was clearly sticking and outlining every nuance of her breasts. The harsh weave of the dress was no obstacle to nipples that were taut and excited and ready. She watched a shadowed cord twinge in his lower jaw. Sybil was afraid she'd forgotten how to blink.

"Na' even if I tell you there's . . . nae longer need of it?"

Everything he said was mystifying. His nearness was worse. She couldn't answer him. She couldn't even think. He was tying her tongue and scrambling her wits. He should have tried proximity earlier in the wagon. She shook her head again. His jaw set completely then, and she watched as he must be gritting his teeth to the point of pain.

"You need that much control?" he asked.

Sybil didn't voice a reply. She acted. She didn't have control. Whenever he was near, he stole every bit of control she had over every bit of her body. He had ever since she admitted to herself that she loved him. She pulled her hands free of the returning water and touched fingers to skin the texture of chilled silk. And then she had both hands to his belly, running them slowly across ropes of muscle that clenched and bunched and released as if for her pleasure. And pleasure it was. Sybil moved slowly upward across the delineation of flesh covering his chest, to his shoulders, and then she was winding hanks of hair about each fist. And then she was using her grip to pull him downward to where her mouth was ready for his kiss. She made it more so as she licked and then parted her lips. There was a groan coming from him, and then the sound was shoved into the caverns of her mouth as Vincent lifted her, held her, and sent sparks of sensation everywhere his lips touched.

Then he was lifting her above him, sliding the suction of his mouth down her neck, parting the untied shift opening to reach a nipple, and then he was suckling her into such a chasm of want that, if they'd been anywhere other than in the open water, she'd have screamed with the ecstasy of it. Sybil clenched her lips tightly, letting the low moan sound a response for her, and she knew he heard it from the chuckling he was then doing. That was totally unfair. The torment of his hot breath against the water-soaked skin he'd just pleasured was too intense. Sybil gasped at the shock and brought her head down quickly to stop him.

Then she was arching her neck downward to fit her lips against his again. He was directing it that way. She could tell his intent as mist-imbued light touched on pursed lips, lash-shadowed eyes, and an expression on his face that held pure hunger. Sybil opened her legs as she moved, pulling the water-soaked material of her shift apart, and knew that was what he wanted. What they both wanted. And then he was there, cleaving through her thighs with a swollen hardness that wasn't interested in delicacy and timidity. The raw power that was Vincent took her to the point of pain as he filled and torched her innermost area. And Sybil stretched to accommodate him.

Vincent waited then. Keeping her melded to him while

his eyes searched. Sybil didn't dare blink. She gazed into the black reflection of his eyes as he was gazing into hers, looking like he was penetrating through to her darkest secrets, while the area where they were joined throbbed and jumped. And then he moved, using his arms to raise her again and lifting his hips at the same time in order to pull her almost free of him . . . and then he brought her back down. Again. Over and over . . . making waves of water lap at them with each movement. Lifting her, shoving her back . . . impaling her. Emotion built within her, filled her, embraced her, enthralled her. Called to her with thrums of beats, but Vincent wouldn't let her have it. It was as if he was punishing her for something, and she didn't know what. Taking her to the limits of need, only to dangle her while he waited for the sensation to ebb. And then he built it again. Tormenting. Heating. Promising. Hauling her to the very brink of fulfillment . . . and then ceasing every motion as he held her so tautly in place, just outside of embracing him, and she couldn't move. Sybil bucked her hips. She tightened her thighs, trying to bring him back with the movement of her heels at his backside.

But she wasn't strong enough. And he wasn't allowing it, although everything on him seemed prepared and taut and stood trembling as he waited for the sensation to pass before bringing her back. Every time she felt the ecstasy nearing and pulled in a large breath, he'd stop his movements and keep her poised above him with limbs that shuddered and a throat that pained with the withheld cry of frustration.

Again.

Taking her on the journey again. Waiting for her to keen the frustration through gritted teeth as she let out the long breath. And then he'd start the movements again. Bring her back down, lifting her. Back down. And each time he was thrusting heavily upward with his hips in order to fill her completely, maximize the effect, imprinting all that was male about him everywhere he could. And just when she'd reach the edge . . . he'd stop.

Sybil's heart was moving like a caged thing. Her throat felt raw and tense, while beads of moisture coated them, soaking her with a heat the water washed away. Yet still he denied her.

Countless times, until it felt there was nothing in the entire world save the curse of nearly reaching an ecstasy she could sense but wasn't allowed to have. Sybil's head fell backward. And then her entire body curved until the crown of her head reached the miniature waves he was creating. It was Vincent's hands at the small of her back holding her in place for him but helping her make an arch that was nearly impossible to achieve.

Sybil had never feel so open, so unprotected, so un-shielded, and yet so wanton and grasping. She wasn't capable of sucking in as much air as she needed, all she could do was feel, experience, and pant for each breath.

And finally, he moved. Pounding dominance into her as he pummeled her loins, shoving at her over and over . . . and making it feel as if the entire world was churned into a whirlpool of sensation, and not just the water in their pool. She felt it, started gulping for air as she pulled the first vestige of ecstasy near, and yet steeled herself for the cessation of movement he'd been punishing her with.

But he didn't stop. Sybil slipped over the edge, soaring into such a chasm of wonder, the sky might as well have been showering them with the spark and light of stars rather than opaque with mist-imbued light. She couldn't contain how it felt another moment. She was still gripping fistfuls of his hair, although it was to stabilize her more than to direct anything. And there wasn't a bit of cold that penetrated through to the inferno he was creating within the sodden folds of her cloak. Over and over, harder and stronger, while the black mass of waves he was churning into being reached out a caressing presence, holding her, buoying her into place for him. Sybil sucked in a breath. Held it. Gasped it out, and then she exploded. The damp of the mist about them embraced her silent cry, while her throat ached with the pressure of making it.

He might have been restraining his own cry, but deep guttural groans accompanied the frenzied movements he made just before time and space ceased to matter. Vincent held her to him as he pulsed over and over, moving her with each of them. Sybil watched. The beatific look that flitted across his cheekbones made her eyes moist. She held her breath, listened to each beat of her heart as it matched his, and felt the overwhelming burst of sensation that warmed her to the core.

One more hard push, and he stilled, blinked at her with the haze of wonderment still on his upturned lips. And then he was still. Statuelike. Shocked.

Sybil loosened her grip on his hair to hold to his face, using her thumbs to wipe at the sparkles of moisture on his cheeks, down his nose. She ran a finger along his lower lip.

"You're a stunning male, Vincent Danzel," she whispered and then watched as it looked like he blushed. Fully. He wouldn't meet her eyes. She noted that he flitted his gaze to a view on either side of her, and then he gulped. She watched his throat make the motion. Sybil giggled.

That's when she realized how fully she loved this man.

Chapter Twenty-Two

The din woke her, making acres of sound that she couldn't place and was too tired to care enough to try. Sybil spent precious moments burying deeper into the pallet bed Vincent had placed her in. She hadn't been alone at the time, although she was now. After stripping most of her clothing off and murmuring more than once about her pink-colored chemise, he'd climbed in beside her and wrapped the blanket tightly about them. Sybil had never slept so late or in that way. She'd never felt so adored, or cherished, or protected.

There was another clang and several thuds, and then the wagon shook as something glanced off the side of it. Sybil put her hands to her ears. Vincent's men were fighting now? This is what men did when they woke? What kind of tomfoolery was that? Surely there was more to do than fight and have a general melee? They hadn't even eaten. Or, if they had, it wasn't with anything that had a smell when cooked.

And if they had to gather and fight, she hoped they had enough sense not to use weapons that could cause injury. That's when she heard the distinctive clang of steel meeting steel. It was loud even through the palms that covered her ears. Sybil rolled her eyes. This was worse than the contests set up on a castle list. If this was the sort of fight they were having, it made a little sense. Men always gathered and drank, and then they fought. At least, the little knowledge she had of men told her of that.

There was another thud, some grunting, and then what sounded like a yell. She knew who made it—Vincent. The knowledge caused a trill of shivering that rippled along the flesh at the back of her neck. The man had such musical ability that even when he cried his fight yell, it had a tonal quality to it. Sybil sighed, lost in remembrance of last night, when she'd heard his cry. It had been made with the same amount of passion but a bit less volume.

The sounds outside grew louder, more vibrant, more intense. Sybil rolled onto her belly, taking the cover with her as it wrapped more securely about her. Stupid men! She hoped if they were causing injury, they'd make it something she could deal with. She had the contents of her apothecary cabinet and a bit of clean cloth for bandaging. More sounds of metal striking metal penetrated through her coverings and more than one groan, causing her to not only question their sanity, but their timing as well. They must have truly overimbibed at their evening fest. Only drunkards would cause such harm to each other and not worry over the results. Or maybe fools. Or worse . . . drunken fools.

Sybil sighed, shimmied farther down into the covers, so they'd cover more of her head, and then stopped, frozen. Her eyes went wide on what could only be the tip of a sword blade as it sliced right through the material of her wagon shelter. Now, that was going too far! Sybil sucked in breath to remonstrate with the fool who would use his sword against a tent and then lost any desire to make a hint of noise. It wasn't play. It wasn't a game. The gauntleted hand that opened the split sides of her shelter belonged to the diminutive Sir Ian Blaine.

The scream clogged into a mass in her throat, held there by the way her heart lurched straight upward, and every noise was covered over by the sound of the massive heartbeat in her ears.

Sir Ian sneered and lifted his sword arm at the same moment as he started climbing. Sybil was on her hands and knees and backing from him in the exact same span of time. It wasn't going to be far enough. Her toes touched the wooden side rails of the wagon bed, frightening her as much as the wicked tip of his blade did. From behind him, she watched a body fly through the space, landing with a thud against a tree. There was another yell.

And then there was the smell of Sir Ian's fetid breath as he grinned and started talking.

"You think . . . to leave me . . . at the altar, wench?" he asked, breaking the sentence into several parts with the force of his breathing.

"I had little choice. The Danzel is a large man." She said it without thinking, and that was more stupidity. She knew better. One shouldn't taunt an armed male with words, especially one who happened to be a dwarf.

His grin died, replaced by a snarl. Sybil didn't have to hear anything else. She knew exactly what he intended as he brought his other hand forward in order to lift the blade over his head with both hands preparatory to cleaving her head from her shoulders. Sybil ducked slightly, knowing it looked like a move of finality and surrender, and that worked to her good. If he thought her cowed, he'd not expect why she really did it: to move rapidly. She tensed her thighs, sucked in a breath, and watched the ripple of muscle on his bare upper body as he moved. That was all the clue she needed.

The sword swiped air to land amidst the covers, damaging cloth but leaving her unharmed as she did a complete roll away from it. Sybil lost sight of him for the moment it took to finish her move, especially since she was pulling a handful of bedding with her as she did so. That's what she tossed over the top of him while he struggled to get his weapon free. And then she was stumbling down the back of the wagon, ripping the light pink chemise in the process, but that was a small price to pay for keeping her head.

The ground was rough on her bare feet, the mist was nearly dissipated as sunlight battled the rain-filled day, and everywhere there were struggling, fighting, grunting men. Everywhere.

Sybil went to a crouch of movement as she worked her way around the wagon bed, looking for the easiest and quickest way to get to the forest fringe, with its promise of obscurity and safety. She didn't think Sir Ian would let her escape that easily. Not when he'd obviously spent at least a day and a half in pursuit. She didn't need the shake of the wagon at her cheek to warn her of his movement out the same door slit she'd just dropped through. A path opened between fighting figures, and she darted through it, almost making it before a beefy arm grabbed her about the middle and lifted her for use as a shield.

Sybil started kicking, twisting, and making great lunges of movement with her entire body at her captor and the man he was shoving her toward. Through the corner of her eye, she caught movement as Waif shot through the mass of bodies, and gathered the shock as she watched. Her pet wasn't intent on her; he was racing to where Vincent was fighting more than three attackers and didn't have enough arms to ward off the blow to his back.

Then Vincent went down, and she couldn't see.

Sybil's heart lurched in absolute agony, dulling everything else into insignificance, even the movement of her entire body as her captor swung her like a club at one of Sir Ian's men. There wasn't a weapon involved in the immediate altercation she'd joined. There was a heavy fist, though.

And that was the last thing she saw.

* * *

"Blast it all, woman! The least you could do is keep yourself covered."

It was Vincent. He sounded choked and gruff and not at all melodious. Then hands were moving her legs onto warmth and softness before cocooning her in the same. It felt wonderful and not at all what she'd expect from the aftermath of a battle. Sybil scrunched her face in thought.

It felt more like heaven.

"Covered. Completely. At all times. I have enough to watch without being beset by the sight of you in this little pink gown." He swore. Which would never be allowed in heaven. Sybil let a breath out softly.

"You should craft them longer. Or of stronger material. Better yet. You should have stayed in your bed and kept from the battle."

"I could na' stay there . . . here," Sybil whispered, slitting her eyes open enough to see she was back in the tent structure, although there was a huge gap in one side now, letting in the elements and the smell of what had to be supper.

They were roasting sup? After a battle of that magnitude? Sybil wrinkled her nose and shut her eyes. She'd never understand men. She didn't even want to try.

"Painful is it? Good. And why could na' you stay here?"

His voice wasn't as soft, but it was just as gruff sounding. He made it even more obvious as he cleared his throat. Sybil couldn't fathom why. There was the dribble sound of dripping water, and she realized what it was as he placed a freshly-wrung wad of cloth at her forehead.

"Sir Ian." Her voice was a whisper. That was odd. It wasn't due to the soreness of the area above her eye. It was due more to the ball of emotion that was filling her throat and making it hard to swallow. She suspected it was going to be a maelstrom of tears. That would be mortifying.

"Sir Ian?" he answered. "The dwarf? He was powerless . . . as a bairn."

"He had a sword," Sybil explained.

"He had a blade of such small size, 'tis na' fit to call it a sword. Mayhap a toothpick." He smiled to soften the words.

"He was going to kill me," she whispered.

"Nae. Na' him. Too much effort. Nae reason. He was likely frightening you. He managed that, did he? Along with renting right through my shelter with his pick and reducing it to rags. That's what he did. That's all he did."

"Nae." Sybil was close to tears, and that was something she couldn't recall ever experiencing before. She swallowed, although her entire body made the movement.

"I would na' have let him hurt you, lass."

Sybil huffed an answer. It was the most she could manage. Vincent must have moved a bit closer, for she felt his breath against her cheek as he'd whispered it. He didn't know the power of his proximity! She had her eyes tightly shut now, and for a reason. There were tears welling behind them, and she wasn't letting them out. She wasn't! She swallowed again, and her body lurched even more than the last time.

"Nae?" she whispered back.

"Ever."

"But you were na' there." She'd failed. She knew it as the tears slipped from beneath her lashes and wended toward her ears, leaving trails for the rest to follow.

Then she could have sworn his lips were touching one tear trail beside her eye. Sybil stiffened in surprise and tried to tell herself that the heat filling her was embarrassment and not the glow from what could be a demonstration of love. She failed at that, too.

He was moving then. She didn't have to open her eyes to know it. She sensed it from the loss of his warmth. And the lukewarm damp left from the rag he'd taken from her forehead. And the smell and feel of rain-drenched evening. She opened her eyes and blinked the film of wetness away. Vincent was sitting cross-legged with a pool of plaide in his lap while he twisted slightly in order to dip the rag again. He wasn't looking at her. There was a large amount of blood on one shoulder. Sybil's eyes widened.

"You're hurt?" she asked.

He swiveled back to her, stopping every thought the moment her eyes met his. It wasn't entirely her fault. He did have devil-dark eyes, and what daylight there was had decided to favor the area where he was sitting.

"On your shoulder." Sybil pointed. She was grateful the light wasn't on her as he blinked, shadowing depths she couldn't penetrate and making everything on her rosy and hot with the blush.

"This? 'Tis but a scratch."

"I would see to it." Sybil sat up, feeling the covers slide from her and putting her very close to him.

"Nae need. I've already washed it."

"Washing is na' all you must do. You have to tend a break in the skin. It could fester."

His lips moved into a slight smile. "You feel up to such a thing?"

She nodded, ignoring the ringing in her ears and the sensation as the view spun. She didn't want to see anything change about the way he was looking at her.

"You salve wounds? Stop festering?"

She nodded once this time and swallowed the slight sickness that rose in her throat at the movement. She wasn't going to be ill. Not now. Not when he was needing her.

"How about pain? Can you dull it? Perhaps you brought more of your powdered-mushroom potion?"

Sybil knew she was blushing now. It wasn't so much the way he said it as what he seemed to imply. "That powder is for . . . changing things," she whispered finally. "Na' dulling pain."

"Changing things," he repeated.

She didn't nod. Her head was pinging with every pulse beat. She hoped he wouldn't know it.

"What kinds of things?"

Sybil cleared her throat. The lump there moved slightly, painfully. "Makes things . . . more real. More colorful. Louder. Stronger. It's as if one sees, feels, and kens things to a larger amount." The last words were whispered so softly they didn't make sound. She knew he heard them.

"Is that all?" he asked.

Sybil shook her head once. Slowly.

"There's more?"

"The mushroom has been known to have . . . lingering issues. To some."

"Lingering . . . *issues?*" Vincent repeated the two words, but the second one was said at a slightly higher tone than his usual.

"Aye," Sybil replied.

"Such as . . . ?" He left the question open and gestured with his hand for her to finish it.

She had to put it in words? Sybil didn't think her voice was going to work at first. "It—it has been known to cause odd things to happen. After it has worn off. Later. Sometimes days later."

"Odd things?" Vincent prompted. "Such as what?"

"I canna' explain. Some see things . . . . Think things that are na' true. I used them once on a new mother, and she thought her breasts had disappeared! 'Twas na' the mushroom. 'Twas her guilt at being unable to suckle her bairn."

Vincent was choking or something. She glanced at him and saw a muscle bulging from one side of his jaw with the way he had his teeth clenched. She didn't know what that meant. And he wasn't speaking. He was just sitting there. He didn't even look to be breathing. Sybil filled the silence with more words. "She thinks I spelled her. I dinna' spell anyone. I have na' got that much power."

"I see." Vincent wasn't putting any inflection in the words. Sybil didn't know if that was a good sign or not.

"I doona' believe it has such an effect on everyone. Only the weak-willed. I doona' ken for certain."

Vincent took a great gulp of air, making his chest rise and fall right in front of her. It felt like he blew the exhalation all over her exposed skin for a reason. Sybil told herself to stop such imaginings, but failed at that, too.

"Verra well, do you have a potion for pain?" He asked finally.

"Aye," she replied. "The toad sweat."

His eyebrows raised. His lips twisted, and then he was smiling slightly and nodding. "I forgot about that," he remarked.

"I'll fetch it. If you'll na' . . . move."

"'Tis na' for me. I need it for my clansman, Carrick the Younger. He took a blow. To his lower leg. 'Tis his own fault. He should have been sidestepping instead of putting his eyes on you."

"What?"

"Carrick. The younger. He was handling himself well, and then you had to go and force yourself into the midst of battle, wearing little more than a whiff of cloth. Such a thing did na' go unnoted. By anyone. You nearly got him killed. Me, as well."

"How many . . . died?" Sybil asked.

"Four. Of the unlucky ones. None of mine."

"Sir Ian?"

"The runt was unlucky. Dead. He'll na' bother us again. The rest of his men are trussed up, awaiting my decision on their fate."

"None of Clan Danzel died?" Sybil knew it was shock filling her. There had been too much battling with real weapons for none to have perished.

"'Tis a good thing, too. We've wounded, though. Although I will na' say much for Carrick's if you canna' assist."

"Take me to him."

"Na' without some clothing on you first."

Sybil frowned. Swallowed. That made the lump in her throat twinge, as well as sent the thrumming tempo of her heartbeat in her temples to painful thuds. The lout who'd hit her had done a fine job of it. She reached up to touch her fingertips to the large lump just above her left eye and winced as she connected with the size of it.

"Does it pain overmuch?" Vincent asked. His voice was gruff and off-sounding again. "Looks powerfully painful. Na' so much as the lout that gave it. He will na' awaken." Vincent flexed his fist several times and looked slantwise at her from beneath his lashes. "For some time, anyway. I saw to that."

"You?"

"Any man hits my lady, he pays. Fully. With a pound of flesh."

The swell of warmth that hit her was thunderous in intensity and depth. Sybil sat there and experienced all of it.

"Do you have a potion for it?"

"For a blow to his head?"

"Nae." He was smiling as he reached out and lifted her chin, making her face him. Since she was on her knees and he was sitting, they were the exact height, making it more intense for some reason. "A potion for your bump. 'Tis all swelled up and a nice shade of black and blue. 'Twill match your cloak. When you don it."

"What?"

"I need you to see to my clansman, Carrick the Younger. We gave him whiskey. All it did was make him a drunkard who is in pain. He needs a stronger will."

"Where is he?" Sybil shoved the blanket folds apart and went onto her hands and knees, ignoring the pounding beat in her head in order to get to her trunk of medicines. And then he opened his mouth and changed everything.

"Oh, nae. Na' yet. I will na' allow you from this tent again without your cloak. And a new little pink-colored shift thing that is na' torn at the neckline. As well as one of your sackcloth dresses. Mayhap two. That might work."

"Work at what?" Sybil's voice held no inflection. She didn't know if he'd recognize it for what it was or not. He'd spent all this time talking when there were wounded to attend to?

"I may have you don a head covering as well. It will na' do to have jealousy in my camp."

Sybil was speechless. She was having trouble moving, too. She felt locked in place on her hands and knees with her back to him. Her position wasn't going unnoticed by any part of her as ripples of sensation went over every pore, tightening her nipples and making the filmy fabric of her chemise feel exotic and sensual. It must be due to her medication of him. That's the reason he craved her still. It had to be.

"I doona' ken what will happen with the men next, and I've tired of acting the part of jealous spouse. Aside from which my hands smart."

"Wh—at? Where?" *Jealous*. He'd just called himself jealous. Her head couldn't contain the realization as her heartbeat rose to a such a vicious tempo it filled her ears, overriding everything else. Strangely, though, the thudding had nothing to do with pain and everything to do with light and joy and an ecstasy approaching bliss. Sybil turned toward him, clasping her jar close to her as she did so.

"Here." He held out both fisted hands toward her, showing the angry red-colored knuckles where he'd lost skin. The trunk lid fell. Her eyes were wide as they locked with his.

"What have you done to them?"

"I just told you. I've been playing the part of jealous husband."

"This requires hitting?" *Jealous*. He said it again, she told herself.

"I dinna' have any other weapon handy."

"Why doona' you wear gloves?"

"I dinna' have time. I had men chasing my barely clad wife and more than enough to do with stopping them and keeping my head. Will you please don some clothing? I am na' immune," he said.

"Now?"

He smiled slightly, and then sobered. "Carrick the Younger awaits," he replied.

Chapter Twenty-Three

Carrick the Younger was little older than she was. He had a thatch of thick black hair, red-rimmed eyes of a light brown color, and a winsome face that was going to get him far with the pursuit of lasses. That was easy to spot even if he had it scrunched in agony as she approached. He was lying atop one of their pallets and leaning against a fallen log, showing a lean physique that should have helped him in dodging the blow that looked to have broken his ankle and the skin. He didn't look a thing like his sire, Carrick the Elder, although she already had him pegged before Vincent spoke to him. That man's worry was as large as he was.

The elder Carrick hadn't a bit of pleasantness attached to a face that looked to have broken a nose at least once, big puffy lips, and overhanging eyelids that shadowed any hint of light brown color they might have. He'd never had hair the midnight shade of his son. Although he was balding, his hair was instead a dark red color, resembling a deep sunset.

Sybil assumed this meant one of two things. Either Carrick the Younger took after his mother, or he had been sired by someone else than Carrick the Elder. She put the immediate observation aside. She didn't truly care, and she had enough to handle with Vincent's closeness, combined with what he'd just admitted.

Jealous. Her husband was jealous . . . of her? Was such a thing possible?

The elder Carrick approached her, looking even more immense. Although not as tall as Vincent, he was easily as broad, with hands resembling loaves of bread that had just been pounded down from their first rise, and they were about as lumpy. Sybil eyed the hands he held out to her the moment she got there and heard his name but wasn't given any option to greet him, as he simply reached for her, plucked her up, and walked over the four kneeling comrades of Carrick the Younger that had all imbibed too freely. That was probably the reason for the lad's continued distress. He'd shared the whiskey.

"My lady, you can heal my son?" The man holding her boomed the query into her ear with a voice as loud as he was large. And as discordant.

"Only the Lord can do such a thing," she replied and fought the urge to scrunch up a shoulder. It wouldn't have been possible anyway. The way his hands clenched made any movement hopeless.

"Carrick, unhand the wife," Vincent said at her other side in a growl of sound.

Sybil gasped at the intent behind those few words. She knew the man holding her heard it, too. He lowered her to her feet and opened his fingers.

"She'll heal the lad," he said.

"She already said it," Vincent announced. "The Lord heals. She'll assist. 'Tis all I ask of her."

"She heals my son or we finish this, Danzel. Here. Now. I'll na' lose another son to your foolishness. Na' again."

Sybil sucked in the shock at such a challenge. She was almost as terrified as when Sir Ian had lifted a sword over her.

"Can you argue words later, Da?" The lad at her feet said

it in a complaining whine of a voice. "It pains something fierce."

Sybil went to her haunches beside him. The lads about him scuttled out of the way. She'd never given the toad sweat to a man who was already stewed in spirits. She wasn't certain what would happen. She reached into the folds of her cloak and brought out the bottle. She watched as he eyed it and then her, running a glance all over her. The lad was not only handsome. He was arrogant.

"Open your mouth," she said, putting two fingers into her jar in order to fish out a square of soaked cloth.

"What is it?" he asked.

"Something to take away pain."

He opened his mouth. Sybil held out the cloth to him and had to look aside or she'd be giggling. He resembled a grasping baby bird. "You suck on it. You dinna' swallow it. You ken?"

He nodded, shoved the square of fabric through his lips, made a face at the sour taste, and then started sucking. Moments later his face started relaxing. So did the men all about her. Sybil looked up at Vincent for reassurance and guidance and didn't know why she'd think such a thing possible. He didn't have any qualms about her ability. He nodded.

"What will you need?" he asked.

"A length of cloth, loosely woven. Clean. As long as a *feile-breacan* but thinner. In strips if possible. To bind the foot once the bone is back in its proper position. Two straight boards sawn from logs, perhaps a hand-length shorter than his leg. Then twine and strong arms to secure it. And some more whiskey."

"You heard her. See to it." Vincent was speaking to Carrick the Elder. The man seemed to have shrunk. But that was ridiculous.

Items materialized beside her, and she could hear the sound of woodcutting as they went about fashioning the splints for her. Sybil calmed the tremor overtaking her with force of will. She couldn't afford a mistake now even if the threat to Vincent wasn't there. The younger Carrick was still sucking on the rag. She had to ease his lips open in order to take it out before he choked on it. The lad was acting like a bairn. The thought made her smile. Most of her patients were newly birthed bairns, not men who acted like them.

"Vincent?" Sybil had a hand to her head as she whispered it and was surprised when he dropped into the space beside her. He hadn't been far, or he'd never have heard it.

"Sybil?"

"I'm na . . . strong enough." The blow she'd taken to the head was going to make her too clumsy as well. It was also making the ground swim strangely before she put a hand out to stabilize it. She didn't speak of that.

"Tell us what to do. We'll do it. Sinclair?"

The other man with the scarred back dropped to the other side of her.

"We'll need torchlight." Sybil squinted her eyes toward what sunlight they had. "And a bit of shelter."

"Should we take him to the wagon tent?"

"Nae. At least, na' yet. 'Tis about to rain again. Massively. We'll need shelter from that."

The men about her looked to the darkening sky. She watched them exchange glances with each other; even the young lads that were hovering about the young Carrick did it. She ignored them. She'd ever been known as odd. If they'd take a moment to sniff at the air, they'd have noticed the fresh smell of wet coming with the slight whiffs of wind that were stirring the forest about them, bringing them the smell of roasting venison, among other odors.

"You need to take the captives far from here and cut them loose, too, my laird," she turned and told Vincent.

"I do?"

"Aye. Afore they soil themselves. And you need to remind

them on the stupidity of battling your clan again. Tell them that today was but a warning."

Vincent looked at her levelly.

"You should have Carrick the Elder do it in your stead. He's large and frightening. And he should na' be here to oversee what we are about to do."

He nodded, then looked at Sinclair, who also nodded. It was Sinclair who rose to give the order to the lad's father. Sybil looked her patient over. He was sleeping peacefully, breathing evenly, and had a slight smile on his handsome features. There wasn't a sign of suffering anywhere.

She looked at Vincent. "You have to put it back in position and get it straight," she said.

"Where? How?"

"One hand to the leg bone. One hand to the foot. Twist it. And then you have to hold it in place while it's bound."

Vincent swallowed, nodded, and then shimmied forward in a crouched position until he was at Carrick the Younger's ankle.

"Have your man, Sinclair, assist. He has the cloth?" Nobody answered, but after a moment Sinclair squatted down beside Vincent, a bundle of cloth pooled into the apron of his kilt.

"Now . . . move the foot. You have to put it back straight so he'll na' have much of a limp. You have to make it near perfect. And then you have to bind it so he canna' move it. It's na' as easy as it sounds. There's been swelling. Such a thing makes a natural support, which is right and good. Except when the ankle is broken away. Like this one is. The foot will na' move well. You will have to force it."

Sinclair helped. Vincent had to use both hands to secure the lad's leg, while Sinclair manipulated the foot until it was in the proper position. And then Vincent took over holding everything while Sinclair wrapped the binding cloth all about the ankle before tying the ends off.

She could hear the sound of at least one of the others retching somewhere out of sight. That wasn't an issue for her. She didn't have time for weak bellies and faintness. She was having enough struggle with her own. Aside from which, it was their own fault. Such was the result of overimbibing the whiskey and then watching what they just had.

The smell of roasting venison from behind them warred with the smell of rain-washed grass as the storm she'd forecast slit the sky, misting everything with rain. It was held off their heads by the thatched roof someone had pieced together and strung up. She guessed they'd drafted clansmen to hold it in place while they watched but didn't bother to check.

The toad sweat didn't have enough power to overcome the pain of what she'd just ordcrcd them to do. The lad went stiff and moans came from him, although he didn't waken.

"Get the whiskey. For the lad. He needs it." Sybil was looking at their handiwork as she said it.

"I need it more," the man called Sinclair offered, but he knelt beside the patient and dribbled some of the liquid into Carrick the Younger's mouth.

Sybil leaned forward and looked close, ignoring the pounding in her head. "We need the boards now. Place one on either side of his leg. To keep him from moving it. Place one on the outside. The other one goes up against his . . . uh . . . Under his plaide."

"I ken where," Vincent interrupted, and then he was fishing beneath the lad's kilt for the top of his thigh in order to place one of the boards there. "Get me the twine, Sinclair."

Sybil rocked back onto her buttocks and watched. "Strap it so it does na' move, but na' too tightly. You did well. Both of you."

Vincent grunted without looking up. He and Sinclair spent the next moments threading twine beneath Carrick's leg and back across it over and over as they wrapped his leg into immobility, working in tandem. It looked like something they'd done often and well.

"You . . . should forgive each other," Sybil remarked when they'd finished and were tying the twine ends off. Her words had both men turning into such stiff beings they might as well have been carved from stone. Sybil didn't even think they were breathing. Yet the vibrations she felt were frightening in their intensity and sent a shiver rapidly over her neck and into her back. She swallowed and spoke again without waiting. "You work well together. Without speaking. Without issue. 'Tis something you've done afore. And well. Often."

"Sybil," Vincent said in a low voice. He was looking over at her as he said it, and then he was frowning.

"Something happened." She said it softly and didn't move her eyes from them as she did so. "It was . . . deep. Dark. Horrid. It has to do with the other son of Carrick the Elder."

"Sybil," Vincent repeated, and then he was moving toward her, taking over her entire sphere with the massive amount of importance he had in her world now. She blinked him back into focus.

"Aye?" she whispered just before he got there. And then she was wrapped in his arms and lifted as he stood.

"You're in need of a cool bath. Then some sup. Mayhap a sip of whiskey. And anything else I can find for your mouth other than these senseless words."

"Senseless?" she asked.

"I should na' have brought you out here. I forgot the lad's penchant for weaknesses. I believed him over it."

"'Tis something he couldn't outgrow," Sybil replied.

"Nae?" he asked.

"The sire would na' let him."

"The Elder Carrick?" Vincent continued.

She nodded.

"But why? What man wishes a whining wretch for a son?"

"A man fearful of losing another one."

He went stiff again. His arms tightened, as did the muscle in his lower jaw. Sybil looked from it to his eyes.

"I need to make a special potion for him. Mayhap two of them," she said.

"Who?"

"The Carrick lad."

"What for?"

"One for the scarring he'll have. Such a thing affects his beauty. He'll na' take that well, which will na' set well with the sire. You ken?"

She heard Sinclair snort. Vincent didn't respond at all, so Sybil spoke again. "I have a tea that will work on the fever he'll suffer. He'll need my tea. The one with dandelion and rosehips. I have it in the wagon."

"'Tis luck I let you bring them, then."

He was teasing her. Sybil turned her head into Vincent's neck. She had to look away from his eyes. It was too heady an experience.

"Your lady did well." It was a different voice speaking this time. "Carrick may let you keep your head yet."

Vincent groaned deep in his throat. It vibrated against where her nose was pressed. That was a new experience, and one she could grow used to.

Vincent moved her more securely against him. She could grow used to how that felt, too, she decided.

"I leave the lad with you, Sinclair. See that he's kept quiet."

"He does na' look unquiet at the moment," Sinclair replied.

"True."

"He looks to be quiet for some time. That potion of your lady's did well. But he'll wake. And then he'll be in pain again. And whining. He'll be needing a pallet before then, one he can stretch on. And a warm, dry spot. And attention. The lad will be complaining otherwise. Loudly. Continually."

Vincent sighed, long and loud, moving her with it. That was another experience she was going to file away in memory.

"There's but one place with enough shelter . . . potions . . .

and enough attention. At least until we get him to the keep. You ken it already."

"You always did say too much," Vincent finally answered him.

"Look who is speaking," Sinclair returned.

"Move him to the wagon," Sybil said then, stopping what was going to become a sparring of words. "But do it carefully."

"Can he travel?" Vincent asked.

"'Tis na' far to the wagon," she replied, which got her a tightening of Vincent's mouth while Sinclair was snorting with amusement. Then Vincent's lips softened and curved slightly in a smile.

"I meant . . . once we have him *in* the wagon. Can he travel then?"

"That will depend."

"On the weather?" It was Sinclair asking it.

Sybil turned her head from a berth against Vincent to look at him. "Nae. It depends on your need to keep the lad quiet and his wound unscarred. Movement shifts the skin, creating both."

Sinclair was looking over her head at Vincent. His expression was unreadable in the rain-blurred torchlight. "She'll be in there with him."

"Na' yet," Vincent replied in a tight voice that she was going to remember in her dreams. He truly might be jealous. That was such an odd thing, she stopped a breath to mentally store all of it away: how it felt at that particular moment to be held in his arms against his chest and belly, where the contact was warm and tingling yet being pelted with raindrops everywhere else. That was when she knew why men and women acted like they did. Love really was worth every sacrifice. It was worth everything.

Chapter Twenty-Four

They arrived at Castle Danze well into the night. There wouldn't have been any difficulty spotting it even if the rain hadn't subsided into a drizzle of wetness and darkness that cloaked everything. Vincent's home appeared to be the only large structure in leagues. Set on a bleak landscape of little more than grass and rock, the castle looked to be a series of black rock towers connected by more black rock. Even with a light showing from nearly every window, it felt lonely, bereft, cold . . . heartless.

Sybil wrapped her cloak more securely about her and tipped her head slightly to the man riding beside her on the wagon bench and taking up most of it with his bulk. Vincent hadn't let her far from him once he'd taken her to the burn to wash. One look at the young Carrick reclining on what had been her wagon bed, and the plan had changed.

Vincent's jaw had gotten that tight-clenched look again. Even with the rainfall muting it, he'd looked dangerous and deadly. He'd put her on the bench, wrapped her cloak about her, and gone for his horse.

She'd wondered why he'd left her to cope with getting the reins by herself but hadn't made a move to go retrieve them before he was back, leading his saddled horse, Gleason, in order to tie it to the wagon as well. That was almost as interesting as the way he wasn't meeting her eye.

"It'll be drier inside the wagon," she'd pointed out.

"True." He'd said it as he joined her, rocking the wagon with his size before it settled.

"And warmer."

"'Tis also . . . crowded." That was when he'd tilted his head slightly, met her gaze for long enough to steal every breath and thought, and then turned aside.

There was no other explanation. He really *was* jealous. Of other men being with her. Sybil had never been around a jealous male before. She was thrilled and a bit annoyed at the same time. That was another odd experience.

The air had a bite to it the closer they got to his castle. Even without the mass of blackness behind his keep and the scent of ocean now filling every breath, she knew how near the North Sea they had to be. The series of towers was probably perched atop cliff rock and overlooking every wave below.

The gate was opened, pouring light onto the bleak landscape. She could see as they passed through it and beneath a portcullis that there were two massive doors fronting his keep and both were wide open, spilling light, warmth, and cheer into the courtyard. And then it was spilling people, to fill every available bit of space, surrounding the wagon and greeting the clansmen who'd been escorting them. Sybil didn't give them much thought. She couldn't. The most lovely woman imaginable stood at the top of what looked to be ten wide stone-carved steps, a torch held above her as if to make certain all eyes found it impossible to look elsewhere. Sybil didn't even need to ask. The family resemblance to her husband was too strong. He had scars. He had sisters. He had a home. He had a past. And there was a secret or two about all of it.

Sybil glanced sidelong at him. Vincent's features were cast in stone, and his eyes were glittering more than the rain mist

could cause. Then he was looping the reins about his hand
preparatory to jumping down. There were men crawling
about the wagon bed, lifting and conveying Carrick the
Younger up the stairs, where the sea of humanity parted to let
them through.

"What happened to him?" Sybil heard Vincent's sister ask.

"He got a good look at the laird's new wife."

It was Sinclair answering, and the words made Vincent go
even stiffer. Sybil sighed and gathered the sodden drape of
her cloak about her. The rain had made the cloak heavy, but
it was a warm damp, while the elements continued misting
the air about them with chill and wet. That, combined with
the amount of light, imbued everything with a foglike dream
quality. The cloak was much warmer, and it was concealing.
Both of which she needed at the moment.

The woman at the top of the steps trilled with laughter. "I'd
heard that."

"You'd heard his new wife was winsome enough to wound
a man?" Sinclair asked.

"Nae," she replied, and there wasn't much amusement in
her voice anymore. "I'd heard he'd taken a wife."

"Your hearing is correct, but I'll leave him to it. I've a massive hunger and a sup to shove in my mouth afore I banter
words."

"We prepared a banquet. Earlier, of course. When we first
expected you."

They'd prepared a banquet for Vincent's arrival? That
sounded welcoming, even if nothing in the blond woman's
voice carried welcome. Sybil scooted across the width of the
bench, following Vincent's path. He forestalled any such
move by plucking her up and holding her to him before
swinging her legs up into a berth in his arms. That was when
he bent his neck, moving her upward at the same time in
order to match his nose against hers, breathing in the air she
exhaled, while her heartbeat grew to cover over all of it.

"Forgive this welcome, love," he whispered finally and then lifted his head and started walking toward the entry.

Sybil couldn't think for a moment. The import of what he'd just called her stopped absolutely everything. She felt faint as colors swirled, temperatures muted, the torchlight fought with the dimness, and then her body went all-over heated as she realized what he'd just admitted. There wasn't any way to absorb it all. She might as well be floating.

"Well. Let me see your lady." It was the blond woman talking again, the snide quality of her voice jarring with the first impression of her beauty.

"Mary Elizabeth," Vincent replied without inflection to his voice.

"Is that a nae?" she asked.

"Have you moved from the chieftain rooms?" he asked.

"The moment we heard," she replied.

"Good."

He shouldered his way through more humanity as he walked. Sybil could feel the brush of them as he passed. It didn't seem too difficult, either due to his size or his status in the clan. Here she'd thought the Danzel clan was a ragtag bit of humanity with the way their laird had ignored them, claiming only Donal membership. She'd been mistaken. Danzel clan certainly didn't feel poor or small.

"That's all you have to say to me?"

Mary Elizabeth's words stopped Vincent. He turned to face her. That was when Sybil realized the clansmen that had come for him were following him, filling the great room they stood in. Vincent was going a bit darker-toned along his jaw. Sybil knew of a few things that would cause such a reaction, all of which required privacy. She felt herself blushing at the thought. Vincent's lips twisted in a slight sneer before he replied.

"Aye," was all he said, and then turned again.

His sister probably gasped, but it was covered over by

Sybil's own. She knew Vincent heard it since his arms tightened, bringing her even closer to where the beat of his heart warred with the sound of his breathing. And then it was being added to by the sound of boots climbing rock-hewn steps. Lots of boots and lots of steps.

He'd asked her forgiveness over the homecoming, but he hadn't explained why, all of which was intriguing and interesting and promising to give her more than enough entertainment as she puzzled through it. That's what Sybil enjoyed most. A puzzle, and people that hid the answers.

He carried her through a set of blackened wood double doors, held open for their passage, and then another set, and then a third. Sybil watched the shadows of the torchlight on the rafters above them as they passed wooden beams that were black with something more than age. The beams supporting the roof high above them also had a charred look to them, as if they'd seasoned them in a fireplace prior to using them.

That should have been puzzling, but it wasn't. It was starting to make perfect sense. Then the last set of doors shut behind them, echoing slightly as they came together.

Vincent came to a stop, bent down, and put her on her feet. Then he stood, opened his arms wide, and waited for her to absorb her surroundings. She knew that's what he was doing.

The rooms where he'd brought them were hewn of more dark rock, making it a place of blackness that nothing penetrated, although a large fire was roaring from an immense fireplace as if trying to dent the impression. There was a massive four-poster, wooden-canopied bed against one wall, the new, untouched cast of the wood telling her the same tale, a scattering of chairs that were from a different maker or era, for they didn't match, a massive table that looked to support its own banquet if needed, and everywhere she looked there were blue-cast tapestries, some depicting battles, most depicting forest scenes, and all featuring what the castle must look like in the daylight.

"The fire dinna' destroy all, I see," she said finally.

His intake of breath was audible in the silence of its aftermath. It was followed by heart-pounding moments of time when nothing was said or even breathed. And then Vincent spoke.

"What fire?" he asked in the same nondescript voice he'd used with his sister earlier.

Sybil walked from the semiembrace of his arms, feeling the chill of her rain-sodden cloak now that it wasn't being tempered by his body warmth. She was pulling the hood off as she went and spreading her fingers through the charcoal-colored tendrils of her hair, showing that it looked black with the wetness. Then she pulled the cloak completely from her and hung it from a peg beside the fireplace.

She was wearing a dress made of coarsely woven cloth that was plastered to her frame from the damp. She busied herself with pulling out the ribbon that was wound about her waist and upper body, pulling it from each loop with fingers that she didn't watch. She was looking at the fire.

"Dinna' you hear me? I asked what fire?"

"The one . . . that changed everything," she whispered to the flames.

There was the sound of boots falling, then footsteps, and then he was standing beside her, hanging his own cloak from a peg beside hers.

"You wish another battle of wits?" he asked.

Sybil couldn't prevent the smile. She was afraid to let him see it. "You dinna' fare well with the last one," she turned to him to say.

"So?" he asked.

"Yet you wish to try again?"

"I'm more prepared this time," he said.

Jackie Ivie

Sybil's eyebrows rose. As did her interest. She'd never been as intrigued. "How so?"

He didn't reply at first. Instead he was reaching for and unfastening the clasp of embossed silver that was at his shoulder holding his *plaide* in place. Then he was peeling the kilt band away while his shirt was clinging and delineating every ripple of muscle as he did so. His belt halted his disrobing as the weight of wet wool folded over it. And then he was pulling the tie fastening of his shirt packet open, each time pulling it wider until it gaped open almost to his belly.

"Your body craves mine," he said finally, moving his lips fully into a pout at the end of that statement.

The reaction was immediate and easily seen, especially as he dropped his eyes to watch for it. Sybil nearly clasped her arms about herself to stop him from observing how the shiver flew her entire body and centered right in her nipples, making them taut and tight against where the chill of damp cloth angered the heat of her own flesh into darts of response.

Sybil opened her mouth twice before anything came out, and then it was a breathless whisper of sound, since he'd lifted his arms over his head and taken the shirt with it. He pulled the shirt back right-side in with the motion of yanking his arms out of the sleeves, the movement forcing striations of sinew to pulling and defining and molding into the vista of masculine beauty he was. Fire from the fireplace highlighted and sculpted him as if for the eye to follow. Sybil didn't even fight the urge and defied the act of blinking in order to caress his flesh with her gaze.

Then he turned and walked in front of the hearth to hang his shirt from a peg on the opposite side. Light glanced off the drape of his blue-black plaid with the stripe of green and put into shadowed prominence the striped scarring on his back. It was especially visual as he lifted his arms over his head and stretched, looking lithe, strong, beautiful . . . and flawed. He turned sideways to her and stared into the fire, letting it highlight the dark, damp, honey-blond locks of hair he wore pulled back in a queue, the perfect features of his face, and staying in a pose designed to mold the chest and abdomen he was putting on display for her.

"They used their reins," Sybil said softly, just loud enough to be heard over the fire sounds.

He turned his head and pulled in a breath so severely it delineated the ropelike tendons of his belly. And he held it to the point she could see his heartbeat in the flesh near his belt line. And then he was turning fully toward her, putting his hands on his hips and pushing the strip of muscled flesh about his waist into prominence. And just standing there, watching her, blinking once while the firelight flashed on the dark lashes that looked so incongruous with his coloring.

Sybil blushed. She knew she was, too, as heat flowed all about her, making the coarsely woven cloth feel restrictive, thick, and cumbersome, while droplets formed at the apex of her forehead. She reached up to wipe at them and saw the flash of satisfaction that crossed his cheekbones before it disappeared, leaving him looking carved and statuelike again.

And then he was moving his hands, sliding them beneath the drape of kilt to fumble with the belt. Sybil's eyes were wide, her breath was coming in whiffs of air as she panted. He loosened the belt slightly, so he could shove the mass of clothing to his lower pelvis, taunting her.

Sybil gulped, looked away from him for a moment, caught sight of his great canopied bed, and moved quickly before the blush happened. She knew she wasn't fast enough. The space in front of her changed, shifting with the tension of his nearness. She wasn't surprised when she moved her head and looked back at him to find him standing right in front of her, breathing air all over her nose and cheeks.

"'Twas all they had handy."

"What?" he asked.

"Reins. That's . . . what they used."

"Really?" he asked.

"'Twas all they had."

"Nae. This is all you have," he replied, breathing the words all over her. And then he was reaching out with one hand to touch a finger to her cheek. Then he was sliding it along her lower jaw and lifting her chin, bringing her to her tiptoes as he lowered his head at the same time.

"The fire—"

"Burns within you. Right now." He interrupted her, touching a tongue to her lip flesh and tasting it as he traveled along the sensitive tissue she'd opened just slightly to catch her next breath and then the one after that.

The room spun, righted, and then spun the other way. Sybil reached out for stability and connected with his chest, putting sparks into being from her fingertips against him. The groan he made originated in the chest she was touching and traveled into the caverns of her mouth as he took possession of it, melding his lips against hers and then making her body do the same thing as he pulled her into an embrace that took her feet off the floor.

Sybil moved her mouth away and hid it against the area below one ear and tried again before she lost all manner of thought in the mass of sensations he was creating all about them. "It burned . . . the night. All night."

"All night," he agreed, chuckling slightly as he twisted his neck to put his lips against her throat. She leaned back to allow access and watched the roof beams above them rotate. Then he was walking. She knew where he was taking her. Everything on her knew and approved and grew needy and desirous.

He'd reached the bed and was climbing into the confines of it, taking her with him, with an arm beneath her, sliding her body twice along the thick embrace of a fur coverlet.

"You weren't there, though." She whispered it.

"I am now," he replied, using his left hand to smooth back the loose hair all about them, while his right was still underneath her waist, making it easy for him to lift her anytime he wished. And he wished it at that moment in order to bring her breast within reach of his mouth. Through two layers of material, she felt the heat as he opened his mouth and huffed hot air over a nipple, making her whimper and squirm.

"You canna' control your body all the time," he said.

"This is . . . a cheat," she replied, breaking the complaint into sections with the effort of trying to connect with the contact he was denying her.

"Only if we had rules."

"Rules?" she whispered, trying to make sense of the word.

"Aye. Rules. Such as this one. Cloth   tears." He'd pulled his right arm from beneath her in order to stabilize himself with it, using it for leverage as his left pulled the neckline of her shift apart. He was shoving great huffs of breath all over her as he did so, and Sybil wasn't far behind. She was having trouble with her next breath since it so quickly followed the previous one.

"It's . . . pink." He'd stopped and sent that devil-dark gaze all over her revealed frame, clothed only in the silken light-rose–shaded chemise. "Have I told you yet of the power of this little thing here?" he asked, lifting his head to look at her while his fingers grazed the neckline of her slip, leaving her no doubt as to what he referred to.

Sybil's heart swooped clear to the pit of her belly at the expression on his face. She'd never seen anything so stirring. She had to blink through a sheen of wetness that hadn't been there before.

"What is it?" he asked, suddenly solicitous as he used both arms now to enwrap her form and hold her close while rolling onto his back so she was perched atop him.

She sucked in a shaky breath and told him. "I . . . love you," she whispered.

His response was immediate as he went still and unmoving,

although his heart continued beating. Sybil gulped around sobs that were going to be fierce if she let them through. She'd never dealt with such a thing before.

He sighed heavily, making her move with it. "There is nae such thing, lass," he replied finally. "There is lust, though. And touch. Passion. Heat. And this." Then he was sucking on her chin and making quivers everywhere he touched and continued touching, taking her to the height of ecstasy time and again, and creating fires the entire night long.

He was right about the all-night thing. He was wrong about love.

Chapter Twenty-Five

Vincent's rooms had their own staircase. Sybil saw that as they descended them the next morning, following the trio of clansman that had been sent for an escort. That was a flawed design. They hadn't given their laird an escape route of any kind unless it was taking his chances out the window. She could see from the height of the steps that it would be more than a three-story leap to do so. That was puzzling. The fire that had ravaged the castle might have been the demise of the chieftain. It might also have done in Vincent's mother. If it had happened at night, what chance had their chieftain had? Sybil answered herself. He'd had little to none.

Not so Vincent. Or his sister. It was clear they'd both escaped it. Perhaps they hadn't been in the stronghold that night. Sybil pondered if Vincent's survival was linked to the whipping he and Sinclair had survived. And that led her to the reason they'd been roused from their chambers this early in the morning. The younger Carrick son was deep in the throes of agony, and they'd come to fetch Vincent to correct it. And that meant he wanted Sybil.

The younger Carrick was a handsome lad, but he was severely weak. No broken ankle should set a man to crying loudly, and if it did, he should be disciplined. Any other clan wouldn't hesitate. Which was odd, because no one even proposed such action. Instead they were pulling the laird and his wife from their beds to care for a clansman's injury? Sybil wrinkled her brow a bit as she pondered it. It was clear they held Vincent responsible in some way. Perhaps it had to do with the death of Carrick's elder son.

Sybil wondered if the elder son had been as handsome as his brother . . . only perhaps more manly. Such a creature would be a good foil for the blond beauty of her husband. Sybil glanced sidelong at him and looked away before he caught her at it. Vincent Erick Danzel possessed jaw-dropping handsomeness, massive charm, and heart-stopping musical talent. She blushed as she thought of his other talents, the love ones he was so proud of.

She wondered if the elder Carrick son had been one of Vincent's companions, perhaps even part of the laird's honor guard. If so, the combined effect of the laird, Vincent's man Sinclair, and the dead Carrick must have been speech-stealing to view if they were together. And if they were together . . . perhaps they also got whipped together?

Sybil loved a puzzle, and traversed several more steps without seeing them as she pondered each raised question. And then added more. The Danzel clan was Norse-based. They'd been descended from Vikings. According to the troubadours, Norsemen had been the scourge of the earth for centuries of time. Perhaps that explained a clan that would design and maintain a stronghold with no escape. But why wouldn't such a flaw be corrected in the centuries since the keep had been built?

Could it be that Vincent's sire had been the lazy sort, much like Laird Eschon had been? Sybil wondered. More likely, he'd ignored it as all the previous lairds had done. Perhaps they'd thought themselves invincible when deep in the bowels of their stronghold, safe from any challenge either from the elements or from man.

The stairs they were walking were constructed of huge blocks of stone. From what she could see of the walls, it appeared the entire keep had been constructed of the same stone, although in differing hues of gray. It was hard to tell for certain in what light there was. Sybil put out a hand and trailed her fingers along the wall as she walked, feeling the bumps and gaps of rough-hewn stones. She surmised the Danzel clan hadn't considered an escape route for their laird because they hadn't felt any need for one.

Then she set the theory aside until she could test it and turned to the next bit of supposition.

The chieftain staircase led to and from the great room below. She could see as they reached it that the room had two entrances. One led to the front portal, where they'd arrived last eve. The other was at the back, exactly opposite the first entrance. Another stupidity in the design, especially with the amount of furniture they'd packed into the floor space. Their room wasn't near as large as Eschoncan Keep, yet it appeared to have the same amount of banqueting tables and benches in it. That made it crowded and forced everyone to wend through all the furnishings on the way to either exit. It would be extremely difficult to battle one's way through in the event a fight was at hand or an escape was needed.

She could see that the fire had even reached this room. Sybil flicked a glance about and saw how dark the stones were, especially toward the charred rafters, where the servants must not have reached in their efforts to wipe the smoke ash away. Or where they'd not considered wiping it at all.

The furnishings had all needed replacement. That was obvious from the glimpses of light-toned wood where it wasn't grimed with the effects of multiple use by multiple hands that needed washing first. The Danzel stronghold needed a good cleaning. Sybil wondered if it was just the inanimate objects that she'd be taking a scrubbing to. Her lips quirked at the thought of taking a rag wet with soaped, warmed water to the back of the man she was following.

Vincent's castle was also dark. They hadn't built any windows in any of his halls, nor had they placed enough sconces to hold their torches. There were tapestries covering the walls they walked through, going deeper into the dark recesses of the castle. It was impossible to decipher what events or scenes the needlework featured. It was just as impossible to tell if the space where they now were had been fire-scorched or not. Her nose itched with the texture of too much dust, not enough use of soap, as well as the smell of ancient, moldy rushes. That was another annoyance that would be looked into when she asserted herself and claimed her rights as chatelaine.

They reached one of the towers. There were more than four openings from the circular space the hall led into. There was also a bit of light coming through openings high in the walls. They weren't barred, and Sybil could see the effects of a nest or two high in the shadows. She wasn't given any time to absorb the effect of having a tower open to the elements before being moved at a quicker pace to the first opening on their right. She hadn't needed the direction. From the sound she could tell exactly where they were going and that they'd placed the younger Carrick in a high room. That way the sounds of his wailing could echo and filter through the entire lower halls.

Sybil's mouth set. She wondered what would happen if she decided to discipline the lad. No man should be allowed to get to his age without gaining a bit of spine along with it.

The younger Carrick favored his mother . . . absolutely and completely, answering one of Sybil's ponderings when she'd first met the lad. He didn't take after his sire at all. It wasn't just the lad who was caterwauling. It was his mother as well. Sybil stood in the door frame for a moment, surrounded by the trio of clansmen and Vincent. She had to take a moment or two in order to absorb the woman's almost unearthly beauty as she knelt at the lad's bedstead. Sybil had never seen such a sight and knew exactly why the elder Carrick allowed his wife free rein in all things. He was besotted. Sybil almost was.

Then she observed the woman's air of fragility, the thin lines of suffering carving through her cheeks, and the visual image of her grief. And then the amount of noise she was making as she wailed along with her son warped the picture of beauty she presented into one of annoyance and irritation.

"My poor son! Myron! Poor young Myron!" The woman burst into a long cry after her words and lifted the boy's hand to her breast as she did so.

The younger Carrick had a name. That was a good thing. Sybil had already tired of referring to him as a product of his father. Oddly enough, the more time she spent in the company of Myron Carrick, the more she detested him and found him ugly. Conversely, the more handsome his father became.

"He's broken his ankle, mistress," Sybil said as she stepped into the room, leaving her escort to follow as they may.

"He's dying! Look at him!" The woman turned her beautiful face toward Sybil, and, with the luminosity of tear-filled eyes, her beauty was breathtaking.

"'Tis na' a death injury." Sybil tried again.

"Nae!" The woman turned back to her son, wailed some unintelligible words, and shuddered with the effect of her sobbing.

Sybil lifted her eyes heavenward. She'd rarely come across such weakness and stupidity. The effect was to dim the woman's beauty much as it had Myron's. Sybil's respect for Carrick the Elder fell proportionately as well. She had to swallow the first retort in order to have the correct amount of compassion in her voice before she spoke again. It still sounded insincere.

"'Tis set well. And will right itself afore long."

"You doona' ken how it is to see your child suffer! Do you?"

"I have nae child. How could I? I'm but newly wed," Sybil replied.

"You're the new lady, then?"

"Aye."

"You're the one responsible for his care, then?" The woman waved toward the bandaged and splinted leg.

"He'll be right soon enough. You'll see." Sybil said it in her soothing voice. The effort was lost on the woman.

"Give him something to dim the pain again!"

"He canna' pain this severely. He looks unable to withstand such pain." Sybil hadn't even finished the words before the son started sucking in breath to moan aloud, joining his mother with the lament.

Sybil turned to leave them both to their dramatics. Vincent stepped into her path, blocking her. Sybil sidestepped and watched as he did the same thing. She took two steps toward the other side, and he followed.

"This again?" she asked, looking up through her lashes at him.

"Give him something," he replied.

"I've naught that will help."

"The cloth you used. Fetch the vial again. Use it."

Sybil shook her head. "'Tis unwise to use it again. Especially on the weak."

Vincent shifted his head toward the wailing duo. "You call that weak?"

Sybil's upper lip lifted. "You doona' wish to ken what I call that."

He smiled widely. "Fetch it," he said.

"Nae."

"Why na'?"

"'Tis a mistake to use it again."

"You keep saying that. You have na' explained." He pulled

himself to his full height and folded his arms to look down at her.

"My potions are powerful."

"We need a powerful potion. Can you na' see? This is disturbing the entire household. 'Tis disturbing me as well."

"I still canna' use it. Misuse of power is the worst offense."

"Against whom?" he asked.

The way he'd pouted his mouth on the word made everything on Sybil react. She could only hope no one else noted the way she physically pulsed, the blush she couldn't staunch, and the gasp she made. At least everyone besides him. He was well aware of it. That was why he'd made certain to put his mouth in the perfect kissable-looking moue. To get her off-kilter. To alter things to his satisfaction. To get his way.

He'd use anything. She knew that now.

She forced herself to look away, spent a moment smoothing down the sides of her skirts, fussing with the shawl she'd covered her hair with, and then looked back up at him, narrowing her eyes until his image was spliced with lashes.

"Nature," she replied finally, using enough amount of breath to the word that it was certain to touch him.

"What?"

Sybil hid the satisfaction deep as it looked like Vincent was having the exact same issue she'd just had, even to the rose shade high on his cheekbones after his frame jumped slightly.

"My potion. To use it unwisely on the weak is to create need. Constant need."

"Carrick pains." It wasn't Vincent speaking. It was one of his clansmen.

Sybil didn't move her glance from where Vincent stood watching her and pulling for breath to the point of panting. That was starting a worse reaction in her. She wondered if he knew.

"The lad could use pain," she told Vincent.

"What?" he asked again. He didn't look to even know what he was referring to.

"Pain can be a good disciplinarian."

"Discipline?" Vincent asked.

"And stricture. He looks to need both. In equal part."

"Both . . . what?" he asked. He was definitely panting. That was why he spliced the words with a breath between them.

"What is needed here is discipline," she informed him, and then she turned her head to encompass the clansmen hovering in the portal behind Vincent. "Discipline and stricture."

She could tell Vincent was breathing easier, and spent a moment more wondering if it were possible her gaze had kept him tongue-tied. But that was impossible. He didn't believe in love.

"Stricture?" she heard him ask.

She nodded.

"What if 'tis too late?"

Sybil looked back in his direction and shrugged. "'Tis a mistake to use a potion beyond the need for it. A large mistake," she informed him.

"What?" The woman was finished with pitiful sobbing if the amount of anger in her screeched word was any indication. Sybil scrunched a shoulder against the sound and was still in that position when the woman reached her and grabbed her arm. "You'd leave my Myron to lie there in pain? And do nothing?"

The woman was almost as small as Sybil. She was more frail, however. And her hands were bone thin and grasping as she clutched at Sybil's arm.

"Your son could do with a bit of it," Sybil replied.

The woman sucked in a gasp. Sybil concentrated on not scrunching up the other shoulder.

"Did you hear her?" The woman screeched it toward Vincent and his clansmen.

"Well enough," he replied.

"What do you care?" The woman used her free hand to point at Vincent. "You already took one of my sons. What is another one to you? I hate you! Do you hear?" The woman's face was contorted into a mask of anger and hate that was invalidating every hint of beauty she possessed.

"Everyone can hear you, mistress," Sybil informed her.

The woman gasped, and the action of sucking in another breath had the effect of stopping her screeching momentarily. Sybil filled the silence with words. "Your son canna' have more potion. It is na' needed. The pain will pass. And it will help strengthen him. 'Tis a necessary part of life. You ken?"

"Nae! You need a bit of pain!"

The woman was still loud, and she was trying to shove Sybil as she yelled at her. Sybil was in luck that the woman was small and frail and as weak as her son since all that happened was Sybil swayed a bit. She was going to be bruised on her arm from the woman's talonlike grip, however.

"Mistress, calm yourself. This is na' doing your son any good." Somebody said it. Sybil didn't look for which one it could be.

"Get him the potion. I beg of you." The woman had turned back to using her pitiful, weak tone.

"Nae," Sybil replied in what she hoped was a calm tone.

The woman opened her fingers, releasing Sybil. "You're just like him! Always one for dancing out of the line of trouble — and leaving others to take the pain. Taking. Taking. Taking."

"That's enough, Mistress Carrick. Cease this."

One of the clansmen spoke up. It wasn't Vincent. He was acting like a creature made of stone. It wasn't hiding what he wanted hidden, though. Sybil observed, assigned his reaction meaning, and added it to her knowledge about him. He considered himself just as guilty of the elder Carrick son's death as the mother did. Mayhap more so.

"Nae! 'Tis na' enough!" The woman was flinging her arms wide and sending her words to the latticework of beams above them. At nothing. A glance showed no fire had reached this tower. "The grand laird caused all the pain and suffering and death. And then he fled! Where was he when the house burned, and with it his parents? Well? I'll tell you where. Dancing. That's where he was. While my Edward perished of his injuries, where was he? Well?" She brought her arms down and pointed right at Vincent. Nobody said anything, and then Sybil was shoved aside as the elder Carrick shouldered his way into the room and pulled his wife close, lifting her from the floor into his embrace and crooning.

That seemed to be all she needed, for Sybil had never seen a woman collapse so quickly nor so frighteningly.

"Have you na' done enough, my laird?" The man directed the words at Vincent. "Must you return and turn your blackness on what's left of my family? Dinna' you have enough satisfaction from the killing of Edward?"

He was spitting the words, and the bitterness of them looked close to choking him. Sybil stepped back, right into Vincent. She expected him to enfold her, help with the trembling, keep her from experiencing the hatred coming from the Carrick couple. Vincent did neither. He stepped away from her. And then he left.

Chapter Twenty-Six

"Vincent! Wait!"

Sybil had both hands full of her skirt and was jogging before they reached the back entry doors. She was at a full run before he cleared the inner courtyard. She knew what he was doing—running away. That seemed to be what he did best. The entire staff seemed to know of it, too. They raised the gate for him before he reached it and kept it hovering above head level as she looked like she might try to follow him, although it would be useless. She didn't need anyone to speak of it. It was enough that he'd broken into a run the moment he cleared the gate. Sybil couldn't keep up with him. She doubted anyone could.

Except Waif.

From the corner of her eye, she saw the dark streak of the wolf as he joined Vincent and kept pace at his side. Sybil watched as the gate jerked back into place in front of her, putting webbed mesh in front of her nose. Waif would keep Vincent safe enough. She didn't know what was going to do the same for her.

"It does na' do any good to chase after him. He's too quick."

It was Vincent's sister, the one he'd addressed as Mary Elizabeth. The family resemblance was even more evident up close, especially with her dark-lashed eyes that looked to be full of spite and something more. Something Sybil couldn't place.

"I was na' chasing him," Sybil replied after a moment.

She laughed. It wasn't a gay sound. "Looked to me like you were chasing him."

"Looks can be deceiving," Sybil told her.

The laugh stopped. "Come. There's too many listening ears here."

Sybil looked about. There wasn't anyone interested enough to look like they were eavesdropping, although there were plenty of clansmen and women about. When she looked back, the blonde had turned about and was leading the way back to the keep. She didn't check to see if Sybil was following. Which was odd. Vincent's sister hadn't much to offer—save answers.

Mary Elizabeth seemed to have her own tower, as well. It wasn't far enough away from the sounds of Myron Carrick's continued sufferings, however. Sybil perched uncomfortably at the edge of a chair near the fireplace, where dead coals evidenced the blaze that had been there the prior evening.

The blonde sat in the padded chair opposite and then reclined to one side, pulling her legs up beneath her. The pose made her look like a lass of twelve, mayhap thirteen. Sybil sharpened her gaze. The impression didn't fade.

"You are the sister, Mary Elizabeth?"

The girl shook her head. "Younger sister. Mary is na' allowed out of her rooms as a matter of course. If I'd have known of our brother's arrival, I'd have met you at the stairs, na' her."

"Why?"

"Because the returning laird should have been met by a Danzel."

"Mary Elizabeth . . . must be wed, then?"

"In a fashion," the sister replied.

Sybil's lips twitched. The answers were cryptic and mystifying and leading. That was just amusing. It was like eavesdropping on herself.

"Widowed?"

The girl smiled widely. Then she shrugged.

"Widows should remarry. How odd. Was the death recent?"

There was a moan filtering through the door. Sybil knew it belonged to the weakling, Myron. She frowned slightly and turned back. "I should see to young Carrick, now."

"Why?" the girl asked.

"Because he's suffered long enough, and it served its purpose."

"What purpose?"

"He's young but old enough to have learned the purpose of suffering."

"You mean, he's spineless," the girl added. Sybil smiled slightly but knew the other saw it.

"Have you a name?" Sybil asked.

"Of course I have a name," came the reply.

"And may I ken what it is?" Sybil pulled her skirts up preparatory to standing.

"You canna' guess?"

Sybil was on her feet. She needed to get Myron Carrick a tisane of sorts. She was already putting together the specific herbs she'd use. A packet of dried dandelion leaves as well as a pinch of garlic. It would taste terrible, but it would assist him into slumber, and that would suffice in allowing everyone a bit of rest.

"Why should I do that?" Sybil asked, moving to the door and then leaving. She had to get to the wagon and find her apothecary items. And she wanted to escape the sounds of suffering.

"Because I want to find out if Vincent's bride is as bright as they all whisper of."

That stopped Sybil's steps for a moment. "They whisper of it? Who?"

"Any I asked. All of them. I ken. I asked them."

"Why would you do that?"

"I wanted to ken if you'd help me."

"With what?" They'd reached the front steps, and Sybil stood there undecided. She didn't know where the stable-yards lay.

"Revenge."

Sybil slid a glance at Vincent's sister. The way she said the word raised the flesh on the back of Sybil's neck.

"Your parents were na' the fanciful sort, were they?" she asked, setting off toward the left. If she had to hazard a guess, the stables were probably closer to the gate, and that would also mean they were farther from the seacoast. That way, the horses wouldn't be in the elements should a storm blow in. It would also make it quicker to prepare them and ride from the estate, all of which would have been considered when designing a keep of this magnitude and permanency. She already surmised that the builder of Castle Danze had made certain of the elements before placing the front portal to the west, where storms rarely came.

"Why do you ask that?" the girl at her side asked.

"I've decided to guess at your name since you will na' assist me with it. I am gathering clues, much as I suspect you do with your time. Fanciful people create fanciful names for their offspring. Your sister is named Mary Elizabeth. Your brother is Vincent. Both sound to be steeped in the family history and were probably used oft. I say it as a notion and wait for the answer from you."

The girl beside her stumbled. Sybil smiled at that and kept walking. The corner of the keep blended with the ground, making it impossible to tell where the stone being walked across went skyward to make the walls. There wasn't a perfect delineation of a corner, either; it was more a five-sided affair, which would gain one a circular center such as the tower she'd been in this morn. She picked her way through shrubbery and rubble that had fallen from the tower at some point, before being rewarded with the smell of manure and the warm presence of a large number of horses.

The castle stables were just where she'd suspected they would be, away from the elements, and looked to have been added later since the rock was a differing shade. Such a thing was probably normal in castle-building, although Sybil hadn't much knowledge of it. The original structure might not have even had stables, or if it did, they might have been wood and needed replacement later.

The fire they'd suffered hadn't reached the stables. That was another bit of knowledge. There was a steady breeze coming in from the sea, bringing the sea scent with it and raising gooseflesh with the chill bite it contained. Sybil pulled her shawl closer as she walked.

"Mayhap I doona' wish to tell you," the girl at her side said.

"You already have," Sybil answered. She nearly laughed as the girl stumbled to a halt.

The interior of the stable was dim and sheltered from the wind, making it much warmer than outside. The wagon they'd traveled in was against one wall. Sybil walked over to it and climbed in, finding her locked apothecary trunk still there. As well as her other trunk, the one containing her clothing. The lass had said Vincent was welcome, and the elder sister, Mary Elizabeth, had mentioned a homecoming banquet. If that were true, it didn't appear that his new wife was as welcome. She gathered a couple of gowns and started adding vials to the pile.

"You should assign someone to fetch that for you."

The lass was saying it as she climbed in beside Sybil, her slight size doing little to sway the structure.

"I'm accustomed to taking care of things myself," Sybil

replied. "I see nae reason to change that now . . . and for a certain na' here."

"What's wrong with here?" the girl asked.

Sybil finished and relocked the trunk before she spoke. "The laird has returned. He is na' welcome. Or if he is, 'tis divided. The eldest sister lives with dishonor. The youngest sister plays with others' emotions, with little care as to the result. And the entire estate reeks of ill-will and pain."

"You canna' hold Myron Carrick's pain against us," the girl said.

Sybil sighed loudly. "I doona' speak of young Carrick. I speak of the fire that killed your parents, changed your sister's destiny, and chased Vincent from here. I speak of the punishment Edward Carrick sustained. The one that killed him. And I speak of the fact that Vincent takes the blame. This is the pain that none speak of and none face. You ken?"

The girl's mouth fell open, verifying the accuracy of those assumptions, and Sybil scooted past her with the bundle she'd gathered.

"Are you coming with me Margaret?" she asked sweetly.

"M-margaret." The girl stammered on the name.

Sybil's brows rose. "I've taken my first guess to your name. Margaret," she replied and smiled warmly and saw the other's surprise. This girl looked to have had much the same upbringing Sybil had. Unwanted and ignored. That gave her an odd sense of kinship with the lass.

"Someone told you, didn't they?"

Sybil shrugged and kept the smile hidden this time. Then, she cleared her throat. "Come Margaret Danzel. I'll show you what I'll make with these herbs, and you can tell me which member of the castle you want revenge on."

"My brother." Margaret was huffing on the words, since she'd reached the ground and was skipping as she spoke.

"Vincent?" Sybil kept her face forward as she walked,

pulling her shawl more firmly about her head before they were out in the wind again.

"I only have one brother," Margaret replied.

Sybil grunted a monosyllabic reply.

"Do you love him?" Margaret asked.

Sybil concentrated on putting one foot in front of the other and keeping her expression blank. She wasn't giving anything away until she knew more. A lot more.

"Well?"

They'd reached the five-sided tower, which actually had to be eight-sided. The inner three sides were part of the interior complex. That was another bit of interest and probably added to the stability of the design.

"I have na' decided it as of yet," she replied finally.

"I will still kill him. Or at least make him suffer."

Sybil had the bundle of clothing-wrapped vials held close. His own sister wished him this much harm? What would warrant such a thing? "There's little need, you ken? He already suffers," she replied as they reached the front doors.

"There's every need! He ruined my life!"

"Nae man has that much power, Margaret. Only women do."

Sybil wended her way through the tables and benches of the great room, intent on the steps leading to the chieftain room where Vincent and she now slept, gathering specific items as she went and adding them to her burden. She picked up a small bowl, a heavy-bottomed tankard, a spoon, then a flagon of what she hoped was water, but if it was ale, it would still do. Heated ale added a potent quality to her brews. She knew Margaret was at her heels. She'd have been surprised if the lass wasn't.

"What did you mean?" Margaret didn't even wait for the door to close before starting her questioning. "How can a woman have such power?"

Sybil stirred the fire before she answered and then swung the hooked kettle from the side to sit atop the coals so it would heat. Then she was pouring a measure of liquid in. Then she put the bowl on a table, set the spoon beside it, and placed her bundle beside all of it. She was adding the dried combination of leaves and stems and crushing them with the spoon before she spoke again.

"Most men are na' like us, Margaret. They doona' have to be. I doona' think they would wish it even if they could. They feel things differently, ken things differently. They even pretend differently."

"How so?" the lass asked.

"Men doona' ken *why* they do what they do. Their world is a just world. Right and wrong. Just and unjust. Truth and lies." *They even deny love*. The last words almost left her lips before she shut them tight and pretended to pay attention to the concoction she was just salting the water with.

"Men war. They fight. They use their bodies as a weapon. Always. It is a physical thing with them. They exchange blows oft. They train for such a thing. I watched the Donal laird two seasons past. He's a prime example of a man steeped in gaining a victory nae matter the cost. Men. They believe everything is a battle. Even love. Everything has a victor. Always. They use their brawn and their might and their minds. They fail to use the most powerful thing."

"What is that?"

The girl was intrigued despite herself. It sounded in her voice. Sybil stirred the mixture that was just starting to boil, creating a noxious aroma as the dandelion and garlic melded with the ale she'd used. She smiled, imagining the faces Carrick the Younger was going to make when he forced himself to drink it . . . or most likely when his mother forced him to drink it.

"Men have na' learned how to beguile. Manipulate. Intrigue and tempt. Use their wiles to warp things . . . and turn what would have been a loss into a win. This is what most men haven't managed to do yet. I say most, because my father had a steward who had the ability. He just dinna' have the expertise."

"And you do?"

Sybil sighed. "We all do. 'Tis how a woman wins. And how she sways. And how she ruins lives."

"I doona' understand."

Sybil walked over to fetch the tankard, wrapping her shawl about the handle as she did so. Then she was tipping the pot and pouring the steaming liquid into it, filling it almost to the brim again. Then she was setting it on the stone floor and waiting not only for it to cool, but for the leaves to sink to the bottom.

"You have a perfect example of it right here at Castle Danze."

"We do?"

Sybil picked up the tankard again, holding it away from her as she walked to the door. She started speaking before she got there. "Does Carrick the Elder run his household? Or does the mistress of Carrick have all the power? What do you think?"

Margaret's eyes were huge, showing the dark tones in them. She wasn't as young as Sybil had suspected, either. She was probably closer to the same age as Sybil and the lad, Myron.

"The mistress controls that household. True? And that is most . . . odd. She does na' look strong enough to control much. Does she?"

Margaret shook her head.

"Yet she seems to manage the husband with just a glance. Or a touch. Or a whine of her voice."

"He's weak."

Sybil motioned with her head for Margaret to open the door for her. She waited until the girl got close before speaking again. "He does na' look weak. I trust he's one of Clan Danzel's strongest, bravest warriors in battle. Is na' he?"

"Do you control my brother, then?"

Sybil's heart stalled. She shook her head. "Nae. But na' for the reason you think."

"Why na'?" Margaret replied.

Because love changes everything. She almost said that aloud as well. She settled with clearing her throat and looking at the steps, as if she needed to concentrate in order to traverse them without spilling the brew. "I have nae control over Vincent because he is na' a normal male. He's strong. Brave. Wily. He's a crafty one. You may need an assist when you go for revenge against him."

"You'd help me? With Sinclair, too?"

"The more folk you add to your need for revenge, the higher your chance at failure," Sybil informed her.

"Well! Someone should make him pay for keeping my sister company."

"Sinclair . . . keeps her company?"

"Only at night. When he thinks none can see. Or hear. But he does na' love her. He told me so."

"Sinclair told you he does na' love Mary Elizabeth?"

"Na' in those words. He told me I did not see or hear what I do. And that everything he does is for revenge. Everything."

Sybil sighed. "Revenge is a powerful emotion. 'Tis also wasteful. Does nae good. To anyone. It's actually harmful. To all."

"So will you help me or na'?" Margaret was disgusted. It sounded in her voice.

The only thing worse than helping Margaret harm Vincent was not knowing what she planned. Sybil swallowed before she replied. "Let's just say . . . I will na' stand in your way." *And I will be especially vigilant.*

Chapter Twenty-Seven

Vincent came back to the chamber well into the night, missing the evening meal. His absence would have been worrisome if Waif hadn't been with him, Sybil decided. Vincent had also been swimming the loch if the way his kilt hung from his frame and the plastered dark blond tendrils of hair on his shoulders were any indication. He was also avoiding any eye contact as he stood just inside the room with his back to the door as if for quick escape. From that location most of his face was shadowed by the entry rafter. Not so his torso, where a sodden shirt should have been covering a span of bare flesh that almost set Sybil to sighing. That would never do. Not yet. He was too stirring, masculine, and eye-catching. And he knew how to use it. He had a sexual prowess she'd thought belonged in women's fantasies. She knew the truth about that now and that it was no tale. She decided he'd been born with this talent for giving ecstasy with his body. The other option was that it had been learned through practice.

She'd shoved that thought aside every time it occurred. She did the same now. Having his sensuality overshadowing everything wasn't going to get her what she needed the most and the one thing he was keeping hidden: answers. It was

going to take a bit of the guile she'd spoke to Margaret about
in order to get them from him, too.

Sybil rose from her crouched position beside the fire,
making certain the light played through the weave of her
nightshift, silhouetting most of her for him. And if that wasn't
sufficient, she'd lit torches as well. She didn't know that was
why he groaned and took a step back, but had to hope it was
and use it.

"I have your sup ready," she ventured when all he did was
stand there and breathe. Heavily. Lifting his chest with each
inhalation. Since he was shirtless, her eyes dropped to the
roping of muscle in his abdomen as he sucked for each breath
before she forced her gaze away. "I mean . . . I had your sup
ready. 'Tis too cold now. I'll warm it."

He was almost too much male! Sybil had never felt as
gauche and tongue-tied, nor as primed. Her entire form felt
poised, readied, prepared, pliant. The nightshift wasn't hiding
much of it.

"They sent up ale. Bread. Melons." Her voice dropped on
the last word, and she watched his glance flicker to where her
nipples were grazing the fabric, holding it away from her
body with two pinpricks of definition. He groaned again,
deeper this time and with a resonance that filled the space
separating them. He also had his eyes shut if the loss of reflected moisture from the surface of them was any indication.
That made her brave enough to take two steps toward him.
She halted the moment he reopened his eyes, saw him assimilate her new position. Then he lowered his jaw.

"I can reheat it," she said and slid her right foot a bit
closer. She waited more than two heartbeats before following the slide of movement with her entire frame. She watched
as he folded both arms and stood at his full height. That just
made a deep shadow form between the humps of his chest
muscle, where the kilt band was caressing skin her fingers
were itching to touch.

"I'm na' hungry," he replied finally.

Sybil slid her left foot forward this time, grazing the floor with her thin slipper and listening to the slide of satin on flooring and then shivering as she heard it. All of which sent goose bumps flying over her limbs before centering right at her breast tips, where his glance flickered again. Then he was closing his eyes again. Sybil was close enough now to see the slight lines brought into play at the viciousness with which he held them closed. Then she slid closer, the slight sound from the bottoms of her slippers the only indication that she was within touching distance of him.

She knew he hadn't heard her approach when he reopened his eyes and started slightly at where she was hovering, with her head tilted to look up at him and everything else on her suffering the onslaught of each exhalation of air that he breathed over her frame.

"You should na' get this close," he said finally with a grunt of sound, due to the gruffness he was imparting the words with.

"Truly?" she asked, taking her time with the first syllable. That way her mouth would be in a pout made more visual by the crushed hop mixture she'd rubbed them with earlier.

There was a stirring of the kilt near his belt line, making his sporran shift just slightly. It was accompanied by another groan. Sybil moved a step closer, filling the space right in front of him and attempting to meet his eyes. He avoided contact, though moving his head up so he looked out at the room behind him rather than at her. The sporran moved closer, touching the flesh beneath her breast where the contact sparked before it started warming. She struggled to keep the smile hidden as his body gave her the message she needed, even if his mouth denied it.

"But I'm your wife," she whispered, breathing the words all along the folded arms in front of her and the chest and belly he seemed to be protecting. "You are my husband. We're in our chamber. Alone."

A tremor scored him over that, and Sybil couldn't keep the slight curve from her lips this time. It was too much pleasure to tap through the reserve he'd put in place and find the man beneath.

"And it's night. Outside it's dark. Cold. Lonely," she continued in a litany of whispered words, making certain each one carried enough breath that he had to feel them.

"It is ever lonely," he answered. She watched the words move through his throat, and the way he tightened his jaw, since he wouldn't look down at her.

"Oh, nae. My liege. Na' anymore."

He dropped his head and looked down at her. He didn't say anything. He didn't really have to. The way he was pulling in and releasing each breath in a steadily increasing tempo was telling her plenty. As was the way everything on him tensed, putting sinew and muscle into full, firelight-defined splendor for viewing and delectation and pleasure.

She was almost purring.

"Dinna' you speak with my clansmen today?" he asked.

"I spoke with nae . . . *man,*" she replied, pausing before emphasizing the last word, and watched him flinch slightly. Then she was warring with her own body not to show the pleasure of the minute reaction he was giving her. The rough scrape of linen against her primed nipple flesh was a good indication of how she was losing, however. She didn't have to look down to know it.

"Who did you speak with, then?"

"Your sister," she replied.

"The MacHugh?" He spat the title, and his voice contained enough venom that it gave her pause. That would never do. She realized it as he pulled in a breath and held it for more heartbeats than she could count. He'd put a ripple in the seductive atmosphere she was trying to create. On purpose. He was probably proud of himself.

"Mary Elizabeth . . . is a MacHugh?" she asked in a low tone.

He nodded.

"She wed your enemy? Your sworn enemy?"

He nodded again.

That explained much of what had been puzzling her. No wonder the elder sister was treated as a pariah. Sybil sucked in her bottom lip in thought. "Your parents allowed that?"

He shook his head.

"Then it was a love that couldn't be denied?"

He huffed a bit with what was probably amusement. "I already told you. There's nae such thing."

"Aye. You told me. You're wrong. You are that oft. You ken?" She shifted closer, almost touching him and feeling the contact even with the gap of space between them.

He gulped. She heard it and saw it, and gloried in it. She'd been cursed with this love emotion he was denying existed. She wondered if that was what Kendran's Christmas wish had meant. Sybil had been cursed to suffer from an unsuitable love. Unsuitable . . .

Surely that wasn't Vincent Erick Danzel. The man was entirely suitable, if a bit hardheaded and stubborn. Sybil sucked on her cheeks in thought. "She was a war prize then," she stated and watched his jaw tighten. "After the fire."

"Who told you all this?"

"Margaret, but I'm guessing, too, my love. I have a fair chance of being right. Everyone does. If they state what could be and watch for the reaction. Anyone can do it."

"Perhaps you'd best stand over there, then."

"Over where?" she asked.

"Anywhere. Away from me."

"Why?"

He flicked a glance toward her, grimaced like he was in pain, and pulled in a breath. "Because I am na' worthy."

"Of what?" Sybil asked.

"This," he said and met her gaze.

It was akin to being doused with cold water and then set afire. Sybil experienced all of it and wondered where her mind had gone. The man had the most soul-searching dark eyes, the deepest pools of black-brown. It was a depth she felt drawn into. She was spellbound. Completely. Absolutely. And it was like nothing any of her herbs or potions or fantasies could have created. It was too vast.

Then he blinked, releasing her to catch breath again, hear her pulse as it beat loud and strong in her ears, and stand swaying in a trembling fashion before her knees locked into position and saved her from falling.

It was useless. All of it. She'd already fallen. Totally. Forever. For this man. And only him. The floor felt the substance of fog. It had the same chill and dampness about her ankles, as well. Sybil shivered despite herself. This wasn't what she wanted or needed at all.

Sybil closed her eyes for a moment, pulled in a breath and held it until her chest hurt before easing the air back out. She slit her eyes open at the same time and watched the reaction on the belly, arm, and chest flesh right in front of her nose as everything tightened and rippled. Again. "Surely you jest," she replied.

"This is nae jest. Nor is it a game. 'Tis na' even a battle."

"What is it then?" she asked, getting brave enough to put her index finger on one forearm of his crossed arms before trailing her fingernail along sinew and strength that seemed to ripple in anticipation of the touch.

"Torment," he replied to the air above her head.

Sybil giggled.

"I wish you would cease that," he mumbled to the area above her ear.

Sybil put her other hand on him and moved both hands up

his shoulders and from there about his neck, lifting on her tiptoes in order to do so.

"What?" she asked.

"Your laughter."

It was all right to press her body against him and caress him, then? Sybil held the glee over that inside, and then she had her hands hooked behind his head in order to use her body weight to pull his mouth down to hers.

It wasn't necessary. Vincent realized what she was about and had both hands about her waist to lift her instead. Then his mouth was on hers. It wasn't possible to tell who was greedier as Sybil used her tongue within the caverns of his mouth just as he was doing with her. Dueling. Sucking. Slurping. Toying. Kissing and enjoying and molding her lips to his.

She opened her legs, wrapped them about his hips, and pushed herself into position in order to slide along where the sporran had been shifted to the side, allowing hardened, engorged flesh to fill the area in its stead. Vincent's hands shifted then, moving to support her buttocks as he moved her, sliding her back and forth while she was cooing the satisfaction over it.

The man was mad if he felt unworthy. She tried to tell him so without words, and then she just showed him. The sound of combined heavy breathing and slurping noise filled her ears, charging through the rapid pace of her own heartbeat. And then she was using her fingers to hold to his ears while she pulled away and looked deep into his eyes.

"Tell me you doona' love me," she whispered.

A smile tipped the just-kissed look to his mouth, and then it was transferring to his eyes, where the little laugh lines came out before she saw the flash of teeth.

"You doona' give up, do you?" he asked.

"Na' with my heart at stake," she replied.

That sobered him. She watched as the amusement of a

moment before shifted, turning him into a saddened entity with just the glimmer of tears coating the surface of his eyes before he blinked and sent it away.

"Ah, lass. If there was such a thing. . . ."

He swallowed, while her entire being began an ascent to the heavens with the joy of what he'd admitted. He moved his head then, to focus on something over her head, and then he stiffened. Sybil had a moment to ponder the change before she was on her feet and being shoved behind him while he shouted a name out.

"MacHugh!"

Sybil strained to peek around his arm, gasped with the shock of seeing yellow-and-red plaid-clad men stepping from behind the canopied bed. There was more than ten, twelve. Then there were fifteen. Vincent shoved her back behind him before she had the total fixed and still there were more, jostling and pushing to fill the space, and all heavily armed.

And deadly silent.

Her legs were threatening to drop her from the sensual journey she'd been pursuing, and to that was being added surprise and something even more disabling: fear. She was prevented from falling by the pressure of Vincent's arm holding her against his back. This put her breasts against his belt, where she could feel the weight and sharp edges of a dirk that was tucked into the leather. They weren't exactly weaponless, although it wasn't comforting to realize only one blade was between them and more than a score of enemies. Sybil started sliding her hands from where they were clasped about Vincent's belly. The arm he was holding her with tightened, putting her even closer. She realized what it was. A request to halt any movement. She also knew why. He couldn't protect her if she moved away.

"I wish to thank you now, Danzel. And so I do."

Sybil tipped her head just slightly and slid to Vincent's other side, so she could get a view of the proceedings from the chamber mirror that was on a side wall and filled right now with the reflection of the grouping of men. The one who'd taken the forefront was stocky but short. He was also portly and not young, if the hair that was graying from the red shade it had been was an indication. Sybil could tell that from the length of it beneath his bonnet.

"For what?" Vincent responded. Her breast flesh vibrated with the sound of those two words. She had to swallow and concentrate to stop the sensation.

"Na' having the sense to fill in the tunnel afore today. Putting Sir Sheldon at the entrance as guard."

Vincent sucked in air. Sybil moved backward at the quantity of it. "If you harmed him . . ." he began.

"He's barely touched. He'll have a large ache in his head in the morn, but he'll live. 'Tis your fault if he does na'. Just as everything is."

Vincent let the air out, seeming to shrivel at the same time.

"Luck still eludes you, doesn't it?"

"Perhaps," Vincent replied in a mumble.

"My men watched you all day and into the eve as you carted and packed stones to fill in the entrance. It was a wasted effort."

That's what he'd been doing all day? Sybil wondered.

"But you ken that now, doona' you?" the leader finished.

Sybil felt Vincent's back muscles clench, but he didn't give any further sign that the man affected him, either through a gesture, movement, or in his voice when he spoke again. "Most of what I do is luckless, MacHugh."

"This is what I'd heard. Although I nae longer wondered if the great laird Erick Danzel had sired a fool and a coward when he formed you from his seed. I already knew the truth about that . . . dinna' I?"

Sybil gasped. Vincent relaxed slightly. If she hadn't been affixed to his frame, she wouldn't have seen or noted it, however. "What of it?" Vincent replied finally.

"You have na' changed the room much, I see."

The chieftain was twirling about as he looked up at the rafters, down at the floor, encompassing the room, and then he met her gaze in the mirror. He smiled. Sybil didn't move. It was totally unpleasant.

"First things first," Vincent replied.

"Exactly."

"What do you want this time?"

"Revenge. Just as I want every time."

Vincent sighed loudly. "There is nae joy in vengeance, Hugo. None."

"Who's looking for joy? I want justice. I always have."

"What will it take this time? Another fire?" Vincent asked with a carefully modulated tone that didn't give much away. His entire frame was twitching as he said it, although nothing must have been showing, for the man referred to as Hugo didn't react.

"Actually . . . we came for the wife."

Vincent huffed out a heavy breath, almost of amusement. "Why dinna' you just send word? Mary Elizabeth would rush to your side."

"I doona' mean *my* wife," the man continued.

Sybil was turning to stone. She already knew what the man was going to say. She knew Hugo MacHugh was responsible for the severity of Vincent's whipping, the punishment that had been the death of Edward Carrick. And now he was taking Vincent's wife. She didn't have to ask.

"You doona'?" Vincent asked easily. He sounded relaxed. He felt calmer, too. There wasn't one bit of tremor happening to the frame she was clinging to.

"The Donal thought he was teaching me a lesson when he 'rescued' Mary Elizabeth from me. I dinna' want her any more. She's barren. Seven years as my wife and na' one child—na' even a girl child! The wench is cursed. Perhaps I'll have better luck with yours."

"My what?" Vincent asked without one sign of realization.

"Wife. I'm claiming her." Hugo MacHugh met her look squarely in the glass, and then he smiled, showing stubbed, gapped teeth.

That's when her knees started trembling in earnest, moving the weak feeling clear to her ankles. Vincent was easing the grip on her as well, and she guessed why. He was going for his skean. She couldn't allow him to do this! It would mean his death. That seemed to be just what this Hugo fellow wanted. It wouldn't change anything, either. Sybil was going to leave with the MacHugh. There were too many to fight.

"You ken what you do? And who she is?"

The Hugo smiled wider. "Aye. She's the sister of the Donal laird's wife. 'Tis what makes this so sweet. The man thought me cowed when he won at Clammond and got your property back. I was na' beaten. I was taught a lesson."

"Someone managed to teach you something?" Vincent asked it in a cocky fashion.

Sybil watched as the slur filtered through the ranks of men Vincent was facing and knew he didn't realize his peril. No man in such jeopardy traded insults at such a time! She started moving away from him. He relaxed his grip in order to make it easier for her.

"I learned to bide my time. Maneuver a win. It was Myles Donal who taught it to me. That just sweetens every bit of this. Hand her over."

"He'll come for her."

Vincent removed his arm, and Sybil pulled at the garment she wore, trying to get it to relax from where it seemed to be clinging. She had to make it more concealing before she was paraded before them.

"What an odd statement," MacHugh responded. "Does that mean that you will na'?"

Sybil stepped from behind him then and watched as they all seemed to devour her in place. That created shivers through her entire body, which just made it all worse. She crossed her arms in front of her bosom and looked at the man who was taking her and said a silent prayer that he was capable of defining his rights and then making certain of them. He'd already spoken for her, which meant she wouldn't be raped by his horde.

She looked up at Vincent. Nothing about him was showing emotion. Nothing. Then he tipped his head and looked down at her.

"Go ahead then. Take her," he said to the group of men, although he directed the words at her.

"I intend to."

"It was na' a love match. You ken?"

"Nae marriage of property and family ever is," Hugo replied.

The words weren't clear through the buzzing noise in her ears, but she heard them. All of them.

"I dinna' even wish to wed with her."

Hugo was frowning. Sybil wondered if that was Vincent's ploy. To make her less desirable? It wasn't going to work, if he was. The target wasn't him. It was Kendran's husband.

"So?"

"I was paid," Vincent said. "And well. The Donal laird wished his wife to get her wish of vengeance against this woman. I was his chosen tool."

Sybil's jaw slackened and her eyes filled with stupid tears, distorting him as well as everything and everyone else in the room. It wasn't enough. She knew it as the thudding pressure of her heart moved upward, filling her throat and then her entire upper body with complete ache.

He'd been paid . . . to be an unsuitable love?

"Oh," the MacHugh replied.

Sybil could think of a lot more words to fill the gap of space in than just that one, but any she thought of carried weeping and pain. Silence was better.

"Then you'll na' put up a fight at this abduction?"

"Do I look to be putting up a fight?" Vincent asked easily, and then he was stepping back from her.

The space of the room should have been hot, wet, and heavy with the heat, weight, and breathing of so many bodies. It wasn't. It was cold and empty. And supremely lonely.

"Get her a cloak," the MacHugh ordered, and someone tossed a dark, nondescript piece of fabric at her. Sybil's fingers were clumsy and stiff as she tried more than four times to tie it, before Vincent stepped close and did it for her. At the touch of his fingers, she jerked. He didn't look to have any trouble. He smoothly and efficiently tied a bow beneath her chin and then flicked the tip of her nose like it was nothing. *Nothing!*

That's when her heart started thudding again, filling her entire form with more heartache than anyone could absorb. And that's when she knew. Kendran had got her Christmas wish. She'd avenged herself on her sister. And worse. Sybil had known of it. She'd been warned. She'd actually *seen* him coming! Vincent Erick Danzel was the dwarf-man of her vision.

"Sybil . . . run!" Vincent whispered it with such soft words that if it hadn't been for his breath on her, she wouldn't have heard it. "And doona' look back. You ken?"

She met his eyes then, had a scant moment of time to see what he'd been keeping hidden, and then she was shoved aside with one arm as he brought down a torch with his other. And he was yelling. In the size of that room, his voice created as much havoc as the sparks showering about their legs did.

The floor was hard, but that made it easier to move. Sybil crawled to the firepit to yank the pot from its hook, ignoring the shadows dancing about the floor and walls. There was the sound of a gurgling throat. A clang of metal. An angry cry. More sounds of struggle. Another cry, this one of pain.

Sybil was on her feet and swinging the pot, rotating with it as she took in the sight of her husband surrounded by warriors who were beating on him, and yet he was still swinging. That's when she did the only thing she could. She launched the pot at Vincent's head. With perfect accuracy. She didn't even hear the sickening clang as it hit.

Vincent dropped. First to his knees, and then full-out on the floor, while lukewarm stew splashed out, coating everything and everyone, and damping the last sizzling coals that came from the torch.

"Get her! But doona' harm her! I've claimed her, lads!"

It was the MacHugh. Sybil lifted her chin and sneered across and up at him, astounded that he was taller than she was since he hadn't looked it earlier.

"What of Danzel?" someone asked.

"I think she's killed him!" another answered.

"I'd rather ken more of his wife. And the why of her act," their laird answered without taking his eyes from her. "Well, lass?"

It took the most supreme acting of her life to ignore Vincent's unconscious body. It took more of it to shrug, and then to smile with a deviousness she hadn't known she possessed. "You have just rescued me, Laird MacHugh. The man was an arrogant brute. You have my thanks in that regard."

"You'll come without a struggle?"

She nodded, and kept the weeping inside.

Chapter Twenty-Eight

Hugo MacHugh had a lovely castle, the complete opposite of what Sybil had been expecting. It was smaller than Eschoncan Keep and much smaller than Vincent's, yet that gave it charm. It was nestled in a vale that was only one drum from Castle Danze. That one hill was a vast one, however, with steep shale sides amidst long slopes of grassy meadow. It was also unsheltered for the most part, with only a smattering of forest, making her shiver often during the day-and-a-half ride it took to reach it.

Her shivering could also be the result of fighting the disgusting weakness that was a hidden torrent of tears. And fight it she did, with every fiber of her being. She'd left Vincent Erick Danzel lying on his floor. Hurt. Dying. And nobody would ever know the truth.

Sybil hadn't known how heartache felt. How it sapped a body's strength and will and made it hard to pull in each breath. There was nothing the MacHugh could do that would be worse.

They offered her a flat piece of hard, unleavened bread when dawn broke. Sybil accepted it with a show of one hand. She munched on it slowly and deliberately and with painstaking attention to each crumb. She didn't know how she was going to be able to swallow around the knot of emotion in her throat, but when Hugo offered her a swig of spirits from his sporran, she found it an easy matter after all. Without the whiskey. She just had to suck on all the moisture she could, lift her head to the cloud-filled sky, and swallow. Even if it scraped as it went down her throat. Especially as it did so.

She needed the assurance of pain. She knew it. Otherwise, there was nothing of sensory value to make her continue living. Breathing. And aching. Every beat of her heart sent pain through her. Over and over. Without end.

They'd arrived at his house near dawn of the second day. Sybil watched as the pink and light yellow of sunrise touched on warm, tan-colored stone that was surrounded by morning mist, giving it a fairylike quality.

MacHugh wasn't speaking to her. Although her horse had been tied to his and she was directly behind him, he'd gifted her with silence. Through the entire ride, the only time he'd given her any thought was when they'd stopped for nature. He'd bound her wrist in order to accompany her. It hadn't been needed.

She wasn't going to flee him. There was nowhere to go. She was now on even stature with the cast-off wife, Mary Elizabeth, except Sybil had the hope that the Donal clan might actually ransom her. She hadn't for a moment believed MacHugh meant to ravish her. She wasn't a ripe, womanly sort. There was no reason why any man aside from Vincent would want her.

So far she'd been right. MacHugh's conduct since abducting her showed that. He ignored her. All his taunts had been to get a reaction . . . and he'd gotten it.

She'd watched Hugo look over his shoulder more than once. The others in his group of clansmen appeared to do the same. She knew they were looking for pursuit. She also knew it was useless to check. Her entire form felt alone, bereft, and empty. Which would never be the case if Vincent had survived. She instinctively knew it. There was nobody to tell the tale. Nobody who cared.

Only her.

The knot of tears moved every time she thought of it, so she did her best to set it aside. She'd accepted their handout of dried berries and another flat cake as the sun set, ignored her belly's grumbling of hunger as they all seemed to do. She'd managed to swallow that bit of sup as well. And she'd kept her seat atop the horse the entire ride to reach his castle, until it felt like her legs weren't even her own. And she'd leaned forward, bracing herself against the horse's neck in order to sleep, just as they'd done.

They'd sent a clansman on ahead. One that was light in stature and had a fast horse. She knew why. To make certain they were expected.

Sybil sat atop her horse and waited while her presence was noted and commented on by all the MacHugh clan milling about the castle grounds as if they had chores in the area and not to catch a glimpse of the Danzel laird's wife.

She ignored them.

It took time to absorb the beauty of MacHugh's inner courtyard. They'd filled the area all along the base of his walls with flowers and vines, and over the centuries a mesh of greenery had risen to encompass the lower floor. From there the vines seemed engrossed with overtaking more than one balcony on the second floor as well. Since it was still late summer, the entire area seemed alive with leaves and flowers and insects, speckling the dawn light as it tried to reach the castle walls. It wasn't what she expected the man capable of whipping a lad to death to own. Not at all.

"My lady?"

A slight woman stood at the side of the horse, apparently tiring of waiting for Sybil to notice her. Sybil turned her head and peered down at the woman. And waited.

"My name is Iris. I've been assigned to serve you. I'll be needing you to dismount now."

Sybil smiled slightly. The knot in her throat twinged. She let the smile fall and blinked rapidly at the sudden moisture.

"Verra well." Even saying that amount of words pained her throat. This was not good. It wasn't enough that her heart sent ache through her, her throat had to punish her, too?

The woman stood to the side and waited while Sybil made her stiff, sore limbs function. Her legs even managed to work long enough to follow the woman through the front door and into a sunlit foyer that had even more beauty attached to it. That was when she had to grip to the back of a settee in order to remain standing while needles of agony speared her limbs. She knew it was from staying in one position for too long; she just wished it overrode the heartache.

"Will you need assist to your rooms?" Iris asked. "Perhaps a litter?"

Sybil straightened. She wasn't going to need an assist anywhere. Ever again. Needing another human was what had gotten her to this wretched condition. She'd yet to decide how to live through it. Or even if it was possible. She shook her head.

"Follow me, then."

The woman used a rapid motion as she went across the great hall and through a door. Sybil forced one foot in front of the other in order to follow. She'd teased her older sisters about their heart burnings. She'd giggled in the face of their suffering over being in love with men they weren't destined for. She hadn't realized then how bad it was. Now she did. It was worse than bad. It was poignant and real, and she already knew it was going to be everlasting.

And for some reason being in this beautiful castle made it all so much worse.

Tears flooded her eyes before she reached the doorway to the hall. Sybil held to the railing, going to her knees not only with the extent of physical ache her sobbing was engendering but also from the full agony of her failure to staunch any of it. Then Iris was at her side, clicking her tongue and murmuring of the trouble with overly emotional women.

And then Sybil had to suffer the ignominy of that as well.

Life at the MacHugh castle turned into a routine so quickly, Sybil hadn't time to ponder it as the first day passed and then the next, and then more of them while all she was given to do was wander the hall and stay out of contact with anyone she might happen upon. She was allowed full access to the second floor of her tower and treated more as a guest than a prisoner. As long as she didn't leave the area. Hugo MacHugh had guards posted at the first alcove of his stair every time she checked, so she quit checking. Without anything to do except look forward to the food tray delivered to her room, Sybil spent most of the time abed. Sleeping. And dreaming. And praying. And sending back her trays untouched.

She had no control. Always before, Sybil was the unseen hand behind events. Now she had nothing. Food was tasteless, mead and ales the same, and even the rain outside her chamber had no discernible smell. Such things must be the penalty to pay for manipulating. Sybil wasn't living. She was existing, and she was getting thinner and more fragile-looking each day. She probably looked more like a shadow than ever. That's exactly what she felt like, too.

Being a prisoner of the MacHugh wasn't as she expected. It was worse.

The nights were absolute torture. The only part of her body that wasn't reducing was her breasts. Those appendages had urges and passions and stifled desires that forced themselves onto her entire being until she'd awaken during the night with her covers twisted about her and images just fading, leaving her panting with an amalgamation of unrequited lust, passion, and desire. And longing for something she could never have again. It was a vicious, everlasting longing. Eternal. Soul-destroying.

And then everything changed.

The ninth day dawned with the spill of frost-ripe air coming through her open window to color everything in the room with a sparkle and a chill. Sybil breathed deeply of the air, pulling in a large portion of it in order to feed the tightness that she was putting into place in her chest.

It was a sin to kill oneself. It wasn't so sinful to give oneself the ague and perish because of that. Anything was better than living through one heartache-filled day after another. She sucked in another chestful of moisture-laden air. That brought on the beginnings of a coughing spasm just as she'd hoped. She was still coughing when Iris opened the door, shutting it with a bang and then stomping her way across the chamber in order to pull the heavy glass panel closed and bar them. Then she pulled the heavy woolen drapes into place, shutting out the cold but also the beauty.

Sybil only thought about stopping her, since she couldn't catch breath through the coughing in order to speak on it. Then it was over and she lay back against the pillows, feeling drained.

Which was just as she wanted it.

"The laird is na' pleased. At all. He wishes to see you the moment you've been made presentable."

Sybil shrugged, moving her shoulders against the bedding.

"You doona' even care as to why?"

"The Danzel clan has na' come for me?" Sybil's voice broke. She caught her lip between her teeth and waited for Iris to note it.

"That is na' the worse of it."

"What is, then?"

"I'll na' say. He can tell you of it himself."

The maid's words were cryptic, as was the intent behind them. Sybil looked to the roof of her canopy bed, painted with white doves atop the wood. She'd studied it long enough she should have it memorized. There was nothing for it. She had to dress and find out what the laird of the MacHugh clan had in mind for her now.

"Did you launder my dress?" she asked, choking just slightly through the question and then gathering the strength to move from the bed. Weakness was just as she'd planned. Sybil would have smiled, but Iris wasn't one for subtlety. That woman would be reporting it as something else. So Sybil kept the smile inside with the pain, where no one would ever see or know of it.

Which was the best way, actually. She'd always known it. She wondered for the thousandth time why she'd been so stupid as to allow herself to be swayed by this love emotion. She only wished Vincent had been right and there was no such thing. Then she wouldn't be suffering while the entire world turned aside.

"I've brought you a freshly made one," Iris replied.

"I doona' wish a new one. I want my own. My Danzel one." Sybil went into a hacking spasm midway through the declaration, and it continued unabated for some moments despite trying to staunch it. That ruined the aplomb she was trying to say it with, if not the entire thing. She didn't need Iris's laughter to convince her of it. But that didn't stop the woman.

"Too bad you're too weak to even put up a good fight. I could dress you in MacHugh tartan and you'd be unable to stay me."

Sybil grabbed for the post to pull herself out of bed and ignored how the nightgown they'd given her gaped open in the front. She shouldn't have. She realized it as Iris's eyes widened.

"Oh my." The maid said it in awed tones. "Bless the Lord! You're with child, are na' you?"

"'Tis too soon to tell!" Sybil was at the edge of the bed, waiting for the buzz in her ears to halt. That's why the words were huffed with a whisper of sound.

"Too soon? Nae. 'Tis timely. This may save your neck."

"I doona' wish my neck saved." Sybil was on her feet, holding to a bedpost while she swayed in place and watched little black dots dance through her vision until they quieted and then faded altogether.

"Oh aye. You do. All mothers do. Nae matter what the father may have done. The bairn is na' to blame."

Sybil's eyes filled with tears, and she blinked as rapidly as possible, trying to send them into oblivion but instead ended up sending a trail of them down both cheeks. All of which she hung her head in order to hide. Loss of control had never been Sybil's bane. She'd teased and tormented Kendran enough about it. Sybil should be strong enough to fight it. Now she knew the truth. Heartbreak was permanent, and it was vile. It was impossible to stave off or live through.

"Hurry!" Iris hissed the word. "The laird has news for you. He does na' like to be kept waiting."

Sybil shuddered through another sob, and then reached down to peel off her nightgown. She used the material to dry the residue of her tears away. She didn't know why she argued over a new underdress and bliaut. What did it matter anyway if she was gowned head to toe in MacHugh red and gold? There was no one to see it that cared.

Iris helped her into a chemise of bleached white linen, and then the maid was helping Sybil don an underdress of ecru-shaded flax woven so tightly and with such fine threads that it was akin to being covered with a waterfall. It draped beautifully and was exactly to her proportions. The hemline just reached the floor, letting her slippers peep out.

The bliaut and sleeves were fashioned in graduating shades of charcoal wool of such finely spun threads it could have competed with the flax for fluid drape and shifting color. Sybil stood passively as Iris put the dress over her head and then had her lift each arm in order to pull the lacing through each sleeve before tying it beneath each arm. There was braided black lacing to crisscross about her waist and upper body, finishing at the bodice, where the dress cinched her into immobility as well as put on display the increased size of her bosom.

The maid led her to a stool in front of the fireplace and took a brush to Sybil's tangled locks. She couldn't remember the last time she'd brushed her own hair. It seemed insignificant. Everything did. It took Iris some time before she got Sybil's hair into a braid of blended black and charcoal shades that fell down her back. Then Iris placed a wimple of gossamer white lace atop her head. Taking her hand, she led Sybil over to the chamber mirror, where her jaw dropped.

The webbing about her waist made her look thin, insubstantial, that was true. She also looked absolutely beautiful. Her pallor was offset by the rosy spots of fever atop each cheek, and her lips looked unnaturally red. She moved closer. Her eyes truly were silvery toned and surrounded by lush black eyelashes. Vincent would be speechless. She could almost see his approval in the features reflecting at her from the mirror.

The moment she thought she saw it, she wished she hadn't. She didn't know agony was a visual emotion. She watched as it flooded her features, turning the molten silver of her eyes into glass and making her look fragile and ethereal and like a creature spawned by mist.

Sybil turned away.

* * *

The MacHugh was waiting for her in the chieftain room, which was reached by traversing a hall that had a huge tapestry along the inner wall. Sybil looked over the deep colors and intricate stitching that commemorated the Battle of Bannockburn. She knew that by the words and date stitched into the lower right of the piece. If they hadn't been large blocks, she wouldn't have been able to read them, for her escort didn't slow enough for such a thing.

Hugo MacHugh was sitting in a thronelike chair atop a raised platform at the far end of the chieftain room. There were more clansmen in attendance than she could count. It was an honor to be received here. Sybil knew that. She didn't feel honored.

She watched as Iris received permission to approach the laird and knew what the woman was whispering in his ear. That was unfair. The babe was her secret. Sybil steeled herself.

"Lady Danzel. Approach and be greeted."

Hugo's voice was loud and booming in the room or it might have been designed with such a faculty, for the sound of his words took a few moments to finish echoing. Sybil lifted her head, pushed every emotion as deep as she could, and did as she'd been bade. When she was at the edge of his platform, she curtseyed slightly and watched the liquid quality of her skirts as they flowed about her and then swirled up as she stood.

"I have received my answer from your kin, the Donal. Early this morn." Hugo announced it even more loudly, and waited the requisite moments until the sound of his voice faded before looking down at her.

Sybil nodded and didn't move her eyes from his.

"Do you na' wish to ken what it is?" he asked.

"I doona' need to ask," Sybil replied in what she hoped was

a firm voice. That's when she knew the room had been designed with the acoustics of a cathedral, since her voice had the same large quality and took time to fade.

"Why na'?" he inquired.

"Because you had me brought here in order to tell me."

He grunted a reply and unfurled the rolled parchment in his lap. It felt like everyone paused to listen, although it could be her imagination as easily. Sybil didn't move her eyes from him and watched as his mouth started reading. She didn't hear what he was saying until he was near the end, and then knew what it felt like to have her heart fall to the pit of her belly, where it continued pounding with painful thuds. She was just surprised her body hadn't done the same thing.

Myles Donal wasn't paying a ransom. He wanted to negotiate.

"You ken what this means?" Hugo was asking it.

"My kin has decided my worth is na' as much as you ask." Her voice broke on the last word despite the iron control she was exerting over herself. She couldn't help it. She watched as his features softened.

"Na' so."

"Nae?" Sybil asked.

"The Donal is at the Danzel stronghold. He rode hard upon receipt of my demands. He arrived there three days ago. This is nae denial. It's a ploy for time. The Donal is shrewd. Strong. Powerful. Battle-hardened. And lucky. Come. I've been told of your condition. We need to discuss this. In private."

He was standing, dwarfing everyone else in the room, although she knew he wasn't a tall man. Then he was walking across the wood of the platform, making more reverberations of sound with each step.

Chapter Twenty-Nine

Hugo MacHugh's private chambers weren't as intimate as she'd been dreading, and yet they were too close at the same time. The two-story door had opened on a sitting room containing two facing settees, a table, and a fireplace. There was another door at the far end that she guessed would lead to his bedchamber. Sybil didn't ask. She sat on one of the settees as he requested her to do and waited while he sat on the opposing one.

"Iris tells me you're with child," he began.

"'Tis too soon for such certainty," Sybil replied.

"Iris is a midwife," he responded.

Sybil didn't answer. She kept her eyes on him and waited.

"The Danzel does na' seem to have shared his sister's curse." He sighed deeply and looked very sad and approachable of a sudden. "I envy him. Still."

"Still?" Sybil asked.

He nodded. "Odd, is na' it? Nae matter how many times I win over him, or even if he's dead, I still envy him. Even more now."

"Because of the bairn?" she asked.

He nodded again. "A man has naught if he has nae heir to pass it to. When he leaves this life, there is naught who care."

"Your wife—"

"Mary Elizabeth is barren! I was cursed the night I took her, just as I will probably be cursed worse for taking you."

"Why did you, then?"

"I told you. Revenge. And envy."

"You envied Vincent that much?"

"Aye. And his father, Erick, afore him. Still do."

"Why are you telling me all this?"

"Danzel said he does na' want you. You say he was a brute. Donal will na' pay the price I ask, and I want a bairn! That is why."

That was when Sybil knew that nothing was worth more than the babe growing within her. She'd been foolish to even try and harm it. Love for the baby filled her, making her warm with it until she probably glowed. She watched MacHugh's eyes sharpen on her and was still powerless to halt the supreme joy that filled every bit of her and just kept growing in volume and intensity until she could scarce contain it.

"I would na' place a bairn in the hands of a man capable of whipping a lad to death," she whispered finally.

"Death? Vincent looked well enough."

"Na' him. The Carrick lad."

"Is that what you've been told? That it was my fault? All of it?" His red hair clashed with a ruddy complexion that darkened further with every word. He was almost shouting the last of them at her.

"I was na' told anything," Sybil replied. "I guess. And then I wait. And sometimes I am right."

"Na' this time."

"Then tell me. Now. You want the bairn. Prove yourself worthy."

He sighed heavily, and then he started talking. "It was a dark night, perfect for reaving. That was how I knew the Danzel would be about such business. I caught Vincent and two of his friends stealing my cattle. 'Twas na' worth more than a bit of a stay locked in my castle waiting on a ransom, but na' to Danzel. Oh, nae. That lad went berserk. He turned into a demon and started slicing his way through the clansmen I had with me. It wasn't my plan to lose more than twelve of my men to the whelp. And it wasn't planned for the elder Carrick lad to get cleaved in two by a broadsword. That's just what happened. In defense."

"Edward Carrick died by the sword?" Sybil was stunned. It sounded in her voice. She watched him smile at her reaction.

"He was the image of his brother, true. Only the elder son was a man to the bone. I canna' blame the Carricks for their hatred. If it were me, I'd feel the same. Only it will never be me! God damn my eyes! And my loins!" The agitation in his voice was accompanied by a surge of movement as he pushed out of the chair and went to his fireplace to look within it.

"Why did you whip them?" Sybil whispered the question.

He snorted. "He would na' break. I had nae other recourse."

"You marked him. He's scarred. Severely."

"Perhaps he shouldn't be so close-mouthed."

"What did you want?"

"Revenge. The same thing I still want. He'd just sent thirteen of my clansmen to their graves. And then he had the daring to laugh at me. Me!"

"How were you going to get your revenge?"

"I wanted the location of the secret tunnel into Castle Danzel. The one that would allow me access to their inner sanctum, right to the heart of them. I wanted revenge."

"So you whipped him until he told you?"

He spun from the fireplace and put his hands on his hips and glowered down and across at her. "Nae. He collapsed without telling. I had him roused with a dunking in the burn, and then I started whipping on his companion. It near took my arm off before he gave me what I asked."

"He gave you the tunnel . . . to save his friend. Oh dear

God." Sybil wasn't even whispering anymore. Her voice didn't have that capacity.

He nodded.

"And then, when you had the location, you torched the castle?"

He sighed again. Heavily. "Nae. I dinna' set fire to anything. That was the Danzel laird's doing. We surprised him in his bed. With his wife. It was . . . na' my finest time. I was filled with a lust for blood and tried to turn it on her. The wife. There is no mercy I can ask for what I've done."

"You raped—?" She couldn't say it. The shock was too great.

He shook his head. "Nae. I would have, though, if the Danzel hadn't gone as mad as his son and set the place afire. And if the sister hadn't heard all the commotion and come to her parent's aid."

"Mary Elizabeth was there? And Vincent's father set the fire? To his own castle? Is this what you wish me to believe?"

"I doona' have to tell you any of this," he answered.

Sybil nodded. "How did he do it?" she asked.

"The torches. We had torches. The tunnel was dark, and my men were having issues with witches and banshees and the like. I had them light their torches. That's what the Danzel laird used. The bedroom was afire before I had her clothing ripped off. I had to retreat. Back through the tunnel. I grabbed up Mary Elizabeth as I went and tossed her over my shoulder. I hauled her kicking and screaming back through the tunnel. The laird and his wife should have gone another way. They had time."

They didn't have another escape access. Sybil had already noticed that. It was tragic. And sad. And it was probably worse. "Where was Vincent during this time?" she asked.

"I doona' ken. He was supposed to be tied up. At the camp. He was na'. When we got back, he was gone. Both of them were."

Sybil put her hands to her mouth to keep the cry in. She didn't have to question where Vincent had been. He'd have raced back home. To warn them. With his back torn into shreds and in pain, he'd probably been in time to see the fire. She only hoped he hadn't heard the screams.

"How much longer must we sit and do naught?"

Vincent tossed down the wimple he'd been given to wear with complete disgust. He'd used such force that the material about the piece unraveled as it rolled across the chamber floor.

"Patience, dear cousin. Aside from which, we just got that swelling down."

"I've tired of patience. That's all you spout! I want action! I want his blood! I want my wife back!" Vincent's voice cracked on the last words.

"None of that will happen if you doona' have patience," Myles counseled from the corner of the room where he was engrossed in partaking of the roasted boar they'd brought for him.

"Easy for you to say. You dinna' lose your wife to your enemy! Oh, nae. Not you. You have your wife. You have your children. You have—"

"I doona' have anything at your accursed castle. Look about you. Do you see a wife and twins?" Myles voice warmed on the words. Brentley and Dacia were just reaching their first year and curious about everything. It took a dozen eyes watching ceaselessly to keep them from trouble. Which was why Kendran had stayed behind, despite her pleas.

"He's ravishing her, and all you do is talk! And eat!" Vincent's voice shook through the words, showing the depth of emotion he was hiding.

"Na' so. She's safe. Has her own chambers and has na' been near the Laird of MacHugh. Trust me. All she does is slink about the hall and sob. Probably for your sorry arse, although I doona' ken what it is that any woman sees in you. Never could, truly."

Vincent flashed a look toward his cousin. "They certainly would na' find me of interest in this *skirt*." He lifted the voluminous amount of material they'd fashioned into a bliaut for him. "Or with these." He was punching on the pillows that were strapped into place to create a bosom for a woman as large as Vincent Danzel was portraying.

Myles sobered. "You'll be reclined in the wagon bed most of the time. To rest your poor head. It will na' be an issue."

"Patience. Fittings. Reclining. I will be of little use when I most need to be." He spat the words toward his cousin with more disgust.

"There is nae other way, Vincent. The MacHugh has heard of my arrival. He's already received my missive. He's preparing. He's nae fool."

"How do you ken all this?" Vincent asked as he went to his knees to retrieve the headdress he'd tossed. Then he was dusting the worst of the dirt from it before rewinding the material back on it while he waited for an answer.

"Your new squire, Beggin, is with them. Has been since it happened. He rode away with them in MacHugh sett and on one of their horses. They dinna' even suspect. The lad is of great use."

"When he's quiet, mayhap," Vincent replied. He was sitting on his buttocks, leaning against the bed frame, and holding his head where the huge bump in his forehead had been. Still it ached.

"We canna' raid a castle such as MacHugh possesses without use of him. Beggin is a great asset. As a spy. MacHugh has them, too. Here. In your keep. I doona' ken who they are, but trust me. He's aware of our movements. Outside this chamber. Why do you ken I have na' let you from here—dressed like that?"

Vincent looked over at his cousin and sobered completely as it felt like ice invaded every portion of him. It could be anyone outside this chamber. He hadn't any loyalty. He even harbored MacHugh's cast-off wife.

"I thought you were amusing yourself by forcing patience on me."

Myles shook his head and swallowed the bite he'd taken. "And here I thought you the cunning one. I had to await your wakening first. You took a blow that usually kills. But nae. Na' you. You have too hard of a head."

"'Twas a good thing with the force they hit me."

"I believe it was your wife swinging a kettle of stew at you, na' a MacHugh. What say you to that?"

"Not Sybil."

"You ever hear of a warrior using a pot?"

"Nae," Vincent replied, grudgingly.

"'Tis a woman's move. And a woman's desperate aim behind it. You still have your mouth flute?"

"I doona' go anywhere without my fipple."

"Or the wolf, either, I see."

As if Waif knew they spoke of him, he looked up from where he was reclining beside the door.

"Which will be a problem," Myles continued.

"Why so?"

Myles pulled in a breath and spoke. Carefully. "The wolf will have to be caged. I canna' keep him from following you otherwise."

"Oh, nae. I'm na' going anywhere without Waif. He's my only link to her. You doona' ken how it is with us." Vincent nodded toward the wolf, and within moments the animal was at his side and they both were facing Myles.

"But . . . you doona' believe in love, Cousin," Myles finally said, taking another bite as if there wasn't the menace of man and beast facing him. "'Tis a horrid state that shackles a man.

Makes him a prisoner to his own heart, and quashes his soul. This is what you've always preached afore."

"That's because I'd never felt it! And I was right about the horrid part. 'Tis worse than that! I burn to hold her, ache to have her near, and feel empty without her. Of course I love her!"

"Good thing. I'd worry over my wenches if you dinna'," Myles replied.

"Wenches." Vincent huffed the word with more disgust. "What am I to do with over a dozen winsome wenches? And na' one of them familiar with a bow. Or even a dirk. You're mad. I was mad to listen. And I've tired of it. We leave. Tonight. My way." Vincent went to his knees and started yanking on the laces of his bliaut, where bright blue ribbon crossed about him, trying to define a womanly shape.

"Tonight. Aye. True. But cease that. You'll destroy your gown."

"That's what I intend!" Vincent replied angrily,

"You'll need it. Trust me."

"I've trusted you long enough! I want her now! In my arms! And dressing as a woman is na' going to get me what I want!"

"There is nae other way, Danzel. Now cease that. You're na' to change back into a man until you have Sybil in your arms. Then I give you free rein to take a skean to your skirts . . . and any other portion of your attire that you'd like. But na' until then."

"I hate women's skirts! I am immobile, my legs encased by leagues of material. I am useless."

"Would you use something aside of your loins with which to think?" Myles asked.

Vincent stopped trying to unknot the ribbon tie and looked across at where his cousin reclined on a bench.

"There is nae way to approach Castle MacHugh without being seen. None. I've known that since I took him in battle six years ago and won back this hunk of rock for you. I have to use my wits. And that means so do you."

Vincent grunted. Waif growled. "With a gaggle of giggling wenches? How is that using wits?"

Myles snorted on the ale he'd taken a swallow of. "Castle MacHugh has a dearth of women. Always did. Their laird prefers the solitude of men. He also kens that 'tis easier to control men if there are nae women in their midst. He is a worthy adversary. Always was."

"You're planning to use the wenches to divert his men?"

Myles twisted his lips and nodded. "You're finally using your head for something aside from catching kettles of stew and hanging that godforsaken wig on. Finally."

"These women agree?" Vincent asked, smoothing down the tangled mess of black that had been shaved from a like-colored sheep and then fashioned into a mess that resembled hair for him to wear.

"They are the finest, most comely camp women I could hire. All of them. Used to men. Used to entertaining men. Used to lots of things. And then I made certain of one more thing."

"What?" Vincent asked as he smoothed out the wimple and tested it atop the wig.

"Musical ability."

Vincent stopped his fussing with the headdress and looked over at him. "They dance?"

Myles grinned. "What laird can resist a traveling troupe of musicians? Especially one of more than a dozen beautiful women, and one supremely ugly one who has been injured and canna' walk."

"Who are you calling ugly?" Vincent asked.

"You still play that mouth flute of yours well?"

"Aye."

"And does Sybil ken your talent with it?"

Vincent tried to keep the flush from happening. He was

forced to look aside and hope the wig hid most of it. "Aye," he replied again.

Myles cleared his throat. "Good. Take it. Play it whenever the mood takes you. They'll dance to it. Sing to it. Take off clothing to it. Play it loudly. All night if you must."

"How am I going to avenge myself on the MacHugh *and* rescue Sybil if I'm playing my fipple? Everyone will ken where I am. Your plan is a fool's bane."

"Beggin will assist you. He's a wonder. You'll see. He'll have the entire household visiting the latrine more often than they stand if I doona' miss my guess. Find him. Use him. He'll get you to Sybil. And then, dear Cousin, that is when you get to decide."

"Decide what?" Vincent asked.

"If love is sweeter than revenge." Myles shrugged. "It's your choice, Cousin. Your life to live as you see fit. Always was. Always will be. Doona' waste it this time."

Chapter Thirty

The din was overpowering. It was loud even over the storm that had been brewing all day. Sybil stayed on her stool in the corner of her room, with the window pulled into place, the shutters barred, and the drapes closed. She also had the door shut and the bolt in place. Yet still some sounds of their fest managed to filter through, sounding so much like Vincent with his fipple flute that more than once she'd caught her hands to her breast to make certain her heart wasn't going to plunge out.

Hugo MacHugh had given her one day to prepare to receive him. It wasn't an offer. It was a demand. But couched as a rescue. From the arrogant brute she'd labeled Vincent Danzel to be. MacHugh was sending word that Sybil didn't wish to be ransomed. Myles Donal could keep his gold. Who would it harm? Hugo had asked her. It wouldn't harm Vincent. The Danzel laird was said to be still abed with his injury. He might be addled for life, MacHugh's spies were reporting.

Sybil's heart had dived to the pit of her belly and her legs had spasmed when she'd been told that, but since she'd been sitting it hadn't been noticed. Except by her. It didn't stop MacHugh's words. Nothing did.

It would be said that the child she and Vincent had created was a bastard; MacHugh's bastard.

She'd want for nothing. MacHugh would put her in a position of power as the chatelaine of his estate. He'd even leave her untouched after tomorrow eve if that's what she wanted. All he required was the bairn and word that it was his. He wasn't caring if the child was a boy child or not. He didn't care if the child favored its sire. Her dark hair should win out, while dark eyes with black hair were common. But even if the child had the blond visage and dark eyes of Vincent Danzel, MacHugh would claim it. He was a desperate man, and his age was telling. He hadn't many years left to him, and he wanted an heir.

It was her future, and it was horrid. Sybil huddled farther into the corner of the room and tried to ignore the muted sounds of revelry wafting through the very floors. She'd never see Vincent Erick Danzel again. He'd never know he had a child. It was the perfect revenge, Lord MacHugh had told her.

Sybil twisted the linen square she held in her hands, ignoring the damp that came from incessant tears. Such emotion was wasted. She'd already made her choice when she launched the pot at Vincent. She just wished it didn't hurt so badly.

There were more sounds of banging. She assumed it was the men and their tankards again. Sybil didn't understand why Hugo had let this traveling band of misfits through his gate. It was obvious they weren't musicians. They were harlots. All of them. The MacHugh clansmen had seemed to start salivating even before the carts had come to a halt. And then the men had raced for the loch shores. She knew what they were doing. Bathing. Shaving. Getting presentable. Donning their best plaids and getting ready for a night of enjoyment that had nothing to do with music.

Sybil knew all this because she'd watched it from her balcony before the winds forced her back inside. Onto a stool. She had better things to worry over. Things such as why this

particular band of musicians had to have a member with
immense talent on a fipple flute. The woman rivaled Vincent.
That comparison created more heartache that Sybil could do
without. That was why she'd latched the shutters she'd already
shut, pulled the glass down into position, and then drawn the
drapes, shutting out the elements as well as the music.

If she had to be lady of this castle, ribaldry and debauch-
ery weren't going to be allowed. She'd make sure of it.

And then even worse happened.

Sybil had the embroidered square to her breast and was on
her feet when the hammering started at her window. She was
backing away from it, and it just continued, with what sounded
like loud shouting accompanying it, although she couldn't
make out words. Laird MacHugh couldn't control his men any
better than this? That was even more horrid!

The hammering finally stopped, but not before she'd heard
the wood shutters groaning as someone tried to pound them
apart. That's when Sybil started worrying over which of the
MacHugh clansmen had such a death wish. If anything happened to Vincent's babe, she didn't hold out much hope for
the man causing it. She already knew what punishments the
Laird of MacHugh was capable of. Sybil was praying the
shutters would hold, and miraculously they did.

And then the assault was turned on her door.

When the pounding on her door first started, she was
forced back toward the window, her hands over her ears to
keep out the sounds of shouting. This was worse than annoying. It was getting to be frightening. She wondered how she
was supposed to sound an alarm, if the same men who were
guarding her were the ones doing the assault? She watched as
the bolt actually bowed inward more than once, keening with
the pressure of something big being used against it.

That's when Sybil went to the bed, going to a ball under
the covers, with her hands about her head and panting with
fear of what was going to happen if the bolt broke. That way,

she blocked out everything. The door quit shuddering, the laughter and sounds of the fest taking place outside her chamber ended, and everything was so dead-still calm and quiet that Sybil began to think she was dreaming.

And then the barely audible strains of a melody she'd only heard once came through the muffling bedding.

Vincent was at his wit's end. The woman he ached to hold was barred into her room with more efficiency than a virgin in a chastity belt. And that was just wrong. And foolish. And making his work a thousand times harder than if she'd just been waiting his rescue once he'd scaled the trellis vine outside her window. He had Beggin to thank for the location. He had Beggin to thank for a lot of things, most especially the way all the clansmen on the castle grounds appeared to be suffering from a belly ailment that had them writhing and moaning and unable to do a thing with the barely clad women who'd been flitting about making certain they all partook fully of the ale. He didn't wish to know what the lad had used. He was only grateful for its efficiency.

The skirts that had hampered him for so long had been sliced off at the knee, leaving him with a length not unlike a kilt. The bulbous chunks of material he'd been padded with for breasts were gone as well. He hadn't even looked back for where. The moment Beggin whistled the sign he'd waited for, Vincent had been racing to her window. Then he'd been climbing, getting scratched by thorns, ignoring the way the wind tried to steal his breath, as well as the chill pelting of rain he was receiving. And it was all for naught. Sybil was bolted in, and no matter what he used to pry on the shutters, nothing would budge. Not even swinging from the over-hang above to hit them with his feet had done anything more than send wood scraps to add to the general melee in the air about him.

He'd been forced to admit defeat. At the window.

He'd jumped the last body-length from the vines and grabbed Beggin by the neck of his tunic to hurry him in finding Sybil's room from the hall. That meant dodging bodies of retching men and what was left of the dancing women. They'd been paid, and they'd been warned. If they didn't leave, they were on their own. Beggin had also counseled them on not partaking of the tainted mead, but there were still some of the wenches that hadn't listened.

They were ripe-bosomed wenches, too. Beggin stopped more than once, slack-jawed by the sight of so much feminine bounty on display. Vincent brought him to his tiptoes and kept him moving. They didn't have time for such. Not now.

And then they'd come across the body of the MacHugh laird, lying full out at the base of his step, on his chest with an unguarded back just begging for a knife to get stuck in it. To the hilt. With killing force. A skean such as Vincent had in his right hand, since his left was full of the squire's collar.

He didn't waste time looking down at the laird of the MacHugh clan. He didn't have any to spare. He had Sybil to fetch, the horses to get unfastened from the carts, and then they had a long ride ahead of them. He snorted a bit on his amusement over Hugo MacHugh's complete vulnerability before he was stepping over him and racing up the stairs. Myles had been right. Again. Damn him. Love was worth everything.

And then he ran into her damned door.

Vincent was forced to stop trying to ram a way through the solid structure of her door when a scrape opened up on his shoulder and his legs trembled with the effort. Brawn wasn't working. Muscle and strength hadn't done anything, either. He had to use his wits. And his musical talent.

Vincent spent a few moments in panic looking all over his torso for the fipple before finding it hung up in the wig that was still trailing from his neck, since he'd had the wimple tied securely enough beneath his chin it wasn't in danger of blowing away in the winds and giving away his disguise. Then he had to calm himself enough to play. And then he had to remember the melody he'd composed that first night.

Nothing came out of the instrument at first. Vincent didn't have enough moisture in his mouth to create a whistle. He had to stop, take time to calm his breathing and his heartbeat and concentrate. Then he tried again. This time the notes were true and full and had Beggin's eyes wide while his mouth went to the slack-jawed effect that seemed to be the only thing that stopped the squire's incessant fidgeting. Vincent came to the end of his melody, looked at the hewn wood blocking him, and waited.

Nothing.

"Are you certain this is her chamber?" he asked.

"Aye. She'll na' come out, though. She told the staff. If they had to have a fest, she'd remain within. The MacHugh allows it now. He'll do naught to harm the bairn."

"The . . . *bairn?*" Vincent paled, felt his belly roil while his legs wobbled until the wall stopped his fall. Then he felt the supreme thrill that came from knowing he'd created a life with her. The euphoric feeling was too vast to be contained or confined, or shamed over.

"Your wife carries your heir. You dinna' ken?"

The lad was hooting with laughter. Vincent didn't stop him. He thought the sides of his mouth might split with his own grin. He was going to be unable to play another note if he didn't control his shaking, however. He sucked spittle into his mouth, took a deep breath, and started playing again. With even more emotion this time as he poured out the burning of his heart since she'd been taken. He'd had to wait for his head to heal and cease paining him. That's why it had taken nine days. He played of why he'd told of the bargain. He'd been trying for a chance to save her. He'd never meant to cause pain such as he'd seen in her eyes when he'd said she meant nothing to him. She meant everything! He tried to put into notes what he wasn't being allowed to say.

He didn't know tears were flooding his eyes and pouring down his face until he finished, hung his head, and waited.

Nothing. Again.

He had an audience now. There were four of the half-dressed wenches at the top of the hall behind him, all holding hands and sobbing. Vincent speared a glance at them, and that's when he realized he was weeping, too. And it was for nothing. It hadn't worked. Sybil wouldn't have him.

He'd done it again. He'd killed it. It wasn't enough he'd had to be the reason his best friend and parents died, and then his clan dispersed. Oh, no. Not him. He had to destroy this, too. He'd been gifted with the most immense, intense, incredible emotion of his life . . . and he'd had to make certain to kill it. Just as everything he touched was destroyed and damaged and vilified. Blackened. Defiled. Shamed. Cursed.

He was a lowlife thief. A vandal. A heartless wretch . . . to the soul. He had been for over eleven long years. He didn't know why he'd forgotten it.

Vincent turned toward the stairs, trying to see the stretch of stone through the blur of tears blocking his vision. He only hoped he made it to the stables before the sobs took him to his knees.

And that's when he heard the sound of the bolt moving.

Sybil's heart was in her throat and her arms were trembling, and all of that was slowing her down and making her clumsy. She didn't wonder at what was on the other side of the door. She knew. She knew what he'd been telling her with the music, too. She just couldn't believe it was taking so long to get to him!

She lifted the bolt just enough that it would release the

door, before falling back down. Then she had to jump over it when it dropped, in order to get to him.

"Vincent!"

If she'd ever thought his dark brown eyes soul-filled and deep, it was equaled and then obliterated by the depth of emotion in them as he turned toward her and opened his arms. And then she was there, held against a massive chest holding a heart that was thrumming with intensity while his breathing was powerful enough to move her with it. Nothing had ever felt so wonderful.

And then his mouth was on hers.

Sybil didn't hear the sighs of the women about them or the embarrassed coughing of the squire. She wasn't capable of experiencing anything more than the kiss of the man she loved. No matter that it grew in length and depth and intensity and emotion. Nothing in the world mattered more than knowing she was in his arms.

"I love you, Sybil, lass." He pulled his lips from her to whisper it. And then he said it again. Louder. And then he turned to the audience about them and announced it to them as well.

"I love her!"

There was a bit of rapid-fire applause coming from the five pairs of hands about them, and then Vincent was pulling her into a berth in his arms and striding down the steps as if they weren't littered with ailing bodies and slick with noxious fluids and spilled alc. Then he was leaping over the sprawled body of the MacHugh laird.

"You're just going to let him lie there?" Sybil asked.

"Aye."

"What of your revenge?"

He rolled a snort through his lips, much as a horse might. "There is nae such thing," he replied, and then he broke into a jog.

"You said the same thing of love. You seem to say that oft."

He grinned and looked down at her for a moment before looking back to the path he was taking.

"True," he replied. "I was wrong afore. I could be wrong now." He was huffing, probably more due to the storm swirling the air about them than to the exertion of running with her. "But I doona' think so."

"Why?"

They didn't notice all the men and horses filing into the courtyard. Nor that his sister, Mary Elizabeth MacHugh, was with them. Neither of them heard her cry of outrage and concern. They'd reached the stables, and warmth and security enveloped them with almost as much fervor as the feeling of being in each other's arms was doing.

"Because MacHugh nae longer has you. I do. He lost. What better vengeance is there? Can you ride?"

Sybil was glowing. She had to be. "Why couldn't I?" she asked.

Vincent looked down at where she was pressed against him, pushing her increased breasts to the neckline of the dress she was wearing. Then he was shuddering before he tightened the arms beneath her legs and behind her back, rolling her as close to his chest as possible and then he was whispering in her ear.

"The . . . *bairn*." He lost his voice on the word.

Sybil squirmed. "The bairn will come to nae harm from a bit of riding, my love. Any kind of riding."

"I've been spelled, bewitched, enthralled, and brought to my knees. And I want more. Endless amounts more. You ken?"

She nodded.

"Then hold to me. We'll ride together. But promise me you'll keep your hands to yourself."

Sybil giggled. "Nae," she replied and reached out to lick his earlobe.

Vincent swore. "Then your lips. Keep them to yourself. At least until we reach a forest."

"Nae," Sybil replied again and started sucking on the skin of his throat.

"Sybil, we are in danger."

"I ken . . . as much."

Her words were mumbled and indistinct since she wasn't removing her lips from him long enough to make them. She felt the reaction all along the skin she touched as little goose bumps tickled her tongue.

"Sybil." Vincent had her on her buttocks atop a wagon bench and was looking across at her and trying to be stern. She'd never seen anything as adorable. "I have to get a horse saddled and ready for the trek. I doona' have time for what you desire."

Sybil glanced down at where the hacked off dress of his wasn't doing much to disguise his own condition. Then she looked back at him.

"What *I* desire?" she remarked.

Vincent flushed, darkening to where his forehead met his hairline. She'd never seen anything as becoming on a man. He'd been too gifted. In every sense. And he was hers. For all time. All hers.

"Fine. Use my desire against me. 'Tis all a wench is good for."

"What about a wife?" she asked and reached out with a toe to touch where his hardness was trying to part the skirts he'd swathed about himself. And then she was giggling as he danced backward and trembled in place.

"You'll be on your own horse if you doona' cease this," he warned.

Sybil put her head to one side. "For how long?" she asked.

He sighed in an exasperated fashion, put both hands on the sides of his hips, and rolled his head on his shoulder before bringing his gaze back to her. And then it was done with his chin at a downward slant so he could look at her through his lashes.

"I am trying to rescue you, Wife." He growled the words at her.

"And a fine job you have done of it. Until now." she replied, and then she licked her lips. And watched his entire body pulse.

"Sybil." He was using a gruff tone now.

"What?" she replied.

"We have two leagues to travel a-a-afore we're safe."

He was still trying to be stern, and failing. If he wished to sound unmoved, he had to keep his voice at an even keel and not go up an octave midway through his sentence. He could try to keep from stuttering as well. All of which was probably her fault, since she'd been toying with the neckline of her gown, and once it was opened enough, she was sliding it down onto her shoulders and creating a valley of cleavage as she did so.

"Do you always do what's safe?" she asked.

"Sybil." This time he sounded like he was pleading.

"What?" she asked innocently.

"We have to escape."

She huffed out a sigh and jumped to the ground beside him. "Then saddle us a horse, but doona' expect me to be as willing when you feel it's safe."

And that had her swiveled, lifted, and leaned over the wagon seat while Vincent shoved her skirts to her waist and filled her with what she wanted.

Myles Donal shut the stable door behind him and turned to put his back to it with his arms crossed. He'd known not to trust his cousin to handle it alone, which was why he'd followed. He hadn't needed Mary Elizabeth and the clansman, Sinclair, to tell him of it. Nor did Myles believe that the feud would be ending the moment Mary Elizabeth was back at her husband's side, despite her assurances.

Myles didn't believe it, but he had to admit Mary Elizabeth certainly looked like she was in love. Who was Myles to stand in the way of love? If Hugo MacHugh was what Mary Elizabeth loved, then Myles was all for granting her wish. He just hoped she knew what she was doing once the laird of the MacHughs recovered.

Myles sighed and leaned against the wood at his back.

He definitely hadn't counted on it being the little lass, Sybil, to be the one putting a snarl into the escape plan, though. He nodded to his grouping of handpicked men atop their horses in the downpour, all standing about and waiting to escort Vincent and his wife back to his own castle when they finished. From the sounds in the building behind him, it might be some time yet.

Myles's lips twitched, and then he was openly grinning. He couldn't wait to see his cousin's face when he finally came out of the stable.

Epilogue

Analise Danzel was going to be a beautiful lass, from the thick golden hair she seemed to begin growing within days of her birth, to the deep, mysterious silver color of her eyes. She had her father enslaved with every look she gave and every sound she made. And he was a happy slave.

She bore only a passing resemblance to her first cousin, Nelson Hugo MacHugh, and that was in the shade of their hair. Born within hours of each other, both sets of parents swore it was an omen of great things to come, in a world where MacHugh and Danzel were cousins and no longer feuded.

No one noticed how much Nelson took after Vincent's closest man, Sinclair. He was diligent about keeping it that way. It was enough. Sinclair could watch the MacHugh heir from afar and keep the pleasure inside. Where no one ever looked.

He had his revenge.

Romantic Suspense from
Lisa Jackson

Thrilling Suspense from
Beverly Barton

__Every Move She Makes	0-8217-6838-7	$6.50US/$8.99CAN
__What She Doesn't Know	0-8217-7214-7	$6.50US/$8.99CAN
__After Dark	0-8217-7666-5	$6.50US/$8.99CAN
__The Fifth Victim	0-8217-7215-5	$6.50US/$8.99CAN
__The Last to Die	0-8217-7216-3	$6.50US/$8.99CAN
__As Good As Dead	0-8217-7219-8	$6.99US/$9.99CAN
__Killing Her Softly	0-8217-7687-8	$6.99US/$9.99CAN
__Close Enough to Kill	0-8217-7688-6	$6.99US/$9.99CAN
__The Dying Game	0-8217-7689-4	$6.99US/$9.99CAN

Available Wherever Books Are Sold!

Visit our website at **www.kensingtonbooks.com**

More by Bestselling Author

Janet Dailey

Bring the Ring	0-8217-8016-6	$4.99US/$6.99CAN
Calder Promise	0-8217-7541-3	$7.99US/$10.99CAN
Calder Storm	0-8217-7543-X	$7.99US/$10.99CAN
A Capital Holiday	0-8217-7224-4	$6.99US/$8.99CAN
Crazy in Love	1-4201-0303-2	$4.99US/$5.99CAN
Eve's Christmas	0-8217-8017-4	$6.99US/$9.99CAN
Green Calder Grass	0-8217-7222-8	$7.99US/$10.99CAN
Happy Holidays	0-8217-7749-1	$6.99US/$9.99CAN
Let's Be Jolly	0-8217-7919-2	$6.99US/$9.99CAN
Lone Calder Star	0-8217-7542-1	$7.99US/$10.99CAN
Man of Mine	1-4201-0009-2	$4.99US/$6.99CAN
Mistletoe and Molly	1-4201-0041-6	$6.99US/$9.99CAN
Ranch Dressing	0-8217-8014-X	$4.99US/$6.99CAN
Scrooge Wore Spurs	0-8217-7225-2	$6.99US/$9.99CAN
Searching for Santa	1-4201-0306-7	$6.99US/$9.99CAN
Shifting Calder Wind	0-8217-7223-6	$7.99US/$10.99CAN
Something More	0-8217-7544-8	$7.99US/$9.99CAN
Stealing Kisses	1-4201-0304-0	$4.99US/$5.99CAN
Try to Resist Me	0-8217-8015-8	$4.99US/$6.99CAN
Wearing White	1-4201-0011-4	$4.99US/$6.99CAN
With This Kiss	1-4201-0010-6	$4.99US/$6.99CAN
Yes, I Do	1-4201-0305-9	$4.99US/$5.99CAN

Available Wherever Books Are Sold!

Check out our website at **www.kensingtonbooks.com**

WHILE PURSUING A FABLED TREASURE
THEY TASTED THE BITTER ... ETRAYAL
AND THE SWEETNESS O...

D0062831

IT WAS AS IF NOTHING ELSE EXISTED BEYOND THE SPACE OF THE ROOM, BEYOND THE THUNDER OF HER HEART, THE WILD HAMMERING IN HER BLOOD.

And Barrett refused to think of leaving before she tasted this dark pleasure one last time.

Casting off restraint or shyness, casting off everything but the wild urge to know him as completely as it was possible to know another human being, Barrett molded her soft form to his hard length.

A harsh groan ripped from Pagan's throat. His eyes were hooded, raw with dark fires and a hunger that went on forever. "It's been like this since the first moment I saw you. I never fooled you for a second, did I?"

Barrett was too awash with her own hunger to smile, to feel triumph in his revelation. She only pressed closer, desperate to feel his heat.

"Please, Pagan." It was a soft, ragged plea.

He swept the fragile silk from her shoulders until it puddled around her waist. His eyes devoured her lush, naked beauty, dazzling in the golden lamplight. "I never had a chance, did I? Maybe neither of us did."

THE RUBY

CHRISTINA SKYE

A DELL BOOK

Published by
Dell Publishing
a division of
Bantam Doubleday Dell Publishing Group, Inc.
666 Fifth Avenue
New York, New York 10103

ISBN: 0-440-20864-5

Printed in the United States of America

Published simultaneously in Canada

August 1992

10 9 8 7 6 5 4 3 2 1

OPM

To Elaine Davie,
For the unflagging enthusiasm and wise counsel
which make you such a jewel of an agent;

and

To Tina Moskow,
Whose insights and editorial instincts
always show the fine edge and keen clarity
of the most superior ruby.

I would like to thank Joni Holst for the lovely map rendering of Sri Lanka that appears in the front of this book. Sincere thanks also to L. Somi Roy for reviewing the terms in the glossary and to Gerard Raymond for generously sharing so much information about Sri Lanka.

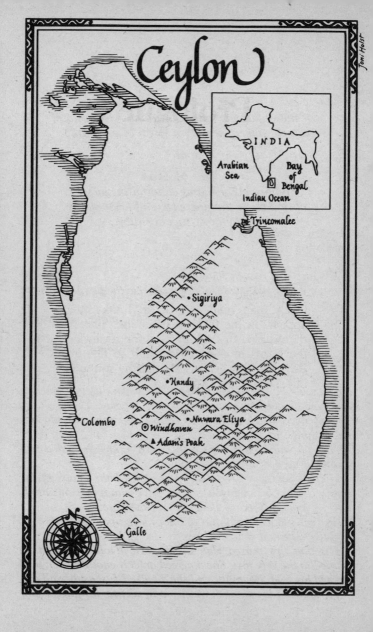

Prologue

London, England
December 1864

His face was cast in shadows.

But even the darkness could not conceal the fury that twisted his features.

Damn the bitch! He'd warned her. He'd more than warned her!

But they never listened. All they did was whine and simper. Or cry. That was the most irritating of all.

God, how he hated them. Their slack, wet mouths. Their quick, cunning eyes. Their false passion when they pretended to arch and shudder beneath him in their pleasure.

They never deceived him, of course. But money could buy many things, he had learned.

And of course he needed them. Even though he hated that shameful need of his most of all.

His hooded eyes narrowed as he studied the chaos of the small, dank room. Tangled sheets. Fallen hairpins. An untidy litter of female clothing scattered over the floor.

The misshapen lump that did not move upon the bed.

Bitch! They all were.

His thin lips pursed with distaste. He'd told her what he wanted at the very first. She'd agreed quickly enough when he'd flashed his gold. But at the end she'd balked, just as they all did.

He drew on his damask waistcoat in silence, his fingers slow and precise. Next came his black silk top hat. Last of all came the fine French merino cloak to conceal his pristine black frock coat.

It wouldn't do for him to be seen in formal evening dress in a sordid place like this, of course. That would raise questions, and he was not a man who cared for questions.

At the door the man in black stopped, a diamond stickpin glinting at the folds of his snowy cravat. Slowly he scanned the room one last time to be certain he hadn't missed anything.

Only then did he afford the motionless figure under the quilt a direct glance. A pity, he thought. Once her face had been tolerably pretty.

Not now. Oh, not at all now.

But this one, at least, would never bother him again.

And when he had the ruby in his hands at last, everything would change. Then none of them would ever bother him again.

I

London

Tell Me, O Swan, your ancient tale.
From what land do you come, O Swan?
   to what shore will you fly?
Where would you take your rest, O Swan,
   and what do you seek?

from Tagore, Songs of Kabir

1

She gasped, realizing she'd have to stop.

But she couldn't, not yet. Not while they were so close.

Suddenly the road began to blur and a crazy whirring filled her ears.

Sweet heaven, what would a few seconds matter?

To rest, to forget. How sweet . . .

Yes, what harm could there be in just a few seconds?

Frigid air lashed Barrett's cheeks as a hansom cab thundered past at the gallop. She wobbled forward out of his path.

"Get outter the bleedin' street!" the coachman bellowed, shaking his fist as he hammered off into the darkness.

Gasping, Barrett stumbled on, the ground spinning dizzily before her. The next moment she tumbled headlong onto a wrought iron railing pierced with griffin heads, their jaws fixed in a cruel leer.

Pain ripped through her fingers. Beneath the black lace veil, beneath the ebony curls which spilled forth in wild disarray, her chiseled face bled white.

Little could be seen of that face in the chill gloom of the London night—only the barest sweep of high cheekbones, a firm chin, and an upswept nose.

It was the eyes that were extraordinary and entirely unforgettable. Wide-set and long-lashed, they stared fiercely out at the world, their odd depths swirling and changeable, azure shifting to teal and then copen blue with every change of emotion.

Eyes as vivid and changeable as the woman herself; eyes a person would not soon forget.

And right now they began to glint with tears, which she quickly thrust away against a dusty fist.

No time for tears, she told herself. No time for weakness, either. She had to get her wits about her. She'd been wandering the dark streets for several hours now, dizzy with hunger, uncertain where she was.

Surely she must be close to Fleet Street. Or was that the City before her, beyond that narrow, pillared gateway?

Barrett's huge, haunted eyes closed for a moment as black despair swept over her. So much running. It seemed as if she had been running forever.

Perhaps she had.

Trembling, her fingers tightened on the cold railing. They were somewhere out there in the night, she knew, hiding in the dark tangle of London's streets. Soundless and inexorable, they watched and waited. Only yesterday, as she left her shabby rented room in Fenchurch Street, one of them had nearly caught her, seizing her from behind.

Without warning the greasy cloth had come down over her face. Only her wild struggles had saved her—along with a fierce jab from the little silver fruit knife she always carried with her now.

She could still hear the man's curses, hoarse and savage, as he fought to gag her. As if in a dream, she'd seen the long fingers jerk open, splashed crimson by her wild thrust. Then by some stroke of fate a constable had rounded the corner and her pursuer had fled back into the bleak corridors of smoke and fear, back into the dark underbelly of London.

But they had not given up, Barrett knew.

Nor would she.

Teal eyes flashing, she pulled her cloak tight about her shoulders and set off into the night.

Across the quiet square a tall man with rounded shoulders flattened himself within a darkened doorway, while his sharp eyes swept the street.

There—just by the last crossing!

His thin lips twisted in an ugly slash of a smile. She was

weakening! Yes, by God, there was nothing to do now but stay close and wait.

He inched beyond the doorway, and as he moved, his elbow brushed against the door frame. Pain jolted down to his fingers. He cursed under his breath, cradling his hand as he recalled his victim's unexpected ferocity in attacking him the day before. More than a hat pin the little bitch had had. She must be carrying some sort of knife now.

Oh, he'd make her pay for that and pay well, Thomas Creighton swore silently.

He sniffed the air. Crisp. Damp. Snow soon, unless he missed his guess. That would make his job that much easier.

Grinning coldly, he pulled his hat down about his face and slipped out into the wind.

He was being followed, he was certain of it.

His fingers stilled on the crisp folds of his exquisitely cut black velvet evening cape. A big man, he moved with unexpected grace, barely turning his head as he studied the shadows of the alley opposite.

He ought to be kicked for not noticing sooner. Still, a little inattention was only to be expected after finishing two bottles of port and a superb meal of pheasant, stuffed lark, and greengage tarts at the very discreet establishment on Jermyn Street.

He was growing lazy and far too careless of late, the tall man thought darkly. And London was no place for the careless.

Frowning, he tugged a chain from beneath his evening cloak and studied the watch face in the dim gaslight. Ten minutes past ten. Good—he still had time to walk.

Time enough to flush out whoever was foolish enough to follow him.

Without undue haste he strode across the street, a strange figure in pristine black beneath a turban of purple satin. On another man the blend of garments might have looked comic, but on this man they looked perfectly natural. Perhaps it was his confident stride that made it so, or perhaps it was his innate dignity of bearing, evident in every fluid motion.

But tonight the Rajah of Ranapore resolved to be more careful. His fingers tightened on the cane concealed beneath the folds of his elegant cloak. Had he been back in the jungles of Ceylon, it would have been easy enough to dispense with his pursuer. One bullet into the underbrush would have flushed out his quarry.

Or silenced him forever.

But this was London, bastion of civilization in the realm of that most civilized of sovereigns, Victoria. Here such decisive measures would be frowned upon, more's the pity.

So he must be more subtle, the tall man supposed.

As he passed beneath a globe of gaslight, azure sparks flashed and scattered from the egg-size sapphire he wore upon his turban.

It was madness not to take a carriage, of course, but tonight it pleased the dark-eyed visitor to walk. He needed the exercise, for one thing. He also enjoyed the silence.

And in only a few days he would be leaving for the East once more.

So for now he would walk, trying to remember the good and forget all the rest. A frown creased his dark features.

Jo hoga, so hoga. "What is meant to be will be," the Rajah of Ranapore murmured.

Kismet. In the end it always came down to that, didn't it?

When the slim man with a downturned hat inched out of a doorway at the opposite side of the lane, the rajah was careful to give no sign that he noticed.

Except for the tension in his broad shoulders, the hardness in his eyes, he might have been simply another one of London's many wealthy foreign visitors out for an evening stroll upon the town.

Only his friends in Ceylon would have recognized the faint hardening of his jaw as a sure sign of trouble to come.

But the Rajah of Ranapore had no friends, not anymore. Neither in Ceylon nor anywhere else.

The wretched ruby had seen to *that,* too.

* * *

She sensed him in the shadows; she felt his nearness prick the fine hairs at the back of her neck.

She stumbled into the wind, shoving down her fear.

But she knew why they followed her, knew too well the enormous importance of the secret she carried locked inside her head.

A secret that could topple kings and sway the tides of war.

A secret men would kill to possess. And *had* killed already.

She had barely reached the next block when the cramp in her side returned, bringing her up short with wrenching pain. With one white hand locked to her waist, she limped to a row of ornamental wrought iron spikes and leaned back tiredly.

Block it out, she thought. *Think it away. Grandfather taught you how. You cannot have forgotten so soon.*

For a moment her haunted eyes blurred. She thought of her grandfather, safely ensconced in his study, poring over some arcane volume or another. She remembered the confusion, the angry pounding at the door. The stamp of heavy feet.

Even a few minutes more and they would have worked the secret from him. One look at the chill, implacable faces had told Barrett there would be no bargaining with such men. Or with the monster who had sent them.

No, there could be no turning back. Not now. Perhaps not ever.

For behind her waited a cold, implacable hatred that would destroy all it touched. As it would have destroyed her grandfather, had she not managed to draw them off.

Chill and damp, the night air lashed her face, tossing the black veil about her cheeks. Frowning, Barrett scanned the narrow, cheerless streets and the long brick facade stretching away into the distance.

Behind her a hail of pebbles ricocheted across the railing, exploding through the darkness. White-faced, she spun about.

Nothing there.

Nothing but shadows and fear.

Terror wedged in her throat. Mindless and malevolent, it reached out, clawing at her sanity.

Dear God, how much longer could she go on?

With trembling fingers she clutched at her cloak, fighting against the rising wind.

This time when she turned it was to run, heedless and desperate, as if the jaws of hell itself yawned open behind her.

And in a way they did.

More than fifty carriages lined the gaslit entrance to the auction rooms on Great Russell Street this night. Three abreast, they clogged the narrow drive, plunging the usually sedate precincts of London's most famous auction house into total chaos.

For tonight an unprecedented event was to take place inside those hallowed mahogany walls, walls that in their time had echoed with the sighs and laughter of crowned heads, deposed royalty, and every rank of European nobility.

Tonight access was accorded to only a select few, the wealthiest and most powerful of England's elite.

At that very moment five score eager faces waited breathlessly for a glimpse of the jewel that had held all England spellbound since its appearance just one month before. Even the Queen was whispered to be bidding, though through intermediaries of course.

Yes, tonight beneath gleaming crystal chandeliers the Eye of Shiva, gem of kings, would cross the auction block. The bidding would be swift and cutthroat.

And all the while, somewhere in the elegant audience would sit a murderer ready to risk everything to possess this fabled ruby, which had been the source of untold bloodshed already.

2

It was impossibly beautiful.

Barrett's simple cloak of black worsted danced about her ankles, driven by a swirling gust of wind. For a moment her dark veil lifted, revealing flawless, porcelain-smooth cheeks above a proud, generous mouth.

Vivid and striking, her face was strangely at odds with the drab clothing she wore.

Caught by the wind, a strand of sable hair worked free of the combs that hugged her temples. Like dark, cascading silk, the vibrant strand twisted wildly in the wind.

But Barrett noticed neither wind nor cold, her haunting teal eyes fixed on the huge jewel flashing through the floor-length windows of the auction rooms.

Oblong and heavily faceted, the stone glinted back at her. Her breath checked as the crystal facets caught the glow of the chandeliers and threw it back tenfold, like a thousand tiny red suns.

Its beauty was unearthly, its pull nearly tangible. And Barrett had never been able to resist beauty, not even as a small child, when she had come home from the meadow at Cinnamon Hill heavy laden with wildflowers.

Her gran had never understood, of course. Instead he had furrowed his brow and lectured her on the principles of species propagation and color attraction, while she had stood silent, stroking the soft, colorful petals in childish wonder. To her a flower was an ineffable thing. To her a rainbow was both miracle and promise.

To him, a rainbow was simply an illusion compounded of moisture and refraction angles.

And Barrett had loved him even while he'd lectured her with his hair a wild white mane and his spectacles all awry. She'd tried so hard to be practical and not a burden, then and in all the years that had followed her parents' deaths in a carriage accident.

Sometimes she wondered if she'd tried *too* hard, succeeded *too* well.

For in the process she'd shut away a part of herself that cried out for beauty and whimsy.

For *miracles,* though she of all people should have known that there were no such things as miracles.

But she had sworn to protect that frail, impractical dreamer and so she would, even from the fruits of his own rash arrogance.

Even from the chill, efficient men who would have crushed him like a straw.

Only now, standing before the huge glass windows and staring at the giant ruby, Barrett began to think about miracles again; that was her first mistake.

The Eye of Shiva. The jewel all London whispered about.

Her eyes darkened. What would it be like to touch such a stone? To roll it between her fingers and savor each cool, bloodred facet. To feel the hum and throb of its power, if only for a few seconds.

Behind her a hansom cab clattered past in the street, sending the gaslight on a wild, flickering dance in the glass globes overhead.

But Barrett barely noticed.

And that was her second mistake, she who had been nothing but careful for what seemed like an eternity. Through days of lies. Through long nights of fear, without friends or anyone she could trust.

All to protect one fragile, white-haired old man who loved her more than life itself, different as they were.

Even now her faceless enemies waited somewhere out there in the darkness. But somehow Barrett found that hard to remember when the ruby flashed at her so seductively, whispering its dark secrets.

A chill wind sent her cloak flying about her bombazine skirts and tossed strands of hair beneath her black veil. Still she could not move, her blood strangely heated in the cold night, her eyes riveted upon that royal gem whispering of jasmine-scented gardens, of marble palaces, of exotic court ladies intent on hot nights and dark intrigue.

Inside the chandeliered room, a thin man in black came to an abrupt halt, holding out the gem to a prospective buyer. Beneath their gaze the stone seemed to darken, taking on new hues, richer flames.

And then Barrett remembered. The ruby was to be auctioned tonight. Even now *he* might be inside, settling back into a deep velvet chair.

White-faced, she shrank back toward the street. He must not find her!

But no, surely he would have taken his place long ago. The timepiece pinned to her bodice showed the hour to be half-past ten.

Carefully she inched forward once again, transfixed by the bloodred sparks that shot from the ruby's heart.

The Eye of Shiva. A stone worth any price a buyer might ask, since it was unmarred in hue, transparency, and luster.

A stone darkened by the blood of everyone who had ever possessed it—or *tried* to possess it.

Barrett shivered, imagining the dense oblong nestled in her palm, feeling its cool heft, its chill red fires.

With such a stone she could be free forever. She could buy passage to the far corners of the earth, to a place where her pursuers would never find her.

The man inside turned, gesturing to another interested prospect. Abruptly he carried the ruby out of sight.

It was as if he had snatched all warmth and beauty from the earth.

For a moment Barrett's shoulders slumped, exhaustion and despair settling over her.

Dreams. Impossible dreams. Has my whole life been nothing but dreams?

Why didn't you tell me sooner, Gran? If only I had realized . . .

With a start she straightened. The streets around her were empty. A few flakes of snow drifted peacefully beneath the gaslit globes at the corner.

She must go! What madness had kept her so long? It was dangerous beyond imagining!

Without warning some cold instinct of alarm jolted down her spine. She shivered and spun around.

But it was too late. The rough hands were upon her even before she could cry out, a hard wall of male muscle slamming into her shoulder.

"No! L-let me—"

Powerful fingers locked across her mouth in silent warning. Dimly Barrett caught an elusive scent—an exotic fragrance she could not quite place. Patchouli? Musk?

"Hush, *Angrezi,*" the man behind her whispered. "Someone watches, even now. Did you not know you were being followed?"

The voice was deep, rough-tinged, foreign. Dear God, who was he and what did he want with her?

Barrett struggled against his taut fingers, trying to speak.

But his had been a rhetorical question. He did not mean for her to answer, not with his large hand clamped to her mouth.

Barrett's heart slammed against her ribs. So they were closer than she'd known. Perhaps this man was one of them . . .

She reeled, swept with dizziness. She felt the fingers tighten, felt the tension of her captor's big body, smelled once again that elusive hint of spice.

Sandalwood? Her mother had once had a little carved box with just such a scent. She could still remember it faintly.

Be careful with it, Brett darling.

Her mother—the first one to call her Brett. It might as well have been a lifetime ago. . . .

Her eyes darkened with pain. Gasping, she jerked against the hard hands anchoring her mouth and shoulders from behind. Somehow she managed to turn her head and caught a blurred glimpse of bronze skin and night-dark eyes. A soft black cape and shimmering purple silk. A *turban*?

"Stop, *Angrezi.*" His breath was warm, loosing an unexpected wave of heat in the cold night. His body, too, was warm, and beneath his silk shirt Barrett could hear the steady thump-thump-thump of his heart.

And then she felt something else, something that told her he was more conscious of her presence than he might admit.

Her cheeks flushed crimson beneath her concealing veil. Instantly she tried to pull away from the hard line of his ribs —and the unyielding line of male muscle that rose stiff at his thighs.

She felt him flinch, then mutter a curse.

But his hard fingers did not loosen. Swiftly he swung about, capturing her against his side with infuriating ease, away from the telltale sign of his desire.

Wild-eyed, Barrett fought him, but his strength was beyond imagining. And she was appallingly weak.

How many hours had it been since she'd eaten? Five? Ten? She swayed for a moment, feeling hard fingers grip her shoulder.

There in the gaslight she saw the odd ring circling his left forefinger—hammered gold twisted in the gleaming, sinuous coils of a snake. And within the cobra's open fangs flashed an egg. An egg made of one giant emerald.

Her breath caught. Who was this man who swept out of the night to hold her captive? Was he rescuer or betrayer?

The powerful fingers tightened. "He is just across the square." And then, as she struggled to turn, "No—don't look, little fool." Inexorable, he raised her chin, lifting her veiled face to his gaze. "I shall do the watching, English. He will never suspect in the least, I assure you." Although the man's face was in shadow, Barrett had a sudden glimpse of glittering, slate-dark eyes. "Meanwhile, we must convince this watcher that we are far too occupied to care who might see us."

As he spoke, his thumb slipped beneath her veil, seeking first the arch of her chin, then slipping up to trace her lips.

Barrett's breath caught in a rush. "You cannot—"

Gently, lingeringly, his calloused thumb moved over her mouth. Barrett swayed slightly. Her skin was chill—and on fire. Dizziness swept over her. Strangely enough, instead of making her weaker, it left her feeling strong, wonderfully strong.

And alive as she had not felt in weeks.

She heard him murmur a rough foreign phrase. Slowly his thumb tested the center of her lips, challenging and yet oddly persuasive.

Barrett gasped. Her lips parted of their own volition. She might have been no more than straw in his hands—straw which he now set his match to. Her pulse flared; her skin burned. She had never thought, never known . . .

She struggled, trying to cry out. In the process her tongue grazed the rough pad of his thumb.

This time the hoarse gasp was his. "By serpent kings and all the Naga tribes," her captor muttered. His finger slipped deeper into the warm haven she had offered all so unconsciously. His arms tensed, turning her to receive his granite-hard length. "Like an English flower, you are. Delicate. Impossibly sweet . . ."

Dimly Barrett felt his other hand slide to her hips. There his fingers splayed open, molding her to his muscled breadth.

Suddenly the night was hot, and she was even hotter, trembling uncontrollably.

A dream? Yes, it must be so. How else to explain such heat in the chill night? Such longing and life, after weeks of fear and regret.

Her breath caught. *Don't be a fool,* she told herself. *He's probably one of them!*

Gasping, she jerked free, stumbling back from the dark sweep of his body. She began to think she was losing her sanity, along with everything else.

"S-stop!" she sputtered.

Her captor stiffened, muttering a curse. Suddenly his fingers cupped her arm, taut with warning. "The jackal draws close for the kill," he whispered, all trace of passion gone.

Barrett shivered, sensing the cold presence nearby. *Dear God, they were coming. Once again they had found her.*

Her face bled white. Suddenly she was fighting, straining madly to be free.

"Stop, *Angrezi!* You will come to no harm while you are with me. This I promise you, little one."

It was sheer madness, Barrett thought. And yet somehow she knew it would be as he said. She tilted her head, trying to see the man's features more clearly through her thick veil and the darkness of the night.

But she had no more than a vague impression of slashing ebony brows, charcoal eyes, and a bearded, unyielding jaw. His was a face full of shadows and secrets, a face it would take a lifetime to understand.

Suddenly Barrett wished she had a lifetime to spend in such a task.

The great jewel flashed from his turban. She stiffened, realizing that she was growing fanciful again.

"Who is he?" the Indian whispered, his voice all storm and midnight silk, rich with the strange cadences of the East.

Yes, it was his voice that held her, Barrett told herself. Low and rough and unforgettable, it was a voice to make women shiver and men obey. A voice that could make a person forget—anyone or anything.

As it almost made her forget now—that she must be careful. That she could trust no one but herself.

"Tell me," he said harshly, giving her a shake. "I must know before it is too late."

Like cold steel, his voice slashed deep, sending Barrett plummeting back to terra firma. "I—he's followed me for four weeks. H-he—" She swallowed, struggling to continue, while memories swept over her, harsh and cold.

But she could not say the words. She could never explain, for that would mean revealing her secret.

"Your husband?" There was fierceness in the question.

"Husband?" A wild laugh burst from Barrett's lips. "Dear God, you think he is my *husband*?"

"Stop. There is no time for female weakness." As he spoke, the man's dark eyes narrowed, studying the shadows at Barrett's back. "Have you run away then? Is this man your brother? An uncle, perhaps?"

Barrett clenched her teeth, fighting down the ragged edge of hysteria. First the ruby and now this! Wildly she shook her head, struggling to be cool and logical.

"Tell me, woman!"

"N-neither!"

Keen eyes scoured her veiled face. "Then he is no one who has a lawful claim upon you?"

"No! Now let me—"

"It is good." His grip loosened fractionally.

Something about the raw triumph in that harsh voice made Barrett shiver and feel almost sorry for her faceless pursuer.

Almost.

"Who—who are you?"

"I am many things. For you, I am protector. For you, I am all man."

Barrett's heart began to pound. She could feel the force of his gaze focused upon her heated face.

"Now, little falcon, you must do exactly as I order. You must kiss me—wild and hard, as if your very life depended on it, which perhaps it does. Bring to me every inch of your fire, so that this mongrel dog suspects nothing. Do not stop until I tell you to."

Was he mad? At a time like this he could think of—

"Do you hear me, *Angrezi*?" the Indian asked harshly. "I shall have mere seconds, and I must know that you will obey me completely."

"I cannot. I *will* not!"

His hands tightened. "The dog nears the next corner. Give me your answer, English."

Barrett shivered. And then, because of the danger, because his voice was rich and commanding, dark with strange cadences, she found herself nodding. There were few who could resist such a voice as this one, she found herself thinking.

"Then do exactly as I tell you. Wind your arms around my neck and touch your body to mine," her captor growled. "Kiss me, little falcon. *Now.*"

Barrett's heart began to hammer with the audacity of what she was about to do. Her fingers quivered. But she inched forward, conscious of the faceless danger waiting only footsteps away.

Trembling, wary, she raised her hands, bringing them to his shoulders. A sharp jolt of sensation burst through her as she felt the corded muscles bunch beneath her fingers, felt the thick fringe of hair rimming his turban.

Her head tilted, and she pressed closer, feeling his body tense at her movement. The wind swept down the street in chill eddies, tossing his cape up and wrapping the dark folds about their joined bodies.

In the cold silence of the night, heat leaped back and forth between them, shocking and primal.

Slowly Barrett rose to her tiptoes, conscious of this man's great height and overwhelming strength. And then, with a soft sound that was part sigh and part gasp, she molded herself to him recklessly.

This time it was he who flinched slightly, he who groaned as if with pain. "By the hot winds of the northeast monsoon! How well you please me, little falcon." His laugh was dry and deep. "But you must raise your veil, I think. To see you, to touch your soft skin will please me even more."

Barrett hesitated, fearful of revealing her features to this calm, ruthless stranger. Something told her he was a man who could track her to the ends of the earth if he chose.

But if he was her enemy, then it was already far too late to escape.

With unsteady fingers she raised the black length of lace at her face.

"By the Eye of Shiva!" The slate eyes narrowed, probing the pale blur of her face. "But I must see more." Frowning, he shifted, trying to pierce the darkness. Suddenly he tensed, smothering a guttural curse. "No time—the jackal comes! Press close now, and kiss me as a woman without shame. Be wanton for me. Be hungry and reckless. More than anything, that will make him curious and careless. Then when this lump of goat dung comes close, I shall teach him the true meaning of fear."

Even as he spoke, low and harsh, Barrett felt his right hand leave her side and creep down her thigh. Something cold and sharp pressed into her soft skin, drawn from the pocket of his cape.

Her heart pounding, Barrett did all he asked, fighting to forget the terror of the last weeks, fighting to forget the shadowy figure creeping ever closer.

For here was fire and forgetting. Here in this stranger's arms was a sweet, blinding hunger. And though it was wildly illogical, she *did* trust him.

Her head fell back. One dark curl spilled over her shoulder. And then the night shattered into whirlwind and tempest, surging wave and blinding sun as his lips opened and he dragged her against him, thrusting his tongue deep and tasting her very soul.

Drunk with desire, Barrett pressed closer, knowing it was madness to slide her fingers into the dense hair at his neck, knowing it was recklessness itself to open her mouth to him.

Knowing, too, that if this was madness, then she no longer cared.

A soft moan broke from her mouth and he caught it with his lips, crushing her softness with his steel. His mouth was sweet with brandy and fruit, more drugging than any wine.

When she felt the cold metal blade press against her side, Barrett froze, certain he meant to turn its lethal point upon her.

"Do not stop now, sweet flower," the stranger muttered raggedly, his mouth to hers. His body was hard with need, taut against her softness.

What sort of man *are* you? Barrett wanted to ask, but his next words drove the question from her mind.

"By the Lord Shiva, how I wish—" He growled a guttural curse. "Careful, English. The jackal is nearly upon us," he whispered in warning.

With fingers iron-hard yet infinitely gentle, he caught her chin and guided her slightly to the left.

He is freeing his right arm to strike, Barrett thought. The knowledge of her danger broke over her then, making her shiver.

Suddenly, with a movement so swift that it ripped the breath from her throat, he thrust her to one side and lunged past her, his right hand gripping the sword point that had been concealed within his cane.

As if in a dream Barrett saw the dark swirl of his cloak, saw the blur of his hands as they wrapped around a man with a scarf drawn up about his face. His eyes glinting, her rescuer tossed the man back against the wall of wrought iron. Grim-faced, he leveled his blade against the man's neck.

"Why?" Only one word, but it pulsed darkly, raw with barely suppressed violence.

"Arrrrrr!"

With obvious reluctance the Indian loosened his grip, allowing his captive to speak.

"P-paid." He swallowed audibly. "Told me to snatch 'er." He jerked his head at Barrett, who was watching wide-eyed a few paces away.

The point rose fractionally. "Paid by *whom,* English dog?"

"Dunno. Din't care t' ask the gent's name, if yer knows what I mean," he added nervously.

"Describe the man."

"Din't see nothin'—'e were 'id behind a curtain when we talked. Couldn't even 'ear 'is voice proper." Then, as the knife pricked his throat again, "Yer—yer gotta believe me!"

"Where were you to take her?"

"Over Wappin' way—a little inn on Ratcliffe 'ighway near the London dock. Someone to meet us there. I were to get my two 'undred pounds there, too."

Two hundred pounds! Barrett's breath caught in a jerky

rush. Such a sum to kidnap her? It was a veritable fortune! Who would pay so much?

But already she had a fair inkling. To such a man two hundred pounds would mean nothing, nor even two thousand.

Suddenly the Indian's fingers stripped away the man's hat and scarf to bare his gaunt, pockmarked face. "Do you know him?"

Barrett shook her head, unable to speak, awash with disappointment.

The Indian said something low and cold in the man's ear, something that Barrett could not quite make out. But she saw her attacker's face bleed white, saw his lips thin and his eyes widen with fear. "No, guv—never that! Lemme go—I'll be off before yer can even blink yer bleedin' eye. No 'arm done to the little miss after all," he whined.

His captor's lips curled in disgust. He glanced at Barrett. "Shall I kill him for you?" He asked coolly, flatly, as if it were a question one might raise every day.

"Wait!" The man in his grip twitched in terror. "There *were* somethin' else—I remember now. Saw it when the fellow got up to leave. 'Is little finger—part of it were gone, cut away like. Not much, but it's all I saw, I swear it!" His voice was raw with panic.

Just as Barrett's had been only minutes before. Somehow the thought gave her little pleasure.

"Well?" the man in the turban repeated, frowning. "Say the word and I shall see it done." His blade climbed to the man's chin.

"No!" she said quickly. "He—he's not important. Surely this one can be of no further help—or harm."

"I fear you are right. He is nothing but a worthless jackal that yaps at the heels of the tiger." With a dark oath, the Indian tossed his captive roughly out into the street. "Go then, heart of a jackal. And if you should see your tiger, tell him to mind his back."

Staggering, the man made for the far side of the building.

After that he did not stop running until he'd melted into the maze of alleys behind the auction rooms.

"So, little falcon, I have released him. Were the choice mine, this worthless hireling would not run so carefree right now." Sapphire flashing, the man turned back to Barrett. When he saw that her features were once more hidden behind the veil, his face hardened. "So quickly you cover yourself? Do you fear me still?"

Something about that low, rough voice made Barrett shiver. But she stiffened, raising her chin in defiance. "I fear no one! I hardly mean to be careless, however. Not—again."

Strong fingers rose to cup her chin, and the giant emerald ring flashed before her eyes. "Why are you followed? Because of an angry husband? A jealous lover."

"I *have* no lovers—jealous or otherwise," Barrett said flatly.

"Then why—"

"I can tell you no more. Thank you for your assistance, but now I *must* go. Soon he will send others to—" With a smothered gasp, she bit back the rest of her sentence.

"Who?"

"Just—others. Men as you have just described—jackals who yap at the tiger's heels." Her lips quivered slightly as the Indian's strong fingers brushed the underside of her chin. His thumbs circled the soft swell of her lower lip. He wasn't even listening to her! "Stop! I can't think when—when you do that."

The man's mouth curved slightly, his teeth a bright blur against the darkness of his face. "And I cannot think if I do not, *meri jaan.* Not with such beauty to entrap me."

"*Meri jaan?*" she repeated unsteadily, desperate to think of anything but the fire of his fingers.

"My soul. My world." His eyes glittered. "It is no more than you could be, *Angrezi.* With such a voice. With a body of such fire and sweetness."

Barrett's breath caught. She had to stop this! She had no time for weakness, nor for wild flattery. "I must go," she said, forcing her voice to coldness. "I regret that I have nothing with which to repay you for your assistance."

Her captor did not move. Oh yes, she intrigued him, this one. "Ah, but there you err, little falcon, for you do have it in your means to repay me. And I fancy I shall collect my price before I let you fly free."

Barrett's fingers opened, shoving furiously against his silk-clad chest. Her struggles wrenched his cloak open, and she gasped as a score of jewels winked back at her, sewn with stiff embroidery to the top of his satin tunic.

For a moment wild laughter trembled on her lips. *Repay* him? Sweet heaven, the man had wealth beyond measuring! One jewel alone would have seen her secure for life. What use would he have for her pathetic few shillings?

Slowly his hands slid to her shoulders. In a whoosh of stiff silk he pulled her against him, all warm, taut muscle against her softness. Heat leaped between them in the dark cocoon of night.

"This is my price, *Angrezi."*

His face slanted down. Barrett watched, hypnotized, her heart hammering as his fingers captured her black veil and slowly drew it away from her face.

Already she felt his heat, knew how he would taste against her. Perhaps that was why she didn't struggle, but only waited, breathless, to learn if the beauty of their earlier kiss had been simply an imagined thing.

His large hand splayed open against her neck. His black cloak whirled and danced in the wind. Suddenly the night was warm, alive with sound and sensation.

Her head fell back, and his followed it down, one hand buried in her hair, tugging the silken strands free of their confining combs. His breath was a raw whisper at her throat as he inhaled her scent, then tongued her neck, pulse point by pulse point.

And then his lips found hers. He covered her, possessed her, rough with an unspoken urgency.

Barrett's breath caught in a gasp as he swept her down smooth, glossy corridors of pleasure.

Until she wanted more. Much more.

The ground seemed to shudder beneath her feet, the sky to flash with jagged lightning. Yet all the while the night hung frozen around them, caught in midnight silence.

Dear God, his touch was all she had remembered. Nay, it was far more, for the knowing had made them both bolder. Their contact points became the world, the only world, and the pleasure went on forever, born and dissolving in wave after wave of stunning sensation.

"Who—who *are* you?" she gasped at last, when some fragment of reason helped her pull free of his drugging touch.

"Would it help to have a name? Can you trust a word more than what you feel, *Angrezi*?" His eyes glittered. "Some know me as the faithful hand of the Lord. To others I am the devil's own spawn. But you, sweet falcon, may call me by a different name." His voice hardened. "And that is Rajah of Ranapore."

Barrett's breath caught. "But—but that means you're the one who has come to sell the ruby!"

The Indian's eyes narrowed. "What do you know of the Shiva's Eye?" There was a sudden curtness to his tone.

"All London speaks of the stone. That was what I saw in the window, was it not?"

He nodded, his eyes hard.

"The Eye of Shiva," she whispered. "It is beautiful beyond describing, but . . ."

"But?" One sable brow rose in a questioning slant.

Barrett hesitated. "But there is danger in its beauty, I think. Perhaps there is always danger in beautiful things. And in this particular thing there is something more. Something that feels almost—evil." She laughed unsteadily. "You'll think that foolish of course."

"Not I. Nor would anyone who has ever lived in the East. There such powers are understood and rightly feared. Only the ignorant man mocks that which he cannot see or touch."

For long moments he studied her shadowed face, engaged in some interior argument. Finally he seemed to reach a decision. "Come with me, *Angrezi*. I will see that neither jackal nor tiger vexes you. With me you'll wake to lavender skies and the sound of rushing water. To windblown jasmine and the chatter of restless monkeys every day of your life."

Barrett's teal eyes darkened. It was tempting—far too tempting. But she must not even think of it. Not while her grandfather remained behind to pay the price for her defection.

She frowned, wishing she could see the man's features clearly, just once. Her slim fingers opened, tense upon his chest. "I—I cannot. If things were different, perhaps . . ."

"I see." It was a flat, cold dismissal. "There is absolutely no need to explain, I assure you."

Barrett saw the narrowing of his eyes, the hardness that gripped his jaw. Her hands rose, capturing his cheek, fear of being misunderstood making her bold. "No, you do *not* see," she said sharply. "It is not because of who you are, but because of who *I* am. Because of what I must do. Maybe . . . oh, maybe when that is done . . ."

If it is ever done, a bitter voice mocked. *But you know they will never stop. Not until they have all the knowledge you carry hidden in your head.*

"I leave tomorrow," the rajah said flatly. "You have only this night to decide."

"Then . . ." Barrett's voice was rough with regret. "Then I fear my answer must remain the same."

She felt his jaw clench beneath her fingers. Black and glittering as a crow's wing, his strange eyes probed her face, testing her resolve and the honesty of her answer.

A strange wordless sharing flowed between them. Their eyes met, haunted teal to hungry jet. There in the darkness measures were taken, questions asked and answered, all in urgent silence. It was a strange interval, dreamlike and yet of a piercing clarity that neither had ever known before.

Perhaps that is why they didn't hear the muffled hoofbeats sooner. By then the carriage was nearly upon them.

3

"What—"

By the time the tall, turbaned Indian turned, the carriage was at the crossing, careening wildly toward the sidewalk where they stood. And they were caught helpless between the street and a wall of iron grillwork.

Cursing, the rajah snared Barrett's arm and dragged her toward a narrow doorway halfway down the block.

Behind them came the nightmare stamp of angry hooves, the wild, urgent cry of a coachman. The man must be mad, or else three sheets to the wind!

And then, with a cold wave of certainty, Barrett realized this was no runaway team, nor an accident that found them in its path. This, too, was by design. The design of men who would stop at nothing to possess her secrets.

The doorway seemed a universe away, the metal fence a mere blur. She plunged forward, urged on by the rajah's strong hand about her waist. But she was only slowing him down, while the great wheels surged ever closer.

They would never make it! And even if they did, the space would be too narrow to hold them both . . .

With a curse, the Indian caught her up into his arms and pounded on toward the shallow recess. Beneath his cloak Barrett heard the thunder of his heart, along with the wild answer of her own.

Behind them came the crash of the great hooves, the deafening clatter of iron wheel-rims against cobblestone.

The carriage was nearly upon them.

With an agonizing burst, he swept her into the narrow alcove just as the coach thundered past, its driver an ugly blur as his frantic team lurched past, only inches from where the two stood huddled.

Barrett felt the Indian flinch. His face in the shadows, he lowered her slowly to the ground, held taut against his body all the while. Down the street the team lurched off without a break in stride, a hail of sparks flashing off metal axles where they ground against a row of wrought iron spikes.

But for this man, it would have been me there, she thought. *It could have been my bones gnawed by those awful iron teeth, my flesh lying trampled beneath those flashing hooves.*

She shuddered convulsively, reaching blindly for the wall beside her. Instead she found the iron line of the rajah's shoulder and gripped it tightly, grateful for its strength.

"Will he never let me go?" But she knew she must find a way to escape. Her knowledge—and her grandfather's discoveries—were too great a prize to fall into ruthless hands.

But how much longer could she go on running this way?

Suddenly Barrett felt the rajah's shoulders tense beneath her hand, all rippling steel; his fingers clenched at her waist, rough with demand. "Why, *Angrezi*? Why does this jackal pursue you with such deadly determination?"

Barrett's lips thinned to a flat line.

"Stubborn woman! I could help you if—"

"You *have* helped me. But now I must go." Dear God, why did he make it so hard?

"I could make you go with me," the dark-faced man beside her said fiercely, his fingers digging into her slender waist. Without warning he turned, pinning her against the rough wall. "I could *force* you to go—to do anything I wanted. There is no one here to stop me." As if to prove his point, he drove her roughly to the wall and lifted her against him as if she were no more than a toy.

Staring into that harsh, shadowed face, Barrett felt a jab of fear. Then her lips settled in a determined line. "You are right, of course." Her head slanted back as she countered with a challenge of her own. "You could do all of that . . . but somehow I do not think you will. Something tells me you have too much pride to possess a woman by force."

For long moments he did not move, glaring down at her fragile features blurred by the darkness. Then with a hard curse he lowered her to the ground—but slowly, thigh to thigh, breast to chest, molding her to the heat of his arousal. "Perhaps I have less pride than you think, stubborn one. I am not one of your docile English gentlemen, after all. I know no fealty to the laws of your land. Shall I prove my power over you? Shall I pull you down and take you beneath me? Right here and now?"

Barrett's lips trembled slightly, but she did not draw away from the angry steel of his body.

And her careful restraint seemed only to feed his anger. With a low growl, the stranger gripped her face, holding her captive as he crushed her mouth to his in a cold, punishing kiss. This time there was nothing of persuasion or teasing in his touch; now he was all angry fire and hard, dominating male.

But Barrett did not flinch, nor fight him in any way. Her body was motionless, unyielding beneath his fierce onslaught. Even then, when she knew she should have been afraid, somehow she was not.

The next moment his fingers tightened. His breath exploded in a harsh oath. "You owe me, *Angrezi*! Never forget that." He jerked away, his fingers digging into her arms. "What sort of woman are you? You do not fight; you do not scream or whine or plead for me to free you?" He glared down at her, his eyes scouring the chiseled line of her chin, a mere flash of ivory against the darkness. "By the Lord Shiva, why do you not say *yes* to me?"

"I would have . . ." Barrett's voice trailed away as she studied his face. She was tempted. Oh yes, she was terribly tempted by this strange man with the hard face and the oddly gentle hands.

But she must never let him know that, for something told her that this man could convince her if he set his mind—and his body—to the task.

Her chin rose, stiff and resolute. Her life had made her that, if nothing else. "Yes, once I think I might have agreed.

But I see now that I have run too long. And it is you, my lord, who taught me that I must run no more."

The man muttered something in a language Barrett did not understand. His eyes narrowed to dark slits. "You are very unwise to cross me, falcon. In the country of my birth men have suffered slow death for less than what you do now."

In stiff silence Barrett returned his ruthless gaze, retreating not a whit from the challenge in his eyes.

His breath teased her cheek. His fingers dropped, capturing her slim wrists and pressing them back against the brick wall. His thighs drove into the softness of her belly, fierce with the need for claiming. "Say yes, damn it! Give pleasure to us both! You say there is no husband, no jealous lover. Then what holds you here? Surely not this devil's city, this place of fog and snow?"

Even as he spoke, an errant white flake floated down onto Barrett's cheek. The heat of her flushed skin soon set it to moisture, and in a silver line the bead slid slowly downward.

He followed the salty trail with his lips.

Barrett shivered at the slow glide of his rough-soft tongue, feeling all his anger and all his need. But most of all she felt the fire and fury of the man, the rare mystery of his touch. Even she, who had so little experience in such things, realized his touch was magic.

But Barrett had no time for magic.

So instead of leaning closer, she forced her eyes shut, fighting the compulsion of that rich voice, fighting her own heart, which whispered for her to yield—to allow him to protect her from the terror that waited in the darkness.

She summoned up her pride, stubbornly refusing to ask for his help. Driving her hands apart, she shoved wildly at his broad, hard-muscled chest.

"Lat-sahib?" A low voice, harsh with urgency, came from the darkness at the Indian's back. "My lord!"

Suddenly an extraordinary vision filled the night—a giant of a man, black-bearded and dark turbaned, gripping a huge, curved scimitar in his paw of a hand.

Barrett gasped. "Behind you!"

The rajah only chuckled. "Do not fear, little falcon. Singh is *my* man. He will not harm you." Pulling away slightly, he turned his head and barked a guttural order to the towering Sikh bodyguard, who bowed low, then trotted off to the far side of the street, where he awaited his master's pleasure.

Barrett's mind was whirling. What would the man do next, order the sky to open so he could pull down a golden staircase? White-faced, she tried to force down a raw wave of hysteria.

Get a hold of yourself! After all, this is London in the twenty-seventh year of the enlightened reign of the great Victoria, not the Dark Ages!

But Barrett could not quite escape the feeling that she had stumbled headlong into a dream, or into the pages of a strange, exotic book.

Wild laughter spilled from her throat. "I s-suppose you have heard of Captain Richard Burton and his strange Arabian tales?" She'd never forgotten the dark, gypsy-eyed adventurer, whom she'd met at one of her grandfather's eclectic scientific evenings.

The rajah's dark brows knit in a scowl. "I have, as it happens. But what has *that* to do with anything?"

Her laughter came then, ragged and raw. "Only that you might be his strangest—and his very best creation!" Dear God, she must get free, Barrett thought. A few minutes more and she would lose the last shreds of her reason!

"Stranger than you know, *meri jaan.*" The words were low, aimed more at himself than her. "And now I, too, must go. The hour is nearly come for—"

He did not finish. His jaw tense, the Indian stared down at the pale blur of Barrett's face. "Your answer remains?"

She could only nod, not trusting herself to speak.

For some reason she thought then of miracles, and realized that this was as close as she would ever come to one. But even with that certainty, she did not relent.

A strange glitter flashed in the charcoal depths of her protector's eyes. "Not even if I promised you a look at the stone you were admiring through the window? What if I offered you twenty such stones, sweet one?"

Across the street the Sikh rose from his stoic squat, a mute reminder to the rajah that his deadline had come.

There was a rough urgency in his voice and an edge of self-mockery. "Even for the Shiva's Eye you will not reconsider? Does not the great ruby tempt you, *Angrezi*?"

"It tempts me—*you* tempt me." Barrett's face flushed at her frankness. But somehow, staring up at those dark, smoldering eyes, she found she could be nothing less than honest. "In spite of that, I cannot."

The man before her made a raw noise at the back of his throat. His hands slid up to cup her flushed cheeks. Barrett shivered, caught by the enigma of the man.

"Do you fear me? Is that why?"

"No." Her voice was oddly husky. "To my eternal shame. I —I only wish I did."

He made a noise that might have been laugh or sigh or curse. Perhaps it was all three. "Then you are wrong, falcon, for there is no shame in this rare feeling we share. It is as old as man himself, as natural as the circuit of the moon or the rising of the monsoon winds." His head slanted down slowly until he spoke against the flushed skin behind her ear. "I find you remarkably honest—for a *memsahib* girded in corset and stiff petticoats, that is. And you gird yourself in even stiffer notions of propriety, I think. But I feel all the answers I need right here, *Angrezi*. In the pulse that leaps beneath my lips. In your little tremors. No, such a one as you cannot lie easily."

With a little growl he trailed his tongue along the line of her jaw, inching up to tease the curve of her ear. "Come with me," he commanded, skin to her skin, heat to her heat, never ceasing his drugging onslaught.

Barrett's breath caught in a little moan. Danger here, she thought wildly. And this danger was even greater than all the rest, for this turned her traitor to herself.

"S-stop," she managed. But somehow the fingers that

should have been shoving him away had moved and now were kneading his shoulders.

Urging him closer.

"Kiss me, Empress." It was both harsh command and raw plea, and the dark force of his need broke over Barrett like warm rich rum, loosing a tide of longing.

For all the things she had never had—and never expected to have.

So easy, fool. Just say yes.

Her heart lurched. Her breath caught. Heart and blood and skin raged, clamoring for her to yield.

His teeth grazed her ear, and she shivered. "Ah, my heart, were you mine, I would garb you in little silver bells and seat you on a jeweled elephant. You would wear gold-shot silk and emeralds beyond counting. And then, my beauty, you would wear nothing at all—only steamy, scented tropical air. For me. While I showed you pleasures you cannot even imagine." His words came in a dark rush, pressed hot to her skin. They tested Barrett's resolve as nothing before had.

Her surrender trembled on her lips before she knew it. Her body answered first, softening to his hardness, molded to the throbbing steel of his desire.

"Come with me."

"N-no," she stammered abruptly. "I—I cannot. I *must* not!" In the last weeks she had seen too much to believe any longer in magic or in dreams. Her body rebelled, but her mind was stronger, fixed upon the image of a frail, white-haired old man.

A man of arrogance and genius and total abstraction.

A man who would die unless she could find a way to save him.

Long moments passed, sparking with tension. Finally she felt the big fingers loosen, felt the Indian curse and then step stiffly away. He made her an exquisite, formal bow, the great sapphire on his turban winking down at her in chill mockery.

Barrett did not speak, sensing the pain beneath his anger. Afraid of what she might do to soothe it.

The strange dark eyes narrowed upon her face. "It was

madness, of course. Forgive me, English. You need fear the jackal no more, for I shall send Singh along with you." He hesitated. "Of course, if you should happen to change your mind before morning—"

Barrett shook her head sharply, closing the door on temptation. The offer was too dangerous, and she wanted no chance to change her mind. She stiffened her shoulders and raised her chin proudly, unaware that the movements only enhanced her fragility and stirred the rajah's desire more keenly than ever.

"No, do not send your man with me—nor after me. I shall only lose him in the twisting streets, I assure you. It is one trick I have learned very well since—" She shook her head abruptly, as if to deny bitter memories. Her fingers clenched, locked over her waist. "Good-bye," she said abruptly.

He fought a wild urge to seize her, to force her to accept his protection.

But she was right. Pride forbade such a thing.

A muscle flashed at his temple. "I don't even know your name."

"Name?" Barrett's hands twisted restlessly, helplessly. Her eyes glittered, bright with unshed tears. She searched his face, as if to fix his features in her memory forever.

She whispered something to the wind, something faint, given with raw reluctance.

Her lips moved one last time. And then she was gone, her skirts swirling out in a black cloud as she pushed past him into the darkness. Behind her she left only sadness and the soft, sweet scent of spring hyacinths.

The tall man in the gold-shot turban cursed softly.

He could still force her to his will, this fiery English beauty. It would be the work of but a moment to drag her into his arms and kindle her passion until she forgot all else. It was no more than what she wanted herself, after all. Every sweet husky gasp, every wild leap of her pulse had told him so.

Females! the rajah thought, swearing blackly. By the Lord

Shiva, they were the gods' own curse upon men. But of all women, let him especially be spared from *good* women! They were about as pleasant as leeches and even harder to get rid of.

But this woman is different, a voice whispered. *This one is magnificent. Her passion is rare and wonderful.*

Not for long, he thought sourly. A few months of marriage to one of those stiff-lipped little English squires would take the light right out of those haunting eyes of hers.

He scowled, refusing to think about it.

But what was that word she had whispered before she left? A name, perhaps? Bridget? Bernice?

No, it had been something else.

Now he would never know what.

Ah, Angrezi, *I would have shown you a very different sort of life,* the rajah thought, watching her lift her stiff petticoats and dart across the windswept street. Even now he had to struggle not to follow her. *Though you are proud, sharp-tongued, and far too stubborn, you fire my blood as no other woman ever has.*

Then he shrugged. Kismet, the Indian told himself bitterly. So be it.

His eyes hardened as he watched the slim figure melt into the night. He was still watching, grim and immobile, when she came to the last turning, her body no more than a faint smudge against the greater smudge of the London night.

Just before she disappeared, the tall figure motioned silently to his bodyguard, who nodded and set off after her, careful to stay well out of sight.

Only then did the rajah turn away.

By the time he reached the brightness and noise of Great Russell Street, his face was once more set in its usual impassive mask.

Barrett stumbled down a narrow alley and fell back against the rough brick wall, dragging in a raw breath. Even now her ears were keen, listening for any sound that would signal a pursuit. Wearily she peered into the street behind her.

Nothing.

With a little sigh, she drew back into the shadowed haven once more, rubbing her aching shoulder. She must have bumped it when the Indian pushed her to safety just before the carriage thundered past. Her eyes closed as she massaged the aching muscles, reliving the horror of those minutes.

Her eyes blurred with tears.

For a moment she wondered if she had dreamed it all. It *must* be a dream, she thought wildly. Men with silk turbans and a fortune in jewels sewn over their bodies did not just step casually out of the London night.

And they certainly did not make offers such as this man had made.

Yes, a dream. Or perhaps it was delirium, caused by hunger and exhaustion.

Suddenly Barrett's fingers froze. Something warm and sticky inched across her palm. Frowning, she opened her eyes and peered down.

Only then did she see the blood. Her cloak was covered in it, elbow to wrist. But why hadn't she felt any pain?

She could have sworn the carriage had missed her. All she felt now was a sort of dull ache near the top of her arm.

Quickly she jerked back her cloak and shoved up her sleeve. Pale and silken, her skin gleamed unmarred from wrist to forearm.

And then the realization hit her. Dear God, the blood was *his*!

Dry-throated, she recalled her rescuer's grunt of pain and the way he had flinched when the carriage thundered past.

The axle rim must have ripped across his thigh while he shielded her with his own body! And yet he had shown no hint of pain, not the slightest grimace or murmur.

Dear God, what sort of man *was* he?

For a moment Barrett thought of going back. Yes, she had

been too abrupt with him. Perhaps she could try to explain . . .

Then the cold, hard voice of reason returned. How could explanations change anything? She could never go with him.

She had sent her pursuers on a fruitless search once, to buy time for her grandfather's escape, but they had not been fooled for long. Now she must draw them off again, long enough to be sure that he was truly safe.

Slowly Barrett rolled down her cuff and straightened her cloak, her eyes fixed all the time upon that thick crimson line of blood.

What are you waiting for? she railed. *Go! Go before they find another way to stop you!*

With trembling fingers she drew the veil down from the rim of her bonnet, until her pale features were hidden once more.

And then, her lips locked in a thin, strained line, Barrett slipped out of the doorway toward her final destination.

Inside the drab carriage the man with the scarred face watched, scowling.

So the bitch had an ally, did she? The man's flat eyes narrowed as he recalled the flash of jewels at the Indian's turban and tunic. God's blood, how he would have loved to lay into the bastard and pinch the lot of *them!*

There must have been a king's ransom there, unless he missed his guess. And when it came to jewels, Thomas Creighton seldom erred.

His long, thin fingers tightened on the doubled-bladed dagger at his knee. By God, for a moment he had nearly had the both of them. But the heathen had been too damned quick with that sword point hidden within his cane. And the scum he had hired to grab the woman had allowed himself to be caught instead.

But Creighton wasn't about to take a chance on losing the cursed female again. Not when he was being paid so well to hunt her down.

So he chose instead to wait and watch.

When his quarry finally came into range, he gave one short tap on the roof of the carriage. As the wheels began to turn, his mouth twisted up in a smile.

It was a thin and very ugly thing, just like his face.

4

"Attention! Attention, ladies and gentlemen. We have now come to our final item on the agenda this evening."

The slim man at the front of the auction hall smiled coldly, fingering the ornate rosewood box on the shelf behind the carved mahogany podium. "Yes, now we come to the moment you have all been waiting for." With a flourish, he reached down to draw out the carved box. "Lot number thirty-seven."

A wild burst of noise rocked the crowd. Jewel-bedecked society matrons jerked their lorgnettes to their eyes for a better view, while their escorts, attired in formal evening best, shot upright in their chairs, languor and affectation suddenly forgotten.

Outside the leaded, floor-to-ceiling windows snow feathered down over London's gaslit thoroughfares and grim, shadowed alleys. For once the streets were silent, blanketed by the thick white carpet, yet none of the jeweled company inside appeared even to notice.

Breaths checked, every person in the room watched the auctioneer's manicured fingers stroke the carved rosewood box. Slowly and delicately, conscious of the sea of eyes fixed upon him, Horace Purdy unlatched the burnished fastener and pulled the lid back to reveal a glossy bed of navy satin.

And there in its center, nestled between folds of dark silk,

lay a giant emerald-cut ruby, its bloodred depths glittering
with royal fires.

"The Eye of Shiva, all forty-six flawless carats. Discovered,
legend has it, in the rugged hill country of central Ceylon. A
fabled stone, as you can see, unparalleled in hue, luster, and
transparency."

A collective gasp swept the room as a hundred people
found themselves pondering the powers of that legendary
jewel.

Powers to accomplish extraordinary good—or extraordinary evil.

And to each viewer the ruby whispered differently, its dark
message infinitely variable. To one it promised adulation, to
another financial security, and to yet another it promised raw
sensual allure.

Each and every person in the room stiffened, gripped by
an odd restlessness, a strange, primal tension, the indefinable
arousal of ancient racial memories stretching back to the
shadow-time at the birth of the human race itself.

For such a stone as this one carried great magic. The Eye
of Shiva, it was said, made a man a god, giving him unquenchable sexual energy and the staying power of a tiger.
And right now every man in the room was remembering the
fantastic rumors that had been circulating ever since the auction had been announced.

Rumors of fantastic erotic rituals, whispers of Oriental
potentates who serviced a hundred harem women in a single
night through the aid of this stone's power.

Rumors of the white-hot jolt of pleasure released when
the jewel was used in the play of love, captured between the
hot, sliding friction of naked skin upon naked skin.

Not a few elegant women were *also* contemplating those
rumors, their foreheads bathed in fine beads of sweat.

Only one person, in fact, looked upon the ruby with anything other than awestruck fascination. That was the tall,
turbaned Oriental seated inside a curtained alcove near the
rear of the auction rooms.

His entrance ten minutes before had created quite a stir,

for London had never seen anything like this enigmatic grandee with piercing ebony eyes and arrogantly impassive mahogany face.

Gazing on those lean, bearded features, more than one otherwise levelheaded female decided that the wild rumors about the Rajah of Ranapore and his ruby must be true.

It was whispered that his palace was floored with bricks of solid gold and that his harem was filled to overflowing with oil-scented beauties who vied feverishly to receive the honors of his manhood.

That the man was a skilled and insatiable lover who could sweep a woman to pleasures fierce beyond describing; and that once touched, any woman became his willing love slave forever.

Looking at that chiseled aquiline face, several respectable matrons decided they would gladly give away all they owned for one night of pleasure in the rajah's bed. And the sight of the massive Sikh bodyguard stationed just outside the curtained recess only added a delicious element of danger to all these fantasies.

Horace Purdy, however, had more pressing concerns this night than how a heathen prince pleasured his women. "Truly, a gem fit for a monarch," the sallow-faced auctioneer intoned, raising the jewel higher, already calculating how he would spend his hefty commission. "Yes, the Shiva's Eye will indeed make its possessor a man envied among men. Tonight is an historic occasion, something you will speak of long afterward to your children and your children's children."

As he spoke, Purdy nudged the stone slightly. Fire seemed to leap from its crystal core, exploding in hot, bloodred sparks.

More than one person's heart raced at the sight, and many who had planned simply to observe the proceedings suddenly found themselves deciding to place a bid of their own.

None of which was lost on Horace Purdy.

His eyes narrowed, the auctioneer nudged the stone again, studying his audience's reaction and selecting his key prospects. It took but a few moments for him to shorten his list to five, singularly rich and powerful men all.

His nostrils slightly flared, Purdy waited, calculating points and percentages, judging just how high he might hope to drive the bidding this night and how best to pit each man against his fellows.

For there was a subtle art to an auction, and Horace Purdy was a master of that art. Greed, ignorance, and lust were his weapons, carefully kindled in his clients and then turned neatly against them.

Yet tonight Purdy found himself strangely off-balance, for once unable to ignore the lure of the great gem that flamed within his palm. Worst of all was his awareness of the rajah's dark, brooding presence at the back of the room, where he sat flanked by his impassive Sikh bodyguard, lethal dagger in hand.

A faint frisson of alarm skittered through the auctioneer. Only yesterday another anonymous message had arrived at the auction house, describing in brutal detail exactly what would happen to any man who dared to lay claim to the ruby.

Yes, Horace Purdy knew all the dark legends about this stone. For millennia its bloodred fires had lain carefully banked, concealed beneath the rich dark earth of the Ceylon highlands, shaped to slow perfection in nature's great crucible.

But from the first hour of its discovery by human hand, the ruby had brought bloodlust, madness, and violent death to all who dared possess it. And with the death of each victim, the ruby's fires seemed to grow. Bright, ever brighter.

But Horace Purdy simply discounted such stories—or at least he tried to. After all, a vast experience of priceless objects had left him immune to such fancies. Or so he had believed.

Until he gazed upon the Eye of Shiva.

His fingers trembled slightly and he wished the whole business were behind him, that he might be at home nursing a glass of port with his four percent commission safely vaulted with his man of business.

Yet still he delayed the bidding, sweeping a wistful look across the room in hopes of seeing his best prospect. The same man all London was waiting to see.

Julian Fitzroy Deveril Pagan, Marquess of Hamilton and Staunton. Viscount St. Cyr.

Heir to the Dukedom of Sefton, the man had an impeccable lineage, traceable to Norman times. The man himself, however, was a different matter entirely. Born and raised largely in India, he was half-heathen, as pagan as his name. His father, the tenth duke, had washed his hands of the boy years ago, it was said. Now he spent his time in Ceylon, lavishing his wealth and restless energy on the lush Ceylonese acres where the ruby had been unearthed centuries before.

Twelve years ago he had won a small shipping company in a game of cards. In under five years he had parlayed his win into a vast empire. Now, Purdy thought, St. Cyr was rumored to be interested in buying back the Eye of Shiva for his growing collection of treasures, which he housed in a magnificent Anglo-Indian style mansion high in the mist-shrouded hills of Ceylon's coffee country.

Purdy gave his brow another furtive swipe, forgetting St. Cyr as the words of the last anonymous warning came back to haunt him. The message had reached his desk only minutes before the auction was to begin.

Yes, there was something about this stone, he thought uneasily. Something not quite right. Something almost . . .

Evil?

Just then the rajah's cold, probing eyes met his, and for the first time in his life, Horace Purdy found it impossible to move, to breathe even, held captive by the dark power of that obsidian gaze. Only with a great effort did he finally manage to grip the podium and break the spell.

With an audible snap he set the open box down and straightened his sober black waistcoat. Then he brought the proceedings to order with a swing of his etched silver gavel.

"Very well. You have now observed this legendary jewel at firsthand. You have witnessed its fire and its unearthly beauty. Let us then begin our bidding fairly—at twenty thousand pounds, say, lest we insult our honored Oriental guest with a lesser figure for such a noble gem." Here Purdy nodded at the silk-clad rajah.

A wave of muttering swept through the audience.

At the rear of the room the turbaned potentate raised his hand in a negligent gesture of agreement. Hot sparks burst from his ringed finger, where an egg-size emerald gleamed in the jaws of a hissing cobra.

At the rajah's gesture a dozen women with flushed faces attacked the heated air with delicate fans, and more than one man squirmed anxiously.

Yes, tonight the bargaining would be swift and deadly, Purdy thought. "Do I have twenty thousand pounds?"

In the front row a young man with heavy jowls raised his hand discreetly. So this was the fair-haired Lord Bellingham. But recently come into the earldom, the fellow was rapidly squandering the funds his father had so carefully worked to save. So the young earl was determined to acquire the Eye of Shiva, was he?

The only way you'll pay for this treasure is by selling that drafty house in Kent and every antique it possesses, Purdy thought cynically.

With a sniff he turned to the opposite side of the room. "Do I hear twenty-five thousand?"

Another hand rose.

"Twenty-five thousand. Do I have thirty?"

A keen-eyed man in blue broadcloth sat forward, then motioned stiffly.

Your sort, too, I know, Purdy thought. *Just another greasy mill owner from Yorkshire, for all your fine airs and expensive dress. No, the Eye of Shiva's too good for your likes, too.*

"Thirty," the auctioneer said curtly. "Have I—"

"Fifty thousand pounds!"

Loud gasps filled the room as the usually sedate elite of London turned to gape, squinting to see who had offered this last fabulous bid.

Purdy felt a wild elation. Surely this dark-haired man in the perfect but carelessly tied cravat must be Lord St. Cyr.

But his hopes were dashed a moment later as he recognized the bidder. A retired British official, the man was newly returned from India, where he had been the governor of Bengal—or had it been the Punjab?

Not that it signified. No, all that mattered to Purdy was that the man had returned as rich as Croesus, with a staggering amount of wealth plundered during twenty years of government service. And as was customary among Her Majesty's far-flung representatives, the man had received a title upon his return home, in tacit acknowledgment of his skill in lining his own pockets so completely.

Purdy's nostrils flared delicately, catching the heady scent of money about Sir John Humphrey—a vast sea of money, in fact.

Yes, perhaps he would not need St. Cyr after all.

"Fifty thousand," the auctioneer repeated. "Do I hear sixty?"

"Sixty thousand," the Yorkshire mill owner barked, forgetting in his greed that a gesture would have sufficed.

Purdy barely hid a sneer. *Greedy little parvenu,* he thought. "Do I hear—"

"Eighty-five thousand," the Earl of Bellingham countered.

"Eighty-five thousand. Do I have ninety?"

A restless silence crept over the room, punctuated only by the rustle of stiff satin, freshly laundered linen, and crisp wool. Even the hushed muttering had ceased.

"Do I have ninety?" Purdy prodded. Damned if he'd let the gem go for a shilling less than one hundred thousand!

Slowly Purdy twisted the open box. All sound ceased.

The tension in the room grew.

"Ninety thousand?" he repeated, scanning the crowd.

And then, from the corner of his eye, Purdy saw a motion at the end of the second row. Ah, this was a face he knew well, as did most of London. Heavy-lidded eyes and full, fleshy lips. A small man in a suit that never seemed to fit properly, for all that his tailors were the best money could buy. Slim fingers and hands that looked too white to be capable of the monstrous deeds attributed to him across three continents.

James Ruxley. The Merchant Prince of Lombard Street.

At least that was what the newspapers had dubbed him last year, Purdy thought. The man's vast fortune had been acquired in shadowy ventures too numerous to name, stretching across Europe to the Crimea and from there all the way to the far-flung Himalayas.

Opium in Calcutta. Star sapphires in Ceylon. Guns to the Taiping rebels overrunning south China, and escape to work teams building the railroad through the American West for those Chinese desperate enough—or foolhardy enough—to accept terms of virtual slavery.

All were ventures it did not pay to investigate too closely, as more than one unfortunate rival had discovered.

It was even rumored that Ruxley and St. Cyr had crossed paths once or twice, somewhere in the heathen East. And that Ruxley had emerged much the worse from the encounter. Perhaps that was why he always wore gloves in public.

That was a confrontation he would have given a great deal to witness, Horace Purdy thought.

And now the Merchant Prince had his sights set on the ruby, did he?

The auctioneer's eyes glittered. He was not surprised, for the man was rumored to have a taste for rare and beautiful things, along with the unlimited funds to indulge his whims. And lately Ruxley was rumored to be in the market for a highborn wife to go along with those beautiful artifacts of his, and the sheen of respectability such a marriage would bring him.

Perhaps he even planned to use the ruby to secure such a wife.

Yes, here was his man, Purdy decided abruptly, studying those heavy-lidded eyes. "Ninety thousand pounds," he prompted, feeling the tension in the room build.

A duke slumped forward slightly. Two young earls scowled, their limits reached.

Purdy's eyes flickered to the other bidders. The mill owner was fingering his collar anxiously, but the official's face was mottled, his jaw set in a mulish line. Excellent!

And now to stir the flames a bit higher.

As prearranged, the auctioneer made a tiny gesture to his assistant, who immediately hurried forward with a vellum envelope proffered on a silver tray.

Purdy was careful to maintain the fiction of surprise as he ripped open the envelope and scanned its blank sheet of paper. "It appears that we have another bidder tonight, ladies and gentlemen. A silent bidder, who prefers to remain anonymous."

"St. Cyr!"

"Pagan! It must be Deveril Pagan."

The words leaped from a hundred lips—just as Horace Purdy had hoped they would. How gullible people were, after all, even for such an old trick as this.

With a quick gesture he refolded the vellum sheet and slipped it and the envelope into his pocket. "I now have one hundred twenty." It was a gamble, of course, but Purdy was confident it would pay off.

A gasp went up from the jeweled crowd. The young Earl of Bellingham cursed harshly. Unnoticed, Purdy's envelope slipped from his pocket and drifted to the floor.

"Do I hear—"

Five rows back, Sir Humphrey gestured sharply.

"One hundred thirty," Purdy intoned, already envisioning the agreeably elegant townhouse he would purchase off Regent Street. *Praise God for greedy men,* he thought.

But he was careful to keep his glee from his sallow face. "One hundred and thirty thousand from the gentleman in the fifth row. Do I have one hundred forty?"

The mill owner gestured tensely.

"One hundred forty."

"I go to one hundred seventy thousand!" Sir Humphrey announced a moment later, his cheeks darkening to a dangerous, mottled purple.

Bad heart, Purdy decided. The result of all that rich Indian food, no doubt. Or perhaps from bedding too many Indian whores. The auctioneer's eyes narrowed and he prayed the man's heart would hold out until the bidding peaked.

Purdy reached for the ruby, tilting the box under the gaslight until fire shot from the stone's dark heart. "I have one hundred and seventy thousand. Do I hear one hundred eighty?"

Sir John Humphrey's color fluctuated alarmingly.

"Do I hear one hundred eighty for this magnificent jewel, this prize of rajahs and the star of Serendip?"

Something made the auctioneer glance to the rear of the hall, curious to see how the turbaned figure in the curtained alcove was taking all this.

But if Purdy hoped to see any flicker of triumph or indeed of any emotion at all upon that darkly bronzed face, he was soon disappointed. The man sat oblivious to the bidding, conferring with one of his bodyguards, who bowed deeply and then disappeared through the doors at the back of the room.

Then a small movement made Purdy turn back to the second row.

James Ruxley's eyes seemed to glitter for a moment, then recede beneath heavy lids. "I rather think . . ." the Merchant Prince drawled. "Yes, I believe I shall offer two hundred thousand."

A wild flurry of comment rocked the room in the wake of Ruxley's cool announcement, followed by a spontaneous outburst of applause. All the people in the room, whether bidders or spectators, realized they were witnessing history in the making.

Purdy's knees went weak. Vainly he pounded his gavel against the podium, struggling to restore order. "Ladies! G-gentlemen! Order, please. *Or-der!*" Even then it was some minutes before the excited chatter subsided enough for him to continue.

By then Horace Purdy was feeling something dangerously close to delirium. "I am bid two hundred thousand pounds for the Eye of Shiva," he said slowly, savoring the sweet roll of those words. "Do I have another offer?"

Even as he spoke, Purdy made one last scan of the room, noting the mill owner's angry scowl, the darkening hue of Sir Humphrey's face, and the young earl's forced air of unconcern.

So that was that. A fine conclusion, all in all.

"Two hundred and fifty thousand!" It was a wild, choked cry, almost inhuman somehow.

Purdy stared, speechless with shock, unable to believe Sir Humphrey's desperate bid. Slowly the auctioneer turned to Ruxley, whose long fingers whitened, gripping the arms of his chair.

The auctioneer's eyebrows rose questioningly.

The Merchant Prince scowled, jerking his head in a savage negative. A moment later he sent the hatchet-faced lackey at his side scurrying from the room.

Two hundred and fifty thousand pounds!

I can retire tomorrow, Purdy thought triumphantly. *No, by God, I can retire this very night!*

A current of cold air brushed across the auctioneer's neck. Had that careless clerk of his forgotten to close the window in his office again? Well, no matter—he would soon be finished with all this. Never would he set foot inside that dark cubicle again.

Purdy had just raised his gavel to pronounce the sale complete when a cloaked figure burst through the doorway at the back of the room.

"Mar ja sale!" Death to all betrayers! Not tonight or any other night will the sacred Eye of Shiva fall prey to foreign hand," the man screamed, ripping off his cloak to reveal loose Indian breeches and tunic. "Death to all who sit here tonight!" Suddenly he leaped forward, brandishing a gold-butted percussion revolver.

For an infinity of terror Horace Purdy stared into that cold barrel, seeing his life flash before his eyes in all its petty calculation and casual cruelty.

The lower trigger clicked, turning the cylinder and cocking

the hammer. The next moment a hail of bullets strafed the
podium. Women screamed and threw themselves to the
floor, their men following seconds after. Only Purdy's well-
trained assistant had the presence of mind to catch up the
rosewood box containing the Shiva's Eye.

But Horace Purdy would never know that, for five inches
of smoking lead had already ripped neatly through the center of his forehead, throwing his inert body back onto the
envelope that lay forgotten upon the polished floor.

"Grab him!" a man shouted. "Kill the heathen bastard!"

"Stop him—he's come for the ruby!"

One head rose, surveying the room tentatively. "There the
brute is!"

But none of these instructions turned out to be necessary.
The assassin had turned, and his revolver now leveled upon
the silk-clad rajah standing entirely impassive before the curtained recess.

For long moments neither man moved. The rajah's face
was a mahogany mask, his eyes obsidian slits. Suddenly he
uttered one word, harsh and guttural.

The other man blanched, his weapon shaking visibly. He
brought his other hand out to steady it. *"Mar ja sale!* Die,
betrayer!" he screamed.

No one present was ever quite sure what happened next,
though the question would be hotly debated for years afterward.

It seemed that the assassin shouted again and the rajah
moved a step forward.

Then in a blur of motion the Sikh bodyguard reached up
to his cone-shaped turban, ripped a metal ring free, and spun
the razor-sharp quoit about his forefinger.

With a high hum the circular blade went flashing through
the air, finding its target a moment later and severing the
assassin's throat cleanly.

Blood gushed up. At least six women fainted.

With an odd grace for a man so large, the rajah soundlessly crossed the room. Some dark emotion flared in his

eyes as he bent down to study the features of the dead assassin, then pocketed one of the spent copper cartridges.

He arose slowly, his lips tight, his face unreadable.

As he moved, his tunic shifted, revealing a stain of crimson at his thigh.

"Sweet heaven—he's been wounded!" a woman cried.

"By Gawd! And the fellow didn't even flinch!" a male voice answered with reluctant admiration.

But the rajah seemed to have no further interest in the evening's proceedings. With a last low command to his remaining bodyguard, he turned and strode from the room.

He left more than one observer wondering which side the hard-faced bastard had taken in the recent Indian upheavals.

5

At that same moment, in a very different part of London, a slim figure in black came to a halt before the planked door of a run-down public house. With an explosive crash, the door burst open, disgorging two brawling figures into the snow-covered yard.

Growling and cursing, the two men lunged back and forth drunkenly. A moment later the door crashed open again, and a pair of boots and the splintered remains of a wooden chair came flying out.

All in all, it was a normal night at the Boar's Head Inn.

Silently the woman inched back into the shadows of the yard, drawing a shawl about her head.

It would be dangerous to enter, of course, but Barrett had little choice. Only one street away lay her final destination, a mediocre hostelry known by the misleading title of the Royal

Arms. But its owner was an old friend of her grandfather's and Barrett knew he was a man she could trust.

While the two men circled, she thought of the other times she had come to this part of London. It had been over her grandfather's protests, of course. But in the end he had been glad for her help on his various scientific projects. On their few trips to London, she had worn boy's breeches and riding boots, her tawny hair scraped back beneath a floppy boy's sailor hat.

Now the tawny curls lay hidden beneath a layer of boot blacking and she was swathed head to toe in bombazine. Barrett's lips thinned in irritation as she looked down at her dusty, unwieldy petticoats.

But she had more to worry about than her clothes. She could only pray that old Fenton was still at the Royal Arms, for she knew he would help her with no questions asked.

But first Barrett had to be certain no one was following her. Out of the corner of her eye, she caught the telltale flicker of movement at the far end of the lane. It was the same shadow that had clung to her so faithfully since she'd left Great Russell Street.

The rajah's man, of course. Barrett had expected him to come after her. Only a few streets back, she had come close to losing him, but somehow he had turned up again.

Now she would have to elude him. She wanted no chance of him or anyone else discovering her final destination.

She waited until the fighters fell to the ground. Then, her lips set in a thin line, she stepped over their drunken bodies and moved toward the door.

Her heart pounding, she slipped inside the pub's smoky interior, sparing barely a glance for the crowded tap room. Instead her whole attention was focused on the narrow passage that led back to the kitchen.

Silently she sped down the soot-stained corridor to the rear, relieved to escape the choking odor of spirits. Two children, thin and glassy-eyed, stared up at her as she passed, then resumed their work peeling potatoes.

Barrett pulled her shawl tighter, overcome by the stench

of fetid oil and rank meat. By the time she reached the back door, her stomach was churning, hunger long forgotten.

Through the single grimy pane she could make out the cheerful colors of the Royal Arms opposite. She would not hazard the well-lit front entrance, of course. No, the darkened alley that adjoined the Boar's Head would do nicely, taking her safely around to the stables.

Barrett smiled. The rajah's man would never find her now. Soon she would be safe in Fenton's best private parlor, warming herself with a hot cup of tea.

She made for the back door.

"'Ere then! What's all this?" An angry voice exploded from her left, where a wall of barrels screened a corner of the kitchen.

White-faced, Barrett wrenched open the door, only to feel beefy fingers lock onto her shoulder.

"Nippin' out on yer bill, is it now? Old Cobbett 'll 'ave me 'ide if 'e finds out." The fingers tightened. "Now it's back inside with yer, missy."

Dear God, she had been so close!

Barrett's heart slammed against her ribs as she felt the iron fingers jerk her about.

"Drink Cobbett's ale and run out, will yer! We'll soon see about that!"

Think! she told herself. *What would Grandfather do now?*

"Let me go, brute! It's—there's—"

The beefy fingers tensed. "Eh? What nonsense yer talking, wench?"

"Fi—" Her first effort was no more than a tentative croak. "F-fire. *Fire!*"

Her captor's face froze in ludicrous dismay. "Fire? Bleedin' 'ell, woman—why didn't yer say so sooner?" With a curse the man pushed her aside and made for the front of the pub. "If Cobbett's gone an' tossed a bleedin' cheroot into that storeroom again, I'll—"

Barrett heard no more. Wrenching open the back door, she flung herself outside and plunged down the steps, gulping in the cold, sweet night air.

Nothing moved as she slipped into the darkness of the alley. No sounds came to her but the muffled clamor of the taproom at the front of the public house.

Silently she crept over grimy cobblestones heaped high with vegetable peelings—and other things that she refused to think about. Suddenly her boot hit something soft. With an angry screech a rat exploded past her foot.

Shivering, Barrett concentrated on the alley's end and the bright stable yard beyond. She moved lightly and noiselessly, thankful that while all the other girls had been practicing their quadrilles, she had played at being a red Indian in pursuit of prey.

Her grandfather had always called her his little heathen, saying he despaired of ever turning her into a lady. Barrett had always thought the notion pleased him, though he would never have admitted it.

Abruptly her face hardened and she pushed away dangerous memories.

At the alley's edge she stopped and peered into the Royal Arm's yard, where two hostlers were currying horses and a carriage was setting out for the front drive.

Breathing a sigh of relief, Barrett inched forward, rehearsing her story for Fenton. He would be wary at first, of course. She would have to be very convincing, lest he take it into his head to send a message to her grandfather. The last thing she wanted was for her grandfather to leave the safety of the north and come looking for *her*. And she had to believe that Goodfellow, their steward, had followed her directions to get Gran away by now.

She, meanwhile, would be safe here with Fenton. It would be long enough to steer her pursuers off on another fruitless search.

It would *have* to be.

For then—and only then—would she make her way north to the desolate cottage on the Isle of Mull where her grandfather would be safely hidden, under Goodfellow's care.

At least, she prayed he would be.

Finished with their work, the hostlers led their horses back into the stables.

Barrett inched forward. Only a few more feet and—

Without warning bony fingers locked across her mouth. Too late Barrett heard the creak of stiff leather boots. Too late she caught the acrid tang of ether.

Dear God, he'd found her!

Dimly she saw the carriage slow, its door opened by unseen hands. Behind her Thomas Creighton slipped from the shadows, laughing harshly.

"Caught ye now, my fine miss. Nor will ye be slipping past me again, by God! Not with all yer tricks, fer I'm Rookery born and bred, don't ye see? Aye, I know all the tricks—invented more 'n a few of 'em myself! And no bleedin' female's goin' to dupe Thomas Creighton!"

His grimy hands cut into Barrett's throat. Dizzy and gasping, she fought him, her fingers slashing wildly.

But it was no use. She was too tired and too hungry to fight for long.

And Creighton knew it.

With a growl he tightened his grip, cutting off her air when she began to scream.

Darkness crashed over her in wave after suffocating wave; as if from a great distance she felt her knees give way.

"Too bad yer fine heathen friend ain't here to help ye. Would have enjoyed pinchin' some of those bobbles, I would! But never mind—I'll find other ways to make up for that."

His fingers tightened. Barrett used her last vestige of reason and strength to kick at his legs.

But her captor merely laughed, dodging her easily. Still smiling, he caught her waist and shoved her toward the open carriage door.

She wanted to fight, she *tried* to fight, but suddenly the ground seemed to melt away beneath her feet. So many things she had to finish, and now there would be no time . . .

"Good money I paid that coward what yer friend run off.

And that heathen was clever enough with his sword, I'll grant
ye that. But he's not here to guard ye now, is he?" Creighton's harsh laughter echoed through the quiet yard.

The snow was coming down in thick white waves, blanketing the city in eerie silence.

But Barrett did not notice, not even when the cold flakes
stung her cheek, mingling with the salty tears that hung
there.

Forgive me, Grandfather. I tried. . . .

It was her last conscious thought.

Without warning a great rushing filled her ears. And then
suddenly there was nothing at all—nothing but darkness and
a great, choking silence.

The streets faded to a white blur as the carriage raced
through the night, its wheels muffled by the blanketing snow.

But the man inside barely noticed. All he saw was the pale,
soft outline of a woman's cheek and chin. Already he knew
he would see that face in his dreams.

Her lips had been sweet, full, and proud, yet unbelievably
yielding. He remembered how she'd trembled when he
touched her, how she'd moaned softly when he drank deep
from the honeyed recesses of her mouth.

Fire shot through him at the memory. Instantly his manhood began to swell.

God's blood, what was ill with him? Who was she to haunt
him so? She was only a stranger in the night, after all. Only a
soft voice and a warm body in the darkness.

Slowly the man in silks and flashing gemstones gripped the
throbbing wound at his thigh. His fingers slipped, touching
blood, new blood. He cursed then, long and low and in three
languages.

But the Rajah of Ranapore knew it was not the injury he
cursed nor even the thought of the two deaths he had just
witnessed.

No, he was cursing James Ruxley for smiling faintly when
the assassin had raised his gun to fire. And he was also curs-

ing himself—for his own rank stupidity in not being better prepared for such danger.

Abruptly he thought of the other danger, when the carriage had pursued him through the darkness. He had barely managed to pull the veiled mystery woman to safety before the coachman thundered past. Whoever had been following was singularly determined, it seemed.

The question was whether the danger was aimed at her or at him.

Either way this little falcon was dangerous, he decided; her softness and innocence were far too distracting. They would only expose him to more danger, and tonight the Rajah of Ranapore wanted nothing to do with danger.

Tonight was for pleasure, as hot and impersonal as he could make it.

Tonight was for forgetting. In any way he could.

Scowling, he tried to remember that, angry when her image lingered, haunting and tormenting. He threw back the curtain and stared out at the silent streets thick with snow, no closer to an answer now than he'd been two hours before.

"Meri jaan." His voice was a mere whisper. "My soul."

Something told him he'd lost her forever, in spite of his care in sending Singh out in search of her a second time, after the auction ended.

But in every snow-swept corner he saw her pale cheeks, heard the soft whisper of her breath. Maybe it was just as well that he hadn't seen her face clearly, for something told him it was remarkable. It had *felt* remarkable, by Shiva!

Against his mouth. Against his searching fingers.

Grim-faced, he jerked the curtain closed and sprawled back against the velvet squabs, trying to tell himself it didn't matter what she looked like or why she was running. He'd offered her his help and she'd refused it, after all. So there was an end to it.

But it *did* matter, and he knew it.

Abruptly his keen eyes darkened. Maybe the woman was something far different—part of the dangers that stalked the distant jungle. Dangers that could have followed him all the way here to London.

He should have learned by now to be suspicious of anything and anyone. Especially when James Ruxley was a player in the game.

Scowling, the rajah pushed that thought, too, from his mind. He was growing as testy as an old bazaar woman, by Shiva! And tonight of all nights, he should be thinking of nothing but fine wine and hot, sleek skin.

Of a place where for a few extra guineas a woman would overlook the alien darkness of his hair and skin.

And even, perhaps, the long scar that ran from his rib to his groin, where a Bengali mutineer's double-bladed *tulwar* had nearly disemboweled him seven years before during the great Indian uprising.

Suddenly the ruby danced before him, its fire a dagger plunged deep into his heart.

With a dark curse, he flung open the carriage's glass pane and peered out at the darkness, knowing that all the gold in the world would never buy his forgetting.

The old dockyard on the far side of the Isle of Dogs was silent, swept with eddying swirls of snow where the wind blew in sharp and icy from the leaden Thames.

And then the sound of careful oars. Waves lapping against a small boat.

"Creighton? Is that ye there?"

A lantern pierced the veil of gusting snow.

"Who in bloody hell else would it be, Saunders? Now cover yer lantern and help me with the girl."

Slowly a grumbling figure moved to the front of the crumbling pier, then stopped, staring wide-eyed at the little skiff. "Coo, Tommy Creighton! What yer gone and done this time? We was supposed to meet at—"

"It's 'Mr. Creighton' to you—and none of yer bleeding questions! Else ye find yerself floatin' down there in the mud, along with a few others I know of."

With a shrug, the man called Saunders bent down to help

Creighton at his task. In uneasy silence they maneuvered the slim, dark-clad figure from the skiff onto the rotting structure of timbers.

Once Creighton stumbled on a twisted plank and nearly fell into the leaden waters. But his companion paid no attention, laying the woman carefully on the wooden spans and tugging her veil from her face. In awed silence, he lifted his lantern, throwing silver light across her still, pale features.

It was an unforgettable face, willfulness and determination written into every line of the high, proud cheekbones and sculpted, decisive chin.

But it was the swell of porcelain-fine cheek that made the man holding the lantern gasp. For long moments he stared down at that willful, generous mouth, a mouth that hinted at both vulnerability and a sensuality as yet undiscovered.

Saunders released his breath in a sharp exclamation of shock. "Gorblimey! She's a right 'n' proper beauty! Where'd yer find 'er, Tommy?"

The next moment a dagger probed his neck. "Like I said, Saunders, no bleedin' questions!" Creighton growled savagely. "Did ye do what I told ye to?"

"Sure, Tomm—Creighton," the smaller man whined. "Sure, I did. Got juss the man for yer, too. Everything's arranged wiff the captain, juss like yer said." He stared uneasily at the motionless figure. "Coo, what'd yer do to 'er? Why don't she wake up?"

Creighton gave a dark laugh. "Gave her something to make her more manageable, that's what." He straightened, eyeing the inert figure on the pier. The little bitch had been nothing but trouble for him from the very beginning. A damn sight too clever, she was, always seeming to know what he was planning before he did himself.

But he'd done it! A glow of triumph snaked through Creighton. Yes, by God, he'd caught her right and proper this time, and the wench would be going nowhere until he was good and ready. Suddenly he frowned, wondering if he should have asked twice as much for the job.

Especially now. Damn, he didn't like having to change

plans at the last minute. It left too much room for carelessness, and Tom Creighton hated carelessness.

"I thought we was goin' to take 'er to 'elene's," the small man beside him whined. "Yer said I could 'ave 'er once. Yer promised—"

"Aw, shut up, ye snivelin' fool!" Scowling, Creighton delivered a savage kick to his companion's back, sending him flying face down onto the rotting pier.

"Aoooow!" Saunders pushed to his elbows and began to inch backward, his eyes trained on his partner. "Yer shouldn't oughter done that, Tommy. No, yer shouldn't—not ter me. Like yer own bruvver, I am." He came slowly to his feet and then stiffened. "An' where's the money yer promised me? Ain't seen a single shillin' yet." As he spoke, his fingers slipped stealthily to his pocket.

Suddenly a revolver gleamed in Creighton's hand. "Forget it, Jamie boy." Creighton's eyes were cold as the leaden swells flowing beneath his feet. "Reckon I forgot to bring *yer* part of the money. Just too bloody busy, I guess."

He drew the lower trigger back with a deadly click.

The revolver was brand new, its steel cylinders gleaming.

"Don't reckon ye'll be needin' money anyway—not where *ye're* goin'."

"*No,* Tommy. Not me! Yer promised—"

A moment later three shots rang out over the snow-blanketed docks, but no one heard save the man who had fired them. His expensive new leather boots squeaking, Creighton picked up the blood-spattered body of his former partner and heaved him over the edge of the pier.

No clues, his employer had said. For the sum he was being paid, Creighton was only too glad to comply.

For long moments he stood unmoving, watching the dark shape disappear into the mud and scum of the Thames.

Then, as Saunders's lifeless body floated back up a moment later, drifting and bobbing in the cold currents, Creighton began to laugh, watching the water carry the lifeless form inexorably east toward Gravesend and the sea.

6

His face grim, the Rajah of Ranapore bent toward the carriage window. Moonlight sparkled on the gems sewn over his silken tunic. His jet eyes hardened as he saw the long line of carriages clogging the drive before him.

So Helene's elegant establishment was busy tonight, was it? That meant scores of blustering young swells down from Oxford or up from Sussex and Kent, all of them primed for a first-class night of drinking, gaming, and whoring.

For Helene's establishment catered only to the cream of English manhood. Her clientele included several dukes, a score of earls, and any number of barons—even a prince or two, though the brothel's proprietress was shrewd enough to see to it that real names were never used within her glittering, gaslit halls.

In short, Helene ran the very finest brothel in London. Her women were exquisite and well schooled, drawn from all over the world. No matter what services a man sought, be it the dark pleasure techniques of Cairo, Calcutta, or Peking, he need look no farther than Helene's.

Which was why the Rajah of Ranapore was here tonight.

With a creak of wood and leather, the carriage lurched to a halt before the gaslit entrance to the three-story townhouse. Several arriving patrons watched in amazement as the rajah descended in all his astounding finery, jewels ablaze, silk rustling, scimitar flashing.

Soon a score of curious and hostile eyes followed that broad-shouldered figure up the marble steps and into the opulent foyer of the exclusive brothel. At the entrance to the main salon a slim Chinese woman in a gold-shot cheongsam hurried forward to ask his pleasure, but the turbaned man merely dismissed her with a wave of his hand.

As he had expected, the salon was full. Couples lay entwined in various stages of intimacy upon velvet divans scattered throughout the room.

The rajah recognized a number of those men from the auction rooms on Great Russell Street. In one corner, behind a pair of potted palms, the Earl of Bellingham sat consoling himself for the evening's losses by fondling a voluptuous red-haired beauty whose breasts threatened to spill from her gauzy gown at any moment.

Only a few feet away sat the rather befuddled mill owner from Yorkshire. Giggling like a schoolboy, he accepted a glass of champagne from a glittering-eyed blonde clad only in a corset and lace-trimmed pantalets.

The noise of brittle laughter and shrill voices swept over the dark-skinned Indian. It reminded him of the dry rustle of dead elephant grass in the last deadly days before the onset of the monsoon rains. Suddenly he felt restless and angry, hating everyone and everything around him—the high, arch laughter, the stench of cloying perfumes, and the chill efficiency with which partners were dispatched and money exchanged for an hour or two of mechanical and entirely unemotional coupling.

He closed his eyes for a moment. Suddenly the sharp pungency of drying tea leaves filled his lungs. Before him he saw not dwarf potted palms but softly curving green hills lush with young tea bushes, their green arms rising to a cloudless azure sky.

God, how he missed all that. And how he hated this chill, damp country with its chill, damp men and cold, greedy women.

He would leave tonight!

But as soon as the idea came to him, the rajah suppressed it. That would be quite impossible, of course. There were still too many formalities with the ruby to be completed. And he had purchases of his own yet to make.

No, he had not come so far just to turn careless now.

Are you waiting for her? a hard voice asked. *Are you delaying in the hope that she might change her mind?*

If so then you're a damned fool!

Frowning, the rajah opened his eyes. He forced down his distaste and studied the salon, slowly registering the score of faces which now stared back at him with open dislike.

A vein beat at his temple. He found himself wishing one of them would push matters a step further. A good fight would suit him perfectly right now.

Not that it would wash away the sour taste in his mouth or the ache of bitter memories. Certainly not the sight of the blood staining the auction floor.

But none of these thoughts showed on that impassive mahogany face. Pride and habit saw to that.

Instead he stood aloof and arrogant, immobile before the host of staring eyes. Strangely enough, the dislike of the men in the salon was not mirrored in the faces of their female partners. Lavishly coiffed and scantily clad, they studied the powerful, broad-shouldered Oriental with open speculation.

Somehow they reminded him of hungry cobras poised to strike down their prey.

How easily this foreign garb captured female attention, the rajah thought cynically. Indeed, the unbridled sensuality of London had come as a quite a surprise to him.

But not an unwelcome one. He was a man with a decided talent for both the giving and taking of physical pleasure, after all. In the rajah's view sex was merely a natural function of the human musculature and nervous system, and in this as in all else the dark-eyed visitor was conscientious about maintaining a peak physical form.

It was not vanity which kept him vigilant, however. In the jungle lightning reflexes and a honed body were the only things that kept him alive. Fortunately, inventive bed play was an agreeable means of keeping his hard body well toned.

Even now he recalled his boyhood tutor explaining that spiritual merit could be attained from the proper congress of male and female. The rajah smiled slightly, watching a sultry blonde in lace stockings and very little else glide toward him.

If that were true, he planned to accumulate a *vast* amount of merit this night.

His smile grew as he remembered some of the more inventive techniques he had learned from old Shivaji. Yes, he had indeed shown an aptitude for the lessons of *kama,* or sensual pleasure.

But the smile faded as he looked around the room, thinking how cold and premeditated all this was in comparison to that pink stucco pavilion on the banks of the Ganges, filled with giggling, semiclad beauties.

And then the rajah stiffened. He saw that Sir John Humphrey was scowling at him with unconcealed hatred. His complexion mottled, the ex-governor bent to whisper something to his companion, awash in feathers and red satin.

The woman tittered. Sir Humphrey's lips twisted in a cold, cruel smile.

But the object of this derision gave no hint of noticing.

Sir Humphrey hated all Indians, of course. In India it was a known fact. The man had kept order, even though he'd bled his districts dry at the same time. Ever the perfect English official, he had enacted tax after tax while the wells ran dry and the villagers starved alongside their cattle.

Soon even the elephant grass was gone and the leopards had fled.

But luckily for Sir Humphrey, the Great Mutiny had swept through India and given him something concrete to hate the Indians for.

Sickness, murder, and hatred, those were Sir Humphrey's gifts to India. And for those he'd been rewarded with a baronetcy.

The rajah scowled. Just looking at the man made his bowels twist in fury.

As if he'd read the rajah's thoughts, the Englishman stiffened. His eyes glittering with dislike, he bent to whisper another comment to his voluptuous partner, who immediately broke into uproarious laughter. A woman seated nearby leaned closer, then conveyed Humphrey's witticism to the man beside her, who snickered loudly.

Until he stared into the rajah's face, that is. When he did that, all trace of humor fled.

Idly the Indian considered taking out his razor-edged *khanjar* and teaching these dung-eating English barbarians the importance of keeping a civil tongue between their teeth.

And just how quickly they would lose both teeth and tongue if they did not.

Yes, it might prove vastly amusing . . .

Sir Humphrey's friend began to sweat—rather copiously, in fact.

The rajah smiled. The sight pleased him. Oh, it pleased him mightily.

He was just trying to decide what would add still more to his pleasure when he heard the soft tread of his bodyguard close behind him.

The Sikh spoke, fast and urgent, and the rajah felt his humor fade. He'd lost the woman, just as he had feared. *Worse* than lost her, if what Singh said were true . . .

But he refused to think about it. Now was for pleasure—or for a healthy dose of anger that might double for pleasure.

His fingers inched into fists as he contemplated shoving a potted palm down Sir Humphrey's throat.

And then a new voice drifted down the spiral staircase. Elegant as ever, with her russet curls glistening in the gas-light, Helene swept into the salon. "How gracious of you to honor us with your presence, Your Excellency."

Her amber eyes registered the tension in the room and the stiffened posture of the rajah and the Englishmen standing opposite. "Had I been notified of your intention to visit, I would have arranged a warmer greeting . . ." She let her words trail away, softly chiding.

Inwardly, Helene cursed furiously, however. Damn, she had nearly come too late. Couldn't her wretched staff do *anything* right? Must she see to every detail herself?

But the statuesque redhead was careful to conceal her irritation. Her clients were wealthy and powerful men who paid well to be soothed, flattered, and admired by docile females. So instead of scowling as she would have liked, the magnificent woman forced her lips into a smile, glided to the bottom of the stairs, and settled a jeweled hand on the rajah's. arm.

Her smile wavered as she felt the rajah's granite muscles flex and bunch beneath her fingers. Dear God, he was furious. Then she noticed that his other hand was inching into his tunic pocket.

The room fell silent, fairly crackling with tension.

The rajah's eyes burned into Sir Humphrey's face.

He wasn't going to make this easy, Helene saw. Abruptly, she swept her turbaned guest a deep curtsy. "I beg you will forgive my rudeness in not being present to receive you, Your Excellency. It was quite unpardonable."

Without rising she waited, her head averted, her fingers clenched on that tautly muscled forearm.

And all the time Helene prayed her visitor would release his grip on the deadly *khanjar* he always carried in his pocket. If not, in the next few moments she would lose everything she had worked so many years to achieve.

The rajah remained immobile, his eyes locked upon Sir Humphrey's sneering face.

"Must I beg then?" Helene breathed, so quietly that none but the two of them could hear. "If you wish it, I shall, of course. You know that."

The rajah frowned, appearing to recollect his surroundings. Slowly his face regained its usual impassivity. Helene let out a slow sigh as she felt the taut muscles relax beneath her hand.

"You are too gracious to a poor foreigner," her visitor said at last, his deep, potent voice rolling to the farthest corner of the room. "The discourtesy was all mine, I fear." His eyes slanted down as he raised Helene to her feet, noting the high color in her already crimsoned cheeks.

So she had seen the danger, had she? He supposed he ought to be glad for it. If she hadn't stepped in, that damned civil servant would almost certainly be dead right now.

But he was not quite ready to quit the field yet, the rajah decided.

His jet eyes flickered, seeking Sir Humphrey's face. "I fear I have yet to learn your English ways, my dear Helene. But then I did not realize until now that you have yapping bazaar dogs here in England just as we do in India."

"Why, you—" Scowling, the baronet heaved himself ponderously to his feet. "I'll call you out for that, by God! That is, if you were a *gentleman,* I would. But that is something scum like yourself can never be!"

Suddenly pale, Sir Humphrey's companion tried to tug him back to the divan, but he only shoved her roughly aside. "Aye, 'twould do England a great deal of good to rid itself of slime like yourself. Bloody strange state of affairs, indeed, when a decent Englishman can't go about his business without running into a heathen face wherever he goes." The man's color deepened to the unhealthy hue of raw beef left too long in the sun.

"Enough, Sir Humphrey!" Amber eyes snapping, Helene moved between the two men. "You appear to have enjoyed too much of my champagne, sir. You would do best to let Zara escort you upstairs and show you a more pleasurable manner of working off those ill humors of yours. Zara has told me how much she's been missing you, haven't you, my dear?"

Immediately the woman nodded violently, tugging her companion away toward the stairs hidden behind a line of potted palms.

Although less obvious, Helene was quick to maneuver her own companion away, too.

They ascended the grand marble staircase in silence, neither speaking until they reached a private suite of rooms at the rear of the second floor. As Helene opened the door, gaslight flashed from mirrored tables, crystal chandeliers, and erotic etchings in gilt frames.

It was not a tasteful room nor even a comfortable one, but then that was not Helene's intention.

Rather the room was bold, aggressive, and ornate, just like its owner. Just the way her clients liked their rooms to be.

All except for this man, who was perhaps the strangest of all her visitors.

As soon as the door closed, Helene rounded on her companion. "Are you *mad*?"she demanded.

"Don't press me, my dear." The rajah's voice was low and very dangerous. "Not tonight." Suddenly his intonation seemed to change, the stiff formality of only moments before giving way to the quick, clipped tones of a native English speaker. "By God, what I need is a drink, not your moralizing."

"Will you have tea?"

He cocked an eyebrow. "Of the sort you stock? All dust and fannings, and inferior fannings at that. No, I think not."

Helene's eyes flashed. "Pray, forgive me, Your Excellency. We're fresh out of Dragon Well and Padre Souchong and your other exalted types. We can't *all* be connoisseurs, after all. And *my* customers couldn't care less about the kind of tea I stock."

Her visitor simply laughed. "No, I don't expect they would. But your whiskey is excellent and will more than suffice, Helene. Don't let *my* little peccadilloes disturb you."

"I shan't," his hostess snapped. "Don't worry!"

The rajah's eyes were as hard as polished obsidian as he stalked to a rosewood cabinet and poured himself a generous amount of whiskey. In grim silence he tossed the liquor down, then poured another. Only then did his odd, piercing eyes flicker back to his silent companion. "You do not join me?"

Tight-lipped, Helene shook her head.

The rajah shrugged. "Humphrey is bloody lucky he still holds his tongue between his teeth."

"So are you. Whatever had you in your head?"

For answer, the bearded man only drained his glass.

Helene barely suppressed a scowl. "I hardly understand you! First you engage a suite of rooms in my house expressly to maintain your anonymity. Then you do the one mad thing which would ensure the loss of that anonymity!"

"*Nearly* did, my dear Helene. And I thank you most humbly for your timely intercession." Without pause his glass was refilled and emptied once again. "Alas, I fear I am not quite rational tonight." The man's dark eyes glittered, fixed on the firelight. "I can see the bloody thing even now, you see. No, I can *feel* it almost, hot and malevolent, as if it were still within my pocket. It is a curse—a curse beyond anything in this world."

His companion clucked impatiently. "Really, my lord, sometimes I think you have been in the East too long. It has changed you—in ways you do not even suspect."

"Do you really think so?" her companion asked mockingly. "For myself, I think I have not been there long enough." His eyes still fixed on the flickering flames, the rajah carelessly unfastened the sapphire pin from his turban and dropped it onto the table. The huge emerald at his finger flashed as he began to unwrap the stiff, folded satin.

Thick and black, his hair emerged from beneath the purple cloth. Moments later his jeweled tunic and embroidered sash fell away.

In the firelight his torso gleamed like molten bronze, lean and hard-muscled.

Tanned, but not nearly so dark as the mahogany of his face.

His long fingers dropped to his waist; impatiently he stripped away his loose silk breeches and slippers. And then he stood, quite naked, his chest matted with thick, curling fur, his long flanks polished to a fiery sheen by the firelight.

He frowned then, this man whose body was such a strange mosaic of mahogany and patches of lighter bronze.

"Deveril." The word was a hungry sigh. Helene wet her lips, gazing at that tall, lean body.

A strange man, an arrogant man.

And a man who was no more a rajah than she was a Frenchwoman.

Her visitor's name and title, in fact, were as English as they came. For the man before the fire was none other than the elusive Julian Fitzroy Deveril Pagan, Marquess of Hamilton and Staunton.

Viscount St. Cyr.

And it was *his* ruby which had sold at auction that night.

7

Even after all these years he still had the most magnificent body Helene had ever seen.

Her amber eyes darkened, taking in the sight of her companion's lithe, work-hardened back and shoulders. It was, she thought, a stunning body. Awesome. Powerful. Perfectly proportioned.

And splendidly uninhibited.

Yes, in that disguise he was the very image of his old friend, the *real* Rajah of Ranapore. Only *he* was back in India right now.

Suddenly Helene's eyes turned speculative. If only he were five years older or she were five years younger, she thought. Hungrily she followed the broad curve of shoulder down to the rippling back and thence to the bronzed flanks, lean and powerful in the firelight.

At that moment the jaded, sophisticated owner of London's finest brothel found herself contemplating a great folly. She who should have known better found herself thinking about leaving everything and throwing in her lot with the magnificent male before her.

Thankfully, the moment of weakness passed. Long ago Helene had learned—back when she was simple Helen Lawrence—that love was a weakness women did far better without.

So instead of blurting out a foolish declaration and spoiling everything, Helene frowned and shook her head. "Really, Deveril, you are quite mad! If anyone else had discovered your damnable masquerade—"

Her companion smiled coolly, his eyes mocking. "Ah, but my performance was flawless, you see. The ruby was sold, and none the wiser. Not one person in that jaded crowd had the slightest idea who I was, not even that bastard Ruxley." The viscount's face hardened, and with a curse, he slapped his now empty glass down upon the mantel. "My secret is safe with you, I trust. Tomorrow night you may tell whomever you like, Helene, for I'll be gone. But for now, let's just say that I don't fancy the Queen's minions descending like a plague of malarial mosquitoes, anxious to give me ribbons for . . ."

He did not finish.

"For what you did at Cawnpore? For saving those women and children from the mutineers?"

Pagan's eyes glittered with red lights as he stared down into the dancing flames. "As God is my witness, I'll take no ribbons for that." His jaw locked in rigid lines. "Not when I couldn't save my *own* mother!"

"Your mother?" Helene frowned. "From all you told me you had an impossible choice at that cliff near Cawnpore. Neither the duchess nor your ayah could have made it up without your help. And there was only time to save one of them, with the mutineers right on your heels. Be glad that in the end the ayah—your *real mother*—made the choice for you, pushing the duchess forward and then turning back toward the jungle. It was *her* choice, Dev, her life given freely for you and the other women and children you were shepherding to safety. There's nothing for you to feel guilty about, damn it!"

A vein hammered at Pagan's temple. "But she was my mother, Helene. Not my ayah, but my *mother*! And I just stood there and watched her run to her death without saying or doing anything to stop her! I might just as well have held the gun to her head myself!"

"Rubbish. There was nothing else to do, under the circumstances. *She* knew that."

Pagan knifed a hand through his hair. "I only wish I could believe that. But I should have thought of something. I should have found a way to—"

"There *was* no way, don't you see! Why can't you just put it behind you?"

Pagan's face filled with bitterness. "Why? Because I never did accept her as my mother. Because I never gave her the slightest word of tenderness after she confessed I was really *her* son, not the duchess's. Dear Lord, I remember the day she told me as if it were yesterday. I could only stare at her like some tongue-tied, witless schoolboy."

"It must have been a terrible shock."

Pagan laughed harshly. "A shock. Yes, you might call it that. I found out that day that I had a great deal more pride than I'd thought, Helene. And God help me I never gave a thought to how she must be feeling. All I could think of was what people would say if they knew, how it would affect my friends—what few I had. A self-righteous little prig, that's what I was." His eyes hardened. "And then in the jungle everything changed overnight. With her gone I could deny everything, don't you see? I was free to pretend I was as English as the next fellow. My exalted father would certainly never deny the fact—not publicly at least. He wanted a son and heir too badly for that. Though in private . . ."

Helene touched Pagan's arm awkwardly. "You did what you had to do, Dev. So did *she*. But it's done now, and best forgotten."

"It will *never* be done. Not as long as I know that my life was bought with her blood. And I never had time to tell her, to ask why—" Pagan broke off with a curse and refilled his glass. "Sorry to bore you with my maudlin tales. Forget it."

Helene started to speak, but the hardness in Pagan's eyes made her change her mind.

"But now I must be thinking about leaving. I don't care to let Ruxley know that Windhaven is left unguarded. No, as soon as the formalities are completed tomorrow, I must return to Ceylon." For a moment his face softened. "Back to Windhaven."

Helene studied him in silence, one eyebrow raised. There were many things about St. Cyr that she didn't understand, but this loyalty to a heap of dirt was the most baffling of all. "You really do love that place, don't you?"

Pagan's eyes flashed in the firelight. "More than I thought possible," he said finally. "It's my home, Helene. And you can only run so long. Otherwise they win."

"Who wins?"

But he merely turned away for another drink, his eyes hooded.

Helene could not help sighing. Really, it was such a waste.

Studying those smoky eyes, that arrogantly sensual lower lip, Helene found herself recalling some of the more outrageous rumors circulating about this black sheep from one of England's finest families.

Spy and cold-blooded adventurer, some called him. A bloody infidel, others called him—a man who had betrayed his heritage for the heathen ways of the East.

Even Helene wondered how he could turn his back on a life of English privilege to sweat and toil in the blinding sun in that mosquito-infested backwater of Asia.

And now he calmly passed over ownership of the world's largest and most famous ruby, in the wake of an auction that left him only slightly less wealthy than Queen Victoria herself.

Helene frowned, realizing she was no closer to understanding this man than she had been fifteen years ago.

She sniffed disapprovingly. "I'm glad to see that you've removed that outlandish Oriental finery, at least. It looks entirely too—too *fitting* on you. It's not right, you know. You're as English as I am!" she added accusingly.

"Ah, but I thought you were French, my dear."

Helene sighed, realizing she would never win with this man.

With a final, petulant sniff, she turned to leave. Only then did she notice the jagged gash across St. Cyr's thigh.

Her face went pale. "Dear God, Dev! What have you done to your leg?"

He glanced down negligently at the wound, which was covered with oozing blood. He shrugged. "It's just a scratch."

"Just a scratch? What in the name of—"

"Don't, Helene." His eyes were cold, as cold as she had ever seen them. "It's nothing. Far less than I've experienced in India. Less than I've suffered at my own father's hands, as a matter of fact. So let's skip the melodrama, shall we?"

"Stop it, Dev! You don't have to—"

"To what? Put on a show? But it's not a show, Helene. When are you going to accept that? It's what I am, or at least it's what I've become. Dig down deep and you'll only find more of the same."

Helene sighed. That much she understood completely. She, too, had changed in the last fifteen years. But there was something else about him tonight, an almost palpable tension that hadn't been there when he'd left for dinner.

And now that tension had him stretched as tight as a bowstring.

"Is it because of what happened at the auction? When that —that horrible Indian tried to kill you and steal the ruby?"

St. Cyr downed his drink and laughed.

It was a cold, raw sound.

"That man was no more Indian than you are. First of all he was too brawny for an Indian, and he sure as hell wasn't a Sikh. No, he could have been any number of things—Dutch or Portuguese or Spanish. English even. But he certainly wasn't Indian." Deveril stared down into the fire. "And he wasn't a zealot, he was a tea packer. He worked at the docks, probably bulking new cargoes."

"However do you know *that?*"

"Because his shoes were covered with tea dust and horse manure, a pungent combination found only at the East India Docks." Pagan's eyes narrowed. "And because of one more thing. His hands." He stared down at the fire for a moment, as if caught in memories. "His skin was thick with the scars of wood slivers. And he had calluses all along the outer edge of his palm. That comes from only one thing. Jamming wooden tea crates closed."

He held out his hands and studied them in taut silence. "I should know. Mine are just the same," he said at last.

Helene's eyes widened. "But why did he undertake such a masquerade?"

"I don't know. But I'm *going* to know, that you can be very sure of. And when I find the bastard who ordered it, I'm going to stake him out and—"

Pagan's hard hands clenched against the mantel. He did not finish.

Yes, he was changed beyond belief, Helene realized. And this tension about him worried her terribly. But she was wise enough to know that sympathy was the last thing he'd want from her.

Instead she contented herself with finding a length of gauze and dropping it on the mantel beside him. "Clean that wound, at least. If not, you won't be going *anywhere* tomorrow."

When he did not look up, she muttered angrily, "Really, Deveril, you'd better take care or you'll lose *all* your English ways out there in the jungle." For a moment she looked as if she would say more, but she stopped herself. "Now I'd better go see what trouble that fool Sir Humphrey has gotten into."

At the door she turned, her hand on the knob. "Shall I send someone up to you? Chloe? Amanda, perhaps? They've both been asking for you this age. You've been neglecting them of late." She could not quite keep the faint note of speculation from her voice.

But the man at the fire did not answer, his jaw like granite as he stared down into the flickering flames.

Helene's frown grew to a scowl as she realized that Deveril Pagan was three thousand miles away, utterly unaware of both her question and her very existence.

In an angry rustle of silk she swept from the room, muttering beneath her breath about arrogant Englishmen driven mad by too much tropical sun.

The door snapped shut, but the naked man before the fire

gave no sign of noticing. For at that moment, deep in the English winter, Deveril Pagan was indeed far away beyond the horizon, ensconced in a green land where parakeets screamed companionably and the summer wind blew hot and sweet up from the orange trees and tea fields.

On eight hundred fertile, mist-swept acres called Windhaven.

The only thing left in this world that he could feel the slightest affection for.

Barrett's first thought was that she was dying.

She was sick, terribly sick, her stomach racked by wave after wave of nausea.

Dry-throated, she choked out a moan, but already she knew that no one would answer her.

Let it end, she prayed as another wave of pain took her broadside, shaking her until her whole body screamed out in agony and she thought she would split in two.

But she wasn't, of course. Nothing changed. The pain just went on and on and on.

Dimly she heard the clatter of carriage wheels and smelled the sharp salt tang of the sea.

But she hardly wondered at it, convulsed in her pain, lost in a world where time and place no longer held any meaning. They had caught her, and a brawny fist had sent her plunging down into unconsciousness.

Suddenly she remembered the tall, bearded stranger who had appeared in the night. What if she had agreed to his request? Would she be seated in splendor right now, dining on pheasant, dressed in silk, as he had promised?

But the food would have been ashes in her throat, Barrett knew, and the silks no more than sackcloth. Everything about the idea was madness: Perhaps it had been no more than a dream, brought on by hunger and fatigue.

Just then another spasm shook her slim body, doubling her over with pain. Blood pooled up on her lips as she bit down to keep from screaming, fighting her way through waves of torment that racked her inside and out.

It seemed to Barrett that she had been sick forever.

Or perhaps she'd died and this was what they meant by hell.

Her last clear thought was a prayer that her grandfather was safe.

He was not a small man, though his stoop sometimes made him appear so. Right now, as he studied the wreckage around him, his stoop was very pronounced.

He ran unsteady fingers through his white mane, making it even wilder than usual. Tears filled his eyes as he stared down at the shattered bottles and ragged pages torn from priceless old books.

His eyes glazed with pain. A year's work ruined.

And Barrett—

He pushed unsteadily to his feet, grimacing in pain as his temple began to throb. Blood ran into his eyes, and he wiped it away awkwardly.

"Barrett." It hurt even to say her name. He had told Goodfellow to take her out and hide her in the ice house, but the stubborn girl had refused to budge. Then they had taken *her,* saying she would be more useful to them anyway.

That young constable had said he would find her. Stay right and tight, he'd said, and she'll be home before you know it.

But the constable hadn't known the kind of men they were dealing with.

He searched for his glasses, blinded by tears. He hadn't thought, couldn't have expected—

But then he never did. He had always left the practical decisions to her.

His only consolation was that the men hadn't gotten what they'd been looking for. He had thrown them off by pretending to be confused, just a helpless old man.

But he *wasn't,* by heaven! And he'd find them and take Barrett back, even if he had to—

He staggered toward the door. "Goodfellow!" he bellowed

as he crunched over the carpet of broken glass. "Where is that man when I need him?"

Without his spectacles to help him, the floor appeared little more than a blur of reflected light at his feet. Then he saw the thin blue ribbon caught beneath the jagged, crumpled pages of a ruined folio.

Redouté's roses. Barrett's favorite book. Only now the delicate petals of blush-pink, alabaster, and crimson were severed and scattered.

His eyes squeezed shut. He felt a sharp pain rip through his chest.

"B-Brett!"

His hands were still stretching out toward her ribbon when he fell.

How long had it been since he'd seen snow?

One dark brow quirked, St. Cyr took a final puff on his cheroot, then tossed it casually over the porch railing, watching the faint orange embers spiral down toward the Thames thirty feet below.

A hail of dancing flakes struck his chest, naked beneath the paisley silk dressing gown. He smiled, enjoying the feeling of power it gave him to challenge the cold. To will the discomfort away, as he had learned to do years ago in India.

There he had learned that power came from oneself, in the hard discipline of body and mind. His old tutor Shivaji had taught him that—or had tried to teach him. But Pagan had only absorbed the lesson much later.

During the nightmare carnage of Cawnpore, when the ground had run red with blood. With English blood. And with his own blood.

His eyes hard, Pagan studied the drifting flakes. Snow, by Shiva . . . Yes, it had to be almost ten years. The last time had been at Broadmoor, when his father had—

With a curse, the viscount stiffened, jerking his dressing gown closed and pushing down the old memories. Pushing down everything to do with his past, and with his father most of all.

His face set in bitter lines as he watched the dancing flakes float over the water. After a moment he drew a slow, deep breath, his control slowly returning.

Once again he had done it. But Pagan realized that each time the struggle for control grew harder. One day it might be more than he could manage.

He threw back his head, letting the wind ruffle his long hair. The cool air felt good on his face after the pungent cloud of pomade and perfume below. It was good, too, to get rid of that damnable beard, he thought, rubbing his clean-shaven cheeks.

Only the walnut stain remained, darkening his features. That would take a much longer time to disappear—three months at least.

Exactly the time it took for the great clippers to sail from Gravesend to Calcutta.

A tedious business, this masquerade, but entirely necessary, considering the strange problems that had befallen the work at Windhaven in the last year. Tamil workers disappearing, unexplained accidents. Continual loss of livestock and food stores.

Worst of all was the destruction of new tea acreage.

The sorts of things, in short, that happened all the time in the hill country—except that in the last year alone ten workers had died, and something told Pagan there was nothing accidental about any of those "accidents."

He inhaled deeply, studying the distant lights of the ships rocking at anchor. For the hundredth time he found himself wishing he were back at Windhaven, breathing the lush tang of drying tea leaves instead of the foul, smoke-tainted fumes of this noisy monster called London.

A tap at the door jerked him from his reveries. His eyes narrowed as he strode to the door and waited.

The guttural voice outside whispered one word.

Pagan slanted a questioning look at the towering Sikh who waited in the corridor.

Singh lowered his head. "You told me to come to you within the hour, my lord."

"Tell me what happened. In detail this time."

"She is a very clever *memsab,* Tiger. I picked up her trail in the snow, not two streets from where we left her. But she was careful to conceal herself. I lost her at a drinking house not far from the great river. I think she was nearing her destination and grew desperate." The Sikh bowed his head. "May this worthless one suffer a thousand tortures for failing you."

Pagan's features hardened with disappointment.

Damn! How was it that the woman had eluded Singh?

"You gave her my message?" he asked in clipped Hindustani.

"I had no chance. You ordered me to wait until I saw her destination and only then to approach her. But the man came, and they argued. After that she yielded to him, allowing him to embrace her and lift her up into his carriage."

As Singh spoke, Pagan's face grew harder. "You could not follow?"

"I followed him beyond the river, but lost him in the snow. I ask to be punished for my failure."

Pagan caught back a sigh. "I think you have had punishment enough, my friend. Trotting around in the snow cannot have been pleasant for you."

The bodyguard grimaced. "Most unpleasant, my lord." Abruptly he reached to the folds of his turban and removed a scrap of dark fabric, which he held out to the viscount.

For long moments Pagan merely stared at it. It was a ragged scrap of lace, the sort that might be used on a woman's dress. Or as a veil on a bonnet.

A muscle flashed at his jaw as he gazed at it wordlessly.

The cloth still held her scent.

Hyacinths. Soft and sweet and deadly.

Pagan's fingers tightened. He fought an irrational urge to carry the scrap to his cheek and drown in that soft scent.

The Sikh bodyguard slipped soundlessly back to his position across the hall. Pagan closed the door and moved to the fireplace, bracing his tall body with one arm against the mantel. For long moments he stood before the flames, studying the frayed square of fabric.

His fingers tightened as its light, sweet smell filled his lungs. So English, it was. So utterly different from the overpowering odors of the East.

Her scent. *"Meri jaan . . ."*

And then his groin, too, tightened as desire swept through him like a gale-force *kachchan* wind, searing in the last days before the southwest monsoon.

Forget her, he told himself, twisting the dark square, cursing the woman for making him believe she was different from any of the others.

Yes, she was very clever. The veil had been just the right touch, teasing him with the mystery of her beauty and her true identity.

The scent, too, had fooled him, so innocent and pure, while she could be nothing but. After all, she had gone into the carriage willingly, Singh had said.

Who was the scum? A lover? A *client* even?

Pagan's jaw clenched, molten bronze in the firelight.

With a growl, he crushed the filmy fabric within his fist. Damn her! He had believed her story that someone was pursuing her. He had delighted in seeing himself as her chivalrous champion!

It appalled Pagan now to think just how much he had *wanted* that role.

He had not known he had any chivalry left. But she had touched it and brought it to the surface. Now he was weaker for the wanting, and for the lack of an object.

Perhaps this, too, was by Ruxley's design.

But at least Pagan knew the truth, for Singh never lied. So the bodyguard had found her arguing with a man, had he? A man who obviously knew her very well.

Well enough to shake her and crush her in his arms.

Was he the jealous husband or the passionate lover?

Did it even matter? When their brief argument was resolved to her satisfaction, Singh had told how she yielded completely, throwing her head back and allowing herself to be swept up into the carriage without the slightest resistance.

A vein began to pound at Pagan's temple. He stood immobile before the fire, scowling down at the scrap of fabric still clutched within his calloused fingers.

All she had required was the right price, of course, and her swain had apparently met it. It was always so, Pagan thought bitterly. Man or woman, there was always a price.

He wondered what *his* was going to be.

8

Creighton was fifteen minutes early, but he wished he'd been more.

Frowning, he studied the smoky room where men sat in twos or threes, speaking quietly. He didn't like the look of the place.

But then it was always that way. The bastard who'd hired him eight weeks ago was too cunning by half, always choosing location and time to suit his own purpose.

Except *this* time things were going to be different, Creighton vowed, for now the stakes were far higher.

He heard a rustling in the alcove behind him, the sound of a curtain being drawn.

"You are punctual, Mr. Creighton. I am glad to see it."

Creighton couldn't quite suppress a shiver at that odd, high-pitched voice. It was deliberately masked, of course. No one spoke in such shrill tones.

One more element that put Creighton at a disadvantage in these meetings with his unseen employer.

"Aye, I'm here and on time."

A gust of air set the curtain moving, as if stirred by a ghostly hand. "Well, damn it? Have you got her?"

Creighton took his time answering, fingering the ruffled cuff of his new linen shirt.

The next moment a small and very lethal dagger hissed through the air, pinning his sleeve to the wooden table.

"Have you got her, man?" It was a high, almost feral hiss.

Creighton swallowed, tugging at the dagger, his eyes fixed on the odd serpent that circled the hammered silver hilt. "Aye, I got her. Just—just like we agreed." He managed to hold his voice steady, despite the fear flooding through him. "What I want to know is—"

"Do not presume to question *me,* Mr. Creighton. Oh, there are many who have tried. But not one of them draws a breath today." Again the curtain rippled.

Creighton bit back a curse. Now his brand-new shirt was ruined, damn the bastard! He'd make him pay for that, so he would!

But it would do no good to put the fellow's hackles up. Not yet. "Out at the docks, she is. Tucked away nice and safe until ye're ready for her."

From behind the curtain came the creak of a chair. "Superlative, my dear Creighton. Once again, you show yourself to be an inventive man. Your—inventiveness, shall we say— will not go unrewarded, I assure you. But first I'd like to hear more about this Indian. The man who tried to save her."

Creighton stiffened. How did the bloody man know that? And how much *else* did he know?

He felt sweat bead over his brow.

"Well, Mr. Creighton?"

He'd meant to conceal the part about the Indian. It represented too clearly his own ineptness, not once but twice. But with his employer so interested, Creighton had no choice but to tell the rest of the story.

When he was done, he sat fingering his frayed cuff, anxious to be off. For long minutes the man behind the curtain did not speak; the silence dragged on, ominous somehow.

Finally Creighton could control his impatience no longer.

"Just what do ye want I should do with her now? Ye've some new plan, I'm thinkin'."

The other man laughed coldly; the sound made Creighton's flesh crawl. "How right you are, my friend. It never pays to grow careless. A man like yourself must know that."

Something about that casual comment made Creighton wonder just how much this man knew about what had happened on the Isle of Dogs. Damn, this job had been nothing but a mound of trouble since the very beginning!

He didn't like the secrecy. He didn't like his employer's odd behavior. And of course there was the girl herself, who'd turned out to be far harder to capture than he'd imagined.

Aye, if not for the money, he'd quit right now!

But the man behind the curtain began to speak. "Yes, there *will* be a slight change of plan. You will listen very closely now. First we shall deal with the girl. Then you will have your chance at this so interesting rescuer of hers, who wears the purple turban." There was a dark edge to the voice. "And I suggest that you hire several men to assist you, my dear Creighton. For this man might well turn out to be more formidable than you think."

From behind the screening curtain came the bright clink of metal. "I have one hundred pieces of gold here, Mr. Creighton. In six hours they will all be yours, and the balance of your reward will come to you six hours after that. Provided, of course, that you do exactly as I tell you."

The odd voice grated on, while Creighton committed the hissed orders to memory. So the Thames it was to be. The ship was waiting. That would pose no problems.

Finally the orders stopped.

Creighton smiled. So *that* was what was waiting for the little bitch! He wished he might be there to see her face when she awoke. But he had more important business to attend to. He was to go after that bloody Indian. Aye, he'd enjoy that, Creighton thought.

"And now, Mr. Creighton, you will remove the dagger from your cuff and leave it before you on the table. Then you will leave through the rear door. Your money will be waiting at the usual location."

Summoning up his old cocky gait, Creighton strode from the room. He felt the cold eyes behind the curtain follow him all the way to the door, prickling at his neck.

It almost was enough to make him discard the little scheme he'd been considering.

But not quite, for something told him there was a great deal of money yet to be made.

The first thing he'd do after he was paid would be to send a note up to Cinnamon Hill. Maybe that old man they'd roughed up would pay to hear news of what had become of his sweet, innocent granddaughter.

Only she wouldn't be so sweet by then, Creighton thought. Certainly not innocent.

Not when that bastard on the other side of the curtain was done with her.

Naked before the crimson damask curtains, Deveril Pagan looked out at the dark ribbon of water, watching a line of hay barges lumber west. Yes, he liked being naked. He was sublimely comfortable in that state.

Perhaps you really are more than half-heathen already, old friend, he thought grimly.

If so, then it was his better half.

He shut his mind to the cold, his eyes hardening as he remembered his one brief and entirely unpleasant meeting with his father two weeks before.

The old man had actually ordered him to return home. Even after years of separation, the irascible old martinet *still* had the ability to make him feel like a blasted schoolboy again.

Pagan stepped back inside, scowling.

He'd accomplished all he'd come for. So why couldn't he relax? Why did he still feel the prickle of danger, the same way he felt when a big cat was on the prowl?

Beside his foot a log exploded with a hiss, showering orange embers across the grate. And there in that explosive burst of color Pagan saw the mocking gleam of a bloodred jewel.

The Eye of Shiva. Formed in the dancing crimson flames.

He could almost feel it vibrating nearby. At that very moment, according to Singh, Sir Humphrey was ensconced in one of the brothel's most opulent suites, enjoying the company of three of Helene's most experienced girls.

And he had brought the bloody jewel with him.

By God, had the man no sense at all? Half the London underworld would be searching for the ruby tonight. And Pagan could think of at least six men downstairs in the salon who would gladly kill to own the Eye of Shiva.

Probably an equal number of women, he thought cynically.

Still, it was Sir Humphrey's problem. The ruby was nothing to him now.

So why couldn't he relax?

His face set in hard lines, he strode to a nearby gilt side table and poured himself a glass of Helene's excellent claret. His eyes narrowed, he downed the potent drink, then poured himself another.

Strange how things changed, he thought, swirling the crimson spirits about in the heavy crystal tumbler. Once she had been sweet little Helen Lawrence, the butcher's daughter.

Today she was one of the most powerful women in London.

Pagan smiled slightly. "Here's to you, Helen Lawrence," he murmured, holding his glass up to the flickering firelight. "You always were the most beautiful girl in Broadmoor village."

Behind him the door opened silently, and the subject of these not quite sober ruminations slipped inside.

Lord, but his shoulders were fine, the red-haired woman thought, her eyes running appreciatively across the fluid muscles rippling over his broad back. Her gaze slipped lower, following the bronzed skin that tapered to a slim waist and long, lean flanks.

Helene missed no detail of that very fine male body. It was something that she saw but rarely: the body of a man who did hard physical labor for a living. Not the flabby, ungainly shape of the men of wealth who usually came here.

Unaware of her presence, Pagan raised his glass once more to the flickering fire. "And here's to you for putting that sleepy little village by the sea behind you. Your beauty— and your quite singular talents—would have been wasted there. Unlike myself, you've managed to find everything you wanted from life."

"Not quite." Helene's voice was a low, seductive whisper at his back. "I didn't get *you,* Dev. Perhaps that was all I ever wanted."

Slowly the man at the fire turned, his eyes dark and unreadable. The flames covered his body with a fine, molten sheen. "You *thought* you wanted me, Helen. But you had the good sense to see that what we felt was nothing more than a childish infatuation."

Pagan's eyes narrowed as he took in the diaphanous gown of silk crepe that hugged her lush form. "But you are still the loveliest girl ever to set foot in Broadmoor village." With a taut, self-mocking smile on his face, he raised his glass in silent homage.

Fire leaped through Helene's veins at the sight of that taut bronze stomach, at the dense mat of black hair that narrowed at his thighs, where his fire-bronzed shaft rose in rampant splendor.

Hard. Strong. Unbelievably large. Still the biggest man she had ever seen.

"And *you* were Broadmoor's wildest son." Her fingers rose, freeing the single ribbon at her neck so that her lace-trimmed robe slipped from her shoulders. "Are you still wild, Dev? Do you remember the first time, in that barn by the river, with the rain beating overhead?" Her voice dropped, husky with passion. "*I* remember. God, how I remember. Every single detail."

Deveril's sensual lips curved in a reflective smile. The movement softened his mouth, which of late seemed too often twisted in mockery. Softened, too, were the steely eyes that seemed to have no bottom and no soul.

"I remember," Pagan murmured darkly, his eyes lingering on her crimson mouth, on the creamy cleavage displayed so perfectly by her low-cut gown. "Better than you, perhaps." Suddenly he turned, slapping his glass onto the mantel and staring down into the flames.

But he was wrong. Helene remembered perfectly what had happened then—as well as later, when his father had discovered them, hay-strewn and giddy in the aftermath of pleasure.

The old brute had ordered his son whipped for his indiscretion, then packed him off to India, telling him to try and make a man of himself before he returned. Helen had been sent off to live with a maiden aunt in the wilds of Yorkshire.

She had been nineteen then, and Dev not yet sixteen. She had not seen him again for six years. By then she was Helene, a successful woman of business.

And Dev was a boy no more, the scars on his back long healed.

But not, she suspected, those that were cut deep into his heart.

The duke had lost his only son that day, in mind if not in body, and it served the bloody old fool right, Helene thought bitterly. Deveril was too good for the treatment he'd received at his father's hands. Too good for the years of distance and deliberate coldness. Too good for the impossible standards the duke had set since his own return from India years before, encumbered with a sickly, melancholy wife and a quiet son who acted much older than his years.

And if Helene, too, had changed since that day in the barn, she refused to think about it. No, the past did not matter. All that mattered was that Deveril was back, and this night was theirs.

The auburn-haired beauty loosened her gown of peach silk and crossed the carpeted floor, her amber eyes glittering. With a secret smile on her lips, she brushed her silk-clad body against Pagan's naked flanks. "Forget all that. Forget everything but this, *chéri.*"

Though Helen Lawrence had never been farther east than

Gravesend, it suited her particular line of business to assume a certain foreignness.

The man at the fire did not turn, his muscles tense beneath her touch. "I find I cannot."

"Let me help you, then." Her lips parting, Pagan's companion slid back and forth against his rigid back. "Like this." Her tongue darted out, flickering hotly over his shoulders. "Like this." Her long crimsoned nails scored his thighs.

Gently. Then not so gently.

Pagan's breath caught in a smothered oath.

The fire in Helene's eyes grew.

After a moment the viscount reached one broad hand back to cup the soft, curving hips behind him. His calloused fingers splayed apart, pulling her closer.

Helene leaned into his rough embrace, into his unyielding heat. Yes, damn him, Deveril Pagan would always be welcome here, whether he had guineas in his pockets or no.

Purring, she nipped the warm skin across Pagan's back. Her long nails teased the dense sable hair at the crown of his thighs. "You haven't forgotten, Pagan—I know you haven't." With a silky laugh, she drove her pelvis against him. At the same moment her deft fingers cupped his muscled shaft. "You're beautifully hard already." Her fingers circled teasingly, then tightened. "Ummm—wonderful. And something tells me you've become very good at this man-woman thing. That's what you called it then, didn't you?"

Pagan went absolutely still. "I was a bloody fool at fifteen, Helene—Helen. Damn it, that's your real name! Why do you try to hide it?"

With an oath, St. Cyr pulled away from her experienced fingers, his eyes dark and unreadable.

"Many things about me are different, Dev. Why don't you find out for yourself what they are?"

Helene's pink tongue played over her crimsoned lips. Her hands dropped, digging into his lean buttocks.

"You've learned all the tricks, haven't you?" Pagan's voice was raw with something that might almost have been regret. His eyes narrowed, sweeping over the creamy curves and shadowed triangle so fetchingly revealed through her gossamer gown. "I wonder if there is anything left that would shock you, anything at all you would refuse to do for a man?"

His fingers slid along her belly until they teased the downy curls at the apex of her thighs. She was hot and wet; Pagan could feel her desire through the wispy silk.

And yet he did not remove the gown. He saw from the darkening of her amber eyes that she liked the waiting and the wanting.

Damn the memories, he thought. Damn the beautiful pale face that he knew he'd never forget.

Tonight was for pleasure, and by God he'd have it before he went back to the jungle.

"I would do whatever *you* asked of me." Her nails drove into his taut buttocks. "Oh, Pagan, p-please."

His calloused thumbs circled slowly. His fingers moved deep, sheathed in wet silk, then retreated with tantalizing slowness.

"Pagan!"

In one rough stroke he stripped off the silk garment, baring the voluptuous body beneath.

Helene moaned, reaching for him, but Pagan stood apart, studying her through heavy-lidded eyes. Yes, Helene was exquisite, with that no one could disagree. Her body was such as to excite even a marble statue to heated arousal. And he could feel that heat right now, pooling through his limbs, swelling his manhood.

And then his breath caught, for only then did Pagan see what Helene was wearing.

Around her waist hung a chain of hammered gold, its smooth links gleaming in the firelight. And secured through one link was a massive ornament, which dangled just below her navel.

Bloodred and perfectly faceted. Glittering with all the fires of Mughal India.

A ruby that shone with the jealous pride of a thousand

rajahs. With all the spent life force of the scores of victims who had died since its discovery hundreds of years before.

Unearthed somewhere on Windhaven's eight hundred acres, the exact source lost in the madness and greed that followed.

"How did you get it?"

Helene's amber eyes glittered. "Ownership has its privileges, my dear. Sir John was too far gone to notice anything, I assure you." Her eyes dropped in seductive invitation. "Don't worry, I'll put it back before he wakes. He'll never even know."

A muscle flashed at Pagan's jaw. "But *I'll* know."

"Please, Dev. Just once. I've dreamed of this for so long." Her body moved against his side, sinuous as a cat's. "What dreams they were. And in all of them you were naked against me like this, hard with wanting. So ready."

Pagan's fingers clenched and unclenched at his sides. "Even *you*, Helen? Has the cursed stone taken you, too?"

Was that revulsion in his tone? But that was impossible, the woman thought. No one could wish to be free of such a treasure. Helene looked down, relishing the sight of the gem nestled in the hollow of her creamy stomach.

Yes, she would have given all she owned to possess such a gem, but Helen Lawrence, daughter of the butcher of Broadmoor village and lover of the duke's son, was a realist. If she could not have it, then she was determined to steal at least a few moments of pleasure with the gem.

In Deveril Pagan's potent embrace.

For she was hungry to discover if the rumors about Dev were true, that he knew secrets even she had never encountered in her work, techniques as old as the East itself. It was whispered that he was a man whose control was unlimited, and his inventiveness without bounds.

"Take the cursed thing off! It's Sir Humphrey's now."

But his companion merely smiled. She felt an odd stirring in her blood and a rising heat in her limbs.

Something she had not felt for years.

Against her ivory skin the ruby seemed to shimmer and glow. And Helene could not resist its wanton promise.

Her head slipped back. Pouting, she reached to tease the engorged length of Pagan's manhood. When he did not move, she pressed closer, rubbing her stomach against the velvet tip. "Is it true what they say?" she purred, taking his heated skin manhood into her fingers. "Does the ruby really—"

Cursing, the viscount cut her off. Already Pagan could feel the heat pooling at his groin, where the ruby teased his skin. "Shall I show you, Helene? Does the thought of the ruby's bloodred heat excite you?"

Grim-faced, he lowered his head and drew one stiff, crimsoned nipple between his lips, worrying it with his tongue, then his teeth.

Helene's head fell back. "Pagan—*please*—" The rest of her sentence fled in a rush of hot breath as his fingers drifted low, working their dark magic until her limbs buckled.

Still he held her, ruthless now, in the grip of fierce emotion, which drove him to taste this sensual pleasure to the fullest, to experience every dark texture of sensation.

To know and be known. To desire and be desired. As the other woman had not wanted . . .

He pushed the woman in his arms down, fire flickering over them in bloodred patterns. When she whimpered and arched against him, Pagan parted her thighs and drove deep inside her.

He felt the ruby, hot and hard between their frenzied bodies.

When Helene screamed, sinking her nails into his back and arching up against him, Pagan barely noticed. Even her jerky cries of pleasure seemed distant, insubstantial.

For now it was a different dream he was pursuing, a fierce, blinding dream savage enough to sweep away his past and make him clean again.

At that thought he almost laughed. No, not *clean*. Nothing could ever make him clean again.

Just *free*—free of the tormenting memories, free of the

thousand regrets and terrible loneliness that had plagued him for the last seven years since . . .

His blood screaming for release, he plunged down, burying himself deep, as deep as a man could go.

But it was not deep enough.

Even as the heated waves of pleasure coursed through him, Pagan knew that what he really wanted was high green hills and clean, windswept acres rich with the smells of jasmine and patchouli.

What he needed was air, chill, clear air flowing unimpeded from the Bay of Bengal and before that all the way from the snow-clad Himalayas.

When Helene moaned again, then shuddered beneath him, Pagan tensed and pounded into his own release, smiling grimly when his bed partner gasped and arched beneath him one more time.

But his smile soon faded.

He did not have to look down to know that the ruby was winking at him again.

Mocking him for thinking he could ever escape.

The wind rattled the glass panes, sending eddies of snow against the frosted glass.

Inside, two figures stood staring anxiously at the white-haired man asleep on the bed.

The red-checked housekeeper was the first to speak. "How's the old gentleman doing then?"

Her stocky companion didn't answer, his lips tense with worry.

"Well, Mr. Goodfellow? What did the doctor say?"

The steward sighed. "That it would be a near thing, Mrs. Harris. He's taken a severe blow to the head and lost a good deal of blood. And—his heart might be weakened."

The plump woman paled. "Poor old thing," she whispered, staring at the restless man on the bed.

In his dreams he twisted and mumbled. Even now the bandage at his brow was thick with fresh blood.

His gnarled fingers clutched at empty air. Suddenly he

began to shout. "Goodfellow! Bring me the carbolic acid!
No, the nitrous oxide would do better. Be quick about it! We
must find her before—" He shuddered then, and lapsed into
a restless, fitful silence.

The butler shook his head. "If only we could find Miss
Barrett. *She* could get through to him."

"Where is the young miss?"

Goodfellow's forehead creased in lines of worry. "That
young constable's had no luck yet. He traced the pack of
vermin to a public house south of here, then lost them."

"South?" The housekeeper's eyes widened.

"South. They were probably headed to London. The constable said he would alert an associate of his there, but . . ."

"But *what*, Andrew?" It was the first time the housekeeper
at Cinnamon Hill had ever forgotten her place so completely
that she called the steward by his Christian name.

Had the circumstances not been so harrowing, Goodfellow
might have smiled.

As it was, he could only shake his head worriedly. "I don't
know, Felicity. I just don't know."

9

The firelight was nearly gone when Pagan awakened, still
sprawled on the carpeted floor. He grimaced. Lust and
brandy left a foul taste in a man's mouth, he discovered.

What was he doing? Why was he back in this city that he
hated with such a passion?

From the smell of the horse dung and the burning coal to
the incessant din of the street vendors, he hated everything
about London.

But it was *himself* he hated most of all. For what he had become since he was last here. For the memories that kept him a stranger in his own land.

Grim-faced, he shrugged into a silk dressing gown, then went back to remove the ruby from Helene's sleeping body. At the door he motioned to Singh, instructing him to return the gem to Sir Humphrey's room with all secrecy.

Even Helene would find it hard to weather the scandal if her trick were discovered.

That done, the viscount went to stand before the window. Think about the money, he told himself. Think about all the acres you can turn out for tea with two hundred and fifty thousand pounds.

Don't think about Cawnpore. Don't think about the two men who died tonight at that auction.

Above all, don't think about a woman who smelled like spring and felt like silk.

His eyes on the restless river, Pagan tried to do just that. He might have succeeded, too, had not a door slammed somewhere down the hall. Seconds later bare feet pounded over the thick Aubusson carpets. A shrill scream shattered the night silence.

A woman's scream.

"The r-ruby!" It was the young Chinese woman. "Sweet heaven—Sir Humphrey! S-someone has m-murdered Sir Humphrey. May the Lord Buddha protect me! *Someone has s-stolen the Eye of Shiva!*"

When Pagan opened his door seconds later, he found a gaunt body in new boots and a frayed linen cuff sprawled lifeless across the hall. A silver dagger with a serpent on its hilt protruded from his back.

Beside his lifeless fingers lay a hundred gold guineas.

And the Eye of Shiva was gone.

He raised the crystal decanter and poured a fine, aged claret into an etched crystal chalice. He swirled the crimson spirits carefully, sniffing the delicate bouquet and savoring the wine's fine blush.

Only then did he sip, slow and careful.

It was superlative. Just like everything else in his collection.

His sharp eyes ranged appreciatively over rows of glass-fronted cases displaying Egyptian statuary, Chinese imperial jades, and Japanese gilt lacquers.

Yes, the claret was like everything else in this room. Superlative. He tolerated nothing less.

He swirled the crimson spirits gently and took another sip, enjoying the slow heat that unfurled into his chest and then down to his loins.

An odd smile played over his thin lips.

Did the stupid little man really think he could deceive James Ruxley? How laughable. From the start his greedy schemes had been pathetically obvious.

Yes, Thomas Creighton had left him no choice but to see to his untimely demise in that house of sin. But it had all been for naught. The ruby had not been upon Sir Humphrey's body after all.

His hands began to tremble. The movement sent fifty-year-old claret sloshing onto the top of the lacquer table. It was coming again. The hunger. The terrible need. God, how he despised it!

He jerked back as if burned, his hooded eyes glittering in fury.

Twice he had been thwarted this night, once at the auction rooms and the second at Helene's. It was all *his* fault, that damned heathen who strode about in a king's ransom's worth of jewels. The cursed rajah had probably arranged to have the Eye of Shiva stolen while that fool Sir Humphrey was busy at his disgusting debaucheries.

The immaculate white fingers fondled the chalice's cold crystal shaft.

Very well. Now he would simply have to take the game one step further. It would be a decided pleasure, in fact, considering who the players were.

He thought for a moment about the motionless figure

awaiting him right now out in the leaden Thames. She would
be frightened, helpless, pleading.

He began to smile.

Yes, she would do. She would do very nicely.

Until he had the ruby.

II
Ceylon

Now I will tell you something about the island [of Ceylon] . . . the king . . . possesses the finest ruby that exists in all the world—the finest certainly, that was ever seen or is ever likely to be seen. It is about a palm in length and of the thickness of a man's arm. It is the most brilliant object to behold in all the world, free from any flaw and glowing red like fire . . . I tell you in all truthfulness that the Great Khan sent emissaries to this king and told him that he wished to buy this ruby and would give him the value of a city. But the king would not part with it for anything in the world, because it was an heirloom from his ancestors. For this reason the Khan could not have it at any price.

Marco Polo, *The Travels**

* *The Travels of Marco Polo,* Ronald Latham, trans. (New York: Penguin Books, 1958), p. 259.

10

❖

April 1865
The southwest coast of Ceylon

Bloody everlasting hell, but it was hot!

Scowling, the tall man with the black eye patch straightened from inspecting a row of tea seedlings and smacked a mosquito feeding at his wrist. In one fluid motion he stripped off his white muslin shirt and reached up to massage his aching shoulders. Sweat beaded over his neck and forearms, glistening against his powerful, sun-bronzed chest.

Yes, damnably hot it was, even for tropical Ceylon.

The jet-eyed Englishman's scowl grew as he walked a few rows farther and bent down to examine another young tea bush. To his fury he saw the same thing he had seen on three other plants.

The upper leaves were dry and shriveled. The lower leaves were dead.

Pagan swore beneath his breath, loud and long and in three languages. Another week of this weather and the whole wretched planting would be lost!

He saw one of the Tamil workers dart him a hooded glance, half fearful, half curious, and then make a gesture meant to ward off evil.

The viscount turned away, biting down his fury.

But here he was not Viscount St. Cyr, but simply *Mahattaya* to his Sinhalese workers, and *Lat-sahib* to the rest. Here he was simply Pagan, a brash foreign devil who flaunted propriety by working in the tea fields alongside his pickers; who stripped half naked in the hot sun of midday, forgoing jacket, shirt, and pith helmet, and sometimes even donning native garb himself.

Here he was simply a hard-faced tea planter who slept restlessly or not at all, waking in the night to prowl the plantation like one of the leopards whose cries haunted the jungle darkness.

Grimly Pagan ran his fingers along the new pink skin above his cheekbone, welted and puckered still. Even now it pained him, the muscles tense and spasming after hours squinting in the sun.

But at least he still *had* his eye. That was more than the bastard who had attacked him from behind could say.

Pagan's eyes narrowed as he recalled just how close he'd come to dying that night nearly eight weeks ago. Stir-crazy from three straight months aboard ship on the voyage out from England, he had neglected to take his usual precautions when disembarking. No doubt his success at masquerading as the Rajah of Ranapore had made him cocky.

But the three men who'd jumped him in a filthy alley in Colombo had been anything but careless. Their double-bladed daggers had been honed and ready.

That attack had been Pagan's homecoming. Hard on the heels of that had come a string of other incidents—attacks on his workers, thefts of money, broken equipment, and tea bushes uprooted.

All of them James Ruxley's work, no doubt. The Merchant Prince had hated Pagan for years now, ever since they'd had a difference of opinion about the propriety of cultivating poppies in the fields near Pagan's estate in northern India.

Pagan had won the battle that day. There had been no opium produced anywhere in his districts.

But he'd lost the war. For that beautiful house and all its acreage were gone now, swept away eight years ago in the bloodlust of the Great Mutiny.

And Ruxley was not a man to forget a grudge. He'd been bested that hot summer day, publicly humiliated when Pagan had ripped out every row of the lethal poppies and burned them to ash, while the natives watched and snickered.

Ruxley had come back later, of course. He'd crept into the
main house under cover of night and had nearly succeeded
in slitting Pagan's throat, even though it had taken the
strength of three hirelings to hold Pagan down.

But in the end, he hadn't succeeded. In the ensuing fight
Ruxley had lost two teeth and a great deal of blood, along
with the end of his little finger.

It was small enough punishment for the man who had
started the whole Sepoy unrest. Little did it matter to Ruxley
that the cartridges he was selling to the Army were tainted
with animal fat. But to Hindu and Muslim alike, even the
whisper of such infamy had undermined long years of loyalty
in service of the Raj.

Pagan's jaw hardened as he thought about the months of
blood and fury that had followed. A very large part of the
responsibility for those horrors had to be laid at James Ruxley's door.

But right now Pagan had more important things to worry
about.

Scowling, he squatted down and sifted a clump of bone-
dry soil through his fingers. It was good soil, fine and loose,
excellent for setting in the fragile tea seedlings. But if the
monsoon rains didn't come soon, he'd lose his whole experimental crop. And his lush upcountry acres at Windhaven
would fare little better.

Pagan's mouth set in a flat line as he watched the dry earth
slide between his fingers in an ocher stream. The planting
here at the coast was a small one, fortunately. But the loss
galled him, for this experimental group had been yielding
fine results.

Up until the arid *kachchan* winds set in three weeks ago,
that is. Fierce and unceasing, they'd blown ashore from dawn
till dusk while the tiny leaves darkened and shriveled.

Pagan walked up the hill.

Everywhere the results were the same. All dying. Too
bloody dry . . .

Grimly, he strode over the hill to the coffee plants. Kneeling in the dirt, he began his investigation, starting at the lower leaves and working up slowly, plant by plant.

On the fifth bush he found what he was looking for, little more than a faint rusty mottling on the underside of the largest leaves, coupled with a dark scaliness on the upper face.

But in two weeks, he knew, those abnormalities would creep to the neighboring leaves and in two more weeks the infected leaves would drop off. A short while after that, the entire plant would be dead.

Pagan sighed, coming slowly to his feet.

No, this coffee sickness would not go away, he was sure of it, and tea was the only practical solution. The cinchona bark used for treating malaria had been a temporary economic help, but it could never replace the island's vast coffee trade.

But tea could. At least, he hoped it could.

Pagan turned slowly, gazing out over the turquoise swatch of ocean beyond the thatched huts and tea-drying sheds, almost as if the sea held the answer he searched for. But his only answer came in the shape of the deadly *kachchan* wind, grating against his face.

Jo hoga, so hoga.

Kismet.

His jaw set in a harsh line.

He could have continued in the headstrong fashion of the other English planters, of course, holding steadfast to the coffee bushes which had made more than one of his neighbors a rich man. But Pagan wasn't about to lose everything he had worked so hard for. His head grader, a leathery-faced old expert from Kerala, had told him how the leaf sickness had infected half the crop of his whole district in less than a month.

The death of a way of life, or the harbinger of a new and better life? Pagan asked himself.

If the latter, was tea truly the answer?

Instinct whispered that it was, for there was a rightness to the thought of row upon row of bright green shrubs, glistening and dew-hung in the misty upcountry dawn. There was an earthy pleasure in the pungent smell of green leaves hand-dried in metal pans.

With a disgusted snort, the bare-chested Englishman ran a calloused, dusty hand across his brow, wiping away a trail of sweat. Fifteen months of hard work and planning lost in a matter of days! Now he'd have to start these experiments all over again.

Another thing to thank the cursed ruby for. Yes, he should never have gone back to England for that damned auction.

Pagan froze, catching the faint scent of hyacinths.

Suddenly he was back in London, wrapped in darkness and chill air, while snow wafted down beneath globes of gaslight. Somehow the distant white sweep of the beach faded, reminding him of snow and a woman's porcelain-smooth cheek.

Her again, damn it! What in the devil was wrong with him?

But the memories only grew until fire licked at his blood. He felt her lips, full and soft and clinging. Once again he tasted her skin, snow-dusted and sweet with the scent of hyacinths.

The swelling at his groin reached agonizing proportions.

What happened to you, Angrezi?

Pagan looked down, frowning at the sight of his big hands. They were work-hardened and dirt-stained. The broad palms were calloused, like those of a common laborer. Hardly the sort of hands to hold a woman of her quality.

In spite of that Pagan could not forget her.

Perhaps it was the memory of her face, veiled and mysterious, never clearly glimpsed. Perhaps that was why he still jerked awake from restless dreams with the scent of her, the sweet taste of her, flooding his senses.

Smothering a curse, he slung his shirt over his shoulder and strode toward the bungalow that served as his quarters while he stayed here at the coast. The bloody female probably had teeth like a barracuda and ankles like an aging workhorse, he told himself grimly.

Pagan's scowl deepened as he passed more and more dying tea bushes. As he moved through the fields, the Tamil workers rocked back on their heels, staring at him curiously.

The English *sahib* was acting odder than usual, they would be thinking. Yes, by now they must be quite certain that their Tiger-*sahib* was a madman.

Perhaps they were right, Pagan thought bitterly, looking out at the emerald tea fields that stretched up to the dense wall of the jungle.

But something told him that this rust disease attacking scattered coffee plants was going to grow far worse, and on that vague bit of intuition he was about to gamble his whole future.

Soon he would be one of the biggest producers outside Assam. He had decided that a mixture of Chinese and native Assam seedlings would make the best stock. But even if he turned out to be right in his choice of stock, a thousand things could still go wrong on any one day. If the kraits and cobras didn't get him, then the leeches probably would, the planter thought cynically.

He thought of the green-eyed widow in Madras. Would the fair Georgiana feel any regret at the news of his passing? Would *anyone* miss him?

Enough of being maudlin, Pagan told himself. *What you need is a drink.*

What you need is a woman, a mocking voice answered.

But there were no females anywhere near this secluded beach, except for the few Tamil women who had come to work the fields with their husbands. Those Pagan would never touch, for practical reasons as well as some vestigial sense of morality.

It had been almost seven weeks since he'd seen Georgiana, Pagan realized. No wonder he'd become damnably foul-tempered of late.

Yes, a week or two in the inventive widow's bed was precisely what he needed.

Liar, a voice countered.

It's not her you dream of, but a different woman. An unforgettable woman whose lips met yours with haunting passion,

*yielding and challenging at the same time. A woman whose
body you've dreamed about for months now.*

Scowling, Pagan kicked at a clump of sere dark earth, scattering it to dust. *Forget about the fiery ache in your groin,* he
told himself. *Forget about the mystery woman with the silken
skin.*

She is on the other side of the horizon right now.

*In a green country where the hedgerows are bright with blue-
bonnets and the first spring roses are in bud.*

And then it hit him.

His lips twisted in a bitter smile as he stared out at the
field of wide-eyed, uncomprehending Tamil workers.

It was April 23, 1865. His thirtieth birthday.

And James Ruxley had sworn to see him dead before the
month was out.

About one thing the long-limbed planter turned out to be
quite wrong, however.

For at that very moment, a tawny-haired English beauty
stood white-faced and stiff-legged in the hold of a sleek two-
masted brigantine bearing down on Colombo's azure harbor.
Her hands locked on her hips as she glared at the vessel's
captain. "I won't do it, do you hear me? You can take your
craven crew and sail straight to the devil for all I care! This is
one game you and your black-hearted employer will never
win!"

The captain came a step closer, a thin smile twisting his
lips. "Oh, there you're wrong, my beauty. For we've ways of
persuading you here on the *Orient Queen.* By God, don't we
just!"

As if to prove his point, the seaman draped a length of
rope between his fingers. Smiling coldly, he slapped the stout
coils against his calloused palms and took a step closer.

"Stay away, you bastard," Barrett hissed. The long months
of confinement at sea had weakened her body, but none of
her spirit, although the voyage had been endless torment.
They had drugged her food, hoping to keep her docile dur-

ing the voyage. But since there was no other food, she had to take what they offered or perish.

Laudanum? she wondered, or something worse? No matter, for the result had been the same: long hours of shadows, barely moving in dim transit from sleep to waking, never knowing the hour, the day, or even how long she had slept.

But two days ago everything had changed. She had eaten the moldy crusts of bread left on her tray and gulped down the dish of weak gruel without feeling the usual lassitude. Soon after, the pitch and roll of the vessel had lessened, as if they were in the lee of land.

This morning two impassive sailors of indeterminate race and nationality had brought her water to bathe. After she had washed, removing the last remnants of black dye from her hair, they had dragged her up to the captain's quarters.

To the first fresh air and sunlight Barrett had known for weeks.

She compressed her lips in a tight line, scowling at her captor. At least she had seen to it that her secret was safe.

For now at least. She could only pray that her grandfather had made his way safely to his old friend on the Isle of Mull.

Fear choked her for a moment, as she thought of what awaited her. And as always there were the memories, cold and ugly, her only companions on the long voyage.

She forced away those thoughts, almost as if they belonged to someone else. All that mattered was that they'd made landfall at last. Right now if she climbed to that single high porthole, she would see other ships, perhaps only yards away.

Dear God, if only she could—

"Stay away?" the captain repeated mockingly. "Now that, wench, was nowhere in my orders. As I recall, the letter said something about seeing to it that you knew exactly where your duty lay." He was almost to the middle of the room now, his eyes glittering coldly. "And that you understood the consequences if you failed."

Barrett's eyes flickered to the scarred wooden desk bolted to the wall beneath the porthole. The only other contents of the room were a bed which folded down from the adjoining wall and a large trunk beside the door.

Her eyes narrowed. Yes, it just might work, but she would have to be very clever.

She slanted her captor a glance through tawny lashes. "Very well, Captain. What exactly is it that you expect me to do? And speak simply, if you please. I am merely a female. We are all *so* featherbrained, after all."

The leathery seaman frowned, confused by this new turn of events. For the last twenty-four hours the Englishwoman had been hostile and sullen by turns, and that he had expected.

But this sudden docility made him damned uneasy.

"You're to perform a little errand, that's all you need to know for now, woman. And you'll begin by putting on these clothes." Smiling grimly, he moved past her to the trunk. A moment later a pile of bright garments came flying toward her.

On top was a feather-weight chemise of tucked white lawn and a pair of silk stockings, which landed on her shoulder. Beneath were a pair of peach silk garters and a diaphanous organdy petticoat.

She frowned as she studied the costly fabrics. What was the man about now? How could such a cutthroat afford expensive garments like this?

Barrett ducked reflexively as a heavy, boned corset hurtled through the air and landed at her feet. The revolting worm had thought of everything, it appeared.

Suddenly her teal eyes narrowed. Not everything, perhaps.

Slowly she lifted the exquisite chemise to her chest. "How lovely, Captain. But not for *me*, surely?"

Dark with lust, the captain's eyes fixed on the lace-trimmed lingerie spilling from Barrett's fingers.

Sweet heaven, it would be a close thing. But she had no choice.

"Aye, they're for you, right enough. Put 'em on." A leer sharpened the man's coarse features. *"Now."*

Fury exploded through Barrett's veins. It wasn't enough

for the swine to order her about. Now he meant to watch her
while . . .

Somehow she managed to quell her rage, knowing that her
life depended on staying calm. Slowly she reached down for
the corset, which lay puddled against her dusty half-boots.
But there was something very odd about the thing.

Suddenly she stiffened, seeing the square-cut neckline
clearly for the first time. Ornamented with lace and peach
ribbons, the bodice rose a mere four inches above the ribbed
waist.

Dear heaven, there would be almost nothing to cover her.
If she even breathed too hard, her breasts would spill over
the top!

And the contemptible slime knew exactly that!

Fighting down a string of oaths, Barrett turned away. Her
only chance lay in appearing to be compliant. She couldn't
afford the luxury of anger—not yet, anyway.

Another item of dress flew toward her, this a pair of lace-
trimmed drawers.

"Lovely, ain't they?" the captain said thickly. "Now let's
see how they fit."

Her back turned, Barrett shoved her slim fists against her
chest, out of the captain's range of sight. Dear God, let her
stay calm. She had to think!

She dug her nails into her palms, fighting for control.
"Haven't you forgotten something?" she managed to ask
sweetly. "Like my *dress*?"

The man behind her barked out a laugh. "You're a cool
one, ain't you? Mebbe you're not all so straitlaced as you
been putting on. Aye, we'll rub along just fine, you and me.
Without that boot black in your hair, you're a bleedin' little
beauty. And as for the dress, I reckon I'll keep it over here a
mite longer. Just to be certain everything else fits right and
proper, you understand."

Barrett's eyes flashed teal sparks. The arrogant, lice-rid-
den *swine*!

Scowling, she stared down at the scandalous corset. Some
new French creation, no doubt. Sweet heaven, the thing was

an absolute outrage! In it she would be covered, but just barely so.

Her fingers tightened. No, she could not—she absolutely *would* not!

In a burst of desperation she turned, clutching the garments to her chest. "How much were you paid to bring me here? Whatever it is, I'll see you receive double. I can give you an address in London. They—they'll pay you with no questions asked!"

Greed darkened the captain's gaunt face. "Double," he mused, his eyes on her heaving chest. "That'd make fair to two thousand pounds, my dear. Can you possibly be worth so much?"

Barrett's breath caught audibly. "He paid you a thousand pounds to bring me here? But why—"

"Enough talk," the captain growled. "And the answer is no. Not for all the fine offers in the world. So do we do this the easy way or do I have to call Lafarge and have him hold you down while I undress you?"

Fear slammed into Barrett like a fist. The bastard meant every word he said, and this time there would be no eluding him. But she had to make one last attempt. "What about ten thousand pounds then? Think of it, Captain. All you'll have to do is take me to the nearest town. With that much money you could vanish without a trace."

The wiry seaman frowned. Was he wavering?

But his next words put an end to all her hopes. "Lafarge it is, then." Grim-faced, he strode toward the door. "Perhaps this way might be more interesting after all," he muttered thickly.

Barrett's heart lurched against her ribs. Damn the man! Damn all of them! What did they hope to gain by this?

But she knew the answer all too well. They wanted her secrets. They had not been able to work them from her in London, and this scum's purpose must be to terrorize her into revealing them now.

London. At the memories, bile filled her throat. Her hands began to shake.

But she would never talk. She would die first.

"Very well," Barrett said flatly. "I suppose it would be useless to ask you to turn your head."

The captain merely leaned back against the door, crossing his hands over his chest. His mud-colored eyes never left her face. "Quite useless. Just like you guessed."

Tight-lipped, she turned, attacking the row of tiny buttons down the front of her dirty black dress. At least she would be free of *this* wretched thing, her only garment since leaving England.

To Barrett's fury her fingers shook as they shoved the buttons free, then lowered the threadbare fabric just far enough to unhook the front closing of her corset. Gritting her teeth, she fought to ignore the man behind her.

Once her corset was open, Barrett slid it free and maneuvered the new corset in place. Good! She had denied the scum that pleasure at least!

But her triumph vanished as she reached the top hook and looked down at the porcelain curves thrusting above the rim of the corset.

Sweet heaven, the thing was dreadfully tight and forced her cleavage painfully high! Now her breasts were clearly exposed, the rosy buds at their center coming just even with the garment's lace trim.

Fire streaked Barrett's face and chest. She might just as well have worn nothing! Vainly she tried to tug the top of the corset higher, but the stays were rigid and immovable.

"Now the rest," the man behind her muttered thickly.

Burning with fury, Barrett freed the tapes of her pantalets and let them drop to the floor beneath her skirt. Only then did she carefully wriggle into the new pair, all the time keeping her skirts draped over her legs.

Time, that was what she needed. Time and a clear head. Dragging in a lungful of air, she raised her chin proudly, then turned.

The captain's eyes widened, drawn like a magnet to the silken expanse of her chest. "God's blood, but you're a beauty," he breathed hoarsely. "It'll work, by God! No man in his right mind could resist the sight of *that.*"

What would work? Barrett wondered. Or was this just another trick to frighten her?

But she kept her suspicions from her face, studying her captor through lowered lashes. "Do you like it?"

The dark gleam of his dun-colored eyes was all the answer Barrett needed. "Aye, I like it, wench. And so will *he*—" With a sharp oath, her captor cut himself off.

He? What were they planning now? "To succeed I must know exactly what you wish me to do, Captain."

"All in good time, woman. The two of us have a bit of unfinished business first, you see." The gaunt seaman was only a few feet away now, his leathery face creased in a leer.

Barrett's heart began to hammer. Stay calm, she told herself. There were always solutions, her grandfather used to tell her; the trick was being clever enough to find them.

Except that right now the cold sparks of desire flickering in the captain's eyes told Barrett that her last chance had come and gone.

"Aye, and this is the part I've been waiting for most of all." He brought the thick coils of hemp down with a sharp crack against his palm. "Aye, as much as the money, I've been wanting this." He gazed down at her breasts, mounded wantonly over the stiff, lace-fringed corset. His voice grew thicker. "Maybe even *more* than the money, by God."

He was close now. Barrett could smell his breath, musty and rum-laced. She shivered slightly, and only with grim determination managed to keep from flinching.

Wait, she told herself. *His blood will soon be hot, and his reflexes off. Yes, a moment or two more. Not yet . . .*

Calloused fingers gripped her slim waist, hard and greedy. The mud-colored eyes narrowed, dark as the evil he planned.

Only then did Barrett twist free. She grabbed up her old corset from the floor and threw it at her captor, then eased a little silver-handled fruit knife from her boot and struck out blindly at his face.

Roaring with pain and surprise, the seaman staggered

backward, flailing at the air. Immediately Barrett darted past
him and scrambled onto the desk, searching for the porthole
with trembling fingers.

Not high enough!

Desperately she stretched until she felt the metal latch.
Gritting her teeth, she jerked the glass pane open. Beneath
her lay a sheet of sapphire water glistening in the white-hot
glare of a tropical sun.

Clutching the frame of the porthole, she rose to her toes
and thrust one leg outside. She bent and maneuvered her
head through, trying to ignore the captain's wild curses at
her back.

Terror snaked through her.

Stay calm. In a moment the other leg will be free.

She blinked, blinded as her head cleared the porthole.
Twisting sideways, she gripped the upper rim and tried to
work her other leg through.

Dear God, please let there be no sharks here.

Wherever *here* was . . .

Barrett's fingers shook as she perched on the porthole,
fighting for balance. Her knee cleared the rim. Nearly
through!

Inside the curses suddenly ceased.

Her heart hammering, she leaned out over the water and
eased her ankle toward the metal rim.

But at the last second a heavy coil snaked around her
ankle and jerked her down with savage force. Calloused fingers gripped her waist, dragging her back through the porthole.

"Bloody little bitch! That's the last running you'll be doing. Aye, for a good long time!"

Knocked off balance, Barrett fell backward, unable to help
herself as her head smashed against the corner of the desk.

A queer ringing filled her ears. Pain flooded over her.

White-faced, she pushed to her feet and stumbled blindly
toward the porthole.

The rope cracked down, biting into her back. For a crazy

moment the captain's bloodied features danced before her, strangely dim and blurred.

Then the rope hissed down again, shredding the back of her dress and flaying the fine skin beneath.

She flinched as the world exploded in a blinding vortex of pain. The stench of whisky was the last thing she noticed before the hot breath of darkness rushed down to claim her.

11

Beneath the fine mesh of his mosquito net the tall planter tossed restlessly. Stripped naked, he strained and twisted in the steamy tropical night. Muscles bunched, he attacked the air, sweat rising in beads across his bronze torso.

Mumbling thickly, he seized the bedposts as if confronting an old enemy. His breath came fast and jerky, as the malarial fever caught him once again.

Suddenly Pagan's fingers clenched. Without warning the dream changed, the blood and rage of Cawnpore swept away like so much smoke. Before him now stood a woman, proud and sleek, all ivory nakedness and tumbled raven hair.

The woman in London. The same woman Deveril Pagan had seen in his dreams for weeks.

His face hardened as he gripped the bedposts, tormented by nameless yearning, by a hunger that burrowed into his deepest being and split him open with pain.

Like an acid kiss, desire ripped through his groin. Struggling for sanity, he sat up, fighting the hallucinations.

But this time the sickness was strong, and he was very weak, for he had driven himself relentlessly since his return almost eight weeks before.

And this time Pagan knew that the dreams would win.

Blindly he stumbled to his feet and thrust aside the mosquito net, trying to forget the woman with hair like smoke, trying to forget the savage fire in his groin.

And then just as swiftly as the images had come, they vanished. The phantom woman smiled sadly and swirled away into smoke, only to reappear as a white tiger.

Black-streaked and regal, the great beast faced him, eyes gleaming, tail twitching. Just like that day two years ago in the hills above Windhaven, the pair stood in taut silence, predator and prey taking the other's measure, each too proud to turn back.

The dream tiger flicked his tail sharply, and Pagan tensed. He could almost feel the bite of razor-sharp claws.

Around them the jungle grew quiet. Even the monkeys ceased their restless chatter.

Sweat trickled down Pagan's brow; he steeled himself for the first savage lunge.

Jo hoga, so hoga. What is meant to be will be.

Dark and deep, a growl ripped from the back of the tiger's powerful throat.

For a moment St. Cyr tasted an acrid tang of regret. How could he die now, when he had so much yet to finish? A tea crop to get in. A plantation to save.

A killer to catch.

Too late!

Teeth bared, the tiger lunged; his great, sleek body pushed off the overhanging bough and drove out into space. His legs seemed to go on forever, a dizzying blur of light and shadow.

Instinctively Pagan raised his arms, feeling the cold blast of death. Caught in fevered dreams, he struggled wildly, arms outstretched to combat an invisible foe.

No time left, he thought wildly, thrusting away the tangled vines which were bed linens and jerking free of the foliage which was mosquito netting. Any second the big cat would be upon him!

He heard a smooth, deadly purr. He froze, listening to the slow pad of powerful feet.

Only one chance—had to get the gun!

With jerky, automatic motions he stumbled toward his gun cabinet, his eyes wide and blank.

Outside the bungalow, somewhere in the darkness, a big cat cleared its throat and began to purr.

Waiting patiently in the night.

As deadly as the jungle itself.

Less than a mile away, atop the crest of a small hill, a thin line of smoke trailed skyward, invisible against the darkness. Before the fire sat a thin brown man in an undyed, homespun loincloth. His eyes, focused on the dancing flames, were the color of sun-dried coffee beans.

Coffee.

The devil's drink. The commodity that had spelled the death of his beloved island.

Mumbling hoarsely, the shaman sat forward and peered into the snapping flames.

In their big ships the foreigners had come, darkening the harbors like evil birds. First the Dutch and now the English carried their bright gold guineas to lure his people into clearing the *sal* trees and burning the sweet, screening bamboo.

All so that the English could plant more of their devil crop.

With money and honeyed promises they had seduced his people into forsaking the old ways. With their clever words, they made the Sinhalese forget the old gods, the old legends. Now, after forty years, his beloved island had changed completely.

All its people could see now was the flash of yellow gold. All they could think of were the toys and cheap trinkets that the blue-eyed *Angrezi* used to seduce them.

Anger swept across the old man's gaunt, mahogany face, and his eyes glowed bloodred in the firelight. Silently he reached into a pouch at his hip, removing a handful of white powder, which he sprinkled carefully over the flames.

Instantly the fire erupted with angry sparks. They flashed high into the air, then slowly sputtered out.

With a secret smile the chief of the ten tribes looked up from the blaze, well content with what he had seen there.

Soon the white man would meet his match, the flames foretold. Every day the leaf weakness grew, choking the devil plants. Soon there would be none left untouched.

Then the shaman's eyes narrowed. He saw something else in the white-hot embers—small circles, lined up like the pugmark of a tiger.

His eyes blazed, triumph coursing through him. So the time had come at last for the summoning of the tiger, just as the legends had foretold! Now the white king would drive out the foreign invaders and lead his people to reclaim their sacred homeland.

Behind him a feather-thin bamboo began to shake, whispering of future glories. The shaman's eyes took on a glazed, faraway look.

Even now the great beast waited. He could feel it out in the steamy darkness, blue eyes burning, great chest heaving. Midway down the hill it was, crouched beneath an ancient *sal* tree, panting in the heat.

But there was something else . . .

Frowning, the old man peered down into the flames again, his gnarled hands scattering another handful of powder.

From the hissing flames a pair of shining eyes gleamed back at him. Brave eyes, with the changeable hue of peacock feathers.

Desperate eyes, he saw now. Eyes that had looked into the blank face of night and been blinded by it.

Empty eyes.

The shaman's breath caught sharply. A woman, by the great Kali! A woman from the city of fog in the *Angrezi*'s devil land.

Murmuring the words of an ancient and very secret chant, the old seer focused on that image, willing it to grow and take on clearer lines. As he watched tensely, the log hissed, then burst into flames and collapsed in upon itself.

The old man's heart thundered in triumph. All praise to

Shiva, Creator and Destroyer! All praise to his consort, the
all-seeing Kali, Mother of Time and savior of her faithful!

The *Angrezi* woman changed everything, of course. Now
the contest could begin in earnest.

The shaman smiled, already tasting the sweetness of revenge. With a final prayer to Shiva for his merciful intercession, the old man rose sinuously to his feet and started
downhill, barely checking his stride to accept the ivory walking stick one of his followers held out, head bowed.

At last the time had come.

The shaman quickened his pace, realizing he would have
much to do before the sun climbed next from the molten
silver sea.

12

Minutes passed. Or maybe it was hours.

The pounding began in his chest and hammered out
through his whole body until Pagan thought he would be
torn in two.

Sick again, he thought, swaying wildly. *Malaria* . . .

The cinchona drink was right there on his campaign desk.

So why the hell hadn't he taken it? Why had he felt himself losing control over the last weeks, first in small things
and now in this?

Around him the jungle lay in unnatural silence. Only the
bamboos moved, rustling in the wind.

Like a warning.

Pagan frowned, fingering the butt of his rifle, wondering
where the white devil was hiding now. His hands slipped in
his own sweat, and he cursed. From behind him came the

crunch of palm fronds and he spun about, his eyes focused on the dark, restless dance of the jungle.

Nothing. Only shadows. More bloody shadows . . .

The tiger could appear from anywhere, the Englishman knew, usually from the place one least expected.

Pain slammed into him, driving shard-sharp into his brain, squeezing him dry of thought and will.

Bloody damned malaria.

"By God, you'll not have me!" he shouted to the waiting darkness, to the restless bamboos.

To the white death he felt watching from the top of the hill.

"Not me. Not Windhaven either!"

The branches of a nearby *sal* tree began to shake; somewhere high above, a myna screeched in terror.

But Deveril Pagan hardly noticed.

Lost in nightmare visions, the grim-faced Englishman clutched his rifle and stumbled blindly down the path toward the beach.

Pain, everywhere pain.

It squeezed her, choked her until she slipped in her own tears. Inside her head, across her shoulders, down her spine —always the pain.

No more! a wild voice screamed. Not *her* voice, Barrett thought dimly. No creature could sound so desperate as that.

Suddenly she was falling, plunged in cool darkness for a moment before the agony returned. Somewhere far away she heard a muffled shout, followed by the thump of heavy feet.

Then she heard no more. Water gushed into her nose and mouth and lungs.

She gasped, tempted to give in. How sweet to sink into the darkness! How sweet to let the black wings gather her up until she felt no more.

No fear.

No pain.

No more gnawing horror of memory.

Feet pounded somewhere nearby. More shouting . . .

Cool waves in a black glass night.

And then that, too, was forgotten. By reflex, her hands reached out, clawing the glossy darkness until she sputtered up into cool, clear air. She threw back her head, gasping for breath.

High overhead, like diamonds flung across a black velvet cloth, the stars flashed back at her.

Water, she thought.

She must be floating at sea. *Where* at sea, she hadn't the slightest idea.

Now all she could think of was finding the next breath, of churning her way over the black swells that never stopped coming.

Fight—must fight.

But every crashing wave made her weaker, until her arms shook and her lungs ached.

Trailing phosphorescence swept past her right shoulder, burning like pinpricks of flame. *Some small, wretched sea creature fighting to stay alive, just as I am,* she thought.

Although her legs were leaden, she attacked the waves anew, for in some way that faint shock had revived her and given her new resolve.

Slanting her head, she dragged in a ragged breath, at the same moment glimpsing a fuzzy orange glow to her right.

A fire?

Fire meant land, she thought dizzily. And land meant safety!

Gasping, she began to struggle toward that faint ember that glowed like hope against the flat veil of night. Her heart racing, denying both fear and pain, she fought her way through the cold waves.

Toward the far shore.

Toward safety.

Toward a place where pain and shame did not exist.

Behind her, all unnoticed, the past flickered and blurred, then winked out altogether, swept far away into the leaden darkness of the night, where it could not harm her.

* * *

With the first cool sweep of water, sanity returned—or at least partial sanity. Blindly Pagan waded out into the silver-webbed currents, feeling the madness loosen its chill grip.

The malaria was always close, one of his many mementos of India. Like the jagged scar that ran the length of his torso, the fevers were a legacy of the Great Mutiny—and of Cawnpore.

Cawnpore. Place of madness and bloodlust. Place where death hung tangible and suffocating in the burning air.

At the memory, a chill swept over him. Only the water, Pagan told himself grimly. Only the night.

But he knew it was a lie.

It was Cawnpore that made him shiver, Cawnpore that he would never forget. Someone needed to remember, after all. Who else was left to remember but he?

Smothering a curse, he plunged cleanly into the silken darkness, letting the cool currents close over him. He stroked deeper, trying to forget those long weeks of fire and carnage when the Sepoy flames had swept across India.

In a week he had lost his house, in a fortnight all his carefully tended fields.

In a month he had lost his servants and all his friends. Dry-eyed, he had watched everything that he had ever worked for swept away in one great paroxysm of hatred.

Now eight years later here he stood, captive of a dream on an island that hung like a tear from the eye of India. And by God here he'd stay, his back to the mist-hung mountains, his face to the southwest monsoon, determined to fight, determined to hack a living out of the jungle.

And he'd bloody well succeed.

If the nightmares didn't destroy him first. If somehow he could manage to forget Cawnpore . . .

Cursing harshly, Pagan lifted his powerful arms and stroked back up to the surface, water sliding from his head and shoulders like scattered diamonds.

He filled his lungs, treading water. Smoke mingled with pungent native herbs drifted down from somewhere on the ridge. More secret rites in the night?

He had threatened his workers with instant dismissal if he found them skulking off to worship the skull of Kali, but apparently his threats had failed. The native workers would do as they pleased, just as they always did.

Once more Pagan plunged down, throwing back his head and letting the cool water sweep over him.

Forget the five dead workers you found on your return from London, he told himself. *Forget the attack at the docks in Colombo. Forget the three men who followed you into the night, seizing you from behind,* he repeated as the waves rocked him.

Like a cool dream in a hot night, the current rippled and surged beneath him. Like a benediction, Pagan thought. Like a lush green oasis in a desert of madness.

And he yielded to the shadows, savoring their healing forgetfulness as his strong arms cut a path through the dark waters.

Then his fingers brushed the raw welt zigzagging from his cheekbone to his right eyebrow. Immediately his massive body stiffened. When his head broke the surface a moment later, his eyes were hard and glittering, the night's magic shattered.

Forget?

That was the one thing Deveril Pagan could never do.

She felt the sandy bottom before she saw it. A second later the waves tossed her onto the beach; sand, seaweed, and tiny shells ground into her mouth and tongue.

Sputtering, she crawled from the water, then sank onto the heavenly warmth of the sand.

A crab scuttled past her hand, but in her exhaustion she did not move. She had no energy left for anything but breathing.

A wave surged past her knees and then retreated, and she realized she must climb higher, lest she be dragged back out to sea with the rising of the tide.

She tried to struggle upright but failed, collapsing back in a damp sprawl against the beach. Ashen-faced, she managed to crawl a few more feet before sinking down once more, her last remnants of energy spent.

At least she felt no pain beyond a prickling at her back; perhaps she was *beyond* feeling pain.

Gritting her teeth, she raised her head and searched for the orange beacon. For hours it had beckoned, finally bringing her here to safety.

Strange—the light was gone.

But it scarcely mattered. Nothing mattered now.

Sighing, she let her eyes fall shut. Her fingers stretched out and dug into the warm sand.

A moment later she was asleep.

The first rays of dawn burned a blood red trail out of Burma as Pagan lifted himself wearily from the sea. Water streamed in silver rivulets from his face and chest, coursing down his powerful, bronzed body. With a primitive, animal grace he shook his head and stretched, careless of his nakedness.

At last he was tired, a pleasant, comfortable sort of fatigue. With a little luck he might even be able to sleep now.

The hunger in his groin was still there of course, only now it was reduced to a dull throb.

Just like the memories of Cawnpore.

Frowning, he toweled himself off and tugged on his breeches, his broad shoulders bunching and rippling with each movement. He dragged a weary hand through his black hair, combing it back off his face, then turned toward the path that led inland.

It was then that he saw the smudge of color against the dawn-gray beach to the south.

A smudge where no smudge should appear.

His broad brow furrowed. He stared across the sand, frozen with shock. It was impossible, of course, nothing but another illusion.

He closed his eyes, shaking a rivulet of saltwater from his face. When he looked again, he fully expected the bright blur to be gone.

But it wasn't. The shape had not changed in the slightest. And the *it,* Pagan now saw clearly, was a woman.

A prickle of something that might have been foreboding skittered up his spine.

Captive in a dream, the man with raven hair and onyx eyes stared at that dim blur on his secluded beach, unable to believe the evidence of his eyes. Only another tormenting image, he told himself; only another illusion come to haunt him through the long tropical nights.

Wind played over his face, already warm with the heat that would grow to a ferocious blast by midday. Feeling a queer, burning sensation in his throat, the man the estate workers called the Tiger-*sahib* stalked over the damp, hard-packed sand.

His shadow fell over the motionless figure, a slash of darkness against ivory skin and pale, sodden damask. Slowly Pagan knelt, feeling a strange sense of fatedness about the moment. He realized he could not have turned away even had he wanted to.

And turning away was the very *last* thing he wanted to do right now.

His eyes narrowed. His blood took on a strange, staccato drumming.

Kismet, he told himself, oddly lightheaded. *Jo hoga, so hoga.*

To his disgust, his hands began to tremble.

Even before he looked down, he knew she would be beautiful. It was inescapable somehow, part of the dreams that had tormented him for weeks since his return from London.

A woman, Pagan thought dizzily, staring down at the honey-gold strands cast upon the sand. A white woman . . .

But how did she come to be lying here? Outside of a few of his estate workers, no one even knew this secluded cove existed. The few who did were native Sinhalese whose loyalty he trusted absolutely.

So what was this fragile mermaid with hair the color of a tropical sunrise doing here, asleep on his private beach?

With damnably unsteady fingers, the tall planter swept a

tangled strand from the woman's face, revealing a silken curve of cheek and honey-colored lashes.

Beautiful.

Just as he had known she would be. But—faintly familiar?

Pagan frowned, seeing the face he had glimpsed so often in tortured, malarial dreams. There was the slim, chiseled nose that turned up slightly at the end, and there was the chin rising to a defiant point. Dear God, there were the lips the color of wild orchids, wide and soft and achingly generous.

Lips that could cling sweetly while they drove a man wild with desire.

He smothered a curse, trying to forget the raw image of what he would like those lips to do to him, how much he would give to feel them inch slowly over his naked, fevered skin.

Desire shot through his groin, white-hot and explosive. He jerked back, dropping the golden strands as if burned. Rocking back on his heels, he stared down at her, dazed.

Beautiful, damn her, just as he had known she would be! And if his judgment of women was any good—which St. Cyr knew damned well it was—then this particular woman would have a perfect body to match that exquisite face.

And the Tiger hadn't had a woman in almost two months. He hadn't even *seen* a woman for half that time, since leaving Windhaven.

Ruxley would surely know that too.

Frowning, the Englishman rose and stared down the beach. His eyes narrowed on the sea, calm and silver beneath the rising sun.

Just as he'd thought. No splintered planks, no floating cable and torn sheet. Nothing at all.

His frown deepened to a scowl. No debris meant there had been no shipwreck, and a shipwreck was the only reason for her to be cast up on this lonely stretch of beach that appeared nowhere in any English sea chart.

The only *innocent* reason, that is.

But it seemed someone had talked: the evidence lay right before him.

His eyes hardened as he looked down at the female sprawled in the sand. At his sides his fingers clenched and unclenched, yearning to shake out all her deadly secrets.

Beginning with the details of Ruxley's latest plan to extract the location of Windhaven's fabled ruby mine.

Go ahead, a dark voice urged. *Strip the Jezebel bare and savor her naked beauty. Enjoy her as a woman was meant to be enjoyed. Touch her. Make her hot and hungry, begging for you to take her. And then bend her to your will until she answers every question you can even think of asking.*

But Pagan did not move, though his pulse was crashing through his veins like cannon shot.

Desire lay upon him, heavy and smothering like the black clouds that ran before the southwest monsoon.

Why not? he thought angrily, his temples slick with sweat. This was *his* land, *his* beach. On this square of sand and soil he alone was lord and master.

Abruptly his face twisted with self-mockery. Maybe it *had* been too long. Maybe he was just afraid.

By God, sometimes he almost forgot what a woman looked like.

Almost.

The warm wind brushed his face, tossing the woman's pale damask skirts, offering him a glimpse of lacy drawers beneath frothy petticoats trimmed with peach-colored ribbons.

A bead of sweat slid down his neck. His skin prickled, dry and taut.

A *woman.* Good sweet Jesus, every inch a woman, from her lacy petticoats and ruffled drawers to her expensive damask gown.

Why here? And why now? Pagan asked himself over and over, unwilling to face the answer. Knowing it was the only possible answer.

Two simple words.

James Ruxley. A man who would stop at nothing to get his

hands on Windhaven's secrets, especially now, since the great ruby had vanished during the melee back in London.

Sir Humphrey's murderer had never been discovered, nor had the ruby, in spite of a lengthy investigation. Apparently Ruxley didn't have it, which surprised Pagan vastly.

Such tactics were exactly what he'd expect of the Merchant Prince.

But six of Ruxley's men had come to Ceylon so far, asking questions in the native villages and flashing their gold guineas.

When that hadn't worked, they'd tried a more direct assault through the jungle.

All six had died in the attempt. One by one Pagan had found their dead bodies, snake-bitten or leopard-clawed, their corpses darkened by a cloud of circling vultures.

They had had no real hope of success, of course. Fifty miles of uncharted jungle lay between this beach and the mountains of Windhaven. In between there were no roads and few paths, only a thousand kinds of danger waiting in the grass.

In underbrush too dense to penetrate without a machete.

In shadows where kraits writhed in a deadly black tangle, patiently awaiting the tread of a careless foot.

The Tiger's eyes hardened. Let Ruxley send a hundred more men! If the pythons and leopards didn't kill them, then *he* bloody well would.

Only now it appeared Ruxley was playing a different game, using a simple formula, but a very effective one.

One beautiful woman washed up on a deserted beach.

One malaria-weakened man, starved for the touch of a woman's silken skin.

Yes, by God, it had all the earmarks of a successful campaign.

Except he wasn't that far gone yet, Pagan vowed grimly, and *this* intruder would be a decided pleasure to interrogate. As his eyes burned over the soft curves outlined beneath her damp garments, he felt the telltale heaviness at his groin, the surge of heat to his manhood. Yes, by God, he'd have her!

When she awoke it would be in *his* bed, with his throbbing shaft buried deep inside her.

And he'd take his bloody time about it, for he wanted his intruder hot and hungry when she awoke—and wearing nothing but *him!*

Grim-faced, the Englishman reached down and flung his trespasser over his shoulder. A muscle flashed at his jaw as he felt her hair spill over his naked back. His skin burned where she lay against him, all softness and sun-warmed silk.

He looked neither right nor left as he stalked up the beach to his bungalow.

13

The Tamil workers watched in silent wonder as the tall *Angrezi* strode up the path from the beach, an inert female flung over his shoulder. Several shrank back, murmuring protective mantras as the planter passed.

Although he gave no sign of noticing, Pagan missed none of their reactions. It was getting harder and harder to keep them, he knew full well.

This string of recent "accidents" had been the final straw. Now it was whispered that the Tiger-*sahib* was cursed, and that whoever worked for him would suffer terrible consequences. *The bloody shaman's doing, no doubt,* Pagan thought grimly.

Last week five workers had defaulted on their contracts, vanishing overnight into the jungle. The only reason the rest stayed was because the Tiger treated them with fairness and paid their wages as agreed upon rather than months late, as some of the other planters did.

If they paid at all.

In grim silence Pagan kicked open the door to his bungalow and strode down a long corridor to his sparsely furnished
room. In one corner stood a rattan chair and a wooden campaign desk, the latter placed in tins of water to discourage
the forays of voracious white ants. On the bed lay scattered
correspondence, chits requiring his signature, and scribbled
notes detailing the progress of his tea experiments.

Pagan swept the papers onto the floor, then dumped his
sodden captive over his shoulder onto his bed.

Why hadn't she awakened? There had been no blood nor
any sign of a head wound.

Then his onyx eyes hardened. Maybe she wasn't asleep at
all, merely feigning.

If so, he knew the perfect way to find out.

His fingers dropped to her bodice. He pried a tiny, cloth-
covered button free, trying to ignore the gentle rise and fall
of her chest. Any moment he expected her to sit up and start
squawking in protest.

But she did neither. Not by so much as the flicker of an
eyelid did she acknowledge his presence.

Pagan attacked the second button, his hands strangely
awkward. His fingers slipped on the tiny circle, once and
then again.

*Get a hold of yourself. How Ruxley would laugh to see you
now,* he thought furiously.

But his fingers only grew more unsteady. Smothering a
curse, he sank down on the bed and pulled the woman across
his lap. In one savage stroke, he caught the top of her gown
and sheared the whole row of buttons away, sending the
cloth-covered circles pinging across the wooden floor.

Even then she did not move.

Pagan's jaw settled into a hard line as he tugged the
woman's dress from her shoulders. All the time he reminded
himself that he was calm, that he was in control, that this was
merely another skirmish in his ongoing war with Ruxley.

But it was a lie, a lie that became harder and harder to

ignore as his manhood strained, hot with desire where she lay angled against him, her weight a sweet, burning torment.

For he was *not* in control, and he was anything but calm right now.

With jerky motions he freed the ribbons at the top of her chemise, pulled the float of cambric over her head, and tossed the garment onto the floor.

What he saw next drove the breath from his lungs.

She was tightly laced into a low-cut corset of a sort Pagan had never seen before. Its rigid gussets cinched to a waist so slim that he could span it with his hands.

But it was the corset's lacy edge that caught his gaze and sent flames exploding to his groin.

There, smooth as China silk, her lush breasts thrust up, cool and perfect. And there, dear God, just as in his dreams, her coral-tinged nipples peeped out from the ruched lace trim.

Sweat broke out on Pagan's brow. Even as he watched, one perfect crest trembled, then spilled free.

With a harsh curse he released the breath he hadn't even known he was holding. Sweet God in heaven, he was on fire! If he waited much longer to have her he would explode!

Struggling for calm, he bent to the damp mass of her skirts. Anything to forget the agony at his groin, agony fired by the merest thought of the perfect curves only inches from his hungry fingers.

He smothered a curse, seeing her horsehair bustle. Why did Englishwomen insist on wearing so many clothes in the middle of the tropics? What were they trying to hide?

The anger steadied Pagan somehow, helping him forget her softness.

He pushed her onto her side, freeing the bustle and hurling it across the room. Farewell and good riddance! That was one article of dress she'd not wear again. And that bloody corset would soon make a second.

But first he had her petticoats to contend with.

Grim-faced, he bent to the task, his fingers rough and urgent against the fine, damp organdy.

A person could smother buried beneath so much cloth, he thought angrily. Many an Englishwoman had keeled over in a dead faint, laced and muffled head to toe in such clothes.

But not this woman, Pagan vowed. Soon she'd be naked as the day she was born. And he meant to see she stayed that way until he had some answers from her.

One tape gave way. Pagan shifted her to tug the garment free.

Her head turned, pressing into his thigh.

He froze. Erotic images spilled through his mind.

Just like the ones in his fevered dreams.

He felt a shudder snake through her. Dark eyes smoldering, he raised her head and studied her face. But his trespasser's features were pale and perfect, absolutely expressionless. She gave no sign that she noticed him or anything else around her.

But something else had moved. With Pagan's efforts, her corset had shifted.

Now in frozen silence Pagan watched her other nipple tremble, then spill over the corset's lacy edge.

Fire ripped through his groin. Desire beat a savage staccato straight down to his tumid manhood.

Take her, an angry voice urged. *Take her here and now. That's all the harlot deserves. After all, that's what Ruxley sent her for.*

But somehow he could not. Dreamlike, he watched his calloused fingers fall until they grazed the small, peaked buds surrounded by pure lace and purer skin.

Pure? he thought bitterly. Pure was the last thing this harlot of Ruxley's could be.

As if to prove just that, he cupped one ivory mound and stroked its velvet bud with his thumb.

The woman did not move.

Pagan scowled. It proved nothing. She was well trained, after all, by a man who was a master at deception.

But a pinprick of guilt persisted.

And then, just as on the beach, the Englishman found

himself remembering another woman—a woman who had met him with sweet fire. Lips that had clung to his with soft abandon while snow danced around them in the London night.

A woman he had tried for weeks to forget.

"Meri jaan." The words were on his lips before he knew it, part plea and part raw accusation.

A shiver swept through the woman in his arms, so faint that Pagan wondered if he'd imagined it.

Stunned, he stared down at the pale sweep of her cheek, at the arch of her lips. The hair color was different and her features had been veiled, but . . .

Dear God, could it possibly be *her*?

"Falcon?" he whispered, tracing her bottom lip with his calloused thumb, struck with the wild certainty that he had touched her this way before.

His thumb probed the shadowed center of her mouth. In his arms the woman trembled, her lips parting slightly.

A muscle flashed at Pagan's jaw. It was impossible! She couldn't be the woman he'd met in London. Her hair wasn't even the right color, for God's sake!

But how else was he to explain this haunting sense that he had touched her this way before?

The answer was not a pleasant one.

It must be because he desperately wanted to believe it. Because he was half mad with malaria and had succumbed to Ruxley's cleverest gambit yet.

With a raw curse Pagan jerked his hands away, struggling to fight the attraction he still felt. No, she couldn't be the one! It would have been too great a coincidence.

And where James Ruxley was concerned, there was no such thing as coincidence.

Abruptly the woman twisted, murmuring restlessly. St. Cyr hated the way his pulse leaped at the sound.

Again it came, the raw, choked whisper. And then Pagan heard what he hadn't allowed himself to hear before—that the sound was prompted by pain and not desire. Her fingers, he saw now, were clenched white, her lips compressed in a flat line.

Something was wrong!

He caught her wrist and felt her pulse. The beat was faint and sharply erratic.

Damn her and damn Ruxley and damn all his devious plans!

Grimly Pagan pushed the tangled mane from the woman's face, cursing himself for not checking for wounds sooner.

But he knew why he hadn't. There had been no shipwreck, no storm, and no real signs of any emergency which would have driven her onto his beach.

And because she was beautiful.

Because she was so damned soft, softer than any woman had a right to be.

Because he was halfway under her spell already.

The realization left Pagan stunned and furious. His jaw clenched as he continued to explore her neck and forehead, searching for anything that might explain her continuing lassitude.

Then his calloused fingers froze. A raw laceration crossed her left temple just inside the hairline. Deep and jagged, it oozed bright new blood even now.

God forgive me for my stupidity, Pagan thought. Then he was on his feet and running for the door.

Praying he was not too late.

She woke to pain and numbing cold. Hard fingers probed her skull, tugged at her clothing.

Barrett moaned, fighting her way up through layers of darkness and an eternity of dreams.

Only now she did not think of herself as Barrett or as Brett. Now she thought only in blurred wisps of sensation that knew neither sound nor words.

She shifted restlessly, struggling against the hot, choking air. "S-stop! No more, you f-foul leech! I—I won't do it, do you hear? Not now. N-not ever!"

But the words were only in her mind.

A dream?

No, not a dream. Still in the water—had to get ashore. Had to get . . .

Like a great vise, pain seized her between its gleaming metal jaws. Biting deep, it ripped through every layer of reason and defense.

Something wet splashed across her brow. She flinched, fighting it with mindless ferocity.

Dear God, she mustn't give in!

The voice came as if from a great distance.

Never give in. No matter what they say or do to you. You knew it might come to this, if you were caught.

She tried to think, to plan an escape, but the pain blocked every thought. When she tried to remember, she met only suffocating darkness.

And more pain.

Which left nothing to do but fight. And fight she did, with teeth bared and nails poised, like the desperate, hunted animal that they had finally made her become.

A muscle flashed at Pagan's jaw as he tried to quiet his captive's wild struggles. But his touch seemed only to drive her to greater fury, until he could scarce dodge her flying fists.

He looked away, reaching for a clean cloth, and she twisted suddenly, her nails raking his face and drawing blood. Pagan cursed, knowing that he had to stop her before her wound opened wider. Grimly he wrapped an arm about her waist, forcing her against his chest.

With every movement, more blood spilled down her cheek.

Again, she broke free, slamming her fist into his cheek.

Pagan's eyes smoldered. He could taste his own blood as he rolled to his side and trapped her beneath him. In one swift movement he captured her wrists and pinned them at her sides. "Stay still, little fool!"

If the woman heard, she gave no sign of it. White-faced,

she struggled harder, her chest heaving, her lips compressed in pain.

And in fear, Pagan saw, though she hid it well.

She was either a very brave woman or a very clever one, he decided, and before the hour was out, he would know which.

"It w-won't work. N-not—again!" She twisted furiously. Panic sharpened her voice. "I won't do it, do you hear? I don't care what they t-told you!"

"Stop fighting me, woman," the Englishman growled, trying to ignore the exquisite sensation of her breasts against his naked chest. Trying to ignore the way her softness yielded to his aching male hardness.

There would be time for that, too, he vowed, but now he must calm her and tend to that wound. The nearest decent surgeon was three hundred miles away in Madras, and Pagan had neither men nor time to fetch him, not with the monsoon only a matter of days away.

Grimly, he ripped a length of muslin from her discarded petticoat and knotted it around her forehead. That should stop the bleeding until he could clean the wound.

Just then his captive twisted, sinking her teeth into his wrist.

Pagan jerked away, studying the small red marks left by her teeth. Any wound was dangerous here in the jungle, where infection could rage out of control in a matter of hours, but a human bite to the hand was the most dangerous of all.

"Nihal!" he bellowed. Almost immediately bare feet pattered down on the hall.

The next moment the door was thrown open by a small sober Sinhalese servant with a blinding white smile and fine, regular features. Right now those features were creased with curiosity. "Yes, Tiger?"

Pagan didn't even turn around, too busy trying to subdue his unruly patient. "Boiling water, bandages, and that bottle I brought back from London. Quick, Nihal!"

"Yes, lord. Most quickly I am being." Bare feet scurried over the wooden floor and then the door slammed shut.

"I won't talk, d-damn you." The woman's teeth began to chatter and her head tossed restlessly from side to side. "The secret is m-mine. Won't have it from me n—now. D—die first . . ."

St. Cyr's brow knit in a frown as he anchored her beneath the weight of his body. What in the devil was the woman talking about? "I don't want you to talk," he growled. "Just to stop bloody fighting me!"

"Let go! M-must get to s-shore." Her voice was growing weaker. "Gran—"

"You *are* ashore. Now you must rest. You're—" He started to say "safe," but stopped himself.

Safe is the last thing you are, he thought. But she'd find that out soon enough.

"Here," he finished instead. "Here with me."

She blinked. Her eyes opened slowly and Pagan found himself staring down into teal eyes, gold-flecked and dark with unshed tears.

Beautiful, he thought bleakly. Just as he had known they would be.

As if to torment him, her bared nipple brushed his shoulder, sending a fresh jolt of fire to his groin. Her soft thighs shoved against him, each movement bringing new tides of agony.

Her eyes widened, glazed and unfocused. "W-where? Where am I?"

Pagan scowled. This struggling of hers would be the death of him! "You're home," he lied.

She froze beneath him. Her head cocked as she fought to make sense of his words. "H-home?" she rasped. "At—at Cinnamon Hill?"

Pagan stored that bit of information away for future use. "No, not there. At *my* home. At Windhaven." He waited for her glimmer of response.

All he saw was disappointment. Her shoulders seemed to droop and weariness darkened her eyes. All at once she looked tired—and infinitely vulnerable.

But before Pagan could react to that vulnerability, her hands tensed, then balled into fists.

"You'll pay for this villainy! If it's the last thing I do, I'll see that you pay!"

How he would pay, Pagan was not to learn, for the next minute her body went slack. With a choked sob, she slipped back into the darkness.

For long minutes Pagan stared down at the woman in his bed. He cursed in the first tongue he had ever learned, using good, stout Hindi phrases. Then he switched to Tamil and finally to gutter English.

None of them made him feel any better.

He barely looked up as Nihal returned, laden with cloth and bottles.

"Where is the *memsab* coming from? No boats are being seen in the cove for over a month, nor is there any wreckage of wood or canvas."

"I haven't the slightest idea." Grimly St. Cyr tore off a piece of linen and dipped it in the basin of hot water that Nihal had brought. Carefully he began to clean the woman's forehead, thankful that she was still unconscious. Even diluted, the carbolic acid solution was going to hurt badly. He hoped to finish while she slept.

To his infinite fury Pagan noticed that his fingers were not quite steady.

Nihal noticed too. "Tiger is best being careful about that one. No good she is coming from the cove. *Yakkini*—devil woman—she is for sure. Ruxley is having sent men that way twice already, as the *mahattaya* is knowing well."

St. Cyr's eyes narrowed to black slits. "Thank you for reminding me, Nihal, but I am hardly likely to forget that fact. Please fetch a decanter of brandy and a glass. I believe I left them in the drying shed. The woman will be coming around soon, and I might need to loosen her tongue for a few questions. And bring me that bloody cinchona, too, while you're at it."

"With first-chop haste, *sahib*. Yes, yes, swiftly I am going."
Pagan's chief overseer bowed and backed from the room, his
velvet eyes narrowed. Whatever thoughts he had, he kept
strictly to himself.

St. Cyr worked the lower hooks of the garment free. Pale
skin teased the deep V of the open corset, its silken beauty
marred by angry welts from the stiff boning.

He fought down an urge to run his lips softly over those
welts, to tongue away their pain.

His hands began to shake. Beads of sweat glistened on his
naked chest.

He was growing dizzy, the malarial fevers returning. Images came and went before his eyes, and suddenly the room
began to spin.

Bloody mosquitoes, he thought dimly. Now he would be
useless for any serious work until the fevers receded.

He'd better leave Nihal with a rifle, Pagan thought grimly,
watching the woman on the bed part and separate into two
blurred images.

Awkwardly he worked at the last hooks. As if in a dream
he felt the heat of her skin flow into his fingers.

Hot. So hot . . .

In the same instant the chills began. Suddenly Pagan was
shivering, starved for heat—her heat. Starved for her tawny
hair tangled against his chest, her long legs wrapped around
his waist while her softness sheathed his straining manhood.

A curse exploded from his lips. Somehow he staggered to
his feet and pried open the precious bottle of carbolic acid.

His hands were trembling so badly that it took him ten
minutes to finish cleaning the wound.

Finally it was done. His face dark with strain, Pagan found
one of her fallen petticoats—and draped it over her chest.
He did no more, afraid to touch her.

Afraid that if he *began* touching her he would never stop.

In tense silence he untied the mosquito net and let it fall
down around the bed, capturing her within like Sleeping
Beauty in her wall of thorns.

Too damned fanciful by half, old man. And she is no Sleeping Beauty.

His tremors grew.

Fair is fair, he thought grimly. *For you're no bloody prince.*

14

The coconut-oil lamp danced wildly as Pagan flung open the door to his room twelve hours later. Scowling, he slapped down his lantern and bent to study the woman on his bed. Still she showed no sign of waking. Between his own bouts of fever, he had cleaned her scalp wound and twice applied a diluted mix of the carbolic acid he had brought back from London. Cleanliness, he had learned, could make the difference between life and death out here in the tropics.

Pagan's eyes darkened. Frowning, he tugged the black patch from his eye and massaged the muscles left aching from a day in the sun.

Soon he would have to leave for Windhaven. If the woman was still too weak to travel, he'd just have to leave her here with Nihal, little as he liked the idea, for she might well prove the clue to this whole bloody imbroglio.

In the dancing light of the lamp his face was a study in copper and shadows. Even a delay of three days was probably too much, with a tiger twice sighted in the jungle and the hill country tribesmen cutting up ugly under that bloody shaman's influence.

Yes, he'd give her only two days, Pagan decided. He could spare no more than that—not with the monsoon due at any moment.

Grimly he checked the linen bandages at her forehead, willing his restless eyes away from the silken skin below.

He had considered trying to remove the bloody corset, but in the end had decided not to. He did not quite trust himself to stop when he was done undressing her.

Scowling, he concentrated on her wound. The cut was clean, at least. The center was deep and still oozing a bit, but not as much as he had feared. Fortunately, there was no sign of contagion.

The scar would not be a pleasant one, of course. Made with a rope, unless he missed his guess. So his Eve had nasty friends, did she?

A thousand urgent questions sprang to Pagan's lips as he slipped a fresh piece of linen in place and secured it with a knot.

It was tricky work in the flickering lamplight, for his hands were still unsteady. Already he could feel the fevers returning.

His fingers slipped, grazing the lush swell of her breast, outlined beneath the petticoat.

At even that faint touch Pagan froze. Madness swept through him and his jaw locked in a hot, urgent swell of desire. But denied, the need only grew sharper, digging at the already frayed edges of his sanity.

Beneath his fingers he felt her nipple harden. Even with his eyes closed, he could see it clearly—all pebbled silk and rich heat, its proud crest upthrust.

Instantly the old hunger slammed into him.

Grim-faced, he fought a wild urge to bury himself deep inside her, relieving his torture before she awoke to contest him. She was simply another of Ruxley's pawns, after all.

Something tells me you've too much pride to take a woman by force. Another woman had said that.

Was it true?

Beneath him the woman with tawny hair flinched slightly. Her lips opened with a restless moan.

The sound jerked Pagan back to reality. Grim-faced, he stepped back, dropping the mosquito net in place.

This game Ruxley would lose, Pagan swore. He'd waited nearly two months to bed a woman, so he supposed he could wait a few hours longer.

Until he was stronger and the malaria was past.

Until she knew *exactly* what he was doing to her.

She heard the roar of distant thunder, then the steady beat of drums.

A parade? she thought. This time of year?

Her lips tensed. But what time of year *was* it? And where precisely was *here*?

Her eyes opened. She saw the dim outline of carved bedposts beneath some sort of net. She felt no warmth about the room, just emptiness and a chilling sense of unfamiliarity.

With it.

With everything.

Even herself.

Frowning, she made to sit up, only to bite down a moan as pains shot through her back and shoulders. White-faced, she eased back against the cool sheets, listening to her heart pound.

Where was she? And why did every muscle in her body scream in protest?

Looking down, she saw a petticoat draped over her chest. Beneath was a peach damask dress—*her* dress, though she did not seem to recognize it.

She began to tremble. Beneath the dress lay a rigid corset of cotton twill, laced so tight that she had to struggle for breath. Her breasts, she saw to her horror, were crushed together, her nipples rising in pebbled points just at the lacy trim.

Crimson-faced, she tried to tug the garment up, only to subside with a gasp of pain a moment later. Not that she would have succeeded anyway—the frame was far too stiff to permit shifting.

Warily she cracked open one eye, taking in frothy petticoats and a slim foot clad in silk stockings.

Silk stockings?

Dear God, it was all wrong! These were not *her* garments! Where was she? What had happened to her?

Her slim fingers tightened, pleating and unpleating the unfamiliar petticoat at her chest.

Her back began to throb. She turned slightly, wincing at the pain even that slight movement provoked. Through the open shutters at the far end of the room, she saw a blinding rectangle of turquoise sky stretched over an emerald expanse of forest.

She tried to sit up, grimacing as dagger-sharp pains shot through her back.

Go away go away go away, she ordered vainly, pressing trembling hands to her ears. But the maelstrom in her head only grew.

A crimson-crested lizard crept along the side of the bed, halting only inches from her hand. There it stayed, perched beside the netting, its cold, hooded eyes studying her with the reptilian equivalent of curiosity.

"Go away!" she barked hoarsely.

Undaunted, the reptile took a step closer.

"Shoo! Go away—now!" A shiver went through her. Where had this repellent creature come from? "Go—go—go!"

This time her frantic waving had the desired effect. The creature skittered away, disappearing down the far side of the bed.

But the exertion left her drained, and her back throbbed so fiercely that she had to bite her lip to keep from crying out.

Maybe that was why she didn't hear the sound of the door opening. When the dark shadow fell across the bed, she was totally unprepared.

Maybe nothing could have prepared her for the sight of that sharp, chiseled face crowned by a piercing charcoal eye. The other, she saw, was concealed beneath a black patch of cloth. It was an arrogant face. A wicked face, with sensual lips curved above a forbidding jawline.

A face that spelled an iron will and a potent sensuality.

A face that spelled endless danger.

He stood staring at her from the end of the bed, his big frame angled lazily against one carved mahogany bedpost.

His eye patch rested like an angry black slash against his face, enhancing its lean, chiseled strength. His shirt was opened to the waist, broad shoulders angling down to a sun-bronzed chest thickly furred with dark, curling hair.

Hypnotized, she followed the dark mat of hair as it tapered down, then finally disappeared beneath coffee-colored trousers.

Heat flooded her face when she realized what she was doing and just *where* she was looking. Swallowing hard, she jerked her eyes away from the flat line of muscle where his trousers rode low and tight, leaving very little of his anatomy to the imagination.

Red-faced, she looked up and met two chill pools of obsidian in a face that showed no hint of softness. A mouth that looked as if it knew exactly how to drive a woman to ecstasy and beyond.

One dark brow rose to a mocking point. "I'd suggest you stay precisely where you are. That wound on your head is going to hurt if you try to get up."

A queer lightness hummed through her head. "Whe—" She cleared her raw throat. "Where—where am I?"

"You are the guest of Viscount St. Cyr." The sensual lips twisted in a bitter smile. "An uninvited guest, of course, but some notions of courtesy must apply, even in such a case as this."

St. Cyr, had he said? The name meant absolutely *nothing* to her.

Frowning, she tried to sit up, choking back a moan as pain clawed through her.

He was beside her before she knew it, jerking aside the mosquito net and scowling down at her.

Just like a panther, she thought dimly. Only a wild creature could move with such speed and deadly grace.

"What—what happened to me?" she demanded, refusing to be cowered.

"You washed up on my beach. A private and very secluded stretch of beach, actually. A place where we aren't in the habit of seeing trespassers." His eyes narrowed. "Nor are we overly fond of them."

"W-when?" Her voice was ragged.

"Two days ago."

"Impossible. I don't even—" She frowned. "*You* found me?"

He nodded coolly. "You may restrain your gratitude, however. It's answers, not gratitude I want from you now. Such as how you came to be lying on that particular beach. Who sent you, and why?"

Her lips set in a mulish line. "Just now my head is thundering like a parade drum and my mouth feels as if it were stuffed with linen. I'm deucedly sorry to have intruded upon your precious privacy, Mr. Whatever Your Name Is, but it was not by *my* choice, I assure you. Now if you'll fetch my portmanteaux and see to a hackney, I'll gladly rectify the mistake."

His eyes glittering, the man threw back his head, laughter breaking from his chest. But there was nothing of warmth or humor in the sound. "Very convincing, my dear. You must have worked on that for hours. As for leaving, that's quite out of the question. The nearest habitation is thirty miles away, unless you count the Vedda village outside Kalutara. And they'd have little use for an *Angrezi-mem* like yourself. Not the sort you'd care to mingle with, if you understand me." His eyes smoldered over her chest, where she clutched her petticoat between tense fingers. "No, I'm certain you'll be much more comfortable here." His voice darkened. "With me."

How *dare* the man! Fury set her blood churning. She would not be treated so rudely, even if he *had* rescued her from—

From *what?*

She frowned, struggling to clear her tangled thoughts. *"You* are St. Cyr?"

Immediately the man's face went still and watchful. "What makes you think that?"

"I simply assumed—"

"I said you were a guest here. St. Cyr's guest. But the viscount is far too busy to concern himself with a water-logged female trespasser. No, I am Deveril Pagan, the viscount's estate manager. And it is to me that you'll answer, Miss—" That arrogant black brow rose once again. "I don't believe I've had the pleasure of an introduction."

She frowned, digging her fingers into the petticoat, fraying a lacy fold to threads.

"I believe I just asked you a question."

"My name?" *What was wrong with her?* A hot tide of crimson stained her cheeks. She clutched the petticoat more tightly to her chest, feeling her fingers tremble.

"I'm waiting."

She stiffened beneath his heated scrutiny. So what if he'd rescued her? So what if he made her pulse go faint and jerky?

If only she could find Viscount St. Cyr, the owner! Surely *he* would help her, if she explained her predicament.

In the meantime, she meant to teach his arrogant estate manager a lesson. Her chin rose mutinously. "You may wait until hell freezes over, Mr. Pagan, but I'll tell you nothing."

His unblinking obsidian eye mocked her. "Perhaps I should call you Cinnamon."

"Why would you call me that?"

"You mentioned the name in your sleep. Cinnamon Hill—don't you remember?"

Her eyes widened. So he had been here while she slept? Dear God, what else had he done besides eavesdrop?

His mouth twisted in a cynical smile, as if he registered her concern perfectly. "Yes, it *was* rather a temptation. But I prefer my women to be wide awake when I bring them to passion. And when they do the same to me."

Her breath caught. "You vile, contemptible—"

"Careful, my dear. Your true colors are showing."

"—loathsome, degenerate oaf—" she continued, just as if he hadn't interrupted. Suddenly her teal eyes narrowed. "And just what do you mean by 'true colors'?"

"Why don't *you* tell me?"

"You speak in riddles, worm!" Her shoulders stiffened in indignation. "I order you to leave my room."

"I'll leave when I have some answers, starting with exactly who—or *what*—brings you here."

Her brow knit in a frown. Somewhere in the distance, she heard the raucous screech of a bird. The sound was odd, entirely unfamiliar. Her head began to pound and she bit her lip against the pain.

Dear God, why wouldn't he just go away?

She swept a trembling hand across her temple, trying to clear her tangled thoughts.

"All this suspense is vastly intriguing, of course, but a simple name will suffice."

She barely heard the man. Fear blocked her throat like wadded cotton.

Nothing. Not even a trace of anything familiar.

No past, no present, no future. Just a vast black sea. Just unrelieved blankness, like an empty house or a frame with no picture inside it.

Gone, all gone.

Not a flicker left.

Numbly the woman on the bed stared through the window at the bright, alien landscape, really seeing it for the first time. Up the hill a small, gray-whiskered monkey shinnied up a coconut palm tree. Nearby, perched on a thatched shed, a pair of crimson-crested parrots jabbered companionably.

Alien, every part of it.

Ashen-faced, she jerked to her knees, clutching the petticoat to her chest. But no answers came to light her darkness. Only pain answered, breaking over her head in choking waves, ripping through her back and shoulders.

Her lips compressed into a tight line. *I will not cry,* she told herself.

I will not cry. I will not!

"*Talk,* Cinnamon. Unless you want me to think of ways to persuade you. Some of them might not be to your liking."

"Leave me alone!" she rasped, her eyes dark with fear. "Can you see nothing? Are you blind as well as deaf?" A tight little sob ripped from her lips. "Dear God, I don't *know* why I'm here. It's—it's *gone,* don't you see? All gone—"

The woman with no name swallowed raggedly, a tear squeezed from the corner of one eye. "Heaven help me, there's nothing left," she whispered. "Not my past. Not even the sound of my own name."

They had taken *that* from her, too.

15

Pagan cursed, shattering the harsh stillness. He seized her slim wrists in a tight, furious grip. "No more bloody games, damn you! Ruxley has proved to be more clever than I imagined this time, but not even a woman with *your* obvious attractions will bring him what he wants. So, my dear, you had better face the fact that you are under *my* control now. I will do whatever I want to you. Whenever and wherever and however. For you are on Windhaven land and here Ruxley can't help you." His fingers tightened on her wrists. "And now I want the *truth*! How did you get here? Does Ruxley have men hidden on the beach?"

His captive caught back a moan, twisting wildly against his work-hardened fingers. "I don't *know,* damn you! Can't you understand English? Or are words of two syllables too complex for you? If so, read my lips." She mouthed an exaggerated pantomime. *"I—don't—remember!"*

A tight little smile twisted Pagan's lips. "Oh, I hear you well enough, Cinnamon, but I don't believe your affecting story for a minute. And believe me, I have ways of finding out exactly what I need to know." His eyes hardened to ruthless slits. "Perhaps a little opium would help. It's very plentiful in this part of the world, you know. It quite changes one, I'm told. Turns the mind free, while the body experiences pleasures beyond describing. Does that prospect pique your memory?"

The woman before him tried to fight free, but her slim frame was no match for his massive strength. After a few seconds she sank back dizzily onto the bed.

But pride made her swallow her pain and face her captor with raw outrage burning in her eyes. "Try whatever you like, you great festering pile of slime," she hissed. "Neither opium nor anything else will accomplish your foul plan!"

"Hardly the language of a lady, my dear. So at least we can rule out that possibility. Not that I ever had any doubts. No, Cinnamon, you can be only one thing: Another one of Ruxley's whores, sent here to worm Windhaven's secrets out of me." His eyes glittered coldly, only inches from her face. "That *was* his plan, wasn't it? For you to seduce me with a night of long and imaginative lovemaking? Then you could extract all your answers while I lay slack-brained in the aftermath."

"You—you're *mad*!"

"Mad?" Pagan's lips quirked in a cold smile. "I only wish I were. And I never joke, my dear, as you'll soon discover. So let's begin, shall we? There is no need to wait for nightfall." The Englishman jerked to his feet and shouldered free of the overhanging net, his hand dropping to the wide leather belt at his waist. "Yes, taking you by daylight will be much more stimulating. And I mean to see that you earn every damned shilling Ruxley's paid you."

His leather belt plunged to the floor with a harsh thump. His hands moved to the neck of his shirt. There was no trace of compliance on his face, only raw determination.

His captive's face went white. "Stop, damn it! You can't really believe—"

"Save your talk for later, Cinnamon. Right now we've better things to do. Don't you realize you're the only white woman in a hundred miles?" His voice dropped to a dark growl. "By God, I'm glad I haven't bedded a woman in nearly two months. It ought to enhance my pleasure vastly."

He wrenched off his shirt, revealing a broad torso covered with a dense mat of mahogany hair. A moment later his hands dropped to his chocolate-colored trousers.

Fury mottled her cheeks. "Get out, blackguard! I won't be bullied, do you hear? Not by you or anyone else!" She glared at him mutinously, her hands balled into fists.

Pagan merely shrugged. "So that's to be the scenario, is it? Ruxley enjoys that particular one himself, so I'm told. Not that I do. No, simple enjoyment will suffice, or perhaps the pretense of something more energetic. Not that I expect any real emotion from you in the act."

The first button of his trousers slid free, and then the next. The crisp chocolate-colored fabric slipped low, teasing her with a glimpse of bronze skin shadowed with ebony hair.

Her eyes widened at the sight of that lean, hard stomach, the dark swatch of hair that narrowed as it went lower.

The shadowed ridge of muscle jutting just below the loosened V of his breeches.

"What sort of base reptile are you? Get out of here! *Now*, before I—"

"Before you what?" the Englishman growled, covering the distance to the bed in two long strides and jerking aside the mosquito netting. He stripped away her petticoat and seized her slim wrists, hauling her against his chest. All the time his burning eyes raked the ivory curves that trembled above her constricting corset. "Have you forgotten that this is precisely what Ruxley sent you here to do?"

His captive tensed, red flags of fury in her cheeks. "Ruxley, Ruxley, Ruxley! The man can fly off to hell, for all I care. And you can join him, Mr. Bloody Pagan. For when your employer hears about your treatment of me, he'll see that you're booted out in the dirt where you belong!"

The man before her merely smiled. "Brava, my dear. Most affecting. This whole business might just turn out to be more interesting than I thought. Yes, if you pleasure me well, I might even provide you with a few scraps of information to keep Ruxley interested." His mouth hardened. "If you are clever—and something tells me you are *very* clever, Cinnamon—you might even rub by rather well by playing both sides."

"Go to hell and toast your eyebrows, you—you son of a sow!"

A muscle flashed at Pagan's jaw. "I grow tired of your cursing, woman. Keep a civil tongue within your head!"

"I'll speak when and how I choose, you—you bufflehead!"

With callused fingers he pinned her wrists to the bed. A mocking smile twisted his lips as their bodies strained, only inches apart. "Did Ruxley tell you that fighting was my pleasure, Cinnamon? Did he tell you that swearing and kicking would encourage me? Yes, it might be amusing at that. Anything would be better than your anguished virgin role. Why don't we find out?" His thigh crushed her to the bed.

Abruptly the woman beneath him went totally still. *Was* she a virgin? Sweet heaven, she hadn't the slightest idea! She blinked, frozen by uncertainty.

Dear God, why couldn't she remember? Still, letting this man see her fear was the last thing she'd ever do! "You'll be sorry if you touch me," she hissed, unaware that the stark pallor of her face belied her attempt at confidence. *"They* didn't succeed, nor will you!"

The instant the words were out of her mouth she froze, her breath catching sharply. Dim images swept over her, images of hard hands and jeering laughter. She shuddered, feeling fear ghost down her spine.

But then the phantom visions vanished, like sand spilled through open fingers. Yet what she'd said was true; somehow she knew that there had been others who had tried to bend her to their will.

She had outwitted them. She would do the same to *this* man.

The certainty warmed her, strengthening her courage.

Pagan's eyes narrowed, his face inches from hers. "So, your memory is not so deficient after all, Cinnamon. Or is it merely selective?"

"*Neither,* you brute. The image just—just came to me." She tossed her head, fighting his hard grip until the pain began anew.

"Still set on playing the tormented innocent, are you?" His face descended inexorably, until she seemed to see grinning devils in his single uncovered eye. "And now I think it's time we dispensed with that bloody corset."

He was so close that she could see every springy strand at his chest, every band of muscle rippling beneath his skin. At her belly she could feel the heat of his powerful thighs, and the angry blade of muscle that lay rigid against her.

"*Never!* You can bloody well just—"

"Ah, Cinnamon, now you begin to bore me. Surely you can be more inventive than that?" Grim-faced, Pagan caught her wrists in one hand and freed the satin bow at the neck of her corset. The white fabric immediately parted, her breasts threatening to spill free any moment.

His long fingers dropped lower, attacking the first of the metal hooks that secured the front of the garment.

His touch was fire, she thought. As scorching and ruthless as his eyes. As sure and knowing as his body atop hers.

"L-let me go, you—you imbecile!" She arched desperately, and in her fury she reopened the wound at her forehead. Tears hazed her eyes, but even then she did not stop fighting. "I'll tell the viscount what you've done! Even in this godforsaken place—wherever it is—you can't hope to get away with such villainy!"

"St. Cyr?" The man in the black eye patch laughed coldly. "The viscount is even worse than I in his treatment of women, I'm afraid. Were he here now, Cinnamon, he'd merely enjoy the spectacle, then demand to be given his own turn between your legs."

At those harsh words, the last bit of color drained from her face. The man was inhuman! Her hands curved into talons, lashing vainly at his neck and face.

Pagan merely ducked.

Suddenly her nails found his cheek, raising blood in an angry slash from cheekbone to jaw. Just beneath another scar, which glowed chill and silver against his bronzed skin.

Pagan cursed long and low. *Enough talking, fool! Take her now and be done with it. Clear your mind and get back to your work. You've a plantation to run after all.*

And a murderer to catch.

Grimly the Englishman braced his body above her and shoved one knee against her hip. The contact was electric and immediate, as if he'd been scorched by a bolt of lightning.

His arousal swelled to painful proportions. Bloody hell, if he didn't have her soon, he'd . . .

Abruptly he froze. The white bandage at her brow was tinged with blood, fresh blood. "Give it up or you'll tear open that wound. I won't hurt you, you know," he muttered roughly, oddly unsettled by the pallor of her skin, the churning turmoil in her strange blue eyes. "That's not part of my fantasy, either, Cinnamon. So you can bloody forget the rest of whatever act Ruxley coached you in. There's no reason to make this any more complicated than it already is."

Her eyes flashed back, dark with defiance. "You already *have* hurt me, scum. And the first chance I get, I'll repay the favor, I assure you!"

So much for feeling she was vulnerable, Pagan thought. This woman was about as vulnerable as a python! Grimly he freed two more hooks, and as he did so he felt her shudder.

His hands stilled instantly. "What is it?"

But the woman beneath him only clenched her jaw, turning her face away in silence.

With a smothered curse, Pagan renewed his assault. "You're wearing too damned many clothes. Why can't you women get it through your heads that this is the tropics, not England? You'll suffocate beneath so much cloth!"

The tropics? The woman beneath him blinked, engulfed by a wave of helplessness. So far from home, from anyone who would help her.

But where was *home?* Who were her friends?

Tears pressed at her eyes, but she refused to give in to the luxury of self-pity. Something told her she had strengths she did not yet remember, strengths honed in a long, hard struggle for survival.

Yes, she'd teach this madman a lesson, she vowed. He would have to release her soon if he wanted to finish his own undressing. And when he did, she would be ready.

Catlike, her teal eyes narrowed, studying his face. She concentrated on staying ready; with the effort, she could almost forget the pain gnawing across her back.

Almost.

"So, you understand the situation at last. Good." Pagan worked another hook free, then moved to the next. More and more naked skin sprang into view beneath his unsteady fingers.

Tormenting skin, the color of pure ecru silk. Skin so warm that a man would go up in smoke at the very first touch.

Skin such as Pagan had not seen for months.

Skin he had imagined night after night in fevered dreams.

His hands slipped on the next hook. She twisted once, pulling free before he shoved her still beneath him. With each movement he had to fight back memories of another woman, a black-haired beauty whom he had kissed beneath a globe of London gaslight.

But he could not forget. With each touch, the memories grew stronger.

"Stop bloody struggling, damn it!"

The garment was nearly free and should have sprung loose. Pagan frowned, wondering why it still clung firmly to her ribs.

Probably some wretched new device of torture that the women of England had come up with in his absence, he thought irritably.

Impatiently he tossed her onto her stomach, tugging at the

laces crisscrossing the corset's back. He noticed that the
stays were made of iron and smiled darkly. Metal stays didn't
last long in the tropics. Here rust or rot destroyed everything
but ivory.

Evidently no one had told her that.

Which meant, Pagan concluded, that she was newly out
from England. Otherwise she would have learned this already.

Another fact to store away for future consideration, just in
case she persisted in this ludicrous story of having lost her
memory.

Her slim shoulders stiffened. Her rigid posture fired Pagan's blind fury. So she still insisted on this masquerade of
the virgin sacrifice, did she? By God, Ruxley must have paid
her a fortune!

The thought of Ruxley tutoring her in sexual fantasies was
the last straw. Smothering a curse, Pagan seized the loosened
corset and stripped it from her body.

And then he went deadly still, staring numbly at her back.
What in the name of bloody everlasting hell?

Blood covered his hands, blood everywhere. Thick and
red, it oozed from raw scabs crisscrossing her spine and
shoulders, right down to the top of her ridiculous ruffled
drawers.

Why in God's name hadn't she *told* him?

In taut silence Pagan jerked away and stumbled to his feet,
his stomach churning. He caught the bedpost, certain he was
going to be sick. Who in God's name would do such a thing?

Only then did he hear her soft, choking sob. The sound
filled him with self-loathing.

Either a brave woman or a very clever one, he had thought
her. Now he knew which.

Silently he reached down to cup her shoulder. "Dear God,
Cinnamon, I—"

But his captive flinched and struggled away from him.
"Don't!" Blindly she searched for the netting, then tossed it
aside and stumbled from the bed. "Don't touch me or by
God I swear I'll make you sorry you ever laid eyes upon me!"

Step by step she inched away from him, one white hand hugging her breasts protectively. Her eyes burned into his face, deep teal pools of pain.

Never before had Pagan met such a woman. A woman who fought him even now, when her pain must be beyond imagining.

Nausea gripped him at the memory of her back. "Those wounds . . . they'll have to be cleaned, Cinnamon."

He saw her eyes glisten, hung with tiny diamonds where tears pressed. But she did not cry, and her chin stayed high.

No, Pagan thought, this woman would not cry easily. Whoever had done this to her probably realized that.

For a moment rage blocked his vision. He yearned to feel the man's neck between his fingers.

And yet in spite of everything else, the sight of her proud face was doing strange things to his pulse. So was the lovely curve of naked skin scarce hidden beneath her trembling fingers. With a body like that she could command a fortune for a night in her bed.

Damn it, was he nothing but a rutting beast?

A muscle flashed at his jaw as St. Cyr fought the heat exploding through his veins.

"Who did it?" he demanded. "Just tell me that much."

Some dark, skittering emotion passed over her face as she swayed against the door frame. "I *told* you, I don't know. I don't even know *what* was done to me. I can remember nothing, don't you understand? Not a single, wretched thing!" With a choked sob she turned away, squeezing back the tears she could no longer conceal. In a silent rush, the hot salty drops spilled down her cheeks.

Pagan was at her side before she could fight him, drawing her with rough tenderness against his naked chest. In her pain she did not struggle, only stood stiffly in the circle of his arms.

He shuddered when he felt her unbound breasts thrust against his naked skin, one perfect crest nestling in his matted hair, setting off a fire storm of exquisite sensation.

And all the while her tears fell, hot and heavy, searing his naked skin. Each one burned Pagan with a thousand regrets, making his heart twist, making him wish things could have been different between them.

Through a long and reckless life Deveril Pagan had never let a female make him uncomfortable for a single second. Now in a matter of hours this tawny-haired temptress had turned his world upside down!

Her nipple shifted in silken torment, and Pagan found himself swallowing audibly. "Damn it, woman, why didn't you tell me sooner?"

She held herself rigid, too weak to fight him but too strong to let him think she had any liking for his touch. "I've done nothing *but* try to tell you, lackwit!" Her voice rose, choked and unsteady. "Just go away! Leave me alone!" Her lashes dropped, tawny spikes fluttering against her cheeks.

What would it feel like to plant tiny kisses across those eyelids? he wondered. Across those creamy cheeks? Most of all, across those intoxicating, coral-tipped breasts.

His fingers tightened unconsciously as heat exploded to his groin.

She gasped. "Stop—please!"

His hand froze instantly. Damn it, what was wrong with him? How had she managed to twist him up inside this way? This fresh evidence of his loss of control fired his fury anew. "Don't worry, woman, it meant nothing—less than nothing. What you're feeling is merely the response of a man long in the jungle. Right now any whore would make me hard." He made his voice flat and impersonal.

She raised her face then, mesmerizing Pagan with the changeable hues of her teal eyes.

"Who did this to you? A jealous lover? A husband who returned home unexpectedly to find you pleasuring his best friend? Or was it Ruxley himself, irritated when you didn't learn his lessons promptly enough?" He spoke with cold, cutting precision and had the dubious pleasure of seeing her grow paler with every word.

Except that it brought him no pleasure, Pagan discovered. Instead the sight left him sick inside.

She jerked away and sank back against the wall. "'Twas a man, that much I know. A man like you. Someone big and loud and arrogant."

"I'm going to have to clean those wounds, Cinnamon. It's going to be—unpleasant."

She swayed slightly. Her lips clamped down suddenly and her fingers whitened on the wall. "Don't worry about *me,* Mr. Pagan. You'd better worry about yourself!"

You're brave, Cinnamon, Pagan thought. *But the rugged beat of the vein at your temple tells me any minute you're going to find yourself flat on the floor.*

Meanwhile the carbolic acid was going to hurt like hell.

With a smothered curse, Pagan forced himself to watch and wait. He gave her about thirty seconds.

Her eyes closed and her lashes fell, a curtain of gold across her cheeks. She might almost have been insensible, except for the vein pounding at the base of her neck.

Seconds passed. Soundlessly he raised the net and stalked closer.

Twenty seconds . . .

Her fingers relaxed slightly. Her lashes fluttered. He was close enough now to hear her jerky breathing.

Ten . . .

He waited like a silent predator hidden in the bush, powerful flanks tensed. Knowing her weakness better than she did.

And when her breath fled sharply and her knees gave way, Pagan was already bending forward to catch her, one broad palm cupping her shoulder, the other wrapped about her waist. Grim-faced, he pulled her into his arms and anchored her against his chest, fighting the fire that scorched him where her nipple thrust against his rib.

A shudder shook her, raging the whole length of her slim body. "I'm *not* crying. I n-never cry," she mumbled, her eyes dark with tears and defiance.

A moment later her head fell onto his shoulder, golden hair spilling over his chest like a burnished curtain.

16

❁

Pagan groaned, twisting against the knives stabbing his stomach. The heat was there, just as before, only now it was mixed with piercing pain.

"Tiger-*sahib?*"

The words were soft, uncertain.

"Drink, my lord."

"What the bloody—" Cold china met his dry lips and bitter liquid slipped down his throat. Coughing, he twisted, forced to swallow. Cinchona, he thought dimly. Foul, but bloody effective.

"More please, Tiger-*sahib.*" Soft fingers anchored his head.

Mita, Pagan realized. Not the *Angrezi* woman with fire in her hair and fury in her eyes. Mita: an Indian beauty who wore her love for him openly in her shining, velvet eyes.

A woman he would never touch, because to do so would hurt her far more than she had been hurt in the brothel Pagan had freed her from in London.

But what was Mita doing here? He'd left her back at Windhaven.

Scowling, Pagan emptied the last of the foul potion, then fell back against the pillow. Dimly he realized he was in a cot in the little shed he used for an office. He remembered staggering here the night before as the fevers swept over him.

"Wh-what day, Mita?" he muttered in Hindi.

"Thursday, *sahib,* just after dawn. You are sleeping a day and a night. Fever is going down now, I am thinking."

Her patient grunted noncommittally. "Dawn?" he repeated. Then, more sharply, "Thursday? Where is the *Angrezi-memsab?*"

There was the faintest hesitation. "The yellow-hair?"

Pagan heard the tightness in Mita's voice. "Yes, the yellow-haired one."

"In the *sahib*'s room. She is waking once, and I am giving her coconut milk. But she is only saying something angry to me, then pushing it away."

Pagan's lips curved into a smile. He could imagine *exactly* what his fiery trespasser had said upon being presented with a bowl of tepid coconut milk. "The *memsahib* sleeps still?"

"Yes, Tiger. You are wishing me to—"

Pagan threw back the covers and pushed unsteadily to his feet. "Never mind, Mita. I'll see to the *memsab* myself." Wobbling, he reached for the bedpost, then felt Mita's slim, strong hand slip beneath his armpit. His lips twisted in irritation. "Once again I must thank you."

The woman shook her head sharply. "No thanks are owing to me, lord. Serving you is my duty." Her dark lashes swept down for a moment, and then she looked up at him with luminous brown eyes. "It is also my greatest pleasure, Tiger-*sahib*."

For the fifth time in as many weeks, Pagan reminded himself that he must find some way to cure Mita's hero worship. Ever since he had rescued her from the two louts outside a low-class London brothel just two streets away from Helene's, Mita had looked upon him with total adoration.

Pagan knew that if he chose to take her to his bed, she would offer no objection. In fact, she would be damned delighted.

Unlike the woman sleeping in his bed right now, he thought irritably.

Bloody everlasting hell!

But Pagan had not bedded Mita, because he knew too well what it would do to them both. There could only be pain where one of them loved too much, and the other loved far from enough.

Yet sometimes when the delirium was high on him, as it

was now, his abstinence proved damnably painful. What matter if he thought of the honey-haired woman, as long as Mita was willing?

Gripping the bedpost, Pagan looked down. Belatedly he realized he was stark naked. Worse yet, all this thought of bed partners was making his lower musculature stiffen and swell.

"Bring me my clothes, Mita, and also my boots. Then see that Nihal makes a light repast—eggs, tea, some sort of cakes. He can bring it up to my room." The struggle to control his desire made his voice unnaturally harsh.

The woman's lips quivered in disappointment. Most painful of all, Pagan knew, was his clear insistence that Nihal bring the food up to the bungalow, rather than herself.

But he decided to begin the process of disillusioning her right now. He was a cold-hearted bastard who would do nothing but break her heart if she let him, and the sooner she got used to that idea the better.

Next time she would be more careful where she gave her heart.

But the certainty that he was doing the *right* thing did nothing to make the sight of Mita's quivering lips less pathetic. He watched her turn and move stiffly to the door. "Mita," he muttered, catching her as she was about to step outside.

"Yes, *sahib*?" she answered woodenly.

"You've done something different with your hair, haven't you? Put some sort of combs in it."

Her smile was instantaneous and blinding. "Yes, Tiger-*sahib*. You—you are liking it?"

"It is most alluring," Pagan said gruffly. "When we return to Windhaven I'm afraid I'll have to fight off the young men with a stick. They'll be coming up to the big house with all sorts of imaginary problems, just in the hope of seeing you."

The woman's smile faded as quickly as it had come. "I go to see to the *sahib*'s clothes now," she murmured, turning quickly and slipping from the room.

Damn it, Pagan thought. He'd botched the bloody business again.

And what about the other woman? he wondered. She was getting under his skin. The sooner he got rid of her the better. But he could spare neither men nor time to escort her back to civilization at Colombo.

Not with the monsoon due any day.

That left him only one choice: taking her with him on the trek upcountry to Windhaven. He would see to her transportation from there.

The thought did not cheer him. Instead it only heightened the raw sense of foreboding he'd felt for weeks.

She stood at the bungalow's sole window, studying the lush greenery that stretched away in an unbroken line on all sides of her. Nearby coconut palms, spiky shrubs, and flame-red hibiscus pressed close. Thick clusters of heavy white flowers hung beside the shutters, casting their rich scent into the still dawn air.

Jungle, she thought hopelessly, listening to the deafening shrill of insects that she had never seen, much less knew the names of.

Ceylon.

She frowned, struggling to summon what facts she could about this small English outpost on the far side of the globe. Ten thousand miles from England, it floated in the middle of the Indian Ocean. Directly atop the equator, if her memory of schoolroom geography was correct.

Ironic, she thought. About *this* she seemed to have no lapse of recall.

No, it was only the personal facts she could not reclaim. Only the *important* things.

She squeezed her eyes shut, fighting to penetrate the dark barrier in her mind, only to give up a moment later with a tired sigh.

Nothing.

Always nothing.

Outside the window a small animal barked shrilly and

crashed through the nearby shrubbery. A large hook-billed bird with dangling crimson plumage flashed out of a palm tree and disappeared into the jungle.

The feeling of foreignness hit her like a fist. Wherever her home was, she knew it was not here. And until she knew where, she had very few options open to her.

Catching her lower lip between her teeth, she gnawed it thoughtfully. If only she could find this man St. Cyr, who owned the estate. A peer and an English gentleman, certainly *he* could be counted on to help a female in distress.

Yes, she must think of a way to track down the viscount and tell him exactly what sort of villainy his estate manager was up to in his absence. She hadn't believed Pagan's story about his employer's venality for a minute.

Her teal eyes glittered with triumph as she thought of the look on Deveril Pagan's face when he found out he was summarily dismissed.

Yes, she would enjoy showing the arrogant swine that he could not treat a decent Englishwoman as if she were one of his native trollops!

Caught up in her indignation, she did not stop to wonder why she also felt the first stirrings of jealousy.

Pagan scowled, massaging the welt above his eye as he stalked up the bungalow steps. He was almost tempted to leave the bloody eye patch off. Perhaps that would put a little fear into her!

But he didn't care to see the look of revulsion that would follow. He'd seen that look too many times before, even from the fair Georgiana, although she'd been quick to conceal it.

Irritably Pagan slipped the dark patch up in place and strode down the corridor to his room.

The door opened noiselessly.

She was sitting fully dressed in a wicker chair by the window, staring out at the jungle. Her hair was neatly plaited in a thick coil falling over her shoulder. Her face, though pale, showed every sign of recovery.

Which was probably more than he could say for *his* face, Pagan thought grimly.

Her buttons, he noted, had all been sewn back on and her dress seemed pressed and perfectly proper. Along with twelve bloody layers of undergarments! he thought irritably.

The little fool must be burning up!

So why did she look as cool and unconcerned as if she were enjoying tea and apricot cake in a London drawing room? She was in the middle of the bloody jungle, after all, fifty miles from the nearest English plantation.

With a man who'd like nothing more than to rip off every shred of those proper clothes and crush her soft body beneath him until he found a hot, shuddering release!

Didn't she realize what danger she was in?

Pagan's features hardened. He studied her face while she was not looking, trying to find some imperfection, some hint of coarseness to disgust him.

But he found nothing but beauty and a vision fit to stir any man's dreams. Her eyes were arresting, the color of a dawn sky, and her hair had all the wild splendor of a tropical sunrise.

Seemingly innocent, but innocence combined with a tantalizing hint of unawakened sensuality. A damned lethal combination, Pagan decided.

Maybe *he* was the one in danger.

His lips twisted. "You are awake." He glided from shadow into sunlight, coming to rest with fluid grace. His riding boots gleamed in the sunlight flooding through the uncurtained window, their polished black leather rising to meet tight khaki trousers.

He saw her start. Quickly her face regained its composure.

"So it would appear. And now that you have returned, I demand that you assist me in leaving this wretched place." Her eyes darkened with determination.

They were the color of the ocean at twilight, Pagan thought. "Sedan chair or horseback, madam?"

She blinked at his unexpected acquiescence. "Whichever mode of transportation is swifter."

"Oh, sedan chair, most certainly. But you'll need ten coolies to make the trek from here along the coast to Colombo. I suppose you might make it in a week—if the leopards didn't get you, that is. Or the bandits who lie in wait for careless travelers. By horseback you might hack your way through the jungle to the Kandy highlands in ten days or so. Bullock cart is possible too, I suppose, though you'd find it deucedly uncomfortable."

He leaned back lazily, one shoulder braced with casual arrogance against the door frame. "Well?"

"Any one will do, I assure you. I'd crawl on my hands and knees to escape from you," the woman on the chair hissed.

"Would you indeed? As it happens, you won't be called to, for you are not going to do any of those things. I have neither horses nor coolies nor bullock carts to spare. In case you haven't noticed, the monsoon is nearly upon us, and I have a tea crop to harvest before the rains set in." Pagan's jaw hardened. "If there is anything *left* by then. No, for now you stay with me, *Angrezi*. Perhaps later I might see fit to let you go— if you can prove that you're not one of Ruxley's henchmen. Or perhaps I should say henchwomen?"

"You bloody, carrion-eating swine!" The Englishwoman's fingers clenched and unclenched in her lap. "You can't possibly—"

Pagan made a clicking sound. "Such want of delicacy, my dear. I'm afraid those oaths of yours sadly disturb the image of propriety you affect."

"I *affect* nothing, you scum! I am entirely what I seem—a decent Englishwoman trying to escape from an arrogant fool who seems to have been unhinged by an excess of tropical sun!"

Her slim white fingers clenched into fists.

Not so cool as you pretend, Cinnamon? Before this day is over, I promise you'll be more uncomfortable still, Pagan thought. "Turn around and let me see what Mita has done with your back."

Her lips set in a mutinous line. "Go to bloody hell, *Mr.*

Bloody Pagan. I want to leave here. *Now.* Didn't you hear me?"

Pagan watched her color fluctuate wildly. Damn, she was too beautiful by half! She was a woman to make a man remember dreams and hopes he'd thought long and safely buried.

Slowly he pushed away from the door frame and stalked toward her, his burning gaze never leaving her face. "You're going nowhere, honey-hair, and you'd better get used to the idea."

"Stay away," she hissed, her eyes dark with fury.

And with just a trace of fear? Pagan wondered. "One way or another I mean to have a look at your back, *Angrezi*. I assure you it will be far more dignified for *you* if you don't try to fight me."

She crossed her arms mutinously atop her chest.

Enough was enough, Pagan decided. "Turn around and let me see your back," he growled.

She did not move.

"Now, woman."

"You, my good man, can just go straight to bloody hell!"

Pagan's onyx eyes glittered. "And here I was just thinking how much of a lady you looked, rigged out in all your finery. But you'd better learn to keep your mouth shut if you intend to keep the impression intact."

"I haven't the slightest concern what impression I make. Certainly not on *you!*"

"Indeed? Then perhaps you'd better consider your situation a little more carefully, Cinnamon. Right now you're sitting in my bedroom, on my lands, on the very edge of fifty miles of untamed jungle. If I choose to throw you out, my dear, you'll find yourself knee-deep in crocodiles within minutes. Or leeches . . ." His eyes narrowed. "Have you ever *seen* a leech?"

She couldn't quite conceal a shudder.

"No? You won't like them, I assure you. Some are longer than your hand. They are quite exquisitely attuned to vibrations, and can sense the movements of a man nearly a half mile away. By the time you approach, they are gathered in a mass, standing upright on the jungle floor. It's nearly impossible to keep them out of your boots, I'm afraid. You won't feel them, other than a slight chill on your skin. But when you look down a few minutes later, your boots will be red with blood. Your *own* blood."

Her face paled. "I—I don't believe you."

He went on relentlessly. "Of course, if the leeches don't get you, the leopards will. Or the Kadabara dragon. Their poison is so intense that it kills by its very smell. Yes, the more I think about it, Cinnamon, the more I suggest that you consider your next words to me very, very carefully."

Her face was going steadily paler, Pagan saw. Good! It was about time she started to realize how precarious her situation here really was.

Not that he truly intended to toss her out on her beautiful derriere in the jungle. She wouldn't last out there for an hour.

But if she were properly accommodating, he would see to her safety.

He watched her eyes darken, the cool color of twilight pools. *Too* cool, Pagan thought. A man might slip deep into those velvet depths and rock there forever.

He gave himself a mental shake at that bit of fancy, shifting his eyes abruptly. The next moment he found himself staring at the full breasts which strained against her tight damask bodice.

Instantly the heat was there again, pooling up thick and heavy at his thighs and groin. Suddenly all Pagan could think of was those perfect breasts spilling free, ripe and naked beneath his mouth and fingers.

He smothered a curse. "Well?" His voice was harsh with his struggle to tamp down his desire.

And he realized that he was losing.

The thought made him furious. In thirty years, no other woman had *ever* affected him this way!

He watched, half mesmerized and half furious, as a vein hammered at her throat. In the nick of time he stopped himself from reaching out to tongue that silken inch of warm skin.

"Who, *Angrezi*?" A muscle flashed at Pagan's jaw. *"Who brought you here?"*

"I don't know! I've never heard of this man you call Ruxley. I've never heard of this place you call Windhaven. And I *wish* I'd never heard of *you!*" Her eyes went wide and dark. "All I want to do is go home!"

Wherever that was, she thought wildly.

Suddenly it was more than she could bear. The pain, the disorientation, and the terrible sense of unfamiliarity she felt about everything swept up to choke her. "Maybe it was *you!*" she cried raggedly. "You were the one who found me, after all. How can I be sure that *you* did not do it?"

He was across the room in a second, fleet and powerful as any of the jungle's great cats. His bronze fingers seized her chin and drove her face up to his. "You can't believe that."

She twisted wildly, too distraught to be effective. "Did you enjoy it? Did it give you p-pleasure to beat me?" she cried wildly. "So sorry to cheat you of your triumph, but if you describe the scene perhaps my memory will return and I'll relive it for you all over."

She was nearly at the breaking point, Pagan realized. "Stop it," he grated, capturing her wrists between his strong fingers.

She only laughed wildly, throwing back her head until her long braid slapped against his arm. "Tell me, did I cower properly? Did I promise you I'd do *anything* if you'd release me?"

"Stop, damn it!" His fingers tightened.

"You're—you're hurting me!"

He smothered a curse.

From the door behind them came a soft rapping. A moment later Mita's voice broke the tense stalemate. "I am bringing bandages and water for the *memsahib*."

"Put them on the table and then leave us, Mita."

The dark-eyed servant hesitated, then bowed her head. "As you are wishing, Tiger-*sahib*."

"Where is the viscount, Mita? He must be told of this ruthless maniac's plans to—"

"But the *sahib*—"

"Leave us, Mita," Pagan interrupted grimly.

"No wait! *Please!*" The Englishwoman's fingers dug furiously at Pagan's taut forearms, but to no effect.

"Now, Mita."

Undecided, the servant stared from one face to the other, frowning at the heavy crosscurrents. Finally, after a last hard glance from Pagan, she turned away and slipped soundlessly from the room.

"You devious, depraved, degenerate—"

With a smothered oath, Pagan pulled her against his chest. "What was Ruxley's plan?"

"Ruxley, again! How many times do I have to tell you that I don't know anything about him?"

Pagan's dark brow rose in a mocking slant. His eyes searched her infuriated face. "Tell me his plan and I might just give you a few bits of information in turn. Not all but enough to keep Ruxley hungry for more."

It was a lie, of course. Pagan simply wanted to see the greed take fire in her eyes.

But fury was all he saw flashing in those teal depths.

"I don't give a damn for your rubies or your vaunted information! All I want to know is where to find the nearest constable—or magistrate. Whatever you call representatives of justice in this godforsaken place!"

"Brava, my dear," Pagan muttered. "You almost begin to make me feel some doubt. But unfortunately for you, the malaria has not yet addled all my wits."

"Let me go, you devil's spawn!"

"When it suits me, Cinnamon. And you may be certain that it does not suit me just yet."

The woman in his arms glared back, speechless with fury. She still could not believe that this was happening. "You—you—" For once in her life words failed her.

She knew that unshakably. Something told her she had never before lost an argument.

And that small memory renewed her courage. "Do they hang kidnappers here or do they draw and quarter them?" she hissed. "For you, I much prefer the latter. I would gladly do the honors!"

"Save your energy, Cinnamon. You'll need it tomorrow, believe me. Considering where we're going."

"And just where might *that* be, blackguard?"

"To Windhaven. Four days through the jungle, then five more upcountry. Yes, you'll need all your strength and then some, for we go on foot, you see. In utter secrecy, far away from any roads or paths. I've no intention of losing my payroll to wandering bandits the way two other planters did last month—along with their lives."

She stared at him, stunned, her determination swept away in a wave of shock at this latest revelation.

No choices left. Dear God, what was she going to do?

"Let me see your back and then I'll leave you alone."

Dazed and strangely listless, she offered a bare murmur of protest when Pagan pushed her into a chair and loosed the tiny buttons over her chest. His fingers were skilled and practiced; each sure movement told her this was something he'd done many times before.

For some reason that thought hurt her most of all.

"What's wrong?" he demanded, his fingers going still at her ribs. "Am I hurting you?"

"No more than you did last time."

Pagan's jaw clenched. Grim-faced, he pulled open the bodice and strode behind her.

Angry welts snaked from her shoulder blade to her opposite rib. The thick linens were already soaked through with blood. There would be ugly scars there, he thought grimly. Nothing he could do would change that.

"Well? Did he do a good job?" Her voice was shrill, unsteady.

"Whoever did this ought to be staked out for a few nights in the jungle," he said grimly. Gently his fingers probed the outer edge of the wound, where the skin had begun to knit. "Still bloody painful, is it?"

She stiffened at his movements, gentle though they were. "Not so m-much."

But her fingers were locked in her lap, their knuckles outlined in white.

Pagan smothered a curse. "Bend your head forward."

He stretched a clean length of linen atop the wounds. "This may hurt. I'll try to be as quick as I can." Gauze in hand, Pagan fought to keep his eyes to the task at hand.

And failed utterly.

Sweat trickled down his brow. Perhaps there was a curse on him after all, just as the old shaman had warned, for this woman disturbed him as no other woman ever had. She was pleasure and endless torment, and he couldn't seem to drive her from his mind.

His fingers hurried at their task.

But there was no escaping the warm silk of her skin. The indefinable perfume of her lush body.

Her shoulders stiffened as he drew the edges of the bandage closed. Never once did she flinch or cry out.

A *very* brave woman, he thought, securing the last inches of gauze.

He heard the thunder of his heart, felt the tremor of his fingers. For a moment raw, naked longing swept through him. Dear God, how sweet it would be to trust again.

Around him the air seemed to congeal, pressing down in a heavy, suffocating curtain. Grimly he pulled her dress back in place, careful to avoid any contact with her proud breasts. Her thick golden braid spilled over her shoulder, scorching his naked chest.

Pagan tasted regret then, keener than anything he'd ever known. His hands were shaking in earnest when he finished.

17

❀

She remained still and silent long after Pagan had tied off the bandage and tugged her dress back about her shoulders. As soon as he was finished, he'd left without a word.

But her pulse was still hammering.

Not because he had hurt her. It wasn't pain that made her pulse lurch and dance like some crazy skittish creature.

She closed her eyes, trying to ignore the breathless clamor of her heart, the weakness that seemed to invade her very bones. Even now her body seemed to hold the imprint of his long fingers, though he had barely touched her skin.

Was she going mad, that his slightest touch affected her so? And why had he shown such odd consideration, after his earlier harshness?

Slowly she sat up, frowning as the pain across her back settled to a low, dull ache. Somehow she managed to slip her corset around her and secure the long line of hooks at her chest.

She dressed not out of modesty or spite but out of habit. She desperately needed this normalcy amid the turmoil her life had become.

The corset hurt her slightly, but to dispense with habit now would have hurt her more. It was all she had left.

Numbly she listened to Pagan's boots thunder down the hall and out across the wooden porch. He let out a bellow, then snapped out a stream of orders in a foreign tongue.

She understood not a word, of course.

For a moment she knew a choking sense of despair. *Foreign,* so foreign. What *had* brought her here?

But she would not give in. She was an enlightened woman in an enlightened age, after all.

1865.

The date came to her then, flickering brightly against the blank canvas of her mind. And that small fragment of truth anchored her in her sea of despair. Yes, she told herself firmly, she *would* remember. Until then she would fight.

Pagan's face was tense with strain when he strode into the shadows of the drying shed. A quick examination had shown another section of tea seedlings succumbed to the drought. Three hundred young shrubs shriveled away to brown stems and brittle, papery leaves!

Bloody everlasting hell!

Nihal abruptly ceased berating a restless work team and waited respectfully for the *mahattaya*'s orders.

Grimly Pagan motioned the work team outside and sniffed the heavy air. Drying tea blanketed the room in a rich storm of green scent.

At least this much they had accomplished, Pagan decided, pinching and rolling sample after sample from each of the ten fire-fed drying pans.

Abruptly he turned to his overseer. "Have you finished the preparations I ordered, Nihal?"

The slim overseer bowed and broke into excited speech. "The team of porters are ready, Tiger-*sahib*. They are bringing twenty sacks of rice along with the dried fish, bananas, and salt you required." The servant's lean brown face tensed and he seemed to hesitate. "We are still to be leaving on the morrow?"

"Certainly. Why would you think—" Pagan caught back the rest of the question.

Of course. Because of *the Woman*. The news of her arrival must have spread like wildfire through the entire native camp. Right now every man among them would be chewing apart this latest bit of gossip about the *Angrezi-mem* swept up onto the beach.

Pagan's eyes darkened. Now he understood why one of the

worker's children was chattering on about a *yakkini*—a beautiful but deadly spirit with hair spun of sun rays.

Pagan frowned, fingering the black patch at his eye.

"Lord?"

"Yes, Nihal. Go on."

"The supplies have been packed. The bearers are chosen and camped on the other side of the hill. All is in readiness."

"Excellent. See that the men are well fed and rested tonight. It will be a fortnight before they rest so well again."

"But—" Nihal's dark eyes widened. He did not like to correct his master, nor even to show indelicate curiosity, but he could not let such an important question remain unasked. "The *mahattaya* is knowing it is only a six-day march to Windhaven from here."

"We do not go straight to the hill country this time, Nihal. There have been too many 'accidents' lately on the main Kandy track. No," Pagan continued grimly, staring out at the blinding azure sweep of sea caught between the white arms of his cove, "I believe I'll take my chances in the jungle."

The overseer bowed, his face carefully expressionless. "Most excellent. I shall see that these things are all being done."

Watching the lean servant walk away, Pagan found himself wondering what the man was thinking. *Just how much do you see and hear?* he wondered for the hundredth time since his return from London. *You work beside me every day, sharing in my triumphs and disasters. You are unfailingly courteous and respectful, even when I curse and rant. And you have eyes everywhere, wherever there are villages or estates or settlements with Tamil and Sinhalese laborers.*

Yet your smooth face tells me nothing.

Do you know something that I don't right now? Perhaps some new unrest stirring upcountry?

But Pagan knew better than to ask. The old overseer would tell him nothing, not until they all faced imminent and unavoidable destruction.

Perhaps not even then, Pagan reminded himself bitterly as the carnage and hatred of Cawnpore flashed before his eyes.

Yes, in the end how much were these people ever to be trusted?

But perhaps one never knew whom one could trust until the crisis came.

And by then, of course, it would be far too late.

It was worse, *far* worse than she'd thought.

On three sides the jungle stretched away from her, unbroken and sullen. Its shadowed depths were alien and relentlessly unforgiving. The shrubs were six feet high, the trees ten times that, and everywhere in between there grew a solid wall of underbrush in a hundred shades of green. Against that lush wall of emerald there blazed colors she didn't even know the names for.

Blossoms of blinding red and orange, where there should have been cool pink tea roses. Spiky purple blooms two feet across, where there should have been delicate, pastel buds.

And the smells. Sweet heaven, they were dense enough to touch, rich and sultry with orchid, frangipani, and jasmine.

Impossibly strange, all of it. And not the remotest hope of escape in sight.

But she refused to give way to fear. Lifting her chin, she pushed open the woven bamboo door and walked out into the heat.

Silver light flooded down from a cloudless incandescent sky. To her right acres of cleared-out jungle stretched up an incline. Rows of shrubs ran all the way to the dark green wall where the jungle began. Far beyond, floating like a dream over the relentless sea of trees, rose a line of dim, haze-veiled mountains.

Ten days to the hill country, wasn't that what he'd said?

She caught back a sigh of despair and walked across the veranda. Her foot was on the top step when she heard the thick leaves of a nearby shrub begin to heave and tremble.

She jumped back, gasping.

Could it be a leopard? Dear God, even a *tiger*?

She sank back toward the bungalow, her eyes fixed on the thrashing branches.

With her next wild heartbeat, she walked straight into a rock-hard wall of muscle.

Taut muscle.

Naked and warm and faintly sweat-slick.

Her breath fled in a sharp rush. Below her a low growl erupted from the tossing shrubbery.

"Trying to sneak away already?" Pagan murmured, his mouth at her ear.

She whirled about, anger warring with her fear. Dimly she noted the rifle slung casually over his shoulder. "Let go of me," she snapped, prying at the hand circling her waist. "J-just let go of me! Go stalk some other poor creature—like the thing growling in those bushes, for a start."

His hand tightened on her waist, hauling her back until she felt every one of his ribs. Dear God, he was hot and hard and impossibly big.

And as much as she hated him, she felt blindly reassured by the strength pouring from his powerful body. She looked down, fascinated by the contrast of his strong bronze fingers against her cool peach damask, fascinated by the rippling lines of his bare forearms. For one wild moment she felt an urge to run her fingertips over those muscular arms, through the dense mat of black hair at his chest.

She caught herself with a breathless little gasp and shoved furiously instead, twisting away so that her back was to him.

His warm breath feathered over her ear. "Scared, Cinnamon? If you need my help, all you have to do is ask for it."

Her heart lurched at that low, intimate sound. "It will be a cold day in hell before I ask you for *anything,* Mr. Pagan!"

Suddenly the man at her back went totally still. His eyes narrowed, staring at the heaving greenery. "Don't move," he whispered.

His fingers tightened at her waist, locking her close until she felt the rigid outline of corded thighs and the rampant muscle at his groin.

Her breath came in quick, jerky gasps. She started to speak, but instantly his fingers splayed open, warning her to silence.

She could feel the pounding of his heart through her damask dress. Her own was drumming just as loudly.

Without a sound he inched his hand free and lowered his rifle. Carefully he drew back the trigger.

The thrashing in the foliage grew louder. Around them all other sounds seemed to vanish, until it seemed they were the only two people left in the world. She felt Pagan's forearm tense, his thighs lock.

Around them the tension grew, spiraling crazily. She began to think she would scream, faint, or go mad if he didn't do something very soon.

When she could stand it no longer, she opened her mouth to speak, but he stilled her with a brush of lips at her ear. The sparks leaped all the way down her spine. "How dare—"

"Shhhhhh."

She could have sworn his tongue grazed her ear. She could not have spoken even had she wanted to. She was fighting a losing battle with the searing nearness of the man, with the overpowering heat of his hard body.

Dangerous. She realized she was not thinking of the unseen animal in the shrubbery, but the predator at her back, who was far more lethal.

The bush shook and pitched, emerald leaves scattered to the ocher soil.

"A savage predator. Yes, it's lucky you stopped when you did." His breath was hot, his lips feather light. Power emanated from him in dizzying waves.

She swallowed unsteadily. Only from fear, she told herself. Only because they might be eaten at any second.

A small branch tore free from the shrub and went flying onto the veranda.

"Come out of there," Pagan growled. *"Now,* damn it!"

The woman beside him stiffened. "But how . . ."

Even as she spoke, the dense boughs parted, and a slender simian form peered up from the foliage.

Two inquisitive eyes fixed on her face.

"A—a monkey?" she stammered incredulously. "You mean all of this was about a *monkey*?" Furious with the realization of how Pagan had tricked her, she flailed out wildly. But he anchored her belly, holding her captive before him.

"Would you have believed me had I told you it was only a small pet monkey?"

"You might have tried at least! You are vile! Reprehensible!" She tried to kick backward at him, but he sidestepped neatly.

"By God, you feel even better when you're scared speechless, Cinnamon." Pagan's mouth slid over the soft rim of her ear. "I warrant it doesn't happen very often. Can you wonder that I seize an opportunity when it is offered?"

"With you, I wonder at nothing!" She jerked desperately at his fingers, but even two hands to one, her strength was no match for his.

"Careful, *Angrezi*. I have ways of taming the wild creatures on my land."

"Do you indeed? Well, this is one m—monkey that won't run at your call, Mr. Bloody Pagan." She shoved and twisted, kicking madly toward his powerful legs.

"Oh, I never took you for a monkey, my dear. Make no mistake, Magic is much smarter than *you* appear to be most of the time." Pagan thrust his rifle over his shoulder and pulled her back until her soft bottom pressed against his thighs. His teeth teased the curves of her ear.

"S-stop that!" Her heart began to skip dizzily.

"Only *you* seem to be immune to my charms, Cinnamon. Unless all this struggling is another charade."

"Oh, it's no charade! And you bloody well won't succeed in ordering me about like that monkey!" Fury blinded her for a moment. "They—*they* tried to—" Her breath caught in a gasp.

"You intrigue me vastly, my dear." Pagan went very still. "Do continue. What did *they* try to do?"

As quickly as the dim memories had surfaced, they were gone, leaving her with nothing but a sense of helpless fury.

"I'm waiting, Cinnamon."

"I—I can't remember, damn it!" Her head ached. Her

back began to throb anew, and suddenly the porch seemed to pitch.

But she knew her real pain came from a different wound —from something deep and raw and hidden. For one brief instant, she caught a glimpse of that ragged scar and she flinched before the piercing treachery and boundless hatred she saw there.

And then nothing. It was as if a curtain had fallen in her head.

Tears pricked at the back of her eyes. Dear God, why couldn't she *remember*?

"Tell me about it, Cinnamon," Pagan growled. *"All* of it. And make it the truth this time."

"I—I can't."

"You mean you won't."

"No! It's—it's not like that at all!"

"Then tell me how it is. Talk to me. *Make* me understand, damn it." He caught her wrists and spun her about, onyx eyes burning into the pallor of her face. "Prove to me that you're telling the truth."

Her teal eyes glittered with the force of unshed tears. "I *can't,* don't you see? Because I don't know *how* or why it happens. One minute there's nothing and the next—" Her lips tensed to a white line. "The next minute I just *know.* Oh, I'm well aware that you don't believe me, but—"

Pagan's face hardened. "You're right, *Angrezi,* I don't believe you. The monkey could come up with a better story than that."

She glared back at him. "I can only tell you how it feels— as if I'd suddenly become a stranger. No, as if I'd suddenly become *someone.* For the rest of the time I am nothing and no one. There's only a vast dark hole where all the warm, solid memories ought to be."

She stopped, her throat raw with unshed tears. Suddenly the wooden porch seemed to sway. She was engulfed in a flood of heat, noise, and light.

Her hands shot out, searching for support. They met muscle, hard male muscle.

"What is it?"

"It won't—" Her fingers splayed open helplessly. She felt her stomach lurch. "Make the wretched porch stop rocking, can't you? Otherwise, I'm going to be most dreadfully unwell on anything within three feet of me."

Smothering a curse, Pagan swept her up into his arms and pounded across the wooden porch. Kicking open the door with his boot, he stalked down the long corridor to his room.

Immediately, blessed coolness descended.

Mita appeared behind them.

"Get me some brandy, Mita," Pagan ordered harshly. "Bring it to my room."

"I will not," the woman in his arms protested weakly. "I absolutely refuse to drink any such thing." Her stomach heaved at the mere thought. She closed her eyes, all thought forgotten as the vertigo grew, sweeping her headlong into a dark corridor of pain.

The room was still spinning when she felt softness cushion her back. Something cool touched her reluctant lips, burning down to her stomach. She coughed wildly. "No, s-stop! I don't—"

"Hush, woman. There's just enough here to renew your strength, but certainly not enough to make you drunk."

Her fingers shoved feverishly at his chest. "I *won't*—"

It was no use. Another mouthful of liquid fire spilled between her opened lips, as he caught her mid-sentence.

"D-damn—you, Pagan!"

"Swear all you like, Cinnamon, but you'll drink every drop." The voice at her ear hardened. "Unless you want me to leave you here alone when I depart for Windhaven tomorrow."

A shiver flashed through her, but still she continued to fight him, half delirious now.

"Cut line, *Angrezi*. Right now you've got too many clothes and too little sense. I mean to do something about both problems."

Dimly she felt the tight layers of cloth fall from her neck

and shoulders. Good, so good to feel cool air on her fevered skin . . .

Dimly she realized she had spoken aloud.

"I'm delighted you agree," Pagan murmured, working at the hooks running down the front of her corset, all the time damning the Englishwoman for her stubbornness. "Now, turn over while I take this bloody thing off."

When she ignored his order, he pushed her impatiently onto her side and swept away the offending undergarment, silently vowing to dispose of the thing as soon as he could.

Muttering a curse, Pagan hurled the confining corset across the room, where it struck the wall, then fell to the floor with a muffled hiss.

Her outer petticoats were the next to go. By now she was too weak to stop him, able only to turn her head restlessly, her fingers clutching at the soft white sheets.

"L-leave me a-lone," she rasped.

Pagan scowled, trying to tear his eyes from the ivory sweep of her slim thighs. From the proud, coral-tipped curves above.

An arrow of flame swept through him. Cursing, he tried to quell the ache at his groin—and failed lamentably. "I want you to rest, woman. I've got eight hundred acres of green gold that need tending, just like the difficult children they are. And when I leave tomorrow you're bloody well going with me."

Her slim hands quivered on the thin coverlet. "I don't want to," she rasped, defiant to the very edge of consciousness. "And I *will* not . . ."

Ah, but she was a fighter, this one, Pagan thought. Something told him she had done too much losing in her life, that she had had to fight for herself this way far too often.

Deep inside him, something twisted and stirred to life. It was a silent thing, dim and wholly unfamiliar, composed of sweetness and dangerous longing . . .

For things the slate-eyed Englishman knew he could never have.

For such emotions were no more real than the dust devils

that raged down from the Hindu Kush or the mirages that shimmered over the sun-baked sands of Rajasthan. No more substantial than the gossamer mists that wreathed Windhaven's green hills each dawn, Pagan told himself bitterly.

When she finally slipped into sleep, he was still there, his face an unreadable mask as he sat beside her. It hurt to sit so close and not touch her, of course.

But to leave would have hurt him far more.

18

❈

The sun hung aflame, molten gold over green treetops. Pagan pounded up the steps to the bungalow, tired but well pleased with the state of preparations for the morrow's journey.

At the front door he was met by muffled thumps and shrill simian cries. What deviltry was Magic up to now? he wondered.

The sounds led to the door of his own room—or to the room that *had* been his, until his uninvited guest arrived. He stopped on the threshold, black eyes glittering, one dark brow quirked.

Had he not been so surprised, he would probably have begun to laugh. As it was, he could only stare in raw disbelief at the scene unfolding before him.

Clad in his own silk dressing gown—and very little else, he judged—his beautiful visitor was fighting a losing battle with the little langur monkey for possession of a ruffled, half-unlaced corset.

Pagan's lips twitched. Gone was the exquisite lady, the

haughty beauty. Instead he saw before him a wild temptress with golden hair spilling free over a gossamer garment that cupped every proud curve of her body. Her cheeks were streaked with red and her teal eyes were snapping.

And she was wondrously, breathtakingly beautiful.

"Give that back, you wretched creature!" The woman wrapped her hands tighter around one of the long laces and tugged furiously, while Magic erupted in a shrill torrent of protest. "You can't have it, do you hear? What would you do with a corset anyway, you silly thing? Wear it on your head? Now stop this second—ohhhh!"

With a sharp *ping* the lace tore in half beneath the strain of their struggles. The Englishwoman went flying in a heap onto the wooden floor, her silken robe sweeping up to reveal golden skin from ankle to thigh.

Magic, meanwhile, jumped up and down in triumph, chattering shrilly and clutching the precious corset to her furry chest like spoils of war.

Pagan made a low, strangled noise at the back of his throat, and that was his undoing.

The woman scrambled to her feet. Jerking the robe tight to her slim body, she advanced upon him. "Get out! Get out, both of you! I'm sick of this place, do you hear? Sick of having no clothes! Sick of being hot and sticky! Sick of being dinner to every mosquito within a hundred miles! Most of all I'm sick of *you*!"

Pagan was having trouble breathing. Her beauty was overpowering, wild and reckless as it was now. And he discovered she was infinitely more seductive this way than when she was wrapped up in all those stiff, choking layers of cloth and propriety.

"Hurts to come in second-place, doesn't it, Cinnamon? Especially to a monkey."

"Get out! Get out before I throw something and mar those perfect features, you detestable cur!"

Magic tilted her head at this interchange, studying first Pagan and then the Englishwoman in turn. The monkey's lips stretched wide to reveal shining white teeth as she hissed thoughtfully.

The next minute she darted over the floor, swept up the lace-trimmed drawers from beside the bed, and tied them over her head like a bonnet.

Pagan burst into laughter. The sound made his captive's face more furious.

"Stop, you devilish creature!" The woman chased the little langur toward the door, grabbing vainly for her white undergarments. "I've lost my freedom and my memory, but I'm not about to lose those clothes. They're the only ones I have!"

Pagan settled back to watch. "Very fetching, Magic. I compliment you on your taste in hats."

His visitor scowled at him. "Dolt! Vile, degenerate knave!"

Pagan merely shook his head chidingly and held out a hand to Magic, who skittered across the room, drawers still tied overhead, and jumped up into his arms. With a little sigh, the monkey burrowed into her master's arms and rubbed her head against his chest.

Smiling broadly, Pagan stroked Magic's head and slipped her a peanut, which she attacked with noisy relish.

"Disgusting! You are both quite mad! Very well, take the things, since the animal appears to want them so badly. Only leave me here in peace!"

"That bad, is it, Cinnamon?" Pagan asked softly, his eyes narrowing. "Which is it, the mosquitoes or the heat?"

The woman before him muttered something beneath her breath and twisted forward to slap a mosquito on her leg. What she said next sounded suspiciously like a curse. "*Both,* if you must know. But I shall survive, Mr. Pagan, you may be certain of that! First I mean to find out how I was brought here. And why," she added, crushing another mosquito at its meal.

Pagan offered her an innocent smile. "Would you like to see where I found you?"

Her scratching slowed. "On the beach?"

Pagan nodded, stroking Magic's furry head while he watched an array of conflicting emotions flash across his captive's face. By God, her eyes really *did* change color with each emotion, first teal, then turning to turquoise and copen blue.

"Was there—did you see any—"

"Clues to your identity? Nothing. No wreckage, no signs of struggle, no footprints. No signs of a boat, either. I looked very carefully, Cinnamon, believe me. But there were no clues of any sort." He offered Magic another peanut. "Whoever brought you here was very thorough in concealing his tracks."

Nothing. The thought echoed hollowly through the Englishwoman's mind. Nothing at all, no past, no clues.

No future, either, judging by the dark determination she saw in Pagan's eyes.

"You honestly remember nothing?"

She shook her head blindly, fighting down a rush of despair.

"They must have brought you by boat, then. If you'd come down from Negoro or up from Colombo along the coast, someone would have noticed you. But I've sent my men looking twenty miles in each direction, and all of them have returned with the same results: nothing. Not a single bloody clue." Then, as he saw the ragged edges of despair darken her eyes, "Pluck up, Cinnamon. We'll find something."

"Does that mean you believe me?"

Abruptly a curtain seemed to drop over Pagan's face. "Yes," he said after what seemed an infinity of silence. "Yes, I do believe you, Cinnamon. Not necessarily that your story is true, but that *you* believe it to be true."

"Of all the arrogant, nonsensical—"

Pagan continued calmly, as if she hadn't spoken. "Ruxley, of course, would not have planned on your injury robbing you of memory, but it does add a certain ring of authenticity to your protests. No doubt right now he is applauding himself for his cleverness.

"You have an answer for everything, don't you?"

"It is my sincerest hope," Pagan answered silkily, making her a little bow.

"But you make one grave mistake, Mr. Pagan," she snapped, pulling the belt tight about her slim waist. "I am *nobody*'s pawn. You'd best realize that right now."

"Indeed?" Pagan's unpatched eye took on a dangerous glint. "But there is something *you* fail to see, *Angrezi*. You *are* a pawn, whether you choose to be or not. Right now the only question is whether you will be Ruxley's pawn . . ." His voice dropped as he studied the crimson swell of her lips. "Or whether you will be *mine*."

The woman before Pagan did not move, mesmerized by the dark fires burning in that hard, unblinking eye. For a moment she almost thought she read regret there.

Then that, too, was gone, replaced by a lazy ease. "Did you enjoy your rest?"

"Th-that was *alcohol* you forced upon me this morning!" she sputtered abruptly. "How *dare* you try to—"

"Try to what—seduce you? Had I *tried*, Cinnamon, believe me, I would have succeeded." Pagan's voice darkened, the texture of rough silk. "And you may be sure that we wouldn't be standing here fully dressed, arguing right now." His calloused fingers stilled on Magic's head, and the monkey squirmed in protest. Frowning, Pagan looked down and resumed his slow stroking. "By God, woman, you're as contentious as Magic. I gave you no more than a mere thimbleful of alcohol this morning. Not enough to loosen your tongue— certainly not enough to pierce that prickly armor of yours."

"Cursed mosquitoes," she muttered, scratching furiously at the back of her neck.

"Damnable, aren't they?" Magic still in hand, Pagan settled his big frame fluidly into the bamboo chair near the window. "Not used to the tropics, are you? But I've an answer for that."

"I'll just bet you do." She continued scratching her neck.

"How does cool sound?"

Her digging slowed infinitesimally.

"Cool and smooth." Pagan administered the *coup de grace*. "Cool and smooth and very wet?"

"No thank you. I don't care to have any more alcohol foisted upon me," she said stiffly.

Pagan threw back his head and laughed, while Magic cocked her head with curiosity. "No, something far better than alcohol, my dear. Water—water for a bath. Water to swim in, stretching cool and sweet as far as the eye can see."

His captive's scratching abruptly ceased. "Water—truly? Where?"

"Not far from here." Pagan concealed a smile of triumph. Sliding Magic down onto the arm of the chair, he came lazily to his feet. "Let me check those bandages and then we'll go."

"We'll go? Now I begin to understand. And if that's your plan, you can count me out! And you can forget about using my wounds as an excuse to ogle any more of my body, either."

One sable brow climbed to a wicked point. "Oh, I've seen everything there is to see already, Cinnamon. You have no secrets left, I assure you."

Her cheeks blazed peach-red.

"Scared, *Angrezi?*" It was a low, dark challenge.

"You think you're so bloody clever, don't you? Well, it won't work. I know exactly what game you're playing at."

Pagan waited in silence, watching her fingers pleat and unpleat the web-soft silk of his robe. He tried not to imagine the velvet curves just beneath. "Not clever," he said slowly. "Not where you're concerned, Cinnamon." Something flickered in the shaded depths of his eyes. "Just determined."

The woman before him frowned. Determined to do what? she wondered. But she did not ask.

Something told her it would be better not to know.

And right now the thought of stripping off her itching bandages and slipping into cool, silken water was a temptation she couldn't resist.

"Very well, Mr. Pagan. I believe I *shall* accompany you after all."

"Good. I begin to think there might be hope for you yet, *Angrezi.*"

"Stop calling me *Angrezi.* You act as if you were not as English as I. That *is* what the word means, is it not?"

Pagan didn't answer, his eyes hard upon her face.

"Well?" she demanded, impatient to be off.

"So it does. But I find I like the word, and I don't believe I'll give it up. Not even for you, my dear."

"You are without a doubt the most arrogant, irritating "

She was growing hotter—and angrier—by the second. "Bast—"

He was at her side in a second, his hand biting into her wrist. "Don't even think of saying it," he growled.

She jerked away, horrified at the crude term that had sprung to her lips. Horrified, too, by the fury that had darkened Pagan's face before he'd regained control.

Twisting wildly, she fought his iron grip, but her struggles only sent the silken edges of her robe flying. Ivory skin flashed beneath navy and crimson paisley before she managed to clutch the garment closed with her free hand.

She felt him stiffen. She felt the deep pounding of his heart where she was crushed to his chest. She felt the heat that radiated from his taut granite thighs.

Suddenly the humor and mockery fled and it was deadly serious between them, all heat and hunger.

All madness and desire.

Her breath caught at the darkness in his face, the tension in his body.

"Take off the robe, Cinnamon."

She swallowed. "No-no."

"*Now,* woman," he growled. "We're going nowhere until I check those bandages."

She glared back at him.

"Do you really think I'll hurt you?"

Her brows shot up. There was something unexpected in his voice. Something that might almost have been . . . hesitation.

Impatiently she shrugged the thought aside. One glance at

his face was enough to tell her this man didn't know the meaning of the word.

Across her back she felt the pricking of the old bandages, already stiff with dry, caked blood. She tried not to think about how good the cool water would feel.

Their gazes locked, teal plumbing cool onyx, and the aftershock rocked her all the way to her toes.

Just ask me and I'll help you, Cinnamon.

I'll never ask for a single, bloody thing, Barrett countered mutely. *Not of you or anyone else.*

His gaze fell to her lips, smoldering and sensual. Her fingers began to tremble. She closed her eyes, afraid of the dark pull of his gaze.

And opened them to feel strong bronze fingers sliding inexorably up her arms.

Damn the man! "D-don't—" she protested, but the words died on her lips.

Spellbound, she watched those big hands glide higher. Strikingly gentle, they curved over her shoulders.

Her heart began to slam against her ribs. What was wrong with her?

With a choked cry she wrenched free, one hand caught to her lips as if to scrub away the heat that still lingered from his gaze.

It did no good.

How had he succeeded in goading her to sputtering incomprehension, to white-hot fury, and now *this*?

This what? a cool voice asked. *Recklessness? Hunger?*

Need. That was the only word for it. A hot, shameless need that grew with each heartbeat until she could see nothing but that wide, hard mouth. Those strong, calloused fingers.

Until all she could think of was what they would feel like on her skin. Anywhere and everywhere. With neither linen nor damask to impede their hot, sweet flow.

Heat and dizziness swept over her.

At the same moment Pagan turned her with a rich rustle of silk and slid the dressing gown from her shoulders until her back was bared to him.

She stood stiffly, her legs leaden, her blood aflame, with every breath assailed by a thousand sensations. She felt the heat and power of his taut thighs in sharp contrast to the gentleness of his fingers. "D-damn you, Pagan," she gasped as he slid the top bandage free.

His fingers dropped. The lower bandage resisted, adhered with dried blood to her skin. Gently he worked his hands around the edge of the wound until the fabric pulled free.

Her breath hissed out in a jerky sigh.

"Steady, Cinnamon."

She shuddered, desperate to break free of the sweet, potent lethargy that was inching up her legs, creeping over her heated skin where the soft borders of the dressing gown flapped free. "Just get it *over* with, can't you?"

Her hands balled into fists. She spun about to face him, a wild sob rising in her throat. "L-let me go, lackwit! You're *hurting* me!"

"Liar," Pagan whispered, his eyes dark with desire. "Pain isn't what you're feeling now, but hunger and need and a thousand other things." His gaze fell to the silken expanse of her chest, stained by a faint flush. "I should know, because I'm feeling all that too," he added harshly.

The next second she was crushed to his chest. "Can you deny it?"

She went utterly still, trying to ignore the hot, steely brand of his manhood against the soft curve of her belly. "It—it hurts, Pagan."

She was not thinking about the pain at her back, however. It was the other pain, the strange gnawing restlessness, that plagued her. The sweet, mindless wanting . . .

Pagan watched the hypnotic rise and fall of her chest, the jerky pulse at her neck.

"Turn around," he growled.

He jerked a fresh length of linen over the rapidly healing wounds, working in tense silence. The only sound in the room came from the rustle of bandages unrolled over warm bare skin.

And the wild thunder of his heart in his own ears.

Damn it, man, get a hold of yourself!

He started to speak. To his utter disgust he had to clear his throat before continuing. "Better."

"B-better?" his patient repeated dumbly, no more coherent than he.

"Your back. Bleeding seems to have stopped. Smaller wounds—beginning to bind. Good sign." Pagan scowled. He could barely string two words together!

What about when her wounds heal? a mocking voice asked. *Will you be able to let her go?*

"No!" The word burst from his lips.

"No what?"

"No—no sign of infection." How had the tawny-haired temptress managed to strip him of thirty years of logic and hard-won skepticism in less than forty-eight hours?

Get your wits about you, man. This one may be well more dangerous than any tiger.

And then he was done. He tugged her dressing gown back in place. Barely was he finished when his patient spun about, her face ashen. "You *hurt* me, damn you!" Her eyes were dark with pain and accusation.

Suddenly Pagan recalled how still she had stood while he worked feverishly at his task. And he had been congratulating himself on his skill . . .

"Why didn't you tell me?"

"Would it have made any difference if I had?"

His jaw locked. Perhaps she was right. Perhaps it wouldn't have mattered, considering the raw state he'd been in.

Hell, the state he was *still* in.

"I'm . . . sorry, Cinnamon."

She tried to turn away, but he cupped her cheeks and forced her head up to his gaze, cursing when he saw two bright tears trembling on her skin.

Mesmerized, he slipped the liquid diamonds onto his forefinger and drew them gently to his mouth.

He shuddered as he tasted the salt of her body. It made him wonder how the rest of her would taste. Heat pooled in his groin at the thought of what a pleasure it would be to find out.

Abruptly he spun her about and pushed her toward the bed, where her dress lay flung in a silken pool. "Get dressed, damn it! The cove won't be safe after dark."

He saw a string of emotions play across her face, fury, surprise, and uncertainty. What he had not expected to see was the disappointment that skittered briefly through her lovely, haunted eyes.

The sight made his blood burn with raw male triumph.

Her slim fingers pleated and unpleated the silk dressing gown at her chest. "S-safe? What do you mean?"

She was as wary as a sambhur doe at twilight, Pagan thought. And just as beautiful.

"At last light the great cats go down to clean themselves in the tides. And, of course, to eat. Now that the drought has come you can hear the cry of the leopards all along the coast, since their usual water holes have dried up."

And what about the tiger? Pagan asked himself grimly. Or was that simply another one of his nightmares?

"H-how do I—That is, what shall I—"

"Wear?" His voice was low and deep. "Steamy, scented air, *Angrezi*. And not a bloody thing else."

If he couldn't touch her, Pagan decided grimly, then at least he could damned well *look* at her.

A chill rain hammered down over the granite mansion, crushing the roses and shaking the gleaming glass panes of the only house whose lamps were still lit at this dark hour on the edge of dawn.

But the house's owner seemed not to notice. He sat alone, a thin man with cold eyes in a room rich with old and very precious things.

His slender fingers filled a crystal goblet with fine, aged brandy, then raised the glass in a silent toast. Well done, old man, he thought, studying the liquid's hue and clarity before sipping slowly and appreciatively, like the careful connoisseur he was.

Then his thin lips twisted. Let them think it was coincidence that brought them together again. Yes, magic was a powerful tool, if one believed strongly enough.

But that fool aboard the *Orient Queen* had bungled things. Now the little harlot had lost her memory.

A faint smile crossed his face. But maybe that would work to his advantage too. In the meantime, he'd have to remember to repay his informant well for that valuable bit of information. There had been no sign of the ruby as yet, but that was hardly surprising. St. Cyr was far too clever a man to keep such a gem anywhere but in a very safe place.

His thin features hardened. He set down his goblet and reached into his pocket, drawing out a small key on a chain of wrought gold. Bending down, he fit the key into the top drawer of his desk. From the shadows within he lifted out a marquetry box of mahogany and rosewood.

Inside gleamed an empty bed of pure white satin. As he stared down, a strange fire lit his chill eyes.

So damnably close!

Creighton was to have seized the stone before he murdered that fool Sir Humphrey. But it appeared someone had already made off with the jewel.

His eyes narrowed. His pale hands caressed the white satin gently, reverently. With each movement the telltale flame in his eyes burned brighter.

But he must not be impatient, Ruxley reminded himself, stroking the snow-white cloth.

Soon he would have his ruby, along with everything else that he wanted. Neither heaven nor earth could stop him now.

Certainly not one stubborn insignificant female.

The very best part of all, he decided smugly, would be seeing Deveril Pagan's face when he realized exactly what he'd lost.

19

The wind began to rise as they left the compound. Furious, the Englishwoman fought to keep her eyes from the tall figure before her, a rifle slung carelessly over his shoulder. High overhead a monkey screamed shrilly from the overhanging branches and was joined by several of its mates. A crimson bird darted from the green canopy of foliage high above, then disappeared in a burst of red plumage.

So alien, she thought. So painfully strange.

And yet there was something seductive about this phantasm of life burning in restless fury, of colors and sounds and life force pushed to their limits, then squandered just as recklessly.

Something told her life was lived the same way here in the jungle, recklessly and urgently, with the knowledge that death was always heartbeats away.

Her eyes swept the green tunnel before her. Jungle everywhere, a great pulsing wall of life, green calyx, emerald bough, and olive stamen. Raucous leaves atremble, the wall heaved and shuddered with life.

And with death.

Even now the air hung heavy with the green smells of mango, frangipani, and decomposing leaves.

Life burst through ten thousand hidden roots, pushing out greedy buds and shoots in a desperate frenzy to reach the sun hidden high above the forest floor. Each being was reckless to live, even if its life encroached on another's. From somewhere to her right came the frantic thunder of an animal charging through the underbrush, followed by a sharp wail of pain.

After that, only silence.

Fear whispered down her spine.

For amid the life lurked the death. Always it waited, the silent background to this kaleidoscopic vitality.

The snap of a twig sent her gaze darting to the strange, unyielding figure several feet in front of her. His eye patch lay like a dark slash against his bronzed face, making his harsh features seem even harsher.

And as always, she found his maleness arresting, nearly tangible.

Entirely fascinating.

He was an enigma. He did not trust her, yet he had rescued her. He did not like her, but he desired her. He seemed not to want her anywhere near him, and yet he saw to her comforts and cared for her wounds.

She sensed she had never known such a man before, and that she never would again.

A rush of curiosity swept over her as she watched the long-limbed planter stalk silently forward, oblivious to her scrutiny. What drove such a man? How had he come by the wound that hid beneath his black eye patch? What dreams kept him slaving in the torrid heat while any reasonable Englishman would have retreated to comfort, allowing his hirelings to do everything that resembled real work.

But there was nothing *reasonable* about Deveril Pagan's lean, brooding face and rigid body, she concluded. All granite and steel, he was the sort of person who lived each day as if it were his last and seemed to expect everyone else to do the same.

And what about this man Ruxley? Despite her bravado, the name left her with a chill feeling.

If Pagan was right, she was indeed a pawn in their game.

The only question was *whose* pawn.

Her lips clenched in fury. Careless in her irritation, she allowed her toe to snag on a gnarled root hidden in the long, dry grass. She stumbled, managed to right herself, and muttered something very unladylike beneath her breath. *"Mr. Pagan!"*

The silent figure halted, then turned to stare at her, his dark eye hooded, his face unreadable in the mottled shadows beneath the jungle's canopy.

"Will you slow your steps or are you hoping that I'll break my neck?"

"If you'd care for my hand, Empress, all you have to do is ask." His smile was wolfish.

"I do not need your hand, lackwit. All I *need* is for you to slow down."

Pagan's lips eased back into a wide smile. "Ask nicely, *Angrezi,* and I might just consider it."

Color washed through her cheeks.

Her back throbbed. Her ankle ached, and she was damnably hot beneath a dozen yards of constricting cloth. But more than anything else it was the sight of Pagan's long-limbed ease and goading challenge that fueled her fury.

"Forget it!" she snapped. "Forget everything! Let us turn back right now." With an angry twitch of her skirts, she whirled about and began to stalk back toward the compound.

"By Shiva, you're a stubborn woman." A moment later, Pagan seized her wrist and spun her about. His cold gaze raked her face and neck, where even now tiny beads of moisture had begun to collect. "You're burning up, *Angrezi.* Your skin is just aching for a touch of that cool water." His eye glittered. "And to strip out of those damned, confining clothes. Admit it, Cinnamon."

"I—I will do nothing of the sort!" she began to sputter, only to find herself hauled hard against his chest.

He smelled of soap and salt and a faint smokiness—not quite like tobacco, but greener.

Tea, she realized. Tea roasted and fermenting.

It was a lovely, intoxicating smell. Unconsciously she leaned closer, inhaling slightly. Only because of the tea, she told herself a second later, pulling back unsteadily.

Of course it was the tea! She had always loved tea—green and delicate or black and pungent. No coffee or morning chocolate for her.

Her breath caught abruptly.

She had done it! She had *remembered* something. Her pulse hammered as she caught a ragged breath, eager to share her discovery with Pagan.

But the words froze on her lips when she looked up to find him studying her. No, not studying. Nothing so tame as studying, she thought dimly.

For this man never would be tame. And right now his gaze was searing her, devouring her.

Possessing her.

Her breath wedged in her throat as he pulled her closer. His thighs lay hard as ropes against her belly, taut with a need unmistakable even through her skirts. His scent wrapped around her, leaving her dizzy. His touch unnerved her and made her feel oddly reckless.

Desperate to escape the pull of that obsidian eye, she dropped her head, only to feel her nose burrow into the warm V of open skin at his neck. She blinked at the touch of hot man-scented skin matted with mahogany hair. A curling strand tickled her nose. She wrinkled her nose absently and found herself wondering . . .

Somehow her tongue found its way to the errant strand. She had meant only to nudge the hair aside, but suddenly she was testing its strength and play instead, tongue to his heated skin.

Pagan's hands tightened convulsively on her wrists. He muttered a low, dark oath.

Her mouth curved in a smile. Prompted by some instinct she could not quite explain, the teal-eyed Englishwoman inched closer. Her teeth caught the dark, springy hair and tugged.

"Sweet God in heaven," Pagan muttered, releasing her wrists to capture her head. "Don't stop now, *Angrezi.*"

His raw plea jerked her from her sensual trance.

But not before she discovered exactly how he felt.

Good. Too good by half. All man, a man who made her feel all woman.

His skin was the warmth of life itself, his voice as rough and elemental as tree bark against naked skin.

Her naked skin.

Other images began to burn through her, images of his big, bronze hands upon her heated flesh. Images of his calloused fingers, teasing and tormenting. Taking—whatever he wanted.

And her wanting him to take, more and more, until the wanting became all she was, the waiting a wild madness in bone and blood.

Dear God, what was he doing to her?

Her fingers balled into fists, hammering at his chest. She twisted her head, trying to break free of the fingers anchoring her cheeks. "L-let me go!"

"Why?" Pagan said slowly. His face hardened. "You liked that just as much as I did. So why the sudden switch?" Ignoring her flailing hands, Pagan forced her face up to his scorching gaze. "Maybe Ruxley didn't take your training far enough, *Angrezi*. Let me show you how it's really done. How to break a man into a thousand, tiny pieces."

His face was dark with fury as he bent close. "First of all, when you touch a man, look like you enjoy it. Move. Whisper. Shiver. That gives your performance a look of authenticity." A muscle flashed at the steely line of his jaw. "Then part your lips and look at your prey like you did at me a few moments ago, all stunned and wanting. All wanton innocence. By God, you could bring a man to his knees in seconds with a look like that."

Pagan's gaze burned over her face, his features shadowed by the screening trees, dark lines carved into the darker planes at his brow and mouth.

His voice hardened. "Above all, my dear, watch his eyes. Note his changing emotions. Calculate his weaknesses. And be careful to make him think he is the only thing in the whole world that matters to you. You cannot imagine how that fires a man's ego," he added bitterly.

She stiffened in his arms, horrified by his cynical recital.

Could it be true? Were there actually women who did such things for money or power?

And had *she* once been one of them, back before her memory was stripped from her?

A shiver worked through her numb body. She swayed, sick with some premonition of horror too black for words. Even now it lurked just beyond the edge of her consciousness. Dear God, if only she could remember . . .

Pagan gave a low, raw laugh. "Brava, my dear. How quickly you learn. I understand now why Ruxley chose you for this task. But your training is still far from complete." His hands splayed open upon her wrists, his calloused thumbs kneading the sensitive hollows of her palms. "And if the other things don't get you what you want, just slant that beautiful head back and wait, all the time pressing those soft thighs against your poor, deluded victim. He'll have no chance against such an assault. In no time at all you'll have the poor fool eating out of your hand."

"S-stop, Pagan," she began unsteadily. "It—it wasn't like that."

His lips twisted bitterly. "No? Then tell me how it *was,* Cinnamon. Behold me, all impatience to hear."

This time she heard the bitterness in his voice, and saw in his face the dark ghosts of regret and despair. She had no liking for the man, of course, but honesty compelled her to try to explain what she had just done. "I—I didn't *plan* it. God forgive me, I didn't think, I just—" Wide and shimmering, her eyes fixed on his rigid face. "Somehow it just *happened.*"

Pride stopped her from saying more. Not when *his* reserve was so fierce and complete. She caught her lip between her teeth, struggling for control. "Do not be dismayed. It will never happen again, I assure you," she said stiffly.

Pagan's eyes narrowed on her soft lips. "Ah, there you're wrong, *Angrezi.* It *will* happen again. Whenever and wherever I want it to happen." His fingers tightened. "And I find, woman, that I want it again right *now.*"

A heartbeat later his mouth came down against hers, hard

and hungry, crushing and possessing, all teeth and tongue and angry male.

She tried to scream, but could not.

She tried to make herself cold, but was not.

Entirely the opposite. Her heart hammering, she fought to keep from pressing closer, from sliding down into the sensual fury of his touch, like one of those brazen, hateful woman he had just described to her.

Back and forth his mouth ground over hers, rough and commanding. Hot and hard, his tongue probed the locked line of her mouth. And when she did not yield, Pagan changed his strategy with lightning speed. Possession turned to persuasion. Toying, coaxing, his lips roamed over her with slow thoroughness. Sleek. Wet. Like hot velvet.

Her breath caught in a jerky sigh. He heard it, and laughed deep in his throat. Slowly he tongued her again and this time earned his victory, sliding deep into her satin darkness, tasting her fiercely.

"Cinnamon . . ." He groaned the name, and the word was dark with the sound of his own need and his own raw discoveries.

Her knees caved in, pudding-soft; her hands found his shoulders and clung for dear life. All the time she prayed desperately that he would stop.

And realized that if he did, she would surely die.

"Say it, Cinnamon. Tell me you want it too."

"*N-no!*"

But her blood became a fierce, hungry thing. Roused from decades of sleep, it now charged through her wildly, racing into every inch and corner of her body, noisy with rage at being disturbed from the long slumbers of innocence.

"'P-Pagan," she began, only to feel his mouth move. The next instant her lips sheathed his hard tongue.

He groaned deep in his throat, his fingers capturing her hot cheeks. "God, *Angrezi!* You make an apt student. Harder this time." His tongue withdrew, then flickered over her lips in light, feathering strokes.

Until she *hungered* to do his bidding. Sweet heaven, it could not be!

"Stop it, damn you!" Ashen-faced, she jerked free of his anchoring fingers, then drove a fist flush into his jaw.

Pagan released her, cursing. His face promised a terrible vengeance.

"Listen to me, you bloody, wretched man! I'm *no whore*! And I'm no pawn of Ruxley's. When will you begin to accept that?"

One dark brow snaked skyward in disbelief. "How do you know, if you've lost your memory?"

"Very well, I don't *think* I am," his captive beauty countered in angry, scrupulous honesty. "I would never do such a thing by choice, that much I *know*."

"Talk is cheap, *Angrezi*."

"Listen, damn you!" she snapped. "This is important!" This time it was *her* fingers that surrounded his face and forced him still before her smoldering gaze. "I don't know who I am, nor even *what* I am, but one day I will. Every little clue helps, even things such as this. And I know that I am telling you the truth about this."

His gaze narrowed; onyx flames sparked in that chill unblinking orb.

"You still don't believe me, do you?" Her slim fingers trembled against the warm planes of his cheeks. "You don't even care. But why should you? You are a man, after all, in control of all you see. You've wealth and security and a boundless confidence in your own abilities." She fought back a sob; her eyes blurred with tears. "Consider yourself a very lucky man, Mr. Pagan," she added hoarsely. "For I have *none* of those things. Not even the comfort of a name."

Abruptly her hands fell away from his face. She turned away, only to feel her wrists captured beneath calloused fingers a second later.

"You're wrong, Cinnamon," Pagan whispered. "About more than one of those things. And if you think *I'm* the one in control here, you're damned wide of the mark, for being in control is the last thing I am right now. Shall I tell you why? *You* do that to me, every time I look at your soft lips, every time I see the pulse skitter at your neck. Dear God, every time I see those bloody perfect nipples outlined against your chemise. No, I'm the *last* one who is in control here, that I assure you."

His blunt honesty took her breath away, and a tide of crimson washed over her face.

Did he really mean that—

Pagan turned away, cradling his rifle, the old icy mask of indifference slipping back over his hard features. "And for now our lessons are over. So do we go on to the beach or don't we?"

His arrogance was astounding. "Oh, you wretched, infuriating—"

"Fine," he snapped, turning back the way they had come. "In that case you can find the beach for yourself. And afterward you can go sleep in the jungle."

"We *go,* damn you!" Teal eyes flashing, his honey-haired companion swept past him, furious at the way an errant ray of sunlight slanted across his face, painting it hot, burnished bronze. Furious at the unforgettable way his muscles bunched and rippled beneath his white shirt.

Furious at the way she seemed unable to think of anything else.

He gave her a last taunting look then stalked ahead of her, making no effort to slow his stride to her pace. "And whenever you can't keep up, *Angrezi,* all you have to do is tell me."

Her lips settled into a flat line. "It will be a snowy day in hell when I can't keep up with *you,* Mr. Pagan."

The words were barely off her lips when a thick green rope came plummeting down from the trees overhead and fell thrashing at her feet. Only it was not a rope but a python. Twelve feet long and nearly a foot across, the huge snake could squeeze a wild boar to death in twenty seconds.

And a man in ten.

Her face bled white. Her lips moved, but no sound emerged.

"Get back!" It was a flat command which brooked no room for questioning, and she obeyed soundlessly. The rifle slid from Pagan's arm. Cold-eyed, he pushed down the safety release, took careful aim, and sent two bullets slamming through the snake's head.

Her heart was still pounding against her ribs when he raised the toe of his polished boot and kicked over the lifeless but still thrashing mass of muscle. "On the way back I'll collect it for Mita. Python meat is considered quite a delicacy here. It must be properly cooked, of course, then carefully skinned. I'll let you try some."

She glared at him furiously, her heart still racing. "What a lovely idea, Mr. Pagan. I am sure I shall enjoy eating snake meat immensely," she said with acid sweetness. "And now, if you are quite through with this little demonstration of your hunting prowess?" She stared pointedly at the path. "The sun will soon be setting, remember?"

His gaze danced over her face, dark and hot. "Oh, I remember, Cinnamon. Every damned thing. Even some things you're going to wish that I didn't."

And with that obscure threat, still smiling, he strode forward into the green shadows. He did not spare her another glance.

20
❈

The bloody arrogant *worm!*

Furious, she glared at Pagan's broad back, her teal eyes shooting white-hot sparks. First he goaded her, tricking her body into wanton, unnatural feelings. Then he had the utter gall to mock her for her response, which was the direct result of his own sordid expertise!

The man was a cur. A swine. A ruthless, degenerate—

Suddenly her breath caught. Before her the oppressive corridor of greenery opened up into light and space and hard, bracing wind. Like liquid sapphire, the sea stretched unbroken as far as her eyes could see, bleeding into a blood-red pool far to the west, where the sun sank into the horizon.

Cool wind licked her face. Rhythmic waves slapped at a white-sand shore.

Her pulse quickened. Her eyes darkened as she watched Pagan stride over the beach.

So he had an answer for everything, did he? Well maybe he had an answer for *this!*

Her eyes snapping, she bent and snatched up a handful of warm sand. When she had as much as she could carry, she advanced silently on her prey.

The sand struck his neck and shoulders with a satisfying hiss, a great deal of it disappearing down inside his collar.

Good! The discomfort would serve him right for—

For what? *For kissing you until you were dizzy? For making your pulse lurch crazily?*

For demanding your honesty?

He turned slowly, his eyes glittering. "You're going to regret that, *Angrezi.*" His lips twitched as he stalked ever closer.

Before she could change her mind, she shoveled up another handful of sand. This one hit him full on the chest. "The first one was for arrogance," she rasped. "The next one was for—"

Go on, tell him, a mocking voice answered. *Tell him it was for showing you the shameful face of your own passion.*

Her cheeks flushed crimson.

"Yes, *Angrezi?*" He was nearly close enough to seize her, but strangely enough he didn't. The force of his gaze was nearly as savage as a touch. "Come, don't stop now. This is just getting interesting."

Partly to avoid his burning scrutiny, she looked down. But

what she saw then was more tormenting still. Every hair that darkened his neckline mocked her, and every inch of sun-bronzed skin. She saw a tiny bead of sweat glisten at his neck, saw the fine white sand powdering his hard chest.

Without conscious thought, she felt her hand rise to caress that tormenting flesh and brush away the fine grains tangled in his springy hair.

Dear God, it was happening again! What was *wrong* with her?

Struggling for composure, she dragged her tongue across lips gone suddenly dry. Instantly she saw a muscle tense above his collarbone. With slow fury he reached down to the beach.

The next moment she was running across the sand.

His first barrage struck her waist and bottom. She heard his dark laughter and it made her run even harder.

But with her next wild heartbeat he seized her trailing skirts and snapped her to a halt. Slowly he tugged the yards of damask around, forcing her to face him.

The first thing she saw was his uncovered eye, blazing beneath a half-lowered lid.

The second thing she saw was the handful of sand clutched within his fingers.

She jerked sideways, trying to wrench free, her eyes riveted on his calloused hands. The wild movement sent her toppling forward, her arm outflung as she fell.

But she was cushioned by warm male muscle, not hard-packed sand, for she had felled him along with herself. The realization sent a fresh wave of blood burning to her cheeks.

"L-let me go," she sputtered. "I gave you only what you deserved!"

The sandy fingers rose until they poised only inches above her head. "Not until I know what the second was for, Cinnamon."

Cursing her unruly tongue, she began to squirm wildly. But each movement sent her sliding against granite thighs, against sun-warmed skin, against his—

Wide with shock, her eyes jerked back to his face.

"The second one, *Angrezi*. Tell me." As if to prove his seriousness, Pagan let a tiny stream of sand trickle onto her head.

She swallowed, feeling his heat from chest to ankle. Dear God, he was big. Even though she hated him, it felt good to be anchored in such strength, in such a sea of warm, rippling muscle.

Her eyes widened.

She *did* hate him. She did, she did, she *did!*

Only now her own skin burned where she was crushed to his hardness. Her knees trembled, soft as melting butter and her nipples furled tightly where they chafed against his chest.

"For your vanity!" she cried wildly. "For thinking that I cared!" She shoved at his chest, desperate to escape him, desperate to hide the reaction of her traitorous body.

Another bit of sand trickled onto her head. This time she welcomed it, hoping it would distract her from the shameful tingling at her breasts, the brazen heat that uncoiled below her navel.

But it didn't. Sweet heavens, *nothing* could do that.

"Liar." His voice was dark silk. He shifted beneath her, missing nothing. His eyes glittered as he slipped his thigh between her legs and then moved against her.

Each slow, drugging stroke was heaven.

And purest hell.

Her pulse leaped. She was on fire! But she could never let *him* see that. "You want the plain truth? I *hate* you!"

His lips eased into a wolfish smile as he stared pointedly at the flush staining her cheeks. "Hate me? Ah, Cinnamon, I love how you hate me then." His thigh stroked higher and she answered with a convulsive tremor.

Abruptly the laughter slipped away. His face darkened with need—and a raw vulnerability of his own. It was naked now, plain for her to read. "Kiss me, *Angrezi*. Just once, kiss me like you meant it."

A moment later his hands opened and the sand fell unheeded against her skirt.

Then he was kissing her.

And she—dear God, *she* was kissing him back! Just the way he'd pleaded.

At the first softening of her mouth she felt him stiffen, felt a shudder run through him. His lips plunged over her in a hot wet slide of friction, searching for her heat, probing her sleek mysteries. At the same time his tongue edged along the locked line of her lips.

She shifted restlessly atop him, seeking—she knew not what. A moan tumbled from her lips. A moment later she felt him smile.

Suddenly she realized that her fingers were kneading his shoulders and her thighs were arching hungrily, cupped to his hardness.

Flame streaked her face.

With a wild sob, she rolled onto the sand and stumbled to her feet. "Dear God, I—" Her fingers locked and then twisted back and forth. "What sort of creature have I become?"

And then she was running blindly along the beach, away from the dark, knowing force of Pagan's gaze, away from the telltale tingle at her breast and thigh.

Away from the shameful knowledge of her own desire.

"Stop, *Angrezi!*" She heard him mutter a curse. "You can't—"

She paid no attention. How *could* she have responded so completely?

Her eyes blurred with tears, she stumbled down to a large boulder near the water's edge and ducked behind it. Her fingers pried at the buttons of her dress. Stripped down to her feather-light chemise, she attacked her voluminous petticoats and then kicked free of them.

She couldn't remove the chemise, of course. But the drawers?

Deftly she rolled up the lace-trimmed legs until they fell just above her slim knees.

Then she darted toward the water, fine spray shooting across her face, bracing and fresh.

Already she could feel the kiss of the cool, satin waves, the soft, lapping currents. If only it would help her forget her body's shameful betrayal.

A wave drove forward, breaking over her feet. Paradise, she thought, inching deeper, feeling the jungle's choking heat melt away.

As the wave crested, she felt cool rivulets of sand sucked between her toes. Her eyes closed in sheer ecstasy.

To be cool after such endless heat. . . .

She took another step and felt the cool waters rise to her hips. A sigh slid from deep in her throat.

She must have died and this was heaven. She moved out deeper.

"Stop, *Angrezi!* No farther!" It was a hoarse shout, a sound that had absolutely no place in her heavenly world.

She decided to ignore it. The fool was probably just vexed that she hadn't stripped down to nothing, as he'd hoped.

"Cinnamon, wait!"

With a wicked smile she strode deeper, then sank down to her chin.

An instant later she jerked upright with a sharp yelp, pain shredding her back. Dear God, how could she have forgotten the salt in the water!

With every second the agony grew, pouring into her wounds like acid. She swayed dizzily, engulfed in waves of pain.

Dimly she heard Pagan's raw curse, followed by the muffled drum of his booted feet over the sand. "I told you to stop, damn it! Are you incurably stubborn, woman?" Strong, callused fingers wrenched at her chemise.

She flinched and barely kept from crying out. "S-stop!"

"This will have to go," Pagan said grimly. "It's soaked with salt."

She shuddered, unable to bear the searing pain at her back. "Oh, God," she whimpered. "M-make it stop, Pagan."

Grim-faced, the Englishman tugged off her fine chemise and then attacked the damp bandages beneath. At least the salt would clean the wounds, he told himself. But he knew the pain must be terrible beyond imagining. "Steady, Cinnamon. I'll have these things off in a second." Pagan cursed himself for not recognizing the danger sooner. "Raise your arms," he ordered, sweeping her wild golden tresses over her shoulder.

She did as he ordered, clutching her chest and struggling to ignore the searing agony at her back. Despite all her efforts, another choked whimper broke free of her locked lips.

"Go on and cry, *Angrezi,*" Pagan said grimly. "You don't have to prove anything to me. Those cuts must hurt like bloody hell."

At his raw words of sympathy, so gruff, so totally unexpected, tears sprang to her eyes. She caught her lip, trying to fight down a sob.

"Stubborn still? Hold on, then. It will be over soon." Fighting to ignore the exquisite curve of her breasts and the tangle of tawny hair visible through her dampened pantalets, Pagan pulled off his shirt and swept away the beads of saltwater trickling over her back. He would have liked to do more, but he feared the cloth would contaminate the lacerated skin.

Why hadn't he thought to bring bandages? he asked himself irritably. Then he remembered the clean shirt in his leather satchel. Cursing, he ran back up the slope, jerked the shirt free, and carried it back down the beach.

With exquisite care he feathered gentle strokes over her naked, bloodied skin, whisking away the last beading moisture. Her shoulders were bone-rigid beneath his fingers.

He had done all he could, though by the stiffness of her neck and shoulders he could tell it was far from enough. "Any better, Cinnamon?"

Her breath escaped in a raw sigh. "A g-great deal, thank you. But I th-think I would like to go back now."

The defeat in that ragged voice made Pagan curse silently. He draped his shirt carefully around her bare shoulders. It had been such a small pleasure she'd wanted, but instead he'd brought her only more pain.

Something told Pagan this wasn't the last time he would bring her pain.

In taut silence he pulled the shirt together over her chest, then began to slide the top button home.

He felt as much as heard the muffled, wracking sob that shook her body. "Don't, Cinnamon. Don't hold it back. It will kill you that way." Pagan's hands gripped her shoulders. He spoke from long and bitter experience, an experience that had nearly crippled him.

It was not something he wanted to see her share.

She swayed and then somehow she was in his arms, her face buried in his chest, her arms locked about his waist.

His jaw clenched as he slipped his fingers deep into her hair and slanted her close against him, muttering low, inchoate words of solace and support. But her tears kept coming, hot and silent, until he had the feeling she was crying for something else, not just the pain in her back.

And with every rasp of her budded nipples on his chest, every soft surge of her thighs, fiery talons of sensation ripped through him. He gritted his teeth, fighting down a savage hunger.

So now you return the favor, temptress. Now you teach me the taste of my own passion, the throb of my own torment.

Jo hoga, so hoga.

Kismet.

And yet Pagan dimly realized that in spite of his agonizing unfulfillment, he wouldn't have changed places for anything at that moment, not with her proud breasts chafing his hungry skin, not with her slender thighs locked against his.

Though his body was on fire with need, he would have had it no other way. And if he were to die, then this was surely the way he wanted to do it.

Her nails dug into his back. She trembled, and the movement brought her sweet, warm lips to his neck.

Pagan groaned inwardly, his agony increased tenfold.

Think of something else, fool! Think of anything but how perfect she feels and how you'd like to hold her this way forever.

He caught back a jerky breath as her soft belly pillowed the rock-hard muscle at his groin.

Agony, every velvet inch of her. And though he shivered

with his own need, Pagan wouldn't have let her go for any amount of money.

At his jerky movement she loosened her convulsive grip on his back. Her head slanted upward. "Pagan? What's wrong? Have I—did I—hurt you?"

Ah, Cinnamon, if only you knew! And how I wish you'd hurt me more, skin to naked skin, while I turn you inside out with need, until you're love-slick and hungry for my joining. Until we're both consumed, burned to incandescent embers, our bodies reduced to no more than fine, drifting ash.

Maybe then I could forget. . . .

Smothering a curse, the Englishman fought down scorching waves of desire, careful to keep all evidence of the struggle from his lean features.

"Hurt? It's nothing I won't survive, *Angrezi,* though your nails are remarkably sharp." Quickly he shoved her arms into his clean shirt and jammed the buttons home. He put her away from him then, though it was the hardest thing he'd ever done. Muddled still, he turned and raked long, calloused fingers through his unruly hair, scowling at the beach. "Hellfire! Where have I put that cursed rifle?"

But it was not the rifle he saw, nor even the white sand beneath his feet. Instead he saw the dazed look in her eyes, the faint flush of desire that had swept across her neck and shoulders and left her trembling.

Whatever she might have been before her injury, she was no hardened seductress now, Pagan thought grimly.

Now she was only a stubborn and thoroughly breathtaking innocent awakening to her first taste of desire.

Dear God, how he wanted to be the one to teach her all the rest.

But at that moment something else caught Pagan's attention, a noise barely audible above the rhythmic crash of the surf and the wind's raw sigh.

Too late Pagan recognized the sound.

It was the furtive hiss of feet on sand, and it warned Pagan that they were no longer alone.

21

There were three of them, all big and brawny and cool.

Professionals, Pagan thought, watching them fan out in a wide triangle on the beach.

And like a complete and utter fool, he was caught helpless without his rifle. His gaze narrowed, darting to right and left as he calculated the chances for outrunning them.

But the odds were nil. Not with the woman involved. He might dodge the three with only a scratch or two, but *she* would never make it.

"F-friends of yours?" It was the merest unsteady whisper.

"I only wish," Pagan said quietly. Suddenly his eyes narrowed. He made out the rifle's dark length exactly where he had dropped it, back in the shadow of the boulder.

Fortunately, the men on the beach hadn't seen it yet. "Listen, Cinnamon, things may become rather heated shortly. If they take me, you must—"

Suddenly Pagan caught himself up short. What was he worrying about *her* for? These were Ruxley's men. And that meant that she was in no danger.

Only *he* was.

But the fear in her wide eyes told Pagan that his companion hadn't realized that yet. And maybe he could turn that fact to his advantage.

"Don't turn around," he ordered quietly. "When I tell you to, start moving toward that boulder." As he spoke, he quickly freed the two buttons at her chest and pulled the shirt open to reveal a wide expanse of creamy skin.

The little touches were going to be very important.

"W-what are you doing?"

"Just adding a bit more authenticity, *Angrezi*. No—don't look at them. I'm trying to buy us a little more time, you see." He cupped her back and then wrenched her body to his in an elaborate display of aroused male possession.

But his next whispered words pounded out in chill contrast to his heated movements. "Do you know how to use a rifle, Cinnamon?" Even as he spoke, his hands dug into her curving bottom. Anchoring her to his thighs, he mimicked the heated thrusts of passion.

"Rifle? I—no, I don't think so," she gasped in bewilderment.

Who could blame her? Pagan thought, cursing Ruxley once again for dragging a female into their struggle.

In the end it mattered little whether she knew how to use a rifle or not, he decided. The mere sight of a woman aiming a gun was enough to send the bravest man lurching to his knees in fright. Pagan's head dropped and he brought his mouth to her throat in what appeared to be a savage kiss. "Just ease off the safety catch," he whispered roughly. "Then aim at the rangy one in the center. He has the look of being the leader. And for bloody sake don't actually *fire* the damned thing. I want someone left to give me a few answers this time."

This time? The woman in his arms blinked, foundering in heated currents of sensation, struggling to understand what Pagan was planning.

Behind her the unsmiling trio fanned across the beach.

"Now try to look angry. In fact, I'm going to make it easy for you," Pagan added grimly. "In a few moments I'll say some pretty harsh things, Cinnamon. When I do, I want you to stalk over toward that gun, glaring at me with all the fury you can muster." His lips quirked in a dark smile. "The way you look at me most of the time, as a matter of fact. Ready?"

Her tawny brows knitted. "I suppose so, but—"

"Save the questions, *Angrezi*." A moment later he stiffened and shoved her away from him, so roughly that she stumbled. It was what they would be expecting.

His face tightened in a mask of fury. "Who do you think

you're fooling, trollop? Is that your idea of passion?" He studied her in disgust, his voice rising clearly. "By God, I've had better sluts in Colombo for three rupees. No, you'll have to come up with far better than that before I'll—"

Suddenly he turned. He stiffened, as if noticing the three silent intruders for the first time.

He cursed long and fluently. "So that's what the bitch was doing here on the beach. I should have known." His dark gaze narrowed, taking on a dangerous glint. "That spells Ruxley. "Only *he* would send a woman to do a man's job."

The hawk-faced man at the trio's center smiled thinly. "Quite an eyeful, isn't she? Yes, the bitch did all she was supposed to do, Pagan. Gave the captain a fair tussle on the outbound crossing, too, from what I hear. But now the rest is up to us. And believe me, *we* know how to finish a man's job."

He gestured to the men at his sides, signaling them down the beach. "Before I'm done with you, you'll be begging to tell Ruxley every little detail. Aye, what I lack in subtlety I make up for in speed, my friend." His crooked smile showed three teeth missing. From his rear pocket he removed a long, curving Gurkha dagger. "Took it up at Allahabad in '57 from a damned heathen who tried to give me a shave. Blade's still proper keen, though. Reckon I'll demonstrate on you."

Pagan's brows rose in cold mockery. "Allahabad? And where were *you* when the rebels stormed in, hiding behind the fortifications with the other women?"

The man's flat eyes darkened. "You're going to regret that, you bastard. Oh yes, you'll talk all right. Soon you'll be talking so loud that they'll hear you all the way in Colombo." His grimy teeth flashed as he wiped the curved blade on his tattered sleeve.

Surreptitiously Pagan gauged the progress of the woman. She was almost at the boulder now, inching back slowly, maintaining her angry facade all the while.

Nice work, Cinnamon, very nice. Now if I can keep those thugs distracted a few moments longer. . . .

Pagan planted his arms across his chest in a gesture of

studied arrogance. "Did Ruxley really think a whore would make me talk? That's prime, by God! I assure you, you'll have no more luck than that inept trollop did. Still, I suppose she had her uses," he said meditatively. "Which is more than I can say for you three vermin. Where did Ruxley find you, by the way? In a Delhi opium house? Or was it a Macao brothel?"

"Take him, Sammy." The leader turned to see his underling staring at the woman clad only in a man's shirt and lacy drawers. "Forget about her—she's Ruxley's," he snarled.

Oh, she was, was she? the woman in question thought. She clenched her lips and made a great business of twitching out her fallen skirts, careful to spread them far enough to conceal Pagan's rifle, lying just at the base of the boulder.

Fortunately, the hawk-face leader was paying no attention to her. Nor was the third man standing guard by the path back to Pagan's camp. Now all she had to do was get the weapon into her hands without attracting their attention.

But before she could inch downward, a voice rang out, only a few feet to her rear. She froze instantly, afraid to call attention to herself, and to the rifle hidden just between her feet.

"Why not, Griggs?" the voice behind her whined. "She's prettier than yer told me. And when I'm done with her, she won't feel like talking none, so Ruxley ain't gonna find out nothing!"

"When *you're* done with her, she won't feel much like anything, you bloody fool! And Ruxley's got plans to—" With a savage curse, the man called Griggs lunged forward and shoved his frowning accomplice toward Pagan. "Forget about that slut, will you? We've got more important things to think about than whoring, you fat fool!"

"Aw, no call to go roughin' me up, Griggs. I were just thinking—"

"Well, don't! You're not being paid to think, damn it, just to do what I tell you!"

As he listened to this exchange, Pagan's eyes narrowed. So they weren't quite the professionals he had first thought them. He felt relief course through him before another fact slowly registered.

The three were using their names freely, making no attempt to conceal their identities.

Which meant only one thing.

That neither he nor the woman was going to be around to name names afterward.

A muscle flashed at Pagan's granite jaw.

The bloody scum! But they wouldn't find their task as easy as they thought.

Carefully he slanted a look at the woman beside the boulder, who seemed totally engaged in smoothing the creased damask dress she had just slipped on. Where was the bloody rifle, anyway? It had been right there near the rock a minute ago.

And then comprehension dawned. She was *standing* on it, by God, hiding it beneath her skirt! *Damned fine work, Cinnamon.*

Now he had to come up with a way to distract the others.

At that moment Griggs began to advance slowly, sunlight glinting off the long blade in his fingers. "There's only one thing you need to tell us, Pagan, and we both know what it is. So why don't you just start talking now and save us both a lot of noise and untidiness?"

Pagan didn't move, though he could easily have avoided what he knew was to come.

Frowning, Griggs gestured to his accomplice. A moment later beefy fingers locked over Pagan's wrists and knocked him to his knees in the sand.

"Go to sodding hell," he growled at the man behind him. "Sammy, wasn't it?"

A knee crashed into his face, sending bloodred agony exploding through his head. He pitched forward, coughing blood onto the sand.

"I'm only going t' ask you one more time," Griggs growled. "Where's the bleeding ruby mine? And where's the *ruby*?"

When Pagan made no reply, dirt-stained fingers buried themselves in his hair and jerked his face savagely upward.

Cursing, Pagan ejected another mouthful of blood. "Couldn't Ruxley come himself for once? Or did he have more pressing business to attend to? More tainted cartridges to sell perhaps? More opium for his China-bound ships?"

"You're stalling, Pagan, and it won't help you a frigging bit." The man called Griggs tossed the Gurkha knife to his accomplice. "Persuade him, Sammy."

"Shore, boss." The next moment Pagan was wrenched flat on the beach, his face ground into the sand. "It's like this, Mr. Pagan," a soft, flat voice murmured at his ear. "First I take off your right ear. Then I take off your left ear. You still don't talk, and I take off your right thumb. Ever tried to do without your thumb? It's damned hard goin'. And then if you're still bein' stubborn like, why off goes the other thumb." Pagan saw the man's thin lips part in a cold leer. "Fer your sake, I hope you're talkin' by then, 'cause if you're not, then I take off your—"

"Drop the knife."

Through the pounding agony in his head, Pagan heard a woman's icy command. *Not bad, Cinnamon,* he thought dimly. *Now all you'll have to do is convince them you're not joking.*

The hands on his hair clenched tighter, pain ripping through him.

"What's all this?" the man called Griggs snarled. "Ruxley didn't say nothing about—"

The woman's voice was chill. "I'm sure he did not, Mr. Griggs. Not to the likes of *you,* at least. But the plans have changed. Mr. Pagan is to be taken to Colombo immediately, and Mr. Ruxley will meet us there by boat at dawn tomorrow. You *do* remember the prearranged location, don't you?"

At her cold, determined tone, Griggs blinked, his resolution wavering. "Uh, location? Aye—of course. But why didn't Ruxley—"

"I haven't the slightest idea. Mr. Ruxley makes explanations to no one, as you must know full well. But I do know one thing, Mr. Griggs—he is going to be one very angry man if he finds out you haven't obeyed my orders. And you don't really want to see Mr. Ruxley angered, do you?"

The man's hesitation confirmed her hunch precisely.

"I thought so. Now get this scum up and tie his hands. I wouldn't care for him to escape."

Griggs shifted uneasily, scowling.

The man at Pagan's side began to chuckle. "Hey, boss, you takin' orders from a *woman* now?"

"Stow it, Sammy. 'Less you'd like me t' stow it for you."

"Naw, boss," his beefy subordinate said reluctantly. His fingers tightened, like shards of glass driven deep into Pagan's skull. "So what you want I should do with *him*?"

The hawk-faced Griggs stared at the woman clutching the rifle. Nasty lot, firearms, he thought irritably. He preferred a knife anytime. And damned if that half-naked female didn't look like she could use the frigging thing! "All right, woman, no need to go pointing that rifle at me. We'll do like you say." He gestured to the big man at Pagan's back. "You heard her, Sammy. Tie him up."

"But Mr. Ruxley said—"

"Tie him up, damn it!"

Cursing low, the man behind Pagan fished in his pocket and produced a length of heavy rope. His face mottled with anger, he lashed Pagan's hands tightly at his back. "Just so as *you* do the explaining to him, hear?"

"I hear all right. Just you do what I tell you and there won't be no problems. *Exactly* like I say, understand?"

A taut look passed between the two men. A moment later the big man shrugged. "Shore, Griggs. Just like always. You're the boss."

"Yeah, and don't you forget it!" Scowling, the leader turned to the woman brandishing the rifle. He noticed that the safety was pulled, which only confirmed his initial impression that she was not to be underestimated.

Whether she was telling the truth was another thing entirely, however.

"Looks like it's your game now. What next?"

What indeed? the Englishwoman wondered wildly, knowing it had better be good. And fast.

She gestured coolly toward the path she and Pagan had taken to the beach. "Have you horses tethered up there?"

"Maybe, maybe not," Griggs said, eyes narrowed. "What did Ruxley tell you we'd use?"

Fear shot through her. She hadn't the slightest idea *what* Ruxley had planned, but she couldn't let this scoundrel realize that. She managed a careless shrug. "I was supposed to have reinforcements by sea. Several men came in by rowboat two nights ago." She shot Pagan a lethal look. "But *he* found them first. I didn't even have time to collect my payment," she said disgustedly.

Griggs' eyes narrowed. "So where are they now? Just up and disappeared?"

She managed to face him calmly. *Think of something and make it good!*

What was it Pagan had said about animals? She had seen the python. No, not good enough. Monkeys? No good either . . .

She caught a raw breath and plunged ahead, a silent prayer on her lips. "You don't know? It wasn't a pretty sight, I can tell you." She made her voice very cold. "The tiger finished off all that was left when Pagan was done with them."

She fought to keep from looking at Pagan, afraid to see that her wild story would never work.

Griggs studied her narrowly.

"Tiger?" the big man behind Pagan repeated, shuffling uneasily. "You didn't tell me nothing about no tiger, Griggs," he whined.

"Because there *ain't* no bleedin' tigers in Ceylon, you fool," the leader snapped, his eyes probing the woman's face.

"Well, *of course* there aren't supposed to be," she continued briskly. "And until about six months ago, there weren't. But then, no one knows quite how, one was sighted in this area." *Help me, Pagan,* she prayed. "You can see his prints

back up the path about a quarter of a mile from camp. There
wasn't much else left after his kill." She schooled her face to
sullen dislike and strolled closer to Pagan, jerking his face up
to hers. At the sight of his bloody face, nausea ripped
through her. She fought to steel her features to chill disdain.
"Something tells me you knew he was there all the time,
didn't you?"

Now the rest is up to you, she thought wildly.

"Tigers. God almighty!" Scowling, Sammy dug the Gurkha
knife into his captive's shoulders. "Is she telling the truth,
you bastard?"

Pagan had to spit out a mouthful of blood before he could
answer. He was fighting waves of pain from his battered temple, and his good eye was nearly swelled shut. But he concentrated on the slim fingers at his jaw, feeling their faint
tremor. "Very clever of you to notice the pugmarks, bitch.
Too bad you didn't notice a little sooner. Then you and your
friends would be celebrating right now. As it turns out, however, all that's left of them is a few bones scattered about the
jungle."

The man behind Pagan whitened visibly. "D-damn, Griggs.
Don't tell me we've gotta go tanglin' with no bleedin' *tiger!*"

"Even if there is a tiger—which I *ain't* saying there is—
that was two days ago. No tiger's gonna be around here
now," the hawk-faced man snapped.

"Desolate to disappoint you, my friend," Pagan muttered
through clenched teeth. "But after a good kill a tiger doesn't
eat for several days. Then the hunger builds and he starts
hunting again—generally about the third day. Which brings
us to right about now." He studied the hawk-faced man before him. "And I bet your friend Griggs knows that once a
tiger develops a taste for human flesh, he stops eating anything else. Isn't that right, Griggs?"

The leader frowned. "Now listen to me, Sammy—"

"I ain't listening no more," the man behind Pagan said
harshly. "Didn't tell me nothin' about no bleedin' tigers!
Jesus, I seen one gut a man once in Patna. Jerked out the
poor bastard's entrails and swallowed 'em warm while the

fellow was still screamin'! No, by God, I ain't takin' no chances with a *tiger.* Jesus, they was the reason I piked outta India!"

"You left India because there was a price on your head, you fool."

"That and tigers," Sammy mumbled. "Damn, boss, you wanna stay, that's your business. But not me. I'm leavin'." With that, the big man spun about and started up the beach toward his compatriot, who was watching curiously, just out of earshot.

"Stop right there, Sammy." Frowning, Griggs watched the big man plow up the beach, paying no heed. Scowling, he pulled a pistol from his pocket and leveled it. *"Stop,* you bloody fool!"

Sammy merely shook his head. "Never said *nothin'* about no tigers."

The next instant a shot rang out. The big man grunted and then swung around drunkenly, his face a ludicrous mask of surprise. "Yer—yer *shot* me. . . . Why did—" Abruptly he crumpled to the sand, then moved no more.

The woman stood staring at the man in the sand, watching blood ooze out in a thick, crimson pool. Her face turned the color of Pagan's shirt.

It might have been you there, a mocking voice droned.

Dear God, what would the madmen do next?

"Now that was a stupid thing to do." Though still kneeling in the sand, Pagan somehow managed to sound arrogant and in control of the situation.

"Why? He was a bloody fool," Griggs said flatly.

"And you're *not*?"

With a ragged curse, the hawk-faced man stalked toward Pagan and raised his pistol, only to halt abruptly.

"Told you I was on no accounts to be killed, didn't he?" Pagan jeered. "Too bad for you."

"He didn't say anything about rearranging your bloody face though!" With that, Griggs struck out savagely with his booted foot.

But the man kneeling in the sand was faster. In a blur of

motion he twisted sideways, jumped to his feet, and then
caught his assailant's boot, sending him flying headlong onto
the beach. Griggs' pistol flew over his head, landing in the
sand near the surf.

"Good thing that imbecile Sammy didn't know how to tie
a decent knot," Pagan muttered, brushing sand from his face
seconds before Griggs stumbled upright.

Seeing the commotion, the last of the trio sped down the
beach to Griggs' aid, pistol in hand.

"Stop right there." A curt female command brought him
up short.

"What the—" The sentinel turned, his eyes narrowing.
"Whose side are you on, anyway?"

"Not yours, you slime." The honey-haired Englishwoman
lowered her rifle until it settled on his stomach. Then she
allowed it to drop a fraction lower, to a place even more
sensitive. "Now I suggest you drop that pistol. Unless you'd
care to end your days in a, shall we say, most *indelicate* condition."

The man's gaze flickered uncertainly toward the two men
struggling in the sand, then darted back to the woman with
the rifle. Cursing harshly, he tossed the pistol down at his
feet.

Meanwhile, Pagan had felled Griggs and pinned him face
down on the sand, one knee pressed to his back. Smiling
grimly, he swept up the length of rope from the sand and
used it to lash Griggs' hands securely.

While Griggs cursed, Pagan pushed to his feet, unsteady
still. A dark shape swooshed overhead, drawing his eyes skyward.

Already the bloody vultures were circling, he saw.

At that moment a low, liquid growl erupted from the
mouth of the path where the jungle's green wall fringed the
beach.

Even before the growl had ended, Pagan was running over
the sand for his rifle, Griggs, Sammy, even Ruxley forgotten
in the wake of this new danger.

22

❀

Grimly Pagan wrenched the rifle free of his companion's nerveless fingers and spun about.

Up the beach the underbrush began to sway and a chilling roar rent the air.

"Leopards," Pagan said harshly. "Two, by the sound of it. Get behind me, Cinnamon."

A scuffling sound drew his gaze to the beach, where Griggs and his accomplice were already running south.

"They—they're escaping!"

"Let them go," Pagan said grimly. "They won't get far without weapons, not with night coming on."

He was right, she realized. In all the turmoil, she hadn't noticed the sun disappearing into the sea. Now daylight was no more than a ragged line of fuchsia trailing across the western sky.

"Dear God, Pagan, what are we to do now?"

Pagan's eyes narrowed on the pitching greenery. His jaw clenched. "We wait."

"W-wait?"

"Never a good idea to present a leopard with a view of your back, *Angrezi*. Gives the big cats the idea that you're running. And nothing provokes them so fast as the hint of fear. Remember that if you ever get lost in the jungle."

Pale-faced, she watched the rocking foliage just above the beach. "Believe me, I have absolutely no intention whatsoever of becoming lost in the jungle. And I don't think waiting is such a good idea."

"I've got the rifle now, woman," he muttered, wiping a

hand across his bleeding forehead. "Do as I tell you. Or don't you trust my aim?"

"It's not your aim I'm worried about, but the sand in the rifle's firing mechanism."

Pagan's onyx eye narrowed. "How would you happen to know a thing like that?"

She gasped, realizing she had no answer. Her words had surprised *her* just as much as they had him.

She frowned at the cold metal butt of Pagan's rifle as if it held the answers to her questions. "I—I don't know."

Pagan opened the chamber. A moment later he snapped out a low curse. "You were right, *Angrezi*. The whole bloody cylinder is full of sand. And that changes matters considerably."

At that same moment a long shadow slid from the underbrush. Tawny head erect, sleek body gleaming, the great cat flowed out of the jungle onto the sand, then stopped to stare at the two humans motionless by the water.

Its eyes were purest emerald, and its glowing, dappled body was the most beautiful sight she had ever seen.

Also the most deadly.

Slowly the leopard flicked its tail, a low growl rising from deep in its throat.

"P-Pagan?"

"You know the rifle doesn't work," he said quietly. *"I* know it doesn't work. But the leopard doesn't know that, Cinnamon. We'll just have to wait it out. Trust me, they like firearms trained on them as little as we do."

The woman at his side began to tremble. Across the beach the big leopard slanted its tawny head back and emitted a low, throaty roar.

As if on cue another full-grown cat stepped out of the foliage into the fading light.

"By God, that's his mate," Pagan whispered. They were a magnificent pair, their spotted pelts gleaming copper in the last bloodred rays of the sun. After sniffing the air delicately, the male took another slow step toward the beach, while his companion remained at the jungle's edge.

Pagan braced his legs and raised the rifle. Then he slammed the barrels home with a resounding crack.

The female leopard's ears rose to points. Her mate halted abruptly, green eyes sharp and wary.

Around them time seemed to slow and then stop altogether. The woman at Pagan's side blinked. Her senses heightened by danger, she experienced a thousand sensations at once, all with a crushing clarity.

She felt the wind riffling her damp hair on her shoulders and the starched hem of Pagan's shirt scratching her thigh. She felt her skin prickle, gritty with drying sea salt and a layer of sand. She felt the rush of the air, cool and fresh with the scent of night-blooming flowers.

And she tasted fear.

"Don't move," Pagan breathed. "No matter what, you must show no sign of fear."

His companion swallowed audibly. "W-who's afraid?" she whispered back.

The larger leopard lowered its head and studied her, its great green eyes burning through her very soul.

Somehow, though her blood was churning and her legs were blancmange, she did not move.

The minutes dragged on. With each one she grew more certain she would faint, and then be set upon by the great cats. Her hands clenched convulsively at her sides.

"Steady, love." It was no more than the faintest whisper of sound, too faint for even the leopard's fine ears to pick up.

But those whispered words reached out to her like a lifeline, just when she feared she would falter.

Up the beach the great leopard growled and clawed the sand once, then turned and moved unhurriedly back to his mate. A moment later they disappeared into the dappled shadows of the jungle.

Even after they were gone, the two people on the beach did not move, half expecting the creatures to reappear at any moment.

"Sweet Lord in heaven." She could not tear her eyes from

the dark mocking wall of the jungle, unable to believe that she was still alive.

Only then did she sway, ashen-faced. When she realized the danger was truly past, her stamina finally gave way. The next instant her knees caved in.

Pagan was there to catch her.

Slowly he eased their tensed bodies down to the sand, his fingers hard on her waist. She felt as much as heard the harsh breath expelled from his lips.

"That was too bloody close. Probably they had just eaten and were only interested in cleaning up. If not, I doubt we would be sitting here right now."

"But you said—" His companion's teal eyes widened. "You told me—"

"I'm afraid I lied, *Angrezi*." Pagan's sensual lips twisted in a grim smile. "Would it have been better to know the truth— that we were likely to be ripped to pieces and ingested at any moment?"

The knot in her throat tightened until it threatened to choke her. At that moment she tottered between loving this man for saving her life and hating him for his arrogant deception.

Anger seemed by far the safer course.

So she grasped her fury like a weapon, fighting the dizzying heat uncoiling through her where their bodies touched. "*'I'm afraid I lied.'* Is that *all* you have to say?"

Pagan frowned. "Was I supposed to risk a chance of your giving way to hysterics? Nothing would have brought the leopards down upon us faster."

"*I?* Give way to hysterics?"

"You're doing it right now, *Angrezi*."

Red-faced, she glared back at Pagan, shoving wildly at his shoulders. "I am *not* giving way to hysterics, Mr. Pagan. What I am giving way to is anger. To utter and complete *fury*! You assumed I was nothing but a foolish, pathetic female and therefore you deceived me!" Her hands swung wildly, nearing but never quite connecting with Pagan's jaw.

Scowling, Pagan caught her fists in one broad, work-hardened fist. "It was the only rational thing to do, woman!"

"To deceive me? As if I were some helpless child? And at the same time allow me to believe *you* were completely in control?" Shaking with anger, she drew a ragged breath, her chest heaving.

Pagan's mouth flattened to an angry line. "By God, and to think I was just about to commend you for your cool behavior."

White-faced, she glared back. "I may be new here, inexperienced in the jungle, Mr. Pagan, but I hardly think—"

"That is *precisely* your problem, you little fool. *You hardly think!*"

She wrenched vainly at his granite fingers. "I saved your life, you cur. My performance back there was flawless and you bloody well know it!"

"Performing seems to be something you're very good at."

"Why you—" Suddenly she stiffened, her breath catching in a choked gasp. "Oh, God—" Her eyes closed and she swayed in Pagan's hard grip. White-faced, she fought the cruel fingers of pain clawing deep into her head. "No . . ."

He caught her closer to his chest. "Cinnamon? *What is it?*"

But she did not answer, for a storm was upon her, exploding through her mind in a fury of colors, in wild, strident sound. Just as a storm uproots trees and tosses soil and branches through the air, so did dark images and shreds of conversation tear through her head. A dark face swam before her, thin lips stretched in a chill, unnatural smile.

Fear seized her then, fear greater than anything she had known when faced by the stalking leopards.

Pagan gave her a shake. "Tell me, Cinnamon! Is it your back?"

She barcly heard him, shivering convulsively, trying to fight down a strange, shapeless sense of horror. *Performing . . . Something you're very good at . . .*

Suddenly she knew she couldn't face what she would find hidden beyond that churning storm of fear.

"N-no," she rasped, tossing her head wildly. Afraid to see, afraid of remembering.

Pagan caught her cheeks and angled her face up to his. "Tell me, damn it! *Now*."

And then, in a crashing wave of sound and color, she *knew*.

Sudden and blinding, the memory returned to her.

"Cinnamon?" Pagan's hands were hard and urgent on her face. "Is it your back?" His face was raw, fierce with emotion. "Did the salt water—"

Tears squeezed from the edge of her eyes. "N-not Cinnamon," she finally managed to say, and his grimace told her he believed she'd gone unhinged.

"Not Cinnamon, *B-Barrett*. My name . . . sweet heaven, Pagan, I remember my *name!*"

23

❀

A muscle flashed at Pagan's jaw.

"Barrett." Slowly, grimly, the Englishman repeated the word.

Not Lily or Lola, he thought. No Fanny or Gertie or Doris for *her*.

Dear God in heaven, it had to be *Barrett*. The woman he had rescued in London four months before.

And she obviously didn't remember any part of it.

His fingers left her wrists. "That's—that's wonderful. Barrett," he added stiffly, a moment later. His eyes smoldered, willing her to remember even some small detail of that night, that incredible encounter by lamplight.

But she did not.

He was a complete stranger to her.

A bleak torrent of longing ripped through him. So his first instinct had been right after all. Her hair must have been dyed then, part of a desperate disguise to elude her relentless pursuers.

But who *were* they? And what was she doing here, on the opposite side of the world, four months later?

No matter how he considered the question, Pagan always wound up with the same answer: James Ruxley. His spies must have witnessed everything that night and eventually uncovered the secret of the "Rajah of Ranapore's" true identity.

After that it would have been simple enough for a Machiavellian mind like Ruxley's to corner the woman and force her into his deadly web.

The thought of how she had been used sent fury coursing through Pagan.

A thousand questions exploded to his lips, and yet one look at her ashen, bewildered face told him that she would have answers for none of them.

So for now he must bide his time and hide his own knowledge until more of her memory returned. "How . . . how did it happen?"

"I was watching the trees and then suddenly it was *there.*" Her sapphire eyes searched his face. "I'm—I'm not going mad, am I, Pagan?"

No, Cinnamon, you're not, but I think I am. Somehow Pagan bit back the words and merely shrugged. "I doubt it, *Angrezi.* I expect the mind can work in strange ways." His eyes unreadable, he drew away and rose slowly from the sand. "Now we'd better get back. It will be dark in the jungle already."

The woman before him did not move. Wide-eyed, she stared back at him, trying desperately to understand his abrupt withdrawal.

"Let's go, damn it!" Without a backward look Pagan started up the beach, slinging the rifle over his shoulder.

"Wait!"

"If you hurry, maybe you'll remember the rest of your name by the time we get back to camp," he muttered.

Though the words were for himself alone, she heard him. It brought her to her feet in a rush. Sand flying, she darted after him, grabbing his arm and pulling him around to face her.

"W-why are you doing this?"

"Because I need to get back to camp, *Angrezi*. Because I'm tired and I'm hungry and I have a thousand things to finish before we leave at dawn. Mainly, because I want to get this whole bloody business over and behind me."

It was a lie, of course.

Why? Because your name is Barrett, not Cinnamon, and I loved you the first moment I saw you, he wanted to shout. *Because you belong somewhere else. With some other man, damn the pair of you. In an England I can never go home to again.*

But Pagan said none of those things. His only response was the savage tightening of his long, bronzed fingers on the rifle slung over his shoulder.

"You're lying," she breathed slowly.

"Am I? You know nothing about me." Suddenly he tensed, seizing her and dragging her against him. "Didn't Ruxley tell you that I like my women hot and willing when I take them, not stubborn and argumentative?"

As he spoke, Pagan's fingers splayed out over her soft curves, forcing her savagely against the rigid, throbbing line of his arousal. "That I like my bed partners to be experienced, to know how to give as well as receive pleasure?"

Scowling, he tore off the patch from his throbbing eye. What did it matter now if she turned away in revulsion?

Dark and churning as a monsoon sky, his eyes raked her face. "But maybe you really *are* all those things, my dear. Yes, maybe *this* innocence is the act. Let's find out, shall we?"

His lips twisted into a mocking smile as he cupped her hips and drove his straining manhood against her soft belly.

The irony was that what he'd said was true. Pagan *did* like all those things—or at least he always used to.

Until he crossed paths with a stubborn English beauty with skin like Devonshire cream and eyes the color of spring blue-bells.

A woman who infuriated him, tormented him, delighted him.

A woman such as he'd never met before and would surely never meet again.

A woman he could never allow a heartbeat closer than this, Pagan thought bitterly. Because *she* couldn't remember, and *he* couldn't forget.

Against his bare chest her breasts rose and fell in short, jerky bursts. "W-why? Why are you saying these things?"

"Why? Because I'm a bastard, my dear Barrett." Even now the name stung his lips, kindling heated memories. "Because I'm a liar and a cheat and a hardened scoundrel. Don't ever forget it."

"That's not true! You are none of those things. At least not *all* the time," she amended carefully. "And you *are* capable of kindness—great kindness."

"Is it proof you're looking for? So be it." With a smothered curse, he lifted her from the ground, driving her against his swelling arousal. *"That's* the only thing I care for, *Angrezi,* there against your belly. It's nothing personal, of course. Any woman will do. If you believe anything else, then you're bound for disappointment."

It was a lie of course, but some demon drove him to shock her, repulse her. Maybe if he read revulsion in those beautiful eyes he could forget her, forget this tormenting hunger . . .

Pagan gritted his teeth as he felt the melting softness of her thighs, heard the ragged rush of her breath. God, how he wanted her. Right there on the sand, with her hair wild and glorious, wrapping them in a sweet, silken cloud. With her soft skin on fire and her thighs straining against his throbbing manhood. With her breathy sighs of pleasure like rain in his ears.

But such a thing was impossible. No one knew that better than he.

So instead of tossing her down and filling her as his body urged, he dropped her onto the ground and turned away, tormented by all the things that could never be.

"You're *lying*," she said furiously. "For the last time, I want to know why."

"Because your name is Barrett, that's why," Pagan said curtly, striding up the beach without another word.

When they reached Pagan's bungalow, the lanterns were lit. The moment Pagan strode out of the jungle, Mita darted down the steps, anxiety creasing her fragile features.

"*Sahib!* We are all worrying so very much about you! Nihal has just gone for a rifle so that we could search the beach. You have not been hurt, have you? We are hearing the roars of the leopard."

Grim-faced, Pagan strode across the small clearing and thundered up the steps to the porch.

When the lantern light fell upon him, the Indian woman gasped. "But, *sahib*— you have been hurt!"

"Nothing serious, Mita. Just three more of Ruxley's men who cornered us down on the beach."

"Where is this foul offal of the *Angrezi* dog-merchant?"

"Two fled on foot. The other one is still on the beach. He won't be going anywhere." Pagan's eyes hardened. "Tell Nihal to see to the man's burial. Unless the leopards have gotten to him first, that is."

"Which is only what all the misbegotten jackal-sons are deserving! I go to fetch medicine and bandages, my lord." She darted back into the bungalow, and Pagan followed.

At the top of the steps, he turned. In the swaying light of the oil lantern, the scar below his restored eyepatch gleamed in an angry slash of silver. "I advise you to seek your bed early, *Angrezi*. You'll need all your strength. We leave at dawn tomorrow."

* * *

Pagan did not take his own advice that night.

After cleaning and bandaging his forehead with gauze, he paced, far too restless for sleep. Barefoot, he stalked the polished planks of his room again and again, unable to relax.

Irritated, he scowled down at a sheet of paper on his desk. It was in the same pristine state that it had been in three days ago, although it had to be finished and sent off with a runner before they left in the morning.

But somehow whenever he sat down in front of the ivory sheet, all Pagan saw was Barrett's pale face when the leopards emerged from the jungle and her proud back when she darted toward the ocean.

Or her slim thighs, naked and sea-slick beneath his white shirt.

Vainly he tried to ignore the heat that surged through his unrepentant body and tightened his manhood. Scowling, he tossed three fingers of whiskey into a glass and drank it down straight.

He grimaced as the liquid fire leaped through him, burning a path down to his toes. It was too bloody long since he'd had a woman, that was all!

But the whiskey's heat was not nearly as searing as the fire that mocked him at the thought of the woman sleeping just down the hall. Right now her sunset hair would be spilling over the pillow. Her body would be veiled in a sheer chemise, and her skin would be like warm satin, flushed with sleep.

Yes, if he went to her now, she would open to him in passion before she knew it.

In a minute he would have her hot and breathless, panting for his possession, begging for his throbbing invasion.

With a black curse Pagan smashed down his empty glass and spun about to pace once more.

How had the witch managed to burrow beneath his skin like this? Was he still befuddled from his last bout with malaria? Or was it because of his long weeks of enforced solitude, far from female companionship?

Pagan scowled. At that moment he didn't really care why.

All that mattered now was that he get free of her, so he could clear his head. Already this damnable obsession had come close to costing him his life—and hers along with it. No one but an utter fool would have allowed himself to be caught without a rifle, after all.

And the situation was only going to get worse. There would be no relief for him—in mind or in body—until he burned her from his blood once and for all.

But perhaps there was another way. His eyes narrowed, dark as the shadows outside the bungalow.

Yes, perhaps Mita was the answer. The girl obviously adored him, even though her worship was based on a heroic image Pagan knew did not exist. More than once since their return from London she had told him he was welcome in her bed, so why did he continue to deny himself? He would be gentle with her, after all, seeing to her pleasure before he took his own.

The planter's face hardened as he turned to pour himself another glass of whiskey.

The notion was utterly repellent to him.

By Shiva, hadn't he shed the last of his constricting English morality long ago?

At that moment a soft rustle from the hall caught him up short. Slowly he lowered his glass, listening intently.

Again it came, the soft whisper of fine cloth on bare skin. This time there was something furtive about the sound. It was too light to be Nihal or one of the housemen, and Mita's step was quicker. Which left only—

Grim-faced, Pagan waited. Outside the footsteps drew closer. He felt his fingers freeze on the cool rim of his glass. Only inches away he heard the faint swish of fabric.

His heart drumming, he forced himself to wait, motionless. After what seemed an eternity the low footsteps passed on down the corridor toward the front of the bungalow.

Going outside?

A muscle flashing at his jaw, Pagan inched open the door. A single oil lamp flickered on a carved teak cabinet down the corridor, spilling golden light across the bungalow's burnished floor. And in the light appeared a vision of heart-stopping beauty, clad in sheer, flowing lawn, which clung to slim thighs and softly curving hips.

So it *was* Barrett, by God!

As he watched, the white-clad figure glided on down the corridor, her hair wild and golden, shot through with a thousand shades of sunlight. Guinea-gold, amber, and copper it was, like a sun exploding from the shadows.

In a red haze Pagan watched her glide toward the front door. *So that's your game, is it, my sweet? In that case, let's see just whom you're stealing off to meet.*

As he waited, silent and motionless, the Englishwoman opened the rattan door and slipped out onto the porch. In angry silence Pagan followed, his hard eyes never moving from her back. To her right lay the kitchens, the servants' quarters, and the rice stores. To her left lay the tea-drying sheds and Pagan's workrooms.

Which was it to be?

For long seconds she stood unmoving, her hands clenched at her sides. Her head tilted, she listened to the myriad night noises of the jungle.

Louder and louder grew the pounding of Pagan's heart. With each passing second the fury in him swelled.

Just a few seconds more, he told himself grimly. Then he would have his answers. Then he would deal with the treacherous little bitch exactly as she deserved.

But the object of Pagan's fury moved neither right nor left. She merely swayed slightly from foot to foot, the trailing white hem of her gown whispering over the veranda's wooden planks.

Some new trick? Pagan wondered, his eyes smoldering as he watched her strange, silent dance.

What are you waiting for, Cinnamon? The low whisper of an accomplice somewhere in the night? A furtive light shone from the edge of the path to the beach? Or perhaps the rattle of pebbles against the bamboo lattice at the door?

Does the bastard make your breath catch when he touches you? Do you tremble and sway against him *as you do to me?*

Fury surged through Pagan at the knowledge of how completely she had deceived him. It had been cleverly done, by God, the whole bloody lot of it. No doubt even her name was a lie!

For some reason that thought infuriated Pagan as nothing else had.

He stalked down the hall. His tread was light, his boots noiseless against the cacophony of the jungle night—insects shrill and ceaseless, monkeys chattering, towering trees creaking and groaning in the wind.

Even when he came to a halt inches from her back, she did not move.

"Waiting for someone?" His charcoal eyes glittering, Pagan waited for her guilty jump, the rush of checked breath, the blur of her white face flashing around to him in fear and consternation.

None of those things happened.

She did not move in the slightest, only continued to stare up in silence at the lantern hanging on a notched post at the roof of the veranda.

"Turn around, *Angrezi,*" Pagan ordered brusquely. The farce had gone on long enough!

She did not move.

Pagan's lips flattened to a cold line. "I'm speaking to you, damn it!"

Slowly her perfect brow creased. Her lips trembled slightly, then began to move, making no sound.

Pagan could stand no more. With a fierce growl, he seized her lawn-clad shoulders and spun her about to face him. Huge and unfocused, her eyes swept over his face.

And peered right through him.

"What new trick is this, woman?" He shook her sharply, goaded nearly past endurance by her act. But he was treated once again to an unfocused stare.

Tiny threads of uncertainty began to unravel through his churning mind. Good God, was it just possible that she was not pretending?

"Wake up, woman!" He caught her cheeks between his fingers, muttering a curse when she gave no sign of noticing.

The woman was asleep, by God! Pagan stared down at her in stunned realization. She was unaware of him and everything else around her. He had heard of such things, of course, but never before had he witnessed it firsthand. Perhaps the loss of memory led her to relive the past in her sleep, exploring events closed to her in waking.

With fingers suddenly gentle, Pagan tried to turn her face away from the light, but she would not budge. She stared at the lantern as if obsessed.

And then her lips moved, forming soft, inchoate words. Suddenly she stiffened, then twisted, raising a hand to cover her head, as if warding off a phantom blow. Again and again she dodged, her eyes wide and desperate, fixed on a nonexistent attacker.

The grim pantomime chilled Pagan to the bone. He realized he was watching something from her past.

His strong hands cupped her shoulders. "Come, Cinnamon," he whispered, sliding an arm beneath her cascading hair and trying to guide her about. "Forget all this. It will only give you pain. You must rest now. You are safe here—safe with me."

She caught a trembling lip between her teeth. Pagan saw blood pool up on the sensitive skin.

"M-mustn't tell," she whispered raggedly. "N-not ever. P-promised Grandfather." She flinched, perceiving the hands locked at her shoulders. Wildly she twisted, eyes wide, fingers flailing as she tried to claw free of his restraining grip, taking him for her forgotten attacker.

Pagan muttered a curse and caught her wrists to his chest, where she could do no harm—to her or to himself.

She wrenched at him vainly, her lovely eyes laced with tears. "L-let go! Dear God—no more! Just let me die!"

Her choked cry plunged dagger-sharp, straight into Pagan's heart. It sent rage coursing through him, for the fiends who had done such things to her. "Stop it, Barrett," he ordered.

Did her shoulders stiffen at that name or was it merely his imagination?

"You are safe here," Pagan said, his words slow and very clear. "But it is late. The moon is nearly mid-heaven. It's time to go."

He heard her low, raw whisper. "G-go where?"

"To sleep, *meri jaan,*" he said softly. "To forget—or perhaps to forget that you forget." With gentle fingers he pushed her about and this time she let herself be guided, leaning slightly against him as they moved inside, back down the hall.

With every step Pagan's agony increased. He fought but could not ignore the tormenting outline of her shadowed nipples beneath the thin chemise. The wild throb of the vein at her neck. The golden curl that spilled forward onto his naked chest, making heat pool thickly at his groin.

And like a thousand other times since his return from London, Pagan found himself cursing James Ruxley's fanatic obsession. But most of all he cursed himself.

For being neither strong enough nor smart enough to avoid falling into Ruxley's last trap, the most ingenious trap of all.

For loving her.

24

She slept, tugging the tangled sheet to her cheek like a child with a cherished blanket.

But Barrett was no more a child. Already her body had begun its sweet, sensual awakening. She shivered, stirred with a strange energy at her limbs. All unprepared, she was swept into an uncharted realm where giving meant receiving, where torment and pleasure were one.

She slept and dreamed—and knew that she was dreaming. She forgot, then forgot her forgetting.

And in her dreams she wore golden bells and finest silk—and nothing else. Her hair swayed, unbound, catching the light of a thousand candles, and she was the fairest candle among them, her skin glistening with a flame reflected from deep within.

It was the flame of love, and he its object, a man forged of shadows and steel, his eyes the eyes of night itself. It seemed to her that she had loved him forever, this hard-faced stranger, girded in darkness and in dreams.

Or in nightmares.

She gasped, staring at his rippling strength, feeling keenest pain and a hunger for—

For she knew not what. And desired it still.

She closed her eyes, biting back a cry. In the next heartbeat his hands were there, holding her, stroking her, learning her.

Stop, she tried to order, but he did not, for now her voice was low and raw with the soft cries of her own need.

He bared her. He opened her to hot, shivering pleasure and a thousand stunned discoveries. He closed her to her own past and made this thing between them her only future. In his hands hunger was made solid, pleasure made palpable, breath linked to breath and skin to aching skin.

In her dream she died, wrapped in burning silence, flaming against the darkness in fiery ecstasy. And he was there to catch her, pillowing her against his hard bronze body. In taut silence he began to move again, with slow, honeyed strokes that showed her this death was only the beginning and that the hunger never stopped, only changed, like the shadows dancing in the tide, like the changing phosphorous trails that speckled the night sea.

"Now," he whispered, bringing the fire deep within her.

"Mine," he sighed, burying himself so deep that the fire melted them into one. *"Mine,* now and forever."

Barrett shivered blindly, taking the heat he gave and adding to it her own. She did not fight him now, too rapt with the sudden, shattering newness, wondering at this strange hard man who turned her own body strange and new.

And ineffably beautiful.

"Yours," she answered, not knowing what it meant, nor even caring.

All she did was forget. And in that forgetting she was whole again, new and strong.

And completely *his*.

She slept for hours or perhaps for aeons, like the fabled beauty in her thorn-locked bower.

When she awoke, it was not to dreams but to the shrill cry of insects and the sound of raucous laughter.

Gone the velvet darkness, gone the perfect pairing of sleek hot flesh.

Now her head throbbed and her back prickled, dry and rasping.

Her eyelids flickered open, and she saw a large green parakeet sitting on the windowsill shrieking at a lizard.

Memory—and all her terrible lack of it—rushed over her. Her eyes closed and she dug shaking fingers into her forehead.

Better to forget. No, *essential* to forget, for there was too much pain lurking there. Sometime, when the pain faded, she might finally begin to remember.

But for now she had a name! The memory would anchor her until all the other memories returned.

Outside her window, a tree shook wildly. Slowly Barrett sat up, her back pressed against the rattan headboard. Dear God, please not a leopard. She had had enough of leopards, beautiful though they were.

The next moment a furry form dropped onto the sill, where she perched daintily, surveying the room with a piquant little face framed in a halo of silver fur.

It was Pagan's inquisitive pet.

"Magic? That's what Pagan calls you, isn't it?"

The monkey turned liquid eyes on the woman in the bed. A moment later the creature hopped down, darted across the floor, and skittered beneath the edge of the mosquito net. Chattering brightly, she jumped up beside Barrett, her small head bobbing all the while.

Only then did Barrett see that the monkey carried a wadded mass of white.

With a smile, Barrett accepted the precious offering. It was was her corset—lumpy, the stays misshapen, the laces all knotted. It looked creased and well handled, the monkey's work, no doubt. "Why thank you, Magic. Have you finally discovered it's no use to you?"

The little gray monkey slanted her head, reaching furry fingers up to scratch one ear. Suddenly she emitted a shrill burst of sound, then began to jump up and down on the coverlet.

Barrett eased sideways, making a spot for her newfound friend. The primate sat down daintily, rocking back and forth and making a soft comfortable sound somewhere between a chortle and a whistle. A moment later, she reached out to stroke Barrett's unbound hair, her black cheeks puffed wide in wonder.

She studied the long golden strands, then slowly raised them atop her own head. Curling her lips, she stared up at Barrett, as if to ask her estimate of this new coiffure.

"Very—er, nice, Magic. Except that that particular bit of hair is fastened to my own head, and I see no reasonable way of removing it, even for you, my little friend."

With a low cooing noise, the monkey rocked back on her ankles, releasing Barrett's hair. Suddenly the keen black eyes narrowed. Jumping up, the creature began to tug at the covers.

"Magic! Stop it this instant!"

But the monkey evaded her, and in a matter of moments, the covers were puddled on the floor.

Snorting softly, Magic studied Barrett's white ruffled drawers and gossamer chemise. Gently, with an expression that Barrett could almost have called wistful, the small simian reached out to finger a satin ribbon.

"Do you really covet them *so,* you ridiculous creature?"

Magic's soft sigh was answer enough. Abruptly the animal pushed off the bed with her hands, slid down to the floor, and darted to the table where the rest of Barrett's garments rested in a neat pile.

She watched in amazement as dress and boots were flung aside and petticoats revealed.

Delighted, the monkey jumped up and down, white cloth in hand.

"Stop, you wretched thing!"

Magic lowered the undergarment to the floor, studying it intently. Then, very carefully, she draped it over her head, looping the hem under her chin and pirouetting, one hand clutching her would-be bonnet, the other raised daintily to her furry gray chest.

"Oh, very grand, indeed," Brett agreed, laughing. "I have no doubt it will soon become all the rage."

Magic swayed and danced, flapping the white cloth happily.

Among whom? Barrett wondered. What ladies came out here to the jungle? The governor's lady, and an official's wife or two. Perhaps some of the planters had their spouses, although she suspected most chose to leave their wives back in England and find more casual liaisons here on the island.

Had Pagan done that? she wondered suddenly, her hands strangely tight on her chemise.

Abruptly the vision of Mita's liquid eyes appeared before her, and she heard the echo of the servant's soft laughter. For some reason she had a sudden image of muffled laughter, and the creaking of a bed in the hot jungle night.

Perhaps he even had a wife somewhere back home in England, Barrett thought suddenly, realizing that she knew as little about Pagan's past as she did about her own.

Somehow that thought struck her as bitterly funny, and she began to laugh. But soon the laughter changed, turning to low, ragged sobs.

Outside the sky began to lighten. Streaks of peach and crimson swept the sky above the palm trees. They were to leave this morning, she remembered, bound upcountry for Pagan's tea plantation. Windhaven, hadn't he called it?

She sighed. She ought to get up and dress, even though her back ached and her temples throbbed. She ought to wash her face and tidy the room before Mita or one of the other servants came to fetch her.

But the slim Englishwoman did none of those things. She simply sat on the bed, studying the brightening sky, while silent tears spilled silver onto her cheeks.

She would soon go mad if she didn't have some answers. Even now there might be children waiting for her somewhere, restless and sad, crying for their lost mama.

Barrett had a sudden vision of soft, brown curls and bright pink cheeks. Chubby fingers that tugged at her skirts.

With a dry, choked sound, she pressed her hands to her face. *Don't think of it,* she told herself. *Wishing won't make you remember. Time and time alone can heal these wounds.*

If any*thing* could. For she realized it was possible she would *never* remember, that she would remain trapped in this terrible netherworld forever, a person with no past and no future, an orphan of time.

At that thought, a dark wall of pain engulfed her.

Her hands clenched.

No, somehow she *would* remember. She simply had to.

"Have the rice bags been covered in twill, Nihal?"

Without taking his eyes from the mirror, Pagan snapped his question at the anxious headman, while his razor scraped moistly over his jaw.

Impatiently, he jerked off his black eye patch and tossed it down on the nearby cot, squinting as he finished the delicate job of shaving his neck.

A thin scar, silver against his bronze skin, snaked from his inner eyebrow across his eyelid down to the outer edge of his cheekbone. Faintly puckered, the flesh rose in stiff ridges on either side of the welt.

Mumbling a curse, Pagan turned his face closer to the mirror, for his vision from the right eye was little more than a dim tracery of colors.

Just one more legacy of the night when Ruxley's thugs had set upon him in Colombo.

"Yes, lord. Twenty-four bags are now covered and waiting at the lower clearing." The slender native servant nodded. "The new tea plantings are also finished fermenting and packed in porcelain, as you asked."

"Have you sent someone to round up our bearers?"

"Yesterday, *Mahattaya.*" There was quiet pride in that answer, something Pagan did not miss.

"Very good, Nihal." Finally Pagan's neck and jaw were stroked clean, and he swept away the last traces of soap with a hot towel. Turning, he studied the room, where tangled sheets spilled from the bed. It had been a hot, hellish night. He had tossed for hours before finally managing to snatch a few hours of restless sleep before his headman came to wake him at dawn.

A half-empty cup of tea stood on a silver tray, steam still rising. Beside it an untouched silver plate of mango and coconut gleamed in the early sunlight.

Suddenly Pagan frowned, feeling that he had forgotten something. He stared down at the bundle of papers ready to slip inside his leather satchel, along with the most recent newspapers and letters from England, to be perused at his leisure back at Windhaven.

Or to be ignored, he thought grimly. Especially if they included a letter from his father, little likely though that was.

Regret burned through him for an instant, before he suppressed it ruthlessly.

He owed the old man nothing. The white-haired martinet had made his feelings about his son abundantly clear at their last meeting. *More* than clear, Pagan decided, remembering his harsh denunciation of Pagan's ramshackle, godless lifestyle.

Well, the duke and his thousand acres in Kent could go to the devil for all Pagan cared. Estate and lands would be an

albatross around his neck, and he wanted absolutely nothing
to do with them.

*But you wanted them once. And you wanted everything that
went with them, from the solemn title passed down for centuries
to the adulation and responsibilities that came with being Duke
of Sefton.*

*Most of all you wanted your father's love. And you never got
it.*

Pagan scowled into his chipped mirror, suddenly seeing
another face before him. A long, angular face punctuated by
an aquiline nose and craggy silver eyebrows.

A face he could never please. A face that had never
seemed to smile or recognize his existence.

His fingers tightened convulsively on his razor. A moment
later he looked down, feeling a prick of pain, and realized
that blood was welling up over his palm.

But Pagan had learned in the last ten years that there were
many ways a man might bleed, and *most* of them were invisible.

So you kicked over your traces and bolted, the accusing
voice continued, relentless. *All because you were too cowardly
to face another chance of rejection.*

A curse exploded from Pagan's lips as he reached down to
jerk a piece of linen across his palm. *Forget it,* he told himself. *Those days are gone.* They might never have existed, as
far as he was concerned.

He had a plantation to run now, a plantation ten thousand
miles away from that windswept estate in the green hills of
Kent. Hills full of bluebells and Wealden butterflies. Fields
rife with daffodils in spring and hectic with bourbon roses in
July.

But he couldn't forget, Pagan realized angrily, as he
strapped on the belt which carried the payroll for the Tamil
laborers, all five hundred pounds of it.

Sometimes he almost envied Barrett her loss. It might
have made his own life a great deal more comfortable if
someone hit *him* on the head, he decided bitterly.

*   *   *

He stood unmoving in the tall dry elephant grass above the bungalow, his tan pants and olive drill cloth shirt nearly invisible against the foliage. His sharp eyes swept the clearing, once and again, narrowing as a group of Tamil bearers emerged sleepily from the native huts slightly down the hill.

Twelve bearers, he counted. That would mean three, maybe four rifles among them. And of course there would be Pagan's.

Cold gray eyes studied the heavy laden pack animals. Those would be the rice stores for Windhaven, and whatever bloody clever new devices Pagan had imported for his tea factory there.

But what was his route? Did he mean to go through the lowlands or did he have something different in mind?

No information had been forthcoming from the servants, even though arrack wine had been passed around liberally on their last visit to the village. Considering that Deveril Pagan was known to be a bloody closed-mouth sort of a bastard, that was hardly surprising.

Those fools on the beach had bungled it. He'd half expected they would.

The man in the tall *beru* grass frowned. His hard fingers closed around his breechloader. Slowly he raised the muzzle, squinting into the sight. The vertical ridge flashed across the green clearing, finally coming to a halt over the headman's slim, sinewy body.

His fingers twitched on the trigger. He ached to squeeze gently, perfectly, and watch his man drop. Just as he had seen them drop at Allahabad and Lucknow and Patna. The memories haunted him still . . .

But he would wait. Soon the day would come when Deveril Pagan's face was lined up within those sights.

And then the ruby would be his, despite Ruxley's grand schemes.

Such a jewel could belong to no one else.

25

Barrett was still struggling with her corset, which she had finally managed to wrest free of Magic's fingers, when she heard a noise in the corridor. She stiffened, awareness pricking at her spine and bare shoulders.

Only one person could make her feel like that.

Her shoulders rigid, she concentrated on threading the lace through the last eyelet.

"You will *not* wear that godalmighty thing in the jungle, do you hear me?" Pagan towered in the doorway, grim-faced, his eyes cold and commanding without his patch.

"I shall *wear,* Mr. Pagan, whatever I choose to wear. The destination is of your choosing, but the clothing, at least, will be of my own."

"Indeed?" Pagan's eyes glittered. "Then let me enlighten you, *Angrezi.* You will wear whatever I tell you to wear—even if I tell you to wear nothing at all."

Brett's eyebrow rose slightly. "Has anyone ever told you that you are an arrogant, contemptible swine?" she asked silkily.

Pagan did not move so much as a muscle. "On countless occasions, my dear. And it changed nothing, I assure you. Then—or now."

Thick and molten, fury squeezed through Barrett's veins. "I am not one of your Tamil bearers to be ordered about, Mr. Pagan. Nor am I one of your docile honey-eyed servant girls, who scurry to your bidding!"

Pagan's eyes glittered. "That, my dear, I am only too well aware of."

Barrett's fingers stilled on the corset laces. "And what, precisely, is *that* supposed to mean?"

Pagan's lips twisted in a mocking smile. "It means, my dear Barrett, that we are not yet at Windhaven. It means that we have ten days of hard travel before us, days that will take us through leopard- and leech-infested jungle. We will probably have hill tribes on our heels every step of the way, along with God knows what other men that Ruxley sends. And if we are to make it through alive, you must obey *any* and *every* command I see fit to give you." His eyes smoldered. "Starting with the removal of that bloody corset."

Barrett's lips flattened.

"Now," he growled.

Her eyes began to smolder, keenest sapphire. "Go to hell, Mr. Pagan."

"In that case, you will remain here, in the custody of two of my natives until the next magistrate passes through on his circuit from Kandy. That should be in about—" His dark brows knitted in thought. "Four months, I should imagine. What with the monsoon rains about to set in and the general unrest in the hill country, you understand."

Barrett's fingers tightened on the fragile laces. "You *can't!* You—you wouldn't *dare!"*

"Wouldn't I?" Pagan's eyes hardened. "You were caught in trespass upon my private beach, need I remind you? Twice I have been set upon by Ruxley's hired thugs, which makes your complicity patent. Yes, it would really be an open and shut case, I assure you, even if the magistrate did *not* happen to be a particular friend of mine, which he is, owing to a certain favor I once rendered him back in London."

"I can just imagine what sort of favor," Barrett snapped.

"Oh, I very much doubt that, my dear," Pagan said silkily. "Unless you are far from the genteel lady you pretend to be." Cold and assessing, his eyes ranged over her half-clad chest, over the ripe curves molded above the rim of the corset.

Her flesh tingled and burned, stung by his hot scrutiny,

making her fingers shake at their task. She turned her back
to him, desperately trying to concentrate.

Pagan took a slow, silent step closer. His breath burned
into her back. "Very nice," he breathed.

Brett's hands flashed to her bared chest, where the loosened corset suddenly gaped. "You—you—"

"Give it to me, *Angrezi*. Unless you want me to remove it
for you."

She did not move.

Pagan jerked her around to face him, his eyes set in hard,
deep lines. "It's not a question of modesty, damn it! You're
going to need to be able to move quickly and silently where
we're going. And you're going to need to be cool." His eyes
fell, smoldering over the ivory curve of her shoulders, over
the high arch of her full breasts, upthrust above her locked
fingers.

The sight raised a thunder in his blood.

His features frozen, he extended his hand. "Give me the
bloody thing, Barrett. Why must you be so damned stubborn?"

The Englishwoman glared back, her thoughts awhirl.

Her fingers trembled on the stiff boned undergarment.
She realized if she gave in on this issue she would be that
much closer to yielding to him on others that were far more
dangerous.

"Because my s-stubbornness is all I have left." She tried,
but failed, to keep the tremor from her voice.

The next instant to her total amazement Pagan spun
about, muttering a raw curse; with his back to her he extended his hand. "Give me the damned thing!"

Barrett's brow wrinkled in shock as she realized that she
had won her very first skirmish with Deveril Pagan.

"Now, woman! Before I change my bloody mind!" he
growled.

This time Barrett hastened to comply, slipping free of the
garment and pressing it quickly into Pagan's fingers. She
turned, darted to the bed, and tugged on her chemise. That

done, she shot Pagan a fulminating look. "I shall expect it back as soon as we reach Windhaven."

His eyes scoured her face. "Not bloody likely, *Angrezi.*"

Barrett's face grew red under his scrutiny. "You are *no* gentleman!"

Pagan's laugh was low and harsh. "Where we're going, Empress, the last thing you'll need is a gentleman. No, what you'll need in the jungle is a *man.* A ruthless man who has forgotten what it means to be civilized." His jet eyes glittered. "You'll need him—and you'll want him, too, before we're done. Just think of it, *Angrezi.* You and me, with no one else for miles. Unless one considers the natives, which I certainly shall not."

"And Mita?" The question escaped before she even knew it.

Pagan's eyes narrowed. "Jealous, Cinnamon?"

"Of *your* vile attentions? Hah! I'd sooner crave the affection of a jackal!"

"I wonder where your brave words will be when you wake to find a python coiled about your feet," Pagan murmured softly. "Ten seconds, that's all it takes, remember?"

A shudder flashed down Barrett's spine, but she managed a scowl. "I'm quite sure you say that to all your—your *women,*" she muttered. "A little fear probably does wonders in breaking down their reserve."

"Oh, not *all* my women," Pagan growled. "Only the intractable ones." His lips curved in a mocking smile. "And there aren't many of those, believe me. Especially not after the first night." His eyes searched her face for a moment. "But then I've never taken any of my *women* upcountry along the Mahaweli before either."

"If the route is so dangerous, then why must we travel that way?"

"Because it's the one route that Ruxley—and any curious natives—will not expect us to take. That gives us the advantage of surprise. Then there's the advantage of the jungle itself, of course."

"The *jungle?* An *advantage?*"

"It makes things equal. Anyone following us will be pitted against the same difficulties that we are, you see."

"No, I *don't* see," Barrett countered sharply. "Not *any* of it!"

Pagan studied her through hooded eyes, his posture oddly tense. "Have you ever seen a ruby before, *Angrezi*? A perfect ruby? A ruby of forty-six flawless carats?"

"No."

"Are you sure?"

"Of course I'm sure!"

"Maybe you would understand it better if you had," Pagan said softly.

"Are you implying there is something magic, something supernatural about this—this stone?" she scoffed.

"Don't mock what you have no experience of, woman. Men have murdered foully and without remorse to possess this gem. They have betrayed their closest friends and sold their nearest of kin into slavery, all in hopes of possessing the ruby's secrets."

"What complete and utter rubbish!"

Pagan studied her in chill, brooding silence, his dark eyes shuttered. "Now I *know* you are not long in the East, Cinnamon. Otherwise you would never say such a thing."

Pagan's gaze rose, sweeping to the open window and then out to the distant green of the jungle beyond, where the sun streaked the sky fuchsia and gold. "Life is . . . different here, Barrett." His tone was more serious than she had ever heard it. "Things you would never accept for a second while you stood amid the cheerful din of Oxford Street become commonplace here in the jungle." A smile twisted his lips as he turned to look back at her. "You still don't believe me, do you?"

"That stones have strange powers to influence human destiny? Hardly."

Pagan's face hardened. Barrett couldn't quite repress a tingle of fear at his next words.

"For your sake I only hope that nothing happens to make you change that opinion, *Angrezi*."

* * *

Barrett's face was stony when she stepped off the porch twenty minutes later. Stiffly she patted back a strand of shimmering hair which had worked free of the coronet on her head. It was a severe style, one which the mirror had told her would discourage male attention.

Which was precisely her intent. And to discourage it from catching in vines and branches, she reminded herself hastily.

Pagan spared her only one sharp look, which ranged with mild distaste over her flowing skirt and tightly fitted dress. He muttered something beneath his breath, then turned away.

Overhead the sun beat down, already tinged with a heat that would build to blasting within hours. Barrett clenched her lips, forcing herself not to think about that.

With a brisk gesture from Pagan, they trailed out of the compound. They were nineteen, first coming ten bearers loaded with twill sacks, followed by five armed scouts. The headman, Nihal, walked in front, and Pagan soon ranged off out of sight.

Within minutes of leaving the compound, the terrain changed. The trees thinned as they followed the twisting, boulder-strewn course of a dry riverbed. Mita came to walk beside her, pointing out the names of various gaudy plants and explaining which Barrett must avoid, because of their stinging leaves or barbed stems.

They were going north, Mita explained. Beyond that she knew nothing. The *sahib* wished it so. It was safer that way.

A bead of sweat trickled down Barrett's face. The confining cloth at her back rode like sandpaper over her welted skin. For a moment she wished she might be dressed as Mita was, in thin, flowing gauze from waist to ankles and only a small blouse above, which left her midriff bared.

But that was out of the question, of course, so she gritted her teeth and concentrated on avoiding the lizards sleeping beside the shadowed boulders, her eyes narrowed against the burning sun.

By midday her feet were aching and her throat was

parched. The noon hour came and passed, but still they did not stop. Of Pagan there was no sign, and somehow that infuriated Barrett more than anything else.

She swatted a mosquito, conjuring up a sweet image of Pagan tethered beneath an angry swarm of the voracious insects. But her triumph vanished when she realized that in her fantasy his bronze body was completely naked. The vision made her suck in her breath and curse her unruly thoughts.

Suddenly hard fingers cupped her shoulders. Barrett spun about in fury, only to freeze, blinking at the sight before her.

He might have been a Sinhalese native, tall and bronze, wrapped in the customary white shirt with a sarong clasped about his lean hips. His face was mahogany, his jaws covered with a thick black beard.

"W-what—"

"It is a useful disguise, one with many advantages, especially on the trail." Pagan's eyes narrowed as he looked down at her tattered sleeve, where burrs and vine ends dangled. "And now it's time for you to remove that dress and put on something more suited to the jungle." He reached into the leather satchel at his shoulder and pulled out a tangle of white cloth, which he thrust at her. "Take those things off and put this on."

Fury licked at Barrett's cheeks as she looked down at the unwanted garments. He had given her one of his own shirts, she saw, along with a pair of buff twill riding breeches. Peeking beneath the cloth was a pair of butter-soft leather boots.

Pagan's dark brow slanted upward. "I find that I enjoy the sight of you in my shirts, Cinnamon," he whispered darkly. "This time I'll allow you breeches, at least."

"I—I refuse!"

"Oh, you will, little hellcat, and you'll do it right now. Otherwise I'll take you back and leave you on the beach."

Her chest heaving wildly, Barrett glared at him in rigid anger.

"And don't try to tell me you enjoy those ludicrous garments of yours. I've been watching you for the last hour,

Angrezi, and every step is a torment. I only marvel that you've managed to go so far without tripping. But then it only proves what I've known all along—that you're a stubborn creature. But I can't afford for you to hold us back. We need to make better time if we're to reach camp before nightfall. Now go over behind that bamboo thicket and change."

She was still sputtering when he caught her elbow, spun her about, and shoved her off toward the screening wall of greenery. "Very well, you exasperating, infuriating, insufferable man," she hissed, moving reluctantly in the direction he'd thrust her.

Pagan's only reply was a dark rumble of laughter.

After checking carefully for spiders and other unwanted intruders, Barrett began prying at the buttons of her dress. That job done, she stripped off her skirts, cursing him all the while.

"That corset goes too," he called.

She thought briefly about defying him, but decided against it. The thought of taking off the restricting undergarment sounded entirely too pleasant right now.

"I hate this place," she muttered. "I hate these *clothes.* Most of all, I hate *you,* Mr. Bloody Pagan!"

After checking to see that he wasn't spying, Barrett stepped out of her corset and petticoats, then lifted Pagan's soft shirt of finely woven lawn and tugged it around her. The sleeves were far too long, of course, and the neck gaped open slightly, but all in all she had to admit that the garment was a wonderful relief after her tight dress.

Something moved behind her in the grass, and she quickly jerked on the twill breeches then cinched the soft leather belt Pagan had included in the bundle.

Surprisingly, the breeches fit rather well, riding snugly at her slim waist. If they were his, they must have been many years old. His thighs were much fuller, she thought dimly. They rippled with muscle at thigh and taut buttocks, only to taper down to—

Red-faced, she cut off her unruly thoughts before they could progress to further ignominy.

Last to come were the boots, which slipped perfectly over her feet. As she straightened her shirt Barrett caught the smell of smoke and looked out to see Pagan braced against a *sal* tree, smoking comfortably on a cheroot.

"I ordered them in Colombo. Paid the tailor three times what they were worth to have them ready them by today. You're bloody lucky I could guess your size, *Angrezi*. But then, I've seen so much of you. There was nothing left to the imagination, I suppose."

"The viscount must pay you well to afford such things," she said stiffly. Her eyes narrowed. "Or did you charge this to *his* account?"

Pagan's expression was unreadable. "The viscount and I have an understanding. I take care of his estate and in return he allows me the run of things, accepting my chits without question. A very tidy arrangement, all in all."

Barrett mumbled something pointed beneath her breath, thrust the last folds of the shirt inside her waistband, then stalked back to the trail, blinking as the sunlight streamed into her face.

Pagan's silence made her go still, frowning.

"Sweet Lord above, now that's a sight." His voice was low and husky. "With any luck, you'll start a new style in Colombo. But I think I must forbid it, for the sight of your white thighs in those tight breeches would drive men mad within minutes, Empress. But we've chatted long enough," he said abruptly, tossing down the smoking end of his cheroot and crushing it beneath his boot heel. A moment later he kicked a lump of dirt over it, then stamped the mass down again.

Barrett wondered at his excessive concern over a single cheroot.

Seeing her frown, Pagan pointed out at the jungle. "The jungle's a bloody powder keg right now. One spark and everything will go up in smoke for miles. There will be no fires at night. It will be too dangerous until we get up higher where things are not so dry."

Barrett was still digesting this new bit of danger facing them when Pagan turned.

"Oh, there's one last thing." He crooked a finger. "Come here, *Angrezi.*"

"More delights in store? I can barely contain my excitement."

"It will be four months before the next magistrate arrives, remember?"

Fury coursed through her, but she had no choice but to obey. She crossed the path in a posture of frozen disdain, her lips compressed to a flat line. Inches away from him, she halted. "Well?"

Pagan's eyes were hooded, unreadable. "Kiss me, Cinnamon." He couldn't resist, though he knew it was terribly dangerous. Somehow he had to find out if she truly was the woman he'd rescued on that London street corner.

Barrett only stared, her nostrils flaring with anger. *"Kiss* you! You must be mad! I'd just as soon—"

"Four months, *Angrezi.* Maybe five, if the monsoon comes late."

She caught her lip between her teeth, streaks of color darkening her cheeks. Five months here in the middle of nowhere, with no companions except a group of tea pickers who spoke not a word of English?

Her chin rose. "I hate you, Deveril Pagan. Just remember that," she hissed. "I am not like your Mita." Quickly, before she could change her mind, she rose to her toes and pressed tense lips against his mouth for the merest space of a second, then backed away.

His brow rose. "You call that pathetic gesture a kiss? I hope for your sake that you never kissed your husband in such a way."

"Husband! I am *not* married!" Once again her teeth worried her full underlip. "At least, I don't *feel* married."

"I can see why, if you treated your suitors to such a chill display. Now try it again, this time as if you meant it."

She trembled on the edge of refusal, her hands clenched to fists, her eyes locked on Pagan's face.

"Afraid?" he murmured.

"Of *you*? Never!" With that she caught a sharp, jerky breath, then catapulted toward him with such force that they both nearly toppled to the ground.

Then somehow her hands were clinging to his taut shoulders.

Somehow his fingers were buried in the glorious weight of her hair.

"Hold still, you arrogant brute."

"I'm trying to, *Angrezi*. But you make it damnably hard."

The next minute her belly fit snugly into the arch of his thighs and her breast thrust against his chest. She screwed together her eyes and leveled her lips in the general direction of his face, distaste evident in every rigid line of her body.

The kiss landed somewhere atop his jaw.

Barrett's eyes flashed open to low, dark laughter. "Not much better, I'm afraid."

"Oh, you wretched, contemptible *worm*!" After a second's delay she grasped his head and dragged it down to hers.

This time her lips hit home, locked to his with angry vehemence. In fact, so intent was she upon succeeding in her mission she barely noticed his hands slipping around her waist.

A moment later, despite her punishing vigor, Pagan's mouth softened. His lips molded to hers, coaxing, welcoming.

Barrett felt her breath catch, felt her blood begin to whine crazily. She clutched his shoulders as the earth pitched, then melted away beneath her.

She opened her mouth to cry out, and instantly his tongue slid deep to tease her own. The sleek, wet movements left her dizzy, left her hungry for more. Unconsciously she fitted her mouth around him, shivering when he stroked the tender skin inside her lip.

His hard fingers clenched against her waist and Barrett

felt him stiffen. Dimly she felt a tug at the waist of her trousers and then a cool sliding sensation against her naked skin.

The next moment she was slipping along his granite chest, deposited back on her feet. Only then did she realize she had been dangling above the ground, anchored to his chest.

"There. That should do it, I believe."

Wildly Barrett fought for control, even as the sweet, hot taste of his tongue and lips continued to haunt her. "You vile, depraved—" Abruptly her tirade ceased. She looked down at the loosened waist of her breeches which now rode just above her navel.

And there above the twill hung a chain of beaten gold links, with an odd, serpentine plaque dangling from the center. Dimly Barrett realized this was what she had felt seconds before.

Speech eluded her as she stood stunned and furious in the face of Pagan's newest villainy.

"It suits you, I believe. I'm delighted to see that my estimate of your size was correct." He studied his handiwork with patent triumph. "Of course, my estimates usually are."

With stiff, angry movements Barrett jerked at the offending chain, seeking a clasp but finding none. "Take it off," she snapped, unable to find the closure.

"The chain stays, *Angrezi*. It marks you as my property, property of the Tiger. If you are somehow taken from me in the jungle, that chain might be the only thing that saves your life. The natives know that I protect my possessions well, you see."

He might as well have waved a red flag before an angry bull.

"Property? You pompous, arrogant ass! I'm no man's property, do you hear?"

Pagan's eyes narrowed. "You are now, Cinnamon. You were from the first moment you set foot upon my beach. And don't try to tell me you didn't like what just happened between us every bit as much as I did, because I know better. A moment ago you were just about as hot and willing as a woman can get."

But Pagan knew it was a lie. Her reaction had lacked the sweet fiery innocence and rare honesty that he had known four months before on a London street corner.

But the kiss had taught him one thing, at least.

She was indeed his falcon, the woman he had dreamed of every night since leaving England.

And it infuriated him that she did not know it, for in some way he had hoped the kiss might awaken her, rekindling old memories.

So much for childish fantasies, he thought grimly.

He turned then, afraid of the things he might say next.

Instead he wadded her corset and dress into a misshapen mass and thrust it beneath his arm.

He looked at her then, his face harsh. "I hope, by the way, that you don't plan to make a habit of sleepwalking while we are in the jungle."

Instantly Barrett stiffened. "Sleepwalking?" she repeated softly, feeling faint tendrils of memory skitter through her mind. Fear rushed against her in cold waves, and she found herself shivering. "I haven't the vaguest idea what you're talking about, Mr. Pagan," she managed coolly.

"Don't you?" His eyes were mocking. "I only hope that in the jungle it is myself rather than a leopard who finds you first."

Their direction changed soon after. Neither Nihal nor Mita would speak of it, but Barrett noticed by the sun's position that they were going northwest now rather than due north.

After a while the riverbank narrowed and disappeared altogether, leaving them to pick a tortuous route through tangled, brown underbrush and dry, rattling thickets.

Now Barrett understood Pagan's concern about the dry terrain before the onset of the monsoon rains. A fire would sweep through this sere world in seconds, unchecked by any trace of moisture.

What a horrible way to die, she thought, repressing a shiver.

She frowned, studying the rippling play of Pagan's bronze shoulders. Something told her no threat from plant or beast could compare with that of the brooding predator who stalked silently before her.

26

❈

They made camp when the sun hung mere inches above the treetops. Barrett was hot and sweaty, longing for a bath.

The salt tang of the air was unmistakable now. When Barrett spotted Pagan at the far side of the camp giving curt instructions to the bearers, she strode across to him determinedly. "May I speak with you?"

He turned, one sable brow raised in inquiry.

"I wish to bathe. Mita tells me we are near the coast," she added deceitfully, sure he would not admit the fact otherwise. "I would like for you to arrange it, please."

The dark brow rose higher. "Just like that? A royal command?"

"I am hot. I am tired. I am sweaty, Mr. Pagan. It is the smallest of courtesies that I ask."

He looked thoughtful for a moment. "Perhaps you're right. I could do with a plunge myself." His face hardened. "After our last experience on the beach, you must realize you can't go alone."

Barrett had suspected that would be his answer, though she had hoped that Mita and one of the armed bearers might be protection enough. Right now, however, she was far too hot to argue.

"Very well. May we go immediately?"

After a quick order to Nihal, Pagan shouldered his rifle

and plunged off through the sere brush, leaving her to keep up as best she could.

Only then did she notice the two armed bearers who followed discreetly.

"They'll keep watch from the edge of the jungle," Pagan said tersely.

With a sinking heart, Barrett realized that her hoped-for privacy was not to be. Still, the thought of being cool and clean, even for a few minutes, made the other annoyances tolerable.

Far more than tolerable, she decided minutes later, when they emerged from the jungle onto a windswept cove of white sand ringed by towering talipot palm trees. Wordlessly Pagan dropped his satchel and rifle and handed her a length of fine, crimson cloth.

"It's a water cloth, a *diya redde,* as the Sinhalese call it. The women use it when they bathe in the reservoirs or up-country in the waterfalls and pools. They've quite perfected the art of modesty in public bathing, though I suspect it takes a bit of getting used to. At any rate you'll need it, for you'll have to sleep in those clothes tonight. We may have to break camp without any notice, and I won't be held back by you scrambling about searching for your breeches in the dark."

Barrett opened the gossamer length of printed silk, feeling it float through her fingers, light as a second skin. And as she felt it ripple against her hands, the dim image of her dream returned.

Red silk and golden bells. Sweet heaven, this cloth was the very image of the garment in her dream!

She caught her breath, recalling the rest of that steamy fantasy.

Don't let him get to you, idiot. It's pure coincidence and nothing else.

Grimly she walked behind a thick hedge and began unbuttoning her shirt. Next came the camisole Mita had left for her. The wounds seemed to be closed, for the cloth had not adhered to the long welts beneath.

After tugging off her breeches, she held up the gossamer

length of silk, her eyes darkening in confusion. But this bit of cloth would cover next to nothing. It would look almost painted on!

And how in heaven was it meant to stay in place, with no buttons or lacing anywhere?

Down the beach she heard the muffled hiss of sand as Pagan moved toward the water.

Modesty warred with temptation, and temptation won.

Proudly, she raised her chin and wrapped the silk around her chest, anchoring an end beneath her arm. Then she turned to the water, her breath catching at the beauty before her.

A soft wind feathered through her hair, caressing her bare arms and shoulders. The sand was warm and lush against her bare feet. Just beyond, silver waters beckoned from a small, boulder-ringed beach.

For a moment Barrett almost managed to forget that she was an unwilling guest here. That even now a savage game between two relentless adversaries was being played out, and she was the pawn at its center.

Yes, that she must never forget.

As she neared the water, Pagan turned, his broad shoulders rippling, hung with beads of water. With the sun behind him, his face was veiled in shadows, and she could not gauge his look.

But his jaw seemed to tense, his body going immobile.

"It suits you, Cinnamon." His voice was a low caress. He turned away abruptly. "Just see that you go no deeper than waist-high this time."

Barrett scowled. The man was impossible! As changeable as the weather in this garish, alien place. Would she ever be able to understand him? And why should she even care to?

Consigning Pagan to the devil, where he surely belonged, she strode to the water and inched out slowly until silver waves surged about her ankles. Cool and velvety, the currents rushed out and then retreated, driving away the prickling heat.

Out of the corner of her eye she saw Pagan make an

abrupt gesture to the scouts at the jungle's edge. Then he turned and jackknifed into the water.

Although she tried not to watch, Barrett found her eyes drawn inexorably to his powerful body. He moved with a fluid grace and an economy of motion that spoke an intimate experience of the ocean. As the last rays of the sun danced golden around him, Barrett found herself thinking that he might have been a creature of that watery realm.

She turned away, picking her way along the beach, concentrating on thinking of nothing at all beyond the sweet lulling coolness of wind and water.

Out at sea Pagan forged a silvery path through the churning currents straight on toward the horizon.

Barrett found a small outcropping of rocks jutting from the water at the far side of the cove. Carefully she slid down, granite cool at her back, her legs dangling pleasantly in the narrow pool formed by the rocks.

It was the cooling of the air that first warned her the sun had set. She must have dozed off, for when she opened her eyes the sky was indigo, and only a faint streak of crimson lingered at the horizon.

She turned to the water, but Pagan was nowhere to be seen.

The two bearers, at least, were about their work, their white sarongs a faint blur at the edge of the beach.

Barrett bent forward and splashed water over her shoulders and chest, careful to keep the salt from her back. She had just stood up to leave when she heard a low, dim humming that seemed to rise from everywhere around her at once—and from nowhere in particular.

"You must be lucky, *Angrezi.*" Pagan's voice came close at her ear. "The fish are singing for you tonight."

She clenched her lips, trying to fight down a start at his sudden appearance. "What—what are you talking about?"

"The natives call them singing fish, though no one knows how the sound is made. Perhaps hidden coral reefs or perhaps some sort of shelled creatures gathered on the bottom.

The sound is most pronounced when the moon is high and the tides full."

Even as Pagan spoke, the strange humming grew, wrapping around them like an ancient, restless paean or mermaid's wordless song. The sound seemed entirely divorced from this earth, separate in both place and time.

"Come on," he said suddenly, gripping her wrist and pulling her to her feet.

"W-where are you taking me?"

"Just do as I say."

"Very well, but if I drown I'm going to *murder* you!"

Pagan's answer was a low rumble of laughter. "If you drown, Cinnamon, I'll *let* you murder me."

They moved past the stone outcropping to a sheltered pool on the far side of the cove. Barrett watched, uncomprehending, as Pagan searched for something in the sand. A moment later he stood up, brandishing a piece of driftwood in triumph.

"Come closer."

She followed with patent reluctance, wondering if Pagan had lost his mind.

Every second the humming grew louder, an eerie, shimmering wall of sound.

Pagan strode into the black, glassy currents without a word, plunged the bough to the bottom, then pressed his ear to the woody stem. A moment later he motioned her closer.

What madness was the man about now? she wondered, approaching warily.

He lifted her above the currents, so that her back remained dry, while he held her next to the upright length of wood.

His long fingers locked at her waist as she rocked up and down in the tide. "Pagan! What are you—"

"Hush, Cinnamon. Just listen for a change."

Reluctantly, she lowered her ear to the bough as he had done. Then she understood.

The humming, which had been dim before, was amplified a hundredfold by the wood. Now it resonated wildly, pouring through her body in whorls and volutes of sound like a wild, otherworldly chorus.

"It's—it's beautiful!" Her eyes fixed wide and dreamy on Pagan's shadowed face.

His fingers clenched imperceptibly and his arm slid around her as the current surged, nearly pulling her free.

In raw tension the beauty rose, wrapping them in haunting splendor. Captives of its piercing clarity, they stood, bound together in the perfection of this moment they shared.

Pagan's face slanted closer, a stark line of shadows against the softer shadows of the night.

Barrett's breath caught. Wood gripped between her fingers, she faced him, dizzy and immobile while the lulling chorus wove through her senses.

She might have turned away at that moment. Later she realized she *should* have. But somehow she could not struggle or protest or do any of the things she should have.

For dimly Barrett sensed that her life had changed, that this moment had rendered her different, and all because of the beauty she shared with this man.

Never again would she be the same person, she realized, whether her memory returned or not.

And at that moment, with the wonder raw and fresh and aching upon her, she could not bring herself to move away, to deny any of this night's strange splendor, even if part of it was the man himself.

She only waited, immobile against Pagan's chest. For suddenly Barrett had to know how he felt, how he tasted, with the salt water clinging to his hard, clenched jaw, to his full, powerful lips.

She saw the muscles at his shoulders shift and bunch.

She swallowed, her eyes huge on his shadowed face, wondering if he had felt it too.

She had her answer in the next second.

"Beautiful," Pagan whispered, and his gaze was on her face, not on the ocean as he spoke.

Barrett blinked as his fingers rose, lifting a honey-gold strand from her damp cheek.

Her breath caught at the gentleness of that gesture, from a man whom she had thought of as granite-hard. Only inches away, his dark eyes harrowed her flushed face.

"Who are you, *Angrezi*?" he murmured hoarsely. *"What* are you? Spirit creature come to haunt my sleepless nights? Or simply a woman, a beautiful pagan Eve who has wandered into my wild garden?"

Barrett did not move, unable to speak, mesmerized by the raw hunger that flared in Pagan's face. Around them the night sea rose and fell, whispering of coral halls and pearl towers. Of seaweed realms never glimpsed by man.

Magic lay heavy upon her, in sound and smell and touch, and suddenly the raw terror of the last days, the harrowing uncertainty of not remembering was swept away, and all that was important was that Barrett was alive, and a woman.

And that the dark figure beside her was every inch a man.

A shiver worked through her. She felt his hard fingers splay apart over her hip, stroking her through the wet silk sarong as clearly if she were naked.

"I?" she repeated, her mouth strangely dry. "I—I am only a woman. A woman who feels—strange. Very strange."

"Not as bloody strange as I do, Cinnamon."

"What's—what's happening to us?"

His fingers cupped her waist. "Why don't we find out, *Angrezi*?"

His touch was as light as the wind, as dark as the night sky, as fierce and restless as the surging tide. And after the first stunned second Barrett leaned into the kiss, reckless, desperate to find out how he would taste.

The answer was good. Right. Entirely male.

His lips were flickering points of flame, now teasing, now possessing. Just when she thought she'd caught the taste of him, he moved, fire turned to smoke, steel turned to restless liquid lava.

Dimly Barrett realized she would never plumb this man's depths. Nor would she ever have enough of him.

She opened her mouth to tell him so, but he trapped her lower lip between his teeth and tugged the soft skin into his mouth until her heart slammed against her ribs and every conscious thought fled.

He stroked the tender skin inside her lip. "Good. Too bloody good."

Was it he who had spoken or she? A moment later Barrett forgot to care, for Pagan captured her ribs and lifted her, anchoring her against his naked chest, his rigid thighs.

His eyes gleamed, night seas flashing with strange phosphorescence. And she could feel the stormy thunder of his heart as he gazed down at her.

Her back arched, driving her breasts against him.

He groaned.

That was when Barrett first realized the power she held over this hard, unrelenting man.

She almost smiled at the realization, giddy when the living evidence of his arousal pressed against her thigh.

Some demon made her move closer into that burning steel, and instantly she felt him go rigid, a curse smothered on his lips. Reckless in the night's beauty, Barrett wanted more, much more. Knowledge was here, and she was determined to seize it.

But her mouth was strange and dry and trembling.

Words blocked, she spoke with unsteady fingers, clenched upon his salt-slick shoulders.

Don't stop! she wanted to shout.

No more! her sanity countered.

But her body listened to neither, speaking directly to his, as Eve must once have spoken to her Adam before paradise was closed to them.

Her fingers cupped his rippling, sea-sleek forearms. Each jerky breath drove her pebbled, pink-tipped breasts against his naked chest.

Pagan drowned. In the space of one wild heartbeat all energy and life were torn from him. He fell deep and then he died—all in perfect, agonizing splendor.

"Dear God, I love the way you feel, the way you smell. Most of all I love the way you taste, Englishwoman. Kiss me, again," he said hoarsely.

Barrett thought dimly of the forest stretching sere and brown all around them. Suddenly she realized *she* was that forest and he the spark that would ignite her.

"Now, Empress. Sweet God, put me out of my misery!"

His faced slanted down, lips feather light on hers, more not there than there, yet that single touch provoked a churning turmoil of emotions in her.

But he gave no more, waiting, every inch of his body rigid with his effort at restraint.

Somewhere between the first wild heartbeat and the second, Barrett understood what he wanted. Her body answered his plea, her lips opening beneath his and molding his mouth to her softness.

Clinging. Claiming. Capturing.

Just as she had been claimed, in midnight tides and madness.

Forever, though her conscious mind did not accept that fact yet.

His jaw locked harshly, one more stunning sign of the power Barrett was just beginning to realize she wielded.

Her eyes widened as she saw a muscle flash at his temple. "P-Pagan?"

"More, Angrezi. Wrap your white legs around me and teach me the meaning of fire. Dear God, I think I've been cold all my life until this moment."

Barrett trembled with the power of his wanting, gloried in the strength of her giving, wanting to do all he asked and more. She arched beneath his knowing fingers, all fire and quicksilver in his hands, all flashing scales and hot fins, all mermaid in a sea of flowing black velvet.

All woman, and he, her man.

Her legs found his waist. Her arms slid out to cup his neck and comb through his wave-wet hair.

Another shudder shook him, and she felt as if she trembled on a volcano about to explode.

Her eyes closed.

Red silk and golden bells. Honeyed laughter in the long, burning night.

In a rush, her dreams came back to her, along with the sudden knowledge that *this* was the man she had dreamed of.

In that instant Barrett realized how much she wanted to touch him, to feed his pleasure until they were both honeyed, hot, and wild. Even now his touch was a torment beyond imagining.

As she trembled a mere hair's breadth from yielding, his lips slid down her neck. Slowly they eased back the silk at her chest. Wet and exquisitely thorough, he explored every rich inch of her. Slow and silken, he tongued every lush curve of her.

And then in a dark rush he feathered lower and captured one perfect, upthrust nipple in his teeth.

"Tremble for me, *Angrezi*. Moan for me. Show me your sweet heat."

Again and again he shaped her, mouth to her silken skin, sometimes gentle, more often fierce.

Waves of fire coursed through her. The earth seemed to sway and tilt. She felt her body tense and arch, like a perfect bow bent to a master's arrow.

Groaning, Pagan arched her back against him. All teeth and tongue and liquid heat, he drew her tighter with every heartbeat.

Her loosened sarong puddled to her hips. His hands played over her nakedness, maddening her, inflaming her.

Parting her.

He laughed softly, whispering dark words of praise and triumph. Words she could not understand. Like so much else about this hard brooding man, they spilled from hidden places.

With every touch he drove her harder. With every stroke he tore the breath from her throat, the blood from her veins.

And then, finally, the very heart from her chest.

Plunged in fire, she arched blindly, her nails digging into his skin. "P-Pagan, stop! I—"

But it was too late for pleas or accusations. The night rose up and wrapped her close in all its hot, sweet magic until all that was left was desire, drowning her, clawing through her.

And then the pleasure caught her broadside and cast her up, blind and gasping, into the trembling, silver music of the sea.

She was still drifting, part of the fabric of night and wind and water when a low cry made Pagan stiffen.

Barrett swayed dizzily as he issued a sharp question, then waited rigid for the sentinel's reply.

Slowly reason began to return, with all its incriminating memories. Dear God, what had she done? How had he managed to make her so reckless, so wanton?

With a low cry she stumbled away from him, just managing to keep the water below her waist.

From the edge of the jungle came another urgent shout.

Pagan muttered something beneath his breath. Barrett heard him tug the stick free and cast it into the water, then turn and slap up toward the beach.

Grimly she followed, raging at herself with each unsteady heartbeat. When her feet met solid ground, she felt tears trickling free.

At that same moment Pagan turned, his gaze fixed on her darkened face. One hand traced her cheek, slick with tears.

"Don't say anything. Not a word. And I—I'm not crying," she said defiantly. "I *never* cry."

His fingers climbed to her eye, achingly gentle. "I never said you did, *Angrezi*." He hesitated, as if to say more, his hands tense upon her cheek.

But he only bent down and shouldered his rifle. "Get dressed. Nihal's just sighted a party of hunters coming over the ridge."

27

Hours later Barrett lay restless in her cot, unable to sleep. The hunting party had turned out to be simply a band of disgruntled Vedda aborigines, looking for any sort of game in a jungle arid and bare before the onset of the monsoon.

Pagan had traded them some salt and a freshly slaughtered boar in exchange for medicinal herbs and a very potent arrack punch.

After drinking together amiably with Pagan for half the night, they had shouldered their packs and longbows, then melted back into the jungle.

Barrett had suffered through every note of offkey singing, every burst of raucous laughter as she tossed back and forth in the arid tent. Hour after hour she had chased sleep up sere jungle slopes and down again.

Always it evaded her.

Partly it was the tension of waiting, knowing that any minute Pagan would flip up the fine mesh flap and stalk inside the tent. She understood his order that they share a tent, even though she did not like it. But if she rose in her sleep and found her way, dream-blind, into the jungle, she knew it was likely she would never return.

So when Pagan had ordered her cot moved in here across from his, she had bit down her protests, contenting herself with one sharp, defiant look.

Now as she lay in the steamy darkness she found all she could think of was Pagan's hard fingers and soft mouth, his infuriating ability to intuit what she wanted seconds before she even wanted it.

Or maybe it was a darker magic he commanded, a magic

that made her want what he *chose* her to want, against her very will and spirit.

And what of her own breathless, stunning response? With a sharp oath she wrenched to her side and snuffed the palm-oil lantern, tears glittering in her eyes. She absolutely refused to waste any more thought on the infuriating Englishman.

At the far side of camp, Pagan watched the lantern in his tent flicker and go out. He caught back a sigh of relief that he had managed to keep from going to her this long.

But with the darkness, new temptations gripped him.

Thoughts of how she would feel if he came to her in the shadows, how little it would take to re-create the wild, sweet abandon he had felt at the lagoon.

With a low, dark curse Pagan shoved to his feet and plunged off into the darkness, the potent arrack liquor he'd consumed with the Veddas burning hot trails through his exhausted body.

He had walked nearly twenty miles that day, crisscrossing back and forth before the others, checking and rechecking to be certain that they were not walking into an ambush.

Only when he satisfied himself they were not, did he trot back to the rear and hold a position there, keeping well out of sight until they made camp for the night.

Even with that care, the Veddas had come nearly unnoticed.

A bad sign, he realized, even though the island's aboriginal tribesmen were renowned for their ability to melt into the jungle. The only good thing was that they had not been a band of Ruxley's men.

One more example of the way he was slipping, Pagan thought in disgust.

As he strode through the jungle, palm leaves and trailing vines slapped his face but he scarcely noticed. He still cursed to think how close he'd come to madness, to taking her right there in the gleaming silver currents of the lagoon. And Pagan was experienced enough to know that the desire would have been mutual. And then had come her wild, liquid tremors. Her breathless cry. Sweet Lord, had a woman ever been so beautiful in her passion?

Then the planter's face hardened. A man was only as good as the worth of his word, and tonight he knew he had come very close to breaking his. Her innocent fire had done that.

It was not a vow to family or friend, but a vow made to himself, which was the most important kind of all.

A vow made long ago, while the heat and smoke of Cawnpore churned up around him.

And the day he broke that vow was the day Pagan died.

On he stalked through the jungle, finding the water by smell alone. Blindly he dove forward, clawing his way toward the far horizon, seeking the oblivion that would bring forgetting, if only for an hour or two.

His last thought before succumbing to a blessed exhaustion was how ironic it was that the Englishwoman with no past was seeking the very thing he would have given a fortune to shed.

In the hot, still darkness of the tent Pagan tugged off his shirt, then eased his tired body back onto the cot.

Strong arms locked behind his head, he concentrated on the sounds of the night, cataloguing a hundred forms of wildlife.

The whoosh and faint click of a large, night-flying insect that rushed into a lantern and was incinerated instantly.

The wild cry of a shama falcon, sighting its prey. The swish of a flying squirrel soaring from one perch to another. The distant crash of underbrush as some large, lumbering creature—a sloth bear, perhaps—pushed through a dry, brittle thicket.

Each sound Pagan catalogued carefully, hoping it would help him ignore the slim form only inches away.

But it did not.

And then another sound came from the steamy darkness, a low moan followed by the rustle of fine cloth.

In taut silence Pagan watched Barrett jerk upright. He did not move, waiting to see what she would do next, wondering if he might discover untruth in these nighttime meanderings of hers.

Her arms rose slowly. She seemed to brush something from her face. Without a sound, she rose to her feet.

Her eyes wide and fixed, she studied the darkness, her head cocked to one side.

Pagan waited, his pulse churning noisily in his ears. She moved forward in the darkness, straight toward him.

Danger prickled along his spine, urging him to seize the knife hidden in his boot. But he did not, for somehow answers were more important to him than self-defense at that moment.

Even when she stood beside his cot, he still did not stir by so much as a muscle.

Her hands glided out, and Pagan expected any moment to see the dull gleam of moonlight reflected off a honed blade.

But there was no brightness in the still, hot air that curled between them. There were only shadows, and the steamy scent of need.

When her hand brushed his sweat-slick chest, Pagan reined in the voice that was clamoring for him to wrest her to the ground.

He could almost feel those slim fingers rise to close with surprising force upon his neck.

And when they slid down over his ribs, as light as a dawn wind, he had to fight to keep from jerking upright. Sweat slid in a silent stream down his forehead.

She traced each bone, and then each rigid, bunched muscle. Her fingers slid softly through the springy fur at his chest.

When she brushed his flat male nipples, he nearly leaped from his cot.

Her fingers hesitated, then circled slowly.

"No more, *Angrezi.*" His voice was a low growl, and he said what he *had* to say, not what he wanted to say.

But it didn't matter, for the slim shadow gave no sign of hearing. Her tormenting circles only grew wider, until they edged his taut stomach.

Pagan cursed when she brushed the edge of his breeches. He felt his manhood throb, begging for her touch.

"Enough, woman," he rasped, surging to his feet and capturing her wrists.

Her eyes were wide and fixed, staring into the darkness.

And she was a million miles away from him.

Where? Pagan wondered. In a lush London boudoir? In some drafty ruin of a castle in Kent? In another life where she was cherished and protected?

In that moment he believed, knowing such oblivion could not be feigned. And Pagan found himself wondering as he had so often before exactly what buried memories drove her to pace in the night, to seek his heat for protection.

Before he could move, she turned silently and glided to the center of the tent. There she slid to her knees and curled up in a ball on the pounded earth floor. Fast asleep.

Leaving a stunned Pagan to stare down at her in brooding silence, a look of unquenchable longing in his eyes.

A crimson-tailed macaw shrieked through the treetops overhead. Barrett jerked upright, her eyes huge and frightened in the half-light of predawn.

Her breath caught as she fought to separate dreams and truth.

Her eyes sought Pagan's cot and found it empty. With a little sob, she pressed trembling fingers to her face.

Dreams again, followed by the old pain. And always the fragments of memory, shard-sharp, in which she heard the sound of her own sobbing.

Gasping, she sat bolt upright in her cot. All around her came harsh, unfamiliar noises—the shrill whine of insects, the rasp of unseen wings, the low call of an owl.

She was lost, adrift from herself and all who might help her. Only one man remained.

Though his cot was empty, it was as if Pagan stood only inches away, his big body flexed, his shoulders bare in the hot, still night.

And Barrett finally admitted to herself that she wanted

him. She wanted his hands, his mouth, his low, raw moans. She wanted to know the sleek friction of his aroused body.

Dear God, she wanted that more than anything she had ever wanted in her life.

28

❈

They broke camp while the first fuschia streaks of dawn crawled over the treetops. Pagan walked in front, his long legs striding with effortless speed over the dry, trampled *beru* grass. Behind him came two bearers, provisions of rice and other food stores strapped on their backs. Next was Mita, silent and beautiful, her brow faintly creased.

With every hour the heat grew. Now sweat ran in little rivulets down Barrett's forehead, pooling on her neck, in the valley between her breasts. Only grim pride kept her moving, always moving, her eyes fixed on Pagan's broad back.

Yes, by all the saints, if *he* could keep walking, so could she!

Grim-faced, she concentrated on putting one foot in front of the other and forcing her way forward though every muscle screamed for rest. On and on she moved by willpower alone, until all she heard was the pounding of her own blood, and the forest blurred to a green tunnel around her.

She must have swayed. A second later she felt hard fingers grip her elbow. Somehow she managed to right herself, refusing to look at the man beside her.

"I am quite all right, thank you," she snapped. "You may release me now."

The next second she was free. The ground pitched, and

she nearly fell. She caught herself an instant before she reached out for Pagan's broad, bronzed shoulders.

Somehow she managed to right herself and stumbled forward, every step the product of pure female recalcitrance.

"Bullheaded, that's the only word for you, Cinnamon. That stubbornness is going to get you into a vast amount of trouble one day."

"Not if I can help it."

"But you can't help it, *Angrezi.* Trouble might as well be your middle name."

Gritting her teeth, Barrett plunged on, determined that *she* would not be the one to quit first.

"Oh, very well, damn it. We halt here." A moment later Pagan shouted a terse order to Nihal, who relayed the command down the line of thankful bearers.

Instantly there was organized chaos as the Tamils began peeling off their packs and settling boxes.

When Barrett turned around, he was gone.

That night, Pagan didn't trust himself to accompany Barrett to the bathing pool he had found.

Instead he sent Mita and Nihal, who carried a gun.

He'd watched them leave, oddly restless as the minutes wore on.

Then a sound made him tense, the crash of a sloth bear lumbering through the underbrush in search of honey. Slow and lazy at most times, the creatures could be provoked to frenzy, and in their ire were more dangerous than an elephant.

Quickly Pagan shouldered his rife and plunged down the path the party had taken.

A few moments later he saw the bear. After sniffing a clump of bamboo, it turned and ambled down an adjoining trail that led back into the jungle.

Breathing a sigh of relief, Pagan turned to leave.

And felt his breath slammed from his gut.

He hadn't meant to watch.

By Shiva, watching was the very *last* thing he'd meant to do.

But suddenly Barrett was there, framed in a break in the foliage, a golden Venus at her toilette. Like a slim bright goddess she stood, curved and proud at breast and hip. As she undressed, her hands moved in a slow fluid dance, more evocative than any ancient ritual of dark seduction.

Pagan felt beads of sweat break out on his face, and yet he could not look away.

He caught the scent and the texture of her presence, felt the lightness of her being reach out to him from the green curtain of the forest. Her hair was a slide of gossamer and her body a smooth, sleek line of ivory just made for a man's touch. For *his* touch.

His pulse quickened as he watched her release the ribbon at her neck, loosing a cascade of burnished hair over her ripe curves and valleys.

Pagan's breath wedged in his throat. Spellbound, he watched her belt loosen, then fall to the ground, followed a moment later by her breeches. Clad only in her trailing white shirt, she moved to the water, rippling it with her fingers and staring down into its crystal depths.

Like an exquisite, pensive mermaid, her face was distant, her thoughts elsewhere. Slowly she unbuttoned her shirt and shrugged it off. The straps of her camisole came next.

Silently, Pagan watched, unmoving, breath fled.

As if loathe to part with all that sweetness, the silk clung provocatively, molding every luscious curve.

His heart stopped. He felt sweat beading over his brow. *Don't stay!* a desperate voice ordered.

Don't stop now, Angrezi, another voice answered, this one darker, more primitive.

She didn't stop.

The fine straps trembled and then fell. Fresh and glowing as jasmine petals, her nakedness opened to his devouring eyes.

And to his everlasting horror, Pagan felt himself begin to

tremble. A bead of sweat dropped onto his nose at the same moment that she stepped into the water.

Utter and absolute stillness descended on the glade at that instant, as if nature, too, held its breath and watched.

Pagan waited, paralyzed; somehow his hand rose, only to drop a moment later.

What was there to say, after all? He could bring her only pain, and despite all his angry threats, that was not what he wanted for this woman.

Nor *from* her.

He would have called out to her, but his voice was wedged in his throat.

He would have strode through the green barriers and jerked her, dripping and naked, from the water, but his feet were frozen, rooted to the ground by a thousand dark memories and the weight of his own savage past.

He would have preferred to do *anything* but what he was forced to do—stand in silence and watch her when he would have given everything to touch her just once more, to share her sweet passion.

But Pagan knew that was something he could never taste.

Slowly the camp settled in for the night. The bearers squatted to trade stories on the far side of the clearing while Pagan and Nihal sat at a camp table with a map unfurled before them, their expressions carefully shuttered.

"Four days, do you make it then?" His eyes narrowed, Pagan studied the well-handled parchment.

"Four if there are no upsets, *Mahattaya*. Perhaps five." Nihal turned measuring eyes on Pagan. "Do you think the Veddas were as they indicated, merely hunters searching for game?"

"I think so, Nihal. I *hope* so. Unfortunately, we will only know for certain in retrospect."

The head servant frowned. "The next day's journey will be through the lower passes. As the Tiger surely knows, it is a fine place for an ambush. But if we take the eastern route and pass around it, we will certainly lose three days. *Aiyo*, what to do?"

Pagan's features darkened. "We go as planned, Nihal. I'll scout the trail ahead tonight and then post extra rifles to the front bearers. We can't take a chance of three extra days on the trail."

Slowly the old servant nodded. "As you wish it, Tiger."

After Nihal left, Pagan sat studying the map, measuring the dangers that lay before them.

A thousand turnings. A thousand valleys. Each one could hide a whole army of hired thugs. No, not thugs, he thought grimly. Those cold-blooded assassins, at least, were long gone from the jungle. But James Ruxley's mercenaries might be just as bad.

As he rolled up the precious map, Pagan glanced toward his tent, where a slim shadow moved back and forth against the canvas walls.

She was brushing her long, glorious hair.

A queer lightness attacked Pagan's blood as he watched her hand rise and fall in slow rhythmic strokes. He could almost see the silken strands float out, fiery gold in the lantern light.

Her shoulders were carved in glass, slim and sharp. Her breasts were high and full, their peaks clearly outlined by the shadow.

Instantly all the old fires swept to life, white-hot.

He watched in deadly fascination, struggling with a dark compulsion to stalk inside that tent and throw her down beneath him, filling her, tasting her, *claiming* her until they both were speechless and spent.

It was the hardest battle he had ever fought, but he won it. Moments later, with a low curse, he grabbed up his rifle and stalked toward the jungle.

There, at least, his enemies were faceless and infinitely less seductive.

* * *

Her hair finally combed free, Barrett put down her brush and curled up on the cot, trying to keep her eyes from the emptiness across the tent.

A flush swept her ivory cheeks as she thought of the things he had done, the passion she had felt on the beach.

Get a hold of yourself, fool! The man is nowhere about. In fact, right now he's probably downing more of that disgusting palm liquor with one of his bearers and making plans to visit Mita's tent during the night.

At that possibility a tiny sliver of jealousy worked through Barrett's heart, but she fought it down angrily. It was no business of *hers* where Pagan spent his nights. She should be glad that it wasn't with her.

But that thought, as she slipped into dreams, brought her *no* comfort at all.

Night gripped the jungle.

Wisps of memory trailed through Barrett's sleeping mind, fragments of remembered scent and sound. Like a distant song moving closer, like a steam train catching speed, the fragments resolved, gaining clarity and strength.

Her breath caught. She raised her hands, trying to hold the fragments away.

On they came, closer, ever closer, until the hot breath of memory trembled, only a heartbeat away.

And with the remembering would come the greatest horror of all, she realized.

Fingers splayed, pulse ragged, she jerked upright, fighting back the night. But most of all she fought the terror hidden deep within her own mind.

"No! No more—please!"

The raw plea burst from the darkened tent at the edge of the jungle. In the quiet night it traveled all the way to the far trail near the water hole.

Even against the shrill cicada song Pagan heard it, and the sound was a knife in his heart.

He was running through the darkness before he knew it, before her second cry had even begun.

Bamboo slapped his face. Thorns ripped his hands, but still he did not stop.

His jaw fierce, he stripped away the canvas flap and plunged into the steamy darkness of the tent, rifle leveled before him.

"Cinnamon?"

No answer. No movement of any sort.

Blind in the heavy shadows, Pagan strained to see. "Barrett, what is it?"

He heard a soft cry, the faint whisper of canvas on twill. The faint, spicy scent of some jungle herb lingered in the air.

And then the sharp, sweet smell of woman.

He flinched as his manhood hardened, his body flooded by desire. Damn, he didn't even have to *see* her to feel it!

"Tell me, damn it! What is it?" As his eyes gradually grew accustomed to the solid darkness of the tent, Pagan made out a dim outline, pale hands raised against shadows.

Suddenly the figure jerked upright, fingers fisted, hands flailing. "Never—you won't have them, do you hear? They are *my* secrets!"

He covered the tent's five feet in two strides, sliding his rifle to the ground and catching her slim wrists within his own hard hands. "Stop fighting, Barrett, it's just a dream. There's no one here but us."

As he held her, Pagan gave a sigh of relief. It was simply the dreams again. Just the dreams.

Except the woman in his arms did not know that. She was far beyond him, too far to be comforted. "N-no. Too close that time. Must reach the King's Arms. Dear God, don't let him find me!" Her eyes wide with terror, she fought against Pagan's grip.

He stiffened, realizing she was reliving some old memory. "Hush, Cinnamon." He ducked as one hand burst free and nearly plowed into his cheek, which already bore the mark of her nails. "Enough, by God!" he roared.

Her breath came fast and jerky, her breasts thrusting

wildly against his bare chest, and each movement inflamed Pagan beyond bearing.

His eyes burned. His jaw hardened to an implacable line.

So be it. If nothing else got through to her, then perhaps *this* would.

He caught her beneath him as if she were no more than a doll. In his strong grip he held her tight, one hard thigh pinning her restless body. And as she felt the heat of him, the weight of him, her eyes went wider still.

Hoarse, alien words broke over her in dim, incomprehensible waves, dark words, strange words, a guttural tide of sound.

But the force was real and clear, and the urgency sent her own pulse hammering.

"I want you, *Angrezi*," Pagan whispered, his lips mere inches from hers. "And I swear I'll have you. *I*, not some phantom, not some dim memory!"

"N-never," she breathed, twisting, shivering. Seeing only a skull that glittered, grinning at her evilly.

"First I'll have your heat. Then I'll have your heart. And last, by God, last I'll have your soul."

He was the devil. He was death.

And somehow Barrett knew he would do all those things.

Her face bled white as the skull drew closer. Her lips trembled. She shoved wildly at the shimmering image. "P-Pagan!" she screamed. "Dear God, help me!"

The man above her went completely rigid. He watched her face, a study of terror, her pulse fairly leaping beneath her skin. Fury ripped through him as he tried to imagine what it was she saw there, what terror it was that stalked her restless dreams.

Was the thing so terrible that she denied the memory, even to herself?

"*P-Pagan!* Where are y-you, d-damn it?" Her throat tightened in a jerky sob.

The sound was like a fist driving into Pagan's belly. Dear God, she wanted him—she *needed* him! Most of all, she trusted him.

The knowledge was like a blast of clear ocean air after long days of musty jungle heat.

"Here, Empress. Right beside you. Sleep now. I'll keep away the nightmares."

Her slim body quivered. He heard her breath catch sharply.

"Pagan? What—" Abruptly she went completely still in his arms. "W-what are you doing here?" she demanded stiffly.

"You cried out. For *me, Angrezi*. And I came."

Still half buried in the fog of dreams, Barrett started to protest.

But she knew it was true. "I—I must have been dreaming again. Did—did I—" She couldn't finish.

"Did you what, Cinnamon?" Pagan's eyes hardened. He wasn't going to make it any easier for her, by God, not when he was in greater torment than she, nerve and muscle aflame.

"Did I say anything—do anything—damn it, you know what I mean!"

Pagan smiled thinly in the darkness. "I'm afraid I don't know, *Angrezi*. Why don't you tell me?"

At his silky challenge, she shoved her palms against his chest and tried to break free.

But he held her easily, effortlessly. And that superior strength only fueled her fury. "L-let me go, damn you!"

"Now what sort of gentleman would that make me if I did? Don't forget it was *you* who called me to your bed, Cinnamon, and half the camp heard you cry out my name. Had I been with you at the time, they would have sworn it was the raw moan of a woman cresting in passion. Shall I call in Nihal to prove it? Mita, perhaps?"

"No, damn you! It—it was only because I was having a nightmare. Purely by reflex."

Pagan's eyes glittered in the darkness. "Was it, Cinnamon?" he asked, in a velvet voice that spelled surest danger.

"Of course," Barrett snapped. "Yours was simply the first name I could think of. Probably it was the *only* name I could think of," she added bitterly.

With a growl, Pagan twisted, driving her down beneath him onto the cot until every granite ridge of bone and muscle dug into her struggling body. "I don't believe that for a second, Cinnamon. What's more, neither do you," he added fiercely.

His breath came hard and heavy with the need to press her back, to feel her softness spread and filled by his man's heat.

His jaw clenched as he tasted the raw hunger, knowing she was *his* now, that she would not fight him in this nether state between sleep and waking.

In seconds she would be twisting and hungry, her sleek velvet bared to his fingers, her urgent cries rising wanton around them.

Suddenly the jungle sounds, the din of birdsong and insect melted away until the only sound he heard was the thunder of his own heart.

And of hers in wild, staccato answer.

God, how I want you, Angrezi. *With nothing but hot skin between us, while you drown in need. With your hands buried in my hair, wild and endlessly hungry. With my name trembling on your lips when I push you over the edge to paradise.*

With a start, Pagan caught himself, realizing how very close he had come to uttering those dangerous words, words which would give her endless power over him.

With a low curse he jerked to his feet and pounded across the tent to his cot. Damn the temptress anyway! Bedding her would prove nothing, except perhaps that he had become no better than the jackals that howled in the night, the monkeys that rutted and shrieked in the temple ruins.

And Deveril Pagan had come too far to throw everything away for a few hours of furtive pleasure with a silk-skinned siren trained by a blackguard named James Ruxley.

Whether she *remembered* those lessons or not.

"You've had your fun, *Angrezi*. Now go to sleep." After positioning the rifle within close reach, Pagan flung his broad body down on the cot and eased his arms beneath his head.

The twill strained and protested beneath his weight. Wood creaked; metal hinges clicked and rasped.

White-faced, Barrett heard each movement, each separate sound. And all she could think of was how good it had felt to pillow that great body, to feel each corded, straining muscle anchor her to her cot.

Dear God, what was happening to her? Could she possibly be *regretting* that he had gone to his own bed?

She frowned into the darkness, her thoughts in turmoil. There were so many things about this man that were not as they appeared, she realized now. He hounded her mercilessly one minute, then saved her from the results of her own rashness the next.

He was a brute, all arrogant, insufferable suzerain.

And a moment later he stunned her with his consideration and sure insights.

Though she hated to admit it, she knew he could have had her, could have bent her to his will only seconds before, either by force or by the dark, potent skill of his mastering fingers.

And yet he had done neither of those things.

For in his own way, she realized, Deveril Pagan was a man of honor. The thought stunned her. All unbidden, a strange lightness attacked her chest and her breath came fast and shallow. An odd warmth began to curl through her limbs.

"Pagan?"

"Go to sleep," the man on the far side of the tent said tautly.

"It—it was cold. S-so cold. In the dream I saw a skull—*your* skull. And inside it shone a stone so bright and red that it blinded me. But somehow it seemed cold, unbearably cold, its beauty a thing of perfect evil." She caught a jerky breath. "Am—am I going mad?"

Pagan frowned. So she did know something of the ruby. How much other information did she possess, locked away amid the shredded remains of her memory? Something that he could use against Ruxley perhaps?

He pushed away the thought. "Forget it. It was just a dream," he muttered, still chilled by a premonition of danger at her words. Scowling, he shifted on the narrow cot, trying to ignore the straining line of muscle that throbbed at his thigh.

Trying to forget how soft she had felt beneath him.

Trying to forget how much he wanted her still.

And as he struggled to find some elusive position of comfort, Pagan realized it was going to be a damnably long time until morning.

"It—it was the ruby, wasn't it? The gem you call the Eye of Shiva."

In the darkness Pagan's face turned hard. "Don't be so bloody fanciful. It was just a dream, I told you." Pagan only wished he could believe it himself.

For a long time all was quiet, the jungle sounds rising wild and restless around them in the steamy night.

And then there came a faint rustling at Barrett's side of the tent. "P-Pagan?"

"Go to sleep, damn it!"

Her small chin rose in defiant determination. "I—I do remember. Calling your name, I mean."

The Englishman sighed and found himself wishing that for once she weren't so bloody honest. All this remembering was only making him grow harder. With a low, noncommittal grunt he turned on his cot, hoping it would lessen the torment at his groin.

It didn't. He had known it wouldn't.

Yes, it was going to be a *very* long time till morning.

"There's—there's just one more thing."

Pagan smothered a very crude curse. "What *now*, woman?"

"I just want you to know that—that I did need you. You were right about that too." In the darkness Barrett silently brushed away a tear. She had to tell him this, for something told her she was nothing if not honest. Scrupulously so. Somewhere deep in her being she remembered that honesty had been one of the mainstays of her life. "Even in my dream I knew you would come, you see."

Pagan caught his breath at her low, breathless declaration. He frowned, stunned at her admission. For a moment he wished it were a trick. Yes, it would have been infinitely easier to bear had the confession been no more than a trick.

But every male instinct told him that this was no trick and that she was perfectly sincere.

"I'm . . . glad to hear it, Cinnamon," he said finally, his voice unaccountably gruff. "Now will you please go to bloody sleep?"

He stood by the pool, eyes narrowed, ears attuned to the restless flow of the jungle around him.

He picked out the low snuffling of a night-hunting sloth bear and the quick, dry panting of a jackal. Somewhere to the right came the sharp yelp of a spotted deer. Then the man by the pool stiffened as he caught the low murmurs of two sentinels, posted just beyond the bamboo thicket to his left.

Ah, so that's where Pagan had them posted. A good location, except that the pair were too busy talking to pay any attention to the sounds around them.

Best of all, they were nervous. He could hear it in the bravado of their boasting.

Their nervousness made him smile thinly.

Only three more days till they reached the first of Windhaven's far-flung hills. For a moment his face was very hard in the darkness.

Almost as hard as the lines of the ruby that haunted his dreams.

But many things could happen in three days, his gray eyes promised, expertly searching the night. And very soon this worthless pair of Tamil guards would be far more nervous than they were right now.

A moment later, skirting the panting jackal, sidestepping the useless pair of guards by mere inches, he melted back into the jungle.

As night closed around him, not one of the creatures nearby had even guessed at his phantom presence.

29

The air pressed down, thick and heavy though it was not yet dawn. Grimly Pagan dragged his razor across his chin, scraping away a thick black line of stubble and then rinsing the blade in a basin at his elbow. Even when he wore a beard for a disguise, beneath he preferred to be clean shaven.

Tugging off his eye patch, he scowled into the mirror propped on a nearby boulder, assessing the dark rings beneath his eyes, the gauntness in his cheeks, the slight pallor left from his last bout with malaria.

The last few sleepless nights certainly hadn't helped.

Something continued to bother him, and it wasn't the gutted carcass of the sambhur buck Nihal had discovered.

It wasn't the two sentinels he'd discovered asleep at their post. It wasn't even the fragment of a boot heel he'd found in the scattered leaves at the side of the trail, though that worried him more than a little.

No, it was something else, something he couldn't quite seem to put his finger on.

Smothering a curse, he gave up trying and attacked the soapy line of unshaved skin at his jaw instead.

Behind him a twig snapped. Instantly he dropped the blade and lunged for his rifle. When he swung about, the muzzle was already leveled.

Barrett stood frozen in the middle of the dirt path, white-faced, her fingers clenched at her sides.

"Damn it, woman, when are you going to learn there are some things you just don't do in the jungle?"

Though her breath was coming fast and jerky, she scowled back at him. "When you tell me what they are, I imagine. I

have no way of knowing your precious rules without—"
Abruptly she stopped.

Her teal eyes darted downward, then jerked back to his
face.

Her features blazed crimson. "But you—you're—"

A smile crept over Pagan's lips. Whatever she saw served
the bloody female right.

"You're—you're not dressed!" she sputtered.

One sable brow crooked. "Any reason why I should be,
Angrezi? A man goes into the jungle looking for a little peace
and quiet, not expecting a female to come creeping out after
him."

"I—I was not creeping." The crimson streaks on Barrett's
cheeks grew brighter. "I do *not* creep."

Pagan eyes narrowed. He found himself wondering what it
would feel like to kiss those hot streaks of color, to feel the
heat of her desire bloom beneath his lips.

Instantly he felt the muscles at his groin tighten and swell.
Too late he remembered his state of undress, which would
render his state of arousal blatantly obvious.

His lips compressed, he spun about and grabbed for the
printed length of native cotton slung on a nearby bush.

But he wasn't quite fast enough to conceal the effect of
that one idle speculation.

And despite all her determination, Barrett's eyes had
dropped, wide and mesmerized, to the naked expanse of Pagan's bronzed chest and from there to the rampant blade of
muscle that swelled beneath her gaze and surged hotly at his
thigh.

Dear God, the man was—was huge! All rippling bronze
muscle and springy black hair. Hair that nestled perfectly
around the part of him that—

She caught back a breathless moan. No lady would think
about such things, of course.

But then probably no lady had ever found herself in such
an intolerable predicament with a man like Pagan, she told
herself wildly.

His eyes dark with fury, Pagan jerked the printed cloth around his lean hips and knotted it tightly.

Damn the woman anyway! How did she manage to make him feel so bloody out of control, like a randy youth caught in some furtive depravity? "I'm beginning to think stealth is second nature to you. Don't you realize I could have shot you?"

So they were back to that, were they? Barrett squared her shoulders angrily, refusing to be baited. "Actually, the thought never crossed my mind, Mr. Pagan. But then I had no reason to think of it. I've never spent time with anyone who would fire a few cartridges first and ask questions later."

Pagan's eyes bored into her face. "You better be damned glad I *am* that sort, *Angrezi*. If I weren't, you wouldn't have a snowball's chance in hell of making it out of this jungle alive."

The cold certainty in his eyes left Barrett no doubt that he was telling the truth, but pride made her raise her chin. Only with a great effort did she manage to keep her eyes from the bronze expanse of muscle bunching and rippling across his chest. "Since when has privacy become so important to you? As I recall, you have invaded my own often enough."

Scowling, Pagan slanted the rifle against a boulder and then leaned back, studying her through hooded eyes. "You *have* no privacy, Cinnamon. Not here on my land. Not with Ruxley's men at our heels. No, here you have only what I choose to accord you and nothing else."

He watched her eyes flare azure at his words. Shock and something else swirled through their dark depths.

What else, Angrezi? Is it cunning? Calculation? Or is it something far more primal? Something like what I'm feeling right now?

Damn it, he wasn't about to ask her.

Instead, fighting down his churning hunger, Pagan grabbed his towel and swept his jaw clean of the last lingering traces of soap, then slung the towel over his shoulder. His last task was to slip his black eyepatch back in place. "Now what was so important that you had to charge off into the jungle without an escort? In express defiance of my orders, of course. Not that a little thing like *that* would bother you."

Her eyes wide, Barrett stared at the towel slung so casually over his left shoulder. Mesmerized, she studied the line of pale cloth so different from the dark, heated bronze of Pagan's skin.

Skin that would flex smoothly, warm and alive beneath her fingers.

Pagan lounged back lazily, his eyes never leaving hers, simply waiting.

Barrett's breath caught as she realized where she was and exactly what she was doing. Dear God, the man truly was a pagan, she thought wildly. Worse yet, when she was with him he made *her* feel like a pagan, too!

"I simply wanted to know how far it is to our destination," she muttered with clenched teeth. "To this place you call Windhaven. Nihal will tell me nothing, and Mita very little more."

"Does it matter, *Angrezi*? Surely you haven't tired of my company already?"

"I should have known better than to expect even common civility from you. Vile, intolerable man! You can take yourself straight off to the devil!"

"Ah, but there I've already been, Cinnamon. It's far more interesting to be here with you, dreaming up an infinity of sins."

His eyes followed the breeches that hugged every curve of her bottom, every inch of her slim belly. The pain at his groin grew worse every second, but Pagan couldn't look away, for to look away would have hurt most of all.

With a defiant little sniff Barrett straightened her shoulders, resisting an urge to twitch her collar closed, to deny him any trace of bare skin.

Somehow she knew it wouldn't matter. She would still feel his gaze like a palpable thing, hot and heavy wherever it touched her.

But she didn't back down, not by so much as a muscle,

even though her cheeks were the color of ripe strawberries. Not even when his gaze raked her heaving chest and the dusky crowns that pebbled in arousal.

Her hands tightened to fists. "It was vain to hope for your civility, I can see that now."

With an angry snort, she tossed back her shimmering hair, which glowed in a fiery halo beneath the pink and lavender rays of dawn.

Her boots drumming, she stalked back up the dirt trail to camp.

You've got style, Cinnamon, I'll grant you that, Pagan thought, his eyes following her retreat.

Then his face hardened. It was going to take something more substantial than style to get them through the headlands, where the great waterfalls plunged two hundred feet unimpeded to the granite boulders of the plains below.

Where the temperature dropped thirty degrees only minutes after sunset.

Where leopards ranged freely by night, and hunting parties would be nearly impossible to spot in the cliffs above.

Yes, Cinnamon, up there you'd better pray I'm just *the sort who fires first and asks my questions later,* Pagan thought grimly.

They walked all through the morning. Frowning, Barrett studied the scattered green thickets and boulder-strewn washes rising upward at a gradual slant. Higher up lay trees and more trees, and beyond that the jungle faded into a white, shimmering haze.

In growing weariness she listened to the bearers' quiet songs, to the slap of bare feet on the arid earth, to their grunts when they shouldered their burdens up an incline.

And after a while even those sounds seemed to slip away, the world growing bright and very silent. Her body felt strangely light, as if she were floating rather than walking.

Rather a pleasant sort of feeling, she decided.

The funny thing was that she couldn't quite find her feet.

*   *   *

Several yards back, Pagan squatted by a giant banyan tree, pointing out a pattern of marks in the white dust.

Beside him Nihal frowned. "It is surely a party, as the Tiger says. Five or six men, I am numbering them. From the uplands, perhaps?" His chocolate eyes studied Pagan. "But who? And for what purpose?"

Pagan frowned, studying the trampled prints. He was lucky to have found them at all, for the trail had been swept clean everywhere else but here.

Now he knew two things. There were five of them. And their mission was not an innocent one, or they would not have gone to so much trouble to conceal it.

Rising to his feet, he slung his rifle over his shoulder and studied the rocky hills rising in the distance. Somewhere three days hence rose the first real mountains, and beyond them lay the rich green slopes of Windhaven.

"The two guards by the pool fell asleep last night, Nihal. I had to wake them twice. Tell the men that if there are any more such lapses they will all be fined two months' wages. If it happens a third time, the penalty will be six."

The slim servant bowed silently, hiding his surprise.

It was a very great amount, Pagan knew. The bearers would be very angry.

But it was necessary, if they were to make it out of the jungle alive.

He scowled as he watched Nihal's retreating back, considering the one other piece of information he had kept from his headman.

This morning by the pool he had found another print.

It was the mark of a boot. An English boot, judging by its size and cut.

One of Ruxley's hired mercenaries? Or just an independent, out to find the Shiva's Eye for himself?

Impossible to say. But tonight he would be watching the trail himself, Pagan decided. He would camp high overhead in the shielding branches of a tree.

And when the bastard came past, he would be waiting. Frowning, he turned, watching the bearers pick their way over the rocky ground. As always his gaze was pulled to a burnished mane that flashed with all the heat of the sun. She ought to have braided it, he thought irritatedly. If it caught in the underbrush it would only slow them down.

With a graceful gesture he watched her sweep her hair from her shoulder, swaying slightly as she moved.

Pagan's fingers tightened and he heard a sharp snap. Looking down, he saw the casuarina branch in his fingers break beneath the force of his grip.

Smothering a curse, he tossed the pulped wood down, watching dust rise like fine ash where it fell.

Inexorably his gaze returned to the woman on the trail. She stumbled, then began to walk into the jungle.

Scowling, Pagan saw the bearers move ahead, leaving more and more distance between her and them.

Where was Nihal? he wondered angrily. And where were the two armed bearers who were supposed to be always at her back?

But the path behind her was empty except for a wary hare and a pair of screeching, orange-tipped mynahs.

From the vantage of the higher ground Pagan could make out signs of recent digging at the next turn in the trail. Just beyond, he noticed a mound of carefully heaped leaves.

A curse ripped from his throat.

The next moment he was plunging down the hill, shouting a string of orders to the laggard bearers.

He reached her side mere inches from the mound. His eyes hard with tension, he jerked her back onto the trail and forced her face up to his.

Her teal eyes met him, glazed and unfocused. She blinked, muttering a dry croak that sounded remotely like his name.

Relief coursed through Pagan, and in its wake came anger. "What were you trying to do, get yourself killed?" His voice was low, harsh with the knowledge of how close she had come to dying.

Slowly Barrett's eyes focused on Pagan's granite face. "I . . . I was simply following orders." One white hand rose in a slow, mocking salute. "Aye, aye, Admiral. No delays here, sir." As she spoke she swayed slightly, stumbling back against him.

Pagan muttered a dark and very graphic curse. "You were also three feet off the trail when I got you, woman! Or hadn't you bloody noticed?"

"Im-impossible," she murmured.

Scowling, Pagan tugged her back across the trail to the spot where he had found her. With one arm clenched about her waist, he dragged a log from the ground and tossed it toward the scrubby patch of leaves.

There was a hiss, followed by the rush of falling leaves. A moment later the greenery caved in completely, and a black pit gaped before them.

The sight cleared Barrett's haze. "W-what is *that?*"

"A boar pit. An old native hunting practice. Only this one was a little better concealed than most." Grimly Pagan stared down at the nine-foot recess where spiked lengths of bamboo rose up at two-foot intervals. The points were sharp and newly honed, he saw. Somehow that did not surprise him as much as it should have.

What Pagan didn't tell Barrett was that he was nearly certain this pit was dug not with boars in mind, but humans.

More of Ruxley's work? Or was it simply native hatred finding a covert vent?

Barrett studied the lethal rows of bladed bamboo, realizing how narrowly she had escaped death. She shivered, imagining the razored points plunging into her body. "Dear God in heaven. You—you saved my life." Sheet-white, her face rose to his. "And from such a death—" She halted as a shudder ripped through her.

Pagan fought down a wild urge to crush her to him and stroke the warmth back into her cheeks, to tongue the haze of unshed tears from her haunted eyes.

But right now there was no time for anything but moving on. He calculated that they had only three hours of daylight left and he wanted them in a safe spot when they camped tonight. He knew just the place, in fact, but it would require a sharp pace if they were to get there before darkness.

His eyes pored over Barrett's face. "We've got a way to go before we can camp, Cinnamon. It would be very dangerous to stop here."

For a moment he considered telling her his suspicions, but decided against it. No female of his acquaintance could be counted on to take news like that well, and he couldn't risk a scene that might frighten off his already anxious bearers.

The headless jackals spiked beside the trail this morning had nearly accomplished that.

"Can you manage it? If we rest here for fifteen minutes first?" His voice was low. "I'm bloody sorry, *Angrezi*, but . . ."

Barrett blinked at the urgency in his voice, hearing for the first time the worry he tried to conceal. Her lips curved in a rather unsteady smile as she realized this was the first time he had ever asked—rather than ordered—her to do anything.

She offered him a wobbly salute. "Aye, aye, Admiral. Lead and I shall follow."

Pagan came very close to smiling. Even with her hair full of twigs and stray leaves, she was still the most beautiful woman he had ever seen, a perfect vision of fire and loveliness. "I mean to hold you to that promise, sailor," he said huskily, smoothing a twig from her hair.

A vein beat at Barrett's temple. A strange, wild drumming filled her ears.

She gave him her best, blinding smile.

Then she slowly collapsed in his arms.

Fifteen minutes later, against all better judgment, Pagan ordered camp made for the night.

30

❀

Barrett shifted restlessly and opened her eyes to purple shadows. She blinked, confused at first, trying to make out where she was. She turned her head slowly and her breath caught.

Across the narrow tent, working in the golden glow of a flickering palm-oil lantern, sat Pagan, his broad, strong hands moving over a set of papers, busy with some sort of calculations.

Barrett frowned, feeling her heart trip wildly in her chest. There was something about him, something she ought to know but never could quite pin down.

Was it something to do with her past? Or was it simply a premonition about the future?

If they *had* a future, she thought grimly.

She had not missed the bearers' growing tension nor Nihal's tight-lipped urgency as they made camp. And unless she had miscalculated, there were two less bearers on the trail today.

All of which added up to trouble—with more trouble yet to come.

Her eyes sought out the man who worked in silence, his face a shifting play of bronze and black in the lamplight. A dark comma of hair fell forward over his brow, feathering across his black patch, and he brushed it back impatiently.

It was a hard face, Barrett thought, and a remarkably handsome face. It was also a face that revealed nothing, its secrets buried deep. Even the silver scar twisting over his cheekbone seemed to mock her with its mysteries.

Her eyes narrowed as she realized he was once again wearing English dress. What did it mean?

But her thoughts soon turned to other considerations as she realized he did not know she was awake. Bold in the knowledge that she was unobserved, Barrett gave free rein to her curiosity, studying the broad shoulders encased in a crisp white shirt and the hair-dusted chest beneath. His cuffs were rolled back to reveal muscled forearms, the one on his right marked by long jagged welts.

As she studied the long, powerful fingers which eased open a scrolled map, she felt her heart skip a beat.

It was madness. It was folly, pure and incalculable.

But it was true, and she was far too honest to deny it.

She loved this man, this hard-faced adventurer who tormented her cruelly and who had thrice saved her life.

A man who gave no hint of feeling anything for her beyond raw male lust.

Barrett felt her face flame at the discovery, feeling vulnerable, trapped, like a bird caught on the ground with a broken wing.

Love? What did she know of love? Even her own name was denied to her, along with the details of her past. How, in the midst of that dark, empty universe could she possibly summon up an all-encompassing emotion like love?

But like the miracle it was, love unfolded, plunging deep roots into the barren, rocky soil of her being and casting its brilliant buds up to flower in the warmth of hope. Trembling, she felt its green leaves unfurl, felt its soft, trembling petals unfold in lush silence, casting their perfume into her very soul.

Her fingers tightened convulsively on the wooden rim of her cot. A hot tear trailed down her cheek as the full import of her discovery washed over her.

Longing welled up in her. She knew a raw need to feel those strong, scarred hands tangled in her hair as his lips melted into hers, drinking every cry. To feel his hard body crushed to hers, just as they had been that night on the beach beneath the dark canopy of heaven while the fish had sung to her of their magic.

Barrett heard that strange lilting song again now, pouring through her veins, flooding out from her heart in a rich, cascading torrent. Every note and beat held a different memory, a different emotion. Put together they formed a dense, wild harmony, like her feelings for this strange, brooding man.

Love? If so then it was not by her choice, and ran against all reason.

But it was also real and undeniable.

Who was she to give her heart, she who had no past and little more of a future? And why to *this* man, who was as hard and impenetrable as the jungle itself?

She frowned, searching for answers and finding none. Instead she found a thousand memories: Pagan hauling her to safety from the edge of the boar pit; Pagan, his face bloody and calm as he taunted Ruxley's men so he could draw their attention away from her; Pagan guiding her ear to the branch slanting into the black waters of the lagoon, while rippling notes of magic danced around them.

And always, in back of those images there drifted something else, an unexplained lightness, a warmth of familiarity that she could never quite trace to its source.

Memory? Or simply the self-delusion of a desperate mind?

She sighed, her head beginning to ache just as it had on the trail.

At the desk, the tall Englishman released his map, letting the scroll ends snap together. Barrett watched him frown, his eyes narrowing on the curved hilt of a native dagger lying at the edge of his camp desk.

Her lashes drifted down. She feigned sleep as Pagan muttered something beneath his breath, his face hard. For long moments he watched the lamplight play off the dagger's jeweled hilt.

Suddenly he looked up. Without warning his dark eyes swept over her.

So intense, so piercing was his gaze that Barrett was certain he must have penetrated her masquerade. But no word left his lips, which flattened to a thin, bitter line.

And this time she read the darkness in his face, the unmistakable hardness at his jaw. Regret she saw written there, along with the weight of harsh and terrible memories. All that she saw, raw and dark on his face now that he felt unobserved, and the naked force of his pain reached out to grip her heart like a vise.

His hands shifted, tightening on the dagger. A muscle flashed at his jaw.

Strangely enough, it was Barrett who first noticed the line of crimson drops trailing down his fingers and pooling up over the map.

Her breath caught sharply and her eyes flashed open. She jerked upright, her eyes huge and luminous. "You—you've cut yourself!"

As if in a dream their eyes met, onyx probing haunted teal. Barrett felt her breath squeezed from her lungs as his gaze pored over her, dark and hungry.

A shudder seemed to work through him.

He frowned, looking down at the red drops welling up over his desk. Slowly he released the dagger and opened his hand, staring silently at the gash crossing the base of his thumb. For a moment his lips twisted at some dark, private thought. Then the curtain fell over his features once more.

His expression unchanged, he drew a handkerchief from his pocket and wrapped it around the wound. Then he looked up at Barrett.

The look that passed between them then was electric, tangible, dark with churning emotions. Desire was there, along with wariness, urgency, and regret.

But greatest of all was need, a need so palpable that it throbbed and pulsed with a life of its own.

Wide-eyed, Barrett met that piercing gaze. Vulnerable in the wake of her recent discovery, she felt her body tingle and stir with a strange restlessness. It was only because of the danger they had shared, she told herself.

Liar, a soft voice whispered. *It is far more than that.*

Dry-mouthed, light-headed, she faced Pagan, unable to move, barely able to breathe. In the hot still air of the tent the seconds squeezed past like hours while Barrett's heart thundered in her ears.

Impossible, she tried to tell herself. *This cannot be happening!*

But the languor that stole through her limbs argued otherwise, as did the dizziness that bubbled through her blood.

She was frozen with the force of his need, and her knowledge that she would be unable to fight it. The thought kindled chill sparks of fear, but even that was not enough to shake her free of the mesmerizing force of his eyes.

In raw, tense silence Pagan pushed slowly to his feet. As he moved toward her his massive body blocked the lamp, casting the tent into darkness.

She shivered, feeling a premonition of danger.

When his fingers traced her brow, light as a bird's wing, heavy as the weight of the ocean, Barrett was still shivering.

"Better, *Angrezi*?"

She could not have spoken if she had to, not with his warm, hair dusted chest only inches away, not with his taut thigh close enough to touch. His force was palpable, all the hard, sculpted planes of his face thrown into dark, chiseled beauty.

His fingers slid over her cheek and Barrett closed her eyes, feeling ecstasy pour through her, shard-sharp.

Dear God, what was happening to her?

"Why didn't you tell me you were so weak?"

She swallowed, forcing her swirling world to rights. "I—I would have managed."

"Managed? You were nearly dead on your feet, woman. When did you mean to ask for help?"

Her eyes flashed open. "Never, most likely." Even in that faint voice there was stubbornness and implacability.

"Stubborn woman." Pagan's voice was low and harsh. His fingers brushed a stray strand from her cheek, then slid deep into the warm curve of her neck.

Her response was immediate and totally instinctive. She shuddered, feeling her heart slam against her ribs, the fire of his touch lurching all the way to her toes.

She barely managed to catch back a moan as his other hand cupped her shoulder.

"What is it?" Pagan bent close, his fingers sinking deep into her hair.

She blinked, her eyes dim and unfocused. Somehow Pagan couldn't tear his gaze from those haunted eyes. Uncertainty and something else marred their liquid depths, and he was stunned to realize that other thing was passion.

She was still sitting, rigid, when he eased down beside her and drew her against his chest. He searched her face, and then somehow his eyes dropped to her mouth. Mesmerized, her own eyes fell, tracing the hard, sensual flare of his lower lip.

Heat coursed through Pagan's body, pooling thickly in his groin.

He caught her to him, forcing her face up to his. His thumb traced the curve of her lip. "That was a bloody stupid thing to do on the trail. When are you going to stop fighting me and accept a little advice?"

"Ad-advice? A royal command, at the very least." But the protest was watery and faint.

"Perhaps I *was* a touch high-handed," Pagan conceded, offering her the ghost of a smile.

"Arrogant. In-insulting." Her voice wavered. "Completely impossible." Abruptly her eyes darkened, strangely uncertain. "I—I would have died if you hadn't come, wouldn't I?"

Silence. Then a muscle flashed at Pagan's jaw.

It was all the answer she needed.

"It—it seems I owe you my life. The third time, I make it now. Strange, you hardly seem cut out for the role of guardian angel."

Pagan's eyes narrowed. "There are many things you don't know about me, *Angrezi*." His voice flowed over her like a dark, midnight tide. "But now at least I'll have time to teach you. And I don't mean to let you out of my clutches. Not for a long, long time."

Sometime in the long seconds his touch changed, slower, richer.

Hot, endlessly hot.

"I suppose . . . I suppose you mean to frighten me," she said huskily.

"Doesn't it?" His fingers traced slow, heated circles against her hair.

Barrett felt her bones turning to mush. "No. No, I don't believe it does."

"Ah, but it should, Cinnamon." His voice was velvet over small, rough stones. "It should terrify you."

Barrett shivered as his fingers found the knot of tense muscles beneath her ear and kneaded them gently, expertly.

With the skills he had learned from a thousand women in a thousand, heated bouts of love, she thought dimly. No, he was not jesting when he warned her of her danger. "And what exactly should I fear, Tiger-*sahib*? That you will beat me cruelly?" Driven by some inexplicable recklessness, she let her eyes fall to his mouth. "That you will offer me unimaginable torment? That you will break me to your will?"

"Far worse, *Angrezi*. I will fire your blood until you moan my name and forget everything but how good it feels between us. For I mean to learn every hot, sweet inch of you, and when I'm done I'll learn you again, with tongue and teeth." His eyes bored deep inside her, hard with savage hunger. "I mean to have you, Cinnamon. In every way a man can have a woman. Until you wear my scent on your skin, my teeth marks on your velvet thighs. Until dreams of my body haunt your every hour of sleep and torment your days."

Barrett's breath caught. The air around them seemed to shimmer, charged with tension. *You already have me,* she wanted to answer. *You already have stolen my peace of mind, invaded my days and nights.*

Only her pride kept her silent.

His rough thumb traced her lower lip. "You know, don't you? You can feel already how it will be between us."

Barrett swallowed. The steel of his rampant sex grazed her hip. Her breath caught, and madness coursed through her.

For it *was* madness. Total madness.

The jungle coiled and pressed around them, deadly as krait and cobra. How could she think of anything but survival at such a time?

But maybe this *was* part of surviving. Maybe she would only feel alive when she was caught tightly in Pagan's arms.

Had she been a different woman—a woman less proud or more experienced—Barrett would have said as much. But she could not.

Seized with panic, she caught a jerky breath, feeling heat flood her cheeks.

She closed her eyes, bewildered, unable to face his probing stare. She was only Ruxley's latest scheme, after all. How could Pagan think her anything else?

With her eyes shut, she did not see the wild hope that flared in Pagan's face.

His fingers slipped from her hair and she shivered at the pain of his withdrawal. *Better this way, fool,* she tried to tell herself. *Far better. The man, like Caro's Byron, is "mad, bad, and dangerous."*

Let it go.

"Dear God, Cinnamon."

When the first gentle brush of air met her neck, she barely noticed, too caught up in her own efforts at control. Only when the current swept her bared chest did she stiffen.

Pagan's lips traced the curve of her ear. Her eyes flashed open. She saw Pagan's long fingers at the collar of her shirt. Her breath caught as she watched those fingers slip down, slowly, reverently, peeling back white cloth to bare the blushing swell of breast and rosy nipple beneath.

She heard Pagan groan deep in his throat. His strong fingers rose, spanning her fullness, claiming the peaked bud at her center.

Barrett shuddered as he found the proud thrust of her nipple and eased his fingers around her. Heat flared as she watched his dark hands play over her white skin.

She had to stop him, stop this. It was wrong to feel so wild, so reckless. To be so lost to everything but his touch.

She opened her mouth to tell him so, to make him stop, but all that emerged was a long, heated sigh as his other hand rose, easing off her shirt and then claiming her other breast.

A strange humming rose in her ears. She shifted restlessly, an alien tension coiling through her limbs.

"You are fire itself, *Angrezi*," he whispered. "Can you feel how perfectly you fill my hands?" He palmed her rich curves, idling over her in rhythmic circles until she shivered and arched back against him. "And now you feel what it is to burn—just as you make my own blood burn."

"Pagan." It was the only word left to her, the only thing that made any sense in the trackless storm of sensation where she pitched and swayed. "What—what madness is this?"

"Hush and I'll tell you, beauty. With many words and in many tongues. But none will be half so beautiful as you are." He shifted and slanted a hot trail of kisses down her neck.

Her head fell back. Without thought she opened herself to him, her tawny hair spilling over his chest.

In raw, dark words he spoke her beauty, in strange phrases that Barrett understood nothing of. But she felt every beat of magic, every hot nuance of feeling. And when at last his mouth slid over her swollen, aching crest, she moaned, wild with need.

"Yes, little falcon, feel my heat. Feel my fire in your blood."

Time wrenched to a frozen, breathless halt.

In dark compulsion Barrett's eyes opened. She watched, spellbound, as Pagan's tongue circled one dusky, swollen bud. Dark and feral, his eyes found hers. He watched her as he took her into his mouth, suckling fiercely.

"N-no, Pagan. You must not—I cannot—" Her breath caught in a moan. "S-stop!"

He studied her furled beauty in brooding wonder. "Stop,"

he repeated, mouth to her aching skin. "Of course. Must stop . . . will stop . . . God, how responsive you are!"

And then his tongue began to move anew, tracing slow, tormenting circles on her urgent skin. Seconds later his hard lips followed.

She was lost.

She heard him groan, but dim, so dim it was. Untried muscles flared to life, demanding things she still did not understand. Blindly she caught his shoulders, seeking his strength as the world fell away around her, his name a choked cry upon her lips.

For a moment there was fear as his hands found her woman's heat. Gently, skillfully he bared her, cherished her. *Claimed* her.

"Gentle, little flower." His voice was hoarse. "Ah, God, how soft, how sweet. Here—do you feel it? Here. Does this please you?"

Her only answer was a raw moan. She dug her nails into Pagan's back as he coaxed an entry deeper, ever deeper.

Until she felt her body shimmer and melt, felt magic spill over her in wild, liquid tremors.

But it was not enough.

His mouth moved against her and the next instant he parted her to his hot quest.

"P-Pagan!"

He shifted, his breath a gossamer torment. "Yes, that way, little flower. Tremble for me. Bud for me. Dear God, *need me.* Let me show you all the faces of your desire."

And then his lips sealed around her wet, and gentle and blindingly sweet.

Barrett stiffened. In raw, soundless fury desire exploded through her, ripping past every barrier of sense and fear. With a choked cry she fell, shivering as pleasure plunged through her in wild, drugging waves.

On and on it went. On and on he swept her, stunned and blind with wonder, afloat in silver seas.

And when Barrett's inchoate hope and longing swirled together, finding form in sound, the sound was *his* name. She

whispered it long and wildly—and was still whispering it
when her body finally shattered into a thousand, glittering
pieces.

31

❈

She felt her body re-form. In slow, shuddering silence light
slipped away and matter returned.

Finally her breath grew still. Barrett felt reason reclaim
her, and with it came shamed awareness.

Dear God, what had happened to her? How could this
man make her feel such things?

Her eyes squeezed shut and she turned her head away,
horrified at the thought of what she had become.

And then she felt Pagan's lips nuzzle her neck. She stiffened, her eyes flashing open.

His gaze was locked upon her—hard, predatory, piercing.
Entirely possessive.

Heat washed over her neck and face, heat that grew with
every second of his potent stare. Dear God, what had she
done?

With a little sob, she struggled back, shoving vainly at his
chest, trying to fight to her feet.

His fingers closed over her bare shoulders. "Don't turn
spinsterish on me now, little flower."

Barrett couldn't speak, her eyes locked shut.

"Look at me, *Angrezi*. I never believed you to be one for
cowardice."

At that her eyes jerked open, just as Pagan had known
they would. Still stunned at the lush honesty of her response,
at the richness of her passionate abandon, he fought down

his own savage need, knowing how important the next moments would be.

Already he could see denial darkening her eyes, closing her off from him. And that Pagan would never allow, not when he had finally discovered how wildly passionate she was.

And Deveril Pagan, half-heathen, confirmed cynic, and total sensualist, refused to see such fire and beauty locked away and wasted.

His thumb brushed her cheek. "Better, Cinnamon. You need not hide anything from me, you know. I may not be a patient man but I am an experienced one. I have seen things you cannot begin to imagine—nor would I wish you to. But believe this: nothing you could say or do would ever shock or offend me. Nor should it shock or offend you." His fingers rose to anchor her cheeks. "Do you understand me, falcon? You are in the East now. It is time to accept the ways of the East."

Barrett shivered, falling prey to his dark power just as she had before, almost able to believe that something so raw and shocking could be totally natural and acceptable. Dear God, she wished it were so, for already she craved his touch again.

But reason bound her, reason and hard principles learned young.

So she caught a breath and tried to pull free, only to feel his fingers grip her fiercely.

"No, *Angrezi*—not until we talk as we could not talk the last time."

She stiffened, knowing she could not escape, not until he chose to allow it. "Very well," she said, her voice low, husky still.

Pagan pulled back fractionally, drawing her against his chest while he shifted on the cot, trying to ease the hot pressure at his groin.

But he knew that his fire would find only one release, and that was when he was sheathed deep in her satin heat, listening to her soft, passionate cries as ecstasy broke over them.

He smothered a curse, pushing away the image. "You are

very passionate, falcon. It is truly rare. You have had no other taste of such pleasures?"

Her cheeks flamed. "I—I don't—that is, surely I would remember if—" More fire spilled over her cheeks. Dear God, how could she sit cradled against him, calmly discussing such forbidden things?

At her artless confession, raw triumph coursed through Pagan. He realized how very much he wanted that, wanted to be her first lover, her best lover.

Sweet Lord, her last and only lover!

But that was impossible, as well he knew. That knowledge made Pagan's eyes harden, searching her face. At least he could give her this much. "Savor your passion, *Angrezi*. Guard it carefully." His fingers tightened on her flushed cheeks. "Your body is exquisite, made for giving pleasure— to you and to any man who has the vast good fortune to be your lover. Rejoice in that gift, little one. It is not found often," he added bitterly.

But you are the only lover I want. Yours are the only hands and lips I seek. The words burned through Barrett's mind with horrifying clarity.

She lowered her head, her hair falling in a bright curtain around her face. She could not let him see her pain, her vulnerability while he remained so controlled and cynical.

At her movement, Pagan's eyes narrowed. Behind them the lantern flickered, casting a bar of shadow over her hair and face.

His breath caught. Lips clenched, he stared at the dim line of chiseled nose and chin, the rich curtain of her hair.

Suddenly something sweet and warm invaded his blood, something that felt dangerously close to trust and hope. Without warning he began to dream, dreams that he never should have dreamed.

"Meri jaan."

"Why—why do you call me that?"

"Just—just a phrase, Empress."

In spite of his light tone, Pagan was churning inside, taut with desire and emotions more dangerous still.

Suddenly he wondered if he should tell her about London. After all, it was her right to know, her past in question. He scowled, searching for the best way to begin. "Have you any memories of London, *Angrezi*? Gaslit streets, horses passing. Snow, perhaps?"

Barrett caught her lip, frowning. She tried to remember, tried to probe the blank walls around her mind. But like all the other times, this effort too was useless.

A low sob broke from her lips. "Nothing. Always nothing. Dear God, will I never remember?"

It was the hopelessness in her voice that decided Pagan. What she needed now was to feel calm and protected, not to be faced with new problems. "Never mind, falcon. I just thought that you might have begun to feel something. I . . . I was wrong."

"Perhaps I never will. Perhaps—perhaps I'll stay this way forever, trapped somewhere between past and future, between waking and d-dreams."

"That still leaves the present, and there are worse things than living in the present, *Angrezi*. Everyone has memories that are better left forgotten."

A single tear slipped down Barrett's cheek. Quickly, she made to scrub it away, but Pagan caught her hand and pulled it back. His face dark and brooding, he lifted the silver jewel on his finger and brought it to his lips. "Once again I hurt you. I only meant to—" With a harsh curse he pushed to his feet.

Barrett's breathy whisper caught him up short. "Wait, please!"

His shoulders stiffened. "More questions, falcon? I'm afraid I'm a bad choice for a confidant."

She marshaled her courage. "Have you—that is, do women often—" She couldn't finish.

"Feel such passion?" Pagan's face turned hard. "Not half so often as you think, *Angrezi*. Many women feign their pleasures, you see."

"But why—"

"Why?" He gave a dark, bitter laugh. "Because it makes a

man feel unimaginably powerful to know he can kindle such ecstasy. Fools that we are," he muttered.

Barrett's cheeks swept crimson anew. Her hands tightened, the shirt clutched protectively to her chest. "But then—"

Pagan cut her off with a curse. "No more questions, falcon. Not now. I don't think I'm up to them."

For long moments he stood looking down at her, his face hard and shuttered, his raw power held in barest check. "You see, perhaps you're younger than I realized, Cinnamon. Perhaps the problem lies in *my* being older than I thought." He seemed to bite back a sigh, his hands clenched at his sides. "One thing is certain, however. Any *one* of your tears is worth a thousand rubies. Garner them well, falcon. Don't waste them on men, for we are miserable creatures." His voice hardened. "Especially don't shed them over a pathetic illusion like love."

With that he whirled about and disappeared into the restless, windswept night.

For long moments Barrett sat unmoving on her cot, oblivious to her half-naked state, oblivious to the tears glazing her eyes and spilling down her pale cheeks.

She loved him.

She loved him and yet he had no feeling for her, could not get away from her soon enough. Dear God, after giving her such beauty, how could he calmly speak of the other lovers she would take one day?

With a wild cry she surged to her feet, scrubbing away her tears and staring out at the square of darkness where Pagan had disappeared.

The night, like the jungle itself, seemed to go on forever.

Grimly Pagan strode across the clearing, his eyes glittering and chill as the dark vault of heaven above.

For inside the heated tent he had made two discoveries this night, and the second far outweighed the first.

There was someone else. He could feel it in Barrett's restless tension, in the blind pain in her eyes. It could only be thoughts of a man that drove her so. Perhaps she did not feel it, did not even know it, but he was too experienced not to recognize all the signs.

Her heart was given already.

The thought made his fingers clench.

Had they been lovers already? Or was it desire long suppressed that had surfaced in his tent?

But Pagan had no answers. All he knew was that he would have given anything to teach her how to enjoy her priceless gift for passion.

And to delight in watching her grow confident in her power.

The possibility that her lover could be Ruxley, Pagan simply refused to consider, for the thought of those cold, foul fingers on her skin made him gag. Nor did he allow himself to think about the lush sweetness of her desire, the wild breathless cries she had made in her passion.

No, that way lay madness.

So instead he shouted for Nihal and made for the cliffs above, focusing savagely on the work to come.

For there were many traps to lay before the moon rose above the jungle.

An hour passed, and then two.

Barrett washed and dressed in frozen silence. When Pagan returned she would be ready.

She was just starting to braid her hair when she heard the sharp stamp of boots. A moment later the tent flap was thrown open.

His face was hard, beaded with sweat, dirt streaking his jaw. "Have you eaten?" he demanded curtly.

She nodded, thin-lipped.

"Good." Already he was at his trunk, jerking things out and tossing them onto his cot. First came a pillow, then trousers, shirt, and hat. Without a word he shoved the pillow inside the shirt and stuffed the trouser legs into both sleeves.

That done, he molded the pillow up into the neck of the shirt, then set the hat down upon it.

Barrett watched in frozen silence. What was the man about?

Satisfied at last, Pagan lay his creation back in the trunk and then turned to face her. "By now I'm certain you've guessed we're being followed. By whom or how many I cannot say." His voice hardened. "I expect an attack tonight. Nihal and the bearers are ready. It seems that you know how to use a gun, so take this." He tossed her a double-action percussion revolver, his face grim. "Keep it with you at all times, even when you sleep."

Barrett felt fear trickle down her spine. She gestured to the clothes in the trunk. "And those?"

"Just a little masquerade. One never knows which trick will be the deciding one." Outside the tent Nihal murmured a question and Pagan answered with a quick burst of Sinhalese. "Get into bed. I'm going to douse the lamp."

Barrett did not argue, not when his face was so hard and closed. Not when she could feel the danger press close around them, silent and threatening.

Pagan continued tautly. "In a moment or two, after I've gone, you're going to relight the lamp. That stuffed figure should leave a fairly creditable shadow of me upon the wall of the tent. Later Nihal will bring you something to eat, and then you will extinguish the lamp for good. After that you're to remain here in the tent. And be sure you keep that bloody revolver near at hand."

Barrett's irritation, for the last hour churning at a slow boil, exploded to white-hot fury at these flat orders. Yes, before he left, she meant to clarify one thing at least.

Slowly, her eyes glittering, she raised her hands and gathered up the ends of her unbound hair, watching Pagan's face. She saw his eyes darken, and felt the instantaneous flare of his passion like a hot tropical wind.

It pleased her. Yes, it pleased her infinitely.

So the man was not as distant as he pretended, was he?

With cool, provocative grace, she brought her hair higher

and began to work it into braids, perfectly aware of how each
motion molded her shirt to her breasts, revealing the dusky,
upthrust tips of her nipples.

Pagan's eyes burned. "What are you up to now, witch?"

"I?" Barrett repeated breathlessly, praying her voice
would not fail her. "Just making myself comfortable. And,
Pagan, about what happened earlier—it was just a question
of physical release. Simple, uncomplicated lust. I'd been so
long without a man, you see. *You* must know the feeling."
Barrett's head slanted back as she studied him, teal eyes
glittering. "But I suppose I needn't explain such things at all,
not to an experienced man like yourself. A man who knows
the ways of the world . . ." She allowed her voice to trail
away suggestively.

Through lowered lashes she saw his features darken. And
then, still not content, she let fury drive her the last, wild
inch so that she would taste the full draft of her revenge.

With cool deliberation she stretched to finish the long burnished braid, arching her back slightly so that her high, full
breasts were clearly displayed before him. She felt her nipples harden at his scorching scrutiny, and knew he saw it too.

A moment later, with slow, heated movements she
reached down and began unbuttoning her shirt, her eyes sultry upon his face. Only inches from her waist, her slim fingers
stilled.

Her lips curved up in the faint suggestion of a pout.
"Surely you have finished, Mr. Pagan. I find I am really quite
fatigued after the day's, er, exertions, shall we say? Had you
anything else to discuss?"

She heard herself as if from a great distance, her voice low
and throaty behind the wild hammering of her heart. The
performance was really quite good, she thought dimly,
watching Pagan's hands clench at his sides.

He stood rigid, his back to the lantern, fury coursing from
him in palpable waves. "Douse the lamp." It was an iron
command.

Had she been entirely in possession of her wits, Barrett
would have known a hint of fear at that moment. But fear

was entirely beyond her, locked as she was in the grip of hurt and rage and shame.

And perhaps it was just as well, considering the night that beckoned, holding terrors beyond all those that had come before.

So when Pagan snarled out the order to douse the light, she only offered him a slow, sultry smile before bringing her palms together upright, in an exaggerated mockery of the polite bow she had seen Mita use to him so often. "I quake before your wrath, great lord. And your wretched slave will most certainly hear and obey."

His eyes glowing coals, Pagan favored her with one last, lacerating glance as she trimmed the wick, plunging the tent into darkness.

Blackness enveloped her. Silence inched close.

And then slowly night gave way to separate shadows.

In the hot still air, tension fed back and forth between them in sharp, electric arcs. For a moment Barrett almost fancied she saw a spark shoot from Pagan's fingers where they clutched his thigh.

And then, moving soundlessly like the predator he was, he was beside her. His hard hands locked on her wrists.

His teeth sank with barely checked ferocity into the lobe of her ear as he hauled her against his chest. "I don't know what bloody game you're playing, *Angrezi*, but I mean to find out. Remember that when dawn breaks and this night is done. For when you hear a hand at the tent flap it will be mine and I'll be coming for *you*."

Though her blood was pounding, Barrett managed a low, sultry laugh. "Oh, I hear you, Tiger-*sahib*. Behold me all atwitter."

For a moment Pagan did not move.

And then with a savage curse he sank his fingers into her buttocks and hauled her against his taut body, driving her full into rigid thighs and a rock-hard erection.

He took her mouth savagely, with none of the sweetness nor circumspection he had showed before. He ground his mouth to hers, caught her lips and nipped roughly. He savaged her sweetness, driving his angry tongue between her teeth until he tasted all the rest of her.

The night exploded into flame. Barrett felt heat burst from every pore, spill through every naked inch of skin.

Anger, not passion, she told herself blindly.

Fury and stony revenge. Yes, better this than that raw, bleeding wound, that infinite vulnerability she had felt beneath his oddly gentle fingers.

Yes, far better, for she knew now that *he* bled too.

Reckless, she arched her hips, driving her woman's softness against the rigid swell of his manhood.

His fingers tightened on her buttocks, locking her to him. Everywhere she felt his raw anger and the savage brand of his desire. And dimly Barrett felt her body answer with a wild, shocking response of its own.

Yes, better this. This, at least, was safe. In this there would be no vulnerability and no regret.

Her nipples hardened, thrusting against his chest. Her fingers circled his back, trailed down his hips, then splayed apart over his taut buttocks, in brazen mockery of the way he had held her captive.

Pagan went rigid, his breath a raw hiss between clenched teeth.

The next moment she was tossed back onto her cot.

"At dawn, witch," he promised.

And then he was gone.

32

She was in the middle of a dream, a wild dream of a city night. Hansom cabs clipped past while snow swirled beneath gaslight, all velvet darkness and cold wind.

Crystal facets flashed from the darkness. And then the pleasure of soft breath, hard hands.

And two words that lingered. *"Meri jaan."*

Suddenly the dream splintered and fled, cold wind giving way to hot, steamy darkness. Around her the jungle whispered and hissed.

And then it came, the wild, keening cry.

Barrett jerked upright, her eyes straining, her ears tensed.

At first she convinced herself it was no more than a monkey's cry. Then she heard another shout, raw with fear. Abruptly it was choked off.

It was the sort of sound that could only have been made by a man in mortal fear.

In its wake a quivering silence gripped the jungle. And that silence was infinitely more frightening than all its cruel, ceaseless din.

For long moments Barrett did not move, while fear twisted in her gut.

Damn it, the man *couldn't* die! Not yet anyway. She had just begun her task of making his life miserable.

She felt tears well up behind her eyes and brushed them away roughly.

Through her mind came the blurred dreams. Or were they memories?

Snow and golden light, dark streets where danger prowled. A city—London? A danger that walked on two legs.

And one word. A name? A rich, exotic name . . .

Barrett frowned as the dim filaments of memory melted away.

Empty and afraid, she sat silently in the darkness, listening to the shrill din of insects around her. Waiting. Waiting.

A scratching came at the base of the tent.

"Memsab?" It was Mita's voice, low and uncertain.

"Over here," Barrett answered softly.

She heard the rustle of canvas.

"Memsab heard?"

"Dear God, yes. Was it—" Barrett's voice faded away; she could not pronounce those grim words.

Silence followed, thick enough to touch. With a woman's instinct Mita read Barrett's fear precisely—and shared it. "No," she said finally, "it was not the Tiger. It was one of the bearers. The forward sentinel, I believe."

Barrett said nothing. They both knew what that ragged cry meant: whoever stalked them was creeping closer with every second and soon would be at the door of the tent.

The night pulsed around them, a furtive, threatening thing. Their ears strained for any unnatural sound, a muffled shout or a snapped twig, that would herald the attack.

He will be back, Barrett told herself blindly. He promised.

"Oh, your ladyship, I fear I am most disgracefully afraid," Mita said unsteadily.

In the darkness the two women's fingers met, then meshed, a prayer for the same man on their lips.

They burst from the night without warning, in a storm of bare feet and shaking leaves. Shrill cries rang through the encampment, terminating in raw, choked grunts.

A dagger pierced the canvas tent wall, hissing downward and slashing the fabric in two.

From outside came a low, guttural curse. Fighting down her terror, Barrett jerked Pagan's revolver from her lap.

The tent began to shake.

She fired into the darkness, toward the center of the din.

A grunt, and then the muffled thump of a heavy body. Perhaps more than one.

Suddenly the sounds seemed to ring out all around her. The whole tent pitched violently as unseen fingers tore at the jagged hole left by the knife. Grimly, Barrett fired again.

Instantly the scuffling ceased.

Barrett's hands began to shake. Dear God, she had just fired upon a man, perhaps even murdered him. And it was not over yet.

Her heart slamming at her ribs, she waited for the next attack.

This time it came at the tent flap.

Urgent fingers tore at the canvas fastening. She strained to make out a shape in the darkness, deciding she would have time for only one shot.

She closed her eyes, refusing to consider the possibility of failure, knowing she had to buy a little time.

For them. For Pagan, somewhere out in the jungle.

Without warning the tent flap was wrenched upward. Cool air swept through the dank heat.

Her fingers tightened. Not yet, she told herself, feeling sweat break out on her brow. Let him get close enough to ensure that the shot would not be wasted.

She trained her ears, knowing her eyes would be useless in the dark.

She heard a dull thump and remembered that some instinct had made her push a chair before the tent flap.

He was *inside,* then.

Her heart pounding, she calculated the distance between her attacker and the spot where she and Mita crouched in leaden shadows.

Five feet. Four seconds, or a bit less, if the man knew where he was going. And that was more than likely, since they had surely been spied upon all day.

Four seconds then. Her hand rose shakily.

Three. Two. Beside Barrett, Mita's breath caught in a low gasp.

One. Her forefinger tensed. Barrett fought to control the

sudden tremors that rocked her hand, knowing that in a heartbeat it would all be too late.

Do it, she ordered. *Do it now before he does the same to you!*

Her finger quivered. Across the room she made out a dim, silent shadow. A shadow that inched slowly toward her.

Barrett gulped down the sour taste of her fear and fired.

For an instant the darkness flashed silver-white. The acrid tang of gunpowder filled her lungs. For a millisecond a tall figure in a Sinhalese sarong stood outlined against the night, his back and face obscured as he doubled over in pain.

Dimly Barrett heart him growl a raw, guttural curse, just before his rough fingers circled her wrist and ripped the revolver from her grip.

Before she could draw another breath, her attacker's heavy body plunged forward and pinned her breathless to the dirt floor. For long seconds Barrett lay stunned, fear churning through her. From a great distance she seemed to hear Mita scream, then Nihal's answering shout.

"Memsab! Are you harmed?" Mita's raw voice cut through darkness.

"I—crushed, only. Can you—can you help move him?"

With a whisper of cloth, Mita bent close and together they shoved at the inert figure. In the darkness the job was difficult, but finally Barrett managed to work free and push to her elbow.

Suddenly the massive shape tensed, his entire weight shifted onto Barrett's chest and thighs.

"Help me, Mita. Must—must get him to one side."

Outside the tent the fighting seemed to thin. Once again the flap was jerked roughly aside, this time by Nihal. A hastily made reed torch cut through the darkness, revealing an inert bronze body.

"The Tiger-*sahib!*" Mita and the headman gasped simultaneously, before the flame hissed out.

Barrett felt a cold wave of horror wash over her. *What had she done?* "Dear God, he isn't—he cannot be—"

The phantom atop her twisted slightly and coughed. "Are you trying to finish the Vedda's handiwork, *Angrezi*?"

"Pagan!" Barrett was swept with a crazy sense of disbelief. "Sweet heaven, what—"

Suddenly he shuddered and went deadly still atop her.

Mita dropped beside her, her fingers on Pagan's neck. Quickly she searched Pagan's inert body, trying to find his wound. "Another lantern, Nihal!"

Crushed beneath Pagan's weight, Barrett struggled to ease free. All the time her angry thoughts screamed, *you killed him, you killed him.* "M-Mita?"

"I can find nothing, miss!"

Guilt-racked, Barrett did not feel the first, faint tremor that skittered through Pagan's body. And then the lump shuddered and issued a hoarse groan. One hard thigh shifted, digging into Barrett's abdomen.

"He's alive, Mita! Help me move him." Almost immediately his powerful thigh moved, this time straddling her waist.

Barrett froze. She could have sworn she heard a chuckle. But of course that was impossible. *"Pagan!* What are you—"

"Soft, by Shiva." He coughed harshly. "Soft in all—the right—places."

This time there was no doubt of his words, nor of the low chuckle that followed. Hard muscle drove against her belly, the rigid blade of Pagan's aroused manhood.

Barrett stiffened, fear giving way to fury. The arrogant fool! While she was busy excoriating herself in the belief that she'd killed him, *he* used the opportunity to exercise his depraved urges.

Barrett shoved blindly at his chest. "Get off me, you black-hearted sod!" An instant later she winced, wondering where *that* raw epithet had come from.

But Pagan's body did not move by so much as an inch.

"Now, you debauched, depraved beast!"

Nothing.

Barrett managed to ease her body from beneath his shoulders. His great weight seemed to bunch. He rose slightly.

"God help—" He broke off, seized with a spasm of coughing.

Instantly Barrett's struggles ceased. In raw silence she waited, while his coughing shook them both.

With a hiss of tinder, the lantern flared once more, casting Pagan's gaunt face into high relief. His lips, she saw, were tense, his eyes glazed with pain.

A shudder rocked him. Barrett feared he must have passed into unconsciousness.

And then his fingers moved, sliding into the warm hair at her temple.

"God help . . . the poor man who tries . . . to f-fight you, *Angrezi.*" His grip tightened. "Truly, it's a bloodthirsty wench you are . . ."

Abruptly his fingers went slack against her neck, his breath hissing out in a rush.

This time he did not move again.

"Carefully, Nihal!"

Her face tense with worry, Barrett watched Nihal and two bearers struggle to heave Pagan's tall form onto his cot. Lanterns danced in the wind, casting long shadows through the tent, while outside a crowd of anxious faces fought to peer inside.

Every few seconds Mita stamped her foot and gestured them away, with absolutely no effect.

At least Barrett's guilt had turned out to be short-lived. When the lamps were lit they had discovered a small dagger of hammered silver driven deep into Pagan's shoulder. It was that which had felled him, not Barrett's bullet, which had veered sharply and ripped a hole through the far wall of the tent. It seemed that Pagan had neglected to tell her that his revolver pulled markedly to the right.

The removal of the dagger was a fearful process, and Barrett was ashen-faced and nauseated by the time it was over. The bandaging and cleaning she left to Mita, whose experience in such matters was far greater than hers.

It was just as well that Pagan had lapsed into unconsciousness, she found herself thinking, for the whole process would have been an agony. Even as it was, he twisted and groaned hoarsely in his sleep, so that she and Mita could barely hold him.

"Finished." Mita stood up slowly and surveyed her handiwork. "It is the best I can do. Now we must be praying to Shiva that they have not added some Vedda poison to the blade."

Barrett froze, her eyes wide. "Surely they would not—"

"With certainty they would, *memsab,* as long as they could find the red-petaled flower with the purple seeds, or the roots of the night-blooming lily, which are equally lethal. But we must hope that the wanderers had neither time nor patience to go searching about for such things."

Slowly Barrett turned, gazing down at the pale features of the man in the cot. His face was gaunt, creased with deep lines at mouth and forehead as he fought pain even in sleep. She shivered suddenly, feeling the breath of evil creep down her spine.

"What do we do now, Mita?" she asked softly.

"We wait, *memsab,"* the other woman answered. "And we pray to all our gods that they watch over the Tiger-*sahib* tonight."

Something told Barrett that she had not prayed for a very long time, but a moment later, as Mita began to intone a low chant, Barrett found her fingers slipping together and her head dropping.

In the hours that followed Barrett and Mita took turns at Pagan's side, feeding him broth, toweling the sweat from his body when fever racked him.

Fortunately the night's defense had been successful and their attackers had not returned. Outside Nihal and the other men took turns at watch, anxiously awaiting the first moment that Pagan could be moved.

But his fevers only grew worse. Though the knife had not met vital tissue, it had plunged deep enough.

He required two days' rest at the very least, Mita said firmly.

Nihal scowled and countered harshly in Tamil. Suddenly conscious of Barrett's presence, Mita gestured outside. "Go, miss. Eat something. Nihal has seen to rice and fruit. After that I will eat." Seeing Barrett's reluctance, Mita shook her head firmly. "If you do not eat, you will be of no use, to me or to him. Now go."

Without waiting for an answer, the servant turned back to Nihal and their argument resumed with vigor.

They were still arguing when Barrett slipped wearily from the tent a few minutes later.

"Mita?" Quietly Barrett swept aside the canvas flap and crept into the shadows.

"Here, *memsab.*"

"Is he—changed?"

Barrett heard Mita's low sigh. "No, it is as before. The fever drives him so that he cannot rest, and each movement is making the wound to reopen, I fear. *Aiyo,* I am most terribly worried, miss."

In the half-shadows Pagan's face was gaunt, darkened by stubble at his jaw. As Barrett slid to take Mita's place beside the cot, he groaned and shifted restlessly, tossing one arm into the air over his head.

Gently Barrett caught his tensed fingers and lowered them back to his chest. Even when his fingers finally unclenched, she did not release him.

"I fear he dreams of the past," Mita said softly. "Of his old estates in the northwest, before the Mutiny. He never speaks of those days, not to anyone. Especially he does not speak about Cawnpore."

At that last word, Pagan's arms stiffened beneath Barrett's fingers. Frowning, Barrett traced slow, rhythmic circles until he relaxed again. "That—that place you spoke of, Mita. Cawn—" She broke off, her eyes on Pagan. "Tell me about it."

Mita's face darkened. "An evil place. A place of pain and

treachery," she whispered. Her voice came closer to Barrett's ear. "The Nana-*sahib,* who ruled when the mutineers rose, was a jackal who promised the English safe passage downriver. But instead—" Abruptly her voice fell away.

"Tell me, Mita. I must know if I am to understand—to help him when the dreams come."

The servant seemed to shiver, recovering herself with an effort. "Very well. In spite of his promises, the boats were fired upon as the *Angrezi* left their moorings. In a matter of minutes it was over. All but one boat in forty were destroyed at the *ghat.* Then the river ran red, red with the blood of men, women, and children."

Barrett's breath caught. So this was the specter that Pagan lived with? Had he loved ones who perished there? A wife even? "All died?"

"No, over a hundred survived, and them the Nana-*sahib* marched into the city." Mita's eyes fixed on the distant line of the jungle. "There the men were shot or run through. The women and children were driven together into a bungalow at the city's edge. But when an *Angrezi* rescue force drew close two weeks later, the Nana-*sahib* grew afraid of the tales his English prisoners might tell." Mita's slim hands twisted. "He —he ordered them shot down as they huddled in their miserable jail. When even his own troops refused to obey such a foul order, the Nana-*sahib* sent for butchers from the bazaar to do his bidding. Over a hundred women and children died that morning, my own lady among them, for I was *ayah* to one of the officer's wives then. It is said that those sad ghosts haunt Cawnpore still, in spite of all the efforts of Brahman, *saddhu,* and priest to give them peace. And after the *Angrezi* troops arrived, there was yet more horror." She passed a trembling hand over her brow. "The mutineers were cut down and some were shot from cannons. I and a score of other women were forced into a boat and taken to Calcutta. On board we were made to—to submit to our English captors. At Calcutta we were taken aboard a ship for London, where we were sold into a brothel. It was there that the Tiger-*sahib* found me . . . bought me . . . gave me back my life and hope. By then I'd heard the stories of the wild-eyed *Angrezi* who had appeared from the jungle after the massacre, herding a sickly band of women and children to safety. Afterward he had almost died, had lain for days in delirium at Lucknow. But ever after, he would not talk of those dark weeks, nor of the things he had seen and endured during that terrible trek."

Silently Barrett clasped Mita's cold fingers, feeling her pain ebb out in waves. She offered no condolences, no words of sympathy, however.

In the face of such horror, what sympathy could be given? All she could offer was life and the comforting pressure of living skin.

The servant blinked and roused herself from her reverie. "Your *Angrezi* holy book has a phrase, does it not? 'Vengeance is mine, saith the Lord.' I have learned to bury my ghosts from Cawnpore, but the Tiger has not. And one day I fear his ghosts will most surely claw him to pieces and devour him."

It was said so flatly, so reasonably, that the servant might have been discussing a problem with the tea crop or the changeable weather.

Barrett watched Pagan shift restlessly on his cot, driven even now by dark visions. Suddenly she felt helpless and clumsy. "But what can we do for him, Mita? There must be something!"

"Very little, I fear. What is to be done must be done by him and him alone. In that dark place where the *sahib* drifts now the demons will either conquer or be conquered. I cannot tell which." With a low sigh, Mita rose to her feet, lines of weariness marring her usually tranquil features. "But I do know this. It is *your* name that he whispers in the night, *Angrezi,* your touch whose comfort he craves. Not mine." The servant's voice hardened. "Were it otherwise, I would bar your presence here and tend him alone. By the holy breath of Shiva I have prayed often enough that it would be so."

And then her thin body sagged. "But my gods do not hear

me, and so he is yours now, *Angrezi.*" She looked down at Pagan's face longingly. *"Jo hoga; so hoga,* as the Tiger-*sahib* is liking to say. Perhaps this is my cursed fate—to want and be always denied." Mita flashed Barrett a last, piercing glance. "We can stay here only a few more hours. Nihal says there is too great a risk of another attack. So the *sahib* must be made to rest now, to gather his strength for the journey to come, and you must reach him, for he does not hear me. But know that if you fail, you will lose two friends this day, since I will join him. And then you will have two deaths hanging on your conscience instead of one."

After a last, lingering look at Pagan, Mita moved slowly to the door of the tent and disappeared.

Mita did not return. In her place Nihal came with one of the other Tamil workers, bringing clean cloths and warm broth for Pagan.

Their grim silence made Barrett uneasy, as though they already counted Pagan among the dead.

But he would not die! She would not let him. He had too many things to repay her for, damn the man!

With renewed vigor she swept the sweat from his broad shoulders and chest, willing him to stop shifting, stop fighting the healing process.

When she heard a rustle by her foot a moment later, she paid no notice until she felt a tug at her sleeve.

Black-eyed and pensive, Magic stared up at her, her intelligent face dark with pain.

Without a word Barrett took the monkey up into her lap, strangely comforted by her warmth. The little creature made a low, churring noise, her eyes fixed on Pagan's restless form.

"Don't worry, Magic. He *will* live," Barrett said resolutely, stroking the creature's soft gray fur. "I do not intend to let the arrogant creature die. I'm far from finished with him."

33

He was there again, in that place of darkness where the air shimmered with hatred and the waters ran bloodred.

Bile rose in Pagan's throat, for the memories were as fresh now as they had been eight years ago.

First the waiting, enforced silence beneath the sullen, pounding heat of a July sun. Then the slow horror as the Nana-*sahib*'s troops lined the road to the *ghat,* rifles, pistols, and swords glittering in the sunlight.

"No," he wanted to shout as the English swarmed toward the river. "Come no farther!"

Instead he ground his teeth together, and forced down the raw cry, knowing that six women and a child huddled in the underbrush behind him, and that his warning shout would be the death warrant for them all.

So he waited in gut-wrenching silence, watching the macabre scene unfold, helpless to prevent it in any way.

First the women and children stumbled down to the waiting boats, weak and pale from dysentery and three weeks of constant bombardment by the mutineers' guns.

Then the slow, wrenching horror as the rebel troops began to fire and one by one the English fell. As Pagan watched, gagging, the mutineers rode into the water and hacked up any who resisted.

Cawnpore. As fresh as it ever had been. Relived in all its chill reality on a regular basis for eight years.

When it was finally over Pagan had twisted to his side and retched up the contents of his stomach, what little there were, for he and his band of stragglers had already passed a fortnight hidden in the jungle.

And when the slaughter at the *ghat* was done, he was dead too. Dead from the things he had done, and even more from the things left undone.

"No. Turn back!"

Barrett's eyes flashed open as a hoarse shout burst from the darkness. She lurched upright, realizing she had dozed off. Startled, she reached out for Pagan, and found him sitting bolt upright in his cot, his breath coming fast and jerky.

He was burning with fever, his body racked by shivering, as it had been for hours.

"R-run, damn it! No, not to the boats! Not there! They're hidden, can't you see them? *No, not to the boats—*" His voice broke in a low, grating moan.

"Pagan!" Barrett grasped his face, determined to reach him. "It's—it's over now. You are safe here, *safe;* the horrors are past!"

Grim-faced, he stared into the past, locked fingers digging into his rigid thighs. "Stop. Dear God, please let them see . . ."

"It has stopped. You are safe now." Desperately Barrett searched for a way to rouse him. "You—you are at Windhaven," she finished breathlessly.

His jaws clenched. "Windhaven?"

"Windhaven. Green fields thick with tea. Blue mist curling over the mountains. Can't you see it, Pagan?"

"Windhaven," he repeated slowly. A question and a prayer. And then a benediction. His fingers loosened slightly. "Nihal?"

"Waits nearby."

Slowly the breath hissed from lungs. Eyes closed, he sank back wearily onto his cot. *"An—grezi?"*

Barrett's throat was suddenly raw. She barely managed a low croak in answer.

His callused fingers shifted, searching. When they found Barrett's hand they tightened, their grip so fierce that she nearly cried out with pain.

And then, his fingers still locked around hers, Pagan

drifted off at last to a place where there was neither past nor future, only the deep, soundless corridors of sleep.

"I am just managing the loan of two elephants from a hill country village, *memsab*. The beasts are being packed now and I am most frightfully sorry, but I can allow you only two more hours here." Pagan's small, leathery headman shrugged unhappily. "Indeed, that is two hours more than is safe, considering . . ." His dark eyes hardened. "You will understand that the Tiger gave me strict orders in the event of his—his illness. He was very determined for us to arrive safely back at Windhaven. With him—or without him."

An angry protest rushed to Barrett's lips, but she knew that Nihal spoke the truth. How like Pagan to give such a high-handed but selfless order. Infuriating, impossible, wonderful man!

So instead of protesting she turned her thoughts to the man tossing on the cot, refusing to consider that she would not succeed.

But as the minutes ticked by and Pagan continued to toss and struggle, flushed with fever, gaunt and motionless, she began to grow very afraid. His image blurred before her, tears squeezing from her eyes.

"Get well, damn you! Do you hear me, Deveril Pagan?"

But there was no answer, no sign of a response of any sort.

Grimly Barrett wrenched to her feet, unable to bear looking at his motionless features any longer. Rubbing her neck, which was tight with pain from her long vigil in the chair by his cot, she walked blindly to the tent flap.

Outside a group of bearers was busy loading the last cases on two large and very intimidating elephants. Barrett watched a thin *mahout* coax one of the great beasts backward, then guide his trunk down to lift a huge, chair-like structure of wooden planks up onto his back. It was a seat of some sort, she realized, complete with a tattered canvas awning to block the sun.

It was a noisy scene, bright and full of energy and life. But

Barrett saw none of it, for a gaunt, lined face with a pair of jagged scars cut off every other thought.

It was a face that she would have given anything to see awake and angry and ripping up at her right now.

Miles away, beneath a spreading *sal* tree in the shimmering heat of mid-afternoon, a gaunt old man sank to his heels and studied the distant horizon. His face impassive, he observed the clouds skimming overhead and listened carefully to the wind.

What he heard and saw pleased him, for his lips curved slightly.

Yes, all was as the shaman had foreseen.

Without warning a shadow loomed low and swept over the ground, then soared with a whoosh to a neighboring tree. Bright-eyed, a shahin falcon pranced on a twisted branch, then settled its wings carefully.

Glittering gold eyes met startled brown.

What omen was this? the old man wondered. Was it just possible that he had made an error after all?

Frowning he looked down at the arrangement of polished stones he had cast before him on the ground. Sunlight burst off their gleaming faces in sparks of bloodred, green, and sapphire. Yes, all was just as he had foretold in the ritual flames. And yet . . .

A spark leaped.

The old man's brow furled.

But this was a new and entirely unexpected element, he saw. A thing dark and twisted, ineffably evil.

His breath slid slowly from his throat. Yes, this new element would bear close consideration.

Eyes half closed, the old man breathed deeply, in a soothing rhythm, his gaze fixed inward.

When the falcon shrieked once and exploded off its perch into the shimmering sky, the old was man was far, far away, exploring a place where past, present, and future twisted together like the gnarled roots of the great banyan and then became one.

* * *

It was time.

She knew it by the sudden tension in the bearers' faces, by the strain in Nihal's mahogany features. Silently he caught Barrett's eye and shook his head sadly.

Her two hours had come and gone.

Disappointment welled through her as she watched Nihal turn and start back to issue the command to depart. Barrett's first instinct was to run and block his way, trying to protect Pagan from what she knew must happen next. But almost immediately she quelled the urge, realizing it would be useless.

Nihal was right in insisting they leave, of course.

If they stayed here they would certainly all die, for it would be only a matter of hours before their enemy returned.

Regret burned through her like acid and she scrubbed away a hot sheen of tears. If only . . .

From behind her came a faint creaking.

"Hush, Magic," she said bleakly, not bothering to turn. "We—we must go very soon, I fear. Let him rest while he can."

"But what if this *he* you speak of doesn't—*want* to rest?"

At the sound of that low, gravelly voice, Barrett's heart flipped over. "P-Pagan!" Whirling about, she saw her patient fighting to sit up on the cot.

"Damn it, Pagan, stay still, can't you? Sweet Lord, you must have lost gallons of blood. You—you nearly died!" she added accusingly.

"Can that possibly be sympathy I hear?"

"Humph! Your ears must be sorely affected, too, I fear." With a furtive swipe at her eyes, Barrett stalked to the cot and stood glaring down at Pagan, hands on her hips. "Lie back down!"

"Is that a proposition, *Angrezi*?"

"No, it's a *promise,* lackwit. I promise I'll hold you down and tie you there if you don't obey me!"

Pale still, Pagan somehow managed a lopsided smile.

"Grown weary of your tasks already, have you?" He made a clucking sound. "Give the wench a few minutes of sickbed duty and she turns into a sergeant-major parading the regiment."

"*A few minutes?* You've been here all of the night and most of the day."

Pagan's smiled faded. Slowly he ran a wobbly hand across his sweat-slick brow. "So long as that?" Abruptly his face hardened. "By God, we've got to be on our way. We can't stay out here in the open another night." He called hoarsely for Nihal, then swayed, gritting his teeth in a fight to stay upright.

"Damn it, Pagan, you're as weak as blancmange! You just can't stand up and swagger about giving orders when—"

He simply ignored her, while white lines of strain built around his lips. "We'll—we'll need elephants. Two—yes, two at the very least. That will be the safest way to cover the uphill terrain. Tell Nihal to—"

"I'll tell Nihal nothing!" Barrett interrupted furiously. Grimly she bent down and tried to force Pagan back onto the cot. But even half delirious as he was, it was still like trying to shove down a brick wall. "Good sweet Lord, when are you going to be quiet and listen to me?"

At that moment Pagan's headman poked his head through the flap, taking in the scene inside instantly. His face broke into a brilliant smile. "You are awake! Thanks be to all the gods! I am securing the two elephants now, lord. One is waiting for you and the *memsab*. But it is very much better if we are away now, while we still have several hours of daylight left to travel in."

Slowly Pagan released a sigh. His eyes met Barrett's and one black brow crooked. He gave her a faint smile. "Damned good man, Nihal. Remind me to give him a raise. Now where was I? Oh, yes . . . two elephants . . ." His eyes grew dim. "With them we should . . . should . . . reach Windhaven by . . ."

He never finished. Eyes closed, he simply toppled back-

ward, unconscious before his back even met the straining
canvas.

"Horrid, impossible man," Barrett muttered beneath her
breath.

But even as she said the words, a tiny smile began to play
around her lips. And her eyes, when she brushed back an
errant strand from Pagan's forehead, were positively shot
through with happiness.

He woke to incandescent heat, to raging thirst and savage
pain at his back and shoulder.

He was rocking and swaying, a soft female body wedged
against his thigh. With a faint sigh Pagan relaxed and sank
back.

He recognized that odd, slow gait. They were on elephant
back.

And *she* was beside him, the woman in his dreams. The
woman whom he had kissed beneath a globe of London gaslight and never forgotten.

"Meri jaan. Soul of my soul."

He felt her shift, her breast nudging his arm. Instantly
Pagan winced as a fire that had nothing to do with his wound
leaped through him.

She was asleep, he realized, her head curled atop one arm,
her hair spilling over both of them.

Pagan's lips twisted in a crooked, bittersweet smile.

So fate had saved him from his enemy, ordaining he
should live to fight another day. And love another night, he
added.

Perhaps, Pagan decided, he would have to do *both*, when
the woman was such a one as his Barrett.

His lips curved slightly, and he sank back down into
dreams, dreams rich and bright and blatantly erotic.

And *she* was in every one.

She rocked along in the shade of a pitching awning, anchored atop four tons of gray, shifting muscle.

This could almost become pleasant, after one grew used to the odd rocking, Barrett decided.

Looking down, she saw that Pagan's face was in the sun and moved the canvas until he was covered. At her movement, he shifted, his arm sweeping across her waist while his head settled into the curve of her knee.

Barrett's breath wedged in her throat. She tried to ease away, but the swaying compartment was barely large enough to hold them both. As it was, Pagan lay slanted crosswise and she had to tuck her legs to fit in the remaining space.

She gritted her teeth, trying to ignore the weight of his hand at her rib. When the elephant lurched to avoid a boulder, their bodies were crushed even closer.

"Ummmm." The fingers slid lazily from side to side over her ribs. "Magic?"

Barrett scowled. So he thought she was a monkey, did he? Muttering beneath her breath, she shoved his hands away.

A few seconds later he sighed and his hand swung even higher.

This time when his long fingers splayed open, they captured the lush swell of her breast. "Mmmmmm." He thumbed the hardened nub and mumbled something in Hindi. His nail stroked idly, sending heat crashing to the pit of Barrett's stomach—and lower. Dear Lord, how did the man do such things to her?

"Ahhhhh. Perfect, by all the gods. Mita?"

This was absolutely the outside of enough! Teal eyes flashing, Barrett jerked away and forced Pagan's hand firmly down beneath his thigh.

A second later she found her hand caught to his thigh, and inching steadily toward the rapidly expanding bulge at his chocolate-colored riding breeches.

Her breath caught in fury. Even in his dreams the man plotted his deviltry! Scowling, she tried to jerk free, but his fingers were like steel bands. And then she was cupping the hot heart of him, where desire throbbed in molten, pulsing waves.

The breath squeezed from Barrett's lungs in an audible whoosh.

Dear God, the man was huge! And he was growing steadily *more* huge every second.

How was she possibly going to manage this without waking him? Especially when her own blood seemed to flame higher with every passing second. Pulsing heat filled her fingers, causing her to think of dark, forbidden images. How would it feel, what would it be like if he—

Gasping, she struggled to free her hand and to inch back into the corner of the swaying *howdah*. But it was useless.

Pagan murmured sleepily, his aroused member straining against her trembling fingers.

A moment later one eyelid lifted and Barrett was pierced by a black, glittering gaze. "Well, well," he said softly, his voice thick and potent as rum. "I pass out and the first thing you do is take advantage of me. What sort of adventuress are you, *Angrezi*?"

With a furious snort, Barrett jerked away and pressed her body into the corner, as far away from Pagan as possible.

Unfortunately, it was not far enough.

"I—I did no such thing, you—you miscreant! It was you, *you* who—" She sputtered, her cheeks aflame, unable to finish.

Pagan's lips twisted in a smile and his brow rose, faintly mocking. "I suggest you stop careening about or we'll both go flying from this *howdah* any second."

Already the power had returned to that voice and he spoke with the old, familiar note of command. And yet somehow the sound did not provoke Barrett as it had before, only made her smile faintly.

"Quite back to your old insufferable self, I see."

"Not entirely," Pagan grated, "but I'm but working on it." He stirred slightly, then tensed, only then aware of how tightly his hand gripped hers. His fingers loosened, but even then did not draw away. "My head feels like a band of monkeys are camped inside it. And my—shoulder . . . What— what happened to me?"

"You had a Vedda blade buried in your shoulder and lost a great deal of blood. But it's clean and the bleeding has stopped."

"No poison?"

"Apparently not." Mita had said that Pagan would be dead by now if the blade had been smeared with one of the jungle's lethal flora.

Pagan passed a hand slowly over his eyes. "I remember—very little. *You* tended to me? Why not Mita?"

Barrett felt heat rise to her cheeks and tossed her hair forward to cover the telltale stain. "Somehow that task fell to me. You were delirious for quite a while, and—"

"And what, *Angrezi*?"

"It—it seemed that you would listen to no one else."

Pagan frowned. "Sounds damned unpleasant. For *both* of us."

"You do not exactly make a biddable patient, that is certain," she said stiffly. Did the wretched man take no pains to conceal the fact that he would have preferred Mita's care?

"Did I say—speak—" He stopped, then cleared his throat. A wariness seemed to grip him.

Cawnpore, Barrett realized instantly. Just as quickly she decided to deny him that information. "Speak? Actually, I couldn't seem to shut you up. You talked about Windhaven and your precious tea seedlings. And then you talked a great deal of nonsense about how much you hated elephants. Then, as I recall, you ranted on about the corruption of the Kandy court and made rather a great many unrepeatable comments about our own Most Gracious Majesty. Quite uncharitable of you, but entirely in character, of course."

A muscle flashed at Pagan's jaw. "You are an astonishing woman."

Touched beyond reason by his words, Barrett managed a little shrug. "Because I forfeit my sleep to tend to you? Hardly so wonderful. After all, I nearly shot you."

"So that was *your* cartridge."

"Lucky for you, the wretched revolver pulls badly to the right."

"What else did I say?"

Barrett shrugged lightly. "You treated me to all the details of your nefarious dealings with any number of lush and willing females. What a busy little boy you have been, Mr. Pagan."

His eyes dark, he pulled her closer. "I don't believe you, *Angrezi*. Not for a minute. But I won't task you with the lie now. And as for the rest, I'm no boy. One touch will confirm that. As it did when you ran your warm fingers over me."

Heat licked Barrett's cheeks as she remembered the feel of Pagan's rigid sex beneath her hands. "*I?* T-touch *you?* You must be delirious!"

"Never try to lie to me, Cinnamon. You're as clear as a north country salmon stream in the spring." He slanted her a wolfish smile. "And as for who was seducing whom, let's claim equal share of the guilt. I have seen the full force of your passion, remember?" Pagan's eyes darkened. "Ah, it will be sweet between us, *Angrezi*. It will be hot and hungry and all night long when I take you. And I promise when I'm done, you'll only want more."

Furious, Barrett wrenched her foot from beneath his thigh and wedged herself farther into the corner. In the process, she knocked against his bandaged shoulder.

Immediately Pagan's lips clenched and his face bled white.

"Dear Lord, I'm sorry, Pagan. I didn't mean to—"

His breath hissed out slowly. "You never do, woman," he rasped.

"Here. Hold onto me." Anxiously Barrett reached out to him, her hands trembling.

For a moment he did not move, strange restless shadows playing through his eyes. A shudder ripped through him. A second later his hand covered hers in a painful grip.

Even when he finally sank back into a restless sleep, Pagan's fingers remained locked to hers.

In sleep his face was strangely boy-like, the scar on his cheekbone making him look vulnerable rather than dangerous. Barrett found herself wondering what he had looked like, acted like, before Cawnpore.

Suddenly she yearned to make him look that way again, carefree and young.

34

They camped that night on the far side of a churning river in a little valley fringed by sandalwood and eucalyptus. They would be safe here, Nihal told her, for he had scouted the area and seen no more signs of Vedda pursuit.

During their climb, the air had grown steadily cooler and now, with the coming of night, cold winds wrapped them in blue, clinging mists. Barrett spent an hour in a folding chair beside Pagan's cot, berating him when he thrashed about, scolding him into drinking Mita's herbal brews, and swabbing him dry when the fevers returned.

Overhead the stars blazed like scattered diamonds in the crisp, cool mountain air, while eucalyptus smoke curled up from a crackling campfire. After the oppressive heat of the jungle, it seemed a different world, a world fresh and new-born, all its pleasures inexpressibly precious.

Dimly Barrett sensed that up here in the high country she, too, was changing. With every step she came closer into harmony with this beautiful, alien land. Closer too, to the iron-willed, brooding man who lay sleeping beside her.

In a strange way she found herself wishing they could go on this way forever, caught between two worlds, eternal travelers in a landscape of dreams, free from the strictures of East and West.

For here in the green foothills they were not enemies, but simply two desperate people trying to survive.

Here they were simply man and woman.

But Barrett knew her dream was not to be. Though stripped of her memory, some instinct warned that nothing could ever be simple between the two of them.

And as it happened the lesson was brought home to her far sooner than she could have imagined.

Two days later, as dawn broke over the camp in a fury of crimson, Nihal and Mita were arguing loudly.

"Humph! I am expecting such nonsense from a woman. But of course the Tiger will be walking in a week!"

Mita glared back at him. "Twice that at least. Possibly he will be needing three weeks. As you will soon be seeing for yourself, man with the heart of a jackal!"

As it happened, both were wrong.

Only a few minutes later, Barrett awoke to see a grim-faced Pagan standing clad in boots and breeches before his cot. He'd dispensed with his eye patch again. Stunned, she watched him shove his arm into the trailing sleeve of his shirt.

She rubbed her eyes, certain it must be a dream. "What—what in the name of heaven are you about?"

Pagan merely scowled and turned away, muttering an oath when the bandage at his shoulder wedged in the sleeve.

Barrett watched in raw disbelief. "Are you *mad*? Mita and I did what we could for you, but that wound will never heal if you subject it to such strain."

Pagan simply shrugged, wrenching awkwardly at the dangling sleeve. Barrett thought she heard him mutter something about bloody, wretched Western clothes, but she couldn't be certain. "Damn it, Pagan, are you listening to me?"

The sleeve did not budge. Abruptly Pagan tore his hand free and slung the garment onto the ground. "Oh, I heard you perfectly, *Angrezi*, and you might even be right for once. But I'll be damned if I'll languish about on that elephant forever. Not when there are a thousand things crying out to be done—"

"Name one."

"Very well, there is game to be caught. There is today's trail to be scouted. The rifles must be cleaned and rechecked and—"

"All of which Nihal and the others have managed to do quite nicely so far without any assistance from you."

Storm-dark, Pagan's eyes flashed to her face. Without a word the planter strode to his chest and wrenched out another shirt. His lips clenched, he maneuvered his arm into the sleeve, only to find the thick wad of gauze blocking him once more.

He said something low and raw in Hindi, his tone leaving Barrett no doubt that it was a curse. A second shirt hit the ground, its bright folds glistening against the sienna soil.

Sweeping away the last remnants of sleep, Barrett pushed to her feet and bent to pick up the offending garment. "A vastly impressive show of temper, Mr. Pagan. And exactly the performance I would expect of a petulant schoolboy."

"Leave it, *Angrezi,*" Pagan warned darkly. He had been up the whole night, unable to sleep, his wound hot and throbbing. He could recount the exact placement of every stitch and knot—and right now each one of them was screaming.

But even worse was the throbbing at his groin, where his manhood strained in hot, unrelieved arousal. And Pagan knew that every minute spent in Barrett's presence, every second of grinding contact with her in that damned *howdah* would only make his torment worse.

No, by God, he'd not spend another second there, brushing against her, inundated in her scent.

Knowing all the time that he could not have her.

He would walk out like a man or perish by the trail. Either would be a death with honor—and either would be preferable to the hell he was enduring now.

"Don't—don't do this, Pagan." Suddenly there was a note of fear beneath the anger in Barrett's voice.

In stony silence the planter continued his awkward ma-
neuvering.

"Then tell me why, at least. Why must you push yourself
this way?"

At that Pagan let the sleeve fall. When he finally turned,
his face was a bronze mask, onyx eyes burning with deep,
nameless fires. "Why? Do you really want to know?"

Barrett nodded mutely.

"I'll tell you why, *Angrezi.* Just look out there. Do you see
that glint of silver just beyond the eucalyptus trees?" Bronze
and ridged with muscle, his left arm rose, gesturing down the
slope. "See it?"

"I—I see it."

"Go down there right now, and you'll see a troupe of langur monkeys playing in the shallows. Slightly farther down-
stream you'll see the sambhur bucks, poised for a wary dash
to the water. Behind them the thickets will be shaking with a
thousand kinds of movement, hiding a few poisonous kraits,
a sloth bear, and possibly even a leopard or two. In wave
after wave they come and go, remorseless and unending
while overhead glides the vulture, silent and patient companion, the black shadow who feeds on each one. For that is the
way of the jungle, *Angrezi:* flesh feeding on flesh, life given
and crushed out in an instant. One moment of carelessness
—that's all it takes, remember that. Remember, too, that
here there's no room for error or sympathy. In this green,
teeming world only the very strong or the very cunning survive, and they do that by feeding off whatever creature is
struggling to survive beside them. The jungle is faceless and
entirely without mercy, Cinnamon; anyone who survives it
must be just the same."

He faced her then, his features gaunt with strain, as rigid
and unyielding as the granite outcropping above their heads.
"It's perfectly simple. The day I stop being strong is the day I
die—and everyone who relies upon me dies with me."

For long seconds Barrett didn't speak, her eyes dark with
an emotion she was struggling to conceal. The sight made
Pagan flinch.

He didn't want her pity, damn it. He didn't want anything at all from this woman! At least that's what he tried to tell himself.

But there was another reason that Pagan was desperate to speed his recovery: with the passage of every hour he found himself wanting nothing more than to stay beside her, hip to hip, legs brushing, hands grazing.

He wanted it even while it was tearing him to pieces.

So he said nothing, merely turned and wrenched awkwardly at his stubborn sleeve.

The next moment slim fingers lifted the crisp linen, slipped his arm within, then eased the bandage past the sleeve opening. Silent seconds flowed into a hot, sweet eternity. Frowning, Pagan tried to ignore the tendrils of fire that seared him wherever Barrett's fingers brushed his skin.

Finally she was done. Without a word, Pagan bent his head and probed at the buttons, using his left hand.

One after one, they eluded him.

Wordlessly Barrett pushed his fingers away. Her cheeks were swept with color as she closed the first button at his neck, her eyes fixed rigidly on his chest.

"I can manage for myself, woman!" Pagan said hoarsely, trying to ignore the touch that was part torment and part paradise.

"I know you can. But just this once you don't you have to." The second button slid home and then the third.

Feather light, Barrett's hand swept across his chest, each movement sending more fire to Pagan's groin. When her palms flattened and slid down to draw the tails of his shirt closed, it was almost more than Pagan could stand.

Her soft fingers caught at the trailing fabric. Breath checked, eyes half closed, Pagan waited for the agony to reach its delirious peak.

Raw heartbeats later it did. Her hands tightened on the bottom of the shirt, grazing the throbbing line of his manhood. Pagan's jaw clenched as desire exploded through him in wave upon savage wave. *"Enough, woman!"*

But even as he spoke, Pagan knew the crude truth. He

wanted her. Right now. Tomorrow. The next day and the next.

He wanted her wet and reckless beneath him. He wanted her naked and straining, laughing and love-dazed. He wanted her wanton, touching him in a thousand forbidden ways, while he did the very same to her.

Dear God, he was dying of this wanting!

But strength was a thing that Deveril Pagan had learned very young. Those lessons, learned across his father's knee, had often been painful. But in the course of an unpredictable and often cruel life, strength had been his one steady companion.

He took refuge in that strength now, courted it, forced it around him like darkest armor.

Tightening his jaw, he forced himself to step away from Barrett although it was the hardest thing he'd ever had to do. For he knew touching her would only bring more pain and greater torment. Maybe sooner. Definitely later.

No, dreaming was as close as he could ever come to possessing a woman like this.

"There's one reason I failed to mention." His face was unreadable. "Sit down and I'll tell you, *Angrezi*."

She glared back at him, all fire and defiance.

"Do as I say for once, woman!"

Something about the shadows in Pagan's face made her relent. She sat stiffly on the edge of her cot.

"Look at your feet."

Barrett frowned, glancing down. Suddenly her breath caught. She saw then that the soles of her feet were streaked with dirt; bits of dried grass and twigs clung to her heel.

Pagan's eyes were hard, dark with something that might almost have been regret. "You walked in your sleep again last night, Cinnamon. I only heard you after the flap closed. As it was, you were halfway down the hill before I caught you. A few minutes longer and . . ."

He did not need to finish.

Barrett shivered. How could she be so completely unaware, so out of control, remembering nothing of these nocturnal journeys? And what dangers might have befallen her if Pagan hadn't followed?

She stiffened, achingly vulnerable, a stranger captive in a cruel, alien paradise. Sea-dark, her eyes rose, seeking Pagan's hard jaw and the unyielding line of his shoulders. For a moment she had a wild desire to drift, to forget everything but this moment and this man, to seek strength from that bronzed, rippling body.

To accept the hot comfort she knew she would find there.

But instantly something in her nature rebeled, something old and deeply imbedded. Even as she shivered with need, Barrett closed her mind to those seductive images.

"Oh, you needn't bother about me. I shall be just fine, Deveril Pagan, I assure you. And it will be a snowy day in hell before I need to ask your help in anything!"

The words should not have hurt Pagan, but they did. Angrily he jammed his shirt into his breeches, the pain at his shoulder making him grimace.

He strode to the door and stood studying the green, rising hillside for a moment. "Bold words, *Angrezi*. Unfortunately for you, those first cold flakes hit the ground the day you got involved with James Ruxley."

For three more hours they climbed, the air growing steadily cooler. Barrett tried very hard to keep her eyes from the lead elephant, where Pagan had passed the last twenty minutes gesturing at a map with Nihal.

Now she shared her *howdah* with Mita, whose dark eyes were uncustomarily strained. From her forced monologue on the passing terrain and its diverse flora, Brett realized that the servant was discussing everything but what was really bothering her.

And that was the man riding next to Nihal. The man she loved.

A few minutes later, in spite of anxious protests by Nihal and Mita, Pagan got down and began to walk. His gait was stiff and awkward, but somehow he managed it.

Vainly Barrett tried to keep her eyes from the pain-lined

face, from the broad shoulders held rigid against his pain. She felt her throat constrict and angrily jerked her eyes away.

Damn the man anyway! What did it possibly matter to her how he felt?

But she knew only too well. Every second her heart whispered why; a moment later surging blood and aching skin echoed the answer.

For Deveril Pagan was part of her now, bonded through the pain and danger they had shared in this wild, rugged country. She felt him always, present or absent, and the awareness was as keen and piercing as the bite of any krait.

Maybe there was a strange logic to it, for he was a man with too much past and she a woman with too little. Together they might have evened the account, turning weaknesses to strengths.

But for them, together could never be.

Memory or no, Barrett knew it unquestionably.

"What is he like?" she asked Mita abruptly. "The viscount, I mean."

"The viscount?"

"Viscount St. Cyr—the man who owns Windhaven. Is he as cruel and aloof as I've been told?" Barrett could not understand how a man could invest such sums of money in these lush acres without taking an interest in examining the results first hand. Or caring about the dangers his workers faced.

Most important, though, was whether the owner ever visited Windhaven.

"The—Tiger told you that?"

"That and a few other things. All of them were equally unpleasant." Barrett flushed, recalling that particular conversation.

Mita's coffee-colored eyes went wary. "I—I am not knowing what to say, miss. The Tiger-*sahib* will be very angry if I carry gossip, you understand."

Barrett hadn't missed the frown at Mita's brow, nor the hesitation in her voice. What was the woman trying to hide?

Could it be that the viscount was not the tyrant Pagan had made him out to be? That the English peer was closer at hand than Pagan cared for her to realize? Perhaps he was even now resident at Windhaven!

At that thought Barrett felt a conflicting storm of emotions—excitement, hope at the thought of escape, and something else.

Regret, perhaps?

Grimly she forced down the thought.

No, her only regret was that she had ever met Deveril Pagan!

Oh, absolutely, my girl, a dry voice whispered. *And if you say it long enough you might just begin to believe it yourself.*

"But surely the viscount must concern himself in estate affairs."

"In his way," Mita answered ambiguously.

Barrett could only feel a keen disgust for the sort of man who would leave such difficult work to a hireling, even when that hireling was as arrogant and infuriating as Deveril Pagan. "Then . . . then he never visits Windhaven? Nor anywhere else on the island?"

"I—I cannot say." Mita slanted a wary look at the Tiger-*sahib,* who stumbled, climbing down from his elephant. The *mahout* issued a sharp order and the elephant raised its trunk to steady him.

Nihal quickly hid a look of anxiety as Pagan pushed stiffly to his feet and plunged up the thickly wooded slope.

In spite of herself, Barrett felt a wave of unreasoning admiration for the arrogant man, and that traitorous rush of emotion drove her to press her case. "Help me, Mita! If having this man is your greatest wish, then you *must* help me. Tell me how to contact the viscount. I—I have no money now but I swear I'll see that you are repaid for your help."

The native woman frowned. With each passing word she grew more agitated. "No, no, miss. This is asking me something terrible—something I cannot do. You must not—you are paining me greatly in this asking!"

"He must come to visit sometimes," Barrett persisted, her

voice low and urgent. "How can he be so cold and indifferent to the state of his plantation? It must bring him a great deal of money, after all. Even a greedy man would take a little care about the source of such wealth."

It was the merest grasping at straws, but Barrett prayed it was true.

Mita stiffened. "No, it is not as the *memsab* is suggesting. The master of Windhaven is a most good and caring man!"

"Then he must be in some sort of contact with the estate, either through Pagan or Nihal. Or someone else, perhaps." Barrett grasped Mita's wrist urgently. "Please, Mita. I—I must speak with him!"

The servant's eyes churned with conflicting emotions. "But there is none—that is, you cannot—" At that moment the *mahout* issued a shrill command and the elephants rocked to a halt.

As soon as the two women were on the ground, Barrett leaned close to Mita. "I *must* find him, Mita. My presence here only adds to Pagan's danger, don't you see? If I *am* involved with this man Ruxley, as Pagan charges, then . . ." She caught the servant's slender hand. "Don't you see? You must tell me how to reach the viscount! It is as much for Pagan's good as for mine!"

"But—that is, he—you do not understand. We are not supposed to speak of this. He told us most forcefully—" Unconsciously Mita's velvet eyes rose, searching for something.

Barrett's own gaze followed. She frowned, seeing nothing but two bearers arguing with their grim-faced master.

With Deveril Pagan.

Who was also, she realized in that raw instant, Viscount St. Cyr.

The realization struck Barrett with all the dark, explosive fury of a tropical storm, making her heart lurch, stealing away her breath. "N-no," she rasped. "It cannot be!"

But even then she knew it was true, that her last and only hope was dashed. Everyone in camp knew of his lie. All had been involved in the deception. No doubt they had found the whole sordid masquerade most amusing!

How *could* he?

The next moment she was running over the boulder-strewn slope. She churned to a halt mere inches from Pagan. "You and your fine words! You're nothing but a bloody liar!" Barrett struggled to fight back tears, crushed beneath a blinding wave of betrayal and disappointment. Dear God, she had actually begun to *believe* in the man, to hope that they—

Angrily she swept a hot tear from her eye. "I should have known that it was just another one of your lies, just another way to mock and deceive me. How you must have laughed at me for a silly, pathetic fool!" She stood rigid, wild with rage and disappointment. Her fury goaded her, made her reckless as a trapped animal.

As her eyes darkened with pain and unshed tears Barrett turned and slapped Pagan full across the cheek.

He did not move a muscle, his face harsh and shuttered.

"How could you *lie* to me that way?" Furiously she pummeled his neck and chest, and even then she felt a wild impulse to cling close instead. To seek heat in his hard embrace and draw his arms around her for comfort.

"Dear Lord, how could I ever think— how could I ever hope that—"

With a raw cry, she stumbled away from him, her pale cheeks misted with tears. "Damn you! Damn you now and forever, Deveril Pagan!"

Pagan didn't move, and his rigid stoicism was the worst insult of all.

Nor did he move when she turned and flung herself up the slope toward the dark line of the jungle.

This time Windhaven's hard-faced master made no attempt to stop her.

In angry disbelief Pagan watched Barrett stumble up the slope. His cheek throbbed and warm blood trickled onto his skin.

So now she knew. Maybe it was better this way, with her
hating him. He hadn't missed the naked vulnerability that
swept her eyes sometimes, when she thought he wasn't looking.

He'd meant to tell her his identity, of course, only somehow the time had never been right. Damn, but she was hot-
blooded, as quick to anger as a wild hornet. It would serve
her right if he left her out there!

His face hard, Pagan watched her scramble toward a cluster of feathery bamboo. Yes, it would damn well serve her
right.

His hands clenched to fists as he watched her disappear
into the lush greenery. He felt a welt forming at his cheek
and the stitches at this shoulder clutched like metal claws.

But mainly it was Pagan's pride that stung him.

His eyes narrowed, storm-dark. Yes, this time he would let
her find her own bloody way out! He was done with rescuing
her from the results of her own stubbornness.

As Pagan stood rigid, studying the hillside, a vulture circled overhead, black wings outspread as it caught the high
currents. For long moments the brooding planter considered
the possibility that this might have been prearranged, an argument designed in advance so that she could deliver a furtive message to one of Ruxley's hidden hirelings.

But almost immediately Pagan rejected the idea. Barrett's
memory loss was real, he knew that now. And even were it
not, he couldn't quite believe that a woman of her pride and
independence would betray him so callously.

Foolish, a cold voice warned. *Damnably foolish. And what
if you're wrong?*

*You know nothing about her, after all. She might be capable
of cruelty beyond your imagining. Maybe it is her dim memories
of such cruelty and deception that drive her white-faced and
trembling from her bed, captive of terrible dreams.*

Pagan watched her golden braid bob as she wove uphill
through the trees. He didn't believe that either, not really.
She had too much fire and innate stubbornness for such
treachery.

Careful, old man. Pagan frowned, remembering how his father used to say that it never paid to think with one's groin. *Of course you want her, but that must never cloud your knowledge of the danger she represents.*

Unconsciously Pagan fingered the fiery welts at his cheek, and his eyes hardened.

Yes, by God, he would leave her to experience the results of her recklessness. An hour spent wandering in the jungle might tame her fiery temper.

His decision made, Pagan turned his back to the jungle and strode off to camp.

Barrett plunged forward wildly, slapping the foliage from her face, certain that Pagan must be gaining on her. Tears of rage and humiliation squeezed from her eyes as she stumbled over roots and boulders. Each time she pushed unsteadily to her feet and pressed on.

Behind her, set in motion by her flight, gravel and boulders crashed down the wooded slope, echoing with the dull thunder of shattered hopes.

Forget him, they seemed to say. *Forget hope. The only thing left to trust in now is yourself.*

Her vision blurred, and she tripped once again, her knee grinding against a sharp ridge of stone. Searing pain radiated through her bone and down her leg, but Barrett only clenched her lips and stumbled back to her feet.

She wouldn't stop. She wouldn't even slow down to look over her shoulder. Right now she would prefer to be charged by a leopard than to face St. Cyr's mocking, deceitful face.

By the time she had skirted a thicket of bamboo at the top of the rise, Barrett's breathing came steadier. In truth, she had not expected to come so far without feeling the grip of Pagan's fingers.

Perhaps he'd given up on her after all.

Or perhaps he was planning some darker form of revenge.

Angrily she thrust her braid over her shoulder and forced the infuriating Englishman from her thoughts. He could pursue her as he chose—worrying about it would change nothing.

As she crested the hill, Barrett scanned the narrow, wooded valley that stretched before her, surrounded on three sides by sharply rising, forested slopes. The center of the valley was dark with clustered eucalyptus, sandalwood, and calamander trees and somewhere beyond, a stream wove through the hills, flashing silver-white. Looking up, she saw a faint curtain of silver spilling down over the granite cliff face.

She stared up in wonder, caught mute by the scene's beauty. Even here she could hear the soft murmur and gurgle of plunging currents.

The sound was irresistible.

Without taking time to consider her decision, Barrett fled forward past stones and roots and shrubs to that peaceful, green-ringed glade.

Her shirt was half unbuttoned by the time she reached the pool's edge. The clear azure water glinted with sparks of pink and gold in the late afternoon sun, the play of light and color like the flash of jewels hidden in the depths. Dozens of water lilies rocked upon the water, their pure white blooms rising up to the sun from petals spread like flat green plates.

At the far end of the pool a waterfall hung like a silver veil, spray pitched up in soft flumes. Close by, sprays of bougainvillea fluttered in the wind, their crimson petals cast into the water like red rain. The shore was a riot of color, fuchsia roses, purple delphinium, pale peach orchids, and coral-tinged rhododendrons climbing in a tangle against the granite cliff face.

In an orgy of color and sound, the glade reached out, casting its fiery beauty around Barrett, drawing her within its rich, exotic spell. As she watched, a coral-crested kingfisher flashed down from a high perch and skimmed low to drink from the gleaming water.

Paradise, she thought dimly.

A very pagan sort of paradise, that is.

But in spite of that the place soothed her somehow. The water shimmered with reflected colors, almost as if gems

rocked in its sandy shallows. A trick of the slanting light, she
knew, but it was eerily beautiful nevertheless.

Muttering an oath directed at Pagan and the next six generations of St. Cyr's, Barrett dropped to a boulder, wrenched
off her boots, and sent them flying. Seconds later her shirt
drifted down at the water's edge. There the fabric rocked for
long moments, white upon azure, then slipped beneath the
surface, one sleeve outstretched as if in a ghostly plea.

Something about the sight made Barrett uncomfortable,
but she thrust her anxiety away and tugged at her camisole
strap. Only with the first cold rush of spray, did she halt.

Reason returned, cooling the hot rush of her anger.

Slowly she slipped the satin strap back onto her shoulder.
But even then she could not quite resist the lure of the silver
waters. It might well be days before she could bathe again.

Muttering, she strode out into the pool, camisole,
breeches, and all, then sank down to her neck.

Her first sensation was of liquid poured like cool silk over
her skin, caressing the partially healed wounds across her
back. Scattered crimson bougainvillea petals and fragile
orchid blooms drifted over the surface, collecting against her
neck and chest until she was caught in a net of crimson and
coral.

Overcome with beauty, Barrett felt her anger and hostility
drain away, leaving only a vague sense of emptiness in their
wake. Sighing, she closed her eyes, easing deeper into the
water, allowing the sultry beauty of the place to swallow her
up.

Somewhere down the hill came the high, sharp bark of a
sambhur buck. A moment later she heard another sound.

It was a low cough, almost—but not quite—a snarl.

Fear jolted down her spine. The little hairs at the back of
her neck prickled and rose. Again the sound came, deeper
this time, then building in intensity.

No human ever made such a sound. It could only have
come from an animal, an animal both savage and splendid.

White-faced, Barrett edged deeper into the water until her
eyes were nearly level with the surface. That was when she

got her first glimpse of the intruder who invaded her pristine paradise.

He moved in silent, primal splendor, sliding from the green fringe of the trees. His glossy pelt was streaked with ribbons of black, his eyes keen as they scoured the glade.

He turned and glided toward the edge of the waterfall.

Terror blocked Barrett's throat.

Tiger. A *white* tiger.

The realization tore through her like a Gurkha blade. Sweet Lord, Pagan hadn't been lying that day on the beach after all!

Her knees began to shake and she fought back a sob, her eyes darting wildly to right and left, searching for an avenue of escape.

But there was none. Already the cat was at the waterfall's edge. With an impossible grace for such a large creature, he lifted one paw and toyed with the silken ribbon of water, growling low when silver spray jetted over his face.

Barrett's heart slammed against her ribs. Overhead a black-crested eagle darted past, screaming shrilly. Instantly the tiger's ears pricked forward against its massive head. He dropped against the ground, frozen in a half-crouch while he surveyed his domain.

Barrett forced herself to rigid immobility, not breathing— not even *thinking* about breathing.

Pale eyes of icy blue swept the clearing, once and then again.

A moment later, the creature edged to his feet, striped tail flicking back and forth over his rump. His moment of water play done, the great beast glided back along the bank.

Straight toward her.

Pagan's decision was final, utterly and absolutely irrevocable.

And it lasted somewhere in the vicinity of three minutes.

With a low curse, he turned away from Nihal to study the dense greenery screening the mountain slope.

Damn the woman, had she no idea of the risks she ran?

This was hardly Oxford Street after all—not that London didn't have its own share of savagery.

His jaw taut, Pagan scanned the slope, seeing no signs of motion. Grimly he jammed his hat down on his head and snarled an order to Nihal, who tossed him a rifle. Shouldering the weapon, Pagan stalked off in search of his prey, his pace increasing with every step.

When the first low growl rumbled over the treetops a few moments later, Pagan was already at the trot and cursing himself for a bloody fool.

35

The roar crashed over the valley, broke to a snarl, then rose in harsh thunder.

Grim-faced, Pagan slammed through the underbrush, heading straight toward the sound. He remembered there was a deep, shaded pool up there somewhere. It was just the sort of spot where a tiger would go to play in the water and groom himself, for the great beasts were fastidious, cleaning several times after a kill.

The thought made Pagan's face go ashen. He made no effort to mask his approach now, only crashed through the foliage, slapping leaves away from his face. If a big cat were waiting, it would be just as well to let the creature know Pagan was coming. At least that might distract the cat from whatever prey he was tracking.

And Pagan prayed to heaven that the prey was not Barrett.

He pounded up to the top of the incline and crashed through a thick tracery of bamboo, his eyes scouring the valley before him.

The pool was exactly as he remembered it. Flashing water glinted behind a distant fringe of greenery.

Rifle leveled, eyes narrowed, he sprinted into the clearing, braced for an attack.

But the glade was empty. Bone-jarringly empty.

He spun about, scanning a row of nearby eucalyptus trees for any signs of motion.

Nothing.

Maybe she had run. Maybe she had already reached the far end of the valley and was right now climbing into the distant hills.

For tense seconds Pagan did not move, studying the terrain. Seeing no sign of the great cat crouched anywhere about, he moved toward the pool.

Then he saw the line of pugmarks running from the far trees down to the water's edge. With fear twisting through his gut, he ran closer and bent down to study the damp, sandy soil.

So there really was a tiger! It was no figment of his malarial dreams after all. The beast must have escaped from a passing vessel outbound from Madras or Kerala, for tigers were not native to Ceylon.

And these fresh prints in the damp earth were unequivocal. Judging by their size and spacing, the creature was a powerful, fully grown male.

Pagan had hunted the great cats before—once and once only. It was in the sere brown elephant grass of north India, where little rocky pools drew the tigers down to bathe and escape the stifling heat.

He had tracked a powerful, six-hundred-pound maneater for three days, cornered it at a cliff, and put a ball neatly between its eyes.

And afterward Pagan had sworn never to hunt such a magnificent creature again, except in defense.

Now, facing these large tracks, Pagan felt a paralyzing wave of fear—not for himself, but for the inexperienced woman he had allowed to run away unattended. But there was no time for emotion, not with the tiger still to corner.

Cursing softly, he plunged toward the water. He hadn't gone ten feet when he saw the white shirt that lay puddled on the dark earth.

Only now the shirt was no longer white, nor even mud-flecked. Now it was dark and mottled with blood all over the neck and chest.

The sight hit Pagan like a cannon blast. He staggered, unable to take his eyes from the shredded, bloody garment. *Barrett's garment.*

Instantly he pictured her as he had last seen her, shoulders rigid with pride and fury as she ran from the pain of his deception. And then Pagan seemed to see a pair of great claws slashing down toward her chest while blood churned up in hot, crimson waves.

"Barrett!" It was a hoarse, strangled cry, raw with an infinity of pain and regret. But something whispered to Pagan that it was too late for words of any sort.

Blindly he stared at the trail of dirt leading away from the pool, drag marks where the cat had carried off his prey to a safer place to feed.

Pagan's hands began to shake on the muzzle of his rifle. Cursing, he clamped them tighter. He caught up Barrett's shirt and crushed it blindly to his chest.

The cloth was chill and damp, all the heat of her body gone.

"Noooo!" It was the raw cry of one outraged predator to another, offering the primal jungle challenge of male to male. The sound exploded like gunfire through the glade, quiet in the tiger's wake. The deer and monkeys had long since fled to safer havens, where they waited in trembling fear.

Only the water splashed and sputtered on, its gaiety cruel.

Pagan's heart hammered violently against his ribs. "Dear God . . . it cannot be." His boots dug into the soft sand-bank as he fought to stay upright, crushed beneath a wave of horror and pain. Her bloody shirt still clutched to his chest, he looked up to the cloudless sky, seeking some answer in the face of nature.

But nature was silent, as was her wont, all her secrets hidden.

And that is when the rage began, exploding from some deep part of Pagan and spewing forth like a monsoon flood. A wild torrent, it raged higher and higher, until it nearly choked him—for the worst of it was aimed at himself.

His eyes dark with madness, Pagan turned, searching for the great cat's tracks. Only a few yards from the pool he picked out the dragmark again, where the cat had leaped to a boulder, then plunged on uphill, leaving a broad furrow of blood-stained earth in his wake.

With a sickening wrench, Pagan realized he was indeed too late.

Nausea ripped through him. Only after a violent struggle did he keep from slipping to his knees and emptying his stomach.

He stumbled backward until he felt a boulder dig into his back. Reaching out blindly, he dug numb fingers into the stone until blood pooled across the granite.

Beside him the water shifted and shimmered, but Pagan paid no attention, locked in a world of shadows and wrenching pain.

The wind raised waves over the silver face of the pool. A ripple lapped softly against his boot.

"P-Pagan." It was no more than a faint croak.

Wildly Pagan swung about, his rifle sweeping the clearing. It must be a dream. . . .

"I'm—I'm here." The voice was louder this time. Golden hair rose from a lily pad.

"Good sweet God above." Something that was too savage to be called relief swept across Pagan's harsh features.

Slowly Barrett rose from the bed of reeds and water lilies mid-pool, her face as white as the petals that clung to her hair and chest.

"Meri jaan," Pagan whispered, ravaged by churning emotions.

"Is it—has he—" Barrett struggled to speak, her eyes glazed with fear.

"Gone. And I—I believed he'd taken you with him."

Barrett's eyes flashed to the bloodstained shirt still crushed between Pagan's fingers. She saw the stunned look on his face, the tension at his jaw, the bleakness in his eyes.

She caught a jerky breath and swayed the rest of the way to her feet, jelly-kneed still, her eyes locked on Pagan's face.

"Cinn—" The raw syllable wedged in Pagan's throat, and he tried again. *"Cinnamon."* It was a harsh growl, as savage as anything from the tiger's throat.

Barrett stumbled from the pool, oblivious to how the water molded her thin camisole to her high, proud breasts. Suddenly all she could think of was Pagan's face, Pagan's hands, Pagan's hot, hard body. As if in a dream, she watched his long fingers clench against the wadded shirt and wondered how it would feel if they drove through her hair like that, if they gripped her naked skin the same way.

She could not go through life without feeling those things at least once, Barrett decided.

At the water's edge she slowed, her eyes raw. "I—I snapped off a reed and used it to breathe. The lilies were close and I hid within them when the tiger returned to the falls to clean himself."

Suddenly Barrett's slim shoulders began to quiver and her carefully controlled veneer shattered. "Oh, God, Pagan—" A sob tore from her white lips. "I almost—he nearly—"

She began to shake, cold, so cold. She brought trembling fingers to hug her chest, fighting for warmth as the paralyzing chill enveloped her.

She swayed, and a second later Pagan's hard fingers gripped her waist. His face was harsh, shadowed, as he dragged her against his chest. "Are you so eager to escape me, *Angrezi*? Or do you just have a wish to die young?"

"I—I *don't* want to die." With stiff, jerky movements she jerked away, pulled the wadded shirt from his grasp, and shrugged it around her shoulders.

Abruptly she became conscious of the silence that hugged the glade, of their primal isolation in this wild place of splendor.

Of her own wanton state of near-nakedness.

But freed from horror, her body turned traitor and pulsed with life. Suddenly warmth poured through her limbs to flush her face and chest. Against the half-closed shirt she felt her nipples bud and then spring forward with arousal.

With trembling fingers she tried to shove the buttons home but somehow her hands would not respond, and her body was totally out of control. As if in a dream, she looked down and saw that her shirt was caked with blood, rent by the razor-sharp claws of the great cat. A shudder worked through her.

"The tiger must have dropped his kill when he bent to examine your shirt. That would explain—" Pagan stopped and cleared his throat. "It must have been a sambhur buck, judging by the size of the drag mark. You were damned lucky that the cat had just eaten."

Pagan's words brought no comfort to Barrett. Suddenly all she could see was blood, blood splashed everywhere over rock and water. Blood that made her feel sticky and cold and defiled. She bit down a moan and turned away, scraping at hot tears.

Without a word Pagan began unbuttoning his shirt. "Give it to me."

Barrett turned, studying him blankly.

"Your shirt—take it off. You can't wear that one. It's covered with blood. And with those claws marks, you're more naked than clothed anyway. I'll give you mine."

Barrett blinked at his flat, rapid-fire orders. She shook her head, trying to order the chaos in her mind. "I don't want your shirt. I d-don't want *anything* from you!" She couldn't say exactly why she countered him, for she knew he was only doing the logical thing. But in the wake of her brush with death, logic seemed the farthest thing from her mind.

"Now, Angrezi."

"G-go to hell!"

"Bloody, stubborn woman!" Without another word Pagan gripped her shoulders. "I'm done with arguing, Cinnamon. Take it off or I'll *tear* it off."

Ashen still, Barrett faced him in mute, churning fury. She hated him, hated this place of lethal beauty, and most of all she hated herself for not being able to remember even one fact that would help her to escape and find her way home.

Home? Maybe she would never find her way back there, where linden and lime trees marched in tidy rows beside green hedgerows.

She blinked, stunned at the image that swirled through her mind.

But it was too late. Almost immediately the vision shattered and disappeared.

Barrett's fingers began to shake. Dear God, when was she going to be normal again—a whole and complete person? How much more could she take?

The tremors grew. Blindly she drew her fingers into fists to conceal their shaking.

"Very well. If that's the way you want it . . ." The next moment Pagan wrapped one rock-hard hand in the neck of Barrett's shirt and ripped the bloody, half-shredded garment from her body, then tossed it to the ground.

Teal eyes flashing, Barrett clutched her hands to her chest, trying vainly to hide the satin curves all but revealed by the thin, damp camisole. "Damn you, Pagan!"

Pagan's dark brow crooked. "A little late for modesty, isn't it, Cinnamon?"

Barrett's face flushed red with fury. "Barbarian! You may play petty tyrant to your minions at Windhaven but *I* shan't be one of them, do you hear?"

Pagan's breath came low and hoarse. Against his will, his gaze dropped to her silken skin, hung with silver beads of water. One drop slid to the budding nipple outlined beneath the wet camisole and hung there suspended.

For raw seconds Pagan tasted desire, felt it roar through his veins.

His eyes turned to smoke as something raw and savage swept across his face. "Barbarian? Perhaps I am at that, *Angrezi.*" His voice was harsh with self-mockery. Slowly his gaze rose, sweeping from her flushed cheeks to her flashing eyes. "God, but you're beautiful."

He said the words unwillingly, as if they were a grave offense. His next sentence was a hoarse growl, barely audible. "In the name of heaven, when are you going to leave me alone?"

Barrett felt her cheeks flush anew. Queer tendrils of heat attacked her solar plexus. "Any—anytime you like, Pagan. Or should I say Viscount St. Cyr?" She laughed, a raw, wild sound. "Let me leave and I promise to trouble you no more."

Pagan's fingers bit into her shoulders. "Do you really believe that? Do you think it's a simple question of proximity? Of availability?" A muscle flashed at his jaw. "God, I only wish it *were*. But ever since I saw you on the beach I knew it would come to this. That you would be the one who—" With a curse, he bit off what he'd been about to say, his face a harsh mask.

Barrett frowned. "The one who what?"

Pagan's eyes smoldered over her crossed arms, then down to the slim hips clearly molded beneath her wet breeches. His gaze was hot as a *kachchan* wind, but Barrett shivered beneath it, hugging her arms more tightly to her chest.

Dimly she realized his fingers were rigid but no longer shackling upon her shoulders. She could have broken away then, but somehow she did not, too hungry for his answer to move.

When Pagan finally spoke it was in a hoarse rasp. "The one Ruxley has been waiting for, searching for, all these years. The one who—would get past all my defenses, disarm my logic." He stopped, his features drawn taut, his eyes ablaze with silver glints like stars against a chill, midnight sky. "And you're the one, Cinnamon, the one who finally managed what Ruxley and all the others never could. You should count yourself proud. *You've finally broken me.*"

36

The husky rasp in Pagan's voice shook Barrett awake and finally made her run. Dark and rough, it spoke of vast desire on the raw edge of overflowing. It spoke of torment and bliss, of a world of sensation beyond her wildest imagining.

And the sound was lethally seductive, making her dream of things she had never dreamed of before.

She turned and ran blindly, splashing through the pool toward the rocky trail that lead to the cliffs above.

She was afraid of Pagan, afraid of the tiger. But most of all, she was afraid of herself, of the weakness that gripped her at his slightest touch.

And the look in Pagan's eyes promised her that she had escaped one predator only to face another, who was far fiercer still.

Her heart pounding, she stumbled forward, feeling lotus leaves and reeds catch at her legs. She gave no thought to where she would go or what she would do if the tiger returned. Her only concern now was to put as much distance as possible between the onyx-eyed Englishman and herself.

Near the middle of the pool where the water surged just above her waist, Barrett lost her footing and went under. A reed wrapped around her ankle, trapping her for a moment. Finally she managed to kick free and burst wildly to the surface, then lurched on toward the far shore.

A heartbeat later she cried out as hard hands gripped her ankle.

"Don't run from me, *Angrezi*. Haven't you learned by now that you cannot escape?"

"I *can* escape—here or anywhere else." Wildly she kicked,

trying to break his grip, but Pagan's fingers locked against her like steel. In the struggle she lost her balance again and plunged headlong into the water. When he pulled her out, she was sputtering and furious. "Damn you, Pagan. L-let me go!"

"Promise me you'll stop running and I will."

"Never," she spat, twisting vainly.

"You shouldn't have run before. It was a damned stupid thing to do." He tugged her infinitesimally closer. "And I was a bloody fool to let you," he added harshly.

"You *lied* to me! You let me believe—" Without warning she kicked out with all her might, striking his elbow.

But Pagan's angry fingers didn't budge. "It wasn't a lie, *Angrezi*. I merely let you believe what you wished to believe."

"It *was* a lie, no matter how you try to wrap it in clean linen. And you bloody well know it!"

Pagan's eyes were hard as glass as his fingers inched up her knee, dragging her inexorably closer. "I meant to tell you. Somehow . . . somehow the time was never right."

Barrett twisted furiously, clawing at the water, churning up water plants in an angry green tangle. Somewhere up the hillside a peacock barked shrilly and the alarm was picked up by a noisy band of langurs hiding in the treetops.

She muttered a furious oath. "Right? No, I'm quite certain the time was not. Not when you were finding so much amusement in deceiving me."

With a ragged sob, she clawed wildly at Pagan's hands, wrenching from side to side.

With no appreciable effect. He was closer now, much closer, his hands locked savagely at knee and thigh. The look in his eyes made Barrett tremble.

Fear, she told herself breathlessly.

But she knew it for the lie it was.

"I have felt many things since I came upon you on that beach, Cinnamon, but amusement at deceiving you has never been one of them." Even as he spoke, Pagan hauled her closer, his hands rising higher.

"Bastard!" She chose the word that would anger him most, the word that had driven him to rage once before, knowing if she goaded him far enough, he might lose that steely control and give her a chance to escape.

Again she hurled the savage epithet. "Bastard—bloody, lying bastard, that's what you are. You've done nothing but lie to me from the first moment we met. Do you think I would ever believe anything you tell me now?"

Pagan's face hardened to a mask, his eyes gleaming slits. "Don't push me too far, *Angrezi*. If I am a barbarian, you might find the results not at all to your liking."

"Nothing about you is to my liking! Nothing about this godforsaken country is to my liking! Now let me go, you— you swine! You jackal!"

Dimly Barrett felt his hand circle her hips, while the other gripped her thigh. In a few moments his control over her would be complete.

She wrenched at him wildly, and a button burst from her straining breeches. A second felt ready to any second. Knowing she had no time to spare, she jackknifed down into the water and lashed out with her foot. The blow caught Pagan directly in the shoulder, driving the breath from his lungs.

She was free!

Wildly she dove forward and churned for the far shore.

Behind her Pagan swayed, bent double with pain. In her turmoil, she had forgotten about his wound. She realized now that she must have caught him full against his shoulder, for his fingers were splayed out over a line of crimson.

Barrett's face paled and she felt a raw pang of self-disgust. What sort of wild creature had she become here?

But it was too late for regrets, too late for turning back. Blindly she clawed at the shimmering turquoise, sand and fallen petals churning up in her face.

And then she felt the pool go shallow at her feet. *Almost there!*

Her fingers met cold stone. Behind her she heard Pagan's angry oaths.

"You've kicked me once too often, *Angrezi*. By God, I'll—" Harsh coughing shook him. "I'll—ahhhhh—see you pay for that!"

Tossing her hair from her face, Barrett lurched from the water and scrambled toward the natural stone steps leading up over the waterfall. Her heartbeat was so loud that she missed the telltale splash at her back and the *ping* of falling gravel.

This time Pagan took no chances. His hard hands gripped her waist and wedged her beneath his good arm. Without a break in stride he stalked toward a nearby corner of the pool, half-hidden beneath trailing fronds of bougainvillea.

"Let-let me go, you savage!" Barrett twisted and kicked furiously, but met nothing except air. "You—you'll be sorry for this, Deveril Pagan. Oh, how I'm going to make you sorry!"

"I already am, Cinnamon," Pagan growled. "But what's done is done. And now I mean to do what I should have done that day back on the beach."

Barrett's face bled white. "You can't! You—you wouldn't!"

She had dreamed of him, had dreamed of the sight of his body, had even dreamed of greater intimacies. But in the dreams her desire had been full and lush and wordless, while now, faced with the steely vision of Pagan's fury, with the awful reality of how he meant to possess her, brutally and in anger, Barrett knew only fear.

She caught back a sob, shoving vainly at his shackling hands. "You—you wouldn't dare!"

"Oh, I can and I will," Pagan said darkly. "I should have done it long ago. Then maybe—" Cursing, he cut off what he'd been about to say.

They were several feet from the waterfall now, their bodies misted with silver. Wordlessly Pagan carried her beneath a trailing spray of crimson blossoms, which dusted free and scattered through Barrett's hair.

Fear and something else squeezed at her heart, something

hot-cold and alien. Something churning and reckless that drew energy from his own ferocity.

"Don't—don't do this, Pagan." She tried to bite down the note of fear, but failed.

He merely strode on, muttering in Hindi. Beneath the trailing blossoms the waters lapped against a sheer wall of stone where a long fallen slab formed a natural seat, green draped with moss and ferns.

"No, Pagan," Barrett rasped, as she saw his intent.

But her captor made no answer, carrying her forward in raw silence, his face dark and shuttered as he reached the shaded bower. He deposited her seated and squirming onto the slab of granite and pinned her wrists to the cliff at her back.

His eyes were hard and wary, the eyes of a predator inching toward its kill.

Barrett twisted and fought, but he wedged his thigh between her legs and caught her immobile against the rock.

The water lapped cool and velvet at their legs.

She wouldn't beg, damn it. Win or lose, she would never beg!

Not again.

Suddenly a memory, shard-sharp. A voice telling her to beg, threatening her with pain and more pain if she did not.

Barrett's breath came fast and raw. She heard a muffled curse and then the crack of leather on bared flesh.

Her flesh, which quivered and split beneath the angry force of the blow. Down the whip sailed, again and again, until she heard her own voice shatter in a shrill scream.

Pain exploded before her eyes.

And then, as fast as it had come, the image fled.

Pagan saw her swallow. Saw her fight down her fear. He frowned, feeling a sickness that went all the way to the bone.

But it had gone too far between them to stop now. He had tossed through too many sleepless nights with the fire in his blood and awakened too many mornings in the same searing condition.

It had to end. *Now*. He sensed there was more, much more

that she had not told him. Things that even *she* did not know, could not remember. And if he was right . . .

He drove closer between her legs, male hardness fitted to female softness. The fit was perfect—dear God, it was more than perfect. He swallowed, fighting back a wave of desire that bade him push her down and bury himself inside her without preamble.

And Deveril Pagan, adept of four schools of yoga and every erotic art that India had to offer, found himself perilously near to forgetting all those disciplines and plunging into her furiously and without care, taking his pleasure like a rutting beast.

One more sign of how well she had done Ruxley's work for him, he thought grimly.

His jaw locked as he struggled through dark currents of desire. He thought of the woman who had run helpless and afraid through London streets, a killer on her heels. He remembered her fire and her stubborn refusal to accept his help.

She had been brave, that one. She had also been passionate, meeting him with a sweet, untutored fire that drove him wild.

That night he had felt her answering response, her rising hunger. Where had all that passion and honesty gone? he asked himself.

The voyage from England would have taken about three months on a trim clipper.

Three months captive at the hands of Ruxley's men? It might just as well have been a lifetime.

What have they done to you, Cinnamon? What secrets are locked beneath that chiseled brow? Are they things it would be better for you not *to remember?*

Pagan went completely still. His body tensed. It would be hard. Almost too hard, even for one of his training . . .

His features taut, Pagan willed his thoughts away from his aching need. He searched Barrett's face, seeing the pulse that beat wildly at her neck, the hectic stain of color at her cheeks, the churning emotions reflected in her teal eyes.

"Did they hurt you, *Angrezi*?" His voice was low, almost a dark caress. "Is that what you're afraid of, being hurt?"

Barrett blinked, confused by this new tone of voice. She frowned, gnawing a dry lip between her teeth. What did he mean? Why was he so—so caring suddenly?

Another trick?

"Hurt me? I-I don't know what you mean."

Pagan couldn't tell if it was a lie. Maybe she herself didn't know. "I think you do. And I think you *are* afraid—afraid of wanting anything. Or anyone."

Barrett felt a wave of fear sweep through her. Memories, raw and unfocused, squeezed through her mind.

Hard, clutching fingers. Hot, stale breath. The constant sense of being watched during long, burning days at sea . . .

She caught back a sob. No, she mustn't think of those dim images. Leave them for the night. Leave them for the dreams that made her walk. Thinking always brought on the pain, the throbbing headaches. "S-stop. I-I cannot remember!"

His eyes were fierce, only inches from her own. "I think you can, falcon. I think all you have to do is *want* to remember." Pagan's hard body pressed closer, every taut muscle, every sleek sinew imprinted on her own.

Barrett wanted to scream, torn by a storm of conflicting emotions. She wanted to push him away, wanted to draw him closer, wanted to slap his face, wanted to taste the water that hung in beads on his lips.

Dear God, was she going mad?

Pagan pressed closer; she felt the cliff grind against her back. His thigh began to edge between her squirming legs. In slow circles his thumbs stroked the pulse that leaped at the inside of her wrists.

"I want you, Cinnamon." His arousal was hot and throbbing and Barrett was trapped between the granite cliff and the warmer granite that jutted at his groin. With each slow circle he let her know his power and his control, the raw strength that he was still holding in check.

His mouth slipped to her ear. With exquisite skill he savored her softness with tongue and teeth, then feathered the secret recess within.

Barrett shivered, closing her eyes to his sensual invasion. "S-stop, Pagan . . ."

His voice was a low, potent growl. "You don't really mean that, Cinnamon. Not when your pulse is as wild as the surf and your breath is coming sweet and hot."

"I do—" She caught back a moan as Pagan's teeth closed over her earlobe. "I—I *do* mean it," she said unsteadily, hoping he had not heard the break in her voice.

But Pagan was a man who missed nothing. "Sweet, *Angrezi*. I like to hear you hot and breathless. Moan for me again. It makes me want you every way a man can want a woman. Naked and hungry. Reckless and laughing. Angry and scratching. But only when you are whole and aware, Cinnamon, for it's fire I want to see in your eyes, not fear. Just the way you were when—" It was a dangerous gamble, damnably so, but Pagan decided to risk it. "Just the way you were the first time we met. On a dark, snow-swept London night."

Barrett's breath caught. *It could not be true!* "L-lies. I—I remember nothing. Had we met before, I would know it. I would *feel* it."

"Ah, but you *do* feel it. Your body has known me from the first moment. I wondered those first weeks, of course, but it took me a while to recognize you. You were heavily veiled in London, and your hair was black with tint."

"No—" Dark and haunted, her eyes searched his face and read nothing but honesty and implacable determination there. "Im-impossible." But the denial was softer this time.

And then suddenly the dark veil in Barrett's mind parted and memory arced through her. It was all there, the whisper of cold wind, the white silent flakes drifting against a dark sky. The sense of a faceless danger lurking in the night.

And something else. A stone with a heart of flashing fire.

The ruby? Had she seen the Eye of Shiva on that long ago night?

She blinked, trying to push away the painful fragments working through her head.

But the images would not stop. Like angry birds they dove and fought and swarmed around her.

A shrill cry. The neigh of plunging horses as they burst from the darkness . . .

And a man, his features shadowed. A man with mahogany skin and onyx eyes. Dear God, could that man have been Deveril Pagan?

"It's coming back, isn't it?" Pagan's voice was raw with triumph. "Dear God, how I searched for you after that night. I sent men from Whitechapel to Kensington, but the results were always the same. Nothing. No sign of a woman with ebony hair and a black veil. No clues at all."

Barrett held her breath, afraid to believe him, afraid to yield even though the heat in her blood whispered that he was not lying.

She twisted against him, but the ledge was narrow and the only thing that held her upright now was the rigid wall of his chest and his granite thighs.

Dimly Barrett realized that her heart did indeed remember, and her body too. Not all, but enough. Perhaps they had always remembered, even while her mind was veiled in shadows.

She swayed, and Pagan dragged her against his chest. "I went crazy looking for you. I must have returned to that square a hundred times over the next weeks." His voice turned harsh. "Where did you go?"

Stunned, Barrett tried to inch away. This was simply another one of his tricks! But suddenly she had to ask, had to know. "You—you looked for me?"

"Day and night for three weeks. I tried the docks, the hospitals, and every inn and lodging house within the area. But you seemed to have been swept from the very face of the earth." Pagan's face darkened, hard with memories. "And then—then I had to leave. The ruby was sold, my business done. I had no more reason to stay in London, when

Windhaven needed me so badly. Can you forgive me for that, *Angrezi*?"

The harsh plea clutched at Barrett's heart. Could it possibly be true then? Had he cared for her so much?

"Dear God, what do you want from me, Pagan?"

"Just tell me you remember. Something—anything at all."

Barrett searched his face, seeking some chord, some resonance with her past. But all she saw was a face hardened with care, a face that carried terrible scars, both on the skin and beneath it.

All she saw was a man who had seen too much of life's dark side, and too little of its good.

All she saw was Deveril Pagan.

And God help her, she loved everything she saw.

She swayed slightly, crushed by a wave of blind yearning. She was dangerously close to yielding, Barrett realized. In this time and in this place she knew it would be very hard to deny Pagan anything.

But she knew she had to try. What future could there be between them when she was just half a person and a nameless pawn in Ruxley's lethal game?

Her fingers splayed open. Only then did Barrett realize they were no longer anchored against the rock face but were locked to Pagan's naked chest. She quivered as the warm bands of muscle shifted and rippled beneath her fingers.

She wanted him. Dear God, if he pressed her much longer, she would no longer be able to conceal it.

She forced her hands to rigid stillness. "I—I remember nothing. You must be mistaken. Besides, my hair is hardly dark, as your own eyes will certainly affirm."

"But it was then, Cinnamon. You were running, in disguise no doubt." But from whom? Pagan asked himself as he had so often before. And why?

This time he meant to have his answer, along with all the other answers he wanted. *Now.* Wrested from her naked, straining body.

"No! It—it must have been someone else. A different woman!" There was desperation in Barrett's voice.

Pagan went still, thigh between her legs, hands locked to her wrists while her breasts rose and fell with wild, tormenting friction against his chest. "Don't lie to me, *Angrezi*," he said harshly. "You can never hope to succeed."

"I'm not lying!" Barrett stared back in tremulous defiance. "I don't remember—neither you nor anything else!" More lies, but these were necessary, she told herself. She must never offer him encouragement, for this hard-eyed predator would not fail to turn any weakness to his own advantage.

With a hoarse oath, Pagan twisted, driving her down beneath him onto the granite slab. Overhead the waterfall hissed down in a silver curtain, misting them with spray, shutting them off from the outside world. "You're lying, *Angrezi*. And I'm going to prove it."

A quiver rocketed through Barrett as Pagan's massive body pinned her to the stone. His eyes were burning, his face taut with determination and something far darker. She knew her strength was no match for his, but what else had she to counter him with?

Pagan's velvet assault intensified. He savaged the line of her collarbone and tongued his way along the sensitive hollows above, tasting the flare of her pulse with open, questing lips. "I'll *make* you remember, Cinnamon. Before I'm done you'll know everything about that night."

For an instant fear swept through Barrett. Night, full of shadows and faceless phantoms. Hollow, pounding footsteps. Hands grabbing from the darkness. . . .

She shuddered, closing her eyes before the piercing images.

But more followed. Pain. Nausea. Raw, searing helplessness.

No, don't think! Dear God, push it down deep, where you can't find it!

Pagan's mouth moved upon her neck, urgent and hot. "Don't fight it, *Angrezi*. Good or bad, the past is part of you. Just as *this* is part of you."

"I—I can't, Pagan. Don't make me! You—you don't understand!"

"Understand? No, by God, I don't! But I will, Cinnamon. Oh yes, you can be certain of that."

Barrett heard him groan and knew that he was studying the pebbled crests outlined beneath her damp camisole.

Dear God, no. She could bear no more! With every second the dark memories inched nearer, and her traitorous body came closer to yielding.

She squeezed her eyes closed, fighting to deny his heat and the heat that he kindled in her. But even with her eyes closed she felt his devouring gaze, hot as a lover's caress.

Not that this dark thing between them could be called *love,* Barrett thought wildly.

But it was no use. He was winning. She could feel the reckless hunger begin, slow and insidious, in the satin recesses of her body. Once again he was making her feel things she should not feel, want what she should not want.

Barrett's breath caught in a sob. She shoved wildly at his chest. "Don't—don't do this to me, Pagan. I—I don't *want* to remember!"

There, it was out at last. She was glad he knew, glad that she had faced the truth herself.

His voice was oddly gentle. "I know that, *meri jaan.* I've known it for a long time now." His eyes were unreadable, even at this close distance. "But you need the answers as much as I do, and today we're going to find them."

Barrett twisted desperately, all too aware of the leashed power of his body, the straining heat of his manhood against her belly. Sensation overwhelmed her and she realized she was near to breaking.

Dear God, perilously near!

"S-stop, Pagan!"

But the hard-faced man before her gave no sign of hearing. "Try to tell me you don't feel it too. Tell me you don't like it when I touch you like this."

Barrett stared back, her cheeks swept with color. She tried to say the words of denial, but her eyes wavered before the steely force of his own.

Driven by an errant breath of wind, the jasmine and bougainvilleas pitched to and fro, scattering red and white petals across her ivory skin. Barrett shivered, covered in perfume. Steeling herself to the insidious beauty spilling around her, *through* her, she started to speak, to deny what she was feeling.

But she never got a chance.

For at that moment Pagan leaned down and began to tongue the fragile blooms away, one by one, his mouth hot and hungry against her flushed skin.

Barrett tensed, shoving at his chest, but somehow the protest on her lips emerged as a moan of pleasure.

The soft, breathless cry made Pagan's eyes smoke. "Next time I'll take you in rose petals, *Angrezi.*" With raw hunger he anchored her wrists to the rock beside her head and slid his thigh between her parted legs. "After that I'll have you in jasmine and lilies. Sweet God, none of them will do justice to the naked silk of your skin."

Beneath them the moss was soft and cool, water lapping gently against stone. But Pagan's hands were hot, infinitely hot. "Think of it Cinnamon. Think of you in silk gauze and little golden bells, with jewels spilling over your naked skin. Think of perfume in the night and our bodies merging, velvet upon steel, heat thrust into heat. Then look at me and tell me you don't want all of that. If you can, I'll let you go this second."

Barrett squeezed her eyes shut and tried not to think, tried not to imagine how it would feel. But with every ragged heartbeat the forbidden images sharpened, growing unbearably real.

Dear God, she knew it would be all he said and more. How could she fight him?

"Still you will not speak? Still you push down these memories and trap your feelings?"

Without warning Pagan's fingers dropped, wrenching her breeches open and surging beneath to feather the curve of her belly.

His gaze smoldering, Pagan slid his thigh up and down in a slow, tormenting rhythm. He watched her shiver with rising need, then slowly brought the rough pad of his thumb downward.

Barrett's eyes flashed open. Every nerve, every muscle in her body sprang to electric awareness as his finger neared its goal. A moan tumbled from her lips as fire uncoiled in a rich, sensuous path, radiating out from those strong, stroking fingers.

And then in one wet slide he filled her.

Dear God, he could not—she *must* not!

She burst to life beneath him, biting and twisting and clawing, desperate to prevent his claiming, for a claiming she knew it would be, far fiercer than anything she had ever known.

Around them the air seemed to shimmer, their bodies locked in a struggle as old as time.

"Give me your passion, *Angrezi.* Show me the woman you were there in the snow. The woman I could never forget."

Water brushed across the granite slab, lapping at their feet and fingers.

Close, so close.

Barrett's heart leaped. Tendrils of memory swept over her, dim still, but cold, so cold . . .

That was when she realized that with the yielding would come the remembering, and in its wake all the old pain.

Move! she told herself desperately. *Fight it!*

She arched and wrenched, but the movement only drove the flushed points of her nipples against Pagan's chest. Brought her closer to the velvet power of his restless fingers buried deep inside her.

His gaze fell to the shadowed peaks upthrust against the fragile barrier of her bunched camisole. Desire swept his face, stark and raw, but something told Barrett that his need went far beyond mere physical hunger.

Barrett's breath caught. Pinned beneath him, opened to his hot invasion, she felt a slow storm begin to build at the focus of his fingers, arcing out like heat lightning from nerve to nerve, limb to limb. Soon her whole body burned, inside and out.

For him, only for him.

And he knew it, damn him.

The only sound around them was the splash of the waterfall and the restless rustle of straining fabric. Pagan watched her in harsh silence, a muscle flashing at the clenched line of his jaw.

Abruptly his finger stilled, buried strong and hard within her sleek heat. He made her wait and watched her wait, watched her tremble as her body turned traitor, soft and wanting beneath him.

In that moment he made her want him, just as he had promised he would.

Barrett's dry lips quivered. The hunger was part of her now, squeezing through blood and bone. She raised her hips and squirmed mindlessly. "Pagan—" Freed now, her hands twisted, hammering at his chest in helpless fury.

In mindless need.

"Tell me, *Angrezi.* Say it. I want *all* of you, and that includes the memories."

"I—oh, God, no—"

"Say you want me. Say you want *this.*" His fingers moved, feather light.

"I—damn you, Pagan!" Shadows and smoke. Fire mixed with clawing fear. Dear God, why did they always twine together? "L-let me go!"

"Very well. If that is your choice." He eased slowly from her tight, sheathing velvet, his face a granite mask.

But Barrett discovered then that the emptiness was worse than the fear. She squeezed her eyes closed, sinking her nails into his tensed shoulders.

At her wild movement Pagan's eyes turned to smoke. "Open your eyes, falcon. Open your *mind.* Look at me when I love you. Look at me when your body burns."

Fire flared through her cheeks, but Barrett did as he ordered, able to think only of the sleek power of his touch.

"God, how clear you wear your passion. Rare, so rare. And it makes me wish—" Abruptly Pagan's jaw clenched and he bit down what he would have said next.

And then his thumb rose, parting her sleek heat in search of a forbidden goal. Slowly, carefully, he eased deep until he found the tiny velvet ridge that throbbed beneath his feathering touch.

Barrett's breath hissed out in a rush. She arched like a cat, mindless and wanton, thinking of impossible things like trust and hope and forever.

Things that could never be. Not between enemies such as they.

In steely silence Pagan watched her face as the pleasure grew. His claiming was swift and total, infinitely sweet. He missed no detail of her response, no soft sigh, no breathless shudder of need.

"I—I hate you, Pagan. Don't—ohhhh—think this is anything but lust. Something—*you* taught me!"

Pagan's lips curved in the ghost of a smile.

The next instant, while Barrett's blood hammered, lush and honeyed with need, his tongue eased between her lips.

He slid against her lazily, as if he had all the time in the world, teasing a moan from deep in her throat. Hot and wet, he drove inside her, his taste smoky with tea and Mita's herbal remedies.

And every aching movement he repeated with his fingers, buried deep inside her.

Barrett shifted desperately, driving her tongue against him wildly. With a dark growl he pressed closer, answering with the hot, sliding friction of his impaling fingers. Lip to lip, tongue against tongue, they moved in a raw infinity of heat while Pagan's hands worked their blinding magic.

"Tight, Cinnamon. Ah, God, so damned tight. Move—yes, that's it." He eased even deeper, possessing her with shocking completeness.

Desire rocketed to Barrett's toes. That was when she had the first inkling that she was playing too deep, that this man was a master with a thousand tricks in his arsenal of arousal.

He was magician, mind-reader, and dark enchanter.

And despite all her determination she was utterly defenseless against his skill.

But the realization came too late, for already he had claimed her, set his mark upon her just as clearly as the golden chain that dangled at her taut, straining belly.

His chain.

His woman.

Barrett gasped at the image, suddenly wanting all that, wanting to be his property, his lover, his and only his. And the throbbing line of muscle at Pagan's groin told Barrett that he was just as affected as she. She gloried in that knowledge, swept with a blinding need to make him far more urgent still.

To claim him just as he had claimed her, man-root to woman's heat, while passion flared around them, burning them into white-hot cinders.

In that moment Barrett felt alive, blindly, recklessly alive, in a way she had not felt for months. And this was just the man to take her the rest of the way.

With a growl, Pagan palmed one perfect pink nipple to aching arousal, then soothed her slowly before beginning anew. Deep inside her his fingers matched the same movements, first slow and teasing, then building to a wild, aching crescendo.

"Your skin whispers of hot dreams and wild places, Cinnamon. When you tremble I think of fields of spring green and a pleasure that will take us all the way to heaven." And then instead of his fingers it was Pagan's mouth that teased the damp cambric, tonguing the dark pink bud that thrust up hungrily for his touch.

He lapped and tugged and gnawed, their contact separated always by the fragile barrier of cloth. With each movement Barrett's exquisite torment grew.

Suddenly she was wild to be free, with nothing but hot skin between them. With nothing but his lips and this velvet hunger. She arched against him, low, breathless cries wrenched from her lips.

As if in answer the fabric opened, its buttons sheared free. Pink and straining, her breasts tumbled forward, begging for the touch of his teeth and tongue.

But Pagan did none of those things. He simply took his time looking at her, watching her face flare high with color.

Until she wanted him mindlessly and accepted that wanting.

"Pagan—" It was a soft, helpless moan.

"Ah, falcon, so perfect you are," he said hoarsely. And then his head slanted down.

With a hiss the camisole slid from Barrett's shoulders. She moaned softly as he teased a trail of jasmine petals from her skin, then captured a straining pink nipple between his teeth.

Shuddering, Barrett drove her heels against the stone, past logic or modesty now, all barriers gone. His mouth was sleek, searing, and it taught her a wild, drumming pleasure.

He took her gently at first and then harshly, driven by his own laboring need, by the hunger that had gripped him for months, ever since their meeting in London. "Do you want it, *Angrezi*? Do you want me now?"

Barrett twisted, her nerves aflame. Her answer was low, breathless, infinitely sultry. "M-more."

She flushed crimson when she heard her own raw plea, but somehow even that emotion spun away as Pagan laughed and complied, lips and fingers moving in a rich texture of torment, in a hot, blinding friction.

Heat lightning. Fire on a long ago London night. . . .

Instantly the fear was there again. "P-Pagan! Oh, God, no —I can't—"

"Yes, Cinnamon. Much more. Now, while you burn for me. While I watch the pleasure rip through you." His fingers drove deep, deft and seeking, his teeth a searing torment at one tautly pebbled nipple.

When she strained upward, Pagan met her with low, guttural encouragement whispered against her flushed skin. When she moaned, he caught the sound in his open mouth.

"Does this please you, Cinnamon?"

Her answer came in the restless, wild shifting, in the soft, breathless cries torn from her lips.

And when Pagan's hand swept away her breeches, she arched against him, restless, mad, aflame, desperate for something she could not name, could not remember, perhaps had never known.

His eyes raked her naked skin, missing no inch of love-slick flesh, narrowing upon the golden chain that circled her slender waist.

His mark.

For *his* woman.

But the dim phantoms persisted, holding her back.

Suddenly Barrett saw the chill glint of gaslight. Jeweled eyes reflected from a silver dragon, which leered from the buckle of a heavy leather belt.

Once the belt rose, and then again, while pain smashed through her.

Dear God, no. Not again! Why couldn't they let her alone?

She stiffened, cried out, and would have twisted away except for the weight of Pagan's hand buried deep in her hair, his hard body anchoring her to the mossy slab.

"Don't fight me, falcon. Don't fight this fire between us. Savor it. Glory in it, for it drives the earth, fires the sun, lights the moon and all the stars in their sacred courses. In this primal fire there are no deaths and no shadows, neither forgetting nor remembering."

And then Pagan began the deep, exquisite rhythms that would rip the last shred of reason from her mind. Again and again he moved, each time deeper, each time claiming a little bit more of her soul while Barrett shuddered, lost to everything but his touch, her skin hazed with a fine sheen of perspiration mingled with the mist from the waterfall.

Slowly Pagan taught her a wilder ache, a breathless drumming through blood and muscle. Aflame, she twisted, seeking the reckless beauty he held out before her. And beneath his expert ministrations Barrett felt beautiful for the first time in her life, felt her body quiver and begin to sing.

How had he learned such forbidden things? What sort of dark power did he possess to make her so needy, so mindless?

But it was too late for questions. Already she felt the rising silver rush of pleasure. "Dear God, Pagan, I—" She tensed, moaning as the first velvet tremors coursed through her. "No, n-not like this!"

"Yes, falcon. Now. While I watch you hum. While I bring you your own piece of paradise."

His face slanted down and he played her reckless body with hand and tongue and expert fingers. White-hot and mindless, the pleasure grew, rising to a fierce crescendo. Over and over Pagan muttered her name, a raw plea, a fierce demand.

Images, dim and dark, swept over Barrett. It was there again, very close. But something held her back still, something made of memory and shadows, digging deep inside her with cold, invisible fingers.

Why couldn't she find it? Why did it always recede, like a mirage dancing in the hot, white air?

"Feel it, *Angrezi*. Want it. Accept your wanting. And when you do, think of a winter's night. Think of snow swept beneath gaslight while horses clip past at the trot. Think of a man . . . a man who'd been alone too long and was running from his past."

It was close, so close now. Every word sent new images vibrating through her mind.

"Think of a man who found his own piece of heaven, only to lose it the same night."

Barrett's breath caught as she heard Pagan's raw need and the regret he no longer concealed. For a night she desperately wished she could remember.

Suddenly pleasure squeezed through her in a blinding wash of silver, and her resistance shattered.

She told herself it was because he had saved her life. She told herself it was because she needed his strength in this world of nameless dangers. She told herself it was because he was careful and caring with her.

Barrett told herself everything except the truth, and the truth was that she shivered because she loved this man and wanted his claiming more than anything else in the world.

Her body convulsed wildly against him. Over and over the pleasure broke, tossing her into mist and fury, shredding her

into a thousand pieces and pitching her like fallen petals into
the pounding rush of the waterfall.

In her ecstasy she cried out, and the sound was Pagan's
name, offered in the raw, wanton splendor of a heart given
wildly and without restraint.

Given in love, though Barrett did not think of that word
yet, nor even think at all.

Pagan curved over her protectively and caught her cries
with his mouth, his eyes hard, exultant, burning.

And while he watched in awe, Pagan could have sworn the
air filled with the scent of hyacinths, spilling their sweetness
into the last, hot seconds of the day.

37

Slowly he cupped her cheeks and raised her head, sliding the
tangled hair from her face. The movement was slow, intimate, and infinitely protective.

Barrett's eyes blinked open. Color stained her face. Her
eyes were dark with a passion only temporarily abated. Passion he had kindled so exquisitely and well. "H—help me,
Pagan. I—I don't want to wake up trembling in the night
anymore, wrenched from darkness and lost memories."

Somehow her hands found his shoulders and she held on
for dear life. "Dear God, I'm tired—so tired of feeling them
inches away, always faceless, always escaping me." Her eyes
rose, haunted. "No matter how hard I try, I can never quite
reach them. And if I don't, I—"

Her voice broke.

Pagan's hands eased her closer. Sensing her turmoil, he
waited for her to finish.

Slowly her head slid forward until her forehead rested against his chest. Her next words were muffled. "Sometimes I think I've gone quite, quite mad. That it's all a dream and I'll wake up any minute. Only I *never* wake up. And the pain just doesn't go away."

In the end, it was her confession that decided him.

He hadn't meant to touch her, not in the way she expected. Not with the deep, piercing dominion that he, too, yearned for.

No, he had meant only to force her to face her past and accept the answers she found while she strained, exquisite and vulnerable in her passion.

For an oath stood between them. An oath taken long ago, while the blood-lust of Cawnpore raged around him.

And Pagan had repeated that oath just seconds before the tiger's roar echoed over the hills. Because she was *different*. Because she was not one of his casual flirts, not just another cynical bed partner. Because she had a right to expect more from him than he could give.

But here in this quiet glade, with his life-blood churning in the wake of her escape, Pagan forgot about oaths, forgot about everything but the bleak pain in Barrett's dazed eyes, where he saw reflected her need and confusion, along with all his own.

His breath hissed free. He would hate himself tomorrow. Perhaps even sooner than that. But somehow he would wrest this moment of pleasure from the bitter hands of fate and carry it with him forever.

"Then let us start with the heat, falcon. Heat and softness."

Dimly Barrett felt him sweep her arm aside. The next instant her bared breast spilled warm and hungry into his calloused palm.

This time the groan was Pagan's.

Good. No, wonderful . . .

She must have spoken the thought aloud, for Pagan laughed darkly and slanted his head down to tease the silken arch of her ear.

The rational part of Barrett's brain told her to push away, to escape while it was still possible. But she had been cold too long, alone too long, and she had come close, so close to dying. . . .

"P-please . . ." It was a woman's plea, smoky with need, and it made Pagan's eyes smoke in turn.

"Oh, I *shall* please you, my heart. Before the sun is gone I'll teach you pleasures you can't even imagine, never dreamed of."

Barrett shivered, knowing it was wrong to speak of such things, much less to carry them out. But how could she push him away when his touch was so raw and elemental, everything that she needed to drive away the fear that harried her still?

Suddenly she had to know what it felt like to be a woman. Pagan's woman.

And she would start, Barrett decided, by finding out what it took to make him groan that way again.

Breathless, she turned in his arms, pressing close to his locked thighs. Her head slid back and she stared up at him intently. With her pulse like stormy surf in her ears, she rose and brushed her lips against the warm hollow of his neck.

Pagan's breath caught sharply. Barrett felt his man's heat straining at her thigh. It made her smile, a dark, primitive female smile.

He wanted her.

Dear Lord, it felt good to be wanted, deliriously good to know such power. Like a drug, it drove her to taste more.

She captured a dark strand of his hair between her teeth and tugged. He stiffened, and then his breath exploded against her ears.

"Touch me, temptress. For another kiss you can have my very soul."

His head dipped, teeth playing roughly over her ear and tugging the lobe deep within his mouth.

Barrett's moan was dismay and wild triumph, jubilation and darkest denial.

And then some woman's instinct made her arch, catlike, and drive her body even closer into his hot, capturing fingers.

She felt him shudder, felt his heart slam against his ribs, felt the heat of him race through her like fire.

And the full-blown sweep of his manhood made her wild to possess all of him.

Her eyes flashing teal and sapphire, Barrett circled his tensed shoulders and stared up at him. Suddenly *she* was the huntress, she the aggressor, sharp on the scent of her prey.

Her breasts drove against his half-opened shirt, desperate for his heat, for the seal of his body upon hers.

For the proof that she was alive, gloriously alive.

Pagan clutched her slim hips, his face molded into a bronze mask of need as Barrett jerked at his shirt buttons, shearing them off when they resisted. Wildly she tugged the cloth free of his breeches and dragged it from his shoulders.

Then her fingers froze. She saw the white gauze at his shoulder, belatedly recalling his recent wound. "But, Pagan, you can't—that is, there's your shoulder to think of. You shouldn't—"

He cut her off with a growl as her fingers grazed his nipples. "Forget my *shoulder, Angrezi!* Sweet God, I've a wound that pains me far greater, a wound only *you* can solace!" His breath caught in ragged awe as his eyes raged over her. "What are you, sweet temptress? The nymph who rules this glade?" His eyes glittered, dark and demanding. "But no matter. Either way I mean to have you, Cinnamon. And this time, by Shiva, I'll feel you hot and tight against me when the pleasure comes."

Little jerky breaths spilled from Barrett's lips as she pressed her face to his chest, sliding her tongue deep into the crisp black mat of his hair.

Pagan muttered in Hindi, his hands dropping to her buttocks. His fingers splayed apart and drove her tight into the saddle of his granite thighs. In answer, her tongue burned upward and searched out his flat male nipple.

She found it.

Pagan instantly froze.

With slow, exquisite torment her tongue danced across him, without thought, provoked by some deep, wordless instinct. Somehow every movement seemed familiar, part of the dark, primal dance of life. Suddenly she was every woman who had ever lived, with an infinite breadth of experience.

With a growl Pagan captured her buttocks and drove her upward, his arousal rock-hard between her thighs.

Barrett shifted, wild to learn more, wild to feel all of him. She fitted herself into his hardness, moving side to side and then locking her long legs around his waist.

At the same instant her teeth captured the sensitive male nub and Pagan groaned hoarsely, head thrown back as pain and pleasure roared through him.

"*Ahhh*, you'll be the very death of me, Cinnamon!" Suddenly the chill barrier of fabric between them seemed an unspeakable sin. "Undress me. Dear God, I want to feel you everywhere, love-slick and hungry against me. I want to make you hot and reckless, beyond logic or modesty, as wild as a woman can be. But first—"

In one powerful motion he lifted her higher and slipped one flushed pink nipple into his hungry mouth. He took her fiercely, plucking and nipping with teeth and lips.

Ablaze in need and wonder, Barrett let her head fall back, tawny hair spilling over her shoulders. She shuddered with the fire of his possession, splendor spilling molten through her.

All she had dreamed of. All she had ever hoped for . . .

Her body shivered and begin to sing.

Pagan muttered a growl of triumph as she tensed against him, her nails digging into his shoulders.

"N-no—not again, not this way—" But resistance scattered as he played her flushed, aching skin with his teeth.

Exquisite. Agonizing. Unforgettable.

And Barrett discovered neither protest nor resistance meant anything here in this dark, pagan paradise he forged. For when he touched her, she forgot everything but this strange wild yearning of hungry skin and gnawing need.

When he kissed her she knew only that he made her feel exquisite and wanted.

And *whole* again.

It was visceral, limb-sapping and blood-searing, this thing between them, a war of blood and brain and shivering muscle.

But her mind and memory, Barrett discovered, had absolutely *nothing* to do with it.

"Dear God, Pagan, I'm—ohhhhh!"

Once more the distant roar, once more the blinding silver wave, rising in awesome silent splendor.

And then the wingless flight, the soaring joy. In starlight and in crimson fire Pagan's strong arms wrapped her tight and carried her all the way to heaven.

Pagan's eyes had the dark, feral look of a jungle cat as he caught her cries on his lips and anchored her to his chest, watching the wild pleasure rip through her again.

Surprise and triumph glittered in those onyx depths, along with a savage need held barely in check.

A need he must soon satisfy.

For he was a man driven now, flushed with triumph, cast beyond the breaking point. He spoke no longer, only touched, only moved, blind in a world of sensation. His face a mask, Pagan let his hands speak, burying his fingers in her hair and slanting her head back to face his fevered gaze.

"Now, Cinnamon. Sweet Lord, I can't wait longer."

"Y-yes. Oh, now . . ."

Around them the sand glittered in the slanting rays of the sun, lit by thousands of tiny crystals. Ruby, sapphire, and topaz fragments lay scattered in the gem-rich effluvium carried down from the mountains above.

But none were so rich as Barrett's eyes. None so sharp and piercing as the need that gripped the two people in the quiet glade.

In one savage movement Pagan wrenched off his boots and tossed them aside. Swiftly he freed his breeches. His hard-muscled flanks glowed like molded bronze in the dying sunlight.

He turned to Barrett then, and the sight of his pulsing manhood made her breath catch. Good sweet heaven, the man was massive! How could she possibly—

But there was no time for fear or uncertainty, no time for anything but a wild shiver of anticipation before Pagan's hands wrapped around her hips and skin met heated skin.

Nerves aflame, bones turned to mush, Barrett felt his massive thighs flex, felt the first velvet thrust of his exquisite, sliding invasion.

His hands kneaded her buttocks fiercely as he held her to him. She moaned softly, twisting, driven by a reckless hunger she did not understand, had never imagined.

"Is *this* what you want, Cinnamon? For me to bury myself inside you, so bloody deep that I can never again pull free? So deep you'll never *want* me to?" Pagan's voice was raw, harsh with unspoken nightmares and a desire too long restrained. "If so, then tell me, damn it!"

Barrett shuddered, grasping at his rigid shoulders. Her head fell back and her hair spilled around them, gem-bright in the slanting sun. "Deep. Oh, God, *deep*, Pagan. P-please!"

With a harsh groan he slid her down his body until her thighs molded his burning need. By instinct alone Barrett arched back and wrapped her long legs about his waist, her nails digging into his shoulders.

He muttered then, the words dark and guttural, as he tested her velvet response against the hard line of his throbbing sex.

And then, while she was infinitely ready, while her skin was licked by flame and her eyes were blind with the beauty of his naked wanting, Pagan caught her close and drove deep within her soft, trembling heat.

"Dear God, Barrett, you're—so small. So damned tight. Oh, God, burn for me, *Angrezi*. Burn me into ash!"

She shuddered at his fierce words, feeling a queer burning and then nothing else but his hard liquid slide. His face taut, he buried himself deep, parting muscle and love-slick skin, driving all the way to the bone.

No, *deeper*. All the way to her heart.

Inside her, against her, around her, he was, huge and pulsing, hot and straining, part of her now, delving right to her very soul.

Even then it was not enough. Her breathy moans told him so.

His hands tensed. He laid her back into silver waters and fitted her to each wild, slanting downthrust, groaning when he left her by slow, calculated inches, gasping when he joined her anew.

Each velvet journey was an end and a beginning, all the world's sensations rolled up in one raw, quivering explosion of emotion.

"More, Angrezi! Give me *everything.* I want every shudder, every sigh. I want your heart trembling on my fingers. I want every hot, sweet inch of you around me when you come."

Barrett moaned, straining against him, tossing in a storm of sensual need. He was steel heat and velvet control; he was relentless invader, dark protector.

He was *Pagan,* the man who had made her whole again.

And then, her long legs wrapped around him, she felt the velvet splendor begin anew, wanton and unspeakable because this time Pagan filled her, drove deep, bone deep, impaling her with the raw fury of his naked need.

Her nails dug into his shoulders. She arched back, ecstasy exploding through her in white-hot waves. "Oh, God!"

"Are you—am I—" Pagan tensed, his voice harsh with worry.

"Yes, Pagan. *Yes!"*

And in the wake of her stunned cry, she felt him drive deeper still, dimly realizing that he had given her only part of his throbbing length up until that moment.

She felt herself stretch and glove his heat, felt her fire reach out and wrap him tight.

She twisted, wanting all of him, needing him as wild as she was, riding the last bloodred rays of the dying sun.

She moaned, squeezing the hard length of muscle buried deep inside her. She arched, sheathing him close like a sleek, hot glove.

The movement was utterly instinctive, wildly natural.

And it was Pagan's final undoing.

"Good sweet God, *Angrezi!*" He threw back his head and buried himself to the hilt, groaning harshly when he felt her tremble and convulse against him once more.

She wanted every part of him, every hot inch of him, and she got it. She shuddered in the glory of it, yielding to his steely possession and his raw hunger. Each naked thrust was a paradise in itself, a mini-lifetime of sensation, birth exploding through glorious, ripe awakening, and then the sweet, drifting glide back to lazy, satiated peace.

In those raw seconds Pagan taught Barrett more about life than she'd thought could exist—and more about *herself* than she'd ever hoped to know.

"God—good, sweet God, *Angrezi.* I cannot—ahhhhhh—"

She smiled darkly as she felt him shudder, his control broken at last. Then Barrett took him home inside her, all the way home, away from the shadows of Cawnpore, away from the leering fires of the hated ruby. She gave him all she'd yearned to give since that long-ago night beneath the gaslight when he'd saved her twice from terrible death.

She gave him *herself.*

For she remembered now, not all, mostly fragments. But it was enough to know *he* had been there.

And when he caught a last shuddering breath and drove fierce and full inside her, she opened to him, opened to his blinding need, felt his force and all his fury and then the hot man-seed exploding deep inside her. That, too, she wanted.

And in that moment Barrett knew that Pagan had found his haven just as she had, no matter what long years of wandering and betrayal had gone before.

Blind, yearning, they found heaven together then, skin slicked to fevered skin, breath tumbling into heated breath.

Her final conscious thought, as she tumbled headlong into

a final shuddering bliss of her own, was that this moment was ordained. Kismet, as Pagan liked to call it.

And memory or not, Barrett swore to do everything in her power to ensure that the hard, brooding man in her arms would never escape her again.

Breathless moments later they skidded slowly back to earth. Even then Pagan held her locked against him.

His convulsive hold did not loosen, not now, nor even later when passion flared anew. Her eyes were still dark and glazed with passion as Pagan thrust within her again. He shuddered, seizing a raw breath and gripping a lock of her hair. Tightly he held her, thigh tangled to thigh, shoulder pinned against damp shoulder. And it was *her* name he groaned when he exploded into bliss, her name he whispered when he felt her answering tremors shake him.

He was still saying it when they collapsed back in a blind sprawl upon the warm, glinting sand.

Overhead the clouds darkened to crimson and violet. Still Pagan filled her, loath to leave her softness. When at last they drifted into dreams, lazy and sated as jungle cats, his hard fingers were still buried in the silken cloud of her hair.

Heaven and hell, past and present, it mattered naught.

All that mattered, the brooding planter decided, was the sweet soft weight of Barrett's body on his, and the slim fingers which nested so tightly against his chest.

He was going to hate himself in an hour or two, he knew. But now . . . now was for dreaming and for forgetting. Now was for trust.

He sighed.

She mumbled, exhausted and replete.

They slept, cushioned on crystal-studded sand and each other.

Behind them the valleys stretched away in an unbroken line of emerald and ochre, rock-strewn and shadow-dappled beneath a sky of darkening turquoise. Overhead the clouds swept past in a glory of lilac and fuchsia while the sun exploded in its final fury. Bloodred and gold, it disappeared behind the far peaks where Windhaven's broad, shadowed verandas waited even now.

Pagan twisted restlessly. His fingers opened, then dug down, slicing furrows in the warm, wet sand.

He smiled faintly and came awake.

His first sight was of her face, pale and peaceful now in sleep. Her hair lay about them both, a thick, golden cloud that smelled faintly of jasmine.

He felt his manhood stiffen and begin to throb, fire exploding into him again where he was sheathed in her soft, slick petals.

One thrust, one pumping thrust and she'd be twisting beneath him, breathless and ready for him again.

His body began to scream and his muscles bunched rigid with his effort at control.

One thrust, that's all it would take.

He looked down where their bodies joined, where the thin gold chain still clung to her slim belly. The sight made him feel an explosion of desire such as he hadn't felt in years— maybe not ever.

And then Pagan went completely still.

Her cheeks and breasts were red, faintly abraded from his unwitting violence, his mindless lust.

The sight sickened him.

Not that way, Angrezi. *I never meant to hurt you, to betray you.* Slowly he tugged a long skein of hair from her porcelain cheek and let it slip like satin through his fingers.

The fire at his groin grew, became an ache, and then a white-hot agony.

Now. He'd have to do it now, Pagan knew. Otherwise he never would.

His face was a mask of savagely won control as he slipped from inside her and stumbled to his feet.

Better this way, falcon. Better the quick, searing stroke that cuts off all hope, once and for all. Yes, he could do that much for her, at least.

He knew some day she would thank him for it.

* * *

Nihal's sharp cry woke Barrett a lifetime later.

She muttered restlessly and tossed out an arm in unseen dreams.

Damp sand filled her fingers, each grain glinting with water-smoothed crystal.

Her eyes opened slowly. Drowsily she took in a world of lavender shadows and swaying fuchsia petals. The air hung rich with perfume and the chill clarity of the coming night.

Far to the west, above the dark wall of the jungle, the sun had bled away, leaving only a molten crimson nimbus to mark its descent.

Languid and sleepy still, Barrett stretched, feeling a strange but pleasant ache in muscles she had never before known existed.

And then she sat up with a gasp, her eyes flashing open as memory returned in a raw rush.

Memories of hot skin and hungry fingers.

Memories of naked longing and rekindled dreams.

"Pagan!" She stumbled to her feet, searching the twilight shadows vainly.

Just as the wind sent a fragrant white rain of jasmine blossoms down upon her head, a darker figure appeared, parting the underbrush at the far side of the glade.

With his back to the last dwindling light, Barrett could make out nothing but the outline of his face and the grim set to his shoulders.

Her pulse skittered alarmingly. "Pagan, I—I—"

"You're awake, I see. Good. I didn't relish waking you." His back was rigid, his tone clipped.

But why was he fully dressed, his rifle slung over his shoulder? Why this cold, impersonal tone, which tore the breath from her lungs, the joy from her heart, the heat from her trembling limbs?

A wadded mass of cotton came flying through the air toward her face. "Get dressed. Nihal will be here any second."

By instinct alone she caught the mass and stared at it blindly, unable to speak.

The Englishman turned with a curse and paced the sandy bank like a hungry animal. "Go on, damn it! You needn't fear I will look. Not that it would make the slightest difference now," he added in a bitter undertone.

Barrett's slim fingers dug into the wadded fabric. Dimly she noted that he had retrieved her breeches and had provided her with a clean shirt, one of his, no doubt.

Her heart beat a wild tattoo. "What—what are you doing?"

"I should have thought I'd made that perfectly clear, *Angrezi*. I'm taking you back to camp. Right now."

"But—"

"But what?" His jaw clenched. "What just happened was a mistake, a colossal mistake. It will never happen again, though, that I assure you. And as soon as we reach Windhaven, sometime tomorrow morning I estimate, I mean to see you on your way back to England. I am not entirely without connections there. I will find a safe place for you, someplace where even Ruxley's long arm cannot reach."

"But . . ." Barrett could only stare, dazed, while the blood bled from her face. "You said . . . I thought . . ."

A muscle flashed at Pagan's jaw. Abruptly he tossed Barrett the battered felt hat that he had been worrying between his fingers. "Don't make this any more difficult than it already is, *Angrezi*. Store what just happened away with your other memories. In a silk box lined with lavender and pressed roses, or in the dainty lines of your private journal, if the fancy so moves you. But don't think it will last and don't think it will ever happen again, because it bloody won't!"

"But—but I don't *want* to remember you! I want to be *with* you, to be part of your life. Here, not somewhere else, safe though it may be."

Pagan's fingers tensed to fists. His voice hardened. "All because of an hour or two of pleasant lovemaking? No, *Angrezi*, it will take a great deal more than that for a woman to worm her way into my life." His eyes glittered. "Even a woman as beautiful as you."

"You—you don't really mean that. You *can't!*"

"Don't I?" The man in the shadows gave a bitter laugh. "Oh, the sex was good enough, though I don't much relish taking virgins. Though in your case, Cinnamon, I use the term loosely, for the barrier I felt was little more than a technicality."

Barrett swayed beneath his cool verbal onslaught, telling herself it was just another performance, that he could not really *believe* these things he was saying.

She clutched the garments to her chest, fighting a wrenching wave of sadness, feeling the last hint of warmth drain from her body.

And then her slim shoulders stiffened. She would never beg. Dear God, never again.

Not even while her heart was being torn from her chest and ripped into tiny, jagged pieces.

"Very well," she managed to answer, amazed that her voice could sound so cool. "You have relieved me of my virginal state, and I thank you for it. It will make the rest of my experiences with men so much more pleasant."

And then some angry demon made her toss back her hair until her naked body was revealed to him in all its ivory beauty. She slanted him a sultry, measuring look. "I only hope you aren't expecting to be *paid* for your services."

She saw him flinch, saw his teeth clench in a hard, angry line. The sight should have made her happy, but somehow it only tightened the raw lump wedged in her throat.

Pagan's hands clenched on the barrel of his rifle. "No, I'll expect no money for initiating you into the mysteries of sex, *Angrezi,* for all that I'm accounted a bloody master at it. But in your case, my dear, the feel of your hot little body and your tight, wet sheath was payment enough. Yes, I rather think you have an aptitude for copulation. If you find your memory doesn't return, you might even consider making a living on your back. One day you might actually be rather good at it."

He spoke clearly, coldly, wanting to be certain that she understood every damning word.

Why are you doing this, Pagan? she wanted to scream. But

she did not, pride holding her to a stony silence while her nails dug cruel channels into her palms.

"Perhaps," she said coldly. "But then there are so many ways to manipulate a man, are there not? Using my body is merely one of them, you know. Unfortunately, I really cannot say that I found *your* skills to be so very remarkable, my dearest."

Fury leaped across his face. "Indeed? Your raw cries of pleasure would argue otherwise. To say nothing of the nail cuts and the marks of your teeth which you left all over my back and shoulders."

She managed a cool, mocking smile. "But then such things are so easily feigned, after all. Surely a man of *your* experience must know that, Tiger-*sahib*."

He went rigid, fury emanating from him in palpable black waves. When he spoke again, his voice was low, raw. "Oh, but you *did* enjoy it, Cinnamon. Those sweet, silken contractions could hardly be feigned. In fact I'd say I gave you more pleasure in an hour than most English wives receive in a whole lifetime. Your gossipy friends back in London will no doubt be vastly amused with the story, and all agog for details. But just in case they are not properly impressed, my dear, why not claim a double triumph? Yes, just tell them you have had the signal honor of being plowed by a half-caste Anglo-Indian bastard, a man who was sired by a bloodless English peer upon an accommodating prostitute. And don't forget to provide them with all the details. I'm sure they'll want to know how *our* anatomy compares with that of our lofty English cousins."

Barrett's hand rose blindly, as if to ward off this flow of shocking revelations. "Pagan, don't—"

"Not enough? Greedy little hellcat, aren't you? Well then, if that gossip pales in its novelty, you can tell them one more thing: your partner was nothing less than a murderer. His first victim was his own mother, whom he watched die without uttering a single word. Yes, that should give you hours of amusement, I'm sure."

While Barrett stared, shocked and speechless, Pagan

turned and strode toward the west, where Nihal was already clambering up the slope.

This time Barrett did not even think of trying to stop him.

38

Blindly, Barrett turned, sweeping away tears as she tugged on first breeches, then the shirt Pagan had left her.

Beyond the glade she heard Nihal call excitedly to Pagan, who answered in a harsh foreign staccato. Her hands moved numbly, securing the row of buttons down her chest, tucking in the long tails of the shirt, smoothing her hair back and plaiting it into a thick golden coil.

All the time she was unaware of doing any of those things, her wild thoughts focused on Pagan's last harsh words.

Bastard . . . half-caste . . . murderer.

The words echoed through her mind like a hail of small, sharp pebbles. The pain of his betrayal and the ache of her own loss both lost importance before that revelation.

Was it true, any part of it? *Could* it be so?

She flung back salty tears and sank down to pull on her boots, trying to forget the piercing sweetness when he had finally thrust deep inside her, raining hoarse, dark love words upon her naked skin.

Which was he, champion or betrayer, dark hero or cold-blooded beast?

Could he somehow be all those things at once?

Her thoughts in chaos, Barrett moved blindly toward the line of bamboo at the mouth of the glade, where Pagan and Nihal stood waiting impassively.

She did not even look at Pagan as she moved past, then continued, automaton-like, downhill toward camp.

Behind her the feeble remnants of light bled away and night fell upon the jungle in earnest.

As silence returned to the glade once more, a frond of ferns above the waterfall rustled slightly, then bent flat. From behind the veiling greenery there appeared a polished black boot.

A cold, hard eye raked the glade. Its mate was gone, leaving only a hideous empty socket bisected by a jagged red scar running from temple to jawbone.

So, my dear Pagan, I have you in my sights at last. Repaying all those old scores will be sweet, especially now I have seen this new element to our game.

And taking the woman slowly and with infinite cruelty while you watch will be the very best of it.

Ruxley's instructions had been more than clear about the ruby. Find it and he could name his price—any price at all. About the woman, Ruxley had been less explicit, leaving her management to his employee's discretion.

As long as she was returned to Ruxley alive.

Or at least in some *semblance* of life.

The man in the greenery smiled, but there was no warmth in his eye or face, only cold calculation.

And now the woman made an unexpected bonus. Her body was quite exquisite, really, especially now that the native women had begun to grow stale. Yes, she was quite the passionate little bitch, in fact. And soon she would moan for him as she had moaned for Pagan.

Only *he* would teach her more ingenious ways of impalement.

Hidden and forgotten, the ancient stone sparked and flashed, its great crimson heart aflame. Swords of light played across its dark facets where it lay, crushed and forgotten in arid darkness.

And still, like a perfectly tuned instrument, it captured the harmonies and vibrations around it, transforming their energy into sparks within its bloodred depths.

Its facets were duller than usual, its hues dimmed slightly in this netherworld where it lay hidden. But even in the darkness its great energy persisted, registering the sounds and movements around it and imprisoning them within its crystal faces along with all the other centuries of information stored there.

In those facets two figures swayed and strained, caught in the ancient dance of love.

From an adjacent face another image flashed, where long, slender fingers stroked an empty satin-lined box. Light glinted against the darkness for a moment, and then a shrill cry seemed to explode from the gem's dark heart.

Soon that image, too, disappeared, leaving only one figure to dance across the ruby's surface. A thin man, he wore only a hempen loincloth while he stared into the flames of his campfire, his eyes the eyes of the jungle and his face that of night itself.

Staring still, he intoned a single word. Instantly the flames crackled and flashed up. The ruby, too, answered his call, resonating with a deep, subsensory hum.

Even when the sparks burned themselves out and the firelight began to die down, he still sat in a silent vigil, patient as a spider playing out its deadly, invisible web.

A wise man, he knew that time was forever. Perhaps that is why his face wore a mask of infinite patience as he contemplated the last, crucial steps he must take to make his beloved island safe.

III
Windhaven

There are people who will tell you that they have no fear of the jungle, that they know it as well as the streets of Maha Nuwara or their own compounds. Such people are either liars or boasters, or they are fools . . .

Leonard Woolf, *The Village in the Jungle*

Anger has no eyes.

Hindi proverb

39

Windhaven.

As proud as its name, the great house rode on the crest of fog-swept hills, a glittering jewel on an emerald sea. Hundreds of windows caught the light of the rising sun and threw lavender and coral brilliance back over the valley which the house commanded.

Its splendor was blinding, unexpected amid the lush wooded hills and the rich green acres of tea that surrounded it.

Cramped legs, itching arms, throbbing head—all were forgotten as Barrett stared in speechless wonder at this remarkable house. Fashioned of rare hardwood and pinkish granite, it showed the clear influence of the Mughal East in its exquisite pointed arches, in the intricate stone trelliswork along the sweeping verandas which ran along its south face.

Massive, it was given a sense of lightness and grace thanks to the myriad windows studding its two floors. Not quite Western and not quite Eastern, Barrett found herself thinking.

And for that very reason, she realized it was the perfect reflection of Deveril Pagan.

Last night had been hell and worse as she lay rigid on her cot, determined to ignore the hard-faced man sleeping—or perhaps not sleeping—on the other side of the tent. And she was determined not to sleep for fear she would walk in dreams again.

But all her efforts had been for naught. Somewhere in the dark hours between moonfall and sunrise, she had pushed from her bed and glided out into the insect-shrill night.

She knew only because Pagan had gripped her harshly, swept her up into his arms, and carried her back to her cot. There she had come awake, shaken from a tangle of images real and imagined, breathless from a dark, erotic mix of memory and fantasy and longing.

And Pagan had been at the center of each shifting tableau.

Even when he'd awakened her, flushed and breathless, she had said nothing, nor had he. Indeed they had not exchanged a single word since their last, brutal encounter at the waterfall.

Just as well, Barrett told herself numbly. If he spoke, she would surely begin to cry. But neither he nor any other man would ever have her tears, she swore.

So instead she straightened her shoulders and lifted her fragile, chiseled chin, concealing both pain and longing beneath a mask of indifference.

She had had an incomparable teacher, after all.

"Ah, Hadley, I never before appreciated how bloody good it feels to be home." Pagan swung up the steps and grasped the hand of the white-haired, craggy-faced man who waited before Windhaven's polished teakwood door.

The lean, beak-nosed man, steward, aide de camp, and friend, offered Pagan one of his rare smiles as he shook his hand tightly. "It's bloody good to see you too, Tiger, if I may be so bold."

Pagan's brow quirked. "It's never stopped you before, as I recall, you hard-faced Scot."

"Aye, but then ye've naught before bain fleeing armed natives, leopards, and assassin's bullets anytime in my near recollection, either." The broad accent was matched with a cocky smile.

"Damned nearly got me this time, too." Pagan's voice turned hard. He started to say more but stopped as he saw Hadley's craggy face furrow in a frown.

"What in the name of—" The older man blinked and rubbed his eyes. "A woman, as I live and breathe! Good Lord, a *woman*?"

Pagan stiffened, feeling Barrett's presence behind him as surely as if she'd touched him. The air shimmered, warm and lush with her presence, sweet with the faint scent of jasmine.

Pagan's face hardened to a dark, brooding mask. "Hadley, meet, er, Miss Brown. Barrett, you may call her, since we are informal here. She will be staying here for several days until I can arrange an escort for her to Colombo."

"Good sweet God, Tiger, where did you—that is, you never said a word about—" The Scotsman recollected himself with a low oath, shaking his head to clear his muddled thoughts. "But—of course, Tiger." He extended rough, gnarled fingers, which Barrett shook numbly.

"Miss Brown, I have the pleasure to introduce Colonel Adrian Hadley. He will see you to your rooms and provide assistance in anything you might require."

Once more Hadley blinked. "Come along, m'dear. I'll see you snug to your quarters. And I'll see you have the only *civilized* room in this great heathen palace that the Tiger insisted on constructing. Moorish arches, indeed! A monument to his colossal vanity, that's what I tell him. Aye, since he stood knee-high to a terrier, the lad's had a vanity matched only by his stubbornness."

The colonel patted Barrett's chill fingers, tucked her hand into the crook of his arm, and led her into the house. "Cold, are you, m'dear? Not that I wonder at it. Leave it to that young hotblood to have you jaunting through the hills before dawn. A fine way to contract malaria!"

Barrett frowned, feeling as if she'd fallen into a kaleidoscope where images spun and danced wildly. Here was friendliness and normalcy mixed with stunning strangeness. Like a drug she felt the house's beauty seep into her blood while she and the colonel walked down a polished corridor of teak and rosewood. Even the air was soft and rich, redolent with lemon oil, camphor, and sandalwood.

So lovely, she thought. And so utterly alien . . .

She frowned, realizing her companion was speaking to her.

" . . . nothing to do now but rest, m'dear. No doubt you'll

want to put yourself to rights"—here Hadley gave a gruff
cough—"freshen up and all that. I'll have Mita see to it.
Then you need do nothing but rest."

Barrett's lips trembled as she fought for control, finding
the colonel's flood of inconsequential chatter comforting but
terribly disorienting after the harshness of the last days.

"It—it sounds like heaven. You are . . . very kind." Her
answer was stiff, and she could not quite muster a smile. It
was too much, too great a change too fast. Yesterday she had
slept in an airless tent in a harsh jungle. She had even found
a modicum of comfort there, surrounded by exotic natives
and a garish, alien terrain.

Today she walked in splendor through an exquisite palace
of a house fitted out with every sort of luxury. And yet all she
saw was Pagan's locked lips, his cold shuttered face.

And though she tried desperately, she could not forget the
flat determination in his voice when he had announced his
plans to see her away from Windhaven as soon as possible.

It was no more than she had expected, but it hurt brutally
nevertheless.

"Now, now, don't you fret over Dev. He's a brute at times,
but he's got a soft corner or two underneath." The rough old
fingers patted her hand. "Aye, tough on the outside but
mushy within. Only problem is getting past all those barriers,
don't y' know?"

Barrett didn't know. Nor did she care, she told herself.

All she cared about was a soft bed and a hot bath, and
then sleep—sleep for a year.

Pagan's study was dark, rich with leather and mahogany.
Very much a man's room, it was full but not cluttered, its
chairs arranged in seeming disarray but in fact with every
detail chosen for comfort and practicality.

Two large dented leather wing chairs faced each other
across the center of the room. Right now Pagan was sunk,
legs outstretched, in one of them.

"All right, Deveril, what in the name of bloody hell have
you gone and done now?"

Hadley stood before a massive rosewood desk littered with a month of correspondence, bills, reports, and the bundled newspapers sent weekly from London. His affability was strained, his craggy face harsh with disapproval. "You barely said a word to that young woman, and she said less than that, but even a blind man could see the antagonism between you."

Pagan strode to a mahogany cabinet stocked with cut-glass decanters and tumblers. His face grim, he poured out two fingers of whiskey and tossed the drink down.

"A bit early for that, isn't it?"

"Merely a small toast to myself in celebration of our arrival. In one piece," Pagan added grimly.

Only he wasn't in one piece, the planter knew. There was a welt on his cheek and teeth marks on his shoulders where she had bit him in her passion. There were the scars at his eye and the newer wounds at his shoulder. But the only wound that mattered was the one that did not show.

And that was the gaping hole in his chest where his heart should have been.

But none could have told the gravity of Pagan's thoughts as he slid his glass down on the polished cabinet and threw open a shutter to stare out at the fast brightening day. Dew glistened like scattered diamonds along the grass between the house and the tea fields several hundred feet below. The cloud-swept air was heavy with perfume—jasmine, frangipani, citron, and rose.

Pagan frowned, looking down at the empty glass, forgotten in his fingers.

Dear Lord, why did every look, every bloody smell remind him of *her?*

"Did you bring her here against her will?" Hadley stood stiffly beside a Chinese lacquer screen, his expression unreadable.

"My dear Adrian, you have some notion of my character to ask me such a question." Pagan's voice was dangerously soft.

There were few men who would have dared speak to

Deveril Pagan in such a way, but Colonel Adrian Hadley was one of them. Long years of friendship amid both the best and worst years of their lives gave each man the right to candor. In view of that, Pagan bit back his anger, eased his long frame into the well-used wing chair, and stared fixedly at his gray-eyed friend.

The craggy-faced Scot did not hesitate to take advantage of that familiarity now. "It's precisely because I *do* know you that I ask, man! The woman's a beauty and well bred to boot, unless I miss my guess. But her face was every bit as hostile as your own when she came up the path with Nihal. And you, I notice, have yet to answer my question."

Pagan considered lying, but only for a moment. He raised one dusty boot and studied it fixedly for a moment before settling back with a sigh. "Very well, Adrian, you shall have the whole sordid story. Only fix us both a cup of the newest flush to fortify me for the tale. And try, if you can, to get your hackles down."

The white-haired colonel sent for a servant, who soon returned with a full tray. Silence ensued as he rinsed out a creamy white *blanc de chine* teapot with boiling water, then carefully added tea and water—almost but not *quite* to the boil.

It was an honored ritual here at Windhaven, one that tested the results of the arduous work Pagan had undertaken. The brewing of Windhaven's tea was never taken lightly, for both men knew how long and difficult was the process that brought the green gold from seedling to bush to table.

For long moments Pagan sat with a steaming porcelain mug in hand, sniffing the pungent aroma. His eyes narrowed. He studied the cup intently, swirling the amber liquid gently, then inhaled again. Only then did he take a taste, rolling it back and forth across his tongue.

And then, unlike the tasters who disposed of their brew once the assessment was complete, Pagan swallowed the rich amber infusion with a reverent sigh.

"That's a damned good cup of tea, old friend. Brisk but

not too pungent. Young leaf with good body. Fine highlights, too. Yes, it should fetch a decent price in London. By the way, I'm glad to see that it's been cool here over the last week. This lot will be from the lower third acres." His eyes narrowed with concentration. "The southern slope, I believe."

Hadley couldn't suppress an unwilling smile at this fresh example of Pagan's skill at evaluating teas. Only the most experienced tasters could discern such details. But tea was Pagan's life and livelihood now, and he had approached the work with his customary vigor, learning all that the experts— English, Indian, and Chinese—could teach him.

The rest Pagan had set out to teach himself. And so he had, after only five years of careful experimenting.

But impressed or not, Hadley was not about to be diverted from his subject. "Bravo. You are right again, of course. Your skill sometimes frightens me, in fact. Only a few centuries ago you might have been burned for such skills, you know. But now I mean to hear about your companion. Miss Brown, you called her?"

Pagan stared out at the green tea rows rising and falling over hill and valley as far as the eye could see. Long moments later his hands locked on his half-filled cup and he began to relate all he knew of the tawny-haired trespasser who had washed up on his beach. Only one part of the story did he omit, and that was what had happened between them in the glade after he had discovered she was safe.

With every word Hadley's brows rose, until Pagan thought they would lock in a permanent frown.

"Good God, this is the nineteenth century! Who could have done such a thing? And the poor, defenseless creature has no idea of her identity or how she came to be lying on your beach?"

Pagan slanted Hadley a faint, mocking smile. "That 'poor, defenseless creature,' as you term her, gave a performance that struck terror in three fully grown men and can handle a rifle as well—and possibly *better*—than I can. She also saved my life on two occasions. Even without any memory, she is the *least* defenseless female I have ever had the misfortune to meet."

"Is that admiration I hear in your voice?"

"Most assuredly. Miss, er, Brown, is a most *singular* female."

"But . . ." Hadley prompted.

With a low curse Pagan surged to his feet and began to pace the room with barely leashed energy. "But she is also quite possibly the most dangerous agent James Ruxley could send in search of the ruby." He ran rough fingers through his hair, reducing it to an unruly mane. "Not that I have the *faintest* idea where the bloody stone is. But at least we know Ruxley doesn't have it, or he would not put himself to all this trouble."

"These are serious charges, Deveril." Hadley's face was grave. "You can back them up with proof, I suppose?"

"Of course I can't, damn it! When was Ruxley ever so careless as to leave any trace of his involvement? No, it's instinct that tells me she is Ruxley's pawn, along with the certainty that her appearance on that particular stretch of deserted beach was far too unlikely to be mere coincidence."

Hadley scratched his jaw thoughtfully. "You might just be right."

"Of course I'm right. Don't let that angelic exterior fool you for a second. Barrett, er—Brown is a cool-headed schemer who is more than capable of taking care of herself. Even when she can't remember exactly what she was sent here to do. And I am certain that her memory will soon return to tell her."

Plainly shocked, Hadley muttered something beneath his breath and bent to pour himself another steaming cup of tea. "I can't bring myself to believe it. She looks such a biddable, well-bred young thing." He shook his head.

"But then looks can be deceiving, as we both know."

The Scotsman sighed. "You mean the young engineer who turned up on the doorstep last month, claiming to be suffering from a bout of malaria. Aye, he did seem too good to be true when he offered his expertise at clearing that stretch of lowland jungle with some new sort of explosive gunpowder."

"And he was just that, too good to be true. Fortunately, I caught him before he set fire to the tea sheds and all the native bungalows. I have no doubt that *we* would have been next—after we had told him where the ruby was, of course."

"I don't like it, Tiger. I don't like it one bloody bit. What's to keep this Barrett from regaining her memory and trying the same sort of thing?"

Pagan's face hardened. "Leave that part to me."

"Very well." Hadley's eyes narrowed for a moment. Then with a muffled oath he emptied his cup and snapped it back on the side table. "But, I don't have to like it, do you hear? Not any part of it."

Pagan made no answer. How could he, when Hadley merely voiced the same thing he was thinking himself?

"I am bringing water for your bath, *memsab*. So sorry for disturbing you, but sleeping will be better when you are clean."

Barrett jerked up with a start, realizing she had fallen asleep where she sat, in a dainty chintz-covered armchair just beside the door. In her exhaustion she hadn't even stopped to loosen her shirt or pull off her boots.

Mita stood in the doorway, followed by two curious Ceylonese servants dressed in graceful draped skirts and midriff-baring blouses. She issued brisk orders in Sinhalese, which sent the women fluttering to open the shutters and slide the twill dust covers off the furniture. Feather whisks in hand, they swept through the room, removing infinitesimal specks of dust from gleaming rosewood armoire and tables, before darting out to the hall to fetch towels.

In a drowsy haze Barrett watched two sarong-clad Sinhalese men carry in a gleaming copper tub and position it in the center of the room, then disappear after the traditional palm-to-palm gesture of respect. "Truly, Mita, you need not bother. A pitcher of water would suffice. I'm far too sleepy to bathe anyway."

Mita swept away her protests. "But Hadley *sahib* was most precise. 'First a bath, then a light meal, then leave her to rest.' And that is what I will be arranging."

Barrett watched steam curl up as the two women emptied silver buckets into the tub. "But—"

Mita ordered the women off and then drew something from the waist of her sarong. She held a tiny carved gourd over the water and sniffed its contents. "Perfect. It is an old mixture passed down by the women of my family for many generations. Do not ask its secret for I would be bound to refuse you. But it will refresh you, *memsab*. It will help you sleep and then . . . ah, then you will awake as a new person."

Scent filled the room, carried on the delicate currents of steam from the tub. It was a light but intricate blend of jasmine, orange petals, and damask rose, along with some slightly darker scent.

Barrett let the fragrance curl around her, savoring its textures. "I am sure I shall enjoy it, Mita. You are kind to share such a treasure with me." She filled her lungs and closed her eyes in reverence. "In London you could make a fortune with such a fragrance."

"Perhaps, miss, were I to ever sell it. But that is a thing I could not even be thinking of. So now you will undress and bathe, no?"

Although uncomfortable at being waited upon, Barrett soon found Mita could be entirely relentless in her own quiet way.

In the end it was Barrett who yielded, allowing the Indian woman to brush her hair free and pin it up on her head, then help her into the tub. All the time Mita kept up a lively narrative about the many changes in Windhaven since her departure, the state of the latest picking, and worries about the delay in the monsoon rains.

Meanwhile Barrett closed her eyes and sank back, savoring the luxury of a hot bath—with lushly scented water, no less.

But by tacit agreement, neither woman spoke of the one subject most important in their thoughts.

And that was Windhaven's hard-faced master.

Hours later, something snapped Barrett from sleep. She jerked upright, her heart pounding.

Silence, only silence.

The room was lit with the pale amber glow of a single palm-oil lantern. The gauzy mosquito net around the bed rose and fell in unseen currents while outside the wind drove the wooden shutters against the house.

Tap-tap. Tap-tap-tap.

Barrett lay back with a sigh, recognizing the creak of the shutter. And then she heard another sound, a faint rhythmic hiss.

Dear God, not another snake! Warily she scanned the shadows beyond the lantern's reach, but it was a few moments before she placed the sound.

And then she stiffened.

It was the soft rise and fall of a person's breath, low and rhythmic in sleep. For a wild moment Barrett thought it must be Pagan, stretched out on the chintz-covered settee in the shadows at the far side of the room.

But the settee was empty.

Then she picked out the small shape curled on a cot in front of the door. So he had sent one of the house servants to stay with her. He must have thought the cot would interrupt Barrett's nocturnal rambling.

For a moment she felt a black wave of loss and regret so fierce that it blinded her, choked her.

But Pagan was right. What had happened in the glade was a colossal mistake, and the sooner she forgot it the better. Pagan, it appeared, already had.

She bit down a wild urge to laugh, struck by the irony that she should now be fighting so hard to *forget,* when before her struggles had been to remember.

Of Pagan's other revelations, Barrett tried not to think, for in spite of all his cold implacability she could not believe him a cold-blooded murderer. If he *had* killed, she was certain it must have been to avoid being killed.

With a sigh she turned her head into the soft pillow, administering a savage chop to its center. But no matter how hard she struggled, she could not drive the memories of Pagan from her mind.

And what of his last revelations? a quiet voice goaded. *He is a bastard and a half-caste. What interest can such a man hold for you? Especially when he admits to such villainy toward his own mother?*

Barrett twisted and pounded her pillow anew, but sleep continued to elude her. All she could think of was a pair of haunted onyx eyes and his naked wanting when he had plunged inside her and taken her to paradise.

"Wretched bloody man!" Her hands pummeled the pillow savagely, imagining it to be his broad chest.

But Barrett's last thought as she drifted down into dreams was that Deveril Pagan had been far too scrupulous in pointing out the details of his villainy.

And though his sins might be legion, she couldn't bring herself to believe that he was capable of the ones that he had actually professed.

40

As the moon broke in solemn silver majesty over the dark, serried hills, Pagan pushed open the door leading out to the veranda along Windhaven's long, wooden south wing. Someday the whole house would be stone, but for now it was an uncomfortable mixture.

Just like its owner, he thought grimly.

His face was gaunt with strain, for he had not rested since his interview with the colonel hours before. In the last eleven hours he had inspected the three lower tea fields, examined two experimental plantings, repaired a drying oven, and quelled a minor rebellion among the Tamil women pickers over some trifling matter of precedence.

And all along he had thought of only one thing.

The woman with hair like a tropical dawn. The woman who lay sleeping three rooms down the hall.

All day his fingers had twitched to stalk through the teak door and seize her, driving deep inside her before she was aware enough to protest.

But he had not, of course. Instead he had taken a perverse pleasure in driving himself nonstop while he personally attended to every one of Windhaven's unfinished tasks, no matter how irksome or insignificant.

But now the fields lay silent, dappled with silver beneath the moon's chill eye, and all Pagan's tasks were done.

Now there was nothing left to distract him from thoughts of *her.*

Dangerous, old man. With a woman like that you could slip deep and never work your way free. She'll have you caught in her web before you even know it.

Maybe she already has. . . .

He smothered an oath, watching a line of eucalyptus trees near the tea-drying shed pitch and sway in the night wind.

But one look could not hurt, he told himself. It was such a simple thing. Surely it could offer no temptation as long as she did not rouse and provoke him.

Besides, as tired as he was, Pagan doubted if he could accomplish much more than a look.

Still engaged in his silent arguments, he looked up and saw he was standing before the outer door leading from the veranda into Barrett's room. The veranda had been his own design, created so that every room in the south wing could have a full cross-draft during the hot months.

He had never before considered that the arrangement might have other, more clandestine uses.

In silence his long fingers moved along the door frame, releasing a hidden latch. As if in a dream he saw the room revealed before him with the slender figure at its center, her golden hair spilled upon white linen.

Pagan's breath caught in a sharp rush. Unnoticed, his nails dug into the hardwood door frame.

Beautiful . . .

Dear God, it was unfair that any creature be so beautiful and exert such control over another.

Slowly, soundlessly he crossed from shadow into the muted light of a palm-oil lamp, his shadow a slash of black across the foot of her bed.

Barrett twisted restlessly, as if in some way aware of his presence, her fingers clutching the embroidered linens. Muttering disjointedly, she turned her face away from the light, one slim hand outstretched. As she did so her fingers caught a mass of bright burnished hair and swept it across her cheek.

His face a harsh mask, Pagan bent down and very gently smoothed the strands off her face and back onto her shoulder. Springy and dense, the tawny hair curled up around his fingers, sheathing him in warm silk and even warmer memories.

A muscle flashed at his jaw as he looked at that golden cloud wrapped around his fingers. He remembered how those bright tresses had spilled lush and wild around them in the glade.

Beautiful, it had been. A wild, blinding splendor, better than anything he had ever known—or even dreamed of.

And it had been an inexcusable mistake, something he swore would never happen again.

Outside in the night came the distant growl of a leopard, a subtle reminder of the danger that waited always just out of sight. Pagan's jaw hardened.

Dear God, he wanted to touch her, to mold her to him again and feel her velvet tremors clutch his manhood while she tumbled into paradise.

But she was from that other world which Pagan had put

aside long ago; he could never allow her into the new life he had forged here at Windhaven.

With a raw curse, he wrenched his hand free of its burnished nest and thrust it deep into his pocket. Even then the skin tingled from her touch.

Leave it, fool. You've too many other problems to worry about a flaxen-haired temptress sent by a jackal named Ruxley.

His jaw clenched, Pagan carefully lifted Barrett's outflung hand and tucked it back under the quilt. For long moments he stood at the foot of her bed, tasked with thoughts of all the things that might have been or should have been, but never could be.

And each thought was more bitter than the last.

He should be asleep, he knew, or resting at the very least. But though his body was throbbing, driven nigh to the point of collapse, Pagan knew sleep would never come this night.

Not with Barrett's soft, satin body beneath the same roof.

Abruptly he spun about, fleeing from the sight of what he had come to want too much. Outside on the veranda he struck spark to a pungent cheroot and filled his lungs. His eyes hardened as he tried to fight down the image of exactly what Ruxley would do to Barrett when he learned she had failed him.

Maybe after he had ended this deadly game with Ruxley . . .

But it was a fantasy. Even with Ruxley out of the picture, there were other dangers.

Yes, he had to get her away from here, Pagan told himself. Every minute, every second he spent in her company depleted the fragile remnants of his control until it became a matter of time before he broke again, just as he had done beside the waterfall.

And next time they might not be lucky enough to escape any man or beast who might be stalking them.

No, he had to let her go—he had to *make* her go, the sooner the better.

When the moon hung mid-heaven several hours later, flooding the tea fields with silver, he was still standing outside her room, elbows braced on the teakwood balustrade while he studied the unquiet night, a dark, unreadable tension in his face.

He had no choice. The only decision left was where he should send her. There were any number of places, of course: to his old friend, the dour-faced MacKinnon in Calcutta; to the elderly widow in Brussels who owed him a favor. Even, if necessary, to Meiling Choi's luxurious but discreet pleasure house in Macao.

Whichever it was, Pagan thought grimly, it would have to be soon, for a sharp stabbing pain in his gut warned him that something was building, coming nearer to an explosion every second. Ruxley would have left spies everywhere, starting with the owner of that very English boot whose print Pagan had discovered by the trail three days before.

And when Ruxley discovered that his latest hand-picked agent had failed in her usefulness, he would choose only one plan of action.

He would destroy her. Swiftly and conclusively, leaving no untidy clues behind to connect her with him.

The swift rustle of cloth and the creaking of metal against wood woke Barrett long hours later. She rose through dim, inchoate images, some dreamed and some remembered.

Hard hands and straining thighs. Heat upon heat, as they made the night catch fire.

With a soft cry she jerked upright in her bed, her body rigid, feverish.

"So sorry to wake the *memsab*." It was only Mita, not the hard-eyed, bitter stranger of her dreams.

Slowly the whirling haze melted away. Brett's racing heart slowed to a jerky patter.

"You are sleeping for twenty-four hours—"

Barrett's amazed cry cut the servant off. "Impossible! Why I only just closed my eyes. . . ." Her voice trailed away as a slim Sinhalese woman threw open the shutter behind Mita to reveal a sky streaked bloodred.

"Aiyo, you are sleeping the sleep of the dead, miss! But

now you must rise and eat." Behind Mita a pair of Sinhalese girls maneuvered a heavy trunk over the sill and carried it to the far wall. "Yes, the Tiger is preparing much beautiful things for the lucky *memsab*." With a sharp gesture, she sent the girls away, then threw open the case to reveal a frothy tangle of fabrics. "These cases are just arriving from Colombo. The *sahib* must have sent bearers the very day after he found you."

Barrett's breath caught as Mita lifted gossamer-thin silks and gleaming gold-threaded damasks from the trunk. Each garment was more beautiful than the one before, all long, full-skirted, and ruched about a tiny waist.

Mita reverently lifted one, a crimson brocade trimmed with velvet rosettes. "Aiyo, each one a perfect fit! The Tiger is having a piercing eye, no?"

Even without lifting the garment to her chest, Barrett knew that it would indeed fit her like a glove. Just as all the others would.

With a sharp gasp Mita lifted another gown and tossed it onto the bed. Glistening teal folds spilled like water in the lamplight.

It was the exact shade of Barrett's eyes.

Slowly Barrett ran her fingers over the rippling folds of watered silk, savoring their crispness against her fingers. Just as before, she felt a building pressure in her head, the weight of dim memories.

She frowned, realizing that she had felt such silks before.

Yes, once there had been many such gowns, in every fabric and color. Suddenly, she saw a slim young girl staring abstracted at her own image in a cheval glass while she held just such silks up to her slender body.

But the image melted away, and Barrett realized that it had been a long time before. In recent years there had been only serviceable broadcloths and twills, let out when growth required, or entirely recut when hemming would not suffice.

And mingled with the dim images, there came the glint of danger.

Barrett's fingers fell away from the sensual cloth.

"*Memsab* shivers. Are you cold? If so, I will order the shutters closed."

"It is nothing, Mita. I was just—thinking of something." With a decisive lift to her chin, Barrett threw back the covers and came to her feet.

"Very good. The colonel-*sahib* is awaiting you in the drawing room. You must to hurry, if you please."

Somehow Barrett managed not to ask the first question that sprang to her lips. She would find out soon enough whether Pagan waited there too. In mid-room she paused, sniffing the air. "What is that smell, Mita? Pungent and faintly woody."

Mita's eyelids fell and she toyed with the hem of a gown. "That is the Tiger-*sahib*'s scent, miss. He is smoking those Malaysian cheroots again. And from the smell, he . . . was in your room, *memsab*."

A look passed between the two women then, a look of faint rivalry, but even more of shared knowledge and an uncertainty about what that knowledge meant.

"You will be needing this also, I am thinking." Mita lifted a white bundle from the bed.

Stiff and bulky, it was the corset that Pagan had forbade her to wear on the trail. Barrett studied the garment curiously, wondering at how alien it looked, almost as if it belonged in another place or time.

Mita smoothed the corset reverently, then pushed it toward Barrett. "It is yours, *memsab*. You will be wishing to put it on."

Still Barrett hesitated, feeling a curious reluctance to take or even touch the garment. It had been cleaned and pressed, she saw, Mita's doing of course. But Barrett somehow knew that if she took the garment back she would be accepting everything that went with it—England and all its stuffy rules and rigid propriety. All the ease and freedom she had discovered here would be denied her.

"*Memsab?*" Mita asked curiously.

Barrett did not answer, eyes fixed on the corset. Why did

she have such a feeling of distaste about it? Could it be part of the chill memories sealed somewhere in her mind?

"You will be late, miss."

"Yes. Yes, of course." Barrett took a deep breath and reached for the corset.

At the first contact an odd chill shot through her fingers and she shivered. Whatever was the matter with her?

Muttering, she grasped the heavy, boned garment and carried it to her chest. Something scratched her; one of the stays appeared to be bent.

"It was broken and I had to mend its—its *stays,* do you call them? I hope the work is acceptable to the *memsab*?"

"It will be fine, Mita."

Suddenly Barrett had to fight down an urge to cry. After all she had been through, why did this one piece of clothing upset her so? Could it be because it represented everything that Pagan hated, all the things that stood between the two of them?

Squaring her shoulders, Barrett slipped from her nightdress and molded the corset around her, suppressing a shudder as the stays dug into her soft skin.

How strange, she thought, fingering the rigid metal bones. *Yes, how utterly strange that we should consider* this *to be civilized.*

Colonel Hadley was waiting in a chintz-filled drawing room in Windhaven's grand stone west wing. Barrett was glad to have Mita to guide her, for she would never have found the room alone.

"Ah, Miss, er—Brown. You're looking much more the thing, I'm glad to say." Large fingers crushed her hands in a warm grip. "Quite lovely, in fact, if you'll excuse an old man for his enthusiasm."

"You—you are too kind," Barrett said quietly, much moved by his bluff sympathy.

"Nonsense, m'dear. Now sit—sit, please. Standing is all well and good when you're young, but at my age the joints are not so compliant as they once were. Of course mine have been knocked around more than most."

Only then did Barrett notice the stiffness in his left leg. With a faint frown, he eased his long, lean body into an armchair across from the window then carefully extended his leg before him.

Barrett wanted to ask more, but she did not, realizing he would tell her if he choose to. Instead she looked curiously around her at the colorful room.

Blue and white porcelain bowls lined a solid wall of teak, each bowl filled with cut blossoms, jasmine and scarlet orchids next to lush centifolia roses, filling the room with heady perfume.

"How lovely!"

"The Tiger's porcelains, but the flowers are my handiwork," the colonel said with a touch of pride. "One of the few vices left to an old man, I'm afraid."

"But they are wonderful! I don't think I've ever seen such color or variety before. You must be a magician."

Hadley smiled diffidently at her rush of praise. "Work, not magic, is all that's required, m'dear. Soil's rich as Devon loam here. The problem's keeping the legions of bloody insects at bay. Oh, I say, I do beg your pardon," he said quickly. "Not used to, er, female company here, you know."

Barrett felt unaccountably pleased at his comment, though she refused to examine why.

"You'll have a drink, won't you? Sherry, perhaps?"

She nodded, accepting the tumbler he pressed into her hand.

From there the evening raced past in a rich, inexorable blur. Colonel Hadley led her into a candlelit dining room bright with faceted crystal and eggshell-thin porcelain. Heavy engraved silver flanked each setting, and Barrett noticed a third place was set at the head of the table.

Hadley caught her wary look. "The Tiger's gone out to visit the upcountry fields. I don't expect he'll make it back before morning, but Mita always lays a place, just in case. So it will just be the two of us." His eyes were keen. "I hope you don't mind."

"No. No—of course not," Barrett said swiftly.

The food began to stream in, carried on silver platters by shyly smiling Sinhalese women in floor-length sarongs with orchids tucked behind their eyes.

"You must try these, m'dear. We call them *sambol* or rice pullers. But go slowly at first, as they're laced with red pepper along with lime and grated coconut. Then try some of the *papadams*—er, fried wafers, you know. And of course you must have some coconut milk curry." He passed Barrett dishes as fast as he spoke. "Here's some fine chutney. Ah, mangoes and *jak* fruit. And you mustn't skip the *thalaguli*." At Barrett's raised eyebrow, he passed her a plate of sesame balls. "Another of Mita's specialties, you know."

Barrett dutifully took some of each until her plate was piled high. At the sight of the gay, spicy foods, her stomach gave a growl of enthusiasm.

Hadley smiled. "Wretched of me to keep you waiting with an old man's chatter. Go on, tuck in now. I envy you your first experience of such divine food. Mita is truly a wonderful cook."

And the colonel was right, Barrett soon discovered. Subtle and exotic, the dishes were seasoned with coconut, coriander, cumin, and cinnamon, along with other spices she could not name.

She tried each one, trying to concentrate on enjoying the luxurious surroundings. But every time she looked up, her eyes wandered to the empty place setting at the head of the table and her appetite fled.

Thirty minutes later, after a flow of conversation carried on largely by the bemused colonel, she sat back with a rueful smile. "I don't believe I've ever had such food in my life." A shadow swept Barrett's face, as she realized she could not be certain, since she still had no solid knowledge of the life she had led before coming to the island.

Her brow furrowed. Very carefully she laid down her fork, watching—but not quite seeing—the way it caught the reflection of a pair of overhanging palm-oil lanterns. "I—I expect you must be wondering why I'm here, even though you're far too kind to ask."

At the colonel's growl of protest, she shook her head, clenching her hands in her lap. "I—I only wish I could tell you. But I can't, you see. There was an accident, or perhaps it was *not* an accident, and—" She looked up, giving her companion a crooked little smile. "Now I don't recall anything. Just fragments, always fragments. Although I don't think the Tiger, as you call him, is inclined to believe me."

The colonel leaned across the table and patted her shoulder with bluff sympathy. "Aye, the Tiger told me. Bloody foul business, if you'll excuse the language. And as for Dev, I'm sure he *does* believe you." He frowned. "It's this ruby, you know. Seems to drive men mad. Women, too, come to think of it. And until it's found . . ." His voice trailed away as he stared, abstracted, into the dancing light.

At that moment a large creamy moth fluttered overhead, its wings casting a monstrous shadow against the far wall. In fluttering sweeps it circled, ever closer to the flame, until finally it plunged inside and was incinerated with a faint hiss and a flash of light.

Barrett shivered, tugging at her corset, which suddenly seemed painfully tight. But somehow she could not escape the image of those frail wings exploding into flame and vanishing in a mere instant.

Would her own fate be just as swift and brutal? she wondered.

Outside in the corridor came the muffled drum of booted feet, and then Mita's voice raised in soft enquiry. A low answer came in Tamil.

Barrett's stomach twisted, goose bumps breaking out over the low décolletage of the teal blue gown Mita had insisted she wear.

Her fingers twisted nervously as the boots hammered closer. Heat flooded her face.

The steps slowed, then halted outside the closed door of the dining room.

Barrett felt her heart race, her pulse drumming like thunder through her veins. She prayed he would go on, prayed she would not have to face him—not yet, while she was so strangely vulnerable, so unable to sort out the chaos of her emotions.

And then from the far corridor came Nihal's quiet call.

With a pang of something perilously close to regret, Brett heard Pagan resume his brisk progress past the door and disappear down the hallway.

Her breath hissed out in a rush. Only then did she realize that she had been holding the air deep in her throat.

"Like *that* is it, m'dear?" The colonel's eyes were dark and keen, but not unkind. "Seen it too often before not to recognize the signs, you understand? Aye, females have been falling all over Pagan since he was fifteen years old. Even then he had a wildness about him, a sort of gypsy recklessness that seemed to send them crashing like moths to a flame."

Barrett shivered. The image of the incinerated moth returned to haunt her. She tried to speak but no sound emerged. Her hands twisted restlessly in her lap.

"No need to deny it. No need to say anything, in fact. I understand perfectly."

No need to deny it.

She stiffened, hearing a faint drumming in her head.

No need to deny it, need to deny it. Like a cruel chant the words went on and on.

Her trembling hands cupped her temples. A shadow, smiling and faceless, loomed in the darkness at the edges of the room. She could hear him, feel him. But when she turned, he melted away, remaining always just beyond the edge of her vision.

She realized then that her memory was there and had always been there. All she had to do was reach out to seize it. All she had to do was *want* it, just as Pagan had told her in the glen.

She squeezed her eyes shut, trying to summon up all the past that had been denied her.

No need to deny it. No need . . .

Suddenly there was fear. Like a small, quick rodent with flashing white teeth it skittered close, snapping at any part of her it could reach.

I want to remember, she told herself fiercely. *I must remember!*

"Barrett—m'dear—" The colonel's voice came faint, so faint, as if from a vast distance away.

She felt it. It was just beyond the fear now, waiting for her. Her chest rose and fell jerkily.

Take it, Brett. Want it and it's yours.

"No need to deny it." She repeated the words aloud, softly at first and then louder as the power in her grew. She felt the gathering, the first tingle of full awareness. But with the power the fear grew too, until she thought it would rip her into a thousand quivering pieces.

But she held, held until the snapping jaws melted back into the shadows, until she knew the past she searched for was right before her, and when her eyes opened she would see it.

"Are you quite all right, m'dear? Perhaps some brandy—" The words were closer now but strange, as if spoken in a foreign tongue.

Barrett paid no heed, intent only on the faceless things lurking in the darkness.

Yes, I want it. Dear God, I must have it. For myself. For Pagan.

She opened her eyes then, staring at the colonel's worried face. But her teal eyes looked far beyond him, fixed on a heaving, straining darkness that seemed to lurch closer with every jerky surge of her heart.

Like splintered glass, the bright shards flashed out, in every shape and size. And each one was a memory, some sweet, some bitter, some inexpressibly cruel.

Suddenly it was all there, every ragged moment, every splintered fragment of her past spilled in a glistening heap about her.

Their light was so bright they blinded her, made her throat constrict, made her want to weep.

"My dear girl—Miss Brown—" Strong, bony fingers circled her hand with surprising force. "You must tell me what bothers you."

Barrett did not think to lie, not to the kindly face before her. "You may call me Brett, Colonel," she said, her voice high and unsteady. "Just Brett. All my friends do. And as for the rest, I've . . . I've never liked brown." Her eyes were huge, tremulous. "If you want something more formal, you may call me Winslow. For you see, I—I know. Dear God, I know it *all* now."

The colonel shot her a curious look, his unruly brows knitting. But before he could speak there came a new voice from the doorway, low and dark and commanding. In their turmoil neither Barrett nor Hadley had heard the door open.

"Yes, my dear, pray do enlighten us, why don't you? Just what *is* going on here?"

He was dressed in formal attire, white broadcloth crisp beneath black worsted. His hair was gleaming, still damp from his bath. Dimly Barrett realized he was the most strikingly handsome man she had ever seen, eye patch or not.

He was also the most furious.

His jaw locked as he stared at Hadley's hands circling her slim wrists. His mouth twisted in a mocking smile as he strode across the room, stopping to fill a glass at the huge black lacquer sideboard. Only then, whiskey in hand, did he saunter to the table and slide his long frame into his chair. "Yes, do tell us, Miss—Winslow, did you say? I'm all agog to hear. And if this story is anything as good as her last one, you're in for a rare treat, Adrian, I assure you."

Two bright spots of color flared at Barrett's cheeks, the only color in her ashen face. But pride was a habit with her. Only an instinct before, now it was much, much more.

Now it was a certainty, rooted in a stream of clear images that went back a decade, to the time she had knocked down the arrogant Jamie Warrenton for calling her grandfather a "lack-witted old bumbler with more hair than sense."

Barrett took a long breath, glorying in the warm rush of memories, in her *past,* bittersweet though it was.

Yes, it was before her now, the long years of feeling alone, never able to fit in with the other giddy, idle females of her acquaintance in Brighton.

And then her grandfather, coming to take her from the rigid propriety of the school in Kent where she'd been sent following her parents' death.

All that, she remembered. And though it hurt, she clutched the memories close, studying each jagged edge and plunging it deep into her heart, wincing as each became part of her again, merged to her in joy and in sorrow.

Yes, she was proud. All the Winslows were.

And it was partly that pride that had gotten her into this bloody mess that she and her grandfather found themselves in now.

Once again the danger, making her shiver.

But as long as she was here, he would be safe. That much Barrett knew with certainty. And until she sorted through the whole of it, sifted through all the tangled threads and understood the how and why of it, this past was best kept her secret.

She gripped her hands tightly in her lap. Yes, until then, she must say nothing. Had it just been the colonel before her, studying her with such kindly intensity, she might have spoken. But never to the mocking figure who stared at her over the rim of his half-empty crystal tumbler.

To him she owed no explanations.

"We are waiting, Miss Brown. Er, Winslow." Pagan's tone was frankly mocking.

Barrett's chin rose. "Would you be so kind as to pour me a glass of sherry, Colonel?"

"Of course, m'dear." He shoved to his feet rather awkwardly, but was quite deft with his hands. In seconds he returned, pressing a tumbler full of amber spirits into her chill fingers.

He frowned. "Good Lord, you're fairly freezing! Aye, the sherry'll be just the thing. Drink it up now."

She did. The drink was sharp and mellow at the same time, sliding down like satin fire.

She cleared her throat, studying the amber spirits. Her voice, when she finally spoke, was low and tense. "There were days in that stench-filled room that I wished I were dead, do you know? For all that it's a mortal sin, there were times it seemed to me a *greater* sin to live. Always the darkness. Always the pitch and roll of the sea. And always the eyes, pressed to the hole in the door." Her voice hardened. "I tried to strike him once. I worked a stay from my corset and hid beside the door. I heard the footsteps stop, then the little door open where they pushed in the food, if rancid soup and maggoty biscuits can be called food. And this time when the eye peered in, I rammed the steel stay through the hole."

Barrett looked away through the window into the darkness of the night. "He screamed most awfully. He said terrible things, and I suppose I deserved them. They beat me after that. It was—very unpleasant." Her voice was flat, mechanical. "Of course they were very clever about it. They always struck covered skin and were careful to leave no scars. The bruises never lasted above a week. My appearance was a great concern with them, you see. Up until the end, that is. Then it suited them to *mark* me, so your suspicion would be lessened."

Dimly she heard a raw curse from the far side of the table, but she did not look away from the night, locked deep in the memories now.

"There was no confronting them, of course, no hope of escape, at sea as we were. Each day, each second became an agony. Once I actually stopped eating, for by then I knew the soup they fed me carried some sort of sleeping draught." Her eyes plumbed the night sky blindly. "They told me in precise detail after that what would happen if I tried that ever again or disobeyed in any way." Her face settled into a pale mask, carved alabaster against the haunted teal pools of her eyes.

Her fingers traced the tumbler's long gleaming grooves. "But I was still afire with righteous indignation then. I actually tried to escape the next day, feigning illness and then shoving past when the door opened." Her fingers stopped their slow, hypnotic tracing for a moment. "And then . . . well, let's just say that they were true to their word. After that . . . I made no more attempts at escape."

Pagan's face locked in rigid lines. His fingers clenched on the arm of his chair. He wanted to scream for her to stop, wanted to bolt from the room.

He wanted to crush her to him and soothe her until every foul memory was swept from her mind forever.

But he did not, for he was wise enough to know that she *had* to speak, for her own peace of mind.

And *he* had to listen.

"Heroism is a gravely overrated trait," he said harshly. "Especially when it carries such a penalty."

His voice came from the shadows. The harsh sound came as a shock, and Barrett started visibly, color flaring high in her cheeks. She gave a low, raw laugh then. "One thing is certain, at least. I am no heroine. For in the end I agreed, you see. I agreed to do everything they told me I must."

Then her head turned. Her eyes, huge and glistening with unshed tears, claimed Pagan's. "It was just as you thought, of course. I was sent to that beach for *you*, Pagan. To entrap you. To entice you. To find the lost ruby along with its source." Her voice rose, wild and unsteady. "And God help me, if I hadn't struck my head in the struggle to escape, if I hadn't l-lost my memory, I would have done every s-single thing they wanted!"

Pagan heard the jagged note of hysteria in her voice and fought down an urge to cut her recitation short. But there was more, he knew, and the memories would fester unless she faced them now and released them.

"And?" he prompted. His voice was cool and faintly mocking. Yes, that would incite her best, he knew. Anger would take her fastest where she needed to go. "Don't tell me you mean to stop your riveting tale now, Miss Winslow. Not when it has just begun to grow interesting."

Barrett flinched as if he had struck her. Color swept her face, right down to the silken expanse of bared skin at her chest and shoulders. She gripped the tumbler tightly, her fingers nearly as pale as the crystal. "I almost wish that I *had* remembered, my lord. A man such as you deserves to be taken down a peg, to be forced to swallow his own medicine at least once in his life." Her eyes blazed like icy sapphires. "And I might even have enjoyed the task, I think. For why should *I* feel scruples that you feel naught of? Yes, you are quite right, Mr. Pagan. It is a world for the strong, a world for the cunning, and it's *them* I mean to be among from now on."

With locked fingers Barrett raised her tumbler in a mocking salute, then lifted it to her lips and drained the last of the sherry.

Pagan's face hardened. He flicked a bit of lint from his sleeve. "I'm delighted to hear it, my dear. Now perhaps we can dispense with this irritating palaver about scruples and propriety. But come, your story is vastly amusing and you have yet to finish it."

Barrett's eyes snapped at his cool, goading words. "No? I believe I made myself perfectly clear. Did I not, Colonel Hadley?" Her eyes never wavered from Pagan's face as she spoke.

"Er, why, very clear, I expect. But—"

Pagan cut him off, rising in a sharp movement and stalking to her side, sweeping her from her seat with his hands locked around her shoulders. "No, you did *not*. You still have not mentioned who sent you here. I want to hear the rest of it!"

Barrett's hands closed and opened convulsively at her sides. "Are you so sure?"

"I'm sure, all right. Say it, *Angrezi!*"

"Very well. It was Ruxley, of course, the same man you have suspected all along. But you missed one tiny detail in all your keen deductions, my lord. My name is not Brown, nor even *miss* at all. Now, it is not even Winslow. No, it is a different name, a hated name. It is Ruxley—*Mrs.* Ruxley, to be precise—and I am your worst enemy's wife."

41

Hadley burst to his feet, his chair crashing to the ground behind him. "Good Lord, it cannot be. I refuse to believe it!"

Pagan did not move, his hands locked on Barrett's shoulders. The scar at his brow gleamed coldly, silver in the lantern light. "Indeed. Do go on, *Angrezi*. Now you begin to interest me vastly."

Barrett did not demean herself to struggle. She stood stiff in his arms, her face a rigid mask. "He had wanted me for quite sometime, it appears, even before he heard that the ruby was to come to auction. He knew my grandfather and, well, that's another story, one you'd scarcely be interested in." She steadied her wild pulse and continued. "When— when he heard that the Rajah of Ranapore was to sell the ruby, he was furious. He knew it came from Windhaven land, of course, and he wanted to see your face when he stole it from you." Barrett frowned, her eyes widening. "But it wouldn't have changed anything, would it? For *you* were the rajah. It was *you* that night in London, wasn't it?" Her eyes narrowed as the memories sharpened, image added to image. She fought down a wild urge to giggle, to throw back her head and roar with laughter—until the tears came. "I felt it was so, but . . ."

With a soft sob she forced herself to a semblance of calm. "Yes, that, too, he must have seen. Perhaps that is what decided him in his plan. When he came to me later, in the stinking cabin of a boat docked at the Isle of Dogs, his face was lit by an inner fire. I realized then that he was not quite sane. Before I had only suspected it . . ." She drew a ragged breath. "Several times I had wondered, of course—"

"Wondered *what?*"

Barrett shrugged. "Who you really were. Ruxley had predicted you would come to see the ruby sold, but even *he* did not deem you capable of the raw temerity of feigning an Indian persona before half the elite of London."

"More than *half* the elite, I'd wager," Pagan said coolly.

Barrett's eyes darkened. "I suppose there is very little you would not do to attain your ends, is there?"

His fingers bit into the soft, creamy skin of her shoulders, and Barrett shivered. There would be a bruise there tomorrow. How many other bruises had she carried before on her skin?

But these she wanted, even welcomed with a perverse sort of triumph. For Barrett realized she wanted to carry some mark of Pagan's when she left.

For leave she must. As soon as she could manage it. The danger here was far, far greater than even Pagan realized, and her staying only made it worse.

Her eyes flickered to the colonel. Surely *he* would help her.

With a smothered curse Pagan released her, then strode to the lacquer side table and poured himself another drink.

Only when whiskey edged the crystal rim did he slap down the decanter and drain the glass without a halt.

He turned, his face harsh, unreadable. "Quite right, *Angrezi.* Bloody little, and what it is, I've yet to meet. But do continue."

Behind him Hadley made a faint sound of disapproval. "I hardly see how it can help to push her so, Tiger. After all she's been through, surely it would be better for her to—"

Pagan's eyes hardened. "But Mrs. Ruxley is in a mood to talk, I believe. Who are we to deny her the pleasure in such a case? Tell us more, Cinnamon, especially about this so charming wedding of yours. It was in none of the newspapers, of that I'm certain."

Barrett stared back at him, possessed by raw, brittle energy. Her eyes glittered like glass. "No? I'm not surprised to hear it. We were married mid-Channel by a bleary-eyed sea captain three sheets to the wind. He wasn't overly nice about the details, you see. Such as whether the bride had a ring or a guardian or even a proper name. Or whether she had awakened from the drugs she'd been given by her husband-to-be."

"Precisely Ruxley's style." A muscle flashed at Pagan's jaw as he angled his long frame back against the wall by the window. "And am I to take it that your honeymoon was also accomplished mid-Channel?"

His tone was cold, purposely goading.

Somehow he managed to ask the question, though her answer was the last thing he wanted to hear.

Barrett gave a brittle laugh, propelled by sheer nerves. She turned to pace the room like a sleek, tense cat. "Honeymoon?" she repeated unsteadily. "Ah yes, the honeymoon. Quite extraordinary, it was. To think that I had somehow managed to forget it." She stopped for a moment, her hand tense on the edge of the table.

She swayed then, and Hadley would have gone to her except that she waved him off with a sharp, dismissing gesture. "I'm quite all right, Colonel, although I expect *you* may not be very soon." Her face was entirely colorless, even the heat of fury faded from her cheeks. Her fingers probed restlessly at the voluted edge of the table. "In fact if you're inclined to a queasy stomach, I really must suggest that you absent yourself. For the next few moments of my tale, at least."

"By God, I'll murder the man!" Hadley lifted a cane from its place beside his chair and stabbed the air to punctuate his speech. "I'll see his neck slit with my own knife, see if I don't. A monster, that's what he is! A damned, unholy monster!"

Barrett only laughed, a low, humorless sound. "To murder him you would first have to *find* him, Colonel, and I'm afraid that would be as close to impossible as a thing ever was. Even for a man of such limitless arrogance as the Tiger there."

Her eyes sought Pagan's and she shivered at their flat, chill depths. His face was a mask, his long body totally still against the wall.

"Perhaps it would be easier than you think, my dear. But *my* stomach is not so queasy. Continue, pray."

Barrett's nails dug into the polished face of the table. "So hungry for details, are you? Very well then." She straightened her shoulders, her eyes fixed on Pagan's face. "I was not quite a—a biddable wife, I'm afraid. In fact, he had a difficult time even getting me downstairs to the bed, in spite of the efforts of the two rather sullen types in the captain's employ." A shadow darted across her face. "I think he forced more of the drug upon me. Things became rather a blur after that."

Behind her the door clicked softly shut and Barrett realized that Colonel Hadley had left the room.

Pagan said nothing, his expression hooded.

"It was almost funny really. He tried so hard. So many times." Barrett's eyes glittered, hollows of madness in the abalone sweep of her face. "But he couldn't be a husband, you see. No matter what he did, what he tried to make me do, nothing worked." She swallowed audibly. "He—his sex was flaccid, shriveled, and would not rise. The lack drove him to a terrible fury." Her eyes rose then, leaving Pagan's face to stare into the shadows above his shoulder. "That was the first time he beat me. I supposed he blamed it on me, or at least supposed that with me it ought to have been different."

She bit down a ragged little sob, clutching pale hands tightly to her waist, as if she were going to be sick.

"Barrett, don't." It was Pagan's first speech in long minutes.

She barely heard him. "Later it struck me as wildly humorous. He was so angry that he was pathetic, and it became a dark sort of comedy. But the humor faded when . . . when he found me and beat me again. He forced me to—to—" She choked, unable to bring herself to say the words, wishing that she could forget those raw, repeated indignities.

"Good sweet Jesus, no more!" With a harsh groan Pagan

swept across the room, his hands like hot granite on her waist, on her shoulders, on her face and neck. And when his kisses fell on her in a hot, mad rain, Barrett lifted her face to his liquid fury the way a flower does to a raging, April storm, knowing it will buffet but renew.

What would have happened next she was never to know, however. At that moment the door burst open.

"Terribly sorry, Tiger, but—good Lord! Er, ahem—" Hadley quickly took in their frozen embrace, the disordered cloud of Barrett's hair, the flushed hue of her lips where Pagan had kissed her. "That is—it's one of the natives. He was caught down in the tea shed with a barrel of kerosene. Seems he meant to taint the whole bloody week's picking. I thought you'd want to—"

He didn't need to finish. Already Pagan had pulled free and was running a hand through his unruly black hair. "Of course, Adrian," he muttered hoarsely, struggling for control, and not finding it. "In—in a moment."

The door closed once more. For long seconds of thunderous silence Pagan and Barrett studied one another, the embers of passion white-hot still, flaring at throat and neck and groin.

"I must go."

"Of—of course."

"I'll be back, Cinnamon."

"Yes." It was the merest scrap of sound—low, mechanical. "Yes—yes of course."

"It's over and done now. He'll never touch you again. As God is my witness, I promise you that."

"Th-thank you." Barrett dug her nails into her palms, fighting the tears that threatened to spill free any second. "Go on then. You'll make an ill sort of planter if you don't attend to your crop."

A muscle flashed at Pagan's jaw. "I *am* an ill sort of planter, *Angrezi*. In more ways than you can know. But are you sure—will you—"

"I'll be fine. Just go. *Now.*"

Her nails drove deeper. She swallowed the rising wedge in

her throat, knowing she would not be able to last much longer. There had been too much horror, too many revelations in the last hours. She felt battered over every inch of her body, bruised from a thousand invisible, assaulting hands.

"I'll be back as soon as I can. In the meantime, I'll send Mita to you."

She could only nod, not trusting herself to speak. Through a haze of tears she saw his fist clench, saw his hand rise, and thought he meant to reach for her then.

It would have been too much.

"Go on with you! I've managed all these months, I suppose I can wait a few minutes longer," she said in a breathless rush.

Pagan's jaw hardened. He hesitated on the threshold for a moment, undecided. And then, with a raw curse, he turned and strode from the room.

By the time his boots hammered out to the front foyer, Barrett had dissolved into low, wracking sobs, which she muffled in her voluminous skirts.

At least they had turned out to be good for something, she thought, and knew a wild, disjointed pleasure that she still could find a trace of humor in the bleak, suffocating world around her.

An hour later Barrett undressed mechanically, washed, brushed her hair free, then climbed into bed. She wore only a thin gown of silk gauze, whose virginal hue was in striking contrast to its indecent transparency.

And that was the most modest among the frothy confections Mita had pulled from the trunks.

But somehow Barrett was too exhausted to summon anger at this new instance of Pagan's insolence, this casual assumption that she should dress for *his* pleasure and not her own.

She was, in fact, too tired to do anything but close her eyes and slide instantly, miraculously, into a dreamless sleep.

Her terrors faced, her memory almost completely restored, she had no further need to claw at phantoms in the night.

"Damn it, the fellow knew nothing, just like all the others!"

The moon drifted in and out of a bank of clouds as Pagan and Hadley trudged up the winding path to the main house.

Pagan's expression was hard. "I can't say I expected anything else. Ruxley is very thorough, after all. Otherwise he could never have gotten where he is today: London's Merchant Prince with a personal worth exceeding five hundred thousand pounds."

The colonel knocked a bough out of his way with unnecessary force. "How can you be so damned dispassionate, man? There have been far too many of these 'accidents.' So far you've managed to thwart them in time, but what about the next one? And the one after that? You know as well as I do that there *will* be a next time. What will you do if you're not clever enough or fast enough then?"

Pagan's face was unreadable in the darkness. "I expect, my dear Adrian, that I'll pick myself up and start over again. Just as I have done any number of times before."

The colonel snorted, muttering something that sounded suspiciously like, "Cold-blooded, slack-witted fool."

In fact Pagan was far from dispassionate. Inside he was seized with fury, dreaming of nothing but crushing every bit of life from Ruxley's foul body. But there was no sense in revealing his fury to Hadley. Very young, Pagan had learned that strength was bought with secrecy, with concealing all the important things beneath a careful veneer of indifference.

But the effort was costing him something. Even now his hands clenched on the cool, polished butt of his rifle as he remembered his interview with the clearly terrified Tamil who had been discovered in the drying shed.

The man had protested wildly. He had seen nothing, heard nothing. He was simply delivering a package out of courtesy to a friend!

But in the drying shed?

He'd gotten confused, had been drinking arrack punch.

And the friend?

Disappeared.

And the tin of kerosene by the door?

Nothing to do with him. Most assuredly, it had been there before *he* had arrived!

Where was this package he meant to deliver then?

The frightened man tugged it quickly from its resting place on the ground.

All the questions had been anticipated. Once again there was no clue, no flaw.

With a raw curse Pagan had let the man go, warning him that if he ever again set foot on Windhaven soil he would be staked out and left for the leeches.

The man's face, as he'd run off into the night, had been the color of bruised, unhealthy bananas.

Pagan said nothing more until they reached the house. The light in the dining room was gone, as was that in Barrett's room. Her shuttered windows were easily visible from the path that led down to the tea fields.

He felt a sudden, sharp sense of regret. Of gut-wrenching loneliness.

"Thank you for your assistance, Adrian."

"Nonsense, old man. Just a case of being in the right place at the right time. Happy to have been of help." The colonel shifted his eyes away, uncomfortable at Pagan's praise and at his obvious melancholy. "Think I'll be off to bed now. Been one bloody long day."

Pagan listened to his steps die away down the corridor. The house lay silent now, wrapped in dreams. He found himself turning toward the room with the darkened shutters.

The room where *she* slept, blissfully ignorant of the danger that stalked them all.

Only at the threshold did he catch himself up sharply. Then with a curse, he spun about, making for his study.

Yes, by his desk he had a very fine old bottle of whiskey he'd been keeping for a special occasion.

It appeared he wasn't going to get one any better than this.

But as the first mouthful slid down his throat minutes later, hot and biting and pure velvet, Pagan faced the fact that it would require something a great deal more potent than whiskey to make him sleep that night.

It would take Barrett's warm, silken body wrapped around him in ecstasy.

It would take words of love spilling wanton and breathless from her lips.

Probably both.

Hours later he finally dozed off in the battered old wing chair in his study. Fully dressed, his long frame filled the chair, booted legs outstretched upon a mismatched bamboo footstool.

The whiskey bottle at his side was half-empty.

His breath came low and regular when the first plumes of gray inched beneath the door and curled up malevolently toward his face.

42

Clouds, dense and billowy. Thin and feathery. In all shapes and sizes they sailed across an azure sky.

And then they were not clouds, were not white at all, nor was the sky blue.

Now they coiled, like writhing snakes. Now they were dank, acrid, piercing.

Now they were *smoke*.

With a gasp Barrett jerked upright on the bed. She blinked, feeling a hot, nagging pain in her throat.

Faint swirling fingers of smoke coiled about the floor, then thickened. In a matter of moments they had solidified into a swirling bank of gray.

Even then she had watched, paralyzed by sleep and shock, sure it must be a dream.

Only when the first hot blast drove through the room did she rouse from her daze, jerking off the covers and exploding toward the door. She began to cough almost immediately, as acrid air burned deep into her lungs.

Dear God, Windhaven was on fire!

Excellent, the man in the darkness thought.

Too bad Nihal's people had caught the fellow he'd sent in with the kerosene. But he had turned it to his own purpose, for it had drawn attention away from his task very nicely.

Now all he had to do was sit back and wait. In a matter of minutes he would have all the information he needed.

His eyes glowed for a moment.

Unless Windhaven collapsed, killing all of its residents, that is.

Wildly, Barrett lurched toward the door, struggling to sweep away the last traces of sleep from her mind.

She flinched at the enveloping smoke, plunging to a halt before the heavy teak barrier. Her hands brushed the door.

Instantly she fell back, gasping.

The wooden frame was flame-hot, which meant the whole surrounding area must be on fire.

She spun about, jerked the thick quilt from the bed, shoved on her boots, and ran toward the corner, where a pair of porcelain pitchers rested on ornate basins.

Snatching both up, she plunged toward the far wall and then triggered the small latch that Mita had revealed to her only hours earlier.

The outside door to the veranda swept open and cool, clean air swept over her face. Instantly she shoved the door closed behind her, mindful that the rush of outside air would only add to the inferno's ferocity.

From her door to the front entrance was only a matter of fifty or so steps along the broad veranda. She flung open the front door with trembling fingers, and was met by a hellish scene of orange-red flame and acrid black smoke, the heat and fumes nearly overwhelming her.

But her heart was firm. She tossed down her quilt, drenched it with one of the pitchers, then flung it tunic-style around her slim body.

With the remaining pitcher clenched close, she plunged forward into a scene that could have come straight from Dante.

And with every gasping breath, every searing wave of heat, she prayed she would remember the way to Pagan's room.

She threw open three doors, only to find each room unused, shrouded in dust covers. Her heart pounding, she ran back into the hall and made for a smaller door she had overlooked before.

The ornate brass knob burned her fingers and she fought back a sob as she struggled to wrench the door open.

On the third try she succeeded.

But beyond the threshold she saw only a massive desk littered with papers, a copious quantity of framed prints and antique maps on the wall, along with a particularly gruesome boar's head.

She was poised to run to the next room when she saw, between drifting arms of smoke, a pair of polished black boots.

With a wild cry she flung herself forward, scattering the foul smoke to make out Pagan's inert form sprawled against a leather wing chair.

She fell beside him and shook him with desperate force. "Wake up, Pagan. Dear God, wake up *now!*"

He mumbled something beneath his breath and turned his face away.

Only then did Barrett catch the tinge of whiskey. Lord, the

man was drunk! How would she ever manage to drag him from the room?

Wildly she shook the long, supine figure, receiving nothing but muttered oaths for her trouble. Then she drew back her hand and slapped him ruthlessly. Once, then twice, on each cheek.

He caught her hand in a painful grip, his eyes opening to frigid slits. "You'd better have a bloody good reason, Nihal, for—" He stiffened, his brow furrowing. "What in God's name—"

But those few moments were enough for him to take in the situation.

With a beautiful economy of motion he shot to his feet and scanned the room.

Barrett gestured with the pitcher, her eyes smarting from the smoke. "I'll douse you. It's the only way."

She didn't wait for his answer before emptying the basin on his chest and lower legs. Then she emptied the last of the other container on herself.

She was at the door when she realized he was not behind her. He had run to the far bookcase and was flinging open drawer after drawer.

"There's no time, Pagan. In a minute or two we'll be trapped!"

He turned then, his face a mask of fierce determination as he shoved a small leather box down inside his shirt.

It must be something of infinite importance for him to risk his life in fetching it, Barrett thought dimly.

At that moment she saw a blur of movement in the corridor.

"Whole bloody wing's about to go up. Get out of here, you two! I sent Nihal down to the native lines to rouse the men. But if we don't go now . . ."

Pagan spun about, rebuttoning the neck of his shirt. "Quite right, Adrian. It *is* getting distinctly unpleasant in here."

Then Pagan was beside her, tugging her back into the crackling fury in the corridor, his granite grip her only lifeline as they fought their way down the hall toward the entrance.

They were both coughing and smoke-blind by the time they stumbled down the front steps. They fell to their knees, dragging in huge drafts of cool, clean mountain air.

Almost immediately Pagan lurched back to his feet and ran toward the rear of the house, where the first shrill shouts of alarm were being raised. The colonel staggered after him a few moments later.

Barrett subsided onto the dew-chill grass, racked with a painful spasm of coughing. Her cheeks were singed and her hand was throbbing painfully from the blisters where she had seized the red-hot doorknob.

But these things subsided to a faint dull ache, for right now she was simply happy to be alive.

When a hushed, trembling figure slipped out of the darkness and pressed close with furry hands, Barrett pulled the little langur to her. Together they huddled in the chill night, watching in horrified fascination as red-orange flames spilled from the southern wing, lighting up the whole roof.

Her heart caught when she saw a tall form silhouetted against the licking flames. There was no mistaking those broad shoulders or lean, powerful thighs. As Barrett watched, breathless, Pagan caught the first bucket of water towed up by rope from a native below him. He emptied it onto the flames and then tossed the bucket down onto the ground, where it was snatched up and taken to be refilled.

In a jerky tableau against the orange glow, the buckets rose and fell, Pagan emptying them with a savage sort of grace, then tossing them down again.

But to Barrett's throbbing, smoke-stung eyes, there seemed to be no effect at all on the raging flames.

An hour later it was done, the roof a blackened scar against the darker vault of the night. Steam still hissed from the charred wood. It had been Nihal's idea to bring up the elephants and have them empty the tin watering troughs onto the fire.

Even then it had been a near thing, Pagan thought, running a tired, grimy hand across his face. But the roof had been saved and only two rooms in the south wing were gutted.

Unfortunately, his study had been one of them.

"Nihal, see that the elephants go down country to have an extra long soak in the river. And we celebrate tomorrow. No plucking or work in the drying rooms. I believe you have some of that potent arrack liquor hidden about. See that the men each get a portion. They've earned it, by God!"

The colonel appeared out of nowhere, clapping a hand on Pagan's back.

"Bloody near thing, Dev. Yes, too damned near to think about."

Pagan only nodded, staring tiredly at the black scar darkening Windhaven's south wing.

"And now that we're safe and sound, perhaps you'll tell me what in bloody hell you were so concerned with retrieving from your study." The colonel's voice was hard with accusation. "You nearly killed yourself in there—along with that young woman who was brave enough to go fetch you. Damned rare sort of female, if you ask me. But there—you'll not distract me. I mean to hear what was in that box."

A faint smile on his face, Pagan reached down and pulled a small gold-embossed rectangle from inside his shirt. He studied the leather box for a moment, his eyes narrowed. Then he flipped open the clasp and held it out for Hadley's inspection.

The colonel's brow knit. He stared down at the little case in patent disbelief. He had considered seeing quite a number of things in the box, but certainly not *this*.

Gingerly he lifted the gilt-edged oval. "A portrait miniature?" He looked up at Pagan in surprise. "You risked your life for *this*?"

Pagan simply shrugged, studying the figures in the painting.

A tall man with thin lips and an uncompromising jaw.

A frail female in ivory watered silk, her slim white fingers clenched tightly in her lap.

And in front of them, stiff and resolute, a boy of seven. A boy who already felt as if he were a man.

The last figure in the group, ranged before an airy veranda somewhere near Simla where the mountains rose in emerald terraces, was a dark-eyed Indian woman, the ayah, Hadley thought. Her eyes were anxious but unreadable as she stared out from the miniature.

"Oh, but it is *very* important, Adrian. It's my past that mocks me in that picture, what little past I have left. It wouldn't do to lose that ever."

The colonel frowned and looked as if he meant to say something. But he changed his mind and sighed, turning toward the house with a shrug. "Well, it's the *present* I'm thinking of and you're dead on your feet, old boy. Best see to some rest while you can. We'll have little time to see the damage repaired before the monsoon is upon us."

After giving Pagan a quick, gruff pat on the shoulder, he trudged wearily up the steps toward his room.

He was filthy, Pagan thought grimly, studying his charcoal-streaked sleeve. He smelled of smoke and cinder and he was exhausted.

He should make at least a desultory attempt at cleaning up and then go to bed.

But somehow he found his feet moving along the shadowed veranda in the opposite direction.

Like a figure in a dream, he slid open the concealed latch so that the teak door opened in well-greased silence.

She sat in a chintz chair by the window, bathed in the golden glow of a lone palm-oil lamp. Her hair was unbound, cascading around her shoulders in a bright golden nimbus.

She was more beautiful than he remembered, more beautiful than he could even imagine. Perhaps everything was, in the wake of his brush with death.

His hand tightened on the cold polished door frame as he stood staring at her, this woman whom he had tried so hard to hate.

Her face was an alabaster oval, her eyes lapis pools. She did not move as he stepped over the threshold.

"Stop me, falcon." His voice was raw, as dark as the soot streaking his face.

Her lips trembled, but she gave no other sign of response.

"You're going to Colombo tomorrow," he muttered, almost as if to himself. "I'll send Nihal and twenty men, if I have to, but I'll not see you here even a day longer."

The woman in the chair flinched imperceptibly.

Why did they pain her so, those words? It was what she'd waited for, what she'd wanted all along.

Wasn't it?

"You'll be safe there," Pagan said, mid-room now. "I'll arrange passage for you within a week. To Macao, perhaps. Or do you prefer America?"

Neither, the woman paralyzed in the armchair thought, her eyes glazed with tears. *It's here I'd choose to be. Or wherever else* you *were.*

Her hands twisted in the white folds of her gauze night-dress. Though she had tossed a crimson and gold cashmere shawl about her shoulders, she felt a shiver work through her and knew it had nothing to do with being cold.

"You don't protest? I'm glad to hear it, *Angrezi,* because there's no way in hell you could convince me to let you stay. Not when the danger is so close now, even here at Windhaven, where I hoped you'd be safe. Not when you drag me deeper under your spell every second."

He was directly before her chair now, his face a harsh mask of light and shadow.

Barrett's eyes rose, fixed on the vein that throbbed at his temple, just above the silver network of scars that zigzagged across his eyebrow and down toward his cheekbone.

"Nothing, do you hear? Tomorrow you go. At first light."

Slowly, with exquisite grace, Barrett rose from her arm-chair, shrugging off the cashmere shawl as she did so. The lantern light spilled soft and golden through the gauzy folds of her nightgown, revealing each impudent curve and peak in loving detail.

Pagan's breath checked sharply. "Don't try to dissuade me, falcon. I warn you, it won't work."

Her slim fingers gently traced the silver scar coiling past his eye. The next moment, rising on tiptoe, she planted her lips where her fingers had been, pushing aside his eye patch to kiss the scarred skin beneath.

Pagan's breath hissed out in a rush. "Holy sweet Lord . . ."

Her slim hands fell, braced upon his broad shoulders. She could feel the granite muscles tense and bunch beneath the dirt-streaked shirt. His eyes were half closed, his face a mask of control so harsh it bordered on pain.

So it was tomorrow. That left them only tonight . . .

The words were silent, throbbing, palpable in the heated inches of air around them. Perhaps they came from him, perhaps from her.

Most likely they came from both.

Her fingers shifted, tracing the full, hard line of his lower lip.

Pagan flinched. "Stop, *Angrezi*."

She didn't. Instead she took a step closer. Her thighs brushed whisper-soft against his and the rapidly peaking tips of her breasts feathered against his chest.

Pagan's jaw locked and his head fell back as if he were swept with ineffable pain.

Or immeasurable pleasure.

"No," he growled.

Barrett did not answer, too wise to trust to words when touch could speak so strongly, so much more persuasively. She inched closer, delighting in the leashed tension of his body, in the faint salt tang of his heated skin.

With a soft sigh she brushed her breasts against him, shivering in the little heated jolts of pleasure each touch ignited.

Yes, this was hers. This was real and true. Not even Ruxley's vile demands could taint this. It was as if nothing else existed beyond the space of the room, beyond the thunder of her heart, the wild hammering in her blood.

And Barrett refused to think of leaving before she tasted this dark pleasure one last time.

Her hands tightened, her nails digging into the steely line of his shoulders. She felt the heat and bulk of him at her belly, and gloried in the unmistakable sign that he was losing, and losing fast.

Casting off restraint or shyness, casting off everything but the wild urge to know him as completely as it was possible to know another human being, Brett molded her soft form to his hard length, shivering when she felt his manhood leap to full, pulsing arousal.

She swayed slightly, levering her body closer, wreaking a velvet torment upon this man who fought her still. She felt him flinch, felt his heart slam against his ribs, felt the raw power of him pour like fire through her thin nightgown.

And then her head fell. She drove the hot, wet point of her tongue into the shadowed recess at the center of his collarbone, nibbling, then nipping sharply.

A harsh groan ripped from Pagan's throat. In an explosive burst of movement, he seized her hands, his fingers digging deep, so deep that he felt each bone and tendon at her wrist.

His eyes were hooded, raw with dark fires and a hunger that went on forever. "Damn you, witch," he said harshly, catching her wrists together in one hand and sweeping her up against him with the other. "It's been like this since the first moment I saw you. I never fooled you for a second, did I?"

Barrett was too awash with her own hunger to smile, to feel triumph in his revelation. She only pressed closer, desperate to feel his heat and his velvet hardness deep inside her.

"Please, Pagan." It was a soft, ragged plea.

"It's beyond pleasure now. It's beyond stopping." Pagan's tongue lapped slick and hot against her ear, driving Barrett to arch against him like a cat. "Your body whispers to me, *Angrezi*. Of hot dreams and wild places. By Shiva, it will take us to the very edge of heaven, I think."

He eased her backward, his fingers fierce on her buttocks.

The next moment she felt a cool smooth surface at her hips —the rosewood desk, she realized.

With a shiver of white-hot desire, she realized they were not even going to make it to the bed.

He swept the fragile silk from her shoulders until it puddled around her waist. Dark and half-mad with hunger, his eyes devoured her lush, naked beauty, dazzling in the golden lamplight.

"Damn you, *Angrezi*." Pagan captured the pouting rose-red peaks between his strong, calloused fingers, tugging and stroking until she moaned. "I never had a chance, did I? Maybe neither of us did."

And then his head fell, his tongue lapping the aching crowns furled so perfectly beneath him. He tasted the flare of her pulse, the fire of her wild response. Each place he touched came alive, burning with the raw energy of life.

He tongued her and stroked her, whispering raw, strange words in a dark litany against her skin.

Barrett had no thought of stopping him, everything forgotten but the wild joy he gave her in singing blood and racing muscle, in hot, tortured skin.

She clutched his shoulder and began to jerk wildly at the buttons of his shirt, wrenching them free. Breathlessly she dragged the wet, soot-streaked linen from his tensed shoulders.

Pagan bit back a groan. "It is folly, the worst sort of folly, but I'll have you, *Angrezi*. This time I mean to have your very soul!"

Wild with need, Barrett pressed her lips to his chest, sliding the tip of her tongue into the crisp mat of his hair. His smell was tea and smoke and eucalyptus, salt and dusky male. His skin was warm velvet over hot, sleek steel.

Knowing it was madness but far beyond caring, she burrowed closer, capturing a springy strand between her teeth and tugging sharply.

Pagan stiffened, muttered something in Hindi, and captured her buttocks with his hard fingers. With a groan he kneed apart her thighs and drove her hard into the saddle of his thighs.

He was huge and hot and throbbing.

Barrett felt an instant of fear, but an instant only, for the sensual storm in her blood burned the fear away with her next breath.

Her breath checked, she searched out his flat male nipple, found it, nibbled it wantonly, while Pagan's heartbeat grew to an angry thunder against her ear. He shuddered at her touch, conqueror now the conquered.

With slow exquisite torment she teased his aching skin, driven by a dark knowledge that had nothing to do with memory and everything to do with blind, female instinct. Suddenly she was every woman who had ever lived, every woman who had ever loved a man to raw, blinding madness.

With a growl Pagan captured her buttocks and drove her upward, his blade like hot, forged steel between her thighs.

And Barrett fitted herself to his hardness, desperate to taste more, to feel all he had to give her. Eyes closed, hair spilling wild and golden around her shoulders, she arched against him, locking her long legs around his waist.

"By God, I'm going to enjoy feeling you everywhere, *Angrezi.* I'm going to enjoy every soft panting moan, every wild tremor. When I'm done you're going to feel me everywhere, too. So deep, you'll never be able to forget me."

With one sharp movement he shredded her gown and flung it away behind him until there was nothing but steamy, scented air between them. She twisted and clawed at him, moaning like a wild sleek cat, and Pagan delighted in her sweet wanton ferocity. Later he knew he would regret this folly, but now he had not the strength to stop, to let such rare beauty slip by untasted and untried.

He freed his manhood, not even stopping to remove his breeches. The blinding need was upon him now, so fierce he couldn't think, could barely breathe.

So close to dying. So close to losing her forever. . . .

He knocked the cut crystal decanters and silver-handled brushes from the table with a crash and then drove her back.

His breath checked and held as he found her sweet heat and knew she was ready for him.

She was sleek and satiny, all warmth and woman.

As close to heaven as a sinner like him would ever get.

"Now, Cinnamon? Tell me."

"Now, my love. Dear God, don't—ahh—make me wait."

He shuddered at the breathless plea, even more at the raw endearment. Maybe it was love after all, discovered among the scarred remains and wreckage of his life.

"May God forgive me, then, for I can't stop. I must have you, *Angrezi*. For now at least, if it can't be forever."

He drove inside her then, his hard pulsing length surging into her sleek satin, and he groaned when he felt her stretch to fit him.

Ablaze in need and wonder, Barrett let her head fall back, shuddering with the dark blazing force of his possession.

He met her with fury and a pleasure so fierce it bordered on pain, holding back nothing, feeling his soul spill into hers.

Or maybe it was hers that spilled into his.

Over and over he muttered her name, a harsh promise, a fierce plea. He rained praise upon her in a voice rich with the love words of four ancient and very earthy tongues.

Pagan growled in triumph as she strained against him, her nails digging into his shoulders.

"Pagan, oh God, I'm—ohhh!"

She shuddered, felt her body begin to convulse at the pulse point of their union, woman's satin tight to man's steel.

Light streamed around them, felt as much as seen, and a hot, silver wind as old as time seemed to rise up beneath her, lashing its way through paths of blood and nerve, coiling tight and then flinging her away to paradise.

He held her close, savoring each velvet tremor, each low, broken sob, rock-hard inside her still.

And when her shudders faded and her teal eyes opened, blind with passion and something Pagan was finally brave enough to recognize as love, he began to move inside her again, driving deep, then shallow, teasing the velvet petals of her womanhood.

She clutched him blindly, shuddering, feeling the raw pleasure begin anew.

And each time he held her back at the edge, denying his full length, spinning out the torment that was endless and unspeakable bliss.

"P-Pagan!"

"Yes, love, feel it spill through you. This is the breath of all life, the only joy that the gods allowed us when they barred us from paradise."

"N-no more! I can't—"

"You *can,* sweet flower. And it will be better than all the others."

He drove deep then, fitting himself all the way until she was anchored to his very root, until the edge of her womb met the pulsing tip of his sex.

And then she trembled, pleasure rippling through her once more. Her voice broke in a moan of disbelief, resolved into a wild, joyous cry.

Only then did Pagan throw back his head and plunge to a blind, furious release, uttering a feral growl as he drove his hot seed deep inside her.

He wondered if they made a life that night, but the thought was dim, so dim, and it came too late for him to feel fear or regret.

For by then he was falling, wrapped in pleasure. All he knew was soft, endless homecoming and the miracle of her love. A love he had never thought to find.

He could have sworn the air hung thick with rose and jasmine when he spilled his last ragged moan onto her skin and collapsed into bliss.

"You're filthy." It was a soft, half-teasing accusation as they lay half dressed in a drowsy sprawl after finally reaching the bed.

Pagan's shoulder cushioned Barrett's head, and her fingers feathered lazily through the crisp black hairs beneath her chin.

"Ummm."

"You're thick with soot and you smell."

"I shouldn't doubt it at all."

"You nearly died in that fire!" she added accusingly.

"Would you have cared, little hellcat?" Pagan's fingers cupped the curve of her hip, suddenly tense.

Barrett delayed over her answer, too sated, too content to be willingly roused.

His grip tightened.

"Very well, you brute. Since you'll stand for nothing less than an immediate answer—"

"Oh, I'll stand for less," Pagan said darkly "A clever little minx like you could make me *stand*—ahhh—just by looking at me, I think."

Heat swept over Barrett's face as she recalled their fierce coupling, their desperate panting need of only minutes before. Her eyes glowed with the memory and she sighed softly.

"Yes, you bully, I would have cared." Her fingers feathered over his chest, then found the peaked outline of his nipples. She smiled when he shuddered at her touch. "I would have cared more than you know," she said softly. "Far more than is wise. And I must be mad to admit it."

But her words were accompanied by a soft urgent pressure at his chest, then the seeking stroke of her fingers along his thighs.

He stiffened instantly, his manhood rising like sleek, molten steel to fill her fingers. "Ah, God, *Angrezi.* What you do to me!"

She smiled then, the dark, secret smile of a woman content in her power over a man, a woman brave in her love.

"So," he rasped, rising on one elbow to study her face. "You enjoy your hold over me, do you, falcon?" In a fluid movement he stripped off his breeches and caught her shoulders, sweeping her up onto his hard thighs.

"Pagan, I—"

His eyes were dark slits. "It's too late for complaints now, *Angrezi.* You've raised the beast and now you'll have to ride him." As he spoke he slid her up, teasing her honeyed folds with his throbbing shaft. With fierce control he parted her, driving forward, then sliding almost from her, again and again.

She clawed at his chest, squirmed wildly. *"Pagan!"*

"Do you want me, *Angrezi?* Do you need this as much as I do?"

Her only answer was a ragged cry and the urgent seeking movement of her hips. Dimly she heard his dark need, felt the emptiness that drove him to question this blinding happiness they'd found.

She gave him answer then, capturing him with an instinctive velvet friction that made him shudder. And with that movement the match was equal to equal, both caught in giving and receiving. A circle was forged, heat flying back and forth between them like silver lightning over the far hot hills.

"Now, Pagan! Sweet Lord—"

He drove deep, filling her completely, offering all he was and ever would be while she did the same.

Breaths caught, hands clenched, thigh to love-slick thigh, they fell mindless into bliss.

"Now, Angrezi," he rasped. "Now and forever."

He fetched servants with a gleaming brass tub and steaming water. After that, they bathed each other with diligent care. Then soap flew and water sloshed everywhere, care giving way to a wild free-for-all.

And the free-for-all shortly gave way to a wilder contest, as the embers of passion blazed anew.

Far in the distance, beyond silent serried tea fields, beyond the mist-crowned blue peaks, a tiger roared, long and low and querulous.

But even *that* warning the lovers did not heed.

43

The clatter of metal woke Barrett from a pleasurable dream.

She wrinkled her nose and tugged her pillow closer. Something soft. Something of cool satin sheets and hard fingers.

Again the clang of metal, closer this time.

She shot upright in bed, cool linens clutched to her chest, her eyes still dark with sleep.

"Ah, the *memsab* is waking at last. You will be wishing for a bath."

Keen chocolate-colored eyes studied Barrett's tangled hair, the rumpled sheets, the clear indentation in the second pillow, now empty.

Barrett darted a swift glance about the room and saw no evidence of the man who had lately shared her bed.

Mita sniffed—in disapproval and something more.

Now Barrett understood the coldness in the woman's eyes, the distance in her face.

"Yes, thank you, Mita. You are very . . . thoughtful."

The servant shrugged, then slanted a curious look across the room. With feline grace she moved to the window, reached down, and then held up a length of cloth in two fingers.

It was Barrett's nightgown, shredded nearly in two.

"The dreaming of last night must have been *very* fierce, *memsab*, even for you."

With that she dropped her armful of fresh linens, glided back through the door, and melted away without a backward glance, leaving Barrett to wonder how much of last night's events remained a secret to anyone in the great house.

* * *

Hours later Magic came chattering to the window as Barrett was drying off from her bath. The little langur sidled up over the sill and sat rocking, her dark, wise eyes intent on Barrett's every move.

The gray head cocked; the young-old eyes studied Brett for a moment. The wide nostrils flared, as if the monkey could sense Barrett's mood by scent alone.

Recalling their last tangle over the corset, Barrett decided Magic deserved to remain in doubt a few minutes longer. She slipped on drawers and a cloud-thin petticoat of cambric. Then she opened the sandalwood trunk where the rest of her clothes were stored.

The instant Magic saw the coveted corset, her nose wrinkled. She rocked back and forth more swiftly on her perch.

Barrett was careful to pay no attention. Instead she made a great show of slipping on her camisole. She noticed there was no longer any discomfort at her back, where her wounds were nearly healed.

Magic made a tentative, wistful sniff, then turned and slid back into the green world beyond the window.

Better there, Barrett thought, *than cramped into these unnatural structures we are forced to wear.*

She was just about to tackle the corset and the wild mane of her hair when she heard a shout, followed by the muffled drum of feet down the corridor.

"Memsab! Please to be coming most quick, *memsab!"*

The door shook, then crashed open a second later.

White sarong awry, his brown face creased in harsh lines, Nihal stood in the doorway, with Hadley just behind him. "Bad it is, this time, Miss Barrett. Oh, so very God awful bad! The master—Tiger—he's—they've taken him."

Barrett swayed, white-faced, then grabbed at a chair back for support. *"Taken?* Dear God, no!"

Nihal's face was taut with worry. "They—they caught him outside the drying shed. It was a well-prepared group, all with rifles."

Hadley muttered darkly, then turned. "I must go."

Barrett's heart began to thunder. *Oh, Pagan, be careful, my heart. Be very, very careful.*

And then her mind began to calculate, estimating portions and strengths. It would be very dangerous, of course. It might even be *impossible*, unless Mita could find the right ingredients.

But she had to try.

When Hadley returned, he gave Barrett only a glance before pouring himself a drink and wiping the sweat from his brow.

His face was grim when he turned. "I think you'd better sit down, my dear."

Barrett gripped the table. "What is it? Dear God, he isn't —you haven't found his body, have you?"

"No. But I found this. It was left down by the path to the lower fields, where he was taken." He held out a sheet of paper to her.

Barrett seized it and scanned it eagerly.

Her horror grew with every word.

Here, my dear Barrett, is your lover's little finger. I shall cut off another finger every hour that you delay in bringing me the ruby. I shall be watching for you at the great waterfall near the upper tea fields. Do not delay. For when his fingers are all gone—assuming he is still alive, of course—I shall cut off his—"

Barrett swayed, the final savage threat blurring before her eyes. She threw down the note, white-faced, and turned to the colonel. "Dear God, what are we to do?"

He crossed the room and gave her shoulders a quick, brief squeeze. "Do? Why we're going to rescue him, of course! And we'll do it by finding that bloody stone."

"So you *do* know where it is?"

Hadley's eyes hardened. "I'm afraid not. But Ruxley believes it is here, so it probably is. Which means we'd better get to work."

"No, you go on. Mita and I will look about some more. Dear Lord, there is so little time . . ."

Both were silent, thinking of the note's last, savage threat.

Hadley hesitated, then nodded grimly. "Very well. I'll take ten men and wait by the waterfall. If Ruxley sends anyone near, anyone at all, I'll corner the bastard. And then I'll find out everything he knows, even if I have to cut him up very slowly to do it." His keen eyes searched Barrett's face. "Will you be all right?"

"Yes, just—just go."

His face grim, Hadley wrenched down a rifle from the gun case and did just that.

Barrett and Mita started in Pagan's bedroom, then progressed to the rest of the house. They ripped open quilts, overturned drawers, and even slit the beautiful old damask wing chairs.

But they found nothing. There was no trace of the ruby.

With every minute, Barrett knew Pagan's time was running out. Wildly she swept fire-charred books from the study's blackened shelves, hoping that one of them might have a false interior.

But they crumbled in her fingers, burned paper and nothing more.

When Magic skittered up beside her, chattering curiously, Barrett barely noticed.

Down the hall the little ormolu clock in the foyer began to chime.

The deadline had come.

The leather box arrived fifteen minutes later. Nihal found it on the porch and instantly carried it in to Barrett, who stared at it, white-faced. It looked like a jewelry case, made of good old leather embossed with gold lettering and a pseudo-heraldic crest Ruxley had designed for himself.

As if locked in a nightmare, Barrett slid open the top. A moment later she gasped and the box fell to the floor with a dull crack. Tears squeezed from her eyes as she thought of the bloody mass of bone and tissue inside, carefully wrapped in white silk.

Ruxley had carried out his first threat.

Mita ran in, saw the box on the table, and gave a sharp cry. "Is it—have they—"

Barrett nodded blindly, tears rushing down her cheeks. "Is there no sign of Colonel Hadley?"

"None. And soon the Tiger will . . ."

"No, Mita! We can't let that happen!" Barrett scrubbed furiously at her tears. "Do you have a storeroom somewhere? A place where Pagan keeps his chemicals and tools?"

Mita nodded. "But why is the *memsahib*—"

"Never mind. Just take me to it." Already Barrett was pulling Mita toward the door. "Quickly, Mita! We must hurry!"

Neither noticed the small, furry figure that followed them down the corridor.

"Is it three parts fulminate of mercury or four?"

Mumbling, Barrett surveyed the huge stone workroom lined with tools, jars, knives, bellows, and every other implement required in running a huge estate such as Windhaven. She scanned the shelves, which were full of neatly labeled bottles of chemicals.

Thank God Pagan kept the place well stocked. But the process was dangerous enough even when the proportions were right. And with even one element wrong . . .

A shudder worked through her. No matter, she would get them right. She *had* to.

Long minutes later, Barrett sat back, exhausted but triumphant. It was right, she was certain of it! Thankfully, Pagan had a superior workroom and all the equipment necessary to carry out his many experiments. She'd found the nitrate of potash, gunpowder, and glycerol.

Now all they needed was a plan.

"What is the *memsab* doing? The master will be dead soon if we do not hurry!"

"Never fear, Mita. I'm nearly finished." Carefully Barrett wedged a cork into a glass bottle filled with the results of her work and moved carefully to the door. "Whatever you do, see that I don't trip." Seeing Magic rocking back and forth at her feet, Barrett smiled, feeling for the first time that they had a slim reason for hope. "That goes for you, too, Magic."

Then her humor fled. Both women froze as they heard Nihal's shrill cry.

Another hour had passed.

Precisely on time, the next box arrived. Inside was only a bloodstained piece of paper.

I am vastly disappointed in you, my dear Brett. I thought you loved him. He is losing a great deal of blood now, as you can see. Such a pity.

Ah well, the next time I'm afraid I shall have to take off two fingers.

Barrett swayed, her fingers pressed to her lips. She bit down a sob as her mind leaped from possibility to possibility like a desperate animal.

It was risky to use the formula. There were so many factors, so many variables that her grandfather had not yet been able to isolate. But there was no time for tests now.

She stood swiftly, her eyes hard. First she would somehow have to convince Ruxley that she'd found the ruby. Only that would guarantee her the time she needed to get Pagan out before . . .

A wild tugging at her skirt made her frown. She looked down to see Magic before her, tail twitching, dark eyes ablaze. "Yes, little one, I know you're worried. We *all* are. But we must hurry if we are to save him!"

The little langur began to skip up and down, wrenching Barrett's skirts more wildly than before.

"All right, you may go with us. There might be ways that you can help, places the rest of us cannot reach." Barrett tried to pull away. "But you must let me go!"

A shrill protest poured from the monkey's throat. She darted to the door, then turned back to study Barrett, her dark eyes pleading.

"What are you about now? There's no *time,* Magic! I cannot play!"

But at the door the gray creature blocked her, and began to tug her through the fields toward the great house. Barrett decided not to fight, since she had to return for her final preparations anyway. Catching Magic's hand, she spoke slow, soothing nonsense until they came to the veranda steps.

But when she tried to pull away, Magic growled and bared a row of gleaming white teeth.

"Magic! What—"

"She is trying to tell us something," Mita stood behind them. "She has never acted in such a way before, *memsahib.* We must follow her!"

"Very well, but only for a moment or two. I can't vouch for how long that mix will remain stable."

Chattering shrilly, Magic pulled Barrett down the hall past the ruined study and lunged through the door into Barrett's bedroom. There she released Barrett's hand and darted to the opened trunk. She plunged her head inside and began tossing petticoats and gowns to right and left.

"I'm afraid she's overwhelmed by all this," Barrett said softly to Mita.

"Perhaps, but . . ."

Just then the monkey inched out of the trunk, a white bundle clutched in triumph between her furry fingers. She jumped up and down and emitted an ear-splitting whistle.

"Oh, not that wretched thing again! Sweet heavens, Magic, this is no time for—"

But the little simian paid no attention. She threw the corset down and stamped on it, then looked up at Barrett pleadingly.

"What is it, little one?"

The monkey held out the undergarment, whimpering. As

soon as Barrett took it, she came flying and knocked her back onto the bed, shoving one of the steel stays in her face.

"You wicked little—" Barrett's forehead creased. "Whatever are you—"

And then she halted. One of the stays *was* different from the others, crumpled and badly twisted. No doubt that was the one that had bothered her so.

In amazement she watched Magic probe at the stay hole, then wrench at the steel inside.

The next minute Barrett was beside her. The seams were tightly set, and the twill hard to grip, but finally the two of them managed to work the stay halfway out.

And the lump inside did not grow any smaller.

Barrett's heart began to pound. "Scissors, Mita. Hurry!"

She barely looked up when the woman rushed back seconds later and pressed a heavy pair of shears into her hand.

This time the twill came free with a hiss, the stay clattering to the floor.

And after it fell something else, something oval and polished, burning with fierce crimson fires.

The Eye of Shiva.

44

❈

Barrett's fingers tightened convulsively as she stared at the gleaming jewel. "Dear Lord, it was there all the time! Magic must have known. Maybe *she* put it there!"

She lifted the stone carefully. In her fingers the ruby burned, bloodred and throbbing. "But how—"

Mita gave a strange, broken laugh. "*I* took it! May the gods forgive me, it was I!" Her hands caught in a supplicating pose. "I—I was at the brothel when Sir Humphrey was—when he—"

"*You*, Mita? But you cannot have—"

"No, I am not the one who murdered him. Although if Pagan had not rescued me when he had, who can say? But as fate would have it, I was returning from an errand when I heard a low cry, and then the dropping of a heavy body. When I came to the open door, Sir Humphrey was just staring up at the ceiling, his eyes most bulging and horrible. And beneath him I found . . . *that.*"

"And *you* brought it back?"

The slim woman nodded, tears streaming down her face. "I knew that the Tiger would never approve, for he hated the stone. But it was *his,* don't you see? There were so many things he needed to buy when he returned, and with these attacks of Ruxley's increasing, he would need more money than ever to pay workers . . ." Her fingers clenched. "It was wrong of me, I know, A most terrible wrong. But I only wanted his happiness. And then . . ." Her voice caught. "Then a week after we arrived, the ruby disappeared. I feared I had lost it or even that one of the workers had stolen it. But it must have been Magic!"

Barrett sucked in a lungful of air, trying to think. "I know you meant well, Mita. But—but now we have it! We can save him! Go and fetch the men. And bring fine hempen cord, a great deal of it! Hurry!"

As Mita skittered from the room, Barrett studied the stone in her hand, feeling a strange, tingling heat surge through her fingers. "Dear God, whatever gods that listen here, please don't let us be too late."

Beside her Magic chattered softly, and Barrett smoothed her head with trembling fingers. "Hold on, my love," she whispered, feeling fire curl through her palms, where she cupped the great gem.

He was jerked awake to chill and dampness, his head throbbing, blood trickling down his cheek.

"So the great Tiger awakes. About bloody time."

Polished black boots swam in front of his throbbing eyes, from which his eye patch had been long ago torn free.

Something about those boots . . .

The toe flashed out and crashed into his head with gut-wrenching force.

Pagan tried to struggle upright, tried to reach out, but found he was immobile, trussed like a chicken. Slowly the black waves of pain subsided and he made out the man who paced before him, whip in hand, his face marred by a grotesque, empty eye socket.

Pagan's lips curled in a sneer. "It's you again, Rand. Where's Ruxley? Or is he once again too afraid to come himself?"

His captor merely smiled. "So, Pagan, I see you remember me. How long has it been, three months? Four? You remember that night in Colombo, of course. The night you took my eye."

The black boots crunched closer, only inches from Pagan's face.

"An eye for an eye, the Bible says. Only fair, seeing that you nearly took mine too." As Pagan spoke, he was thinking wildly.

Of course! The boot print. Why hadn't he noticed sooner? It was uneven, dragging at the inner left instep, the mark of a man with a weakness in the leg.

The mark of the man Pagan had wounded in the attack three months ago in Colombo.

"Hardly the same thing, old friend. *You*, at least, have an eye left." The boots came to a halt. "But not for long. I think I'll enjoy cutting you up in little pieces. I just wonder if *she* will enjoy watching. Of course, it will make her so very inventive in her efforts to persuade me not to continue."

The man threw back his head and laughed, his face twisting, his eyeless socket wrinkling obscenely. "Yes this might be quite the most fun I've had since I led that little raid up in the Punjab in '53."

A moment later his boot ground down against Pagan's hand and he began to laugh.

* * *

"Is that the place?"

Barrett crouched behind a line of boulders and eased the heavy leather satchel from her shoulders.

Beside her Mita nodded. "Yes, most certainly, miss. It is just beyond that hill, the waterfall that the note mentioned. But where are the jackal-hearted one and his crow-begotten followers?"

"Close by, no doubt," Barrett said grimly.

Overhead the moon sailed in silent splendor, wreathed by feathery clouds, pouring silver light over the narrow, rocky valley.

Barrett frowned. She didn't like it. They were bound to be seen going up to the top. But maybe that was just as well. Yes, maybe that could be turned in her favor.

She turned urgently to Mita. "You remember everything we discussed? You have the bottles, the twine?"

"I am remembering, miss. Every detail, oh, most perfectly!"

Barrett caught a chill breath, trying to fight down the fear that seized her stomach. "Then . . . I'm off. Wait here until I'm out of sight."

She rose slowly to her feet, tugged the dark blanket from her shoulders, and straightened her peach dress.

There were many disguises, Pagan had said, and one never knew which one might work best. She prayed that he was right.

With a final, quick tug of her low décolletage, Barrett plunged toward the waterfall.

She was halfway up when she heard the rush of gravel behind her. She spun about, only to feel hard fingers lock over her mouth.

"Too bad I had to kill your friend Creighton," a harsh voice growled. "He would have enjoyed the sight of you in that dress, Miss Winslow."

"Who are—"

There was time for no more. Her hands were wrenched behind her back. The next moment she felt a grimy cloth shoved between her lips and knotted tight. Then she was shoved forward, up the hill.

She stumbled once, and her captor jerked her sharply to her feet. Tears streamed down her face, but she concentrated on the pale curtain of the waterfall above, trying to see where he was taking her.

Once again she pretended to sway and then went to her knees, all the while studying the terrain. Suddenly a metal barrel prodded her back.

"Hurry up, bitch. No more games, or you'll never see your lover again. And judging from the way you were moaning the last time I saw you, while he plowed you proper by the waterfall, I'd say a man between your legs is *just* what you need." The fingers tightened, biting into her shoulders. "Only that man is going to be *me*, hear? And your bloody viscount is going to have a little treat in store for him while he watches."

With a cruel laugh the man shoved her forward, right into the overhanging curtain of the waterfall. Barrett gasped, freezing in the rush of chill water. When she emerged, her dress clung to her shivering body as wind poured from some hidden corner.

Her eyes widened. Before her stretched a narrow tunnel lit by torches.

An underground cave! Right here beneath the waterfall.

"Get going." A booted foot jabbed her in the back, nearly knocking her to her knees.

She stumbled forward. At least now she knew that Pagan was still alive.

Around them came the echo of dripping water. Beneath the glowing torches the walls sparkled with the flare of imbedded crystals—sapphire, ruby, and amethyst.

But all were too small to be of value.

Unlike the great ruby that Barrett carried hidden beneath her gown. But she must not speak of that until the time was right.

Her surly captor pushed her forward, wind surging around her face. A few moments later she stumbled into a great cavern studded with solid stone columns from floor to ceiling.

And at the far side of the cavern, pinioned against the ground, lay Pagan, blood pooling over his brow.

Barrett ran forward, blanching when she saw the blood gushing from his hand. She started to bend down but was jerked back roughly.

"Not yet, sweet one. Not until you give me that little bauble of yours."

Pagan thrashed vainly at the leather thongs. "Don't do it, *Angrezi!* Don't tell the bastard anything."

Rand kicked Pagan savagely in the side. "Shut up," he snarled. "It's the lady's turn to talk now."

Barrett shivered as she saw for the first time the hideous eye-less socket and the scars radiating around his eye. She knew she couldn't turn over the ruby or all would be lost. "I —I have it, of course, but I'm not such a fool as to bring it with me. I want my cut, you know. I haven't come all this way for nothing."

Rand's mouth tightened. "But for that, you must have something to bargain with. And the way I see it, my lovely, *I* hold all the cards."

"Not quite. Not the ruby. But you might find it," Barrett said silkily. "Unbutton my bodice for me and you might just find what you're looking for."

The man behind her frowned, his face twisting as desire warred with suspicion and greed. He came closer and cut her bonds, a revolver trained on her chest. "I'm taking no chances, bitch. *You* do the unbuttoning. And make it slow and careful. Remember, your lover gets the first shot if you try anything stupid."

Barrett bit back her fear and moved her hands slowly to the top button of her gown. As Rand stared, she eased it open. The second button followed. Slowly she eased the fabric lower.

She wore nothing beneath, neither corset nor chemise. Only rich, pink skin.

The shadowed valley and warm swell of her breasts was nearly visible now.

The man shifted restlessly, a bulge growing visible at his groin. And then, with a curse, he grabbed her. He thrust his tongue inside her mouth and dug his fingers into her hips, jerking her hard against his thighs.

She felt the growing hardness of his desire and fought to keep from flinching, from trying to wrench away, knowing this was the best way to help Pagan now.

Rough fingers probed between her legs and she caught back a moan.

"Like that, do you? Trust Pagan to choose 'em good. Ever had an eye for a whore, even back in Cawnpore. Aye, even when the whore was his own mother!" His laughter rose harsh through the stone cavern, drowning out Pagan's angry curses.

A sharp call from the opening of the cavern silenced his laughter. Swiftly Rand shoved Barrett aside and tied her hands together again, enjoying how it forced her breasts together above the parted cloth.

"Enjoy yourselves," he snarled. "It will be the last minutes together you'll ever have." He turned and threw his weapon to the brawny Indian standing by the wall. "Guard them well," he growled, then disappeared into the tunnel.

Immediately Barrett struggled over to Pagan. While the guard watched impassively, revolver clenched in tense fingers, she pressed her cheek to Pagan's face, fighting back tears. "Thank God you're alive! But oh, my love, your—your finger!"

"Cut, but not deep. The bastards wouldn't risk my bleeding to death—not till they get their cursed ruby, at least. They took some other poor beggar's finger thinking it would persuade you to act faster."

With a whisper of fabric, he strained upward. "Come closer, Cinnamon. I've got to get that chain."

Barrett edged forward, trying to ignore the pain of the leather bonds at her back.

"Kiss me, falcon. And make it damned convincing, so that bloody fellow doesn't come to investigate."

It wasn't hard for her to bend close, to press hungrily against him and kiss him. To let her love spill from her eyes. It was the easiest thing in the world, in fact.

The native watched in silence, eyes narrowed.

Pagan's heart thundered beneath her ear. "Sweet God, *Angrezi*, not quite so well or I'll *never* be able to concentrate!"

Barrett bit back a watery laugh and studied him, her eyes radiant. He was alive. That was all that mattered.

"We'll get out of here, I promise you," Pagan whispered. He leaned closer. "Your skirts—raise them. I need to get at that chain." His face darkened for a moment. "You didn't take it off, did you?"

"I would have, but I never could find the wretched clasp."

"Thank God for that."

With a rustle of silk, Barrett inched higher, until his fingers were at the waist of her pantalets.

Her eyes closed when the callused pads swept her navel and she felt the rush of cool air at her ribs.

Even now her breath caught as she thought of how he had touched her and kindled a wild, molten hunger in the little glade.

Pagan brushed a kiss across her neck. "That's right, think of that, *Angrezi*. Think of all the pleasure I'm going to give you when we get out of here. For we'll not die in this cave tonight, I promise you."

And then Pagan's breath caught with a low hiss. "Got it! Now all I need is to . . ."

From the tunnel came the sound of muffled footsteps.

"Damn! Rand's coming back." The planter studied her urgently. "I need your help, Cinnamon, your total cooperation."

She nodded instantly.

"Come here." In one swift thrust his bound fingers gripped her bodice and wrenched the remaining buttons open. As Pagan stared down at his handiwork, his jaw locked. "I wish there were another way, Cinnamon, but I need a distraction. And sweet lord, no one can distract a man like you can."

The next minute he wrenched the dress from her shoulders. He hesitated then, his onyx eyes burning over her silken skin.

Barrett shifted, fighting down her fear. "Go on, my love. Just—just do it."

With a low curse Pagan shoved at the dress, then stopped. "Good sweet God. I—I don't know if I can."

"Well I can." Seizing a jerky breath, Barrett twisted to the right and left until the fabric slid away with a soft hiss and pooled about her waist. Her breasts lay in ivory splendor, lush pink nipples furled tight in the chill air.

Pagan's eyes went dark and bottomless. "I always knew you were remarkable, *Angrezi*. Now come here." And then he kissed her, bound as he was, and the heat of his love blotted out the cave, the night, and time itself, until fire swirled through Barrett and she barely heard the crunch of pebbles behind her.

"Such a lovely scene. I'm almost sorry to break it up. But I've other things on my mind right now, such as the ruby." Rand's voice tightened. *"Where is it?"*

Barrett froze, her pulse pounding. Slowly she eased away from Pagan, narrowing her eyes calculatingly. "Perhaps I find my loyalties changing after all, Mr. Rand. You see, I've discovered I don't want to die, not while I've years of pleasure ahead of me. Let me go and I'll take you to the jewel. Just think of it, you and I and all the lovely things the ruby can buy."

Rand's face hardened. "Now why would I do that?"

Carefully Barrett sat up, away from Pagan, her breasts bared to the lantern's golden glow.

"Good God." Rand's breath caught audibly. He barked an order to his curious assistant, who shrugged and moved off to the mouth of the cavern. Then he seized Barrett and jerked her to her feet, thrusting rough fingers against her breast.

Behind them Pagan twisted, raining savage threats, but Rand only laughed, ramming his tongue between her teeth as he squeezed and twisted her tender flesh. Barrett closed her eyes, trying to keep from flinching, trying to remember that this was necessary.

And then metal and leather tore free and Pagan surged to his feet, leather thongs and stakes still dangling at ankle and wrist. He fell on Rand with unchecked fury, his eyes smoking, his face a mask of hatred.

Their struggles echoed like dull thunder through the cavern, along with pinging stones and muffled curses.

With a mighty lunge Pagan sent his fists into Rand's jaw, toppling him onto the cold stone floor. Swiftly he untied Barrett, then seized their captor's dropped weapon.

Using his own thongs, he wedged Rand against a thick stone column and tied him securely. Barrett heard the clink of metal and saw Pagan twist her golden chain carefully around Rand's fingers, then draw it through the revolver, which was wedged between two stones at the man's back.

He began to come around now, hard-faced and snarling.

Pagan stood up, smiling grimly. "I suggest you move very carefully, Rand. You've a percussion revolver at your back now, and the next chamber is loaded, I assure you. One move—one hard cough, even—and the trigger will catch. And your brains will be painting that lovely wall of crystal behind you."

While Rand squirmed, testing his bonds, Pagan pulled Barrett toward the door. A moment later a flood of harsh, filthy curses filled the air.

Pagan turned and put up a warning finger. *"Shhhhhh.* Or you can't say I didn't warn you."

They plunged from the cavern into a narrow tunnel which echoed with the distant sound of dripping water. The air was damp and chill, and Barrett clutched her dress tightly to her chest. "You might have left me one or two buttons at least," she muttered.

Pagan shot her a wicked look, one dark brow quirked.

"And miss the sight of all that lovely naked skin? Not in your sweet, stubborn life, *Angrezi*!"

Her cheeks flamed red for a moment, and then she saw the fear, the worry that lined his face. "Forgive me. I know there was no choice."

He silenced her then, with a hard, drugging kiss that sent heat spiraling through her. She swayed dizzily and had to pull away for air. At the movement her shoulder brushed his arm and his face tensed with pain.

"Oh, Pagan, I'm sorry—"

"Never mind, *Angrezi*. No time . . ." Without another word he pulled her forward into the dark tunnel.

The way was not straight, constantly twisting from one side to the other. Soon Barrett was entirely disoriented, but Pagan seemed to have kept some sense of direction.

Minutes later they saw a larger tunnel stretching before them.

They inched closer. At the same moment hard fingers bit into Barrett's arm.

"You go or I shoot." It was the Indian whom Rand had dismissed. He motioned the pair forward warily, a rifle trained on their backs.

Muttering a curse, Pagan squeezed Barrett's hand and led her into the other tunnel. Soon they came to another cavern, smaller than the first. At the entrance, they stopped, speechless and blinded. The walls before them were imbedded with crystals of every shape, size, and color, all blazing like a thousand tiny suns.

Barrett gasped, her eyes captured by the splendor before her. And then she heard a low laugh. A shadow detached from a nearby stalagmite.

The shadow wore a face that made her stomach lurch. Her hands began to tremble.

"So lovely to see you again, my sweet wife. I trust you have brought me my ruby?"

45

He was as carefully dressed and venal as Barrett remembered. Her face paled as her husband strolled lazily across the cavern, a revolver cradled lightly in one white palm.

"At least Rand is good for something. He found this cavern a year ago and I've been keeping it in mind for something special. You eluded him, I see. I'm not terribly surprised. My old friend Pagan has always been very inventive." Ruxley's eyes hardened. "And now I believe I want to hear about the ruby."

Barrett felt her pulse skitter and lifted her chin defiantly. "Not until you let Pagan go."

"Really, my sweet, I'm disappointed in you. And in you, too, Pagan. But we shall soon loosen your tongues a bit, shan't we?" He gestured to the Indian, who drove the butt of his revolver down into Pagan's already bloody temple.

With a raw curse the planter twisted, then toppled slowly to the stone floor, the crack of his body exploding like thunder through the room.

By the time his eyes blinked open, he was securely pinioned with the Indian hovering nearby.

Ruxley eased back against the wall, his weapon trained on Barrett. "I never meant to come, you know. But when Rand bungled things again, I realized I had no choice."

"Let her go, Ruxley. She has nothing to do with this." Pagan's voice was tight with fury. "It's the ruby you want, and—"

Ruxley's shrill laugh cut him off. "Is it? Ah, my poor deluded fool. You still don't know, do you?" He looked at Barrett, his face hard with hatred. "She's worth more to me than *ten* of your rubies, you fool." Slowly he raised his hand and fingered the row of lace that rose and fell over Barrett's chest. "It took me quite a while to realize that, of course. Such a pity about your grandfather. Everything might have gone so much easier had he not chosen to be so difficult about his secrets. Yes, truly a pity."

"Grandfather! What—what have you done to him, you gutless, contemptible—"

Ruxley smiled coldly. "The old man proved to have a weak heart, I'm afraid. He just wasn't up to Creighton's questioning, it seems."

She flew at him like a crazy thing, her hair wild, her eyes raw with grief and rage. For a moment she felt the joy of Ruxley's shins beneath her flailing feet. And then he seized her by the neck and threw her back against the cold stone wall.

"You'll pay for that, bitch! Before I'm done you'll—" Then he cut himself off, cursing furiously. "But not quite yet." His cold eyes slid over Barrett's stunned white face and heaving chest. "As a matter of fact, the old fool told Creighton nothing of any value. But by the time Creighton realized he'd been duped, your grandfather was gone, spirited off by one of the servants at Cinnamon Hill, no doubt. Which leaves only *you,* my sweet wife. And soon you will be spilling every fact in that pretty little head of yours, believe me. Unless you'd care to see Pagan's other eye carved up neatly."

Barrett's stomach lurched, but she fought for control. At least her grandfather was safe. What she needed now was a cool head so she could deal with Ruxley. "I'll tell you nothing! Not until you let Pagan go!"

Slowly Ruxley eased open the ragged fabric at her chest, studying the swell of ivory skin beneath. His breath caught in a soft hiss. "Yes, you really are lovely, my dear wife. And with such valuable secrets locked in that lovely head of yours." His fingers eased lower, teasing the shadows between her breasts. "And I mean to have them all. Oh yes, just as I mean to have that ruby."

Without warning his fingers tightened, twisting cruelly.

Barrett squeezed her eyes shut and fought to keep from crying out.

Pagan roared a curse, which was abruptly cut off as Ruxley's attentive assistant thrust a gag between the planter's lips.

At that moment the loud report of a gunshot thundered down the tunnel.

Ruxley froze.

Barrett blanched, realizing that Rand had miscalculated once too often. She closed her eyes, trying not to think of what lay within that chill cavern.

"Just a distant earthquake, I imagine. This whole area is rather unstable, I've discovered." Ruxley shrugged. "But what think you of my crystal kingdom? Quite lovely, is it not? Unfortunately the gems are too tiny to possess any real value."

Then he turned, his eyes narrowing on Barrett's face. His fingers bit into her forearms. "And now I believe I'll have the ruby, my dear. For we've unfinished business between us, wife, and I think Pagan will soon be in a mood to tell me whatever I wish to know."

He jerked his head at the native, who freed Pagan's gag enough for him to speak. "Let her go, damn you! I've got the ruby, not she! And there are hundreds more where that one came from!"

Ruxley shook his head. "Too obvious, my friend. If you had the ruby, you would have carried it out when my people set fire to the south wing. But you didn't, did you? No, you had to run to retrieve a worthless miniature of your exalted father and his silly wife. But she was *not* your mother, of course. Your mother was the timid little ayah in the back, who held your hand so tightly." Ruxley made a clucking sound. "Nasty, sordid business, all in all. Very bad *ton* to muddy up the blood lines, old fellow. Just isn't done."

Pagan wrenched wildly; the native moved a step closer.

A smile played over Ruxley's thin lips. "But if you didn't have it, then who did? Over and over I asked myself that question." He turned to Barrett. "Perhaps we'll never know.

But I mean to have one thing before I leave here, and that is your grandfather's formula, my sweet. The formula for the explosive oil with the force of ten steam locomotives. Pyroglycerine, I believe he calls it. You've eluded me long, but now I'll have it."

Barrett shivered as Ruxley's long, thin fingers teased her cheek and then fell to her neck, toying with a strand of hair. "I—I don't have it. We've been through all this before! He was very careful never to tell me his results."

"Rubbish. You did everything for him—ran his workshop, ordered his supplies, wrote down all the results of his experiments."

"It's true enough—all but the last, that is. For Grandfather never let me see his mixtures and his methods. He felt it was too dangerous to trust a female with such knowledge."

That much was true, Barrett thought wildly. Her grandfather had always felt that women were incapable of great intellect. But Barrett, fearing he would muddle the proportions in his absentmindedness, had always been careful to enter the results correctly in his journals.

Her voice hardened. "No, I haven't any idea of my grandfather's formula. But I have something nearly as good."

Ruxley whirled about. "I *knew* you'd find it! Where is it?"

Barrett merely smiled. "Do you think I'd be so stupid as to bring it *here*? I've learned something from you, after all. Never again will I be such a naive fool. No, my dear husband, the ruby is safely hidden and will be found only when I *choose* it to be found."

Ruxley studied her intently, a faint look of admiration playing across his face. "Well, well. We might have done much together, my dear. We might have toppled London. And with the ruby, many things might be possible still."

He crossed the room and slowly raised his ornate gold revolver to Pagan's head. "A beauty, isn't it? Made by Tranter. Self-cocking model. Damned efficient. And it *is* loaded, my sweet, make no mistake about that. Now tell me where the Eye of Shiva is."

Barrett's face bled white. She swayed as she saw Ruxley's finger ease back on the lower trigger.

Ruxley laughed shrilly. "So amusing really. Yes, the two of you have been endless fun. Even on that night in London, when you eluded Creighton so neatly, my dear. Too bad he had to die. But I couldn't let him tell what he knew. And of course, he bungled things and lost the ruby, after killing Sir Humphrey . . ." He gave a long-suffering sigh. "Really, what is an honest employer to do with such careless help?"

His voice hardened. "But now, though I am enjoying our conversation immensely, I'm afraid your time is up, old man." Ruxley cocked the trigger, the sound reverberating like thunder in the tense silence of the cavern.

The muzzle lowered, digging into Pagan's forehead.

"No! Dear God, stop!" With a wild sob Barrett reached down and wrenched up her skirt. With awkward, bound fingers she tore at her petticoats and jerked the peach silk garter free, then unrolled the top of her right stocking.

And then the great ruby spilled onto her fingers, its polished facets bloodred beneath the torchlight, as hot and crimson as the blood that ran through its victims' hearts.

46

Ruxley's voice caught in a raw hiss. *"You found it!"* His eyes began to gleam.

Slowly Barrett backed toward the mouth of the cavern.

"Barrett, no!" Pagan's voice was hoarse. "Don't let him have it. Then he'll never—"

But he was too late. Already Ruxley was across the room, ripping the stone from Barrett's trembling fingers. His eyes burned and his face was flushed with triumph. "The Eye of Shiva," he hissed. "Mine at last!"

He rolled the gem slowly, studying its crimson fires, while reflected sparks danced over his face.

Just then a low rumble like distant thunder echoed through the cavern and the floor swayed faintly. Only it wasn't thunder, Barrett knew. It was Mita, following her directions carefully, discharging the first of the nitroglycerine explosives.

Her eyes flashed to Pagan's face. She saw his raised eyebrows, his startled flare of understanding.

She gave him a swift, secret nod. But the other men did not notice. While Ruxley stared in fascination at the ruby clutched in his fingers, his Indian assistant eased closer to catch a glimpse of the legendary jewel.

Barrett began to inch toward the tunnel. Pagan had left a gun in the other cavern, and she would have to get it. She forced down her nausea at the thought of what she would find when she got there.

Pagan gave her a grim nod as she eased backward, while Ruxley's low crooning spilled through the cavern.

She was nearly at the tunnel mouth when she felt a gentle pressure at her back and whirled breathlessly. Relief flooded through her when she saw Colonel Hadley's craggy face. She started to speak, but he put a finger to his lips and gestured for her to follow him into the tunnel.

And then Ruxley's wild laughter erupted from the far wall.

Hadley tensed. Slowly, as if in a dream, he caught Barrett's arm and shoved her forward.

"Adrian! You got through! Get his weapon!" But the colonel didn't move. Pagan's face darkened. "I don't believe it! Not you too!"

"I'm afraid so, Deveril." Ruxley sauntered across the cavern, the ruby clutched in his soft, white fingers. He gestured curtly to the colonel. "Over here, Hadley. I'll need your help with the woman."

Barrett gasped as Hadley's fingers tightened on her arms.

"You bloody bastard!" Pagan raged. "How long have you been working for *him?*"

"I'm sorry it had to come to this, Dev. I always hoped . . ." Hadley shrugged and moved forward to secure Barrett to a stone column opposite the tunnel entrance. When she began to struggle, he frowned. "It will only make matters worse if you fight me. I don't wish to hurt you, you know."

Barrett felt hysteria claw through her. *Hurt?* If she didn't think of something soon, they would *all* be hurt, hurt beyond imagining. For soon Mita would plant a blast that would rip the mountain to pieces.

And if her calculations had been wrong by even a hair, or if this area was as unstable as Ruxley said, then . . .

She shoved down the thought, forcing herself to calculate the minutes elapsed since the last blast. Yes, it should be nearly time for—

At that moment another explosion shook the cavern, much closer than the last. Ruxley spun about with a snarl and ordered the Indian off to investigate.

In tense silence they waited, while his footsteps trailed away. Then they heard a low scream, followed by the crash of falling rock.

Long minutes passed, but the man did not return.

Ruxley shifted restlessly, starting to sweat. Clutching the ruby tightly to his chest he gestured for Hadley to investigate. After a moment's hesitation, the white-haired man turned and disappeared into the tunnel.

Pagan strained to sit up, wrenching at his leather bonds. "You'll have no joy of it, Ruxley! It's *cursed,* don't you see? From the first man who ever touched it, the stone has brought only sorrow, betrayal, and violent death. Can you really want all that?"

Ruxley smiled, his eyes lit with an odd, chill light. "Cursed, is it? But what about its *powers,* my old friend? What about all the dark fires it unleashes?" He laughed harshly, his eyes smoldering over Barrett. "My wife. My good, sweet wife. The one who was to change everything, to make me—"

He broke off abruptly, his hands clenched around the ruby.

"The one who was to make you capable of performing as a man ought? The woman who would excite the fire you've always been incapable of?" Pagan laughed harshly. "It will take more than a ruby to accomplish that!"

Cursing, Ruxley swung about and drove the toe of his boot into Pagan's face.

"Stop it! Dear God, no more!" Barrett's eyes blurred as she watched Pagan fall back against the stone wall, unconscious. "I—I'll do whatever you want. I'll—*obey*—you. In any way. Just—just let him go!"

Ruxley chuckled. "Such a devoted lover you make. Too bad you feel no such loyalty for your *husband,* slut." Slowly he stalked toward her, his dark eyes lit with strange lights.

Very carefully he lowered the ruby to Barrett's unclad chest. He moved it slowly, tormentingly over her skin, all the time watching her face intently. "Do you feel it, my sweet? Do you feel the dark fires? The slow, deep tingling? They say it makes a man a legend—and a woman an animal." He drove the stone against one pink nipple. "But we shall soon see, my sweet wife, what effect the ruby has." He bent close. "And as for that nonsense about not knowing your grandfather's formula, you can cease the charade. One of the servants at Cinnamon Hill saw you in the workroom when you were recopying your grandfather's notebook. He was very obliging about all the details. Unfortunately, something he ate later did not quite agree with him. Such a pity."

"Beast. Monster!" Barrett hissed, wrenching wildly against the chill column at her back. But Ruxley merely smiled, sliding the ruby over her body and murmuring odd, disjointed phrases.

With each passing second her fear grew and with it came the old, churning nausea. She had been through all this before. She knew exactly what would happen next, how he would force her down and strain to prove his manhood.

"You'll never get it! Any moment this whole mountain will go up and the ruby will go up with it!" With a desperate sob,

Barrett twisted and lashed out with her foot, knocking the ruby from her husband's hand.

The next moment Ruxley jerked her around and cracked his palm against her face. "No more tricks, bitch! I've lost my patience with you. With *both* of you." His eyes were dark pools of madness as he retrieved the ruby and gently brushed a bit of dust from its face. "And now I mean to bring our little performance to a close. Relax, my dear. And show a little fire, why don't you? By the glade you weren't so cold." His eyes gleamed at Barrett's gasp. "Yes, Rand told me all about your furtive rendezvous with Pagan. I've always suspected you were a passionate little bitch beneath all those layers of clothing and propriety." His mouth twisted. "Only you're not wearing so many clothes now." He slowly slid the ruby down her chest and skimmed her waist. "But I'd advise you to give up worrying about Pagan. He's never cared the slightest about a woman, and I hardly expect he'll start with you—not now that he knows you're *my* wife."

Bile rose in Barrett's throat. Dear God, the time was growing short. She estimated they had only three or four more minutes before Mita set off the next charge. What was she to do?

Out of the corner of her eye she saw Ruxley's native helper step silently from the tunnel mouth.

"It's about bloody time you returned," Ruxley snarled. "What kept you?"

The man bent down, checking the tension of Pagan's thongs. His answer came back muffled. "An earthquake perhaps, lord. There were many boulders fallen in the large cavern. I was hit by one."

Ruxley gave a snort and gestured to Pagan. "Get some water and wake him up."

The Indian bowed and moved to a shallow, rocky pool filled with water. He took off his vest, immersed it, then carried it dripping back to Pagan.

When the first, freezing drops hit the planter's face, he muttered darkly and wrenched his head sideways.

The next drops provoked an angry curse.

And then he came fully awake, muttering and straining while blood flowed down his cheek.

Barrett's heart lurched. Would they never get free of this madman?

"Let her go, coward! It's me you're after, me whom you should be fighting. Unless you're too weak to face a *man!* I've always suspected you were the sort of slime who found pleasure in abusing a woman."

Ruxley sauntered lazily across the cavern. "Oh, it's you I will be fighting, my dear Deveril. But not just yet, I think. Was she good when you had her? I had her too many times to count, you know. Only she was like ice, and every time she repelled me."

"It wasn't *she* who caused your problem, you dung-eating swine! *She* is more woman than you've ever known and far more than you'll ever deserve!"

"Ah well, it hardly matters, does it? For now I have your ruby and all its powers will be mine. I rather think you'll enjoy watching while I take her, old friend. And I'll have her cooperation when I do it, believe me."

Pagan laughed derisively. "No woman could desire you, you repulsive, shriveled little mockery of a man!"

Ruxley's face flushed with rage. "You'll be sorry for that, St. Cyr. Bloody sorry!"

Barrett watched in blind horror as Ruxley ground his boot over Pagan's splayed fingers, crushing them to the stone floor.

The planter's jaw locked. His face hardened and sweat beaded up over his brow.

But even when the cruel boot rose and smashed down savagely, Pagan still said nothing.

No more time! Barrett thought wildly.

Suddenly she felt a cool current at her back and the feather-light touch of hands. Looking down in surprise, she saw Ruxley's Indian assistant crouched behind her, silently loosening the leather thongs about her wrists.

But though the clothes were the same, she realized that the face was different. This man was older, with leathery skin and strong, slender hands. His eyes gleamed as he raised a finger to his lips and stepped back, melting into the shadows.

Who was he? And why had he set her free?

Across the room, Ruxley finally drew his boot from Pagan's bloodied hand, laughing shrilly. "Won't talk, will you? I suppose that means you won't beg either. A pity. But you will soon, old friend. You'll do all I ask when you see the things I have in store for my sweet little wife."

Dimly Barrett saw the slender little man work his way through the shadows toward Pagan. Hope rooted in her chest.

She realized he would need a diversion. She wrenched against her bonds, sending the loose stones beneath her feet skittering noisily across the cavern floor. "It's always the same grand talk, isn't it, James? Always all the things you're *going* to do, even though you never manage to accomplish them. How very pathetic you are." She laughed mockingly. "But why not try out the stone now? Or are you afraid, my dear husband? Afraid that even *this* magic has no hope of succeeding with a pathetic, malformed creature like yourself?"

She smiled, choosing her words carefully, selecting the taunts most likely to goad Ruxley to fury.

She had had weeks to learn what best fired his anger, after all. Though by now the bruises had faded, the memories were as sharp and clear as if they had happened only yesterday.

Out of the corner of her eye Barrett saw the dark-skinned man inch closer to Pagan. Quickly she tossed her hair back and slanted her head in mocking invitation.

"Did you really believe that I'd lost my memory?" She forced out a laugh as Ruxley's eyes narrowed. "Merely one more proof that you're a fool, James. Yes, it was all simply an act, an act to worm my way into the handsome viscount's affections. And I was entirely successful, as you can see." She paused, wetting her lips with exquisite care. "And it was worth every second of pretense, believe me. For Deveril is *ten* times the man you are or ever will be."

The barb struck home, just as Barrett had hoped.

With a snarl, Ruxley sprang across the room and buried his fingers in her hair, tightening until waves of pain burned through her head.

His eyes smoldered as he bent close. "Shall we find out, my dear? Right now?" With a shrill laugh he wrenched at her dress, driving the ruby cruelly against her naked skin. His other hand fell, struggling at the buttons of his breeches.

Barrett's breath caught in a gasp. All the old memories rushed over her, dark and blinding. But she faced them now, knowing this was her only chance to save Pagan. She slanted Ruxley a mocking smile. "Do you really think that stone can help you, James? When none of the other things could? Lord, but you're still the same gullible fool, aren't you? Only now you're willing to kill for your fantasies."

Ruxley's hand twisted in the shredded remains of her bodice, shoving wildly at the tangled silk. His face was deathly white, and his breath came fast and jerky. "Of course the Eye of Shiva will work! It is my guardian, my protector. And it will do my bidding without question, bitch!"

Barrett bit back a sob as he wrenched the silk down her hips, jerking at the pantalets beneath. He was quite mad, she saw now. She only wondered that she had not realized it long ago.

His fingers dug cruelly, pressing the stone into her chest and belly while he struggled with his breeches. Barrett felt the old numbing fear, felt the horror reach out and choke her.

Dear God, she couldn't take much more! Not now, not when she knew how beautiful it could be between a man and a woman.

She heard Ruxley's low hiss, and then the rustle of fabric, and realized he had freed his manhood. She squeezed her eyes shut, trying to forget what would come next.

Dear God, the clawing fingers. The harsh straining, the inevitable fury . . . And then the pain. The humiliation.

A shudder wrenched through her. "N-no. No, I can't—"

Suddenly the hated weight fell away from her. No more cold, probing fingers, no more snarled curses.

Dimly she saw Pagan rise up before her, his hand covered with blood. His eyes flashing, he lifted Ruxley into the air and slammed him back against the cavern wall.

"You'll lay not one stinking finger on her, you bastard! She's mine now, do you hear? She's safe from you! And if you even so much as *look* at her again, she'll find herself a widow within seconds!"

Cursing, Ruxley sank to the floor, struggling to dig into his coat pocket.

Pagan seized his hand and wrenched away the concealed revolver. "I should have known. A viper never changes."

Barrett watched, white-faced, as the two men struggled for the weapon. Her anxious eyes picked out the signs of Pagan's weakness, the combined effect of blood loss and God knows what other torments Ruxley had inflicted over the last hours.

Without warning she felt a soft hand at her shoulder. She spun about to see the slender Indian man gesturing for her to follow. She shook her head, refusing to leave until Pagan was safe.

"The Tiger will be protected, do not fear, lady with the eyes of dawn. But you *must* leave now. I feel the ground tremble, do I not? Your friend is preparing the devil fire even now."

"But how did you—"

"There is no time. Come now, or it will be too late, for all of us."

Barrett hesitated, torn between the certainty in his calm chocolate-colored eyes and her visceral need to stay with Pagan. But this strange man had saved her once, and somehow she believed that he would do so again.

"Very well. But if he's not out in five minutes, I'll be back for him."

"If the Tiger is not out in five minutes, Yellow-hair, then he will not be coming out at all. Nor will *we,* I am thinking." His teeth flashed snow white. "Exhilarating, is it not?"

Hysteria clawed at Barrett's mind. Had the whole world gone mad?

And then the slender fingers were tugging her toward the mouth of the cavern and out into the darkened tunnel. Chill air rushed over her face and made her shiver. She stumbled, for the torches had all gone out. The result of Mita's explosions, no doubt.

"Which way now?"

No answer.

When she turned there was nothing but darkness and icy air.

And then soft furry fingers tugged at her skirt, rising to clutch at her wrists.

"Magic? Dear Lord, is that you?"

Chattering softly, the monkey began to pull her forward.

"I just hope *you* know where you're going," Barrett muttered.

The last sounds she heard as Magic hauled her off into the darkness were the dull thump of a falling body, and Ruxley's furious bellow of pain.

The sound made her smile grimly and squeeze Magic's hand.

Stumbling, she made her way forward, reassured by the monkey's soft chatter and confident pace. But only a few steps later Barrett felt the stone floor tremble. Almost immediately there came a muffled roar as another charge sent pieces of rock crashing down from the walls.

The blast threw her back against the stone wall. Magic sank into her arms, trembling wildly.

"It's all right, little one. That was just to scare Ruxley. But the next one—dear God, the next one . . ."

And then she heard the drum of boots, followed by low cursing.

Ruxley? No, she refused to believe it. . . .

She waited, breath checked, body frozen, flat against the chill stone wall. The drumming came closer, echoing from the tunnel.

A voice then, low and soft. Sinhalese?

"Angrezi?"

Barrett's breath surged free in a rush. *"Pagan?* Sweet heavens, is that you?"

Then the haven of warm, fierce arms, of lips hot and hungry.

But only for a second. There would be time for that once they were safe.

"Is he—did you—"

"Kill him? No, more's the pity. I found I couldn't stoop to murder even for such a jackal as Ruxley. He fell and hit his head. He'll hurt you no more, Cinnamon. I swear it. But the shaman—did *he* free you? I never thought—"

Barrett cut him off urgently. "No time, love. We must go!" White-faced, she clutched his hand and dragged him after Magic. "The other blasts were just warnings. The next one will tear this whole mountain in two!"

Pagan's breath caught in a low gasp. "Can this formula of yours really do such things? If so, I can see why Ruxley wanted it so badly. And how right you were to keep it from him."

"Oh, it can, believe me," Barrett said grimly.

Abruptly Pagan's hands tightened on her fingers. He muttered a low, feral curse. "I'll have to go back for him."

"But there's no time! You'll have only a minute—two at most. Maybe less, if I've miscalculated!"

Without a word, Pagan turned, and Barrett felt her heart squeeze painfully. Dear God, why were the choices in life never simple? Why couldn't Pagan leave evil to its own end?

But Barrett knew why: because that would make them no better than the evil they fought.

And for that reason she made no attempt to restrain Pagan, though her heart cried out in the chill darkness and hot silent tears spilled over her cheeks.

Hurry, my love, her heart called. *So little time left!*

And then she heard the low drum of feet and a rain of angry curses.

Ruxley! He must have regained consciousness.

Pagan was at her side in a second. Catching her hand, he tugged her forward through the darkness, with Magic leading the way.

47

❈

Sweat beaded Barrett's brow. She had lived with the explosives since she was a girl, had seen her father's experiments at close hand. She had even set off a few experimental blasts of her own, without her grandfather's knowledge, of course.

But Barrett had never expected to experience their deadly force this close.

Fighting down her terror, she stumbled forward, concentrating on the strength of Pagan's warm fingers, on his body next to hers.

The stone floor flattened. They began to run, twisting back and forth through the invisible tunnels.

A gray oval opened before her and she caught the fresh green scent of flowers.

They must be near the entrance!

At the next curve, they broke into golden pools of light, cast down from a wall torch. Only inches away the waterfall surged over the cave entrance.

"Hurry!" Pagan said urgently, dragging her forward.

And then a tall figure stepped into the mouth of the cave, his craggy face oddly distorted. "You escaped." It was a flat monotone.

Pagan shoved Barrett forward. "The whole mountain's going to go up, Adrian. You've got to leave!"

Hadley's eyes blazed with strange lights. "Not without the

Eye of Shiva." His rifle slowly fell, until its muzzle centered on Pagan's chest.

"Forget the ruby, Adrian! It's gone. Let it go, or it'll kill you too."

"Sorry, old man. You've got other things, things I'll never have. For me there's only the ruby—and it must be mine!"

"The stone is evil! It will destroy you, just as it's destroyed everyone who's touched it!"

"All through the siege at Cawnpore I dreamed of it." Hadley's voice was low, a sing-song. "It was the one bright thing amid all that horror. I'm afraid I didn't really escape, you know. The Nana-*sahib* let me go. It was an exchange for all the information I'd given him, you see."

Pagan gasped. "I don't believe it!"

"You still don't understand, do you? It was *I* behind you when you and your little party set out through the jungle. The Nana-*sahib* wanted to be quite certain that no one escaped to tell the English what he'd done. Your mother, unfortunately, caught a glimpse of me. It was her mistake to believe I was part of your party. I'm afraid I had to kill her. She would have screamed, ruined everything. You *do* understand, don't you, Dev?"

His gray eyes were flat, pleading. Just like a little boy's.

Barrett felt Pagan's body tense with fury. "You bastard—"

Hadley went on as if he hadn't heard. "You never really knew her, did you? She was as English as you are, but took up the sari after she gave her heart to some bloody Hindu up in the north. *He* was your real father, not the duke. The proud old fool threw her out, of course, but only after she gave birth, for he wanted a son more than anything else. She never forgot you, from what the Nana-*sahib* told me. And though she loved her heathen husband, she still risked all to come back disguised as a native ayah. She had to see you one last time—to warn you that the Mutiny was coming."

Pagan's fingers bit into Barrett's wrists. "No . . . it can't be true . . ."

"It's true. You'd find all the details if—"

"Leave it, Adrian," Pagan growled. "I *don't* believe any of it!"

"The rajah knows. The Rajah of Ranapore—ask him!"

Barrett dug her fingers into Pagan's hand. "We—we must go, Pagan. The next charge will go off any minute!"

"She's right, Adrian. You've got to leave! Leave the foul thing with Ruxley, where it belongs!"

But the white-haired man merely shook his head. "Where is it?"

"Ruxley had it. But—"

Already Hadley was gone, melting back into the darkness of the tunnels.

Barrett felt Pagan's fingers tense. "Good-bye, old friend," he whispered softly.

And then they turned and plunged through the shimmering veil of water out into the starlit night. Behind them Barrett heard the dim ring of boots on stone, followed by the shrill echo of Ruxley's curses.

Far below at the base of the cliff she saw a faint flare of light, heard Mita's soft cry of warning.

Too late!

With a strength born of desperation she threw herself forward, catching Pagan's back with the full weight of her body and driving him forward over the edge of the cliff.

Down into darkness and rushing wind they fell. Twigs and stones and foliage ripped at their faces and arms. They hit the ground with bone-jarring force and began to roll, gaining speed with every second.

They were still rolling when the ground began to leap, the air to scream.

And then the mountain ripped apart in a cloud of smoke and splintering stone behind them.

Slowly Pagan clawed his way up out of unconsciousness. His shoulder was cradled on cool, damp earth and a cluster of bamboo shoots dug into his cheek.

He grimaced, straining onto his side and managed to sway to his knees.

"Barrett?" Smoke and fine rocky powder drifted down around him as he searched through the darkness. "Where are you, *Angrezi*?"

When he heard no response, his fingers tore blindly at the foliage. And then softness, a silken curve of skin, a gentle heat.

He tensed, his fingers cupping what appeared to be a knee. "Wake up, Barrett!"

As the moon spilled silver from behind a fringe of clouds, Pagan saw her eyes flash open, dazed and tremulous.

"Thank God," he whispered.

Their eyes locked, onyx plunged into restless teal. Without a word Pagan pulled her into his arms, crushing her to his dust-covered chest. "I'll never let you go again, Cinnamon. I warn you now, I mean to build a harem and lock you inside. I'll forge a golden chain and a silver lock." Each dark threat was punctuated by a hungry kiss. "I'll drug you with orchids and jasmine and bury you in seas of silk. You'll never, ever be able to escape me again."

Soft laughter spilled through the night air. "Is that a threat or is it just your notion of a marriage offer, Lord St. Cyr?"

Pagan's breath caught and he held her carefully, very carefully, as if he feared she might shatter.

His lips moved against her neck, loosing a dark torrent of sound that might have been prayer or plea. "Ah, how I'll love you, little falcon. In perfumed sheets and clear mountain streams. With rose petals and shining mounds of jewels. And I mean to offer you any sort of inducement, all manner of forbidden enticements, just as long as you say you'll stay. Tell me you forgive me for my stupidity, for all my clumsy attempts to drive you away."

"I'm thinking about it." Gritting her teeth against the pain in her right shoulder, Barrett eased closer and slid one arm around his neck. "Persuade me some more," she urged huskily.

A low growl worked from Pagan's throat. Barrett felt the warm straining of male muscle against her thigh.

Her smile was silken against the silvered glory of her face.

Pagan's breath caught at the sight. The old fires raged through him anew. His fingers curved over her cheek, grazed her neck, then slipped to the dark valley between her breasts.

And there they stayed, moving in slow, heated circles.

Barrett gasped and fitted herself closer, while a dark, knowing smile inched across Pagan's face.

Even when she arched her back, tugging his head down to hers, he did not move up over the silken curves to the place where she most wanted him.

His lips eased over her cheek, teased the corners of her mouth, skittered agonizingly over her swollen lips.

Each feather-light touch was ecstasy—and growing torment.

"P-please, Pagan!"

He laughed, low and deep. "Is this not persuasion enough, little hellcat?"

"You know that it is, and nearly more than I can stand. Now come down here and let me kiss you properly, you devil!"

His laughter rumbled over the little depression where they lay, thighs crushed together, bodies singing with the splendid race of rekindled fires. "Properly? What do you know about propriety, soul of my soul? From the very first second I saw you, you flaunted propriety, kissing me with all the hot abandon of a beautiful and very accomplished courtesan."

Barrett's breath caught. Her teal eyes began to flash. "Indeed? And who was the one thumbing his nose at English propriety by wearing an Indian turban, I wonder?"

The viscount's fingers skimmed her lips gently, achingly. "Ah, but I'm no Englishman, *meri jaan.* I obey a very different set of rules. Does that make you reconsider?" His voice was rough, deadly serious now.

"Regretting your offer already, bounder? Well, you'll not be rid of me so easily, I warn you! You've kidnapped me, tormented me, and disgraced me most shamefully. Now you'll *have* to take me in!" Her lips feathered over the warm, bare skin at his chest.

Pagan's breath caught harshly. "Is that truly what you want, falcon? I must know now, before—"

"How many times must a woman *seduce* you, lackwit! Of course that's what I want," Barrett affirmed with a watery sob. "And if you ever, ever, try to get rid of me again, I swear I'll set my next formula aflame atop that great house of yours and blow it all the way to Colombo!"

Pagan's hands tightened upon her silken chest. "Are—are you sure, Cinnamon? You don't care about my past—that I'm—"

"That you're arrogant and utterly incorrigible?" Her eyes shone with suspicious moisture. "Kiss me and I'll show you, wretch," she whispered.

Slowly Pagan's head slanted down.

Could he be uncertain still? she asked herself.

She caught his neck and tongued the center of his lips, easing deep into the warmth beyond. He groaned and opened to her, shuddering when her lips teased and stroked and challenged him mercilessly.

His hands shifted to cup the hungry swells which instantly tightened to hot pebbled crests beneath his calloused palms.

"Dear God, Pagan—how do you *do* this to me?" Barrett mumbled, feeling desire sweep through her in hot, silken waves.

"It's an ancient Hindu secret, *Angrezi*. One must have the right formula, the right setting, and the right incantation, you understand."

Barrett crooked a tawny brow. "In the dirt? With your clothes ripped in two and your head throbbing? It sounds a very counterfeit sort of magic to me."

"Ah, but I've left out the main ingredient . . ." Pagan's eyes smoldered.

"Nitrate of glycerol?" Her voice was a low purr.

"Something just as potent." Pagan's eyes went dark and bottomless. "As I'll soon prove to you."

Barrett's breath caught at the dark passion that surged in his eyes, in the wild race of his heart against hers.

"It works anywhere, you see. Wherever two hearts are

matched, bound as one. Just as mine has been to yours, Cinnamon, ever since I first met you shivering in the snow. So will you come with me now? Will you let me show you all the things I wanted to then?''

For the first time Barrett tensed.

"What is it, my love?"

"I—" She pressed her face into his chest, hot tears spilling down her dusty cheeks.

Pagan's fingers inched beneath her chin and forced her face up to his gaze. "Well, *Angrezi*? Don't go all prim on me now."

Her eyes were haunted pools. "You—you don't care that . . . about Ruxley—about all the times—?"

In a harsh hiss Pagan released the breath he hardly realized he'd been holding. Was *that* her only worry? "I don't give a bloody damn about James Ruxley! What happened between you means nothing, Cinnamon. No more than the mist hugging the dawn tea fields or the heat lightning that plays through the clouds before the monsoon sets in."

Barrett caught back a watery sniff. "But you were enemies. He tried to—"

Pagan silenced her with a dark sound, somewhere between a growl and a groan. His lips locked to hers as he plundered the sweet warmth of her mouth.

Slowly he eased her back into the dew-hung ferns and warmed her with the heat of his need and the fire of his love, lip to seeking lip, thigh to restless thigh, until Barrett shivered and felt the past fall away, her heart unfolding lush and perfect like the silken petals of a young spring rose.

High above, light arced over the mountains but the lovers barely noticed, fingers eager, breaths unsteady, aflush with a need that went far beyond the clamor of sense and sensation.

For their need was of mind and soul, of secrets shared and old fears laid to rest. With every touch they healed; with every glance they affirmed.

"Sweet Shiva, Cinnamon, take me, touch me. Closer—ah, God!"

"But your hand, Pagan. Your poor fingers!" Barrett

flinched as she saw the swollen, abraded skin which had suffered so terribly beneath first Rand's and then Ruxley's foot.

"Forget my hand! I've a greater torment to think of now,
sweet love. And I'm going to explode like that mountain if
you don't take pity on me and—"

A moment later the remains of Barrett's dress hissed to
the ground in a silken pool and Pagan's eyes burned over the
ivory splendor of her skin. "So beautiful, falcon, truly a rajah's fantasy come to life. But are you sure, Brett? After all, I
am a stranger to your world. I am no soft and civilized man.
Long ago I forsook those rules that your proper English gentlemen live and sleep and breathe by. Are you so certain
that—"

Barrett stopped him with a finger to his mouth. Her other
hand slid to the black patch at his eye. Her cheeks hung with
tears, she slipped close and feathered a trail of kisses over
the ugly scars that ran in a silver trail down to his cheekbone.

And beneath her loving touch the scars became beautiful,
the marks of worth of a warrior tested in battle, honors worthy of deepest pride.

Fire knifed down to Pagan's groin. "Good sweet Lord,
Brett. No more or I'll—"

Her teal eyes glinted beneath a curtain of tawny lashes.
"More talk, is it, my lord St. Cyr? I've heard nothing but talk
about the ruby's wonderful powers for months now. What
does a poor woman have to do to get a sample of these
vaunted powers?"

Pagan's breath caught in a hiss. He wanted her then, more
than he thought he could ever want a woman.

More than he wanted life itself.

And still his past tormented him, held him captive.

But this time Barrett did not wait for an answer. Her slender hand slid to his thigh; one by one his buttons inched free.

And then the hard heat of him sprang to her palm, all
reckless, aroused male.

Just as she was all reckless, ardent female.

Without restraint or regret. With the dark shades of her

past swept away by the fire in Pagan's eyes, the affirmation in his touch.

With nothing but love between them now.

His woman, now and forever, and she needed no ruby to prove it.

She told him so unforgettably, with something far richer than words. She swore it with each stroke of her questioning fingers, with each gentle kiss pressed to the ugly scars that ran in a jagged silver network beneath his eye.

And Pagan believed her, though nothing in his dark, tormented life had prepared him for belief or trust or love. In those raw moments he learned what it was to believe—in her and in himself, glimpsing for the first time a future that might someday be theirs.

A future that included small, sleepy faces and chubby, seeking fingers.

Dear God, he wanted that. Already he could imagine how Barrett's face would glow when she nursed their first child at her beautiful breast.

Yes, he would give her all that and more. He would cover her with sapphires and rubies and weigh her down with love until their dark pasts were forgotten forever.

But as it happened, the task took Pagan less time than he had imagined. He discovered that when he cupped her hips tensely, his eyes hot with need. When he spread her and filled her, delighting in the soft moans that tumbled from her lips.

Dear God, it was perfection. *She* was perfection!

That first hot thrust made Brett arch and gasp beneath him, danger and pain swept far behind her.

The second made her shudder and cry out his name.

And the third made her wrap her long legs around him and strain to hold the hot, sweet shaft buried deep inside her. "P-Pagan, no, I—"

But her protest came too late. The next moment the sweet dissolution was upon her, her soul scattered like a thousand glinting jewels, brighter by far than the radiant crystals she had glimpsed in the lamplight of the tunnels.

And always there was Pagan, holding her close, drinking each soft moan from her lips, his eyes fierce with triumph and delight.

When clarity returned at last, she managed a ragged laugh. "Unless I am sadly misinformed, it will take rather more than *that* to make a baby, my dearest love." She shifted beneath him, pressing closer to the throbbing male muscle that rode inside her still.

Pagan's eyes closed as she caught him with wanton velvet friction. He groaned, now of the definite opinion that he would explode at any second. Dammit, he had meant to wait, had meant to give her another taste of pleasure!

Grimacing, he fought to ease back from the paradise of her sleek, sheathing heat, his features taut with strain. "Stop, *Angrezi*. Stop moving or I'll—"

She didn't.

At the same time her slim fingers fell, teasing the hot, aroused inches which he had exposed between their joined bodies.

Pagan's eyes turned to smoke. A raw groan ripped from his throat.

Barrett smiled up at him lovingly, her eyes like twilight seas, hung with radiant tears. *"Now,* Tiger. Give me everything. All of you inside all of me. You see, I mean to make a baby tonight. Your baby."

"Our baby," Pagan corrected fiercely, his eyes burning, wild as a leopard's in the darkness of his face. He tensed, desire gnawing through every nerve and sinew as he considered the vast commitment they were making.

And in his new trust he gave Barrett what she asked, untainted by any trace of fear or regret. "It's all yours, Cinnamon. It's always been yours, ever since that snowswept night outside the auction hall. I guess I was just too great a fool to know it. But now I'll never let you go, for it's six children at least that I mean to give you."

"Greedy man." Barrett's breath caught as he anchored her hips and slid deep, piercingly deep. She shuddered as Pagan filled her completely, pouring all his love and fierce need within her.

"S-six? N-not all at once, I hope. If so, I—ohhhh!"

Whimpering, she arched upward against him. He caught her close, buried deep, as deep as a man can go.

When she tensed around him, he eased free, giving her inch after inch of hot, sliding friction and a pleasure fierce beyond imagining.

And when the fire exploded through Barrett once more long, throbbing seconds later, she gasped with pleasure and tensed against him anew.

Her soft, ragged moan and silken tremors stripped away Pagan's last vestige of control. He met her with his own fire then, all restraint gone as he pinned her to the damp earth with his massive thighs and drove wildly, pouring his hot seed deep inside her.

Binding the gift with the muttered promise of his very soul.

They forged their own paradise then, far away from the smoky hole that still belched dust and ash, far away from the hate and greed that had stalked them both for so many months.

Windhaven found its dynasty that night and Pagan his heir, while Barrett found the love that she had only hoped to know in dreams.

High overhead the first streaks of dawn unfurled bloodred out of Burma. Up the hill the bamboo leaves began to rustle, caught in the restless surge of a rising spring wind.

And then, though the joined lovers barely noticed, the dark clouds above the mountains opened and the first fat drops of the spring monsoon began to fall over the hill country at last.

Epilogue

Kent, England
June, 1870

Laughter spilled over the green English lawns. A chorus of little hands clapped wildly. With grave demeanor, Magic, dressed in a little silk gown ornamented with stars and moons, spun around, pulled a handful of paste jewels from the air, then tossed them among her giggling audience.

In the middle of the crowd of children sat a gaunt old man with feathery white hair who was working hard to suppress his own smiles as the monkey darted to and fro, then began to pull playing cards out of her voluminous silken sleeves.

Standing on the flagstone terrace overlooking the lawns, Deveril Pagan watched bemused as his father, the august Duke of Sefton, dandled his twin grandchildren and mingled happily with the daughters and sons of his groom, steward, and housekeeper.

It might as well have been a dream, the viscount thought. And in that strange way of dreams his old home looked exactly as it always had and yet entirely different. Now its shadows were banished and the long polished corridors rang with laughter. Even his father was changed, his stern hauteur a thing consigned to memory.

That was *her* doing, too.

Yes, his old home was a changed place, and he a changed man. He owed it all to his beautiful wife.

"Daydreaming again? If this is what marriage does to a man, then I must remember to forsake the honor." A rich foreign voice came close at Pagan's side. He turned to see an exotic figure in silk tunic and turban, jewels embroidered across his chest.

"Strutting about like a peacock again, eh? I suppose the women of England delight in that sort of finery." Pagan ran a speculative eye over the man beside him, marveling anew at their resemblance.

Their faces were both dark, their shoulders equally broad. Both had hard jaws which warned that they would pursue a goal with deadly determination.

Pagan smiled faintly. "You realize that the clothes looked much better on me, don't you?"

"You? Your performance was passable at best, my dear Deveril. I'm afraid you haven't the panache for it."

"No?" Pagan's dark eyes glittered as he studied the real Rajah of Ranapore. "And *you* do?"

His guest's brow rose. "But of course! By the way, did I mention that I have been going through some ancient texts connected with the ruby? Persian, Sanskrit, that sort of thing. They were quite fascinating, actually."

"Bloody show-off, that's what *you* are, Indra."

The rajah made Pagan a slight bow. "Because I am predisposed to be in a cheerful mood, I shall ignore your typically English insolence. Yes, the texts were remarkable, for I find that all accounts of the Eye of Shiva have one element in common: all mention a small man with dark eyes and leathery face who appears whenever the stone is in danger of falling into the hands of one of true evil. It was so in the days of Alexander and again in the time of the great Khan of China. Curious, is it not?"

Pagan's eyes narrowed. He thought of the dark-eyed shaman who had stolen into the cave to set him free. The man had never been seen again, and Barrett still worried that he had been caught when the mountain exploded.

Dear God, was it just possible that . . .

Pagan shook his head. No, of course it wasn't. What was he thinking of?

At that moment a quavering laugh interrupted the viscount's thoughts. He looked up to see his father pick up the cook's son and toss him onto his shoulder for a ride.

A wry smile played about the planter's lips.

"He is very changed, the duke. Can you forgive him for his stubbornness? He believed he was doing what was best for you, after all."

Pagan stared at the white-haired man for long moments, then gave a faint shrug. "I am trying, Indra." His gaze wandered to the tawny-haired beauty at his father's side and his onyx eyes softened. "With *her* help, I might actually succeed."

"She is a most remarkable woman. Yes, she would have made a fine consort. I am sorry that our paths did not cross sooner, for I would have made her a very happy woman."

Pagan simply smiled and shook his head. "Arrogant sod, aren't you?"

"Of course." The rajah dipped his head in acknowledgment of the barb. "It runs in the royal blood, I believe. Just as it runs in yours." His lips curved faintly. "My brother."

Pagan's fingers tightened on the marble balustrade. "Brothers. . . . I still find it incredible. If only I'd known sooner."

Sighing, the rajah stared out over the sweeping lawns where lime trees tossed in a spring wind. "It must never be talked of among my people, of course. In some ways they possess great insight, but not in this, I fear. Your mother — *our* mother—loved you dearly, my brother. She talked often about you with our father. In fact, their arguments were quite famous in the *zenana*. He wanted you with him, but she knew that the duke needed you more, though he refused to show it. You were conceived during the last months she was with the duke, you understand, and I think she always felt a deep regret about that, as did the maharajah, our father. But so the wheel turns, Deveril. So the wheel turns."

He reached out and caught a cluster of crimson cherry

blossoms drifting on the wind. "They quarreled often; even as a boy I remember hearing them argue, and often it was over *you*. But she was convinced it was best for you to be with the duke, and that one day she would explain it all to you herself." The rajah's eyes softened for a moment. "How sad that she never took the chance while she had it. Yes, she was a remarkable woman, our mother. She knew precisely how to goad our father to the most terrible fury, but then she always managed to wrap him around her finger again. I think the only time I ever saw him lose control was when she told him she was going south to find you, to warn you that the fires of rebellion were coming."

Pagan's fingers clenched white on the chill, polished marble. "Her disguise was beyond penetrating; now I see why. And I still can't understand it, Indra, no matter how hard I try. Now I'll never know, for she's gone. Dear God, how much we missed. . . ."

"What is there to understand? She loved you, Deveril, and in her love she made a difficult choice. Who are you to question her decision, for truly, love is a law and a certainty unto itself. Would you do any less for one you loved?"

Pagan's mouth flattened as he recalled how close he and Barrett had come to dying in the tunnels at Windhaven. "You are a wise man, I think," he said simply.

"Of course I am. And now seek no more explanations, my brother. Simply accept our mother's gift. And remember the rare gift that you still possess." The rajah's gaze rose to the slender figure winding her way through the crowd of laughing children, hugging one, tickling another, joining her bell-like laughter to theirs.

Suddenly a tall, black-haired lad of five squirmed free of the crowd and shot across the lawn into her arms.

His mother looked down at him lovingly, her fingers combing through his thick raven curls. A moment later her head rose and her eyes sought out Deveril's.

The radiant look of love Pagan saw there made his throat constrict, made his knees weak, made him feel the proudest man on earth.

Beside his mother, the dark-haired boy conceived in the dust beneath the gaping, half exploded mountain smiled and waved gaily at his besotted father.

"She is very beautiful, my brother," the rajah said softly.

"She is indeed." Pagan lips curved as he waved back at his son. Suddenly one dark brow rose. "And I seem to recall that you've spent a great deal of time out there in that experimenting shed of hers. Trying to seduce my wife, are you, blackguard?"

"I would have. Oh, most certainly I would have, had I met her sooner," the rajah said matter-of-factly.

Pagan shot a look at the Junoesque redhead who had just strolled out onto the terrace. Helene was looking magnificent as usual, with her rich curves draped in sapphire velvet and an impertinent ostrich plume curving above her brow. "I think you may have your hands full already."

The rajah smiled. "You might be right, my brother." With calm majesty the Indian grandee moved away and caught Helene's hand, which he raised for a lingering kiss.

Helene smiled, whispering something in his ear. His fingers tightened and then he nodded.

Moments later they turned and strolled casually over the terrace, but Pagan noted that they made their way toward the back stairway, which led to their rooms in the south wing.

The viscount smiled and shook his head. How strange life was and how very unpredictable. Truly, he was only just coming to understand how little he understood people—and himself.

And then Pagan heard the voice he'd been waiting for, the quiet laugh, the soft swish of silk.

He turned.

His breath caught and his heart lurched, the way it always did when he looked at her.

She was even more beautiful than she had been at twenty, her hair piled in loose curls atop her head, her glorious eyes alight with teal fires.

Without a word she slid her hands around his neck and pulled his face down for a kiss. The next moment Pagan forgot philosophy and deep ruminations, forgot his past, forgot everything but how much he wanted her.

Her lips opened to his, soft and sweet with the taste of spring strawberries.

Pagan groaned and crushed her against him, wishing that everyone were gone so that he might drag her down right there and bury himself deep inside her sleek, yielding sweetness.

A soft sound somewhere between a moan and a ragged laugh escaped Barrett's lips. "Wretched man, what you do to me!" She eased back, studying his face with radiant eyes while she tugged ineffectually at an errant curl. A tide of crimson stained her cheeks. "We *do* have guests, if you'll recall."

"Yes, of course, the servants' children who are being dandled on my father's knee along with the twins. I marvel at how you managed it, *Angrezi*. The whole thing is still quite beyond fathoming."

"He is really a dear, you know, once he unbends," his wife confided softly.

"But no one except *you* can seem to accomplish that."

"Julian can."

They looked up together, watching the dark-haired boy who caught the duke's gnarled fingers and tugged him off to look at some new discovery in the goldfish pond at the foot of the lawns.

"So he can," Pagan admitted. "It's more than *I* could ever do." Abruptly his eyes narrowed. "Your grandfather arrives later today, I believe?"

"In good time for dinner, or so he promised. It was kind of you to think of him, my love. He is difficult, I know, and quite distant at times, but it is simply because his mind is too often buried in some experiment or other."

"He has my sympathies, in that case. I know precisely how it feels to have one's mind engaged in other speculations," Pagan said huskily. His gaze wandered to the silken sweep of skin above Barrett's white bodice.

Her red sash set off the curve of her waist, slim still, even after three children and five years of marriage. And her breasts! Sweet Lord, they were full and excruciatingly outlined, their rose-red crowns faintly shadowed against the white silk.

Pagan's fingers tightened. He felt the old heat course through him. They had been busy of late.

Far *too* busy, he decided.

"Come here, wife," he growled, seizing her fingers and pulling her from the terrace.

Without a word he tugged her laughing to the little waterfall he had had constructed in the high woods above the house. Here a lavish garden of lilies, roses, and bougainvillea now framed an isolated glade.

Just like the glade at Windhaven.

Barrett slanted him a measuring look. "There are no tigers about, I trust."

Pagan's fingers were already tugging at his waistcoat. "Not a one. Although if young Julian has his way the whole estate will soon become one vast menagerie."

Barrett smiled. "He *is* terribly stubborn. He must take after his father." Her teal eyes glinted. "Yes, I make out only one predator in the area." Her fingers toyed with the top of her husband's shirt. "A terrible predator. I must remember to be very careful of such creatures, so my grandfather told me."

The first button sprang free, and then the next.

At that precise moment the ferns near the edge of the waterfall began to shake. A white-haired man with spectacles awry wandered out of the copse, muttering beneath his breath.

"Wind velocity would be a factor. But there is always structural weight and density to consider."

Gnarled fingers stabbed through his white hair, reducing it to even greater disorder.

Pagan's eyes took on a pained intensity as Barrett's hands played over his bare chest.

At the far side of the glade the old man stopped, scratching his head. "Of course kerosene might do it. If the quantity were correct."

Behind him came a strangled laugh.

He turned, frowning down at the pool. And then his craggy face brightened. "Ah, there you two are. Sorry to arrive a day early—or is it a day late? Ah, well, no matter. I needed to speak to Sefton, you see. I've had a new idea and he's damned sharp about such things—for a layman, of course."

Suddenly Barrett's grandfather frowned, studying the two figures by the pool more closely. "Going to have a swim, are you? Beneficial to the lungs and circulation, of course, but don't overdo it." He stared at Pagan. "Keep her in line, my boy. Always been too headstrong by half, just like her mother. Another child, that's what she needs. See to it, won't you, Deveril?"

And with that majestic pronouncement, Edward Winslow turned and ambled back toward the house. "Now where was I? Oh yes, tempered steel. That would do very well for the joints, I think. And for the balloon itself, we might try oiled twill. . . ."

A moment later he disappeared over the hill, still muttering.

Pagan let out a raw gasp of relief, while Barrett broke into delighted laughter.

"See to it, won't you, Deveril?" she said crisply, in a perfect imitation of her grandfather.

Her husband's jaw tensed.

With a growl he caught her close and buried his fingers in her hair, while his other hand molded her soft thighs to his throbbing manhood. "I believe I shall at that! For I'm a very fierce predator, Cinnamon. And I always shall be where you are concerned." His dark eyes searched her flushed face. "Are you happy, falcon? Truly?"

His wife simply smiled. Her fingers slid down to tease the dark springy hair at his chest.

Pagan's eyes began to smoke. "We'll be leaving for Windhaven next week. You won't regret leaving England?"

Barrett considered her answer carefully. "Possibly not," she mused. "But you must be careful to keep me properly distracted, my lord." Her fingers dropped, circling the ridge of one male nipple nearly hidden in a tangle of black hair.

Pagan's breath caught. "Distraction, is that what you want, wench? Oh, I've ways of distracting you, by God!" With a growl he caught her up and carried her to the fern-strewn bank, where spray rose in a silver mist and the air hung lush with the perfume of flowers.

Barrett smiled up at him, slowly easing the white folds of silk from her shoulders.

"Sweet God, *Angrezi,* you're killing me!" It was a raw growl.

Her head slanted back and she ran her pink tongue delicately over her lower lip. "I've left some strawberries there in a bowl in the water. They should be wonderfully cool by now. I rather think I should feed you some, husband." Her eyes darkened. "With my fingers, of course."

Her smile was a lesson in seduction itself. "No corset. No chemise nor pantalets. As you can see, I have remembered all those stern injunctions you made in the jungle."

"So I—I see." Pagan's throat was suddenly blocked.

"You look . . . distressed. Have I forgotten something?" Barrett asked innocently, lying back against the lush grass.

The pressure at Pagan's groin reached new and savage levels of agony. He bit back a groan as he watched his wife ease free of the white silk, her golden skin opened to his heated gaze.

"Dis . . . tressed?" To his fury, Pagan found he had to clear his throat to speak. "Oh, I'm distressed all right. And you've forgotten *nothing,* temptress. As well you know!"

Recalling himself with difficulty, he dug into the pocket of his discarded waistcoat and produced a fistful of flashing gems, which he poured over Barrett's golden skin.

Rubies, emeralds, and sapphires glinted like a rainbow in the sunlight, along with an elegant necklace of pearls cinching one huge, flashing ruby outlined in small, pavéed diamonds.

Barrett's breath caught. "Deveril, it's not—"

"No, my love, it's not the Eye of Shiva. This one is not quite so large, alas, but it is a great deal safer to possess." Lovingly Pagan clasped the rich stones around his wife's neck, feasting on the sight of the jewels against her glowing skin.

"But—you *shouldn't* have! You will need that money when you open those next thousand acres for tea. I distinctly remember telling you not to—"

"Be quiet, termagant," Pagan whispered. "Be quiet and let me love you."

Pagan silenced his wife with a hard, probing kiss, easing his tongue inside her mouth and letting her feel all his need and all his wonder at the joy she had brought into his life.

Knowing that he could never repay her.

Without warning he pulled away, his hands tensed on her slender shoulders. His face grew serious. "And no more of that dynamiting! You've already destroyed two greenhouses and an iron gazebo. That last explosion threw up dirt barely a foot from where you were standing!"

Barrett studied him beneath tawny eyelashes. "Of course, I shall cease, Tiger-*sahib*." She smiled up at him, her tone sweetly compliant.

Pagan eyed her suspiciously. "You *will*?"

"I shall do all you say, my lord. Behold me the most biddable of wives."

"What are you and your grandfather up to now, minx?" Pagan asked with a long suffering sigh.

Barrett smiled secretly as her hands feathered over her husband's thighs, then sought the buttons at his trousers. "Oh, did I forget to tell you? We are engaged in a new project these days, something far more potent than explosive compounds. This one involves a heat-propelled balloon which incorporates a steam-driven steering device. You see, Grandfather believes that—"

Pagan's eyes flashed. *"Enough!* You'll break your neck with these wild pursuits of yours! Since we arrived here at Broadmoor I've tried to—"

"You've tried to what?" Barrett's voice was strangely tense.

"To give you time of your own, *Angrezi*. To restrain myself from living in your pocket. To give you your independence. But by God that is all at an end! I mean to see you think about other things than airships and explosives for a change!"

"Indeed." The word was meant to goad him and it did.

Pagan's voice was a dark growl. "Things vastly more *potent* than explosive oils or heat-propelled balloons." His eyes smoldering, he tongued aside an emerald and two sapphires, then captured one impudent nipple, which instantly hardened beneath his lips.

By all that was holy, she was more perfect than any jewel, he thought dimly.

"They—they are really quite safe," Barrett whispered, her breath catching as her husband's hard, calloused fingers glided up her thigh. "And with small propellers the airships should be—could be—quite, er, manageable."

"Unlike *you, minx!*" Pagan's calloused fingers teased her other nipple, which promptly budded for him.

A little, choked cry spilled from Barrett's throat.

Pagan's eyes flashed, dark with triumph. "No more talk of airships, do you understand? At least not unless I am with you on these mad excursions. Your grandfather hasn't a scrap of common sense."

Barrett's eyes went smoky with passion as she tugged him closer. "Your merest wish is my greatest joy, Tiger-*sahib*." She brought her hands together in a sign of respect.

But her eyes were gleaming, smoky, blatantly provocative.

Pagan frowned, studying her suspiciously. "Why—"

"Truly, I thought you would never demand more of my time. In fact, I began to grow quite jealous, my lord, and was wondering if your interest in Helene stemmed from something more than friendship."

"Jealous? Of Helene? I merely meant to give you some time to yourself before we left for Ceylon, *Angrezi*. I grew afraid that you would come to resent—"

Pagan's voice broke off abruptly as his wife eased one long leg between his thighs. "What are you—"

" 'Trust a cobra before a jackal'," his wife quoted sweetly. " 'Trust a jackal before a woman. And trust a woman before an *Angrezi.*' I am guilty on two points, I'm afraid." Her knee eased deeper between his thighs.

Pagan cleared his throat and tried to sound reproving. "You've been talking to Mita again. I *knew* Nihal would be too lenient with her."

Barrett smiled darkly. "Oh, Mita has been teaching me all manner of fascinating things, my love." Her fingers eased along the waist of his trousers.

Pagan's voice grew hoarse. "Such as?"

"Such as how to cook a turtle." Her fingers slipped lower. "How to drive away leeches." She inched deeper, seeking his heat. "How to keep a man most deliriously satisfied."

Dear God, she was close, Pagan thought. Agonizingly close . . .

And then she found him. Her hands cupped his hard, pulsing arousal. Gently, then not so gently.

With a hoarse groan Pagan kicked free of his trousers and swept her atop his granite thighs until his hot length teased her velvet woman's petals.

Barrett's soft laughter echoed over the glade. "Shall I tell you what else I learned, my tiger?" She did not wait for an answer, but leaned down and whispered in Pagan's ear.

Her husband swallowed audibly. His fingers dug into the soft curves that strained against his thighs.

"Did I get that right?" she asked sweetly.

"I devoutly hope so." His dark eyes glittered. "What in the name of heaven am I going to do with you, *Angrezi*?"

"Everything, I trust, my lord. As swiftly as you possibly can."

Her low, breathless plea was the last straw. Pagan surged upward, parting her sleek petals and impaling her in one hard thrust. "Ah, God, *Angrezi,* I—I meant to distract you. Why is it always *you* who end up distracting *me*?"

"Ummmmmm. It—it—only serves you right, you insuff— sufferable—ohhhhhh!"

Pagan smiled darkly as he watched his wife shudder and arch against him, her hair spilled like a golden nimbus around her shoulders.

She was, he thought dimly, the most beautiful thing he had ever seen or ever would see, and he knew he would never tire of watching the many faces of her passion.

With that thought in mind, he began to move anew, cupping her sweet bottom and fitting her to his hard length while he tongued one tightly budded nipple.

Barrett's eyes flashed open, dazed and smoky. "N-no, you don't, you wretched man! Not again, Dev, no! Not until— ohhhh!" Her fingers tensed. Her nails dug into his shoulders as passion exploded through her once more.

"Distracted yet, my little love?" Pagan asked huskily long seconds later, when her breath had stilled.

Her eyes opened, wide and unfocused.

When he saw the dark need trembling within those beautiful eyes, felt her sweet, anxious yearning, he drove deep, head flung back as he muttered ragged words of praise in a jumble of four ancient and very earthy tongues.

Barrett understood none of them. She barely recalled basic English at that particular moment. *"P-Pagan!"*

"Yes, my beauty, take me. Ah, sweet God, falcon, hold me. Hold me deep. Hold me *forever.*"

And Barrett did, offering him the haven he had never known, the love he had never expected, the paradise he had never imagined. "So I mean to, my love," she whispered. "Always and forever."

Gasping, she stretched to meet each reckless thrust, breathless, yielding, love-flushed.

Delighting in the fires that smoldered deep in Pagan's eyes.

For they were fires of triumph and delight, and she meant to see them glowing in his dark eyes always.

"But . . . s-six children?" she murmured.

The next moment she tensed, following Pagan down,

down, into the circle of light, into the haven of love that she knew would surround them always.

Far away, across two continents and two great oceans, where leopards roared and the sun sank in fuchsia splendor over emerald tea fields, a small, wiry figure inched up a rocky slope and then slipped between a narrow opening in the mountain's blackened base.

As his eyes adjusted to the darkness, the old man made his way into a shadowed cave studded with all manner of precious gems.

For long moments he studied the scattered stones glinting on the tunnel floor, picking up one after another and then discarding each in turn. As always, he wondered at the greed of the *Angrezi*, who valued these stones so highly while having no notion of their true power.

Such a pity, really.

Abruptly the shaman's eyes narrowed as he found what he'd been searching for.

With a low sigh, he cupped the great red stone and raised it to his forehead in a gesture of profoundest respect. "Ah, my beauty, my old one. How I delight to see that you are safe once more."

Within his wiry fingers the crimson surfaces began to hum, flashing with dim images.

Gripped by a rare twinge of curiosity, the shaman looked down to read the future reflected in those ancient stone facets.

There he saw first a pair of smiling lovers in a distant green land, their hearts full and true as their souls spilled together in bliss. In the ruby's fires he saw that there would indeed be six children for them, just as the Tiger had predicted, one to become a prime minister, one an inventor, one a brilliant actress, one a poet, another a celebrated explorer, and the last a tea planter like his father.

One by one the images swirled past, and the shaman's old, knowing face creased with laughter at the exploits of those six stubborn children, who would be both delight and torment to their parents.

Yes, it was good, he thought, very good that the old curse had finally been laid to rest. The jackal and his minions were gone now. Windhaven would be haunted no more. Just as he had hoped, the Tiger had proved to be a good guardian and would see the new tea acres to maturity.

And there in the ruby's fires the shaman saw that in the fullness of time there would come the son of a son, tall and clear-eyed, who would take a smiling Sinhala princess to wife.

From their passion would spring a dynasty, a dynasty strong enough to weather the harsh inventions of a restless, untamed future.

Yet even in that future there would be the healthy leaves, rising green among the blue mountains, row upon serried row. In the years to come the teas of Windhaven would become known throughout the world and his beloved island would prosper once more.

The shaman sighed then, turning away from the stone.

Now he could rest, certain that his beloved Lanka would be safe amid the coming storms. He needed to know no more than that.

Long ago he had learned that it was best to know as little as possible about the future.

Yes, it had all been quite exhilarating, the thin man decided. But now it was time to go, back to the valley of the wind in the land of the high snows.

With that decision his form seemed to glisten. Rocks tumbled from the ceiling and somewhere far below the earth lurched in protest, its rumble sounding curiously like the roar of a great cat.

There in the dim light, surrounded by glinting jewels, the shaman brought the ruby to his forehead one last time.

Almost immediately the air began to stir and shimmer, the earth to pitch. There was a faint flash, almost like the movement of sleek white fur through the darkness. A moment later the walls shook and the tunnel exploded, burying the cavern and all its jewels forever.

Of course, by that time the shaman was already far, far away. . . .

Glossary

Angrezi	English; Englishman or woman
Ayah	Nursemaid
Beru	Elephant grass
Burra-sahib	Important man
Diya redde	Water cloth; length of fabric worn by Sinhalese women for bathing
Ghat	Steps or embankment beside a river or reservoir
Howdah	Seat for riding on an elephant
Jo hoga, so hoga.	What is meant to be will be.
Kama	Desire, love, sensual pleasure
Khanjar	Indian dagger with twisting, double-edged blade
Lat-sahib	Lord
Mahattaya	Sir, Mister
Mahout	Elephant handler
Mar ja sale!	Die, bastard!
Meri jaan	My heart, my soul, my world
Memsahib, memsab	Miss, Madam (referring to European women)
Sahib	Sir, Lord (referring to a European man)
Tulwar	Long, curved Indian sword with a single cutting edge
Yakkini	Female devil
Zenana	Women's quarters

A Note from the Author

Dear Reader:

I hope you have enjoyed Brett and Pagan's story as much as I have enjoyed telling it. Difficult and demanding though this pair turned out to be, they have constantly managed to surprise and delight me, which surely repays any frustration they entailed.

The ruby?

Ah yes, that fabulous jewel. Funny you should ask. As it happens, in 1896 a rare, flawless ruby of 46.75 carats was sold at auction in London. As one early gemologist commented, "When a ruby exceeds six carats and is perfect, it is sold for whatever is asked for it."

To my knowledge there was no curse connected with this gem, which came up for auction again in 1988. But other famous stones such as the Orloff Diamond and the Hope Diamond have a long history of violence and ill omen. Both gems are said to have been stolen from Hindu idols. The Hope Diamond, in particular, is accounted to be a stone of great evil, and has been implicated in over a dozen violent deaths among its owners.

The life of the early European coffee and tea planters in India and Ceylon was vastly primitive. Many succumbed to disease (cholera, malaria, smallpox, dysentery, and elephantiasis, to name a few) or animal wounds (leopard, cobra, krait, tiger, wild boar, sloth bear). The saying was that two summers made a planter—or broke him. Alas, many did not last even that long. Those who did and managed to clear the dense jungle to plant coffee did well for a decade or two.

Then in the 1860s a deadly leaf virus swept through all the coffee acreage of Ceylon, southern India, East Africa, and Java. By 1890 hundreds of estates in Ceylon lay abandoned and coffee had disappeared as a cash crop.

Tea was the natural answer, though it had not been cultivated by the British until 1839. The vast majority still came from China, where traditional secrets of cultivation, fermentation, and hand rolling were fiercely guarded. Even today, many of those same techniques are still preserved in tea-producing areas of south China.

I have tried to be faithful to the harsh realities of life faced by these early planters. It was a life of beauty and hardship, triumph and challenge. Those who stayed grew to love the life; most would not have chosen to live anywhere else. (Very few would have had a home with anything near the grandeur of Windhaven, of course!)

Yes, there actually *is* a record of a tiger in Ceylon. The nineteenth-century explorer, Sir James Tennent, wrote that government officials had seen the creature often while hunting. "One gentleman of the Royal Engineers, who had seen it, assured me that he could not be mistaken as to its being a tiger of India, and one of the largest description." (Tennent. *Ceylon: A Natural History of the Island.* London: Longman, Green, Longman, and Roberts, 1868).

The events at Cawnpore are as I have told them. Only four men are known for certain to have survived the massacre at the *ghat,* but some records mention a heavily bearded Englishman who escaped through the jungle, only to be shot before he could relate his tale. On that germ of fact I have based Pagan's escape.

The causes of the massacre—and indeed of the Mutiny itself—are still hotly contested. Here I will only add that acts of extreme compassion and bravery as well as rankest barbarism were committed by both sides, *Angrezi* and Indian.

It is interesting to note that today the government of Sri Lanka is one of the most ardent supporters of wildlife preservation. With an active wildlife conservation program and some ten percent of its acreage set aside for parklands, Sri Lanka is actively working to protect its rich and varied animal population. Elephants are especially revered, for cultural as well as religious reasons, and many ambitious programs have been enacted to relocate these gentle giants to safe forest habitats.

Today no Sri Lankan species is endangered.

Would that *we* could say as much.

Today tea, too, continues to be produced in Sri Lanka in record quantities.

Keemun, Lapsang Souchong, and Hyson. Though the words originated in connection with Chinese teas, they continue to enchant and delight, conjuring up cloud-swept highlands and mysterious, shadowed valleys. I must confess that I have always been a tea lover, and perhaps it was those wonderful, exotic names which captivated me first.

Dragon Well.

Sparrow's Tongue.

Crimson Robe.

Who can resist their allure?

Pagan's skill as a tea taster is part of that long and venerable tradition, which is still very much alive in Darjeeling, Calcutta, Colombo, Hangzhou, and London. And yes, even in the United States, where there are currently eight certified tea tasters. Now we even have our own domestically grown tea.

Hmmm. Now *there's* an idea for a sequel!

Alfred Nobel, of course, is the man credited with the discovery of high-powered explosives. In 1863 Nobel received a patent to manufacture a new explosive made of liquid nitroglycerine (or pyroglycerine, as some called it), which he detonated by the action of a smaller explosion nearby. Fulminate of mercury was the substance Nobel later found to be most reliable for this initial triggering.

In 1867 his factory began to produce a solid form of his product, which he named dynamite. In this form it was much safer to use and became a great success.

But suppose another brilliant but eccentric scientist had pursued the same lines of research? Suppose a ruthless enemy decided he had to have the secret for himself? I like to believe that somewhere in England a white-maned, absent-minded inventor discovered the secrets of pyroglycerine first, but decided to abandon his research for fear of the harm that this weapon would bring the world.

History or fantasy?

Just put it down to an author's whimsy, I suppose.

I'm delighted that so many of you have written to ask for Lord Morland's story. Your letters have been wonderful and immensely inspiring. I thank you all so very much. And yes, I am presently hard at work on Tony Morland's book. Tess and Dane have agreed to come back to take him in hand, as have Hawke and Alexandra from *Defiant Captive*. (Even Rajah might be persuaded to put in an appearance.) All in all, *East of Forever* promises to be a raucous romp. And what a fiery heroine is waiting for poor, unsuspecting Tony!

Dell has kindly agreed to include an excerpt for you from this fast-paced, funny, and poignant book. I hope you'll look for *East of Forever* when it comes out in 1993.

If you would like to receive a signed bookmark along with my next newsletter containing information about past characters, upcoming books, and curious facts unearthed in my research, please send a stamped, self-addressed envelope (long or legal-size works best) to me at:

111 East Fourteenth Street, #277
New York, NY 10003

Your comments are very important to me, and I would love to hear from you.

Until then, why not brew a cup of tea? Pekoe, Darjeeling, or Dragon Well, all will do. (Never bring your water to a hard boil, by the way. This burns away the oxygen, resulting in a weaker, flatter infusion.) Then sit back, put up your feet, and disappear into a good book.

It's one of life's greatest pleasures.

With warmest regards,

Christina Skye

Christina Skye

Be sure to watch for Christina Skye's exciting new historical romance, *East of Forever,* coming in the summer of 1993. We hope you enjoy the following excerpt from the first chapter of *East of Forever*.

London, England
July, 1817

She stood in the darkness, her breath checked, her hands faintly trembling. She tried not to think of the sheer drop to the cobbled street sixty feet below.

Instead, she focused her breath on the center of her solar plexus and filled her mind with the image of a white crane arcing through spring skies.

Slowly her toe edged along the gutter. *Careful* . . .

Around her, the wind howled and clawed. But the woman in black only tightened her focus, ignoring the twigs and gravel flung in her face.

Carefully she tested each tile, easing toe and cloth-covered sole forward. One step, then another.

At the rear gutter she stopped, her slim shadow lost among the forest of black chimneys outlined beneath the moon.

Her violet eyes narrowed. She crouched down, studying the next obstacle, blocking out a wave of fear.

It was six feet to the neighboring roof. Yes, it would be hard, very hard. For anyone else it would be *impossible*.

But not for the woman called Midnight. Not for someone who had studied with the monks of Shao-lin, living masters of the ancient Chinese martial art of *wu-shu*.

Slowly she came to her feet. She cast out her fear, replacing it with images of soaring cranes and gaily-colored kites flapping over the Forbidden City.

From her pocket she tugged a silver star with an inch-thick strand of silken rope anchored at its center. With a graceful flourish she tossed the disc.

Soft hissing filled the air. Moonlight flashed off silver. A second later the star landed with a faint clatter.

She played out the silk, letting the weighted end fall until it wedged against the angled base of the chimney opposite.

Perfect!

Now came the hard part. . . .

She eased to a crouch, knees flexed, one foot braced on the slanting roof behind her. Gathering her breath as Abbot Tang had taught her, she sprang.

Her hand-stitched soles thrust at the tiles and she hurtled out into chill space. Her arms came forward. Dear Lord, what if she'd miscalculated?

The next instant her right foot struck home and her shoulder crashed into the steep tile slope. Immediately she hugged the roof, drawing herself as small as possible to avoid watchful eyes.

Safe!

She inched behind a chimney in the lee of the wind and gathered her attention, calming her breath as she listened for sounds of alarm.

But the night was silent except for the rush of the wind and the distant click of a passing carriage. Beneath her the house was quiet.

Carefully the slim, black-clad figure tugged at the silken line and secured it around the chimney. The next moment she began to climb hand over hand along the taut line until she reached the ridge of the steeply angled roof.

And there she saw her goal.

Breathing a silent prayer of thanks, Midnight made her way to the second window from the left, eased open the pane, and slipped inside.

As she'd expected, the house was empty.

Swiftly she crossed the hall, her cotton soles soundless on the thick Aubusson carpet. She was nearly at her destination when a faint trill of laughter drifted up the circular staircase at the end of the corridor.

"Really, my lord, you are entirely too cynical. It comes from being so cosseted and admired. And you've drunk far too much brandy already tonight. Any more and you won't be able to—"

Here the husky female voice broke off with a high squeal of

laughter. The silence that followed was punctuated by the rustle of silk and a low, breathy moan.

Midnight eased back against the wall. *This* was something she hadn't planned for! The town house's occupant, the voluptuous Germaine, was supposed to be engaged at Vauxhall this night, or so Midnight's anonymous instructions had indicated. Damn and blast, what was the woman doing at home?

As if in answer, the breathy voice rose once more. "You are really too naughty, my lord." Her voice grew pouty. "You promised to take me to Vauxhall this night."

A man's voice came in answer, low and smooth as silk. A voice rich with humor and yet dark with command. Midnight started slightly at the sound, a faint breath of chill air pricking at her neck.

The Earl of Morland. Germaine was the latest high flyer under his protection, so rumor had it.

Her uneasiness turned to positive panic as the voices grew louder. Dear Lord, they were coming up!

Swiftly she made for the first door to her left.

Slippered feet scuffed up the stairs, soft against the lower thump of male boots.

"Really, my lord, what ideas you do take into your head! I've never heard such a thing!" A low giggle. "Monstrous naughty, it is!" Another giggle, rather more heated this time. Low male laughter rumbled up the stairwell, followed by the sharp *whoosh* of damask.

Sweat beaded up beneath the black silk hiding Midnight's head.

Dark and commanding, the earl's voice echoed upward, growing closer by the minute. "I absolutely insist, my sweet. The thought of you in pearls and lace garters is really too enticing to forgo."

"And what *else* shall I wear, my lord?"

"Absolutely nothing, of course."

Midnight's heart began to hammer. For the hundredth time this day she cursed the bad joss that had brought her to this chill, foggy city on such a desperate mission.

Brought her *back*, she corrected herself. Though she had been born here, London held no part of her memories. Soon after her birth, her father had taken her off to Macao, the

Portuguese colony on the fringe of China's great, mysterious empire.

Only days after her mother's death.

Midnight's eyes closed. Don't think about *that* either. . . .

Slowly balance returned. Breath steadied.

But the raw determination remained, for she knew she must not fail. Not while her father's life hung suspended on the strength of her skill and concentration.

Outside the door, silk whispered against broadcloth. Germaine moaned. "Oh, yes. Please, my lord. L-like that!"

Midnight barely had time to slip behind a lingerie-covered screen before the door swept open. Light flashed through the dressing room and Germaine appeared, captive in the embrace of her well-born lover.

Longer than was currently fashionable, his hair fell thick and straight, the color of antique bronze in the candlelight. His lips were full and faintly cynical, and his smile was wickedness itself as he dropped the candle on the mantel and turned to rummage through the gaudy waterfall of female apparel dangling over the ornate lacquer screen.

Only inches away from Midnight, who froze, afraid to breathe, afraid to move.

Afraid to do anything except concentrate on being completely invisible.

A frothy length of sheer Valenciennes lace went flying over the screen. The fifth Earl of Morland smiled darkly.

Dumb with embarrassment, Midnight closed her eyes, her ears, her every sense.

But every illicit rustle struck her with the force of an earthquake. She heard the hiss of falling silk and the sound of a dress being kicked free.

"Lovely. Now, I think, for the garters . . ."

She tried to force her thoughts far away, tried to keep her heated gaze from the narrow crack of bared skin visible between the panels of the screen, where long, powerful fingers inched skillfully over pink skin and heated thigh.

"Tony! Oh, p-please."

"Of course, pet. But first things first . . ."

Midnight heard a high squeal of delight, saw the flash of eager, grasping fingers. "My lord! But these are from the matched set we saw at Rundell and Bridge's last week! Eliza will be perfectly *green* with envy!"

"I'm delighted to hear it," Morland said dryly.

The rustling reached a furious level. "Ah, how wonderful is this thing called greed," the earl mused. "I adore how it spurs your passionate, conniving little heart."

His neckcloth slid free and came flying over the edge of the screen. Midnight barely checked an instinct to duck out of range as the white linen fell onto her shoulder, still warm with the heat of its owner's body.

Low giggles filled the confined space, along with more rustling of cloth. Suddenly a jacket of blue superfine struck the screen, rocking the whole structure violently.

Midnight's fingers squeezed to fists. She caught her breath as the elegant lacquer panels swayed wildly.

"Oh, T-Tony!"

"*Ummmmm.* Have I told you lately that your skin is like silk? That your eyes are like—"

"Emeralds?" came the hopeful reply. "Very large emeralds."

Dry laughter spilled through the small room. "Greedy little minx. . . ." His voice trailed away, leaving only the soft rustle of lace and Germaine's unsteady breathing.

Curious in spite of herself, Midnight inched closer to the slit in the screen. In taut silence she watched the tall Englishman, his white shirt opened to mid-chest, ease back the sheer lace folds of his mistress's peignoir around a very fetching necklace of diamonds and one marquise-cut emerald.

Her face flushed beet-red as his strong fingers feathered over the taut peaks outlined beneath the sheer lace.

"T-Tony! You know how dizzy I become when you—oh, *Tony,* you must not!"

But these breathless protests were ignored, as they were meant to be. The earl's head dropped and he parted the ruffles with his mouth, easing one lush pink nipple between his teeth.

Stricken with embarrassment, Midnight jerked her head away.

Eyes squeezed shut, she concentrated on the opening lines of Sun Tzu's classic study on the art of war. She got only as far as "All warfare is based on deception" before her concentration failed her.

"Oh, Tony, yes! You know how I adore—" A raw cry tore from Germaine's lips. The next moment her limp body slid senseless down the wall.

Midnight fought to ignore the strange pounding of her heart, the odd dryness in her throat.

"I think we can dispense with *this*." Wolfish laughter filled the room, followed by the low, sensuous slide of lace upon silken skin.

"My *lord!*"

"Exactly what I was thinking, Germaine. Shall we adjourn to more comfortable quarters?"

About bloody time, Midnight thought weakly.

Next door there came more rustling, this time of bed linens.

"I really must remember to give you emeralds more often, my sweet."

Only soft moans came in answer. Then the bed creaked.

"Now, my sweet. Open your eyes!"

"T-Tony!" It was a cry of amazement, of shock, of wanton delight.

The sound made Midnight flush to the ends of her toes. A moment later Germaine's voice quavered off into nothing, while her protector groaned out his own dark release.

But Midnight told herself she had more important things to worry about than the disgusting sexual habits of the English aristocracy. And if seeing to her father's release required her to steal into a stranger's bedroom, then so be it.

Five minutes later she inched outside. A velvet curtain flapped idly in the breeze as she slipped into the neighboring room where two bodies lay sprawled amid rumpled sheets. Germaine was snoring slightly. Her companion slept with his back curved away, his pillow scrunched in a lump beneath his neck.

Spellbound, Midnight found her eyes tracing the muscled arms, the bronze chest dense with darker bronze hair. One leg was bent, disappearing into a mound of white bed linens.

His calves were lean but rope-hard. With a professional's keen eye, Midnight studied those hard inches, wondering what sort of exercise the earl pursued to keep his muscles so well toned.

In her innocence she did not consider that what he had just been doing might provide a fair amount of exercise.

A gust of wind teased the curtains. The man on the bed shifted slightly, dragging a hand across his forehead and then turning onto his back.

Midnight's face filled with heat.

Dear Lord, he was—

Red-faced, she wrenched her eyes away and set about searching the room, from the cluttered dressing table to the half-open armoire in one corner.

But she found nothing of interest, certainly not the priceless, jewel-laden book she had come in search of.

Blasted son of a turtle! Where *was* the thing?

At that moment the bed creaked, interrupting her musings. The earl muttered hoarsely and rolled to his side.

Midnight's face blazed anew as she glimpsed a hard, bronze thigh slide from the white linens and ease between his companion's legs. Long fingers flexed, wrapping around the full, pink-tipped breast only inches from his face. His partner sighed and snuggled closer.

Dear Lord, not again! Had they been taking Siberian ginseng?

Her heart pounding, Midnight slipped back along the wall toward the door. She was halfway down the corridor when she heard a low curse.

"Dammit, Germaine, it's freezing in here! Did you leave another window open downstairs? You'll soon have every cut-throat and gallows-bird in London at your door."

Her heart pounding, Midnight darted to the window. With trembling fingers she eased up the pane and slid one foot onto the roof.

The curtains tossed about her head, blanketing her in silence, which is why she didn't hear the movement behind her sooner.

"Got you, you little beggar!" Granite fingers seized her shoulders and hauled her back over the windowsill. "Thought it was all bob, did you?"

Midnight's breath flew out in a *whoosh*. The next second

she was wrenched backward and crushed against a mountain of muscle—hot, straining muscle.

Male muscle, which had all too clearly been engaged in intimate sensual exertions only seconds before.

Wildly Midnight twisted, trying vainly to fight free of the hard fingers digging into her wrists.

"Bring the candle, Germaine!"

Dear God, she couldn't let him remove her mask! Catching a long breath, Midnight went completely slack.

"Give up, do you? Damned good idea, unless you want your arm broken. What did you take? Silver? One of Germaine's bracelets?"

Deftly, impersonally, the earl's hard fingers probed Midnight's silk-clad thighs and plunged beneath the waistband of her loose-fitting trousers. Her breath caught explosively when one hand eased lower, tracing her flat, tense belly.

Catching a ragged breath, she struggled to remember some of the more pungent expressions she had learned at that little waterside tavern off Hog Lane in Canton. "Eee, what yer bloody doin'?" she blustered, twisting wildly. "Take yer bleedin' 'ands off 'er me!"

"Cocky little bantam," her captor muttered. "But you'll find I'm no easy cull." His hands tugged at the silken mask covering her face. Frowning, he searched for some knot to remove it.

"Ooooow! 'Urt me, yer did!"

Her breath wedged in her throat as she felt the heat of his thighs, all hard, corded muscle locked against her own. Dimly she was aware of a mingling of scents—of spicy soap, the floral odor of a woman's perfume, the musty hint of sweat.

She had never been so close to a man before, never felt every ridge of rib and thigh. Certainly not the heavy, swollen muscle that lay blade-stiff against her belly.

So that was how it was done. She had often wondered exactly how—

Midnight's face flamed anew.

The azure eyes before her hardened. "Germaine! Bring the candle, dammit!"

Fear rolled over Midnight in black, chilling waves. With a

gasp she let her body go completely limp until she began to slide toward the floor.

"What the devil!" But the earl got no further. The next second his silk-clad captive twisted and with one well-aimed thrust drove him to his knees.

"Aaaah, God!" As he doubled over in pain, Midnight exploded down the hall, lunged through the open window, and eased out onto the roof. Before her the rising moon cast a silver nimbus around the dome and dark spires of St. Paul's.

Beautiful, she thought dimly.

And unless she was very, very careful, it would be the last thing she ever saw.

Jacketless, hair disheveled, the usually immaculate Lord Morland raced down to the end of the yard and then spun around. Even as he watched, a slim figure eased across the ridge of the roof and disappeared down the opposite slope.

Smothering a curse, Morland leapt the low wooden fence and plunged down the narrow alley behind the town house. At the cross street he stopped, watching spellbound as a small black smudge inched toward the edge of the roof.

The sight was beautiful in its way, heel rising gracefully, then planted before toe. Arms swaying like the slow, graceful sweep of a crane's wings.

But one misstep and the damned urchin would go hurtling onto the cobblestones sixty feet below!

The little fool would never make it!

Atop the roof the shadow eased to a crouch. With one fluid movement he jumped.

His heart in his throat, Morland watched the black smudge sail over the street and plummet onto the facing pediment. There the slim legs dug into the stone face, vainly seeking a foothold.

"Hold on, by God! There's a ledge to your left!" he shouted.

With a queer swaying motion the small feet began to kick, rocking back and forth until they gained enough height to snag the edge of the narrow pediment.

For the first time Morland breathed freely. Frowning, he looked down at the welts his nails had left on his palms.

What in the devil was the matter with him? Why should the struggles of one wretched little housebreaker bother *him*?

It had been a very long time since Anthony Langford, fifth Earl of Morland, had felt any real concern for anyone or anything.

And he wasn't about to start now, the azure-eyed peer told himself grimly.

No, this was strictly business, for this little miscreant would be perfect for his plans. Now all he had to do was track the urchin back to his den.

But when Morland turned it was too late.

Only shadows marked the rooftops, where chimneys rose in cold spikes against the moon's silver crescent.

Morland fought down keen disappointment. He still couldn't believe he'd lost the boy!

Deep in thought, he paced slowly up the steps of Germaine's town house. His hands were on the polished brass knocker when he heard a low chuckle at his back.

"Can my eyes be right? Isn't that a friend of yours, my sweet?"

Frowning, Morland spun about. His face broke into a smile as he saw his old friend, the Viscount Ravenhurst, standing at the foot of the steps.

With a tinkle of laughter the viscount's companion doffed his tricorn hat and made Morland an elaborate bow. "What, have you forgotten me so soon, my lord?"

Morland's brow furrowed. Something about that voice . . .

"*Tess?* Good Lord, Ravenhurst, what are you about to let her go careering off this way? She's—she's wearing breeches!"

The ex–naval officer merely smiled. "*Let* her? Since when have I had a say in anything the hoyden does? No, she's a rare and stubborn female, this wife of mine." His cool lapis eyes softened. "And I wouldn't have it any other way."

Abruptly the earl turned and strode to the door. "I'd ask you in, but—"

"We'd be delighted, wouldn't we, Dane?" With lithe grace the auburn-haired beauty swept past Morland, who looked on blankly, rather as if he'd just been knocked down by a runaway hackney.

Viscount Ravenhurst slanted his friend a sympathetic look. "You'll get used to it, old man. All of us do, I daresay."

Barely four blocks away, a nondescript carriage shuddered to a halt. A moment later a small figure swathed in a black cloak darted across the cobblestones and jumped inside.

With a quiet call to the horses, the carriage resumed its progress down the quiet street.

Closing her eyes, the carriage's sole occupant let her shoulders relax and drew her first steady breath of the evening.

Too close. Dear God, each time it grew more dangerous.

Her slim white fingers trembled, stripping away her silken mask to reveal creamy cheeks and high, arched brows the color of a raven's wing. Clear violet eyes assessed the line of blood trickling down her fingers. She must have done it when she'd jumped the street.

Yes, too bloody close by half, Midnight thought.

Outside, the dark streets rushed past in a blur.

One more night lost . . .

She thought of her father, and her full lips began to tremble. Only raw determination kept back her tears.

Damn and blast, she couldn't go all jelly-kneed now!

Fifteen minutes later, Francesca Townsend, known to her English friends as Chessy and her Chinese friends as Midnight, stripped off her silk jacket and smoothed an herbal paste on the jagged wounds at her hand and elbow.

Grimly she slipped out of her trousers and attacked the thick twill at her chest. Round and round the fabric came, then spilled onto the threadbare carpet.

She stood for a moment, pale ivory skin prickling in the cold air. Suddenly she recalled the sounds of the man and woman behind the screen.

Hot sounds. Hungry sounds.

Love sounds.

Heat rushed to her face as she remembered how those strong bronze fingers had inched over Germaine's ivory skin, pushing her to pleasure.

Her own skin began to tingle, oddly flushed.

What would it feel like to be touched that way, to be *wanted* that way?

Red-faced, she spun about, jerked her lawn nightgown from the bed, and yanked it over her head.

She had done no more than throw back the bed covers when her servant, Swithin, came pounding up the stairs. Outside the door he stopped. "Miss Chessy? You awake?" His voice was unnaturally tense.

Chessy ran to the door and threw it open.

The old servant shoved a piece of folded parchment into her numb fingers. "This just came."

Slowly she opened the note. It was written in the same spidery handwriting as all the others.

This time there were only two words though. She swallowed and pushed the note back to Swithin. "You read it. I don't think I can bear it."

The servant frowned. *"Morland. Tomorrow."*

Reckless abandon.
Intrigue. And spirited
love. A magnificent array of
tempestuous, passionate historical
romances to capture your heart.

Virginia Henley

☐	17161-X	The Raven and the Rose	$4.99
☐	20144-6	The Hawk and the Dove	$4.99
☐	20429-1	The Falcon and the Flower	$4.99

Joanne Redd

☐	20825-4	Steal The Flame	$4.50
☐	18982-9	To Love an Eagle	$4.50
☐	20114-4	Chasing a Dream	$4.50
☐	20224-8	Desert Bride	$3.95

Lori Copeland

☐	10374-6	Avenging Angel	$4.99
☐	20134-9	Passion's Captive	$4.99
☐	20325-2	Sweet Talkin' Stranger	$4.99
☐	20842-4	Sweet Hannah Rose	$4.99

Elaine Coffman

☐	20529-8	Escape Not My Love	$4.99
☐	20262-0	If My Love Could Hold You	$4.99
☐	20198-5	My Enemy, My Love	$4.99